W0224187

Dan Brown

ILLUMINATI

Roman

Aus dem Amerikanischen
von Axel Merz

Bild
am Sonntag
MEGA-THRILLER

Lizenzausgabe der Axel Springer AG, Berlin
1. Auflage Januar 2011

Titel der amerikanischen Originalausgabe: ANGELS & DEMONS
© Copyright 2000 by Dan Brown
© Copyright der Ambigramme by John Langdon
© Copyright 2003 by Bastei Lübbe GmbH & Co. KG, Köln

Konzeption und Gestaltung: Klaus Fuereder, Berlin
Projektkoordination: Stephan Pallmann, Alexandra Wesner, Markus Hövelmans
Satz: CPI – Ebner & Spiegel, Ulm
Druck und Verarbeitung: CPI – Ebner & Spiegel, Ulm
Gedruckt in Deutschland

ISBN 978-3-942656-02-3

Für Blythe …

Danksagungen

DANK AN Emily Bestler, Jason Kaufman, Ben Kaplan und allen bei Pocket Books für ihren Glauben an dieses Projekt.

Meinem Freund und Agenten Jack Elwell für seine Begeisterung und unermüdliche Unterstützung.

Dem legendären George Wiesner, weil er mich überzeugt hat, Bücher zu schreiben.

Meinem lieben Freund Irv Sittler, der mir eine Audienz beim Papst ermöglicht und mich in Bereiche der Vatikanstadt eingeweiht hat, die nur wenige Menschen je zu sehen bekommen, und der meine Zeit in Rom unvergesslich machte.

Einem der genialsten und begabtesten lebenden Künstler, John Langdon, der sich mit Brillanz meiner unmöglichen Forderung gestellt und die Ambigramme für diesen Roman erschaffen hat.

Stan Planton, Bibliotheksdirektor der Ohio-Universität, Chillicothe, der meine erste Informationsquelle bei zahllosen Fragen war.

Sylvia Cavazzini für ihre liebenswürdige Führung durch den geheimen *Passetto*.

Und den besten Eltern, die ein Kind sich nur wünschen kann, Dick und Connie Brown … Danke für alles.

Dank auch an CERN, Henry Beckett, Brett Trotter, die Päpstliche Akademie der Wissenschaften, das Brookhaven Institute, die FermiLab Library, Olga Wieser, Don Ulsch vom National Security Institute, Caroline H. Thompson von der University of Wales, Kathryn Gerhard und Omar Al Kindi, John Pike und der Federation of American Scientists, Heimlich Viserholder, Corinna und Davis Hammond, Aizaz Ali, dem Galileo Project der Rice University, Julie Lynn und Charlie Ryan von Mockingbird Pictures, Gary Goldstein, Dave (Vilas) Arnold und Andra Crawford, dem Global Fraternal Network, der Phillips Exeter Academy Library, Jim

Barringron, John Maier, dem außerordentlich scharfen Auge von Margie Wachtel, alt.masonic.members, Alan Wooley, der Library of Congress Vatican Codices Exhibit, Lisa Callamaro und der Allamaro Agency, Jon A. Stowell, Musei Vaticani, Aldo Baggia, Noah Alireza, Harriet Walker, Charles Terry, Micron Electronics, Mindy Homan, Nancy und Dick Curtin, Thomas D. Nadeau, NuvoMedia und Rocket E-Books, Frank und Sylvia Kennedy, dem römischen Fremdenverkehrsamt, Maestro Gregory Brown, Val Brown, Werner Brandes, Paul Krupin von Direct Contact, Paul Stark, Tom King at CompuTalk Network, Sandy und Jerry Nolan, Web Guru Linda George, der Nationalen Kunstakademie in Rom, dem Physiker und Kollegen Steve Howe, Robert Weston, dem Water Street Bookstore in Exeter, New Hampshire, und dem Observatorium des Vatikan.

Dichtung und Wahrheit

DIE GRÖSSTE FORSCHUNGSEINRICHTUNG DER WELT, das Schweizer *Conseil Européen pour la Recherche Nucléaire* (CERN), hat vor kurzem zum ersten Mal erfolgreich Antimaterie-Partikel hergestellt. Antimaterie ist identisch mit physischer Materie, mit einem Unterschied – sie besteht aus Partikeln, deren elektrische Ladung derjenigen in natürlicher Materie *entgegengesetzt* ist.

Antimaterie ist die größte bekannte Energiequelle. Die Reaktion von Antimaterie führt zu einer vollständigen Freisetzung sämtlicher enthaltenen Energie (Wirkungsgrad: 100%. Kernspaltung: 1,5%). Antimaterie erzeugt weder Umweltverschmutzung noch Strahlung, und ein winziger Tropfen würde reichen, um New York einen ganzen Tag lang mit Energie zu versorgen.

Es gibt nur einen Nachteil …

Antimaterie ist extrem instabil.

Sie explodiert beim Kontakt mit nahezu allem, selbst Luft. Ein einziges Gramm Antimaterie enthält die Energie von zwanzig Kilotonnen TNT – die Zerstörungskraft der Hiroshima-Atombombe.

Bis vor kurzem wurde Antimaterie lediglich in extrem kleinen Mengen hergestellt (nicht mehr als ein paar Atome zur gleichen Zeit), doch mit dem neuen Antiprotonen-Verzögerer ist CERN ein Durchbruch gelungen. Der Verzögerer ist eine hoch entwickelte Antimaterieproduktionsanlage, mit der die Erzeugung weit größerer Mengen von Antimaterie ermöglicht wird.

Eine Frage allerdings überschattet dies alles: Wird die hoch empfindliche neue Substanz unsere Welt retten – oder wird sie zur Schaffung der tödlichsten Waffe aller Zeiten missbraucht?

Anmerkung des Verfassers

HINWEISE AUF Kunstwerke, Gruften, Tunnel und Bauten in Rom beruhen auf Tatsachen, einschließlich ihrer genauen Lage. Man kann sie heute noch besichtigen.

Die Bruderschaft der Illuminati existiert ebenfalls.

Rom heute

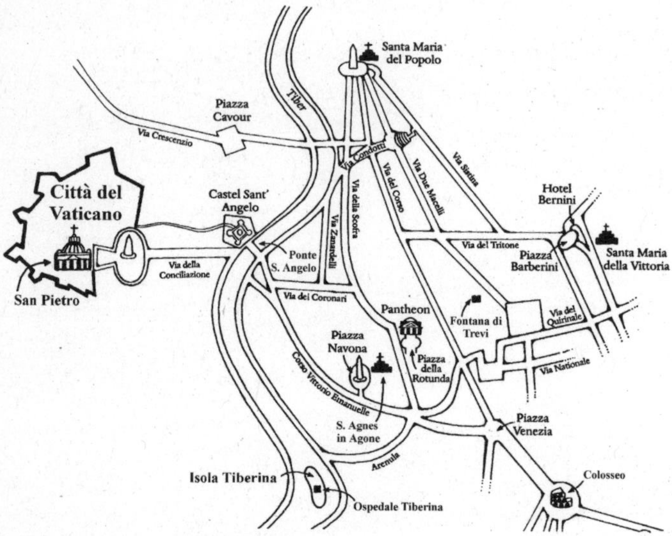

Santa Maria del Popolo
Tiber
Piazza Cavour
Via Crescenzio
Via Condotti
Via Sistina
Via Due Macelli
Via del Corso
Via della Scofra
Via Zanardelli
Città del Vaticano
Castel Sant' Angelo
Hotel Bernini
Santa Maria della Vittoria
Via del Tritone
Piazza Barberini
Ponte S. Angelo
Via della Conciliazione
San Pietro
Via dei Coronari
Pantheon
Fontana di Trevi
Via del Quirinale
Piazza Navona
Piazza della Rotunda
Via Nationale
Corso Vittorio Emanuelle
S. Agnes in Agone
Piazza Venezia
Arenula
Isola Tiberina
Ospedale Tiberina
Colosseo

Vatikanstadt

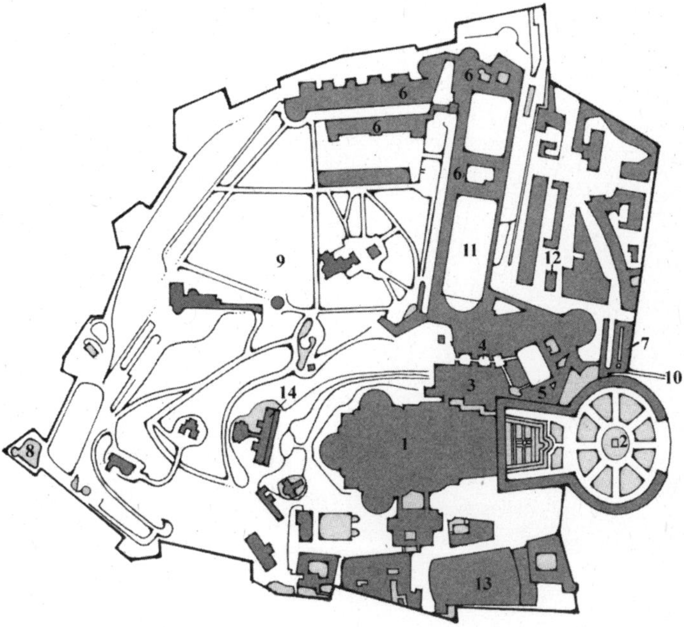

1. Petersdom
2. Petersplatz
3. Sixtinische Kapelle
4. Borgiahof
5. Amtszimmer des Papstes
6. Vatikanische Museen
7. Kaserne der Schweizergarde
8. Hubschrauberlandeplatz
9. Vatikanische Gärten
10. *Il Passetto*
11. Belvederehof
12. Postamt
13. Päpstliche Audienzhalle
14. Gouverneurspalast

Prolog

DER PHYSIKER LEONARDO VETRA roch brennendes Fleisch, und es war sein eigenes. Er starrte voller Angst und Entsetzen zu der dunklen Gestalt hinauf, die drohend über ihm stand. »Was wollen Sie?«

»*La chiave*«, antwortete die krächzende Stimme. »Das Passwort.«

»Aber … Ich weiß kein …«

Der Eindringling übte erneut Druck aus, bohrte das weiß glühende Objekt tiefer in Vetras Brust. Es zischte, als wieder Fleisch verbrannte.

Vetra schrie schmerzerfüllt auf. »Es gibt kein Passwort!« Er spürte, wie er das Bewusstsein zu verlieren drohte.

Die Gestalt funkelte ihn an. »*Ne avevo paura*. Das hatte ich befürchtet.«

Vetra kämpfte gegen die Ohnmacht an, doch von allen Seiten näherte sich die Dunkelheit. Sein einziger Trost bestand darin, dass der Eindringling niemals bekommen würde, wonach er suchte. Einen Augenblick später zückte die Gestalt eine Klinge und brachte sie vor Vetras Gesicht. Dort verharrte sie. Drohend. Chirurgisch.

»Um Gottes willen, nein!«, schrie Vetra auf. Doch es war zu spät.

1.

DIE JUNGE FRAU hoch oben auf den Stufen der Großen Pyramide von Gizeh lachte – »Beeil dich, Robert!«, rief sie zu ihm hinunter. »Ich hätte wirklich einen jüngeren Mann heiraten sollen!« Ihr Lächeln war zauberhaft.

Er bemühte sich mitzuhalten, doch seine Beine fühlten sich an wie Blei. »Warte!«, flehte er. »Bitte …«

Er mühte sich weiter, und seine Sicht begann zu verschwimmen. In seinen Ohren rauschte es. *Ich muss zu ihr!* Doch als er erneut nach oben sah, war die Frau verschwunden. An ihrer Stelle stand ein alter Mann mit faulen Zähnen. Der Mann starrte zu ihm hinunter und verzog das Gesicht zu einer sehnsüchtigen Grimasse. Dann stieß er einen gequälten Schrei aus, der weit über die Wüste hallte.

Robert Langdon schrak aus seinem Albtraum hoch. Das Telefon neben dem Bett klingelte. Benommen nahm er den Hörer ab.

»Hallo?«

»Ich suche Robert Langdon«, sagte eine Männerstimme.

Langdon richtete sich in seinem Bett auf und versuchte die Benommenheit abzuschütteln. »Hier … hier ist Robert Langdon.« Er schielte auf seine Digitaluhr. Es war fünf Uhr achtzehn.

»Ich muss Sie unbedingt treffen.«

»Wer ist denn da?«

»Mein Name ist Maximilian Kohler. Ich bin Teilchenphysiker.«

»Was?« Langdon konnte sich kaum auf das Gespräch konzentrieren. »Sind Sie sicher, dass Sie den richtigen Langdon gefunden haben?«

»Sie sind Professor für religiöse Symbolologie an der Harvard University. Sie haben drei Bücher über Symbolologie geschrieben und …«

»Wissen Sie eigentlich, wie spät es ist?«

»Bitte entschuldigen Sie. Ich habe etwas, das Sie sich ansehen müssen. Ich kann am Telefon nicht darüber sprechen.«

Ein ahnungsvolles Stöhnen drang über Langdons Lippen. Es war nicht das erste Mal, dass so etwas geschah. Eine der Gefahren beim Schreiben von Büchern über religiöse Symbolologie waren die Anrufe von religiösen Eiferern, die ihre jüngsten Zeichen Gottes von ihm bestätigt haben wollten. Letzten Monat erst hatte eine Stripperin Langdon den besten Sex seines Lebens versprochen, wenn er nach Oklahoma fliegen und die Echtheit eines Kreuzes bestätigen würde, das auf magische Weise auf ihrem Bettlaken entstanden war. Das *Leichentuch von Tulsa*, hatte Langdon es genannt.

»Woher haben Sie meine Nummer?« Langdon bemühte sich, höflich zu bleiben, trotz der frühen Stunde.

»Aus dem Internet. Von der Webseite, auf der Ihr Buch vorgestellt wird.«

Langdon runzelte die Stirn. Er war verdammt sicher, dass seine Telefonnummer nicht auf der Seite zu finden war. Der Mann log offensichtlich.

»Ich muss Sie treffen!«, beharrte der Anrufer. »Ich werde Sie großzügig entlohnen!«

Allmählich verlor Langdon die Geduld. »Es tut mir Leid, aber ich habe wirklich …«

»Wenn Sie auf der Stelle aufbrechen, könnten Sie gegen …«

»Ich werde nirgendwohin aufbrechen! Es ist fünf Uhr morgens!« Langdon warf den Hörer auf die Gabel und fiel zurück ins Bett. Er schloss die Augen und versuchte wieder einzuschlafen – vergebens. Seine Gedanken kreisten immer wieder um den Traum. Schließlich schlüpfte er in seinen Morgenmantel und ging nach unten.

Barfuß wanderte Robert Langdon durch das leere viktorianische Haus in Massachusetts, in der Hand sein traditionelles Mittel gegen Schlaflosigkeit – einen Becher dampfenden Nesquik. Der Aprilmond schimmerte durch die Erkerfenster und spielte auf den Orientteppichen. Langdons Kollegen witzelten oft, dass sein Haus mehr nach einem anthropologischen Museum aussah als nach einem Heim. Die Regale waren voll gestopft mit religiösen Artefakten aus der ganzen Welt – einem *ekuaba* aus Ghana, einem goldenen Kreuz aus Spanien, einem kykladischen Idol aus der Ägäis;

sogar ein seltener gewebter *boccus* aus Borneo war darunter, das Kriegersymbol ewiger Jugend.

Als Langdon auf seiner messingbeschlagenen Maharischi-Truhe saß und die warme Schokolade genoss, bemerkte er im Glas des Erkerfensters sein Spiegelbild. Es war verzerrt und bleich ... wie ein Gespenst. *Ein alterndes Gespenst,* dachte Langdon und fühlte sich auf grausame Weise daran erinnert, dass sein jugendlicher Geist in einer sterblichen Hülle wohnte.

Obwohl im klassischen Sinn nicht ausgesprochen gut aussehend, besaß der fünfundvierzigjährige Langdon doch, was seine weiblichen Kolleginnen als die Anziehungskraft der »Weisheit« bezeichneten – graue Strähnen in dem dichten braunen Haar, durchdringend blaue Augen, eine fesselnde dunkle Stimme und das selbstbewusste, sorgenfreie Lächeln des Collegesportlers. Er war sowohl in der Vorbereitungsschule als auch am College als Turmspringer in der Schulmannschaft gewesen, und er besaß noch immer die Figur eines Schwimmers, kraftvoll und über einsachtzig groß, die er wachsam mit täglich fünfzig Bahnen im Becken der Universität trainierte.

Langdons Freunde waren nie ganz klug aus ihm geworden. Ein Mann, der zwischen den Jahrhunderten gefangen war. An Wochenenden konnte man ihn in Bluejeans im Viertel treffen, wo er mit Studenten über Computergrafik oder Religionsgeschichte diskutierte; dann wieder sah man ihn in seinem Jackett aus Harris-Tweed mitsamt Paisley-Weste, wenn er zu Museumseröffnungen eingeladen wurde, Vorträge hielt oder für die Titelseiten teurer Kunstmagazine fotografiert wurde.

Obwohl Langdon ein strenger Lehrer und Zuchtmeister war, gehörte er doch zu jenen, die der »verlorenen Kunst von gutem, harmlosem Spaß« anhingen. Er genoss seine Freizeit mit einem ansteckenden Fanatismus, der ihm unter seinen Studenten eine fast brüderliche Anerkennung eingebracht hatte. Sein Spitzname auf dem Campus – »der Delfin« – war eine Anspielung nicht nur auf seine umgängliche Art, sondern auch auf die Fähigkeit, in ein Becken zu springen und in einem Wasserballspiel eine ganze gegnerische Mannschaft zum Narren zu halten.

Während Langdon dasaß und geistesabwesend in die Dunkelheit starrte, wurde die Stille seines Hauses erneut gestört, diesmal vom Klingeln des Faxgeräts. Zu erschöpft, um sich zu ärgern, stieß Langdon ein müdes Kichern aus.

Gottes Volk, dachte er. *Seit zweitausend Jahren warten sie auf ihren Messias, und sie sind immer noch hartnäckig wie die Pest.*

Übernächtigt brachte er den leeren Becher in die Küche und tappte von dort aus langsam in sein mit Eichenpaneelen verkleidetes Arbeitszimmer. Das angekommene Fax lag im Ausgabebehälter. Seufzend nahm er das Blatt und warf einen Blick darauf.

Im gleichen Augenblick stieg eine Welle von Übelkeit in ihm hoch.

Es war das Bild eines menschlichen Leichnams. Der Körper war splitternackt und der Kopf so weit verdreht, dass das Gesicht ganz nach hinten zeigte. Auf der Brust des Toten war eine grässliche Brandwunde. Der Mann war gebrandmarkt worden … mit einem einzigen Wort. Es war ein Wort, das Langdon bestens kannte. Er starrte ungläubig auf die kunstvollen Buchstaben.

»Illuminati«, stammelte er, und das Herz schlug ihm bis zum Hals. *Das kann nicht sein …*

Wie in Zeitlupe, als fürchtete er, was seine Augen sehen würden, drehte er das Blatt um hundertachtzig Grad und betrachtete das Wort auf dem Kopf.

Ihm stockte der Atem. Es war, als wäre er gegen eine Wand gelaufen. Er traute seinen Augen nicht, als er das Fax erneut drehte und das Brandmal einmal auf dem Kopf und einmal richtig herum las.

»Illuminati«, flüsterte er.

Wie betäubt sank er in einen Sessel, wo er für ein paar Augenblicke in völliger Bestürzung verharrte. Nach und nach wurde sein Blick vom blinkenden roten Licht des Faxgeräts angezogen. Wer auch immer dieses Fax geschickt hatte, er war noch in der Leitung … wartete darauf, mit ihm zu sprechen. Lange Zeit starrte Langdon reglos auf das blinkende Licht.

Dann, mit zitternden Fingern, nahm er den Hörer ab.

2.

»SCHENKEN SIE MIR JETZT IHRE AUFMERKSAMKEIT?«, fragte die Stimme des Anrufers.

»Jawohl, Sir, darauf können Sie Gift nehmen! Würden Sie sich erklären?«

»Das habe ich vorhin bereits versucht.« Die Stimme klang steif, mechanisch. »Ich bin Physiker. Ich leite eine Forschungseinrichtung. Dort wurde ein Mord begangen. Sie haben den Leichnam gesehen.«

»Wie haben Sie mich gefunden?« Langdon konnte sich kaum konzentrieren. Sein Verstand raste, kreiste um das Bild auf dem Fax.

»Das habe ich Ihnen bereits gesagt. Dank des World Wide Web. Ich meine die Webseite Ihres Buches, *Die Kunst der Illuminati*.«

Langdon versuchte seine Gedanken zu sammeln. Sein Buch war in literarischen Kreisen praktisch unbekannt, auch wenn es online eine beträchtliche Anhängerschaft gewonnen hatte. Nichtsdestotrotz ergab die Behauptung des Anrufers keinen Sinn. »Auf der Webseite finden sich keine Kontaktinformationen«, widersprach Langdon herausfordernd. »Da bin ich ganz sicher.«

»Ich verfüge über eine Reihe von Mitarbeitern, die sehr geschickt sind, wenn es darum geht, Userinformationen aus dem Web zu beschaffen.«

Langdon blieb skeptisch. »Hört sich so an, als wüssten Sie und Ihre Leute eine ganze Menge über das Web.«

»Das sollten wir auch«, schoss der andere zurück. »Wir haben es *erfunden*.«

Irgendetwas in der Stimme des anderen verriet Langdon, dass seine Behauptung ernst gemeint war.

»Ich muss Sie treffen«, beharrte die Stimme. »Es geht um eine Angelegenheit, die wir nicht am Telefon besprechen können. Die Forschungseinrichtung liegt nur eine Flugstunde von Boston entfernt.«

Langdon stand im schwachen Licht seines Arbeitszimmers und betrachtete erneut das Fax in seiner Hand. Das Bild war überwältigend. Wahrscheinlich war es die epigrafische Entdeckung des Jahrhunderts. Dieses eine Symbol – falls es echt war – bestätigte ein ganzes Jahrzehnt seiner Forschungen.

»Es ist von äußerster Wichtigkeit!«, drängte die Stimme.

Langdons Blick ruhte auf dem Brandmal. *Illuminati*, las er immer und immer wieder. Bis zum heutigen Tag hatte seine Arbeit auf dem symbolologischen Äquivalent von Fossilien beruht – alten Dokumenten und historischem Material –, doch dieses Bild hier stammte aus der Gegenwart. Präsens. Er fühlte sich wie ein Paläontologe, der unvermittelt einem lebenden Dinosaurier gegenübersteht.

»Ich war so frei, Ihnen ein Flugzeug zu schicken«, sagte die Stimme. »Es wird in etwa zwanzig Minuten in Boston landen.«

Langdon spürte, wie sein Mund trocken wurde. *Eine Flugstunde …*

»Bitte verzeihen Sie meine Vermessenheit«, fuhr die Stimme fort, »aber ich brauche Sie hier.«

Langdon starrte erneut auf das Fax. Ein alter Mythos, der auf diesem Schwarzweißbild seine Bestätigung gefunden hatte. Die Schlussfolgerungen waren beängstigend. Abwesend starrte er durch das Erkerfenster nach draußen. Das erste Licht des heraufdämmernden Morgens schimmerte durch die Birken in seinem Garten, doch diesmal sah es irgendwie anders aus. Während eine eigenartige Mischung von Furcht und Aufregung in ihm aufstieg, wurde ihm bewusst, dass er überhaupt keine Wahl hatte.

»Sie haben gewonnen«, sagte er schließlich. »Sagen Sie mir, wie ich zu diesem Flugzeug komme.«

3.

TAUSENDE VON MEILEN ENTFERNT trafen sich zwei Männer. Das Zimmer war düster. Mittelalterlich. Nackter Stein.

»*Benvenuto*«, sagte der Auftraggeber. Er saß im Schatten, fast unsichtbar. »Waren Sie erfolgreich?«

»*Sì*«, antwortete die dunkle Gestalt. »*Perfettamente.*« Ihre Aussprache war so hart wie die Steinwände.

»Und es wird keinen Zweifel geben, wer verantwortlich ist?«

»Keinen.«

»Ausgezeichnet. Haben Sie, was ich wollte?«

Die Augen des Killers glitzerten schwarz wie Öl. Er nahm ein schweres elektronisches Gerät und stellte es auf den Tisch.

Der Mann im Schatten schien erfreut. »Sie haben Ihre Sache gut gemacht.«

»Es ist mir eine Ehre, der Bruderschaft zu dienen«, erwiderte der Killer.

»Phase zwei beginnt in Kürze. Ruhen Sie sich aus. Heute Nacht verändern wir den Lauf der Welt.«

4.

ROBERT LANGDONS Saab 900S schoss durch den Callahan Tunnel und kam auf der Ostseite des Boston Harbour ganz in der Nähe der Einfahrt zum Logan Airport wieder hervor. Nach kurzer Orientierung fand Langdon die Aviation Road und bog hinter den alten Gebäuden der Eastern Airlines links ab. Dreihundert Meter weiter ragte ein Hangar in der Dunkelheit auf. Er war mit einer großen »4« gekennzeichnet. Langdon steuerte auf den Parkplatz und stieg aus dem Wagen.

Ein rundgesichtiger Mann in einem blauen Fliegeranzug kam hinter dem Gebäude hervor. »Robert Langdon?«, rief er. Die Stimme des Mannes klang freundlich. Er besaß einen Akzent, den Langdon nicht einzuordnen vermochte.

»Das bin ich«, antwortete Langdon und verschloss seinen Wagen.

»Perfektes Timing«, sagte der Mann. »Ich bin eben erst gelandet. Folgen Sie mir bitte.«

Sie umrundeten das Gebäude, und in Langdon wuchs die Anspannung. Er war nicht an rätselhafte Telefonanrufe und geheime Treffen mit Fremden gewöhnt. Da er nicht gewusst hatte, was ihn erwartete, hatte er seine übliche Vorlesungsgarderobe gewählt – eine strapazierfähige Baumwollhose, einen Rollkragenpullover und ein Jackett aus Harris-Tweed. Während er dem Piloten folgte, musste er erneut an das Fax in seiner Jackentasche denken – er konnte immer noch nicht glauben, was auf dem Bild zu sehen war.

Der Pilot schien Langdons Besorgnis zu spüren. »Fliegen bereitet Ihnen doch keine Probleme, Sir?«

»Überhaupt nicht«, antwortete Langdon. *Leichen mit Brandmalen sind ein Problem für mich, aber fliegen? Damit komme ich klar.*

Der Mann führte Langdon um den gesamten Hangar herum. Sie erreichten die Ecke, und vor ihnen erstreckte sich das Rollfeld.

Als Langdon das auf dem Vorfeld parkende Flugzeug sah, blieb er wie angewurzelt stehen. »Wir fliegen mit *dieser* Maschine?«

Der Mann grinste. »Gefällt sie Ihnen?«

Langdon starrte das Flugzeug sprachlos an. »Ob es mir gefällt? Was zur Hölle *ist* das?«

Das Flugzeug war riesig. Es erinnerte vage an ein Space Shuttle, mit dem Unterschied, dass die Oberseite völlig flach war. Wie es dort auf dem Rollfeld stand, sah es wie ein gewaltiger Keil aus. Langdons erster Gedanke war, dass er träumen musste. Dieses Gebilde sah aus, als wäre es ungefähr so flugtauglich wie eine Buick-Limousine. Flügel gab es praktisch nicht, nur winzige Stummelfinnen am hinteren Ende des Rumpfs. Zwei Seitenruder ragten aus dem Heck. Der Rest der Maschine war Rumpf – ungefähr sechzig Meter Länge insgesamt –, fensterloser, nackter Rumpf.

»Zweihundertfünfzigtausend Kilo voll betankt«, erklärte der Pilot wie ein Vater, der stolz von seinem Neugeborenen spricht. »Fliegt mit flüssigem Wasserstoff. Der Rumpf besteht aus einer Titan-Siliziumcarbid-Matrix. Die Lady besitzt ein Schub-Gewichtsverhältnis von zwanzig zu eins. Die meisten Jets schaffen höchstens sieben zu eins. Der Direktor muss es wirklich verflixt eilig haben, Sie zu sehen. Normalerweise schickt er nicht die große Lady hier.«

»Dieses Ding *fliegt*!«, fragte Langdon.

Der Pilot lächelte. »O ja.« Er führte Langdon über den Beton zu dem Flugzeug. »Sieht ziemlich verblüffend aus, ich weiß, aber daran gewöhnen Sie sich besser. In fünf Jahren sehen Sie nur noch diese Babys. HSCTs, High Speed Civil Transports. Unsere Einrichtung gehört zu den ersten, die über so eine Hochgeschwindigkeitsmaschine verfügen.«

Muss ja eine wahnsinnig wichtige Einrichtung sein, dachte Langdon.

»Das hier ist ein Prototyp einer Boeing X-33«, fuhr der Pilot fort. »Inzwischen gibt es Dutzende anderer Entwicklungen – das National Aero Space Plane, den Scramjet der Russen, das HOTOL der Engländer. Das dort ist die Zukunft; es dauert nur noch kurze Zeit, bis diese Flugzeuge zum Standard gehören. Konventionelle Jets sind jedenfalls Schnee von gestern.«

Misstrauisch starrte Langdon zu dem Flugzeug hoch. »Ich denke, ich ziehe konventionelle Jets vor.«

Der Pilot deutete auf die Gangway. »Hier entlang bitte, Mr. Langdon. Und passen Sie auf, wo Sie hintreten.«

Minuten später saß Langdon in einer leeren Kabine. Der Pilot schnallte ihn in der vordersten Reihe an und verschwand im Cockpit.

Die Kabine sah der Flugzeugkabine eines gewöhnlichen kommerziellen Passagierflugzeugs verblüffend ähnlich – mit der einzigen Ausnahme, dass es keine Fenster gab, sehr zu Langdons Beunruhigung. Er hatte sein Leben lang unter einer schwach ausgeprägten Klaustrophobie gelitten – die Folge eines Kindheitserlebnisses, das er niemals ganz überwunden hatte.

Langdons Aversion gegen geschlossene Räume war keineswegs so schlimm, dass sie ihn schwächte, doch es war eine frustrierende Angelegenheit. Sie manifestierte sich auf vielfache und subtile Weise. Er mied Sportarten, die in geschlossenen kleinen Hallen stattfanden – Badminton oder Squash, zum Beispiel –, und er hatte, ohne mit der Wimper zu zucken, ein kleines Vermögen für sein luftiges viktorianisches Haus mit den hohen Zimmern gezahlt, obwohl die Fakultät preiswerte Wohnungen und Häuser anbot. Langdon vermutete, dass auch sein aus der Jugend stammendes Interesse an der Kunst seiner Liebe für die weiten, offenen Räume von Museen entsprang.

Die Motoren des Flugzeugs erwachten brüllend zum Leben und sandten ein dumpfes Vibrieren durch den gesamten Rumpf. Langdon schluckte mühsam und wartete. Er spürte, wie das Flugzeug sich in Bewegung setzte. Aus den Deckenlautsprechern drang leise Country-Musik.

Ein Telefon an der Wand neben ihm summte zweimal. Langdon nahm den Hörer ab. »Hallo?«

»Haben Sie es sich bequem gemacht, Mr. Langdon?«

»Überhaupt nicht.«

»Entspannen Sie sich, Sir. Wir sind in einer Stunde da.«

»Und wo genau ist *da*?«, fragte Langdon, als ihm bewusst wurde, dass er vollkommen ahnungslos war, wohin die Reise ging.

»*Genève*«, antwortete der Pilot und erhöhte den Schub. »Die Anlage befindet sich in *Genève*.«

»*Geneva* also«, sagte Langdon und entspannte sich ein wenig. »Im Norden von New York. Ich habe Verwandte in der Nähe von Seneca Lake. Ich wusste gar nicht, dass es in Geneva eine Forschungseinrichtung gibt.«

Der Pilot lachte. »Nicht Geneva, *New York*, Mr. Langdon. Genève, *Schweiz*.«

Langdon benötigte ein paar Sekunden, bis er die Worte des Piloten begriff. »Sie meinen Genf? In der Schweiz?« Langdons Puls begann zu rasen. »Ich dachte, es wäre nur eine Flugstunde entfernt!«

»Ist es auch, Mr. Langdon.« Der Pilot kicherte. »Dieser Vogel schafft locker Mach fünfzehn.«

5.

IRGENDWO IN EUROPA schlängelte sich der Killer durch eine geschäftige Straße. Er war ein kraftvoller, dunkler Mann. Ausgesprochen beweglich. Seine Muskeln fühlten sich noch immer hart an vom Nervenkitzel der zurückliegenden Begegnung.

Alles ist gut gegangen, sagte er sich. Obwohl sein Auftraggeber zu keinem Zeitpunkt sein Gesicht gezeigt hatte, fühlte der Killer sich geehrt, weil er persönlich mit ihm gesprochen hatte. Waren es wirklich erst fünfzehn Tage, seit der Auftraggeber zum ersten Mal Kontakt zu ihm aufgenommen hatte? Der Killer erinnerte sich noch immer an jedes Wort dieses Anrufs.

»Mein Name ist Janus«, hatte der Anrufer gesagt. »Wir sind in gewisser Weise verwandt. Wir haben einen gemeinsamen Feind. Wie ich hörte, kann man Ihre Dienste in Anspruch nehmen.«

»Das kommt ganz darauf an, wen Sie repräsentieren«, hatte der Killer geantwortet.

Der Anrufer sagte es ihm.

»Soll das ein Witz sein?«

»Ich sehe, Sie haben schon von uns gehört«, antwortete der Anrufer.

»Selbstverständlich. Die Bruderschaft ist legendär!«

»Und doch bezweifeln Sie, dass ich bin, wer ich zu sein behaupte?«

»Jedermann weiß, dass die Bruderschaft längst zu Staub zerfallen ist.«

»Eine listige Täuschung. Der gefährlichste Feind ist der, den niemand fürchtet.«

Der Killer war skeptisch. »Die Bruderschaft existiert also noch?«

»Tiefer im Untergrund als je zuvor. Unsere Wurzeln durchdringen alles, was Sie um sich herum sehen … sogar bis in die heilige Festung unserer erbittertsten Feinde.«

»Unmöglich! Sie sind unverwundbar!«

»Unser Arm reicht weit.«

»Niemand besitzt so viel Einfluss.«

»Sehr bald schon werden Sie mir glauben. Ich habe bereits eine unwiderlegbare Demonstration der Macht der Bruderschaft initiiert. Ein Akt des Verrats soll Ihnen als Beweis gelten.«

»Was haben Sie getan?«

Der Anrufer sagte es ihm. Der Killer riss die Augen auf. »Vollkommen unmöglich!«

Am nächsten Tag hatte auf sämtlichen Zeitungen der Welt die gleiche Schlagzeile geprangt, und der Killer war zum Gläubigen geworden.

Heute, fünfzehn Tage später, hatte sich der Glaube des Killers so verfestigt, dass nicht die Spur eines Zweifels geblieben war. *Die Bruderschaft lebt,* dachte er. *Und heute Nacht wird sie hervortreten, um ihre wahre Macht zu demonstrieren.*

Während er sich durch die belebten Straßen bewegte, funkelten seine schwarzen Augen voller Vorfreude. Eine der geheimsten und gefürchtetsten Bruderschaften in der Geschichte der Menschheit hatte *ihn* gerufen, um ihr zu dienen. *Sie haben eine kluge Wahl getroffen,* dachte er. Seine Diskretion wurde nur noch von seiner tödlichen Effizienz übertroffen.

Bisher hatte er zu ihrer vollsten Zufriedenheit gearbeitet. Er hatte das Zielobjekt ausgeschaltet und Janus den verlangten Gegenstand geliefert. Jetzt war es an Janus, seinen Einfluss zu nutzen, um für die richtige Platzierung des Gegenstands zu sorgen.

Die Platzierung …

Der Killer fragte sich, wie Janus eine derart schwierige Aufgabe vollbringen wollte. Der Mann hatte offensichtlich Verbindungen nach drinnen. Die Macht der Bruderschaft schien grenzenlos.

Janus, dachte der Killer. *Ein Kodename, ohne Zweifel.* War es, so fragte er sich, eine Anspielung auf jenen römischen Gott mit den zwei Gesichtern … oder den Mond des Saturn? Nicht, dass es einen Unterschied gemacht hätte. Janus verfügte über unvorstellbare Macht. Das hatte er über jeden Zweifel hinaus bewiesen.

Der Killer bewegte sich durch die Straßen, und er stellte sich vor, wie seine Vorfahren zu ihm herablächelten. Heute kämpfte er ihre Schlacht, kämpfte gegen den gleichen Feind, den sie seit Menschengedenken bekämpft hatten, seit dem elften christlichen Jahrhundert … als die Kreuzfahrerarmeen zum ersten Mal sein Land geplündert, sein Volk vergewaltigt und getötet, es für unrein erklärt und seine Tempel und Götter entweiht hatten.

Seine Ahnen hatten eine kleine, tödliche Armee aufgestellt, um sich zu verteidigen. Sie waren im ganzen Land als Beschützer berühmt geworden – erbarmungslose Vollstrecker, die umhergestreift waren und jeden Feind niedergemetzelt hatten, der ihnen begegnet war. Sie waren nicht nur für die brutalen Morde berüchtigt gewesen, sondern auch dafür, dass sie ihre Siege im Drogenrausch gefeiert hatten. Ihre Droge war ein starkes Gift, das sie *hashish* nannten.

Als ihr Ruf sich über das gesamte Land ausbreitete, erhielten die tödlichen Kämpfer einen Namen: *Hashishin*. Wörtlich bedeutete er *»Anhänger des hashish«*. Das Wort *Hashishin* wurde in fast jedem Land der Erde zu einem Synonym für den Tod. Es war auch heute noch in Gebrauch … doch wie die Kunst des Tötens, so hatte auch das Wort eine Entwicklung durchlaufen.

Es lautete nun *Assassine.*

6.

VIERUNDSECHZIG MINUTEN waren seit dem Start vergangen, als ein ungläubiger und ein wenig luftkranker Robert Langdon auf dem sonnenüberfluteten Rollfeld die Gangway hinunterschritt. Eine steife Brise zerrte an den Revers seiner Tweedjacke. Der freie Raum ringsum war ein wunderbares Gefühl. Er spähte hinaus in das üppig grüne Tal, das von schneebedeckten Bergen umgeben war.

Ich träume. Es ist alles nur ein Traum, und ich wache jeden Augenblick auf.

»Willkommen in der Schweiz«, sagte der Pilot. Er musste fast brüllen, um den Lärm der herunterfahrenden HEDM-Motoren der X-33 zu übertönen.

Langdon blickte auf die Uhr. Es war sieben Minuten nach sieben.

»Sie haben sechs Zeitzonen durchquert«, beschied ihn der Pilot. »Wir haben kurz nach dreizehn Uhr Ortszeit.«

Langdon stellte seine Uhr.

»Wie fühlen Sie sich?«

Langdon rieb sich den Magen. »Als hätte ich Styropor gegessen.«

Der Pilot nickte. »Höhenkrankheit. Wir waren in fünfundzwanzigtausend Metern Höhe. Dort oben sind Sie ein Drittel leichter. Zum Glück war es nur ein kurzer Sprung – wäre es nach Tokio gegangen, hatte ich die Lady ganz nach oben gebracht – hundertfünfzig Kilometer. *Das* dreht Ihnen die Eingeweide wirklich um, glauben Sie mir.«

Langdon nickte schwach und beglückwünschte sich im Stillen. Wenn man es genau bedachte, war der Flug bemerkenswert ereignislos verlaufen. Abgesehen von einer knochenzermalmenden Beschleunigung während des Starts, hatte das Flugzeug sich normal verhalten – hin und wieder kleinere Turbulenzen, ein paar Druckveränderungen während des Steigflugs, doch ansonsten hatte nichts darauf hingedeutet, dass sie mit der irrsinnigen Geschwindigkeit von achtzehntausend Stundenkilometern durch den Fast-Weltraum gerast waren.

Eine Hand voll Techniker eilte auf das Vorfeld, um die X-33 zu warten. Der Pilot führte Langdon zu einer schwarzen Limousine auf einem Parkplatz direkt beim Kontrollturm. Augenblicke später rasten sie über eine asphaltierte Straße, die sich durch das gesamte Tal zog. In der Ferne erhob sich eine Reihe von Gebäuden. Jenseits der Scheiben schienen die Wiesen und Felder zu verschwimmen.

Langdon beobachtete ungläubig, wie der Fahrer bis auf über hundertsiebzig Stundenkilometer beschleunigte. *Was hat dieser Typ für ein Problem mit normalen Geschwindigkeiten?*, dachte er.

»Fünf Kilometer bis zu unserem Ziel«, verkündete der Fahrer. »In zwei Minuten sind Sie da.«

Langdon suchte vergeblich nach einem Sicherheitsgurt. *Warum nicht in drei Minuten und dafür mit heiler Haut?*

Der Peugeot raste weiter.

»Mögen Sie *Reba*?«, fragte der Pilot und schob eine Kassette in das Abspielgerät.

Eine Frau sang: »It's just the fear of being alone ...«

Nein, keine Angst, allein zu sein, dachte Langdon geistesabwesend. Seine Kolleginnen zogen ihn häufig damit auf, dass seine Sammlung musealer Artefakte nichts weiter wäre als der leicht durchschaubare Versuch, ein leeres Heim zu füllen, ein Heim, das ihrer beharrlichen Meinung nach sehr von der Gegenwart einer Frau profitieren würde. Langdon tat die Bemerkungen stets lachend ab und entgegnete, dass es bereits drei große Lieben in seinem Leben gäbe – Symbolologie, Wasserball und Singledasein. Letzteres bot ihm die Freiheit, durch die Welt zu reisen, so lange zu schlafen, wie er wollte, und stille Abende zu Hause mit einem Brandy und einem guten Buch zu genießen.

»Es ist wie eine kleine Stadt«, sagte der Pilot und riss Langdon aus seinen Tagträumen. »Mehr als nur Labors. Wir haben Supermärkte, ein Spital und sogar ein Kino.«

Langdon nickte mechanisch und blickte hinaus auf die ausgedehnte Ansammlung von Gebäuden, die sich vor ihnen erhob.

»Tatsächlich besitzen wir sogar die größte Maschine der Welt«, fügte der Pilot hinzu.

»Wirklich?« Langdon suchte die Landschaft ab.

»Da draußen suchen Sie vergeblich, Sir.« Der Pilot lächelte. »Sie befindet sich sechs Stockwerke unter der Erde.«

Langdon hatte keine Gelegenheit nachzufragen. Ohne Vorwarnung trat der Pilot auf die Bremse. Mit quietschenden Reifen kam der Wagen vor einem Wachhaus aus Stahlbeton zum Stehen.

Langdon las das Schild vor ihnen: SECURITE. ARRETEZ. Plötzlich begriff er, wo er war, und Panik stieg in ihm auf. »Mein Gott, ich habe keinen Pass dabei!«

»Pässe sind unnötig«, versicherte ihm der Fahrer. »Wir haben eine Ausnahmeregelung mit der schweizerischen Regierung.«

Verblüfft beobachtete Langdon, wie der Fahrer dem Wachtposten einen Ausweis gab. Der Posten schob den Ausweis in einen elektronischen Scanner. Die Maschine blinkte grün.

»Name des Passagiers?«

»Robert Langdon«, antwortete der Fahrer.

»Gast von?«

»Direktor Kohler.«

Der Wachtposten hob die Augenbrauen. Er wandte sich um, blätterte durch einen Computerausdruck und verglich die Daten mit den Anzeigen auf seinem Monitor. Dann wandte er sich wieder dem Fenster zu. »Einen angenehmen Aufenthalt, Professor Langdon.«

Der Wagen raste erneut los und beschleunigte bis kurz vor einen Kreisverkehr, von dem aus es zum Haupteingang der Anlage ging. Vor ihnen ragte eine rechteckige, ultramoderne Konstruktion aus Stahl und Glas auf. Langdon war hingerissen von dem transparenten Design. Er hatte schon immer eine Vorliebe für großzügige Architektur gehabt.

»Die Glaskathedrale«, erklärte sein Begleiter.

»Eine Kirche?«

»Oh, nein. Wir haben hier fast alles, nur keine Kirche. Unsere Religion heißt Physik. Sie können so viele gotteslästerliche Flüche ausstoßen, wie Sie wollen.« Der Fahrer lachte. »Aber wagen Sie nicht, etwas gegen Quarks oder Mesonen zu sagen.«

Langdon schwieg benommen, während der Fahrer den Wagen durch den Kreisel lenkte und vor dem Glasgebäude hielt. Quarks und Mesonen? Keine Passkontrolle? Mach-15-Jets? Wer, zur Hölle, sind diese Leute?

Die große behauene Granitplatte vor dem Gebäude gab ihm die Antwort:

CERN

Conseil Européen pour la Recherche Nucléaire

»Nukleare Forschung?«, fragte Langdon und war ziemlich sicher, dass seine Übersetzung korrekt war.

Der Fahrer antwortete nicht. Er hatte sich vorgebeugt und drehte an den Knöpfen des Kassettenspielers. »So, wir sind da. Der Direktor wird Sie am Eingang in Empfang nehmen.«

Langdon sah einen Mann in einem Rollstuhl aus dem Gebäude kommen. Er sah aus wie Anfang sechzig, hager, vollkommen kahl und mit strengem Gesichtsausdruck. Er trug einen weißen Laborkittel, und seine Schuhe waren fest in die Fußstütze des Rollstuhls gestemmt. Selbst auf die Entfernung wirkten seine Augen leblos wie graue Steine.

»Das ist er?«, fragte Langdon.

Der Fahrer blickte auf. »Also, wenn das nicht …« Er wandte sich zu Langdon um und grinste beunruhigend. »Wenn man vom Teufel spricht …«

Unsicher, was ihn erwartete, stieg Robert Langdon aus dem Wagen.

Der Mann im Rollstuhl kam auf ihn zu und reichte ihm eine feuchtkalte Hand. »Mr. Langdon? Wir haben miteinander telefoniert. Ich bin Maximilian Kohler.«

7.

MAXIMILIAN KOHLER, Generaldirektor von CERN, wurde hinter seinem Rücken »der König« genannt. Es war ein Titel, der mehr von Furcht zeugte denn von Ehrerbietung für einen Mann, der sein Reich vom Rollstuhl aus regierte. Nur wenige kannten Kohler persönlich, doch jeder bei CERN hatte die schreckliche Geschichte gehört, wie es zu seiner Verkrüppelung gekommen war, und kaum jemand machte ihm seine Bitterkeit zum Vorwurf … genauso wenig wie seine völlige Hingabe an die reine Wissenschaft.

Langdon kannte den Direktor erst seit wenigen Augenblicken und spürte bereits jetzt, dass Kohler ein sehr distanzierter Mensch war. Langdon musste beinahe rennen, um mit Kohlers elektrischem Rollstuhl Schritt zu halten, als dieser lautlos auf den Eingang zuglitt. Einen solchen Rollstuhl hatte Langdon noch nie gesehen; er war ausgestattet mit einer ganzen Batterie elektronischer Geräte einschließlich Mobiltelefon, Pager, Computerbildschirm, selbst einer kleinen transportablen Videokamera. König Kohlers mobiles Kommandozentrum.

Langdon folgte Kohler durch eine mechanische Tür in die gewaltige Eingangshalle von CERN.

Die Glaskathedrale, sinnierte Langdon und starrte himmelwärts.

Das bläuliche Glasdach glänzte im Licht der Nachmittagssonne. Die geometrischen Schatten der Sonnenstrahlen verliehen dem Raum eine Aura von Erhabenheit, und regelmäßige Muster aus

Licht und Schatten überzogen die weißen Wände und den Marmorboden. Die Luft roch rein, beinahe steril. Eine Hand voll Wissenschaftler bewegte sich zielstrebig hin und her, und ihre Schritte hallten von den Wänden wider.

»Hier entlang bitte, Mr. Langdon.« Kohlers Stimme klang fast, als stammte sie aus einem Computer. Seine Aussprache war hart und präzise, sie passte zu seinen strengen Gesichtszügen. Kohler hustete und wischte sich mit einem weißen Taschentuch über den Mund, während er Langdon mit seinen toten grauen Augen fixierte. »Bitte beeilen Sie sich.« Der Rollstuhl schien über den weißen Marmorboden zu schweben.

Langdon folgte ihm durch scheinbar endlose Gänge und Korridore, in denen ausnahmslos hektische Betriebsamkeit herrschte. Die Wissenschaftler, die ihnen unterwegs begegneten, starrten Langdon überrascht an, als fragten sie sich, wer er war, dass er solche Aufmerksamkeit erhielt.

»Ich gestehe zu meiner Schande«, sagte Langdon in dem Versuch, Konversation zu machen, »dass ich noch nie etwas von CERN gehört habe.«

»Das überrascht mich nicht«, erwiderte Kohler. Seine abgehackte Antwort klang nüchtern und emotionslos. »Die meisten Amerikaner sehen Europa nicht als führende wissenschaftliche Kraft in der Welt. Für sie ist Europa nichts weiter als eine abgelegene Gegend, wo man billig einkaufen kann – eine merkwürdige Einstellung, wenn man bedenkt, dass Männer wie Einstein, Galileo oder Newton alle Europäer waren.«

Langdon wusste nicht recht, wie er darauf antworten sollte. Er zog das Fax aus der Jackentasche. »Dieser Mann auf dem Foto – könnten Sie …?«

Kohler schnitt ihm mit einer Handbewegung das Wort ab. »Nicht hier, bitte. Ich bringe Sie jetzt zu der Stelle.« Er streckte Langdon die Hand hin. »Vielleicht sollte ich das wieder an mich nehmen.«

Langdon reichte ihm das Fax und trottete schweigend hinter dem Rollstuhl her.

Kohler bog nach links in einen breiten, hohen Korridor, dessen Wände mit zahllosen Urkunden und Auszeichnungen geschmückt waren. Der Eingang wurde von einer besonders großen Plakette beherrscht. Langdon verlangsamte seinen Schritt, um die in Bronze gravierte Inschrift im Vorübergehen zu lesen:

ARS ELECTRONICA AWARD
Für kulturelle Innovation im Digitalen Zeitalter
Verliehen an Tim Berners und CERN
Für die Erfindung des WORLD WIDE WEB

Ich will verdammt sein, dachte Langdon, als er den Text las. *Dieser Typ hat keinen Scherz gemacht!* Langdon hatte immer gedacht, das Web sei eine amerikanische Erfindung. Andererseits waren seine Kenntnisse auf die Seite für seine eigenen Bücher und gelegentliche Online-Besuche im Louvre oder Prado beschränkt, die er mit seinem alten Macintosh unternahm.

»Das Web«, sagte Kohler, hustete erneut und wischte sich mit dem Taschentuch über den Mund, »hat hier seinen Anfang genommen, als ein Netzwerk von lokalen Computern. Dadurch waren Wissenschaftler aus verschiedenen Abteilungen imstande, ihre neuesten Erkenntnisse miteinander zu teilen. Heute glaubt die ganze Welt, das Internet wäre eine Erfindung der Amerikaner.«

Langdon folgte Kohler weiter durch den Gang. »Warum unternehmen Sie nichts, um das richtig zu stellen?«

Kohler zuckte scheinbar desinteressiert die Schultern. »Eine unbedeutende Fehleinschätzung einer unbedeutenden Technologie. CERN ist weit mehr als eine globale Vernetzung von Computern. Unsere Wissenschaftler produzieren fast täglich neue Wunder.«

Langdon starrte Kohler fragend an. »Wunder?« Das Wort »Wunder« gehörte sicherlich nicht zum allgemeinen Vokabular im Fairchild Science Building von Harvard. Wunder waren im Allgemeinen den theologischen Fakultäten vorbehalten.

»Sie scheinen skeptisch zu sein«, sagte Kohler. »Ich dachte, Sie wären Spezialist für religiöse Symbolologie. Glauben Sie denn nicht an Wunder?«

»Ich weiß nicht recht, was ich von Wundern halten soll«, erwiderte Langdon. *Insbesondere von Wundern, die aus den Labors der Wissenschaft kommen.*

»Wunder ist vielleicht auch das falsche Wort. Ich habe versucht, in Ihrer Sprache zu sprechen.«

»Meiner Sprache?« Plötzlich fühlte Langdon sich unbehaglich. »Ich möchte Sie nicht enttäuschen, Sir, aber ich *studiere* religiöse Symbolologie – ich bin Wissenschaftler und kein Priester.«

Kohler verlangsamte seine Fahrt. Er wandte sich zu Langdon um, und sein Blick wurde eine Spur freundlicher. »Selbstverständlich. Wie dumm von mir. Man muss schließlich nicht an Krebs leiden, um seine Symptome zu analysieren.«

So hatte Langdon die Sache noch nie betrachtet.

Sie setzten ihren Weg durch den Korridor fort, und Kohler nickte einlenkend. »Ich glaube, wir werden uns sehr gut verstehen, Mr. Langdon.«

Irgendwie zweifelte Langdon daran.

Sie eilten weiter, und unvermittelt hörte Langdon ein tiefes Rumpeln ein Stück voraus. Das Geräusch wurde mit jedem Schritt lauter, bis die Wände selbst vibrierten. Es schien vom Ende des Korridors zu kommen.

»Was ist das?«, fragte Langdon schließlich und musste fast schreien. Es klang, als näherten sie sich einem aktiven Vulkan.

»Ein Freifallschacht«, erwiderte Kohler mit einer Stimme, die mühelos den Lärm durchschnitt. Auf eine weitere Erklärung wartete Langdon vergeblich.

Er fragte auch nicht nach. Er war erschöpft, und Maximilian Kohler schien kein Interesse daran zu haben, einen Preis für herausragende Gastfreundschaft zu gewinnen. Langdon rief sich den Grund für seine Anwesenheit ins Gedächtnis, *Illuminati*. Er nahm an, dass irgendwo in dieser gewaltigen Einrichtung ein Leichnam lag … ein Leichnam mit einem Brandmal, das zu sehen er fünftausend Kilometer weit geflogen war.

Sie näherten sich dem Ende des Korridors, und das Rumpeln wurde ohrenbetäubend. Der Boden vibrierte unter Langdons Füßen. Sie umrundeten eine Biegung, und zur Rechten erstreckte sich eine Aussichtsgalerie. Vier Fenster mit dicken Scheiben waren in eine runde Wand eingelassen wie Bullaugen in einem Unterseeboot. Langdon blieb stehen und warf einen Blick auf das, was dahinter lag.

Professor Robert Langdon hatte in seinem Leben schon eine Reihe von merkwürdigen Dingen gesehen, doch was er nun sah, war mit Abstand das Merkwürdigste. Er blinzelte ein paar Mal und fragte sich, ob er unter Halluzinationen leide. Er starrte hinaus in eine weite, runde Kammer. Im Innern der Kammer schwebten Menschen, als wären sie *schwerelos*. Drei Leute. Einer von ihnen winkte und schlug mitten in der Luft einen Salto.

Mein Gott, dachte Langdon. *Ich bin im Land Oz.*

Den Boden der Kammer bildete ein Gitter, das aussah wie ein gewaltiger Maschendraht. Unter dem Gitter erkannte Langdon das metallische Flirren eines gigantischen Propellers.

»Der Freifallschacht«, sagte Kohler. Er hatte angehalten und wartete auf Langdon. »Indoor-Fallschirmspringen. Zum Stressabbau. Ein ganz gewöhnlicher Windkanal, aber vertikal ausgerichtet.«

Sprachlos beobachtete Langdon das Geschehen in der Kammer. Eine der drei Personen, eine dicke Frau, manövrierte auf das Fenster zu. Die Luftströmungen zerrten an ihr, doch sie grinste und winkte Langdon mit erhobenem Daumen. Langdon lächelte schwach und fragte sich, ob sie wusste, dass der Daumen ein altes phallisches Symbol für Virilität war.

Langdon bemerkte, dass die korpulente Frau die Einzige war, die eine Art Mini-Fallschirm trug. Das Stück Stoff blähte sich über ihr wie ein Spielzeugsegel. »Wozu ist der kleine Fallschirm?«, fragte er Kohler. »Er kann höchstens einen Meter Durchmesser haben.«

»Reibung«, erwiderte Kohler. »Er verringert ihre Aerodynamik so weit, dass die Luftströmung sie tragen kann.« Er setzte sich erneut in Bewegung. »Ein Quadratmeter Stoff verlangsamt einen Körper im freien Fall um fast zwanzig Prozent.«

Langdon nickte verdutzt.

Er hätte niemals für möglich gehalten, dass diese Information ihm noch in der gleichen Nacht das Leben retten würde, in einem viele Hundert Kilometer entfernten Land.

8.

ALS LANGDON UND KOHLER auf der Rückseite des Hauptgebäudes von CERN in das grelle Licht der Sonne traten, fühlte sich Langdon, als wäre er irgendwie nach Hause versetzt worden. Die Szenerie vor seinen Augen besaß verblüffende Ähnlichkeit mit dem Campus einer amerikanischen Eliteuniversität.

Ein grasbewachsener Hang erstreckte sich in eine weite Ebene hinein. Kleine Gruppen von Zuckerahorn auf großzügigen Freiflächen waren gesäumt von Wohnheimen und Fußwegen. Leute mit Büchern und Papieren eilten zwischen den Gebäuden umher. Wie um die Campus-Atmosphäre zu untermalen, schleuderten zwei langhaarige Hippies eine Frisbeescheibe, während aus einem offenen Fenster Gustav Mahlers Vierte Symphonie erklang.

»Das sind die Unterkünfte für unsere Mitarbeiter«, erklärte Kohler, während er mit seinem Rollstuhl den Weg hinunter zu den Gebäuden einschlug. »Wir beschäftigen über dreitausend Physiker. Mehr als die Hälfte aller Teilchenphysiker der Welt arbeitet bei CERN, die klügsten Köpfe auf diesem Planeten. Deutsche, Japaner, Italiener, Holländer, was immer Sie wollen. Unsere Physiker repräsentieren mehr als fünfhundert Universitäten und sechzig Nationalitäten.«

Langdon staunte einmal mehr. »Und wie kommunizieren so viele verschiedene Nationalitäten miteinander?«

»Auf Englisch natürlich. Die universale Sprache der Wissenschaft.«

Langdon hatte stets geglaubt, Mathematik sei die universale Sprache der Wissenschaft, doch er war zu müde, als dass er widersprochen hätte. Pflichtschuldigst folgte er Kohler den Weg hinunter.

Auf halbem Weg joggte ein junger Mann vorüber. Er trug ein T-Shirt mit der Aufschrift: NO GUT, NO GLORY!

Langdon starrte ihm verwirrt hinterher. »GUT?«

»Grand Unified Theory oder große Vereinigungstheorie aller Kräfte«, spöttelte Kohler. »Die Theorie von allem, sozusagen.«

»Ich verstehe«, sagte Langdon und verstand überhaupt nichts.

»Sind Sie vertraut mit Teilchenphysik, Mr. Langdon?«

Langdon zuckte die Schultern. »Ich bin ein wenig mit allgemeiner Physik vertraut – fallende Körper und dergleichen.« Seine Jahre als Turmspringer hatten ihm einen gehörigen Respekt vor den beeindruckenden Kräften der Erdbeschleunigung eingeflößt. »Die Teilchenphysik beschäftigt sich mit Atomen, nicht wahr?«

Kohler schüttelte den Kopf. »Atome sind so groß wie Planeten im Vergleich zu dem, womit wir uns befassen. Unser Interesse gilt dem Kern von Atomen, dem Nukleus – ein Zehntausendstel dessen, was ein Atom ausmacht.« Er hustete erneut. Es klang krank. »Die Männer und Frauen bei CERN suchen nach Antworten auf eine Frage, die die Menschheit seit Anbeginn der Zeit beschäftigt. Woher kommen wir, und woraus sind wir gemacht?«

»Und diese Antworten findet man in einem Physiklabor?«

»Das klingt gerade so, als wären Sie überrascht.«

»Bin ich auch. Die Frage erscheint mir eher spiritueller Natur.«

»Mr. Langdon, früher einmal waren *alle* Fragen spirituell. Seit Anbeginn der Zeit hat man Spiritualität und Religion benutzt, um die Lücken aufzufüllen, die von der Wissenschaft nicht erklärt werden konnten. Sonnenaufgang und Sonnenuntergang wurden einst Helios und seinem flammenden Streitwagen zugeschrieben. Erdbeben und Flutwellen waren die Rache Poseidons. Die Wissenschaft hat bewiesen, dass diese Götter falsche Idole waren. Bald schon werden wir sämtliche Götter als falsche Idole entlarvt haben. Die Wissenschaft hat Antworten auf nahezu jede Frage geliefert, die ein Mensch nur stellen kann. Es gibt nur noch wenige offene Fragen, und sie sind esoterischer Natur. Woher kommen wir? Was tun wir hier? Welche Bedeutung hat das Leben, das Universum?«

Langdon staunte. »Und CERN versucht diese Fragen zu beantworten?«

»CERN *beantwortet* diese Fragen.«

Langdon verstummte, und die beiden Männer eilten zwischen den Wohnheimen hindurch. Die Frisbeescheibe segelte über sie hinweg und landete vor Langdons Füßen. Langdon hob sie auf und warf sie geschickt zurück. Der alte Mann fing die Scheibe mit der Fingerspitze und ließ sie einige Male kreiseln, bevor er sie über die Schulter zu seinem Partner schleuderte. »*Merci!*«, rief er Langdon zu.

»Meinen Glückwunsch«, sagte Kohler, als Langdon ihn endlich eingeholt hatte. »Sie haben gerade mit einem Nobelpreisträger Frisbee gespielt. George Charpak, Erfinder der mehradrigen Proportionalkammer.«

Langdon nickte. *Ist wohl mein Glückstag heute.*

Es dauerte weitere drei Minuten, bis Kohler und Langdon ihr Ziel erreicht hatten, ein großes, gepflegtes Wohngebäude inmitten eines Pappelhains. Im Vergleich zu den anderen Wohnheimen wirkte es geradezu luxuriös. Die Steintafel neben dem Eingang trug die Aufschrift BUILDING C.

Fantasievolle Bezeichnung, dachte Langdon.

Trotz des nichtssagenden Namens fand Langdon Gefallen an dem Gebäude und seinem architektonischen Stil – konservativ und solide. Die Fassade bestand aus roten Ziegelsteinen und besaß eine reich verzierte Balustrade. Das ganze Gebäude war eingefasst von einer symmetrischen, sauber getrimmten Hecke. Auf dem Weg zum Eingang passierten die beiden Männer einen Torbogen, der von zwei Marmorsäulen gestützt wurde. Irgendjemand hatte eine gelbe Haftnotiz an eine der Säulen geklebt:

DIESE SÄULE IST IONISCH.

Physiker-Graffiti?, sinnierte Langdon, während er die Säule musterte und leise vor sich hin kicherte. »Ich sehe mit Erleichterung, dass selbst die brillantesten Physiker hin und wieder Fehler machen«, sagte er.

Kohler wandte sich zu ihm um. »Wie meinen Sie das?«, fragte er.

»Wer immer diesen Zettel geschrieben hat, ist im Irrtum. Diese Säulen sind nicht ionisch. Ionische Säulen sind gerade. Diese hier verjüngen sich nach oben hin. Sie sind dorisch – das griechische Gegenstück. Ein weit verbreiteter Irrtum.«

Kohler lächelte nicht. »Der Urheber wollte einen Scherz machen, Mr. Langdon. Ionisch bedeutet, dass *Ionen* enthalten sind – elektrisch geladene Partikel Die meisten Objekte enthalten Ionen.«

Langdon starrte auf die Säule und stöhnte resigniert.

Langdon fühlte sich immer noch wie ein dummer Junge, als er im obersten Stockwerk von Building C aus dem Aufzug trat. Er folgte Kohler durch einen möblierten Korridor. Die Ausstattung war eine Überraschung – traditioneller französischer Kolonialstil, ein Diwan aus Kirsche, eine Bodenvase aus Porzellan, verschnörkelte Holzarbeiten.

»Wir bieten unseren fest angestellten Wissenschaftlern nach Möglichkeit eine komfortable Umgebung«, erklärte Kohler.

Offensichtlich, dachte Langdon. »Also hat der Mann auf dem Fax hier oben gewohnt? Einer Ihrer leitenden Angestellten?«

»Sozusagen«, antwortete Kohler. »Er kam heute Morgen nicht zu einer Besprechung und hat auch nicht auf den Pager geantwortet. Ich kam hierher, um ihn zu suchen, und fand ihn tot in seinem Wohnzimmer.«

Langdon erschauerte unwillkürlich, als ihm bewusst wurde, dass er nun einen Leichnam zu sehen bekam. Sein Magen war nie sonderlich robust gewesen – eine Schwäche, die er zum ersten Mal als Kunststudent entdeckt hatte. Damals hatte die Professorin ihren Studenten erzählt, wie Leonardo da Vinci sein Wissen über den menschlichen Körper erlangt hatte. Durch das Sezieren exhumierter Leichen.

Kohler führte ihn bis ans Ende des Korridors. Sie kamen zu einer einzelnen Tür. »Das Penthouse, wie Sie es wahrscheinlich nennen würden«, verkündete Kohler und tupfte sich mit einem weißen Taschentuch Schweißperlen von der Stirn.

Langdon musterte die Eichentür. Auf dem Namensschild stand:

LEONARDO VETRA

»Leonardo Vetra wäre nächste Woche achtundfünfzig geworden«, verkündete Kohler. »Er war einer der brillantesten Köpfe unserer Zeit. Sein Tod ist ein herber Verlust für die gesamte Wissenschaft.«

Einen Augenblick lang meinte Langdon, in Kohlers hartem Gesicht Emotionen zu entdecken. Doch sie vergingen so schnell, wie sie gekommen waren. Kohler griff in seine Tasche und zog einen großen Schlüsselbund hervor.

Ein eigenartiger Gedanke stieg in Langdon auf. Das Gebäude

wirkte verlassen. »Wo sind die anderen alle?«, fragte er. Angesichts der Tatsache, dass sie im Begriff waren, den Schauplatz eines Mordes zu betreten, hatte er nicht mit solcher Stille gerechnet.

»Die Bewohner sind in ihren Labors«, erwiderte Kohler, während er nach dem richtigen Schlüssel suchte.

»Ich meine die *Polizei!*«, erklärte Langdon. »Ist sie schon wieder weg?«

Kohler zögerte mit dem Schlüssel halb im Loch. *»Polizei?«*

Langdon hielt dem Blick des Direktors stand. »Ja. Sie haben mir ein Fax geschickt, auf dem ein Ermordeter zu sehen ist. Sie *müssen* doch die Polizei gerufen haben!«

»Das habe ich *ganz gewiss nicht.*«

»Was?«

Kohlers graue Augen wurden hart. »Die Situation ist nicht so einfach, wie Sie denken, Mr. Langdon.«

Langdon spürte eine dunkle Vorahnung in sich aufsteigen. »Aber … irgendjemand muss doch Bescheid wissen?«

»Ja. Leonardos Adoptivtochter. Sie ist ebenfalls Physikerin hier beim CERN. Sie und ihr Vater teilten sich ein Labor. Sie waren Partner. Miss Vetra war diese Woche zu Feldversuchen außer Haus. Ich habe sie selbstverständlich über den Tod ihres Vaters benachrichtigt. Sie ist auf dem Weg hierher.«

»Aber ein Mensch wurde ermordet …«

»Eine förmliche Untersuchung *wird* stattfinden«, beschied ihn Kohler mit fester Stimme. »Und sie wird sich auch auf das Labor der Vetras erstrecken, das Leonardo und seine Tochter hermetisch abgeschirmt haben. Deswegen werde ich warten, bis Miss Vetra zurück ist. So viel Diskretion bin ich ihr schuldig.«

Kohler drehte den Schlüssel im Schloss.

Die Tür schwang auf, und ein Schwall eisiger Luft traf Langdon im Gesicht. Er wich erschrocken zurück. Er starrte über die Schwelle in eine fremdartige Welt. Die Wohnung war in dichten weißen Nebel gehüllt. Der Nebel wirbelte um das Mobiliar und hüllte den gesamten Raum in einen undurchdringlichen Dunst.

»Was, zur …?«, stammelte Langdon.

»Ein Freon-Kühlsystem«, erklärte Kohler. »Ich habe die Wohnung gekühlt, um den Leichnam zu konservieren.«

Langdon knöpfte seine Jacke zu; er hatte bereits zu frösteln begonnen. *Ich bin tatsächlich in Oz,* dachte er. *Und ich habe meine magischen Schuhe vergessen.*

9.

DER LEICHNAM SAH GRAUENHAFT AUS. Der tote Leonardo Vetra lag splitternackt auf dem Boden. Die Haut schimmerte blaugrau. Die Halswirbel traten dort hervor, wo sie gebrochen worden waren, und der Kopf war völlig nach hinten verdreht. Das Gesicht war nicht zu sehen; es zeigte nach unten. Der Mann lag in einer gefrorenen Lache seines eigenen Urins. Das Schamhaar um die geschrumpelten Genitalien war von Frost überzogen.

Langdon kämpfte gegen die aufsteigende Übelkeit, während er sich dem Toten näherte, um dessen Brust zu betrachten. Obwohl er die symmetrische Brandwunde Dutzende Male auf dem Fax angestarrt hatte, war sie in der Realität wesentlich eindrucksvoller. Das Symbol aus verbranntem Fleisch war vollendet geformt und besaß nicht den kleinsten Makel.

Langdon fragte sich, ob das Frösteln, das von ihm Besitz ergriff, von der Kälte herrührte oder von seiner ihn sprachlos machenden Bestürzung über die Bedeutung dessen, was sich seinen Blicken bot:

Langdon schlug das Herz bis zum Hals, während er um den Toten herumging und das Wort auf dem Kopf stehend las, um einmal mehr die beinahe unglaubliche Symmetrie zu bestaunen. Das Symbol schien jetzt, während er mit eigenen Augen darauf blickte, noch unvorstellbarer als zuvor.

»Mr. Langdon?«

Langdon hörte nichts. Er war in einer anderen Welt ... seiner Welt, seinem Element, einer Realität, in der Geschichte, Mythen und Fakten aufeinander prallten und seine Sinne überfluteten. Sein Verstand arbeitete auf Hochtouren.

»Mr. Langdon?« Kohler starrte ihn erwartungsvoll an.

Langdons Blick haftete unverwandt auf dem Toten. Er wirkte vollkommen abwesend, vollkommen konzentriert. »Wie viel wissen Sie bereits?«

»Nur das Wenige, das ich auf Ihrer Webseite lesen konnte. Das Wort Illuminati bedeutet ›die Erleuchteten‹. Es ist der Name irgendeiner alten Bruderschaft.«

Langdon nickte. »Haben Sie den Namen früher schon einmal gehört?«

»Nicht, bevor ich ihn auf Mr. Vetras Brust eingebrannt sah.«

»Haben Sie eine Websuche durchgeführt?«

»Ja.«

»Und der Begriff hat Hunderte von Treffern ergeben, wie ich annehme?«

»Tausende«, sagte Kohler. »Ihr Name war jedoch mit Referenzen auf Harvard, Oxford, einen angesehenen Verleger und einer Liste weiterführender Publikationen verbunden. Als Wissenschaftler habe ich die Erfahrung gemacht, dass Informationen lediglich so viel wert sind wie ihre Quelle. Ihre Referenzen schienen authentisch.«

Langdons Blicke ruhten noch immer auf dem Toten.

Kohler verstummte. Er wartete offensichtlich darauf, dass Langdon ein wenig Licht auf die Szene vor ihm werfen würde.

Schließlich schaute Langdon auf, und sein Blick wanderte durch die tiefgekühlte Wohnung. »Vielleicht sollten wir an einem wärmeren Ort darüber diskutieren.«

»Dieser Raum ist so gut wie jeder andere.« Kohler schien die Kälte nicht zu spüren. »Wir reden hier.«

Langdon runzelte die Stirn. Die Geschichte der Illuminati war alles andere als schnell erzählt. *Ich friere mich zu Tode bei dem Versuch, es zu erklären.* Er starrte einmal mehr auf das Brandmal und spürte, wie erneut Ehrfurcht in ihm aufstieg.

Obwohl in der modernen Symbolologie zahllose Berichte über

das Wappen der Illuminati existierten, hatte noch kein Forscher es tatsächlich zu Gesicht bekommen. Einige Dokumente beschrieben das Symbol als ein »Ambigramm« – *ambi* bedeutete allseitig und hieß, dass man es in beide Richtungen lesen konnte. Ambigramme waren in der Symbolologie weit verbreitet, *Swastikas*, *Yin Yang*, jüdische Sterne, symmetrische Kreuze – die Vorstellung allerdings, dass ein Wort in einem Ambigramm dargestellt werden konnte, erschien völlig absurd. Moderne Symbolologen hatten jahrelang versucht, das Wort »Illuminati« als Ambigramm darzustellen und waren kläglich gescheitert. Die meisten Akademiker waren zu dem Schluss gelangt, dass die Existenz des Symbols nur ein Mythos war.

»Wer sind nun diese Illuminati?«, wollte Kohler wissen.

Ja, dachte Langdon. *Wer sind sie?* Er begann seine Geschichte zu erzählen.

»Seit Anbeginn der Zeit«, erklärte Langdon, »hat es eine tiefe Kluft gegeben zwischen Wissenschaft und Religion. Namhafte Forscher wie Kopernikus ...«

»... wurden ermordet!«, rief Kohler dazwischen. »Ermordet von der Kirche, weil sie wissenschaftliche Wahrheiten enthüllt hatten. Schon immer hat die Religion die Wissenschaft verfolgt!«

»Ja. Doch um das Jahr 1500 herum gab es in Rom eine Gruppe von Männern, die sich gegen die Kirche wehrten. Einige von Italiens klügsten Köpfen – Physiker, Mathematiker und Astronomen – trafen sich heimlich, um sich wegen der unrichtigen Lehren der Kirche auszutauschen. Sie fürchteten, dass das kirchliche Monopol auf die ›Wahrheit‹ den weltweiten akademischen Fortschritt behindern könnte. Also gründeten sie die erste wissenschaftliche Denkfabrik in der Geschichte der Menschheit und nannten sich ›die Erleuchteten‹.«

»Die Illuminati.«

»Ganz recht«, erwiderte Langdon. »Die gebildetsten Köpfe Europas ... die sich der Suche nach der wissenschaftlichen Wahrheit verschrieben hatten.«

Kohler sagte nichts.

»Selbstverständlich wurden die Illuminati erbarmungslos von

der katholischen Kirche verfolgt. Nur durch extreme Sicherheitsvorkehrungen konnten sich die Wissenschaftler schützen. Die Nachricht verbreitete sich im akademischen Untergrund, und die Bruderschaft der Illuminati wuchs, bis Gelehrte aus ganz Europa zu ihr gehörten. Sie trafen sich regelmäßig in einem geheimen Unterschlupf in Rom, den sie *Kirche der Erleuchtung* nannten.«

Kohler hüstelte und verlagerte sein Gewicht im Rollstuhl.

»Viele der Illuminati wollten der Tyrannei der Kirche mit Gewalt begegnen«, fuhr Langdon fort, »doch das geachtetste Mitglied von allen überzeugte sie davon, dass das falsch sei. Er war Pazifist und einer der berühmtesten Wissenschaftler der Geschichte.«

Langdon war sicher, dass Kohler den Namen kannte. Selbst Laien hatten von dem unglückseligen Astronomen gehört, der verhaftet und beinahe hingerichtet worden wäre, weil er behauptet hatte, dass die Sonne und nicht die Erde der Mittelpunkt des Sonnensystems sei. Obwohl seine Beweise unumstößlich waren, wurde er hart dafür bestraft, dass er mit seinen Behauptungen angedeutet hatte, Gott könnte die Menschen woanders als im Zentrum Seines Universums erschaffen haben.

»Sein Name war Galileo Galilei«, schloss Langdon.

Kohler blickte auf. »Galileo?«

»Ja. Galileo war ein Illuminatus. Und er war ein gläubiger Katholik. Er versuchte die Position der Kirche aufzuweichen, indem er behauptete, Wissenschaft würde die Existenz Gottes nicht unterminieren, sondern vielmehr zementieren. Er schrieb, dass er beim Blick durch das Teleskop auf die sich drehenden Planeten Gottes Stimme in der Musik der Sphären hören könne. Er war überzeugt, dass Wissenschaft und Religion Alliierte statt Feinde sein sollten – zwei verschiedene Sprachen, die die gleiche Geschichte erzählten, eine Geschichte von Symmetrie und Ausgewogenheit ... Himmel und Hölle, Tag und Nacht, heiß und kalt, Gott und Satan. Wissenschaft und Religion vereinigt in göttlicher Symmetrie ... dem endlosen Widerstreit von Gut und Böse.« Langdon zögerte. Er stampfte mit den Füßen auf, um warm zu bleiben.

Kohler saß in seinem Rollstuhl und starrte ihn abwartend an.

»Unglücklicherweise«, fuhr Langdon fort, »war die Vereinigung von Wissenschaft und Religion nicht das, was die Kirche wollte.«

»Natürlich nicht!«, rief Kohler. »Die Vereinigung hätte den Anspruch der Kirche, einzige Quelle zum Verständnis Gottes zu sein, zerstört. Also klagte die Kirche Galileo wegen Gotteslästerung an, befand ihn für schuldig und stellte ihn unter Hausarrest. Ich bin mir der Geschichte der Wissenschaft durchaus bewusst, Mr. Langdon. Doch das alles liegt Jahrhunderte zurück. Was hat es mit Leonardo Vetra zu tun?«

Die Millionen-Dollar-Frage. Langdon machte es kurz. »Galileos Verhaftung löste bei den Illuminati einen Aufruhr aus. Man beging Fehler, und die Kirche kam hinter die Identität von vier Mitgliedern. Sie wurden festgenommen und verhört. Doch die vier Wissenschaftler schwiegen … selbst unter der Folter.«

»Folter?«

Langdon nickte. »Sie wurden bei lebendigem Leib gebrandmarkt. Auf der Brust. Mit einem Kreuz.«

Kohlers Augen weiteten sich, und er warf einen beunruhigten Blick auf Vetras Leichnam.

»Anschließend wurden die Wissenschaftler brutal ermordet und die Leichen in die Straßen Roms geworfen, als Warnung für andere, die mit den Illuminati sympathisierten. Nachdem die Kirche den Illuminati so nahe gekommen war, flohen die Überlebenden aus Italien.«

Langdon hielt inne, um seinen nächsten Worten den nötigen Nachdruck zu verleihen. Er sah Kohler direkt in die toten grauen Augen. »Die Illuminati gingen noch tiefer in den Untergrund, wo sie sich mit anderen Gruppierungen vermischten, die allesamt von der katholischen Kirche verfolgt wurden – Mystikern, Alchimisten, Okkultisten, Muslimen, Juden. Im Verlauf der Jahre gewannen die Illuminati neue Mitglieder hinzu. Eine neue Bruderschaft entstand. Eine dunklere Bruderschaft. Eine tief antichristliche Bruderschaft von Illuminati. Eine sehr mächtige, sehr geheime Sekte mit mysteriösen Riten, die sich geschworen hatte, eines Tages aus der Versenkung zurückzukehren und Rache an der katholischen Kirche zu nehmen. Ihre Macht wuchs bis zu einem Punkt, an dem die Kirche sie als die gefährlichste antichristliche Macht auf Erden betrachtete. Der Vatikan erklärte die Bruderschaft zu *Shaitan*.«

»Shaitan?«

»Ein islamisches Wort. Es bedeutet ›Todfeinde‹ … Gottes Todfeinde. Die Kirche wählte einen islamischen Namen, weil es eine Sprache war, die als schmutzig galt.« Langdon zögerte. »Shaitan ist die Wurzel eines Wortes, das auch heute noch verwendet wird – *Satan*.«

Auf Kohlers Gesicht zeigte sich Beunruhigung.

Mit grimmiger Stimme fuhr Langdon fort: »Mr. Kohler, ich weiß nicht, wie oder warum dieses Zeichen auf die Brust des Toten gekommen ist, aber Sie sehen hier das Symbol des ältesten und mächtigsten satanischen Kultes auf Erden.«

10.

DIE GASSE WAR SCHMAL UND VERLASSEN. Der *Hashishin* bewegte sich schnell, und in seinen Augen leuchtete Erwartung. Als er sich seinem Ziel näherte, hallten die Abschiedsworte von Janus in seinem Bewusstsein wider. *Phase zwei beginnt in Kürze. Ruhen Sie sich aus.*

Der *Hashishin* grinste böse. Er war die ganze Nacht auf den Beinen gewesen, dachte aber nicht an Schlaf. Schlaf war für die Schwachen. Er war ein Krieger wie seine Vorfahren, und seine Vorfahren hatten niemals geschlafen, wenn die Schlacht erst entbrannt war. Und die Schlacht *hatte* begonnen. Ihm war die Ehre zuteil geworden, das erste Blut zu vergießen. Jetzt blieben ihm zwei Stunden, um seinen Sieg zu feiern, bevor es an die Arbeit zurückging.

Schlaf? Es gibt bessere Wege zu entspannen …

Den Appetit auf Sinnesfreuden hatte er von seinen Ahnen geerbt. Sie hatten sich dem *hashish* hingegeben, doch er bevorzugte eine andere Art von Vergnügen. Er war stolz auf seinen Körper – eine gut entwickelte, tödliche Maschine, die er – trotz seines Erbes – unter keinen Umständen mit Rauschmitteln vergiften würde. Er hatte eine nahrhaftere Sucht als die auf Drogen entwickelt … eine weit gesündere und befriedigendere Belohnung obendrein.

Der *Hashishin* spürte, wie eine vertraute Vorfreude in ihm aufstieg, und er beschleunigte seine Schritte durch die Gasse. Er gelangte zu einer unauffälligen Tür und betätigte die Klingel. Ein Sehschlitz wurde geöffnet, und zwei sanfte braune Augen betrachteten ihn abschätzend. Dann wurde die Tür geöffnet.

»Willkommen«, sagte die gut gekleidete Frau. Sie führte ihn in ein tadellos eingerichtetes Wohnzimmer, in dem gedämpftes Licht brannte. Die Luft roch nach teurem Parfüm und Moschus. »Wann immer Sie bereit sind.« Sie reichte ihm ein Fotoalbum. »Läuten Sie nach mir, wenn Sie Ihre Wahl getroffen haben.« Mit diesen Worten verschwand sie.

Der *Hashishin* lächelte.

Während er auf dem Plüschsofa saß und das Fotoalbum studierte, spürte er einen animalischen Hunger in sich aufsteigen. Er schlug das Album auf und betrachtete die Fotos, die ihm sämtliche sexuellen Fantasien zeigten, die er sich je erträumt hatte.

Marisa. Eine italienische Göttin. Feurig. Eine junge Sophia Loren.

Sachiko. Eine japanische Geisha. Geschmeidig. Ohne Zweifel sehr geschickt.

Kanara. Ein atemberaubender Anblick in Schwarz. Muskulös und exotisch.

Er ging das gesamte Album zweimal durch und traf seine Wahl Er drückte einen Knopf auf dem Tisch neben sich. Einen Augenblick später erschien die Frau, die ihn eingelassen hatte. Er deutete auf seine Favoritin. Die Frau lächelte. »Folgen Sie mir.«

Nachdem die letzten Arrangements ausgehandelt waren, telefonierte die Frau kurz und mit gedämpfter Stimme. Sie wartete ein paar Minuten; dann führte sie ihn eine gewundene Marmortreppe hinauf in einen luxuriös eingerichteten Korridor. »Es ist die goldene Tür am Ende des Gangs«, sagte sie. »Sie haben einen kostspieligen Geschmack.«

Das sollte ich auch, dachte er. *Ich bin ein Connaisseur.*

Der *Hashishin* bewegte sich durch den Korridor wie ein Panther in Erwartung seiner längst überfälligen Mahlzeit. Als er die Tür erreichte, lächelte er in sich hinein. Sie war nur angelehnt … und lud ihn ein. Er drückte dagegen, und sie öffnete sich lautlos.

Als er sie sah, wusste er, dass er eine gute Wahl getroffen hatte. Sie erwartete ihn genauso, wie er es verlangt hatte … nackt, auf dem Rücken liegend, die Arme mit dicken Samtschnüren an die Bettpfosten gefesselt.

Er durchquerte das Zimmer und fuhr mit seinen dunklen Fingern über ihren elfenbeinernen Unterleib. *Ich habe letzte Nacht getötet*, dachte er. *Du bist meine Belohnung.*

11.

»SATANISCH?« Kohler wischte sich über den Mund und rutschte unbehaglich hin und her. »Das ist das Symbol eines Satanskultes?«

Langdon ging in dem eiskalten Zimmer auf und ab, um warm zu bleiben. »Die Illuminati waren satanisch, ja. Allerdings nicht im modernen Sinn des Wortes.«

Rasch erklärte er, dass die meisten Menschen sich einen Satanskult als eine Bande teufelsanbetender Schurken vorstellten, doch in historischer Hinsicht waren Satanisten gebildete Männer gewesen, die der Kirche ablehnend gegenübergestanden hatten. *Shaitan.* »Die Gerüchte über satanische Tieropfer, schwarze Magie und das Ritual des Pentagramms waren nichts als Lügen, die die Kirche über ihren Gegnern ausgeschüttet hat. Eine Schmutzkampagne. Mit den Jahren begannen andere Gegner der Kirche, in dem Wunsch, es den Illuminati gleichzutun, diese Lügen zu glauben und nach ihnen zu leben. Auf diese Weise wurde der moderne Satanismus geboren.«

»Das ist doch alles Schnee von gestern!«, brummte Kohler ungeduldig. »Ich will wissen, wie dieses Symbol *hierher* gekommen ist!«

Langdon atmete tief durch. »Das Symbol selbst wurde im sechzehnten Jahrhundert von einem anonymen Illuminati als Tribut an Galileos Liebe zur Symmetrie erschaffen – eine Art heiliges Wappen. Die Bruderschaft hielt es geheim, und der Sage nach sollte es erst dann enthüllt werden, wenn sie genügend Macht erlangt hatte, um an das Licht der Öffentlichkeit zurückzukehren und ihr großes Ziel zu verwirklichen.«

Kohler blickte beunruhigt auf. »Also bedeutet dieses Symbol, dass die Bruderschaft der Illuminati zurückgekehrt ist?«

Langdon runzelte die Stirn. »Unmöglich. Es gibt ein Kapitel in der Geschichte der Illuminati, über das ich noch nicht gesprochen habe.«

Kohlers Stimme wurde drängend. »Erleuchten Sie mich.«

Langdon rieb sich die kalten Hände, während er in Gedanken die Hunderte von Dokumenten durchging, die er über die Illuminati gelesen oder selbst geschrieben hatte. »Die Illuminati waren Überlebenskünstler«, begann er. »Als sie aus Rom flohen, reisten sie durch ganz Europa auf der Suche nach einem sicheren Ort, wo sie sich neu gruppieren konnten. Sie wurden von einer anderen geheimen Gesellschaft aufgenommen … einer Bruderschaft wohlhabender bayerischer Steinmetze, die sich Freimaurer nannten.«

Kohler schaute ihn verblüfft an. »Die Freimaurer?«

Langdon nickte. Es überraschte ihn nicht, dass Kohler von den Freimaurern gehört hatte. Die Freimaurer besaßen heutzutage weltweit mehr als fünf Millionen Mitglieder, die Hälfte davon in den USA und mehr als eine Million in Europa.

»Aber die Freimaurer sind doch wohl nicht satanisch!«, erklärte Kohler mit plötzlich erwachendem Misstrauen.

»Ganz und gar nicht. Die Freimaurer fielen ihrer eigenen Wohltätigkeit zum Opfer. Nachdem sie im achtzehnten Jahrhundert die flüchtigen Wissenschaftler bei sich aufgenommen hatten, wurden sie unwissentlich zu Strohmännern für die Illuminati. Die Illuminati stiegen in ihren Rängen auf und übernahmen nach und nach die einflussreichsten Positionen in den Logen. Unauffällig errichteten sie verborgen unter dem Deckmantel der Freimaurer ihre alte wissenschaftliche Bruderschaft – eine Geheimgesellschaft innerhalb einer Geheimgesellschaft. Und von dort aus nutzten die Illuminati ihre weltweiten Verbindungen, um ihren Einfluss auszuweiten.«

Langdon holte tief Luft, bevor er weitersprach. »Die Vernichtung des Katholizismus war das vorrangige Ziel der Illuminati. Für die Bruderschaft war das abergläubische Dogma, das die Kirche verbreitete, der größte Feind der gesamten Menschheit. Sie befürchtete, dass der wissenschaftliche Fortschritt zum Erliegen kommen könnte, falls die Religion weiterhin fromme Lügen als absolute Wahrheit darstellte, und dass die Menschheit zu einer Zukunft voll sinnloser heiliger Kriege verdammt wäre.«

»Also ganz ähnlich dem, was wir heute haben.«

Langdon runzelte die Stirn. Kohler hatte recht. Noch immer bestimmten heilige Kriege die Schlagzeilen. Mein *Gott ist besser als dein Gott.* Es schien, dass ein enger Zusammenhang zwischen wahren Gläubigen und der Zahl ihrer Opfer bestand.

»Sprechen Sie weiter«, forderte Kohler ihn auf.

»Die Illuminati«, fuhr Langdon fort, »gewannen in Europa an Einfluss und richteten schließlich ihr Augenmerk auf Amerika und eine junge Regierung, deren führende Köpfe häufig Freimaurer waren – George Washington, Benjamin Franklin, ehrenhafte Männer, die nichts von den Illuminati unter den Freimaurern wussten. Die Illuminati nutzten ihren Vorteil und halfen bei der Gründung von Universitäten, Banken und Industrien, um ihr ultimatives Ziel zu finanzieren.« Langdon stockte, bevor er fortfuhr: »Die Schaffung einer einzigen Weltregierung, eines weltumspannenden Staates, einer säkularisierten neuen Weltordnung.«

Kohler rührte sich nicht.

»Einer neuen Weltordnung«, wiederholte Langdon, »die auf wissenschaftlicher Erleuchtung basieren sollte. Sie nannten es ihre Luziferische Doktrin. Die Kirche behauptete, dass Luzifer mit dem Teufel gleichzusetzen wäre, doch die Bruderschaft bestand darauf, den Namen in seiner buchstäblichen lateinischen Bedeutung zu lesen – *Bringer des Lichts.* Oder *Illuminator.*«

Kohler seufzte, und seine Stimme klang ernst. »Mr. Langdon, bitte setzen Sie sich.«

Langdon nahm vorsichtig auf einem frostbedeckten Stuhl Platz.

Kohler rollte näher zu ihm heran. »Ich weiß nicht, ob ich alles verstehe, was Sie mir soeben erzählt haben. Aber ich weiß, dass Leonardo Vetra einer der besten Wissenschaftler von CERN war. Und er war mein Freund. Ich brauche Ihre Hilfe, um diese Illuminati zu finden.«

Langdon wusste nicht, was er darauf antworten sollte. »Die Illuminati finden?« *Das soll wohl ein schlechter Scherz sein, Mann!* »Ich fürchte, das ist ganz und gar unmöglich, Sir.«

Kohler legte die Stirn in Falten. »Was soll das heißen? Sie wollen nicht ...?«

»Mr. Kohler.« Langdon beugte sich zu seinem Gastgeber vor. Er wusste nicht, wie er Kohler verständlich machen konnte, was er zu sagen hatte. »Ich war noch nicht fertig mit meiner Geschichte. Obwohl alles ganz danach aussieht, halte ich es für extrem unwahrscheinlich, dass dieses Brandmal hier von den Illuminati stammt. Es hat seit mehr als einem halben Jahrhundert keinerlei Hinweise mehr gegeben, dass sie noch existieren, und viele meiner Kollegen sind sich darin einig, dass der Geheimbund längst erloschen ist.«

Kohler starrte mit einer Mischung aus Ärger und Bestürzung in den Nebel. »Wie zur Hölle können Sie mir erzählen, dass dieser Geheimbund nicht mehr existiert, wenn sein Name in den Leichnam dieses Mannes gebrannt ist?«

Langdon hatte sich diese Frage den ganzen Morgen über gestellt. Das Auftauchen des Illuminati-Ambigramms war eine Sensation. Die Symbolologen der ganzen Welt würden mit Verblüffung reagieren. Und doch – der Wissenschaftler in Langdon begriff rasch, dass das bloße Wiederauftauchen des Symbols überhaupt nichts bewies.

»Symbole«, erwiderte Langdon, »beweisen noch lange nicht, dass ihre ursprünglichen Schöpfer am Werk sind.«

»Was soll das nun wieder heißen?«

»Das soll heißen, dass die Symbole überleben, wenn Gemeinschaften wie die der Illuminati aufhören zu existieren. Jeder kann sie sich aneignen. Dieses Phänomen nennen Symbolologen Transferenz. Es ist ein weit verbreitetes Phänomen. Die Nazis beispielsweise haben die Swastika der Hindus übernommen, die Christen das Kreuz von den Ägyptern, die ...«

»Heute Morgen, als ich das Wort ›Illuminati‹ in den Computer eingetippt habe«, sagte Kohler, »fand ich Tausende von Referenzen. Offensichtlich sind eine Menge Leute der Meinung, dass die Illuminati noch immer aktiv sind.«

»Die ewigen Konspirationstheorien«, entgegnete Langdon. Er hatte sich stets über die Unzahl von Theorien über angebliche Verschwörungen geärgert, die in der modernen Popkultur zirkulierten. Die Medien gierten nach apokalyptischen Schlagzeilen, und selbst ernannte »Kult-Spezialisten« machten schnelles Geld mit dem immer noch grassierenden Millennium-Hype, dass die Illuminati wohlauf und lebendig wären wie eh und je und dabei, ihre neue Weltordnung zu organisieren. Erst vor kurzem hatte die *New York Times* einen Bericht gebracht, in dem die Freimaurer-Wurzeln zahlreicher berühmter Persönlichkeiten offen gelegt worden waren – Sir Arthur Conan Doyle, der Herzog von Kent, Peter Seilers, Irving Berlin, Prinz Philip, Louis Armstrong und ein ganzes Pantheon voller Industriemagnaten und Großbankiers.

Kohler deutete zornig auf den Leichnam. »Wenn man die Beweise bedenkt, würde ich sagen, die Konspirationstheoretiker haben recht.«

»Mir ist durchaus bewusst, dass es diesen Anschein hat«, sagte Langdon so diplomatisch er konnte. »Und doch wäre eine weit plausiblere Erklärung, dass eine andere Organisation das Symbol der Illuminati übernommen hat und nun für ihre eigenen Zwecke benutzt.«

»Welche Zwecke? Was hat das mit diesem Mord zu tun?«

Gute Frage, dachte Langdon. Auch er glaubte nicht so recht an die Möglichkeit, dass irgendjemand nach vierhundert Jahren das Zeichen für sich entdeckt haben könnte. »Ich vermag nur eines mit Bestimmtheit zu sagen, Mr. Kohler, dass nämlich die Illuminati ganz sicher nichts mit dem Tod von Leonardo Vetra zu tun gehabt hätten, selbst wenn es sie heute noch gäbe.«

»Nein?«

»Nein. Die Illuminati mögen das Christentum gehasst haben, aber ihre Macht war politischer und finanzieller Natur. Sie begingen keine terroristischen Verbrechen. Und sie besaßen einen strikten Moralkodex, wer ihre Feinde waren und wer nicht. Männer der Wissenschaft genossen allerhöchstes Ansehen. Sie hätten einen Wissenschaftskollegen wie Leonardo Vetra ganz bestimmt nicht ermordet.«

Kohlers Augen verwandelten sich in Eis. »Vielleicht habe ich noch nicht erwähnt, dass Leonardo Vetra alles andere als ein gewöhnlicher Wissenschaftler war.«

Langdon atmete geduldig durch. »Mr. Kohler, ich bin sicher, Leonardo Vetra war in mancherlei Hinsicht ein brillanter Kopf, doch die Tatsache bleibt ...«

Ohne Vorwarnung wirbelte Kohler in seinem Rollstuhl herum und raste aus dem Wohnzimmer. Hinter ihm blieb eine Wolke aufgewirbelten Nebels zurück, als er in einer angrenzenden Diele verschwand.

Gütiger Gott! Langdon stöhnte und folgte dem Generaldirektor. Kohler wartete am Ende der Diele in einem kleinen Alkoven auf ihn. »Vielleicht verstehen Sie, wenn ich es Ihnen zeige«, sagte er und deutete auf eine Schiebetür. »Das hier ist Leonardos Arbeitszimmer.« Kohler drückte auf einen Knopf, und die Tür glitt zur Seite.

Langdon spähte in den Raum und spürte, wie seine Nackenhaare sich augenblicklich aufrichteten. *Heilige Mutter Gottes,* dachte er.

12.

IN EINEM ANDEREN LAND saß ein junger Wachmann geduldig vor einer Reihe von Videomonitoren. Er beobachtete die Bilder auf den Schirmen – live übertragen von Hunderten drahtloser Kameras, die überall in dem ausgedehnten Komplex verteilt waren. Die Bilder wechselten unablässig wie eine endlose Prozession.

Ein reich geschmückter weiter Gang.

Ein privates Büro.

Eine Großküche.

Während die Bilder an ihm vorüberzogen, kämpfte der junge Wachmann gegen einen Tagtraum. Das Ende seiner Schicht war nahe, und doch war er noch immer wachsam. Der Dienst war eine Ehre. Eines Tages würde ihm dafür die höchste aller Belohnungen zuteil werden.

Während seine Gedanken kreisten, erweckte ein Bild seine Aufmerksamkeit. Plötzlich und in einem trainierten Reflex, der ihn selbst überraschte, schoss seine Hand vor und hämmerte auf einen Knopf auf dem Kontrollpult. Das Bild vor ihm erstarrte.

Hellwach beugte er sich vor und betrachtete das Bild aufmerksam. Die Unterschrift sagte ihm, dass das Bild von Kamera Nummer 86 übertragen wurde – eine Kamera, die einen Gang überwachen sollte.

Doch das Bild vor ihm zeigte definitiv keinen Gang.

13.

BEFREMDET STARRTE LANGDON in das Arbeitszimmer vor ihm. »Was ist das?« Trotz des willkommenen Schwalls warmer Luft trat er zitternd über die Schwelle.

Kohler folgte Langdon schweigend hinein.

Langdons Blicke glitten durch den Raum; er hatte nicht die leiseste Idee, was er davon halten sollte. Das Zimmer enthielt die eigenartigste Mischung von Maschinen und Artefakten, die er jemals gesehen hatte. An der Wand und alles überragend hing ein gewaltiges Holzkreuz, das Langdon als spanisch und aus dem vierzehnten Jahrhundert stammend einordnete. Über dem Kreuz, an der Decke aufgehängt, schwebte ein Metallmobile des Planetensystems. Zur Linken hing ein Ölgemälde der Jungfrau Maria und daneben eine laminierte Periodentafel der Elemente. Auf der Seitenwand flankierten zwei weitere Kreuze, diesmal aus Messing, ein Poster von Albert Einstein mit dem berühmten Ausspruch GOTT WÜRFELT NICHT.

Langdon bewegte sich durch den Raum, während er in sprachlosem Staunen seine Umgebung in sich aufnahm. Auf Vetras Schreibtisch lag eine in Leder gebundene Bibel neben einem Bohr'schen Atommodell aus Plastik und einer Miniaturreplik von Michelangelos Moses.

So viel zum Eklektizismus, dachte Langdon. Die Wärme tat gut, doch die Ausstattung dieses Raums brachte ihn erneut zum Frösteln. Er hatte das Gefühl, als sei er Augenzeuge des Aufeinanderpralls zweier philosophischer Titanen … ein beunruhigender, nebelhafter Eindruck verfeindeter Kräfte. Er überflog die Titel im Bücherregal.

Der Gott-Partikel
Das Tao der Physik
Gott: Der Beweis

Eine Bücherstütze zeigte ein eingraviertes Zitat:

Wahre Wissenschaft findet schnell heraus,
dass Gott hinter jeder neuen Tür wartet.
Papst Pius XII.

»Leonardo war katholischer Priester«, sagte Kohler.

Langdon wandte sich überrascht um. »Ein Priester? Ich dachte, er sei Physiker?«

»Er war beides. Männer der Religion und der Wissenschaft sind in der Geschichte keine Seltenheit. Leonardo war einer von ihnen. Er betrachtete die Physik als ›Gottes Naturgesetz‹. Seiner Meinung nach war Gottes Handschrift überall in der natürlichen Ordnung rings um uns zu erkennen. Er hoffte, den zweifelnden Massen mithilfe der Wissenschaft Gottes Existenz beweisen zu können. Er betrachtete sich selbst als ›Theo-Physiker‹.«

Theo-Physiker? Für Langdons Geschmack klang der Ausdruck unglaublich widersprüchlich.

»Auf dem Gebiet der Teilchenphysik hat es in jüngster Zeit ein paar schockierende Entdeckungen gegeben«, erklärte Kohler. »Entdeckungen, die durch und durch spirituelle Implikationen nahe legen. Leonardo war für viele davon verantwortlich.«

Langdon musterte den Generaldirektor, während er immer noch versuchte, die bizarre Umgebung zu verarbeiten. »Spiritualität und Physik?« Langdon hatte seine gesamte Karriere mit dem Studium der Religionsgeschichte verbracht, und wenn es ein immer wiederkehrendes Thema gab, dann war es die Tatsache, dass Wissenschaft und Religion vom Tag eins an gewesen waren wie Öl und Wasser … Erzfeinde … durch und durch unvereinbar.

»Vetra ist … war an der vordersten Front der Teilchenphysik«, fuhr Kohler fort. »Er hatte angefangen, Religion und Wissenschaft zu verschmelzen … zu zeigen, dass sie sich auf höchst unerwartete Weise gegenseitig ergänzen. Er nannte sein Forschungsgebiet die *Neue Physik.*« Kohler nahm ein Buch aus dem Regal und reichte es Langdon.

Langdon betrachtete den Einband. *Gott, Wunder und die Neue Physik – von Leonardo Vetra.*

»Es ist ein eng begrenztes Forschungsfeld«, sagte Kohler, »doch es liefert uns neue Antworten auf ein paar alte Fragen – Fragen über den Ursprung des Universums und die Kräfte, die uns alle binden. Leonardo glaubte, dass seine Forschung das Potenzial besaß, Millionen Menschen zu einem spirituelleren Leben zu führen. Erst letztes Jahr bewies er die Existenz einer energetischen Kraft, die uns alle vereint. Er demonstrierte auf beeindruckende Weise, dass wir alle physisch miteinander in Verbindung stehen … und dass die Moleküle in Ihrem Körper mit den Molekülen in meinem in Wechselwirkung stehen … dass es eine einzige Kraft ist, die uns alle antreibt.«

Langdon war fassungslos. *Und die Macht Gottes wird uns alle vereinen.* »Mr. Vetra hat einen Weg gefunden, um zu *beweisen*, dass alle Partikel verbunden sind?«

»Einen *schlüssigen* Beweis. Eine der letzten Ausgaben von *Scientific American* nannte die Neue Physik einen Weg, der sicherer zu Gott führt als jede Religion.«

Die Bemerkung saß. Langdon musste an die antireligiösen Illuminati denken. Zögernd zwang er sich zu einem vorübergehenden Abstecher in das Unmögliche. Falls die Illuminati tatsächlich noch immer aktiv waren – hätten sie Leonardo getötet, um zu verhindern, dass er den Massen seine religiöse Botschaft verkündete? Langdon wies den Gedanken von sich. *Absurd! Die Illuminati sind Geschichte! Das weiß jeder, der sich mit dem Thema beschäftigt hat.*

»Vetra besaß zahlreiche Feinde in der wissenschaftlichen Welt«, fuhr Kohler fort. »Viele Puristen haben ihn verachtet, selbst hier bei CERN. Sie sind überzeugt, dass der Gebrauch analytischer Physik zur Untermauerung religiöser Prinzipien ein Verrat an der Wissenschaft ist.«

»Aber stehen die heutigen Wissenschaftler der Kirche denn immer noch so ablehnend gegenüber?«

Kohler grunzte abfällig. »Warum sollten wir nicht? Die Kirche mag vielleicht niemanden mehr auf dem Scheiterhaufen verbrennen, aber wenn Sie glauben, sie hätte ihre Herrschaft über die Wissenschaft aufgegeben, dann fragen Sie sich doch bitte, wieso die Hälfte aller Schulen in Ihrem Land keine Evolution unterrichten darf! Fragen Sie sich, warum die Christliche Koalition der Vereinigten Staaten die einflussreichste Lobby der Welt gegen wissenschaftlichen Fortschritt ist! Der Krieg zwischen Religion und Wissenschaft ist noch immer in vollem Gang, Mr. Langdon. Er findet nicht mehr auf Schlachtfeldern statt, sondern in Konferenzräumen und Vorstandszimmern, doch er findet noch statt.«

Langdon erkannte, dass Kohler recht hatte. Erst eine Woche zuvor hatte die Theologische Fakultät von Harvard geschlossen vor dem Gebäude der Biologischen Fakultät gegen die gentechnischen Versuche demonstriert, die dort auf dem Lehrplan standen. Der Dekan der Biologischen Fakultät, der berühmte Ornithologe Richard Aaronian, hatte seinen Lehrplan mit einem großen Banner vor der Fensterfront verteidigt. Auf dem Banner war der christliche Fisch zu sehen gewesen, mit vier kleinen Füßen – als Tribut an die Evolution der afrikanischen Lungenfische, die sich auf das Land vorgewagt hatten. Unter dem Fisch hatte »DARWIN LEBT!« gestanden, nicht »Jesus«.

Ein helles Summen riss Langdon aus seinen Gedanken. Er blickte auf. Kohler nahm einen Pager aus der Halterung am Rollstuhl und las die hereinkommende Nachricht.

»Gut«, sagte er. »Das war Leonardos Tochter. Miss Vetra landet in diesem Augenblick. Wir werden sie beim Hubschrauberlandeplatz empfangen. Ich halte es für besser, wenn sie nicht hierher kommt und ihren Vater so daliegen sieht.«

Langdon stimmte ihm zu. Es wäre ein zu großer Schock für Vetras Tochter.

»Ich werde Miss Vetra bitten, über das Projekt zu sprechen, an dem sie und ihr Vater gearbeitet haben … vielleicht wirft das ein neues Licht auf den Mord an Leonardo.«

»Sie glauben, dass Vetra *wegen seiner Arbeit* ermordet wurde?«

»Durchaus möglich, ja. Leonardo hat mir verraten, dass er an einer bahnbrechenden Sache arbeitet. Mehr hat er nicht gesagt. Er war sehr geheimnistuerisch mit diesem Projekt. Deswegen dieses private Büro in seiner Wohnung und die Abgeschiedenheit, die ich ihm wegen seiner Genialität nur zu bereitwillig gewährt habe. Leonardo verbrauchte in letzter Zeit irrsinnige Mengen an elektrischer Energie, doch ich habe bewusst darauf verzichtet, ihn nach dem Grund zu fragen.« Kohler wendete den Rollstuhl in Richtung Schiebetür. »Da gibt es allerdings noch eine Sache, die Sie vielleicht wissen sollten, bevor wir diese Wohnung verlassen.«

Langdon war nicht sicher, ob er es hören wollte.

»Der Mörder hat etwas gestohlen.«

»Gestohlen?«

»Folgen Sie mir.«

Der Direktor rollte zurück in das eisige, von Nebelschwaden erfüllte Wohnzimmer. Langdon folgte ihm, ohne zu wissen, was ihn nun schon wieder erwartete. Kohler steuerte seinen Rollstuhl ganz nah an den Leichnam Vetras heran und hielt. Er bedeutete Langdon, zu ihm zu kommen. Zögernd näherte er sich. Übelkeit stieg in ihm auf, als er den gefrorenen Urin des Toten roch.

»Sehen Sie sein Gesicht an«, forderte Kohler ihn auf.

Ich soll sein Gesicht ansehen?, dachte Langdon. *Ich dachte, es geht um einem gestohlenen Gegenstand?*

Zögernd kniete Langdon nieder. Er versuchte in Vetras Gesicht zu sehen, doch der Kopf war um einhundertachtzig Grad nach hinten verdreht. Das Gesicht war dem Teppich zugewandt.

Kohler kämpfte gegen seine Behinderung und beugte sich nach vorn, um Vetras gefrorenen Kopf herumzudrehen. Unter lautem Krachen und Knirschen wurde das Gesicht erkennbar. Es war von Todesqualen verzerrt. Kohler hielt es einen Augenblick fest, damit Langdon es sehen konnte.

»Heilige Mutter Gottes!«, ächzte Langdon und stolperte entsetzt zurück. Vetras Gesicht war blutüberströmt. Ein braunes Auge starrte ihn leblos an. Die andere Augenhöhle war zerfetzt und leer. »Sie … sie haben *sein Auge* gestohlen?«

14.

LANGDON KAM AUS BUILDING C an die frische Luft, dankbar, dass er Vetras Wohnung hinter sich lassen konnte. Die Sonne half, den Anblick der leeren Augenhöhle zu verdrängen, der sich hartnäckig in seinem Verstand festgefressen hatte.

»Hier entlang bitte«, sagte Kohler und steuerte einen steilen Weg hinauf. Der elektrische Rollstuhl beschleunigte scheinbar mühelos. »Miss Vetra wird jeden Augenblick eintreffen.«

Langdon beeilte sich, um nicht den Anschluss zu verlieren.

»Und?«, fragte Kohler. »Bezweifeln Sie immer noch, dass die Illuminati in die Sache verwickelt sind?«

Langdon wusste überhaupt nicht mehr, was er von alledem halten sollte. Vetras religiöse Überzeugungen waren definitiv beunruhigend, und doch konnte sich Langdon nicht dazu überwinden, jede wissenschaftliche Erkenntnis, die er in den vergangenen Jahren gewonnen hatte, beiseite zu schieben. Außerdem war da noch das Auge …

»Ich behaupte immer noch«, sagte Langdon entschiedener, als er beabsichtigt hatte, »dass die Illuminati nicht für diesen Mord verantwortlich sind. Das fehlende Auge ist der Beweis.«

»Wie das?«

»Willkürliche Verstümmelungen sind für Illuminati äußerst … ungewöhnlich«, erklärte Langdon. »Sie sind nach einschlägiger Meinung das Werk unerfahrener Randgruppen oder Sekten – terroristische Akte von Eiferern. Die Illuminati sind stets viel umsichtiger zu Werke gegangen.«

»Umsichtig? Sie meinen, die chirurgische Entfernung eines Augapfels wäre nicht umsichtig?«

»Sie beinhaltet zumindest keine eindeutige Botschaft. Sie dient keinem höheren Zweck.«

Kurz vor Erreichen der Anhöhe hielt Kohler an. Er wandte sich um. »Mr. Langdon, bitte glauben Sie mir, dieses fehlende Auge dient einem höheren Zweck … einem sehr viel höheren Zweck.«

Während die beiden Männer die grasbewachsene Anhöhe überquerten, hörte man im Westen das unverkennbare Schlagen von Rotorblättern. Ein Hubschrauber tauchte auf und kam in weitem Bogen durch das vor ihnen liegende Tal heran. Er ging in eine enge Kurve und verlangsamte seine Geschwindigkeit, bis er über einem auf das Gras gemalten Landekreuz schwebte.

Langdon beobachtete das Geschehen, während sein Verstand Purzelbäume schlug und er sich fragte, ob eine Nacht voll Schlaf die gegenwärtige Desorientierung lindern würde. Irgendwie bezweifelte er es.

Die Kufen berührten den Boden, und ein Pilot sprang heraus. Unverzüglich begann er mit dem Entladen von Ausrüstung. Es war eine ganze Menge – Seesäcke, wasserdichte Säcke aus Vinyl, Pressluftflaschen und Kisten mit modernsten Tauchgeräten.

»Ist das Miss Vetras Ausrüstung?«, rief Langdon verwirrt zu Kohler hinüber. Er musste schreien, um den Motorenlärm zu übertönen.

Kohler nickte und rief zurück: »Sie war zu biologischen Forschungen auf den Balearen.«

»Hatten Sie nicht gesagt, Miss Vetra sei Physikerin?«

»Ist sie auch. Sie untersucht die Zusammenhänge zwischen Biologie und Physik. Die Verbindungen zwischen verschiedenen Lebensräumen. Ihre Arbeit hängt eng mit der ihres Vaters auf dem Gebiet der Teilchenphysik zusammen. Erst vor kurzem hat sie eine von Einsteins fundamentalen Theorien widerlegt, mithilfe einer Reihe vollautomatisch synchronisierender Kameras, mit denen sie einen Thunfischschwarm beobachtet hat.«

Langdon suchte in Kohlers Gesicht nach einer Spur von heimlichem Humor. *Einstein und Thunfisch?* Allmählich fragte er sich, ob die X-33 ihn vielleicht versehentlich auf einem anderen Planeten abgesetzt hatte.

Einen Augenblick später kam Vittoria Vetra in sein Blickfeld, und Robert Langdon erkannte, dass die Überraschungen des heutigen Tages noch längst nicht zu Ende waren. Miss Vetra sah in ihren Khakihosen und dem weißen ärmellosen Top überhaupt nicht wie eine gelehrte Physikerin aus. Geschmeidig und elegant, groß gewachsen, sonnengebräunt und mit langem schwarzem Haar, das im Wind der Rotoren flatterte, stieg sie aus dem Hubschrauber. Ihr Gesicht war unverwechselbar italienisch – nicht atemberaubend schön, aber mit markanten Zügen, die selbst auf zwanzig Meter Entfernung eine unverhüllte Sinnlichkeit verrieten. Die an ihrer Kleidung zerrenden Luftströmungen betonten ihren schlanken Leib und die kleinen Brüste.

»Miss Vetra ist eine Frau mit beeindruckender persönlicher Ausstrahlung«, sagte Kohler, dem nicht entging, wie sehr Langdon von ihrem Anblick gefesselt war. »Sie verbringt manchmal Monate in gefährdeten Ökosystemen, um dort zu arbeiten und zu forschen. Sie ist strenge Vegetarierin und unser Guru in Hatha-Yoga.«

Hatha-Yoga?, sinnierte Langdon. Die alte buddhistische Kunst meditativer Dehnübungen erschien ihm als ein überraschendes Hobby für eine Physikerin und Tochter eines katholischen Priesters.

Langdon beobachtete, wie sie näher kam. Sie hatte offensichtlich geweint; ihre großen schwarzen Augen waren voller Emotionen, die Langdon nicht einzuordnen vermochte. Trotzdem bewegte sie sich zügig und beherrscht. Ihre Gliedmaßen waren muskulös und geschmeidig; sie hatten die Art von gesunder Farbe, die mediterrane Haut nach vielen Stunden in der Sonne annimmt.

»Vittoria«, begann Kohler, als sie heran war. »Mein herzliches Beileid. Es ist ein schrecklicher Verlust für die Wissenschaft und … und für uns alle hier bei CERN.«

Vittoria nickte dankbar. Als sie sprach, klang ihre Stimme sanft und kehlig und mit einem italienischen Akzent behaftet. »Wissen Sie bereits, wer dafür verantwortlich ist?«

»Wir arbeiten daran.«

Sie wandte sich zu Langdon und streckte ihm die schlanke Hand entgegen. »Mein Name ist Vittoria Vetra. Ich nehme an, Sie sind von Interpol?«

Langdon ergriff ihre Hand, verzaubert von ihrem Blick, stille, tiefe Wasser. »Robert Langdon.« Er wusste nicht, was er sonst sagen sollte.

»Mr. Langdon ist nicht von der Polizei«, erklärte Kohler. »Er ist ein Spezialist aus den Vereinigten Staaten, und er hilft uns herauszufinden, wer hinter diesem Verbrechen steckt.«

Vittoria schien verunsichert. »Und die Polizei?«

Kohler stieß die Luft aus und schwieg.

»Wo ist sein Leichnam?«, verlangte sie zu wissen.

»Man kümmert sich darum.«

Die Notlüge überraschte Langdon.

»Ich will ihn sehen«, sagte Vittoria.

»Vittoria!«, drängte Kohler. »Ihr Vater wurde brutal ermordet. Sie sollten ihn besser so in Erinnerung behalten, wie er war.«

Vittoria wollte etwas erwidern, doch sie kam nicht dazu.

»Hey, Vittoria!«, riefen Stimmen aus der Ferne. »Willkommen daheim!«

Sie wandte sich um. Eine Gruppe vorbeieilender Wissenschaftler winkte fröhlich.

»Hast du noch eine von Einsteins Theorien widerlegt?«, rief einer.

»Dein Vater muss stolz auf dich sein!«, fügte ein anderer hinzu.

Vittoria winkte den Männern betreten zu, dann wandte sie sich an Kohler. Auf ihrem Gesicht spiegelte sich Verwirrung. »Weiß noch niemand Bescheid?«

»Ich habe beschlossen, vorerst Diskretion zu wahren.«

»Sie haben den Behörden nicht gemeldet, dass mein Vater *ermordet* wurde?« Ihre Verwirrung wich unverhülltem Zorn.

Kohlers Gesichtszüge wurden augenblicklich hart. »Vielleicht haben Sie vergessen, Miss Vetra, dass es eine Untersuchung geben wird, sobald ich den Mord an Ihrem Vater melde. Einschließlich einer gründlichen Untersuchung des Labors. Ich habe mich stets bemüht, die Privatsphäre Ihres Vaters zu respektieren. Er hat mir lediglich zwei Dinge über Ihr gegenwärtiges Projekt verraten. Einmal, dass es CERN möglicherweise im Lauf des nächsten Jahrzehnts Millionen von Schweizer Franken an Lizenzgebühren einbringen könnte, und zum anderen, dass es noch nicht bereit ist für eine Vorstellung in der Öffentlichkeit, weil die Technologie noch immer gefährlich ist. Angesichts dieser beiden Fakten ziehe ich es vor, wenn keine Fremden in seinem Labor herumwühlen und seine Arbeit stehlen oder sich bei dem Versuch selbst umbringen und CERN die Verantwortung in die Schuhe schieben. Habe ich mich klar genug ausgedrückt?«

Vittoria starrte ihn schweigend an. Langdon spürte, dass sie Kohlers Logik widerstrebend akzeptierte.

»Bevor wir den Behörden irgendetwas melden«, fuhr Kohler fort, »muss ich wissen, woran Sie beide gearbeitet haben. Sie müssen uns in Ihr Labor begleiten.«

»Das Labor ist unwichtig«, entgegnete Vittoria. »Niemand wusste, woran Vater und ich gearbeitet haben. Das Experiment kann unmöglich etwas mit Vaters Ermordung zu tun haben.«

Kohler schnaubte rasselnd. »Die Indizien legen eine andere Vermutung nahe.«

»Indizien? Welche Indizien?«

Das fragte sich Langdon auch.

Kohler tupfte sich schon wieder über den Mund. »Sie müssen mir wohl oder übel vertrauen.«

Nach Vittorias feindseligen Blicken zu urteilen, tat sie es offensichtlich nicht.

15.

LANGDON STAPFTE SCHWEIGEND hinter Vittoria und Kohler her, während sie zu der Eingangshalle im Hauptgebäude zurückkehrten, wo Langdons bizarrer Besuch seinen Anfang genommen hatte. Vittoria hielt mühelos mit dem Rollstuhl Schritt. Sie bewegte sich wie eine geübte Schwimmerin. Langdon hörte ihren leisen, kontrollierten Atem, als wollte sie auf diese Weise ihre Trauer abschütteln.

Der Harvardprofessor wollte etwas zu ihr sagen, ihr sein Mitgefühl ausdrücken. Auch er hatte einst die abrupte Leere des Verlusts gespürt, als sein Vater unerwartet gestorben war. Er erinnerte sich an die Beerdigung; es war ein grauer, verregneter Tag gewesen, zwei Tage nach seinem zwölften Geburtstag. Das Haus war voller Menschen in grauen und schwarzen Anzügen und Kostümen, Kollegen aus dem Büro, Verwandte, die ihm die Hand beim Schütteln fast zerquetschten. Alle hatten etwas von *Herz* und *Stress* gemurmelt, und seine Mutter hatte durch tränenverhangene Augen gescherzt, dass sie die Aktienkurse immer allein dadurch hätte verfolgen können, dass sie die Hand ihres Mannes gehalten hatte … sein Puls sei ihr eigener privater Wirtschaftsticker gewesen.

Früher, als Langdons Vater noch am Leben gewesen war, hatte Robert einmal gehört, wie seine Mutter zu ihm gesagt hatte, er solle endlich innehalten und sich an den Rosen erfreuen. In jenem Jahr hatte Langdon seinem Vater eine winzige Glasrose zu Weihnachten geschenkt. Es war das Schönste, das er je gesehen hatte … wie sich die Sonne darin spiegelte und einen Regenbogen aus Farben an die Wände geworfen hatte. »Es ist wundervoll«, hatte sein Vater nach dem Auspacken gesagt und Robert auf die Stirn geküsst. »Komm, wir suchen einen sicheren Ort dafür.« Dann hatte sein Vater die Rose vorsichtig auf ein hohes, staubiges Regal in der dunkelsten Ecke des Wohnzimmers gelegt. Ein paar Tage später hatte Robert einen Stuhl genommen, die Rose vom Regal geholt und in das Geschäft zurückgebracht. Sein Vater hatte nie bemerkt, dass sie verschwunden war.

Der Gong eines Aufzugs riss ihn in die Wirklichkeit zurück. Vittoria und Kohler waren vor ihm und stiegen in den Lift. Langdon zögerte vor der offenen Tür.

»Stimmt etwas nicht?«, fragte Kohler mehr ungeduldig als besorgt.

»Doch, doch, alles in Ordnung«, antwortete Langdon und setzte einen Fuß in den engen Aufzug. Er benutzte Aufzüge nur, wenn es absolut unumgänglich war. Langdon zog den freien Raum offener Treppenhäuser vor.

»Dr. Vetras Labor liegt unterirdisch«, erklärte Kohler.

Wunderbar, dachte Langdon, als er über die Schwelle trat und den eisigen Lufthauch spürte, der durch den breiten Spalt nach oben zog. Die Tür schloss sich, und der Lift fuhr los.

»Sechs Stockwerke«, sagte Kohler tonlos wie eine analytische Maschine.

Langdon stellte sich die Schwärze des leeren Schachts vor, durch die der Lift nach unten sank. Er versuchte den Gedanken auszusperren, indem er auf das Display und die wechselnden Etagenlichter starrte. Eigenartigerweise blinkten nur zwei: Erdgeschoss und LHC.

»Wofür steht LHC?«, fragte Langdon und bemühte sich, nicht nervös zu klingen.

»Für Large Hadron Collider*«, sagte Kohler. »Das ist ein Teilchenbeschleuniger.«

Ein Teilchenbeschleuniger? Langdon besaß eine vage Vorstellung davon, was das war. Er hatte den Ausdruck zum ersten Mal beim Abendessen mit ein paar Kollegen im Dunster House in Cambridge gehört. Ein befreundeter Physiker, Bob Brownell, war wutentbrannt zum Essen erschienen.

»Die Bastarde haben den Collider gestrichen!«, hatte Brownell geflucht.

»Wen gestrichen?«, hatten alle gefragt.

»Den SSC!«

»SSC?«

»Superconducting Super Collider. Den Teilchenbeschleuniger!«

Jemand hatte die Schultern gezuckt. »Ich wusste gar nicht, dass Harvard einen baut.«

»Nicht Harvard!«, hatte Brownell geschnaubt. »Die Regierung! Es sollte der stärkste Teilchenbeschleuniger der Welt werden! Eines der wichtigsten wissenschaftlichen Projekte des Jahrhunderts! Zwei Milliarden Dollar wurden bereits hineingesteckt, und dann streicht der Senat das Projekt! Verdammte Bibellobbyisten!«

Schließlich hatte Brownell sich ein wenig beruhigt und erklärt, dass ein Teilchenbeschleuniger eine große, runde Röhre war, in der subatomare Partikel beschleunigt wurden. Starke Magneten rings um die Röhre wurden in rascher Folge ein- und ausgeschaltet und »stießen« die Partikel immer wieder herum, bis sie gewaltige Geschwindigkeiten erreicht hatten. Voll beschleunigte Partikel flogen mit mehr als zweihundertneunzigtausend Kilometern *in der Sekunde* durch die Röhre.

»Aber das ist ja beinahe Lichtgeschwindigkeit!«, hatte einer der Professoren gerufen.

»Verdammt richtig!«, hatte Brownell gesagt und weiter erklärt,

* LHC – **L**arge **H**adron **C**ollider = Hadronenbeschleuniger oder Hadronenkollider. Hadronen: Sammelbezeichnung für Elementarteilchen, die der starken Wechselwirkung unterliegen (Baryonen, Mesonen, Protonen, Neutronen). (Anm. d. Übers.)

dass man zwei Partikel durch Beschleunigen in entgegengesetzte Richtungen und anschließende kontrollierte Kollision in ihre Bestandteile zerlegen konnte und dass die Wissenschaftler auf diese Weise einen Einblick in die fundamentalsten Bausteine der Natur gewannen.

»Teilchenbeschleuniger«, hatte Brownell gesagt, »sind von entscheidender Bedeutung für die Zukunft der Wissenschaft. Teilchenkollisionen sind der Schlüssel zum Verständnis des Universums.«

Der Philosoph der Universität, ein stiller Mann namens Charles Pratt, war nicht sonderlich beeindruckt gewesen. »In meinen Augen sieht das nach einer verdammt steinzeitlichen Methode aus. Als würde man Uhren gegeneinander schlagen, um ihre inneren Bestandteile zu untersuchen.«

Brownell hatte seine Gabel hingeworfen und war aus dem Lokal gestürmt.

Also hat CERN einen Teilchenbeschleuniger, dachte Langdon, während der Lift weiter in die Tiefe glitt. *Eine runde Röhre zum Zerlegen von Partikeln.* Er fragte sich, warum der Beschleuniger unter der Erde lag.

Der Aufzug hielt, und Langdon war erleichtert, wieder *Terra firma* unter den Füßen zu spüren. Dann öffneten sich die Türen, und seine Erleichterung verflog. Robert Langdon fand sich einmal mehr in einer völlig fremdartigen Welt wieder.

Ein Gang erstreckte sich vom Aufzug scheinbar endlos in beide Richtungen. Es war ein glatter Tunnel mit Betonwänden, breit genug für einen Sattelschlepper. Hell erleuchtet vor dem Aufzug, wo sie standen, doch ein Stück weiter rechts und links herrschte tiefste Dunkelheit. Ein feuchter Wind schlug Langdon entgegen und erinnerte ihn auf beunruhigende Weise daran, dass er sich nun tief unter der Erde befand. Fast konnte er das Gewicht der Felsen über seinem Kopf spüren … für einen Augenblick war er wieder neun Jahre alt. Die Dunkelheit versetzte ihn in die Vergangenheit, zurück zu den fünf Stunden erdrückender Schwärze, die ihn bis heute verfolgten. Er biss die Zähne zusammen und kämpfte gegen die aufsteigende Panik an.

Vittoria stieg schweigend aus dem Lift und marschierte los, ohne auf die anderen zu warten. An der Decke flackerten Fluoreszenzlampen auf und erhellten ihren Weg. Es sah beängstigend aus. *Als wäre der Tunnel lebendig,* dachte Langdon; als würde er ihre Bewegungen erahnen. Langdon und Kohler folgten Vittoria in kurzem Abstand. Hinter ihnen erlosch die Beleuchtung ebenso automatisch, wie sie sich eingeschaltet hatte.

»Dieser Teilchenbeschleuniger«, sagte Langdon leise, »ist er irgendwo hier unten?«

»Das dort ist er.« Kohler deutete nach links auf eine polierte Edelstahlröhre, die an der Wand des Tunnels entlang verlief.

Langdon starrte verwirrt auf das Rohr. »Das ist der Beschleuniger?« Er sah ganz anders aus, als er ihn sich vorgestellt hatte. Eine völlig gerade Röhre, knapp einen Meter im Durchmesser, die sich waagerecht durch den gesamten Tunnel erstreckte und vor und hinter ihnen in der Dunkelheit verschwand. *Sieht eher wie ein Hightech-Abwasserrohr aus,* dachte Langdon. »Ich dachte eigentlich, Teilchenbeschleuniger wären rund.«

»Dieser Beschleuniger *ist* rund«, erwiderte Kohler. »Ein perfekter Ring. Er sieht zwar gerade aus, doch das ist eine optische Täuschung. Der Umfang des Tunnels ist so groß, dass Sie die Krümmung in der Dunkelheit nicht wahrnehmen. So, wie Sie die Erde nicht als Kugel wahrnehmen.«

Langdon war verblüfft. *Dieser Tunnel soll ein Ring sein?* »Aber … er muss *riesig* sein!«

»Der LHC ist die größte Maschine der Welt.«

Langdon stutzte. Er erinnerte sich, dass der Pilot und Fahrer irgendetwas von einer riesigen Maschine unter der Erde erzählt hatte, doch …

»Der Ring besitzt einen Durchmesser von mehr als acht Kilometern.«

Langdon riss die Augen auf. »Acht Kilometer?« Er starrte den Generaldirektor an, dann blickte er hinaus in den dunklen Tunnel. »Aber … aber das bedeutet ja, dass er siebenundzwanzig Kilometer lang ist!«

Kohler nickte. »Wie gesagt, ein vollkommener Kreis. Er erstreckt sich unterirdisch bis über die französische Grenze. Voll beschleunigte Partikel rasen in einer einzigen Sekunde mehr als zehntausendmal durch den Ring, bevor sie kollidieren.«

Langdons Beine fühlten sich an wie Gummi, als er in die Dunkelheit starrte. »Wollen Sie damit sagen, dass CERN Millionen Tonnen Erde bewegt hat, nur um winzige Partikel aufeinander zu schießen?«

Kohler zuckte die Schultern. »Manchmal muss man eben Berge versetzen, um die Wahrheit zu finden.«

16.

HUNDERTE VON MEILEN von CERN entfernt drang eine Stimme durch das Rauschen eines Walkie-Talkies. »In Ordnung, ich bin jetzt im Korridor.«

Der Wachmann vor den Monitoren drückte den Sendeknopf. »Suchen Sie Kamera Nummer 86. Sie muss irgendwo am anderen Ende sein.«

Eine Weile herrschte Funkstille. Der wartende Wachmann begann zu schwitzen. Schließlich meldete sich das Funkgerät wieder.

»Die Kamera ist nicht hier«, sagte die Stimme. »Ich sehe die Stelle, wo sie montiert war. Irgendjemand muss sie entfernt haben.«

Der Wachmann stieß den Atem aus. »Danke. Warten Sie eine Sekunde, ja?«

Seufzend richtete er seine Aufmerksamkeit auf die Bank von Monitoren vor sich. Große Bereiche des Komplexes waren für die Öffentlichkeit zugänglich, und es hatte schon früher Fälle von gestohlenen drahtlosen Kameras gegeben. Üblicherweise steckten Scherzbolde dahinter, die auf der Suche nach einem Souvenir waren. Doch sobald eine Kamera aus dem Gebäude verschwand und außer Reichweite war, ging auch ihr Signal verloren, und der Schirm wurde schwarz. Verdutzt starrte der Wachmann auf den Monitor. Kamera Nummer 86 übertrug noch immer ein kristallklares Bild.

Wenn die Kamera gestohlen wurde, fragte er sich, warum erhalten wir dann immer noch ein Signal? Er wusste, dass es dafür nur eine mögliche Erklärung gab. Die Kamera war noch innerhalb des Komplexes. Irgendjemand hatte sie einfach an eine andere Stelle gebracht. *Aber wer? Und warum?*

Er betrachtete das Bild auf dem Monitor. Schließlich nahm er das Funkgerät wieder auf. »Sind in diesem Treppenhaus irgendwo Schränke? Irgendwelche Kammern oder dunkle Alkoven?«

»Nein.« Die Stimme klang verwirrt. »Wieso?«

Der Wachmann runzelte die Stirn. »Schon gut. Danke für Ihre Hilfe.« Er schaltete das Walkie-Talkie aus und schürzte nachdenklich die Lippen.

Angesichts der geringen Größe und des geringen Gewichts der drahtlosen Kamera konnte sie so gut wie überall innerhalb der schwer bewachten Anlage sein – eine dicht an dicht stehende Ansammlung von zweiunddreißig Einzelgebäuden auf einer kreisförmigen Fläche von anderthalb Kilometern Durchmesser. Der einzige Hinweis war, dass die Kamera an irgendeinem dunklen Ort sein musste. Was natürlich nicht viel weiterhalf. Es gab zahllose dunkle Stellen im Komplex – Spinde und Kammern, Belüftungsschächte, Schränke, ein ganzes Labyrinth aus unterirdischen Tunnels. Es würde Wochen dauern, Kamera Nummer 86 aufzuspüren.

Aber das ist noch das geringste Problem, dachte der Wachmann.

Etwas anderes bereitete ihm sehr viel mehr Kopfzerbrechen, auch wenn es mit Kamera Nummer 86 zusammenhing – und das war das Bild, das sie übertrug. Ein stationäres Objekt, eine kompliziert aussehende Apparatur, wie sie der Wachmann nie zuvor gesehen hatte. Er betrachtete das blinkende elektronische Display an seiner Basis.

Obwohl er eine gründliche Ausbildung absolviert hatte und auf alle nur denkbaren Situationen vorbereitet worden war, spürte er, wie sein Puls schneller ging. Er versuchte sich zu beruhigen. Es musste eine Erklärung geben. Das Objekt war zu klein, um eine signifikante Bedrohung darzustellen. Andererseits war die bloße Anwesenheit dieses fremden Gegenstands im Komplex beunruhigend. Genau genommen sogar *äußerst* beunruhigend.

Ausgerechnet heute, dachte er.

Sicherheit stand für seinen Arbeitgeber stets an oberster Stelle, doch der heutige Tag war wichtiger als jeder andere in den vergangenen zwölf Jahren. Am heutigen Tag war Sicherheit von allergrößter Bedeutung. Der Wachmann starrte lange Zeit auf das fremdartige Objekt und spürte, wie sich in der Ferne ein Sturm zusammenzubrauen begann.

Dann wählte er schwitzend die Nummer seines Vorgesetzten.

17.

NICHT VIELE KINDER KONNTEN VON SICH SAGEN, dass sie sich an den Tag erinnerten, an dem sie ihren Vater kennen gelernt hatten. Anders Vittoria Vetra. Sie war acht Jahre alt gewesen und hatte gewohnt, wo sie immer gewohnt hatte: im *Orfanotrofio di Siena*, einem katholischen Waisenhaus in der Nähe von Florenz, ausgesetzt von Eltern, die sie niemals gekannt hatte. Es hatte geregnet an jenem Tag. Die Nonnen hatten sie zweimal zum Abendessen gerufen, doch wie stets hatte sie getan, als höre sie nichts. Sie lag draußen im Hof und starrte die Regentropfen an … spürte, wie sie von ihnen getroffen wurde … versuchte zu raten, wo der nächste treffen würde. Die Nonnen riefen erneut und drohten, dass eine Lungenentzündung einem so unerträglich halsstarrigen Kind wie ihr die Neugier auf die Natur schon austreiben würde.

Ich kann nichts hören, hatte Vittoria gedacht.

Sie war durchnässt bis auf die Haut, als ein junger Priester kam, um sie zu holen. Sie kannte ihn nicht; er musste neu sein. Vittoria wartete, bis er sie packte und nach drinnen schleppte. Doch das geschah nicht. Stattdessen legte er sich zu ihrem größten Erstaunen neben sie auf den nassen Boden, direkt in eine Pfütze.

»Man erzählt sich hier, dass du eine Menge Fragen stellst«, sagte der junge Priester.

Vittoria blickte ihn finster an. »Sind Fragen vielleicht Sünde?«

Er lachte. »Schätze, die Leute hatten recht.«

»Was tun Sie hier?«

»Das Gleiche wie du … ich frage mich, wieso Regentropfen nach unten fallen.«

»Ich frage mich nicht, warum sie fallen! Das weiß ich nämlich!«

Der Priester schenkte ihr einen erstaunten Blick. »Tatsächlich?«

»Schwester Francisca sagt, Regentropfen wären die Tränen von Engeln, die auf die Erde fallen, um die Menschen von ihren Sünden reinzuwaschen.«

»Aha!«, rief er erstaunt. »Das erklärt natürlich einiges!«

»Nein, es erklärt überhaupt nichts!«, giftete sie zurück. »Regentropfen fallen, weil *alles* fällt! Alles fällt zu Boden! Nicht nur Regentropfen!«

Der Priester kratzte sich verblüfft am Kopf. »Du hast recht, junge Dame! Alle Dinge fallen! Es muss an der Gravitation liegen.«

»An *was*?«

Er schaute sie erstaunt an. »Hast du noch nie von Gravitation gehört?«

»Nein.«

Der Priester schüttelte traurig den Kopf. »Zu schade. Die Gravitation beantwortet uns nämlich *eine ganze Menge* Fragen.«

Vittoria setzte sich auf. »Was ist Gravitation?«, wollte sie wissen. »Sagen Sie's mir!«

Der Priester zwinkerte. »Was hältst du davon, wenn wir beim Abendessen darüber reden?«

Der junge Priester war Leonardo Vetra. Obwohl er an der Universität zu den besten Physikstudenten seines Jahrgangs gehört hatte, war er einem anderen Ruf gefolgt und dem Priesterseminar beigetreten. Leonardo und Vittoria waren in der einsamen Welt der Nonnen und Statuten zu Freunden geworden. Vittoria brachte Leonardo zum Lachen. Er nahm sie unter seine Fittiche und lehrte sie, dass es Erklärungen gab für so wunderschöne Dinge wie Regenbögen oder Flüsse. Er erzählte ihr vom Licht, von den Planeten, den Sternen und von der Natur und betrachtete die Dinge genauso sehr durch das Auge Gottes wie mit den Augen des Wissenschaftlers. Vittorias angeborener Intellekt und ihre Neugier machten sie zu einer gelehrigen Schülerin. Leonardo Vetra behütete sie wie eine eigene Tochter.

Auch Vittoria war glücklich. Sie hatte nie gewusst, wie schön es war, einen Vater zu haben. Wo jeder andere Erwachsene ihre Fragen mit einem Schlag auf die Finger beantwortete, verbrachte Leonardo Stunden damit, ihr Bücher zu zeigen. Er fragte sie sogar nach *ihren eigenen* Ideen. Vittoria betete, dass Leonardo für immer bei ihr bleiben würde. Dann aber, eines Tages, war ihr schlimmster Albtraum Wirklichkeit geworden. Vater Leonardo sagte ihr, dass er das Waisenhaus verlassen würde.

»Ich gehe in die Schweiz«, gestand Leonardo. »Ich habe ein Stipendium erhalten und studiere an der Universität von Genf Physik.«

»Physik? Ich dachte, du liebst *Gott*!«

»Das tue ich auch, sehr sogar. Das ist der Grund, warum ich seine göttlichen Gesetze studieren möchte. Die Gesetze der Physik sind die Leinwand, die Gott ausgelegt hat, um darauf seine Schöpfung auszubreiten.«

Vittoria war am Boden zerstört. Doch Vater Leonardo hatte noch weitere Neuigkeiten. Er berichtete Vittoria, dass er mit seinen Vorgesetzten gesprochen hatte und dass sie einverstanden waren, wenn er Vittoria adoptierte.

»Möchtest du, dass ich dich adoptiere?«, fragte Leonardo.

»Was bedeutet ›adoptieren‹?«

Vater Leonardo erklärte es ihr.

Vittoria drückte sich volle fünf Minuten vor Freude weinend an ihn. »Ja! O ja!«

Leonardo sagte ihr, dass er eine Weile fort sein würde, um in der Schweiz ein neues Heim für sie beide einzurichten, doch er versprach, sie in spätestens sechs Monaten zu holen. Es war die längste Zeit in Vittorias Leben, doch Leonardo hielt Wort. Fünf Tage vor ihrem neunten Geburtstag zog sie nach Genf. Während des Tages besuchte sie die Internationale Schule, und abends lernte sie von ihrem Vater.

Drei Jahre später wurde Leonardo von CERN angestellt. Vittoria und Leonardo zogen erneut um und landeten in einem Wunderland, wie es sich die kleine Vittoria niemals hätte träumen lassen.

Vittoria Vetras Körper fühlte sich taub an, während sie durch den Tunnel des LHC marschierte. Sie sah ihr verzerrtes Spiegelbild in dem polierten Edelstahl und spürte das Fehlen ihres Vaters. Normalerweise ruhte sie in sich selbst, im Frieden und in Harmonie mit der Welt ringsum. Doch plötzlich, auf einen Schlag, schien alles sinnlos geworden. Die letzten drei Stunden waren völlig verschwommen.

Es war zehn Uhr morgens auf den Balearen gewesen, als Kohlers Anruf sie erreicht hatte. *Vittoria, Ihr Vater wurde ermordet. Bitte kommen Sie sofort nach Hause.* Trotz der drückenden Hitze an Bord des Tauchbootes war ihr eiskalt ums Herz geworden. Kohlers emotionslose Stimme schmerzte fast so sehr wie die Nachricht, die er überbrachte.

Jetzt war sie nach Hause zurückgekehrt. *Nach Hause zu wem?* CERN, ihre Welt, seit sie zwölf gewesen war, schien plötzlich fremd. Ihr Vater, der Mann, der CERN so magisch gemacht hatte, war tot.

Tief durchatmen, sagte sie sich, doch es gelang ihr nicht, ihren Verstand zu beruhigen. Die Fragen kreisten schneller und schneller in ihrem Kopf. Wer hatte ihren Vater ermordet, und warum? Wer war dieser »amerikanische Spezialist«? Warum bestand Kohler darauf, das Labor zu sehen?

Kohler hatte gesagt, dass Indizien auf einen Zusammenhang zwischen dem Mord an ihrem Vater und ihrem gegenwärtigen Projekt deuteten. *Was für Indizien? Niemand wusste, woran wir gearbeitet haben! Und selbst wenn es jemand herausgefunden hätte – warum hätte er Vater ermorden sollen?*

Als sie durch den LHC-Tunnel in Richtung des Labors ging, wurde ihr bewusst, dass sie im Begriff stand, die größte Errungenschaft ihres Vaters zu enthüllen, ohne dass er zugegen war. Sie hatte sich diesen Augenblick immer ganz anders vorgestellt. Sie hatte sich ausgemalt, wie ihr Vater die besten Köpfe von CERN in seinem Labor versammelte, ihnen seine Entdeckung zeigte und ihre ehrfürchtigen Gesichter beobachtete. Und er hätte vor väterlichem Stolz gestrahlt und ihnen erklärt, wie eine von *Vittorias* Ideen ihm geholfen hatte, das Projekt umzusetzen … dass *seine* Tochter eine entscheidende Rolle bei dem Durchbruch gespielt hatte. Vittoria spürte einen schmerzhaften Kloß im Hals. *Vater und ich wollten diesen Augenblick gemeinsam genießen.* Und jetzt stand sie hier, allein. Keine Kollegen. Keine glücklichen Gesichter. Nur ein fremder Amerikaner und Maximilian Kohler.

Maximilian Kohler. Der König.

Schon als Kind hatte Vittoria den Mann nicht gemocht. Auch wenn sie irgendwann gelernt hatte, seinen gewaltigen Intellekt zu respektieren, so war ihr seine eisige Distanz stets unmenschlich erschienen – das genaue Gegenteil der Wärme, die sie bei ihrem Vater gespürt hatte. Kohler ging der Wissenschaft wegen ihrer unbestechlichen Logik nach ... ihr Vater verfolgte sie wegen ihrer spirituellen Erhabenheit. Und doch hatten beide Männer sich auf eine unerklärliche Weise respektiert. *Genius,* hatte einmal jemand erklärt, *akzeptiert Genius bedingungslos.*

Genius, dachte sie. *Vater ... Papa. Tot.*

Der Eingang zum Labor Leonardos war ein steriler, bis unter die Decke mit weißen Fliesen ausgekleideter Korridor. Langdon hatte das Gefühl, als beträte er ein unterirdisches Sanatorium für Geistesgestörte. Dutzende von Schwarzweißfotografien reihten sich an den Wänden. Obwohl das Studium von Fotos zu Langdons Beruf gehörte, konnte er mit diesen hier nicht das Geringste anfangen. Sie sahen aus wie chaotische Negative aus zufälligen Strichen und Spiralen. *Moderne Kunst?,* überlegte er. *Jackson Pollock auf Amphetaminen?*

»Streuaufnahmen«, erklärte Vittoria, als sie Langdons Interesse bemerkte. »Computerisierte Darstellungen von Partikelkollisionen. Das dort ist ein Z-Partikel«, sagte sie und deutete auf eine schwache Spur, die in all dem Durcheinander fast nicht zu erkennen war. »Mein Vater hat sie vor fünf Jahren entdeckt. Reine Energie – keinerlei Masse. Durchaus möglich, dass es die kleinsten Partikel sind, die es gibt. Masse ist nichts anderes als eingesperrte Energie.«

Masse ist Energie? Langdon neigte den Kopf zur Seite. *Das klingt ja fast wie Zen.* Er starrte die schwache Spur auf der Fotografie an und fragte sich, was seine Freunde in der physikalischen Fakultät von Harvard wohl sagen würden, wenn sie erfuhren, dass er das Wochenende in einem LHC verbracht und Z-Partikel bewundert hatte.

»Vittoria«, begann Kohler, als sie sich der imposanten Stahltür des Labors näherten. »Ich sollte vielleicht erwähnen, dass ich heute Morgen hier unten war, um nach Ihrem Vater zu suchen.«

Vittoria errötete leicht. »Und?«

»Und stellen Sie sich meine Überraschung vor, als ich herausfand, dass das Standard-Tastenfeld zur Sicherung der Tür durch einen anderen Mechanismus ersetzt worden war.« Kohler deutete auf einen komplizierten Mechanismus neben der Tür.

»Bitte entschuldigen Sie«, antwortete Vittoria. »Sie wissen doch, dass Vater ungestört sein wollte. Er wollte unter allen Umständen verhindern, dass sich ein anderer außer uns beiden Zutritt verschafft.«

»Schön«, sagte Kohler. »Dann öffnen Sie jetzt bitte die Tür.«

Vittoria zögerte einen langen Augenblick, ohne sich zu regen. Dann atmete sie tief durch und trat zu dem Mechanismus an der Wand.

Langdon war nicht im Geringsten auf das vorbereitet, was als Nächstes geschah.

Vittoria näherte sich dem Mechanismus und legte das rechte Auge auf ein vorstehendes Objektiv, das wie ein Teleskop herausgefahren war. Dann drückte sie auf einen Knopf. Im Innern der Apparatur ertönte ein lautes Klicken. Ein Lichtstrahl wanderte über ihr Auge wie der Abtaster eines Fotokopierers.

»Ein Retina-Scanner«, erklärte sie. »Unfehlbar sicher. Er lässt nur zwei Muster passieren, meines und das meines Vaters …«

Robert Langdon stand da wie vom Donner gerührt. Entsetzen stieg in ihm auf. Er sah das Bild des toten Leonardo Vetra in allen grässlichen Einzelheiten. Das blutige Gesicht, das einzelne braune Auge, die leere Augenhöhle. Er versuchte, die offensichtliche Wahrheit zu verdrängen, doch dann sah er es … auf den weißen Bodenfliesen, unter dem Retina-Scanner … winzige Tropfen von etwas Rotem. Getrocknetes Blut.

Glücklicherweise schien Vittoria nichts davon zu bemerken.

Die Stahltür glitt auf, und sie trat ein.

Kohler fixierte Langdon mit eisernem Blick. Seine Botschaft war deutlich. *Wie ich Ihnen bereits sagte – dieses fehlende Auge diente einem sehr viel höheren Zweck.*

18.

DIE HÄNDE DER FRAU WAREN GEFESSELT, ihre Handgelenke rot und geschwollen von der Reibung. Der dunkelhäutige *Hashishin* lag erschöpft neben ihr und bewunderte seine nackte Beute. Er fragte sich, ob ihr Schlaf nur vorgetäuscht war, ein erbärmlicher Versuch, weiteren Forderungen von seiner Seite zu entgehen.

Es war ihm egal. Er hatte genug. Gesättigt richtete er sich auf.

In seiner Heimat waren Frauen Besitz. Schwach. Werkzeuge zum Vergnügen, Leibeigene, die gehandelt wurden wie Vieh. Und sie wussten, wo ihr Platz war. Hier in Europa täuschten die Frauen eine Stärke und Unabhängigkeit vor, die ihn zugleich erheiterte und erregte. Sie physisch zu unterjochen war ein Vergnügen, das er stets aufs Neue genoss.

Trotz der Zufriedenheit in den Lenden spürte der *Hashishin*, wie neuer Appetit in ihm wuchs. Er hatte in der vergangenen Nacht getötet, getötet und verstümmelt, und das Töten war für ihn wie Heroin … jede Befriedigung war immer nur von kurzer Dauer, und jedes Mal war die Gier umso größer. Das Hochgefühl hatte sich verflüchtigt. Das Verlangen kehrte zurück.

Er betrachtete die schlafende Frau neben sich. Er fuhr mit der Hand über ihren Hals und spürte die Erregung des Gefühls, sie in einem einzigen Augenblick töten zu können. Was spielte es für eine Rolle? Sie war ein Niemand, ein Ding, das zum Dienen und zum Vergnügen da war, weiter nichts. Seine starken Finger umfassten ihre Kehle, und er spürte ihren schwachen Puls. Doch er kämpfte gegen das Verlangen an und zog die Hand zurück. Arbeit wartete auf ihn. Arbeit für eine höhere Sache als sein persönliches Vergnügen.

Während er aus dem Bett stieg, wurde ihm einmal mehr bewusst, welch große Ehre der vor ihm liegende Auftrag bedeutete. Er hatte noch immer keine Vorstellung vom Einfluss dieses Mannes namens Janus und der alten Bruderschaft, die er befehligte. Wunderbarerweise hatten sie ihn auserwählt. Irgendwie mussten sie von seinem Abscheu erfahren haben … und von seiner Geschicklichkeit. Wie, würde er nie herausfinden. *Ihre Wurzeln reichen weit …*

Und nun hatten sie ihm die höchste aller Ehren zuteil werden lassen. Er würde ihre Hand und ihre Stimme sein. Ihr Assassine und ihr Bote. Er würde derjenige sein, den sein Volk *Malak al-haq* nannte – der Engel der Wahrheit.

19.

VETRAS LABOR WAR – mit einem Wort beschrieben – futuristisch.

Weiße Wände, weißer Boden, weiße Decke, Computer, wohin das Auge sah, sowie spezielle elektronische Apparaturen; es erinnerte an einen hochmodernen Operationssaal. Langdon fragte sich, welche Geheimnisse es in diesem Labor geben mochte, die es rechtfertigten, einem Menschen ein Auge herauszuschneiden, um sich Zutritt zu verschaffen.

Kohler wirkte nervös, als sie eintraten. Seine Blicke wanderten hierhin und dorthin und suchten nach Anzeichen eines Eindringlings. Doch das Labor war leer. Vittoria bewegte sich ebenfalls langsam … als wäre das Labor ein völlig unbekannter Raum, wenn ihr Vater sich nicht hier aufhielt.

Langdons Blick blieb in der Mitte des Labors hängen, wo eine Reihe kleiner Säulen stand. Es sah aus wie ein Miniatur-Stonehenge; ein Dutzend der vielleicht einen Meter hohen Gebilde aus poliertem Edelstahl war in einem Kreis angeordnet. Auf jeder Säule stand ein transparenter Behälter von der Größe einer Tennisballdose. Die Behälter schienen leer zu sein.

Kohler betrachtete die Behälter verwirrt; dann beschloss er offenbar, sie für den Augenblick zu ignorieren. Er wandte sich zu Vittoria um. »Wurde irgendetwas gestohlen?«, fragte er.

»Gestohlen? Wie denn?«, entgegnete sie. »Der Retina-Scanner lässt niemanden hinein außer uns!«

»Sehen Sie sich einfach nur um.«

Vittoria seufzte und untersuchte den Raum einige Minuten lang. Dann zuckte sie die Schultern. »Alles sieht so aus wie immer. Geordnetes Chaos.«

Langdon spürte, wie Kohler zögerte. Wahrscheinlich fragte er sich, wie weit er gehen konnte … wie viel er Vittoria sagen durfte. Offensichtlich entschied er sich, es für den Augenblick zu lassen. Er lenkte seinen Rollstuhl zur Mitte des Labors und betrachtete die mysteriöse Anordnung scheinbar leerer Behälter auf den Säulen.

»Geheimnisse sind ein Luxus«, sagte er schließlich, »den wir uns nicht mehr länger leisten können.«

Vittoria nickte ergeben. Sie wirkte mit einem Mal mitgenommen, als wäre hier im Labor eine Flut von Erinnerungen auf sie eingestürzt.

Lass ihr einen Augenblick Zeit, dachte Langdon.

Sie schloss die Augen und atmete tief durch, als müsste sie sich innerlich auf das vorbereiten, was zu enthüllen sie im Begriff stand. Atmete erneut. Und noch einmal. Und noch einmal …

Langdon beobachtete sie, und in ihm regte sich Besorgnis. *Ist alles in Ordnung mit ihr?* Er warf einen Blick zu Kohler, der ungerührt schien – offenbar hatte er dieses Ritual schon häufiger beobachtet. Zehn Sekunden vergingen, bevor Vittoria die Augen wieder aufschlug.

Die Verwandlung war unglaublich. Vittoria Vetra war ein anderer Mensch. Ihre vollen Lippen schlaff, die Schultern hängend, die Augen weich und nachgiebig. Es war, als hätte sie jeden Muskel in ihrem Körper dazu gebracht, die Situation hinzunehmen. Das Feuer und der persönliche Schmerz waren irgendwie unter einer Oberfläche aus Gelassenheit verschwunden.

»Wo soll ich anfangen?«, fragte sie mit nüchterner Stimme.

»Am besten ganz am Anfang«, entgegnete Kohler. »Berichten Sie uns von den Experimenten Ihres Vaters.«

»Sein Lebenstraum war, Religion und Wissenschaft zu vereinen«, sagte sie. »Er hoffte beweisen zu können, dass Religion und Wissenschaft zwei durchaus miteinander vereinbare Dinge seien – zwei verschiedene Wege zu ein und derselben Wahrheit.« Sie zögerte, als glaubte sie selbst nicht an das, was als Nächstes kam. »Und vor kurzem … fand er einen Weg dorthin.«

Kohler schwieg.

»Er entwickelte ein Experiment, von dem er hoffte, dass es einen der erbittertsten Konflikte in der Geschichte von Wissenschaft und Religion beenden könnte.«

Langdon fragte sich, welchen Konflikt sie meinte. Es gab zu viele.

»Die Schöpfung«, erklärte Vittoria. »Der Streit darüber, wie das Universum entstanden ist.«

Oh, dachte Langdon. *Dieser Streit.*

»Die Bibel behauptet selbstverständlich, dass Gott das Universum erschaffen hat«, fuhr sie fort. »Gott sprach: ›Es werde Licht‹, und alles um uns herum entstand aus der unendlichen Leere. Unglücklicherweise besagt eines der grundlegenden Gesetze der Physik, dass Materie nicht aus Nichts erschaffen werden kann.«

Langdon hatte von dieser Pattsituation gelesen. Die Vorstellung, dass Gott angeblich »Irgendetwas« aus einem absoluten »Nichts« erschaffen habe, stand in totalem Widerspruch zu sämtlichen anerkannten Gesetzen der modernen Physik; deswegen, so der Standpunkt der Wissenschaftler, war die Genesis wissenschaftlich gesehen absurd.

»Mr. Langdon«, sagte Vittoria und wandte sich zu Robert um. »Ich nehme an, Sie sind mit der Urknalltheorie vertraut?«

Langdon zuckte die Schultern. »Mehr oder weniger.« Der Urknall, so viel wusste er, war *das* wissenschaftlich akzeptierte Modell für die Entstehung des Universums. Er verstand die Zusammenhänge nicht wirklich, doch nach der Theorie hatte es einen unendlich dichten Punkt konzentrierter Energie gegeben, der in einer kataklysmischen Explosion auseinander geflogen war und dies auch heute noch tat. So war das Universum entstanden. Oder so ähnlich.

Vittoria fuhr fort: »Als die katholische Kirche im Jahr 1927 zum ersten Mal die Urknalltheorie vorlegte, waren die …«

»Verzeihung«, unterbrach Langdon sie. »Sie sagen, die Urknalltheorie war eine *katholische* Idee?«

Vittoria wirkte überrascht. »Selbstverständlich. Ein katholischer Mönch hat sie entwickelt, Georges Lemaître, 1927.«

»Aber ich … ich dachte …« Langdon zögerte. »Stammt die Urknall-Theorie nicht von dem Harvard-Astronomen Edwin Hubble?«

Kohler funkelte ihn an. »Wieder einmal die typische Arroganz der amerikanischen Wissenschaft! Hubble veröffentlichte seine Arbeit 1929, *zwei Jahre nach* Lemaître!«

Langdon runzelte die Stirn. *Aber es heißt Hubble-Teleskop, Sir. Ich habe nie etwas von einem Lemaître-Teleskop gehört!*

»Mr. Kohler hat recht«, sagte Vittoria. »Die Idee kam von Lemaître. Hubble bestätigte seine Theorie lediglich, indem er den Nachweis erbrachte, dass der Urknall wissenschaftlich möglich ist.«

»Oh«, sagte Langdon und fragte sich im gleichen Augenblick, ob die Hubble-Fanatiker in der Astronomischen Fakultät von Harvard in ihren Vorlesungen jemals Lemaître erwähnten.

»Jedenfalls, als Lemaître zum ersten Mal den Urknall ins Spiel brachte«, fuhr Vittoria fort, »hielten Wissenschaftler seine Theorie für absoluten Schwachsinn. Materie, so sagt die Wissenschaft, kann nicht aus dem Nichts erschaffen werden. Und als Hubble die Welt mit dem wissenschaftlichen Beweis schockierte, dass der Urknall tatsächlich stattgefunden haben könnte, wertete die Kirche dies als Sieg und darüber hinaus als Beweis für die wissenschaftliche Korrektheit der Bibel. Die göttliche Wahrheit.«

Langdon nickte. Das Thema wurde richtig interessant.

»Selbstverständlich gefiel es den Wissenschaftlern überhaupt nicht, dass ihre Erkenntnisse von der Kirche dazu benutzt wurden, der Religion neues Gewicht zu verschaffen, und so mathematisierten sie die Urknalltheorie, streiften sämtliche religiösen Untertöne ab und verkauften sie als ihre eigene Entwicklung. Unglücklicherweise jedoch haben all ihre mathematischen Lösungsansätze einen gemeinsamen Schwachpunkt, den die Kirche gerne gegen sie verwendet.«

»Die Singularität.« Kohler spie das Wort aus, als wäre es der Fluch seiner gesamten Existenz.

»Richtig, die Singularität«, sagte Vittoria. »Der genaue Zeitpunkt der Schöpfung. Die Stunde null.« Sie sah Langdon an. »Selbst heute noch ist die Wissenschaft nicht imstande, diesen Augenblick zu formulieren. Unsere Gleichungen erklären das *frühe* Universum sehr plausibel, doch je weiter wir in der Zeit zurückgehen, je mehr wir uns dem Nullpunkt nähern, desto weniger exakt wird unsere Mathematik. Sie löst sich förmlich auf, und die Ergebnisse werden völlig sinnlos.«

»Richtig«, sagte Kohler mit nervöser Stimme. »Und die Kirche behauptet weiter steif und fest, dass dieser Fehler ein Beweis für Gottes wunderbares Werk sei. Kommen Sie zur Sache, Vittoria.«

Vittorias Gesichtsausdruck wurde entrückt. »Die Sache ist die, dass mein Vater immer an Gottes Beteiligung am Urknall geglaubt hat. Auch wenn die heutige Wissenschaft nicht in der Lage ist, den göttlichen Augenblick der Schöpfung zu verstehen – Vater war überzeugt, dass sie es eines Tages begreifen würde.« Sie trat traurig zu einem Computerausdruck über dem Arbeitsplatz ihres Vaters. »Jedes Mal, wenn ich Zweifel bekam, hielt Vater mir das hier unter die Nase.«

Langdon las den Text:

WISSENSCHAFT UND RELIGION
SIND KEIN WIDERSPRUCH
DIE WISSENSCHAFT IST NUR VIEL ZU JUNG
ZUM BEGREIFEN

»Mein Vater wollte die Wissenschaft voranbringen«, sagte Vittoria. »Auf eine Ebene, wo sie das Konzept von Gott unterstützt.« Sie fuhr sich mit der Hand durch die langen Haare und blickte melancholisch um sich. »Er machte sich daran, etwas zu tun, an das noch kein Wissenschaftler vor ihm gedacht hat. Etwas, wozu es bis dato keine *Technologie* gab.« Sie zögerte, als wäre sie unsicher, wie sie die nächsten Worte formulieren sollte. »Er entwickelte ein Experiment, das die Möglichkeit der Genesis *beweisen* sollte.«

Die Genesis beweisen?, wunderte sich Langdon. *Es werde Licht? Materie aus Nichts?*

Kohlers toter Blick durchbohrte Vittoria fast. »*Wie war das?*«

»Mein Vater erschuf ein Universum … aus dem Nichts.«

Kohler riss den Mund auf. »*Was?*«

»Besser gesagt, er hat den Urknall nachvollzogen.«

Kohler sah aus, als würde er jeden Augenblick aus dem Rollstuhl springen.

Langdon hatte den Anschluss verloren. *Ein Universum erschaffen? Den Urknall nachvollziehen?*

»Selbstverständlich in einem viel kleineren Maßstab«, erklärte

Vittoria. Sie redete inzwischen schneller. »Der Vorgang war bemerkenswert einfach. Vater beschleunigte zwei ultradünne Partikelstrahlen in entgegengesetzte Richtungen durch den Ring. Die beiden Strahlen kollidierten frontal bei einer gewaltigen Geschwindigkeit, bohrten sich ineinander und komprimierten sämtliche Materie in einem einzigen winzigen Punkt. Auf diese Weise erreichte Vater noch nie da gewesene Energiedichten.« Sie leierte einen Strom von Zahlen und Einheiten herunter, und Kohlers Augen weiteten sich noch mehr. Langdon bemühte sich, Vittorias Erklärungen zu folgen. *Also hat Leonardo den winzigen Punkt simuliert, aus dem das Universum angeblich entstanden ist?*

»Das Resultat«, fuhr Vittoria fort, »ist nichts anderes als ein Wunder. Wenn es veröffentlicht ist, wird es die moderne Physik in ihren Fundamenten erschüttern.« Sie wartete, als wolle sie die Ungeheuerlichkeit ihrer Neuigkeiten auskosten. »Zum Zeitpunkt der maximalen Energiedichte erschienen im Innern des Beschleunigers ohne jede Vorwarnung Materiepartikel aus dem Nichts.«

Kohler zeigte keine Reaktion. Er starrte Vittoria nur an.

»Materie!«, wiederholte sie. *»Aus dem Nichts!* Ein unglaubliches subatomares Feuerwerk! Ein Miniaturuniversum im Augenblick der Entstehung. Vater hat nicht nur bewiesen, dass Materie aus dem Nichts heraus entstehen kann, sondern auch, dass sowohl Urknall als auch Genesis ganz einfach durch die Annahme einer gigantischen Energiequelle zu erklären sind.«

»Sie meinen *Gott*?«, fragte Kohler.

»Gott, Buddha, die Macht, JHWH, die Singularität, die Dreieinigkeit – nennen Sie es, wie Sie wollen, das Resultat ist das Gleiche. Wissenschaft und Religion führen zur gleichen Wahrheit – reine *Energie* ist der Vater der Schöpfung.«

Als Kohler endlich sprach, klang er sehr ernst. »Vittoria, ich muss gestehen, dass ich Ihnen nicht folgen kann. Wollen Sie mir sagen, dass Ihr Vater *Materie aus Energie* geschaffen hat? Aus dem Nichts?«

»Genau.« Vittoria deutete auf die Behälter. »Dort ist der Beweis. In diesen Behältern sind die eingefangenen Partikel. Die erschaffene Materie.«

Kohler hustete und rollte zu den Behältern wie ein Tier, das misstrauisch etwas umkreist, von dem es instinktiv spürt, dass es gefährlich ist. »Ich muss wohl irgendetwas übersehen haben«, sagte er schließlich. »Wie können Sie erwarten, dass irgendjemand glaubt, in diesen Behältern befände sich Materie, die Ihr Vater tatsächlich erschaffen hat? Die Partikel könnten von überall her stammen.«

»Könnten sie nicht«, widersprach Vittoria zuversichtlich. »Diese Partikel sind einzigartig. Es ist eine Form von Materie, die auf der Erde nicht existiert ... daher *muss* sie erschaffen worden sein.«

Kohlers Miene verdüsterte sich. »Vittoria, was meinen Sie mit einer ›Form von Materie, die auf der Erde nicht existiert‹? Es gibt nur eine Form von Materie, und sie ...« Kohler verstummte erschrocken.

Vittoria blickte ihn triumphierend an. »Sie selbst halten Vorlesungen darüber, Herr Direktor. Das Universum enthält zwei Formen von Materie. Eine wissenschaftliche Tatsache.« Sie wandte sich an Langdon. »Mr. Langdon, was sagt die Bibel über die Schöpfung aus? Was genau hat Gott erschaffen?«

Langdon wand sich verlegen; er wusste nicht, was diese Frage mit allem anderen zu tun haben sollte. »Ah ... Gott erschuf das Licht und die Dunkelheit, den Himmel und die Hölle ...«

»Genau!«, unterbrach ihn Vittoria. »Er erschuf alles in Gegensätzen. Symmetrie. Vollkommene Balance.« Sie sah wieder Kohler an. »Herr Direktor, die Wissenschaft behauptet das Gleiche wie die Religion, dass der Urknall alles im Universum zusammen mit seinem Gegensatz erschuf.«

»Einschließlich der Materie selbst«, flüsterte Kohler wie zu sich selbst.

Vittoria nickte. »Einschließlich der Materie selbst. Und als mein Vater sein Experiment durchführte, entstanden zwei Formen von Materie.«

Langdon fragte sich, was das zu bedeuten hatte. *Leonardo Vetra hat den Gegensatz von Materie erschaffen?*

Kohler starrte sie ärgerlich an. »Die Substanz, auf die Sie hier anspielen, existiert *irgendwo* im Universum, aber ganz gewiss nicht hier! Sehr wahrscheinlich nicht einmal in unserer Milchstraße.«

»Ganz genau«, erwiderte Vittoria. »Und das ist der Beweis dafür, dass die Partikel in diesen Behältern erschaffen worden sein *müssen*!«

Kohlers Miene wurde hart. »Vittoria, Sie wollen doch wohl nicht behaupten, dass sich in diesen Behältern tatsächlich Proben davon befinden?«

»Genau das.« Sie schaute stolz auf die Behälter. »Herr Direktor, vor sich sehen Sie die erste *Antimaterie* dieser Welt.«

20.

PHASE ZWEI, DACHTE DER *HASHISHIN*, während er durch den dunklen Tunnel marschierte.

Die Fackel in seiner Hand war überflüssig, das wusste er. Er trug sie nur um der Wirkung willen. Die Wirkung war alles. Furcht, so hatte er gelernt, war seine Verbündete. *Furcht lähmt schneller und zuverlässiger als jedes Kriegsgerät.*

Nirgendwo in der Passage gab es einen Spiegel, in dem er seine Verkleidung hätte bewundern können, doch nach den Schatten seines wehenden Umhangs zu urteilen, stimmte alles bis ins Detail. Sich unauffällig in die Menge zu mischen war Teil des Plans … Teil der Verderbtheit der Verschwörung. Nicht in seinen kühnsten Träumen hätte er erwartet, dass er diese Rolle würde übernehmen dürfen.

Zwei Wochen zuvor hätte er die Aufgabe, die er am anderen Ende des Tunnels durchzuführen hatte, als unmöglich zurückgewiesen. Ein Höllenfahrtskommando. Russisches Roulette mit gefüllten Kammern. Doch Janus hatte die Definition des Wortes »unmöglich« verändert.

Janus hatte dem *Hashishin* im Verlauf der letzten beiden Wochen eine Menge Geheimnisse anvertraut … dieser Tunnel hier war eines davon. Uralt und doch immer noch in gutem Zustand.

Je näher der *Hashishin* seinen Feinden kam, desto mehr dachte er über die Frage nach, ob das, was ihn erwartete, genauso leicht werden würde, wie Janus es versprochen hatte. Janus hatte ihm versichert, dass jemand auf der anderen Seite alle notwendigen Vorkehrungen treffen würde. *Jemand auf der anderen Seite. Unvorstellbar!* Je länger er darüber nachdachte, desto überzeugter war er, dass alles tatsächlich ein Kinderspiel würde.

»*Wahad … tintain … thalatha … arbaa …*«, sagte er leise auf Arabisch vor sich hin, während er sich dem Ende näherte. »*Eins … zwei … drei … vier …*«

21.

»ICH NEHME AN, Sie haben von Antimaterie gehört, Mr. Langdon?« Vittoria musterte ihn aufmerksam. Ihre dunkle Haut stand in starkem Kontrast zum Weiß des Labors.

Langdon blickte auf. Plötzlich hatte er einen Kloß im Hals. »Nun, ich … äh, sozusagen.«

Um ihre Lippen spielte ein schwaches Lächeln. »Sie schauen sich doch *Star Trek* an?«

Langdon errötete. »Nun ja, meine Studenten …« Er runzelte die Stirn. »Ist Antimaterie nicht die Substanz, die die *U.S.S. Enterprise* antreibt?«

Vittoria nickte. »Gute Science-Fiction hat ihre Wurzeln in guter Science, in guter Wissenschaft.«

»Also ist Antimaterie real?«

»Ja. Ein Fakt der Natur. Alles hat ein Gegenstück. Protonen haben Elektronen, Up-Quarks haben Down-Quarks. Es gibt eine fundamentale kosmische Symmetrie auf subatomarer Ebene. Antimaterie ist das Yin vom Yang der Materie. Sie balanciert die physikalische Gleichung aus.«

Galileos Glaube an die Dualität, dachte Langdon.

»Die Wissenschaft weiß seit 1918, dass beim Urknall zwei Formen von Materie entstanden sein müssen«, sagte Vittoria. »Eine ist die Art von Materie, die wir hier auf der Erde sehen und aus der Felsen, Bäume, Menschen und so weiter bestehen. Die andere ist das genaue Gegenstück – in jeglicher Hinsicht identisch mit gewöhnlicher Materie, bis auf die umgekehrten Ladungen ihrer Partikel.«

Kohler meldete sich zu Wort. Plötzlich klang seine Stimme unsicher. »Aber es gibt gewaltige technologische Barrieren, wenn es um die *Lagerung* von Antimaterie geht. Was ist mit Neutralisation?«

»Mein Vater hat ein revers polarisiertes Vakuum erzeugt, um die Positronen aus dem Beschleuniger zu ziehen, bevor sie annihilieren konnten.«

Kohler runzelte die Stirn. »Aber ein Vakuum hätte *Materie* ebenfalls angezogen. Es gibt keine Möglichkeit, die Partikel zu trennen.«

»Er hat es mithilfe eines Magnetfelds gemacht. Materie nach rechts, Antimaterie nach links. Sie sind entgegengesetzt polar.«

In diesem Augenblick fiel Kohlers Mauer aus Skepsis in sich zusammen. Er blickte voller Staunen zu Vittoria auf und erlitt dann ohne Vorwarnung einen heftigen Hustenanfall. »Unglaublich«, keuchte er und wischte sich den Mund. »Und doch ...« Seine Logik schien sich noch immer zu widersetzen. »Und doch, selbst wenn es auf diese Weise funktioniert hätte – diese Behälter dort bestehen aus *Materie*. Die Antimaterie würde augenblicklich mit den Wänden reagieren ...«

»Die Proben berühren die Wände nicht«, sagte Vittoria, die offensichtlich mit Kohlers Einwand gerechnet hatte. »Die Antimaterie befindet sich in einem Schwebezustand. Die Behälter sind ›Antimateriefallen‹, denn sie halten die Antimaterie buchstäblich in der Mitte des Behälters gefangen, in sicherem Abstand von den Seitenwänden und vom Boden.«

»Schwebezustand? Aber ... wie?«

»Zwischen zwei sich überschneidenden Magnetfeldern. Hier, sehen Sie.«

Vittoria ging durch den Raum und holte einen großen elektronischen Apparat. Das Gerät erinnerte Langdon an eine Strahlenkanone aus einem Comic – ein weites, waffenähnliches Rohr mit einem Zielfernrohr auf der Oberseite und einem Gewirr elektronischer Armaturen darunter. Vittoria richtete das Rohr mithilfe der Zieloptik auf einen der Behälter aus, spähte durch das Rohr und drehte an ein paar Knöpfen. Dann trat sie zurück und ließ Kohler an das Okular.

Für einen kurzen Moment verschlug es ihm die Sprache. »Sie haben *sichtbare Mengen* gesammelt?«

»Fünfhundert Nanogramm«, antwortete Vittoria. »Ein flüssiges Plasma aus Millionen Antielektronen, aus Positronen.«

»Millionen? Aber … niemand hat bis heute mehr als ein paar Partikel entdeckt … nirgendwo auf der Welt!«

»Xenon«, sagte Vittoria unbeeindruckt. »Vater hat den Partikelstrahl durch einen Xenon-Jet hindurch beschleunigt und auf diese Weise die Elektronen weggerissen. Der exakte Vorgang war sein Geheimnis, doch er injizierte simultan nackte Elektronen in den Beschleuniger.«

Langdon begriff überhaupt nichts mehr. Er fragte sich, ob die beiden Wissenschaftler überhaupt noch in seiner Sprache diskutierten.

Kohler zögerte. Die Furchen auf seiner Stirn wurden tiefer, während er nachdachte. Plötzlich atmete er hörbar durch; dann sank er wie von einer Kugel getroffen in sich zusammen. »Rein technisch betrachtet würde das bedeuten …«

»Genau.« Vittoria nickte. »Ziemlich große *Mengen*.«

Kohler wandte den Blick erneut auf den Behälter vor sich. Verunsichert richtete er sich in seinem Rollstuhl auf und schaute durch das Okular. Lange Zeit sagte er kein Wort, doch als er sich schließlich zurücklehnte, standen dicke Schweißperlen auf seiner Stirn. Die Falten auf seinem Gesicht waren verschwunden. Seine Stimme war ein heiseres Flüstern. »Mein Gott, Vittoria … Sie haben es tatsächlich geschafft!«

Vittoria nickte. »*Mein Vater* hat es geschafft.«

»Ich … ich weiß überhaupt nicht, was ich sagen soll.«

Vittoria wandte sich zu Langdon um. »Möchten Sie auch einen Blick darauf werfen?« Sie deutete auf das elektronische Gerät.

Ohne zu wissen, was ihn erwartete, trat Langdon vor. Aus einer Entfernung von wenig mehr als einem halben Meter schien der Behälter leer. Was immer sich darin befand, es war unendlich klein. Langdon blickte durch das Okular. Es dauerte einen Augenblick, bevor das Bild scharf wurde.

Dann sah er es.

Das Objekt befand sich nicht am Boden des Behälters, wie er es erwartet hätte, sondern es schwebte tatsächlich in der Mitte, eine schimmernde Kugel aus einer quecksilberähnlichen Flüssigkeit, wie von Magie gehalten. Metallische Wellen zogen über die Oberfläche des Gebildes, das Langdon an ein Video über einen Wassertropfen in Schwerelosigkeit erinnerte.

Obwohl er wusste, dass der Tropfen mikroskopisch klein war, erkannte er jede Einzelheit, jede Welle, jedes Schwanken des schwebenden Plasmaballs.

»Es … schwebt«, flüsterte er.

»Das ist auch besser so, glauben Sie mir«, erwiderte Vittoria. »Antimaterie ist extrem instabil. Energetisch gesprochen ist sie das genaue Gegenteil von Materie. Beide löschen sich augenblicklich gegenseitig aus, wenn sie miteinander in Berührung kommen. Antimaterie am Kontakt mit Materie zu hindern, ist eine große technologische Herausforderung, weil *einfach alles* auf der Erde aus Materie besteht. Die Proben müssen gelagert werden, ohne irgendetwas zu berühren, nicht einmal Luft.«

Langdon wusste nicht, was er sagen sollte. *Also in einem Vakuum.*

»Diese Antimateriefallen«, unterbrach Kohler, während er mit einem Finger über eine der Säulen aus Edelstahl strich wie ein staunender kleiner Junge. »Hat Ihr Vater sie entworfen?«

»Offen gestanden, sie sind meine Entwicklung.«

Kohler blickte auf.

»Mein Vater stellte die ersten Antimateriepartikel her«, fuhr Vittoria bescheiden fort, »doch er wusste nicht, wie er sie lagern sollte. Ich schlug Magnetfelder vor. Luftdichte Hüllen aus Nano-Verbundstoffen mit entgegengesetzten Elektromagneten an jedem Ende.«

»Mir scheint, das Genie Ihres Vaters hat abgefärbt.«

»Nicht wirklich. Ich habe die Idee aus der Natur entliehen. Portugiesische Galeeren fangen Fische zwischen ihren Tentakeln mithilfe von Nesseln, die sie aus allen Richtungen auf die Fische abschießen. Das gleiche Prinzip kommt hier zur Anwendung. Jeder Behälter ist mit zwei Elektromagneten ausgerüstet, einer oben, einer unten. Die entgegengesetzten Magnetfelder überschneiden sich in der Mitte des Behälters und halten die Antimaterie dort fest, mitten im Vakuum.«

Langdon blickte erneut auf den Behälter. Antimaterie, die schwerelos in einem Vakuum schwebte, ohne irgendetwas zu berühren. Kohler hatte recht. Es war eine geniale Konstruktion.

»Wo befindet sich die Energiequelle für die Magneten?«, fragte Kohler.

Vittoria deutete auf die Edelstahlsäulen. »Dort drin. Die Behälter werden in einen speziellen Adapter gesteckt, der sie kontinuierlich lädt, sodass die Magneten niemals ausfallen können.«

»Und wenn das Feld zusammenbricht?«

»Das ist doch offensichtlich. Die Antimaterie fällt auf den Boden des Behälters, und wir beobachten eine Annihilation.«

»Annihilation?«, warf Langdon ein. Der Klang des Wortes gefiel ihm nicht.

Vittoria wirkte unbeeindruckt. »Ja. Wenn Antimaterie und Materie miteinander in Berührung kommen, werden beide augenblicklich zerstört. Physiker nennen diesen Vorgang Annihilation.«

»Oh.« Langdon nickte.

»Es ist die einfachste Reaktion im gesamten Universum. Wenn ein Partikel Materie und ein Partikel Antimaterie zusammentreffen, kommt es zur vollständigen Zerstrahlung, und dabei entstehen zwei neue Partikel, die wir Photonen nennen. Ein Photon ist sozusagen ein winziges Wölkchen Licht.«

Langdon hatte von Photonen gelesen – Lichtpartikeln –, der reinsten Form von Energie. Er beschloss, lieber nicht nach Captain Kirk und den Photonentorpedos zu fragen, die die Enterprise gegen Klingonen einsetzte. »Also sehen wir einen winzigen Lichtblitz, wenn die Antimaterie zu Boden fällt?«

Vittoria zuckte die Schultern. »Kommt darauf an, was Sie unter ›winzig‹ verstehen. Ich werde es Ihnen zeigen.« Sie griff nach dem Behälter und begann, ihn aus seinem Adapter zu schrauben.

Kohler stieß einen entsetzten Schrei aus und sprang vor, um ihre Hände wegzuschlagen. »Vittoria! Sind Sie wahnsinnig?«

22.

KOHLER HATTE SICH aus dem Rollstuhl erhoben und stand unsicher schwankend auf zwei verkrüppelten Beinen. Sein Gesicht war weiß vor Angst. »Vittoria! Sie dürfen diese Falle nicht entfernen!«

Langdon beobachtete verständnislos das Geschehen. Er begriff die plötzliche Panik des Direktors nicht.

»Fünfhundert Nanogramm!«, rief Kohler. »Wenn das magnetische Feld zusammenbricht …«

»Herr Direktor, es ist absolut sicher«, beruhigte ihn Vittoria. »Jede Antimateriefalle ist mit einer Sicherung ausgerüstet – einer Batterie für den Fall, dass die Stromversorgung zusammenbricht oder die Falle aus ihrer Halterung genommen wird. Die Probe bleibt in ihrem Magnetfeld gefangen, selbst wenn ich den Behälter herausnehme.«

Kohler blickte sie unsicher an. Dann sank er zögernd in seinen Rollstuhl zurück.

»Die Batterien aktivieren sich automatisch«, fuhr Vittoria fort. »Sobald die Energieversorgung unterbrochen wird. Sie reichen für vierundzwanzig Stunden. Wie ein Reservetank.« Sie wandte sich zu Langdon um, als hätte sie sein Unbehagen gespürt. »Antimaterie besitzt ein paar ganz und gar erstaunliche Eigenschaften, Mr. Langdon, die sie äußerst gefährlich machen. Eine Probe von zehn Milligramm – so groß wie ein Sandkorn – enthält der Theorie nach genauso viel Energie wie zweihundert Tonnen konventioneller Raketentreibstoff.«

Langdons Verstand geriet erneut ins Rotieren.

»Antimaterie ist die Energiequelle von morgen. Tausend Mal wirksamer als Nuklearenergie. Einhundert Prozent Effizienz. Keine Nebenprodukte. Keine Strahlung. Keine Umweltverschmutzung. Ein paar Gramm Antimaterie reichen aus, um eine Großstadt eine Woche lang mit Energie zu versorgen.«

Ein paar Gramm? Langdon wich erschrocken von den Pfeilern zurück.

»Keine Sorge«, versicherte Vittoria. »Diese Proben hier sind viel kleiner. Millionstel Gramm. Relativ harmlos.« Sie griff erneut nach dem Behälter und schraubte ihn aus seiner Fassung.

Kohler zuckte nervös, doch diesmal ließ er es geschehen. Als der Kontakt zum Adapter unterbrochen war, ertönte ein lautes Piepsen, und in der Nähe des Behälterbodens leuchtete ein Display auf. Rote Zahlen blinkten und zählten rückwärts:

24:00:00 …

23:59:59 …

23:59:58 …

Langdon starrte auf das Display und hatte das unangenehme Gefühl, eine Zeitbombe vor sich zu haben.

»Die Batterie«, erklärte Vittoria, »läuft volle vierundzwanzig Stunden, bevor sie leer ist. Sie lädt sich wieder auf, sobald der Behälter in seine Fassung gesetzt wird. Es ist eine Sicherheitsmaßnahme, aber sie ermöglicht auch einen einfachen Transport.«

»Transport?« Kohler sah aus wie vom Donner gerührt. »Sie nehmen dieses Zeug mit aus dem Labor?«

»Selbstverständlich nicht«, erwiderte Vittoria. »Aber die Transportfähigkeit ermöglicht uns, die Substanz zu studieren.«

Vittoria führte Kohler und Langdon zur anderen Seite des Labors. Sie zog einen Vorhang beiseite, und ein Fenster kam zum Vorschein, hinter dem ein weiterer großer Raum lag. Die Wände, die Decke, der Boden, alles war vollständig mit Stahl ausgekleidet. Der Raum erinnerte Langdon an den Tank eines großen Ölfrachters, mit dem er einmal nach Neuguinea gefahren war, um die Körperbemalung der *Hanta* zu studieren.

»Wir benutzen ihn als Annihilationskammer«, erklärte Vittoria.

»Wollen Sie damit etwa andeuten, dass Sie tatsächlich Annihilationen beobachtet haben?«, fragte Kohler.

»Mein Vater war fasziniert von der Physik des Urknalls – große Mengen Energie aus winzigen Mengen Materie.« Vittoria zog eine Stahlschublade unter dem Fenster auf. Sie legte die Falle hinein und schloss die Lade wieder. Dann zog sie an einem Hebel neben der Schublade. Einen Augenblick später erschien die Antimateriefalle auf der anderen Seite des Fensters. Sie rollte sanft über den Metallboden, bis sie fast genau in der Mitte der Kammer liegen blieb.

Vittoria lächelte angespannt. »Sie stehen im Begriff, Ihre erste Materie-Antimaterie-Annihilation zu beobachten. Ein paar Millionstel Gramm, eine vergleichsweise winzige Probe.«

Langdon starrte auf den kleinen Behälter, der einsam in der Mitte der riesigen Kammer lag. Auch Kohler sah verunsichert durch das Fenster.

»Normalerweise müssten wir jetzt volle vierundzwanzig Stunden warten, bis die Batterien leer sind, doch diese Kammer ist im Boden mit Magneten ausgerüstet, die stärker sind als die Magnete in der Falle und die Suspension der Positronen überwinden können. Sobald Antimaterie und Materie sich berühren …«

»Annihilation«, flüsterte Kohler.

»Eine Sache noch«, fuhr Vittoria fort. »Bei der Annihilation wird reine Energie freigesetzt. Einhundert Prozent der Masse werden in Photonen umgewandelt. Also blicken Sie nicht direkt auf die Probe. Schirmen Sie Ihre Augen ab.«

Langdon war misstrauisch, doch jetzt beschlich ihn das Gefühl, als übertriebe sie ein wenig. *Sehen Sie nicht direkt auf die Probe?* Diese Antimateriefalle war mehr als dreißig Meter weit weg, hinter einer ultradicken Wand aus getöntem Plexiglas! Mehr noch, die Probe in der Falle war winzig, so klein, dass sie mit bloßem Auge nicht zu erkennen war. *Die Augen abschirmen?*, dachte Langdon. *Wie viel Energie soll denn in so einer winzigen Probe …?*

Vittoria drückte auf einen Knopf.

Langdon wurde augenblicklich geblendet. Ein unglaublich heller Lichtpunkt erstrahlte in der Falle und breitete sich in einer Schockwelle aus reinem weißen Licht in alle Richtungen aus. Sie donnerte mit überwältigender Macht gegen die Plexiglasscheibe. Langdon stolperte zurück, als die Wucht der Detonation den umliegenden Fels erschütterte. Einen Augenblick lang herrschte eine alles überstrahlende Helligkeit, dann kollabierte sie in sich selbst und erlosch, als hätte es sie nie gegeben.

Langdon blinzelte in Panik, während sein normales Augenlicht langsam zurückkehrte. Er spähte in das schwelende Innere der Kammer. Der Behälter am Boden war verschwunden. Verdampft. Nicht eine Spur war zurückgeblieben.

Es war wie ein Wunder. »Mein … Gott!«, krächzte er.

Vittoria nickte traurig. »Genau die gleichen Worte hat mein Vater auch benutzt.«

23.

KOHLER STARRTE VOLLKOMMEN KONSTERNIERT in die Annihilationskammer. Er hatte das Schauspiel noch nicht verdaut, das sich vor seinen eigenen Augen ereignet hatte. Robert Langdon stand neben ihm und sah noch fassungsloser aus.

»Ich möchte meinen Vater sehen!«, sagte Vittoria. »Ich habe Ihnen das Labor gezeigt, und jetzt will ich meinen Vater sehen!«

Kohler wandte sich langsam zu ihr um, ohne ihre Worte zu hören. »Warum haben Sie so lange gewartet, Vittoria? Sie und Ihr Vater hätten mir sofort von Ihrer Entdeckung berichten müssen!«

Vittoria starrte ihn an. *Wie viele Gründe brauchst du denn noch?* »Herr Direktor, wir können gerne später darüber diskutieren. Ich möchte jetzt endlich meinen Vater sehen!«

»Wissen Sie überhaupt, was diese Technologie bedeutet?«

»Selbstverständlich!«, schoss Vittoria zurück. »Gelder für CERN. Eine Menge Gelder. Und jetzt will ich mei …«

»Ist das der Grund, warum Sie es geheim gehalten haben?«, fragte Kohler. Langdon bemerkte, dass er sie ködern wollte. »Hatten Sie Angst, der Vorstand und ich könnten entscheiden, die Technologie zu lizenzieren?«

»Sie *muss* lizenziert werden!«, giftete Vittoria zurück und ließ sich in eine Diskussion verwickeln. »Antimaterie ist eine wichtige Technologie! Aber sie ist auch gefährlich. Vater und ich wollten die Methoden noch ein wenig verfeinern, um sie sicher zu machen.«

»Mit anderen Worten, Sie haben dem Vorstand kein Vertrauen entgegengebracht. Sie halten uns für nicht besonnen genug, Wissenschaft vor finanzielle Gier zu stellen.«

Vittoria war überrascht von der Gleichgültigkeit in Kohlers Worten. »Es gab noch andere Probleme«, sagte sie. »Mein Vater wollte genügend Zeit haben, um Antimaterie im richtigen Licht darzustellen.«

»Und was heißt das?«

Was glaubst du denn, was es heißt? »Materie aus Energie. Etwas aus Nichts. Es ist der praktische Beweis, dass die Genesis der Bibel eine wissenschaftliche Möglichkeit darstellt.«

»Also wollte Ihr Vater verhindern, dass die religiösen Schlussfolgerungen aus seiner Arbeit in der bevorstehenden Kommerzialisierung untergingen?«

»Sozusagen, ja.«

»Und Sie?«

Vittorias Sorgen beruhten ironischerweise auf dem genauen Gegenteil. Kommerzialisierung war notwendig für den Erfolg jeder neuen Energiequelle. Obwohl Antimaterietechnologie ein atemberaubendes Potenzial als effiziente und saubere Energiequelle besaß, bestand die Gefahr, dass sie von der Politik und den Medien auf die gleiche Weise niedergemacht wurde, wie es der Nuklear- und Sonnenenergie widerfahren war. Atomenergie hatte sich ausgebreitet, bevor sie wirklich sicher gewesen war, und es war zu Unfällen gekommen. Solarenergie hatte ihre Verbreitung gefunden, bevor sie effizient genug gewesen war, und die meisten Menschen hatten viel Geld verloren. Beide Technologien waren in ein schlechtes Licht gerückt worden und mehr oder weniger am Ende.

»Meine Interessen«, sagte Vittoria, »sind ein gutes Stück profaner als die Vereinigung von Wissenschaft und Religion.«

»Die Umwelt«, sagte Kohler. Es war mehr eine Feststellung als eine Frage.

»Unbeschränkte Energie. Kein Tagebau mehr. Keine Umweltverschmutzung. Keine Strahlung. Antimaterietechnologie könnte den Planeten retten.«

»Oder ihn zerstören«, sagte Kohler scharf. »Es kommt immer darauf an, was man daraus macht.« Vittoria spürte die Kälte, die von der verkrüppelten Gestalt ausging. »Wer sonst weiß noch davon?«, fragte Kohler.

»Niemand!«, erwiderte Vittoria. »Das habe ich Ihnen doch schon gesagt!«

»Und was glauben Sie, warum Ihr Vater umgebracht wurde?«

Vittorias Gesicht wurde hart. »Das weiß ich nicht! Er hatte Feinde hier bei CERN, das wissen Sie so gut wie ich, aber es kann unmöglich mit der Antimaterie zu tun haben. Wir haben einander geschworen, es noch ein paar Monate für uns zu behalten.«

»Und Sie sind sicher, dass Ihr Vater seinen Schwur eingehalten hat?«

»Mein Vater hat ganz andere Schwüre gehalten als diesen!«, fauchte sie ärgerlich.

»Und Sie haben ebenfalls niemandem davon erzählt?«

»Selbstverständlich nicht!«

Kohler atmete aus. Er wählte seine nächsten Worte mit Bedacht. »Angenommen, jemand hat es herausgefunden. Und weiter angenommen, irgendjemand hat sich Zutritt zu diesem Labor verschafft. Was glauben Sie, wonach er gesucht haben könnte? Hat Ihr Vater hier unten Notizen aufbewahrt? Hat er sein Verfahren dokumentiert?«

»Herr Direktor, bis jetzt war ich sehr geduldig. Aber ich möchte ein paar Antworten. Sie reden ununterbrochen von einem Einbruch, aber Sie haben den Retina-Scanner gesehen. Mein Vater war äußerst vorsichtig, was Geheimhaltung und Sicherheit angeht.«

»Bitte haben Sie noch einen Augenblick Geduld«, fauchte Kohler so heftig, dass sie ihn verblüfft ansah. »Was könnte gestohlen worden sein?«

»Ich weiß es wirklich nicht.« Ärgerlich überflog sie das Labor. Sämtliche Antimaterieproben waren noch vorhanden. Der Arbeitsbereich ihres Vaters sah aus wie immer. »Niemand war hier drin«, erklärte sie schließlich. »Hier oben ist alles in Ordnung.«

Kohler sah überrascht hoch. *»Hier oben?«*

»Ja, hier oben, im oberen Labor.«

»Sie benutzen auch das untere Labor?«

»Zum Lagern, ja.«

Kohler rollte auf sie zu. Er hustete erneut. »Sie benutzen das HAZMAT-Labor* zum Lagern? Vittoria, *was* lagern Sie dort?«

Gefährliche Substanzen, was denn sonst? Vittoria verlor allmählich die Geduld. »Antimaterie.«

Kohler stemmte sich auf den Armlehnen seines Rollstuhls hoch. »Es gibt noch mehr Antimaterie? Warum, zur Hölle, haben Sie nichts davon gesagt?«

»Das habe ich doch gerade«, erwiderte Vittoria. »Außerdem haben Sie mich ja kaum zu Wort kommen lassen!«

* HAZMAT – **haz**ardous **mat**erials = gefährliche Substanzen. (Anm. d. Übers.)

»Wir müssen nachsehen, ob die Proben noch da sind«, entschied Kohler. »Auf der Stelle.«

»*Die* Probe«, verbesserte ihn Vittoria. »Singular. Und sie ist noch da. Niemand könnte …«

»Nur eine einzige? Warum …« Kohler zögerte. »Warum ist sie nicht hier oben?«

»Mein Vater wollte sie unter dem Fels aufbewahren, zur Sicherheit. Sie ist größer als die anderen.«

Der alarmierte Blickwechsel zwischen Kohler und Langdon blieb Vittoria nicht verborgen. Kohler rollte erneut auf sie zu. »Sie haben eine noch größere Probe als fünfhundert Nanogramm hergestellt?«

»Eine Notwendigkeit«, verteidigte sich Vittoria. »Wir mussten beweisen, dass die Energiebilanz ohne Probleme in den positiven Bereich verschoben werden kann.« Die Frage nach neuen Energiequellen, das wusste sie, war stets verbunden mit der Frage nach dem erforderlichen Aufwand, nach dem Betrag an Geld, der investiert werden musste, um den Treibstoff zu erzeugen. Wenn man eine Bohrinsel errichtete, um ein einziges Barrel Öl zu fördern, war das ein Verlustgeschäft. Wenn jedoch die gleiche Insel mit minimalen zusätzlichen Kosten Millionen Barrels fördern konnte, machte man Gewinn. Für Antimaterie galt das gleiche Prinzip. Die Versorgung von siebenundzwanzig Kilometern Elektromagneten mit Energie, um eine winzige Probe zu sammeln, führte unausweichlich zu einer negativen Energiebilanz. Um die Effizienz und leichte Herstellbarkeit zu beweisen, mussten wesentlich größere Mengen erzeugt werden.

Vittorias Vater hatte zwar anfänglich gezögert, doch Vittoria hatte lange auf ihn eingeredet. Ihr Argument war gewesen, dass sie und ihr Vater zwei Dinge beweisen mussten, damit Antimaterie ernst genommen wurde. Erstens, dass man kosteneffiziente Mengen herstellen konnte, und zweitens, dass es eine Methode gab, um die Proben sicher zu lagern. Am Ende hatte sie gewonnen, und ihr Vater hatte wider seine eigene Überzeugung nachgegeben. Allerdings nicht ohne genaue Absprachen, was die Geheimhaltung und den Zugriff auf das Material anging. Die Antimaterie, darauf hatte Leonardo Vetra bestanden, würde im HAZMAT-Labor gelagert werden, einem kleinen Hohlraum im Granitgestein, weitere fünfundzwanzig Meter tiefer unter der Oberfläche. Die Existenz der Probe würde ihr Geheimnis bleiben. Nur sie beide würden Zugang zum HAZMAT-Labor haben.

»Vittoria?«, beharrte Kohler mit angespannter Stimme. Sie wusste, dass die Menge selbst den großen Maximilian Kohler sprachlos machen würde. Sie stellte sich den Anblick unten im Lagerraum vor. Ein *unglaublicher* Anblick. In der Falle, sichtbar mit bloßem Auge, tanzte eine winzige Kugel aus Antimaterie. Kein mikroskopisch kleiner Fleck, nein, sondern eine Menge so groß wie eine Schrotkugel.

Vittoria atmete tief durch. »Ein viertel Gramm.«

»*Was?*« Aus Kohlers Gesicht wich alles Blut, und er erlitt einen weiteren Hustenanfall. »Ein viertel Gramm? Das sind ... das wären ja fünf Kilotonnen!«

Kilotonnen. Vittoria hasste diesen Ausdruck. Ihr Vater und sie hatten ihn nie benutzt. Eine Kilotonne war das Äquivalent von eintausend Kilogramm TNT, dem stärksten herkömmlichen Sprengstoff, den die Menschheit kannte. »Kilotonnen« war ein Ausdruck aus der Waffentechnik. Zerstörungskraft. Sie und ihr Vater hatten über Elektronenvolt und Joule gesprochen – konstruktive Energien. Nutzbare Energien.

»So viel Antimaterie könnte buchstäblich alles im Umkreis von einem drei Viertel Kilometer auslöschen!«, rief Kohler.

»Ja, wenn man sie auf einen Schlag annihiliert«, schoss Vittoria zurück. »Was niemand jemals tun würde!«

»Es sei denn, jemand weiß es nicht besser. Oder die Energie-Versorgung fällt aus.« Kohler war bereits auf dem Weg zum Aufzug.

»Deswegen hat mein Vater die Probe ja auch im HAZMAT gelagert und ein ausfalltolerantes, redundantes Sicherheitssystem eingerichtet!«

Kohler wandte sich zu ihr um und fragte hoffnungsvoll: »Gibt es unten im HAZMAT-Labor zusätzliche Sicherheitsmaßnahmen?«

»Ja. Einen zweiten Retina-Scanner.«

»Nach unten. Sofort«, war alles, was Kohler erwiderte.

Der Lastaufzug fiel wie ein Stein.

Weitere fünfundzwanzig Meter in die Tiefe.

Vittoria war sicher, dass sie Angst bei den beiden Männern spürte, während der Lift nach unten sackte. Kohlers für gewöhnlich reglose Miene war angespannt. *Ich weiß*, dachte Vittoria, *die Probe ist gigantisch, aber wir haben so starke Sicherheitsvorkehrungen getroffen, dass …*

Der Aufzug hielt.

Die Türen glitten auf, und Vittoria führte sie durch einen schwach beleuchteten Gang. Ein Stück voraus endete er vor einer massiven Stahltür. HAZMAT. Der Retina-Scanner neben der Tür war identisch mit dem Gerät vor dem Labor oben. Sie näherte sich und brachte ihr Auge vorsichtig vor die Linse.

Und wich zurück. Irgendetwas stimmte nicht. Die für gewöhnlich makellos saubere Linse war verschmiert mit … mit etwas, das aussah wie … *Blut*? Verwirrt wandte sie sich zu den beiden Männern um, doch ihr Blick begegnete wachsbleichen Gesichtern. Kohler und Langdon starrten fassungslos auf etwas am Boden, zu Vittorias Füßen.

Vittoria folgte ihren Blicken.

»Nein!«, rief Langdon und streckte die Hand nach ihr aus. Doch es war zu spät.

Vittoria hatte den Gegenstand am Boden bereits entdeckt. Er war zugleich unglaublich fremdartig und vollkommen vertraut.

Es dauerte nur einen Augenblick.

Dann, mit plötzlichem Entsetzen, wusste sie Bescheid. Es war ein Augapfel, weggeworfen wie ein Stück Abfall. Sie hätte den Braunton dieser Iris überall erkannt.

24.

DER JUNGE WACHMANN HIELT DEN ATEM AN, als sein Vorgesetzter sich über seine Schulter beugte und die lange Reihe von Überwachungsbildschirmen studierte. Eine Minute verging.

Das Schweigen des Offiziers war zu erwarten gewesen, sagte sich der Wachmann. Der Kommandant war ein Mann, der sich in jeder Lage im Griff hatte. Er war nicht zum Chef eines der elitärsten Sicherheitsapparate der Welt geworden, indem er zuerst sprach und dann dachte.

Aber was denkt er?

Das Objekt auf dem Schirm war eine Art Behälter – ein Kanister mit Transportgriffen. So viel schien offensichtlich. Der Rest war es, der beiden Kopfzerbrechen bereitete.

Im Innern des Behälters schwebte, wie durch Magie gehalten, ein kleiner Tropfen einer metallischen Flüssigkeit *mitten in der Luft*. Der Tropfen erschien und verschwand im Gleichtakt zu dem Blinken eines roten LED-Displays, auf dem ein unerbittlicher Countdown ablief, der dem Wachmann eine Gänsehaut nach der anderen über den Rücken jagte.

»Können Sie den Kontrast verstärken?«, fragte der Kommandant, und der Wachmann zuckte zusammen.

Er kam der Bitte nach, und das Bild wurde ein wenig heller. Der Kommandant beugte sich erneut vor und starrte aus verkniffenen Augen auf etwas, das soeben unten an der Basis des Behälters sichtbar geworden war.

Der Wachmann folgte dem Blick des Kommandanten. Neben dem leuchtenden Display war ein Akronym zu erkennen, ganz schwach. Vier Großbuchstaben, die im pulsierenden An-Aus glänzten.

»Bleiben Sie hier«, befahl der Kommandant. »Sagen Sie zu niemandem ein Wort. Ich werde mich persönlich darum kümmern.«

25.

HAZMAT. Fünfzig Meter unter der Erde.

Vittoria Vetra stolperte vorwärts; beinahe wäre sie auf den Scanner gefallen. Sie spürte, dass der Amerikaner herbeistürzte, um ihr zu helfen, sie zu halten, ihr Gewicht aufzufangen. Auf dem Boden zu ihren Füßen lag der Augapfel ihres Vaters und starrte sie blicklos an. Sie spürte, wie die Luft aus ihren Lungen entwich. *Sie haben ihm das Auge herausgeschnitten!* Ihre Welt begann sich zu drehen. Kohler war dicht hinter ihnen und sagte irgendetwas. Langdon führte sie. Wie in einem Traum fand sie sich vor dem Scanner wieder. Ein Summen ertönte.

Die Tür glitt auf.

Trotz des Entsetzens, das sich wie ein eisiger Speer in ihre Seele gebohrt hatte, trotz des leblosen Auges ihres Vaters spürte sie irgendwie, dass hinter der Tür weiterer Schrecken wartete. Sie richtete den Blick in das Labor und fand ihre schlimmsten Ahnungen bestätigt. Der einzelne Sockel, der Lademechanismus für die Antimateriefalle, war leer.

Der Behälter war verschwunden. Sie hatten ihrem Vater das Auge herausgeschnitten, um ihn zu stehlen! Die Schlussfolgerungen stürzten zu schnell auf sie ein, als dass sie ihre volle Tragweite begriffen hätte. Alles war nach hinten losgegangen. Die Probe, die beweisen sollte, dass Antimaterie eine sichere und realisierbare Energiequelle war … jemand hatte sie gestohlen. *Aber … niemand hat gewusst, dass diese Probe überhaupt existiert!* Doch es war eine unbestreitbare Tatsache – irgendjemand hatte es herausgefunden. Vittoria wusste nicht, wie und wo, ganz zu schweigen, wer. Selbst Kohler, von dem gesagt wurde, dass er alles wusste, was in CERN vorging, hatte ganz offensichtlich nichts vom Projekt ihres Vaters geahnt.

Ihr Vater war tot. Ermordet wegen seiner Genialität.

Während die Trauer ihr Herz zu überfluten drohte, stieg ein Gedanke in ihr auf. Ein schrecklicher Gedanke. Niederschmetternd. Durchbohrend. Schuldgefühle. Unkontrollierbar, erbarmungslos. Vittoria selbst war es gewesen, die ihren Vater überredet hatte, die große Probe herzustellen. Gegen sein Gewissen. Und nun war er dafür ermordet worden.

Ein viertel Gramm …

Wie jede andere Technologie auch – Feuer, Schießpulver, der Verbrennungsmotor – war Antimaterie in den falschen Händen tödlich. Extrem tödlich. Antimaterie war eine tödliche Waffe, machtvoll und unaufhaltsam. Nachdem der Behälter von seiner Ladestation entfernt worden war, würde sich die Batterie entladen. Der Countdown hatte begonnen. Ein Zug, der führerlos dahinraste.

Und wenn die Zeit abgelaufen war …

Ein blendendes Licht, hell wie die Sonne. Brüllender Donner. Spontane Annihilation. Eine Sekunde später – ein leerer Krater. Ein gewaltiger leerer Krater.

Die Vorstellung, dass der stille Genius ihres Vaters als Werkzeug der Zerstörung eingesetzt werden sollte, war wie Gift in ihrem Blut. Antimaterie war die ultimative Waffe für Terroristen. Sie besaß keine metallischen Teile, die von Detektoren aufgespürt werden konnten, keine chemischen Signaturen, die von Hunden aufgespürt werden konnten, keinen Zünder, den man deaktivieren konnte … falls die Polizei den Behälter überhaupt fand. Der Countdown hatte begonnen …

Langdon wusste nicht, was er sonst tun sollte, daher nahm er sein Taschentuch und legte es über Leonardo Vetras Augapfel am Boden. Vittoria stand im Eingang des ausgeraubten HAZMAT-Labors, und auf ihrem Gesicht zeigten sich überwältigende Trauer und aufkeimende Panik. Langdon näherte sich ihr, um sie zu trösten, doch Kohler kam ihm zuvor.

»Mr. Langdon?« Kohlers Gesicht war völlig ausdruckslos. Er bedeutete Langdon, ihm außer Hörweite zu folgen. Langdon gehorchte zögerlich und ließ Vittoria allein zurück. »Sie sind der Spezialist«, flüsterte Kohler eindringlich. »Ich möchte von Ihnen wissen, was diese Illuminati-Bastarde mit der Antimaterie vorhaben.«

Langdon versuchte sich zu konzentrieren. Trotz des Irrsinns um ihn herum war seine erste Reaktion streng logisch. Akademische Zurückweisung. Kohler ging noch immer von haltlosen Annahmen aus. Unmöglichen Annahmen. »Die Illuminati existieren nicht mehr, Mr. Kohler. Ich stehe nach wie vor dazu. Dieses Verbrechen könnte von wem auch immer begangen worden sein – vielleicht war es sogar ein anderer Mitarbeiter von CERN, der etwas von Mr. Vetras wissenschaftlichem Durchbruch erfahren hat und der Meinung war, dass dieses Projekt zu gefährlich sei, um fortgesetzt zu werden.«

Kohler blickte ihn wie betäubt an. »Sie meinen, dieses Verbrechen wurde aus *Gewissensgründen* begangen, Mr. Langdon? Das ist absurd! Wer auch immer Leonardo Vetra ermordet hat, er tat es nur aus einem einzigen Grund – er wollte die Antimaterie. Und er hat ohne Zweifel etwas ganz Bestimmtes damit vor.«

»Sie meinen Terroristen.«

»Offen gestanden – ja.«

»Aber die Illuminati waren niemals Terroristen.«

»Sagen Sie das Leonardo Vetra.«

Langdon spürte einen Stich. In Kohlers Worten lag Wahrheit. Leonardo Vetra war in der Tat mit dem Zeichen der Illuminati gebrandmarkt worden. Woher war es gekommen? Das geheime Zeichen erschien Langdon als ein viel zu aufwändiger Trick, als dass jemand mit seiner Hilfe versucht haben könnte, seine Spuren zu verwischen und den Verdacht auf andere zu lenken. Es musste eine bessere Erklärung geben.

Erneut zwang er sich, das Unlogische zu bedenken. *Falls die Illuminati tatsächlich noch immer aktiv sind und falls sie tatsächlich die Antimaterie gestohlen haben – welche Absicht steckt dahinter? Was wäre ihr Ziel?*

Die Antwort kam augenblicklich. Langdon verwarf sie genauso schnell.

Zugegeben, die Illuminati hatten einen Erzfeind – doch ein terroristischer Angriff dieser Tragweite gegen den Feind war unvorstellbar. Er war überhaupt nicht typisch. Sicher, die Illuminati hatten Menschen umgebracht, doch es waren stets nur *Individuen* gewesen, sorgfältig ausgewählte Ziele. Massenvernichtung erschien irgendwie zu plump. Langdon zögerte.

Andererseits, dachte er, *steckt eine majestätische Eloquenz dahinter. Antimaterie, die ultimative wissenschaftliche Errungenschaft, um den uralten Feind zu verdampfen …*

Er weigerte sich, den ungeheuerlichen Gedanken zu akzeptieren. »Es gibt«, sagte er plötzlich, »eine andere logische Erklärung außer Terrorismus.«

Kohler starrte ihn an. Er wartete.

Langdon versuchte seine Gedanken zu ordnen. Die Illuminati hatten stets gewaltige finanzielle Macht besessen. Damit hatten sie ihren Einfluss ausgeübt. Sie hatten Banken kontrolliert. Sie hatten Gold gehortet. Die Gerüchte besagten, dass sie den größten und wertvollsten Diamanten besaßen, den es je gegeben hatte – den Illuminati-Diamanten, einen riesigen, makellosen Stein. »Geld«, sagte Langdon schließlich. »Möglicherweise hat jemand die Antimaterie gestohlen, um einen finanziellen Vorteil daraus zu schlagen.«

Kohler starrte ihn ungläubig an. »Einen finanziellen Vorteil? Wo um alles in der Welt verkauft man einen Tropfen Antimaterie?«

»Nicht die Antimaterie«, entgegnete Langdon. »Die Technologie. Antimaterie-Technologie muss ein Vermögen wert sein. Vielleicht hat jemand die Probe gestohlen, um sie zu analysieren und seine eigenen Forschungen anzustellen?«

»Industriespionage? Aber dieser Behälter hat nur vierundzwanzig Stunden, bevor die Batterie leer ist! Die Forscher würden sich selbst umbringen, bevor sie irgendetwas herausgefunden hätten!«

»Sie könnten die Batterien nachladen, bevor sie leer sind. Sie könnten eine ähnliche Ladestation bauen wie diese hier in den beiden Labors von CERN.«

»In vierundzwanzig Stunden?«, spottete Kohler. »Selbst wenn sie die Pläne gleich mitgestohlen hätten, würden sie Monate dafür benötigen! Ganz bestimmt jedenfalls nicht nur ein paar Stunden!«

»Er hat recht.« Vittorias Stimme klang brüchig.

Beide Männer wandten sich zu ihr um. Vittoria kam ihnen entgegen. Ihr Gang war so unsicher wie ihre Stimme.

»Er hat recht«, wiederholte sie. »Niemand könnte rechtzeitig eine neue Ladestation bauen. Allein das Interface braucht Wochen. Fluxfilter, Servospulen, Gleichrichter, alles genauestens kalibriert auf die spezifische Energie ihrer Position.«

Langdon runzelte die Stirn. Er hatte begriffen. Eine Antimateriefalle war nichts, das irgendjemand einfach mitnehmen und woanders in eine Steckdose stecken konnte. Wenn der Behälter aus CERN gestohlen worden war, dann befand er sich auf einem vierundzwanzig Stunden währenden Trip ins Nichts.

Was nur eine einzige, äußerst beunruhigende Schlussfolgerung übrig ließ.

»Wir müssen Interpol informieren!«, sagte Vittoria. Ihre Stimme klang selbst in ihren eigenen Ohren fremd. »Wir müssen die Behörden benachrichtigen! Auf der Stelle.«

Kohler schüttelte den Kopf. »Nein, auf keinen Fall.«

Die Worte verblüfften sie. »Nein? Was wollen Sie damit sagen?«

»Sie und Ihr Vater haben mich in eine sehr schwierige Lage gebracht.«

»Herr Direktor, wir *brauchen* Hilfe! Wir müssen den Behälter finden und hierher zurückschaffen, bevor irgendjemand zu Schaden kommt! Wir haben eine Verpflichtung!«

»Wir haben die Verpflichtung zu denken!«, entgegnete Kohler hart. »Diese Situation könnte sehr, sehr ernste Folgen für CERN haben.«

»Sie machen sich Sorgen wegen CERNs Ruf? Wissen Sie eigentlich, was geschieht, wenn die Batterie in einem Wohngebiet leer wird? Die Antimaterie hat einen Explosionsradius von fast einem Kilometer! Neun dicht bewohnte Blocks!«

»Darüber hätten Sie und Ihr Vater nachdenken sollen, bevor Sie eine so große Probe erschaffen haben.«

Vittoria fühlte sich, als hätte ihr jemand einen Dolch in den Rücken gerammt. »Aber … wir haben jede nur denkbare Vorsichtsmaßnahme ergriffen!«

»Offensichtlich nicht.«

»Niemand wusste von der Antimaterie! Niemand!« Dann erkannte sie, wie absurd ihre Behauptung war. Selbstverständlich hatte jemand davon gewusst. Irgendjemand hatte es herausgefunden.

Vittoria hatte mit niemandem gesprochen. Damit blieben nur zwei Erklärungen. Entweder, ihr Vater hatte jemanden ins Vertrauen gezogen, ohne es ihr zu sagen – was keinen Sinn ergab, weil es ihr Vater gewesen war, der darauf bestanden hatte, dass es unter allen Umständen ihrer beider Geheimnis bleiben müsse. Oder sie oder ihr Vater waren überwacht worden. Das Mobiltelefon vielleicht? Sie hatten ein paar Mal telefoniert, während Vittoria zu Feldversuchen unterwegs gewesen war. Hatten sie zu viel gesagt? Möglich war es. Außerdem hatten sie Kontakt per E-Mail gehabt. Doch auch dort waren sie diskret gewesen – oder nicht? Das Sicherheitssystem von CERN? Hatte man sie überwacht, ohne dass sie es gewusst hatten? Vittoria wusste, dass nichts von alledem jetzt noch eine Rolle spielte. Was geschehen war, war geschehen. *Mein Vater ist tot.*

Der Gedanke riss sie aus ihrer Lethargie. Sie zerrte das Mobiltelefon aus der Hosentasche.

Kohlers Augen blitzten vor Zorn. »Wen … wen wollen Sie anrufen?«

»Die Vermittlung von CERN. Sie können uns direkt zu Interpol durchstellen.«

»Denken Sie nach!« Kohler hustete. »Sind Sie wirklich so naiv? Dieser Behälter kann inzwischen überall auf der Welt sein! Kein Nachrichtendienst der Erde könnte genügend Leute mobilisieren, um ihn rechtzeitig zu finden!«

»Also tun wir *überhaupt nichts*?« Vittoria beschlichen Schuldgefühle, weil sie einen gesundheitlich derart beeinträchtigten Mann herausforderte, doch der Direktor hatte die Grenze so weit überschritten, dass sie ihn nicht mehr wiedererkannte.

»Wir werden tun, was *klug* ist«, sagte Kohler. »Wir werden nicht CERNs Ruf riskieren, indem wir Behörden einschalten, die uns sowieso nicht weiterhelfen können. Noch nicht. Nicht ohne nachzudenken.«

Vittoria wusste, dass Kohlers Argumente nicht einer gewissen Logik entbehrten, doch sie wusste auch, dass Logik – per Definition – frei war von jeglicher moralischen Verantwortung. Ihr Vater hatte für seine moralische Verantwortung *gelebt* – vorsichtige Wissenschaft, Zuverlässigkeit, Vertrauen in das Gute im Menschen. Vittoria glaubte ebenfalls an diese Dinge, doch sie sah sie aus der Sicht des Karma. Sie wandte sich von Kohler ab und klappte ihr Handy auf.

»Das können Sie nicht«, sagte er.

»Versuchen Sie doch, mich daran zu hindern!«

Kohler rührte sich nicht.

Einen Augenblick später wusste sie, warum. So tief unter der Erde gab es keine Trägerfrequenz.

Wutschäumend machte sie kehrt und marschierte zum Aufzug.

26.

DER *HASHISHIN* STAND AM ENDE des gemauerten Tunnels. Seine Fackel brannte noch immer hell, und der Geruch des Rauchs mischte sich mit der abgestandenen feuchten Luft. Die Eisentür, die seinen Weg versperrte, sah so alt aus wie der Tunnel selbst, rostig, doch immer noch stark. Der *Hashishin* wartete, umgeben von Dunkelheit, voll Vertrauen.

Der Zeitpunkt war fast gekommen.

Janus hatte versprochen, dass jemand auf der anderen Seite die Tür öffnen würde. Der *Hashishin* war außerordentlich erstaunt über diesen Verrat. Er hätte die ganze Nacht vor der rostigen Eisentür gewartet, um seine Aufgabe zu erfüllen, doch er spürte, dass es nicht nötig sein würde. Seine Auftraggeber waren entschlossene Männer.

Minuten später, genau zur verabredeten Zeit, ertönte ein lautes Rasseln von schweren Schlüsseln auf der anderen Seite der Tür. Metall schrammte über Metall, als eine Reihe von Schlössern aufgesperrt wurde. Mit einem Kreischen, als wären sie seit Jahrhunderten nicht mehr benutzt worden, wurden drei schwere Riegel zurückgeschoben.

Dann herrschte Stille.

Der *Hashishin* wartete geduldig, fünf Minuten, genau wie Janus ihm aufgetragen hatte. Schließlich drückte er gegen die massive Tür. Adrenalin rauschte in seinem Blut, als sie nach innen aufschwang.

27.

»VITTORIA, DAS LASSE ICH NICHT ZU!« Kohlers Atem ging mühsam, und sein Husten verschlimmerte sich, während der Lastenaufzug nach oben fuhr.

Vittoria hörte ihm gar nicht zu. Sie sehnte sich nach Geborgenheit, nach irgendetwas Vertrautem an diesem Ort, der ihr nicht länger ein Zuhause erschien. Sie wusste, dass ihre Sehnsucht unerfüllt bleiben würde. Im Augenblick blieb ihr nichts anderes übrig, als den Schmerz zu ertragen. Sie musste handeln. *Ich muss zu einem Telefon.*

Robert Langdon war neben ihr, schweigsam wie gewohnt. Vittoria fragte sich nicht mehr, wer der Mann war. *Ein Spezialist?* Konnte Kohler sich überhaupt noch undeutlicher ausdrücken? *Mr. Langdon wird uns helfen, den Mörder Ihres Vaters zu finden.* Langdon war überhaupt keine Hilfe. Seine Wärme und Freundlichkeit schienen echt, doch er verbarg offensichtlich etwas. Alle beide verbargen etwas vor ihr.

Kohler redete schon wieder auf sie ein. »Als Generaldirektor von CERN bin ich mitverantwortlich für die Zukunft der Forschung. Wenn Sie durch Ihre Voreiligkeit einen internationalen Zwischenfall heraufbeschwören und CERN darunter lei …«

»Zukunft der Forschung?« Vittoria wandte sich zu ihm um. »Wollen Sie sich wirklich aus der Verantwortung stehlen, indem Sie verschweigen, dass die Antimaterie von CERN stammt? Wollen Sie ignorieren, dass wir Menschenleben gefährden?«

»Nicht *wir*«, konterte Kohler. »*Sie.* Sie und Ihr Vater, Miss Vetra.«

Vittoria blickte zur Seite.

»Was die Gefährdung von Menschenleben angeht«, sagte Kohler, »genau darum geht es hier. Sie wissen, welche enormen Folgen Antimaterie für das Leben auf diesem Planeten hat. Falls CERN geschlossen wird, vernichtet durch einen Skandal, verlieren *alle.* Die Zukunft der Menschheit liegt in den Händen von Einrichtungen wie CERN. In den Händen von Wissenschaftlern wie Ihnen und Ihrem Vater, die an der Lösung von Problemen arbeiten, die sich erst morgen stellen.«

Vittoria hatte Kohlers Vorträge schon früher gehört, Wissenschaft als Ersatz für Gott, und sie hatte sie stets abgelehnt. Die Wissenschaft selbst hatte die Probleme verursacht, die sie nun zu lösen versuchte. »Fortschritt« war die ultimative Arglist von Mutter Natur.

»Wissenschaftlicher Fortschritt ist stets mit einem Risiko behaftet«, argumentierte Kohler. »So war es immer, und so wird es immer sein. Weltraumprogramme, genetische Forschung, Medizin – überall werden Fehler gemacht. Die Wissenschaft muss ihre eigenen Fehler überleben, koste es, was es wolle. Für das Wohl *aller.*«

Vittoria staunte über Kohlers Fähigkeit, moralische Probleme mit wissenschaftlicher Sachlichkeit abzuwägen. Sein Intellekt schien das Produkt einer völligen Trennung von jeglichen Gefühlen zu sein. »Wollen Sie etwa behaupten, CERN sei so wichtig für die Zukunft der Erde, dass wir frei sind von jeglicher moralischen Verantwortung?«

»Versuchen Sie bloß nicht, mir mit Moral zu kommen! *Sie* haben die Grenze überschritten, als Sie diese große Probe hergestellt haben, und *Sie* sind es, die damit CERN gefährden! Ich versuche nicht nur, die Arbeitsplätze von dreitausend Wissenschaftlern zu retten, sondern auch den Ruf Ihres Vaters. Denken Sie darüber nach! Ein Mann wie Leonardo Vetra verdient einfach nicht, als Schöpfer einer Massenvernichtungswaffe in die Geschichte einzugehen.«

Dieser Pfeil traf. *Ich bin diejenige, die ihn überredet hat, diese Probe herzustellen. Ich bin diejenige, die an allem die Schuld trägt!*

Als die Türen aufglitten, redete Kohler noch immer. Vittoria trat aus dem Lift, zog ihr Mobiltelefon aus der Tasche und versuchte es erneut.

Noch immer kein Wählton. *Verdammt!* Sie marschierte in Richtung Tür.

»Vittoria! Warten Sie!« Der Direktor klang asthmatisch, während er ihr in seinem Rollstuhl folgte. »Warten Sie! Wir müssen reden!«

»Basta di parlare!«

»Denken Sie an Ihren Vater!«, drängte Kohler. »Was hätte er an Ihrer Stelle getan?«

Sie marschierte weiter.

»Vittoria, ich war nicht ganz ehrlich zu Ihnen.«

Vittoria ging langsamer.

»Ich weiß nicht, was ich mir dabei gedacht habe«, gestand Kohler. »Ich wollte Sie nur schützen. Sagen Sie mir einfach, was Sie vorhaben. Wir müssen zusammen an dieser Sache arbeiten.«

Vittoria blieb auf halbem Weg zum Labor stehen, doch sie wandte sich immer noch nicht um. »Ich will die Antimaterie finden. Und ich will wissen, wer meinen Vater ermordet hat.« Sie wartete.

Kohler seufzte. »Vittoria, wir wissen bereits, wer Ihren Vater getötet hat. Es ... es tut mir Leid.«

Jetzt drehte sie sich zu ihm um. *»Was?«*

»Ich wusste nicht, wie ich es Ihnen sagen sollte. Es ist eine schwierige ...«

»Sie *wissen*, wer meinen Vater umgebracht hat?«

»Wir haben einen begründeten Verdacht, ja. Der Mörder hat eine Art Visitenkarte hinterlassen. Das ist der Grund, warum ich Mr. Langdon hierher gebeten habe. Die Gruppierung, die hinter diesem Mord steckt, ist sozusagen sein Spezialgebiet.«

»Die Gruppierung? Eine terroristische Vereinigung?«

»Vittoria, ein *viertel Gramm* Antimaterie wurde gestohlen!«

Vittoria starrte Robert Langdon an, der sich bisher im Hintergrund gehalten hatte. Nach und nach ergab alles einen Sinn. *Das erklärt die Heimlichtuerei.* Sie war verblüfft, dass ihr der Gedanke nicht früher gekommen war. Kohler hatte den Vorfall gemeldet. Robert Langdon war Amerikaner, sportlich gebaut, konservativ gekleidet, offensichtlich äußerst scharfsinnig – wer sonst konnte er sein? Vittoria hätte es von Anfang an erraten müssen. Sie schöpfte neue Hoffnung, als sie sich an Langdon wandte.

»Mr. Langdon, ich möchte wissen, wer meinen Vater ermordet hat. Und bitte sagen Sie mir, ob Ihr Nachrichtendienst die Antimaterie bereits gefunden hat.«

Langdon war ehrlich verblüfft. *»Mein Nachrichtendienst?«*

»Ich nehme an, Sie sind von der CIA?«

»Offen gestanden, nein.«

»Mr. Langdon ist Professor für Kunstgeschichte an der Harvard-Universität«, warf Kohler ein.

Vittoria stand da wie ein begossener Pudel. »Ein Kunstprofessor?«

»Er ist Spezialist für Symbolologie.« Kohler seufzte. »Vittoria, wir glauben, Ihr Vater wurde von den Anhängern eines satanischen Kultes ermordet.«

Vittoria hörte die Worte, doch sie war außerstande, sie zu verarbeiten. *Von einem Satanskult.*

»Die Gruppe, die sich zu der Tat bekennt, nennt sich *Illuminati.*«

Vittoria starrte Kohler an, dann Langdon, und fragte sich, ob das alles vielleicht nur ein perverser Witz sein sollte. »Die Illuminati?«, fragte sie. »Wie in *Bayerische Illuminaten*?«

Kohler schien verblüfft. »Sie haben von ihnen gehört?«

Vittoria spürte, wie Tränen in ihr aufstiegen. »*Bavarian Illuminati: New World Order.* Von Steve Jackson Computer Games. Die Hälfte der Techies hier spielt im Internet mit.« Ihre Stimme brach. »Aber ich verstehe nicht …«

Kohler warf Langdon einen verwirrten Blick zu.

Langdon nickte. »Ein beliebtes Spiel. Eine uralte Bruderschaft übernimmt die Weltherrschaft. Semihistorisch. Ich wusste gar nicht, dass es in Europa auch gespielt wird.«

»Wovon reden Sie da? Von den Illuminati? Das ist doch nur ein Computerspiel!«, rief Vittoria.

»Die Illuminati«, sagte Kohler, »sind die Gruppierung, von der ich sprach. Sie haben die Verantwortung für den Tod Ihres Vaters übernommen.«

Vittoria nahm all ihre Kräfte zusammen, um die Tränen zu unterdrücken. Sie zwang sich, durchzuhalten und die Situation logisch zu analysieren. Doch je mehr sie sich konzentrierte, desto weniger begriff sie. Ihr Vater war ermordet worden. Jemand war in CERN eingedrungen und hatte die Sicherheitsvorkehrungen überwunden. Irgendwo tickte eine Zeitbombe, für die *sie* verantwortlich war. Und der Direktor hatte einen Kunstprofessor engagiert, der ihnen bei der Suche nach einer geheimnisvollen Bruderschaft von Teufelsanbetern helfen sollte.

Mit einem Mal fühlte sie sich sehr allein. Sie wandte sich um und wollte gehen, doch Kohler schnitt ihr den Weg ab. Er griff in seine Tasche und brachte ein zerknittertes Blatt zum Vorschein, das er ihr hinhielt.

Vittoria wich entsetzt zurück, als ihr Blick auf das Foto fiel.

»Sie haben Leonardo gebrandmarkt«, sagte Kohler. »Die Illuminati haben ihr gottverdammtes Zeichen in Leonardos Brust gebrannt.«

28.

DIE SEKRETÄRIN SYLVIE BAUDELOQUE geriet allmählich in Panik. Nervös ging sie vor dem leeren Büro des Generaldirektors auf und ab. *Wo, zur Hölle, steckt er? Was mache ich jetzt nur?*

Es war ein verrückter Tag gewesen. Zwar hatte jeder Tag, an dem sie für Maximilian Kohler arbeitete, ein gewisses Potenzial, aus der Bahn zu laufen – heute jedoch war Kohler in einer Form wie selten.

»Finden Sie Leonardo Vetra, auf der Stelle!«, hatte er sie angeherrscht, als sie am Morgen zur Arbeit erschienen war.

Pflichtergeben hatte Sylvie den Wissenschaftler mit dem Pager, per E-Mail und über das Telefon zu erreichen versucht.

Vergeblich.

Schließlich war Kohler aus seinem Büro gerast, allem Anschein nach, um persönlich nach Vetra zu suchen. Als er einige Stunden später wieder in sein Büro zurückgekehrt war, hatte er überhaupt nicht gut ausgesehen … nicht, dass Kohler jemals *gut* ausgesehen hätte – doch diesmal hatte er ganz besonders schlecht ausgesehen. Er hatte sich in seinem Büro eingeschlossen, und Sylvie hatte gehört, wie er telefoniert, Faxe verschickt und hektisch an seinem Computer gearbeitet hatte.

Dann war er erneut nach draußen gerollt und seither nicht wieder aufgetaucht.

Sylvie hatte seine Mätzchen ignoriert – ein weiteres Kohlerianisches Melodram –, doch als Kohler nicht zur rechten Zeit für seine täglichen Injektionen zurückgekehrt war, hatte sie sich Sorgen gemacht. Der Gesundheitszustand des Direktors erforderte regelmäßige Behandlung, und wenn er beschloss, sein Glück herauszufordern, waren die Resultate alles andere als berauschend. Respiratorischer Schock, Hustenanfälle und helle Aufregung beim Pflegepersonal der Krankenabteilung. *Manchmal sieht es aus,* dachte Sylvie, *als hätte Maximilian Kohler Todessehnsucht.*

Sie überlegte, ob sie ihn noch einmal mit dem Pager rufen sollte, um ihn an seine Medikamente zu erinnern, doch Kohler war ein Mann, der jede Form von Mitleid oder Sorge um seine Gesundheit verabscheute. Erst letzte Woche war er ausgeflippt, weil ein Wissenschaftler, der ihn besucht hatte, übermäßige Rücksicht an den Tag legte. Kohler hatte sich auf seine verkrüppelten Beine gestemmt und ein Klemmbrett nach dem Mann geworfen. König Kohler konnte überraschend agil werden, wenn er *pissé* war.

Im Augenblick jedoch war Sylvies Sorge um Kohlers Gesundheit eher zweitrangig ... verdrängt von einem sehr viel drängenderen Dilemma. Die Telefonzentrale CERNs hatte vor ein paar Minuten voller Hektik durchgeklingelt und gesagt, dass ein wichtiger Anrufer in der Leitung warte, der unbedingt mit Kohler sprechen wolle.

»Er ist nicht da«, hatte Sylvie geantwortet.

Dann hatte der Operator ihr verraten, wer der Anrufer war.

Sylvie hätte fast laut aufgelacht. »Das soll wohl ein Witz sein?«

Sie lauschte, und ungläubiges Staunen schlich sich auf ihr Gesicht. »Und der Anrufer ist wirklich ...?« Sylvie runzelte die Stirn. »Ich verstehe. In Ordnung. Können Sie ihn fragen, was er ...« Sie seufzte. »Nein. Ja, ich verstehe. Sagen Sie ihm, er soll in der Leitung bleiben. Ich werde den Direktor unverzüglich informieren. Ja, ich verstehe. Ich werde mich beeilen.«

Doch Sylvie hatte den Direktor nicht gefunden. Sie hatte dreimal seine Mobilnummer gewählt und jedes Mal die gleiche Auskunft erhalten: »Der gewünschte Gesprächspartner ist zurzeit nicht zu erreichen.« Nicht zu erreichen? *Wie weit kann er sein?* Also hatte Sylvie Kohlers Pager angewählt. Zweimal. Keine Reaktion. Das sah ihm überhaupt nicht ähnlich. Sie hatte seinem mobilen Computer eine E-Mail geschickt. Nichts. Als wäre der Mann spurlos von der Erdoberfläche verschwunden.

Was mache ich jetzt nur?, fragte sie sich.

Es gab nur noch eine Möglichkeit, Kohlers Aufmerksamkeit zu wecken, bevor sie ganz CERN nach dem Direktor absuchte. Kohler wäre sicher nicht erfreut, doch der Mann am Telefon war eine Persönlichkeit, die der Direktor besser nicht warten ließ. Und der Anrufer klang auch nicht danach, als würde er sich mit der Auskunft zufrieden geben, dass der Direktor gegenwärtig nicht zu sprechen sei.

Verblüfft von ihrer eigenen Tapferkeit traf Sylvie eine Entscheidung. Sie ging in Kohlers Büro und zu dem Metallkasten an der

Wand hinter seinem Schreibtisch. Sie öffnete die Klappe, starrte auf die Kontrollen und fand den richtigen Knopf.

Dann atmete sie ein letztes Mal tief durch und packte das Mikrofon.

29.

VITTORIA WUSSTE NICHT MEHR, wie sie zum Hauptaufzug gekommen waren, doch nun fuhren sie nach oben. Kohler befand sich hinter ihr. Das Atmen bereitete ihm offenbar große Mühe. Langdons besorgter Blick ging durch Vittoria hindurch, als wäre sie ein Geist. Er hatte ihr das Fax aus der Hand genommen und es zurück in seine Jackentasche gesteckt, wo sie es nicht mehr sehen konnte, doch das Bild hatte sich unauslöschlich in ihr Gedächtnis eingebrannt.

Während der Lift nach oben fuhr, versank Vittorias Welt in Dunkelheit. *Papa!* Sie streckte die Hände nach ihm aus, und für einen Augenblick war sie wieder bei ihm, entrückt in der Oase ihrer Erinnerungen. Sie war neun Jahre alt, rollte Hügel voller Edelweiß hinunter, und der blaue Himmel drehte sich über ihr.

Papa! Papa!

Leonardo Vetra lachte neben ihr und strahlte sie an. »Was ist denn, mein Engel?«

»Papa!« Sie kicherte und kuschelte sich ganz dicht an ihn. »Frag mich, was eine Blume ist.«

»Warum sollte ich dich fragen, was eine Blume ist, mein Engel? Du weißt doch die Antwort.«

»Frag mich einfach, Papa!«

Er zuckte die Schultern. »Also gut, was ist eine Blume?«

Augenblicklich fing sie an zu kichern. »Was eine Blume ist? *Materie*, Papa! Alles ist Materie! Felsen, Bäume, Atome, Ameisenfresser! Alles ist Materie!«

Er lachte. »Hast du dir das ausgedacht?«

»Ziemlich schlau, wie?«

»Mein kleiner Einstein.«

Sie runzelte die Stirn. »Er hat so schreckliche Haare! Ich hab ein Bild gesehen.«

»Aber einen klugen Kopf. Ich hab dir erzählt, was er herausgefunden hat, oder?«

Ihre Augen weiteten sich vor Abscheu. »Nein, Papa! Nein! Du hast es *versprochen*!«

»E gleich M mal C zum Quadrat.« Er kitzelte sie ausgelassen. »E gleich M mal C zum Quadrat!«

»*Keine Mathematik!* Ich hab's dir gesagt! Ich hasse Mathematik!«

»Ich bin froh, dass du die Mathematik hasst. Weil kleine Mädchen nämlich überhaupt nicht rechnen *dürfen*!«

Vittoria verstummte ungläubig. »Sie *dürfen* nicht?«

»Selbstverständlich nicht. Jeder weiß das. Kleine Mädchen spielen mit Puppen. Jungen rechnen. Rechnen ist nichts für Mädchen. Ich dürfte eigentlich nicht einmal mit dir darüber reden!«

»Was? Aber das ist nicht gerecht!«

»Gesetze sind Gesetze. Und Mathematik ist für kleine Mädchen streng verboten!«

Vittoria blickte ihn entsetzt an. »Aber immer nur Puppen ist *langweilig*!«

»Tut mir Leid«, sagte ihr Vater. »Ich könnte dir etwas über die Mathematik erzählen, aber wenn ich erwischt werde ...« Er schaute nervös zu den einsamen Hügeln ringsum.

Vittoria folgte seinem Blick. »Also gut«, flüsterte sie, »dann erzähl's mir ganz leise.«

Die Bewegung des Aufzugs riss sie aus ihren Träumen. Vittoria öffnete die Augen. Er war verschwunden.

Die Wirklichkeit stürzte auf sie ein und packte sie mit eisigem Griff. Sie sah zu Langdon. Die ernste Besorgnis in seinem Blick erinnerte sie an die Wärme eines Schutzengels, insbesondere in Kohlers eisiger Nähe.

Ein einziger Gedanke stieg in ihr auf und hämmerte mit erbarmungsloser Wucht auf sie ein.

Wo ist die Antimaterie?

Die schreckliche Antwort ließ nur Sekunden auf sich warten.

30.

»MAXIMILIAN KOHLER, bitte setzen Sie sich unverzüglich mit Ihrem Büro in Verbindung!«

Blendendes Sonnenlicht überflutete Langdons Augen, als sich die Aufzugstüren in das Atrium des Hauptgebäudes öffneten. Bevor das Echo der Lautsprecherdurchsage verklingen konnte, fingen sämtliche elektronischen Geräte auf Kohlers Rollstuhl gleichzeitig an zu summen, zu blinken und zu piepsen. Der Pager. Das Mobiltelefon. Der Posteingang. Kohler starrte verblüfft auf das Sammelsurium verrückt spielender Apparate. Der Direktor war zur Oberfläche zurückgekehrt und in Reichweite der Kommunikationsverbindungen.

»Direktor Kohler, bitte rufen Sie Ihr Büro an.«

Der Klang seines Namens aus der Lautsprecheranlage schien Kohler einen Schreck einzujagen.

Er sah verärgert zur Decke hinauf, doch sein Zorn wich im gleichen Augenblick Besorgnis. Er blickte zuerst Langdon, dann Vittoria an. Alle drei standen für eine Sekunde reglos da – als wären sämtliche Spannungen zwischen ihnen verschwunden und einer dunklen Vorahnung gewichen.

Kohler zog sein Mobiltelefon aus der Halterung. Er wählte eine Nummer und kämpfte gegen einen weiteren Hustenanfall. Vittoria und Langdon warteten.

»Hier ist … Direktor Kohler«, sagte er schnaufend. »Ja? Ich war unter der Erde, außer Reichweite.« Er lauschte, und seine grauen Augen weiteten sich. »*Wer?* Ja, stellen Sie ihn durch.« Eine kurze Pause trat ein. »Hallo? Hier ist Maximilian Kohler. Ich bin der Generaldirektor von CERN. Mit wem spreche ich?«

Vittoria und Langdon beobachteten schweigend, wie Kohler lauschte.

»Es wäre nicht klug, diese Sache am Telefon zu besprechen«, sagte Kohler schließlich. »Ich werde zu Ihnen kommen …« Er hustete erneut. »Holen Sie mich … am Flughafen Leonardo da Vinci ab. In vierzig Minuten.« Kohler schien nun endgültig keine Luft mehr zu bekommen. Er erlitt einen nicht enden wollenden Hustenanfall und stieß unter größter Mühe hervor: »Finden Sie … diesen Behälter … so schnell Sie können … ich bin unterwegs.« Damit beendete er das Gespräch.

Vittoria hastete zu ihm, doch Kohler hatte aufgehört zu telefonieren. Langdon beobachtete, wie sie ihr eigenes Mobiltelefon hervorzog und die Krankenstation von CERN alarmierte. Langdon fühlte sich wie ein Schiff in den Ausläufern eines Sturms … durchgeschüttelt und doch entrückt.

Holen Sie mich am Flughafen Leonardo da Vinci ab, echoten Kohlers Worte durch seinen Verstand.

Die ungewissen Schatten, die den ganzen Morgen über sein Bewusstsein getrübt hatten, verdichteten sich innerhalb eines Sekundenbruchteils zu einem lebendigen Bild. Es war, als hätte jemand eine Tür vor ihm aufgestoßen … *Das Ambigramm. Der ermordete Wissenschaftler. Die Antimaterie. Und jetzt … das Ziel.* Der Flughafen Leonardo da Vinci konnte nur eins bedeuten. In einem Augenblick der Offenbarung erkannte Langdon, dass er eine Schwelle überschritten hatte. Er zweifelte nicht länger.

Fünf Kilotonnen. Es werde Licht.

Zwei Sanitäter trafen ein und rannten in ihren weißen Kitteln durch die Halle. Sie knieten bei Kohler nieder und legten ihm eine Sauerstoffmaske an. Andere Wissenschaftler blieben stehen und sahen neugierig aus sicherer Entfernung herüber.

Kohler nahm zwei tiefe Atemzüge, schob die Maske beiseite und starrte Vittoria und Langdon an, noch immer nach Luft ächzend. »Rom!«

»Rom?«, fragte Vittoria. »Die Antimaterie ist in Rom? Wer war der Anrufer?«

Kohlers Gesicht war schmerzverzerrt, und seine Augen tränten. »Die Schweizer …« Er hustete, und die Sanitäter drückten ihm die Maske wieder auf das Gesicht. Sie machten Anstalten ihn mitzunehmen, doch Kohler griff nach oben und packte Langdons Arm.

Langdon nickte. Er wusste Bescheid.

»Gehen Sie …«, schnaufte er unter seiner Maske. »Gehen Sie … rufen Sie mich an …« Die Sanitäter rollten ihn weg.

Vittoria stand wie angewachsen und sah ihm hinterher. Dann

wandte sie sich zu Langdon um. »Rom? Aber … aber was hat er mit ›Schweizer‹ gemeint?«

Langdon legte eine Hand auf ihre Schulter. »Die Schweizergarde«, antwortete er so leise, dass sie seine Worte kaum verstand. »Die eingeschworenen Wächter des Vatikans.«

31.

DIE X-33 RASTE IN DEN HIMMEL und schwenkte auf Südkurs in Richtung Rom. Langdon saß schweigend auf seinem Sitz. Die letzten fünfzehn Minuten waren verschwommen. Nachdem er Vittoria über die Illuminati und ihre Verschwörung gegen den Vatikan unterrichtet und ein wenig Zeit zum Verschnaufen gehabt hatte, begriff er allmählich die ganze Tragweite der Situation.

Was, zur Hölle, mache ich hier?, fragte er sich. *Ich hätte nach Hause fliegen sollen, solange ich eine Gelegenheit dazu hatte!* Doch tief im Innern wusste er, dass sich diese Gelegenheit zu keiner Zeit geboten hatte.

Langdons gesunder Menschenverstand schrie förmlich danach, auf der Stelle nach Boston zurückzukehren. Nichtsdestotrotz hatte akademische Neugier irgendwie vernünftige Besonnenheit verdrängt. Alles, was er bisher über den Untergang der Illuminati zu wissen geglaubt hatte, entpuppte sich mit einem Mal als brillanter Schwindel. Ein Teil von ihm verlangte Beweise. Bestätigung. Außerdem war es eine Frage des Gewissens. Kohler war krank und Vittoria auf sich allein gestellt, und Langdon wusste, dass er eine moralische Verpflichtung hatte zu bleiben, wenn sein Wissen über die Illuminati in irgendeiner Weise weiterhelfen konnte.

Doch es steckte noch mehr dahinter. Auch wenn Langdon sich schämte, es sich einzugestehen – sein anfängliches Entsetzen, als er erfahren hatte, dass die Antimaterie im Vatikan gelandet war, hatte nicht allein den gefährdeten Menschenleben gegolten, sondern auch noch etwas anderem.

Kunst.

Die größte Kunstsammlung der Welt saß auf einer Zeitbombe. Die Vatikanischen Museen beherbergten mehr als sechzigtausend zeitlose Werke in über tausend Räumen – Michelangelo, da Vinci, Bernini, Botticelli. Langdon fragte sich, ob die Kunstwerke überhaupt in Sicherheit gebracht werden konnten, falls nötig. Es war unmöglich. Viele der Stücke waren Skulpturen und wogen Tonnen. Ganz zu schweigen davon, dass die größten Schätze architektonischer Natur waren – die Sixtinische Kapelle, der Petersdom, Michelangelos berühmte Treppe, die in das *Museo Vaticano* führt – unschätzbare Zeugnisse menschlicher Schöpferkraft. Langdon fragte sich, wie lange es noch dauerte, bis die Batterie des Behälters leer war.

»Danke, dass Sie mitgekommen sind«, sagte Vittoria leise.

Langdon kehrte aus seinen Tagträumen zurück und blickte auf. Vittoria saß auf der anderen Seite des Mittelgangs. Selbst im bleichen, fluoreszierenden Licht der Kabine besaß sie immer noch diese Aura von Gelassenheit – die fast magnetische Ausstrahlung eines Menschen, der in sich selbst ruht. Ihr Atem ging nun gleichmäßiger, als hätte ihr Selbsterhaltungstrieb die Oberhand gewonnen … als sehne sie sich nach Vergeltung und Gerechtigkeit, angetrieben von der Liebe zu ihrem Vater.

Vittoria hatte keine Zeit zum Umziehen gefunden. Sie trug immer noch ihre Shorts und das ärmellose weiße Top, und auf ihren gebräunten Beinen zeigte sich nun wegen der Kälte an Bord unübersehbar eine Gänsehaut. Instinktiv zog Langdon sein Jackett aus und bot es ihr an.

»Amerikanische Ritterlichkeit?« Sie nahm die Jacke entgegen und dankte ihm mit einem stillen Blick.

Das Flugzeug holperte durch ein paar Turbulenzen, und Langdon spürte, wie sein Puls in die Höhe schnellte. Die fensterlose Kabine wirkte mit einem Mal wieder eng, und er versuchte sich ein freies, offenes Feld vorzustellen. Doch dann fiel ihm die Ironie dieser Vorstellung ein. Er war auf freiem Feld gewesen, als es geschehen war. *Drückende Dunkelheit.* Er verdrängte den Gedanken aus seinem Kopf. *Schnee von gestern.*

Vittoria beobachtete ihn. »Glauben Sie an Gott, Mr. Langdon?«

Die Frage verblüffte ihn. Die Ernsthaftigkeit ihrer Frage war noch entwaffnender als ihr Inhalt. *Glaube ich an Gott?* Er hatte auf ein leichteres Thema gehofft, um die Zeit bis zur Landung totzuschlagen.

Ein spirituelles Rätsel, dachte Langdon. *So nennen mich meine Freunde.* Er hatte jahrelang Religion studiert, doch er war deswegen kein religiöser Mensch geworden. Er respektierte die Macht des Glaubens, die Wohltätigkeit der Kirchen und die Kraft, die der Glaube so vielen Menschen zu geben schien ... und doch, für ihn war die intellektuelle Sperre stets ein zu großes Hindernis gewesen, als dass sein akademischer Verstand den Weg zum Glauben hätte finden können. »Ich würde gerne glauben«, hörte er sich selbst sagen.

In Vittorias Antwort lagen weder Urteil noch Herausforderung. »Und warum glauben Sie nicht?«

Er kicherte. »Nun, es ist nicht ganz einfach. Zu glauben bedeutet, Wunder intellektuell zu akzeptieren, unbefleckte Empfängnis und göttliche Intervention. Und dann sind da auch noch die vielen Verhaltenskodizes. Die Bibel, der Koran, die Schriften der Buddhisten ... alle enthalten ähnliche Vorschriften und ähnliche Strafen für diejenigen, die dagegen verstoßen. Denen zufolge werde ich in der Hölle schmoren, weil ich mich nicht an ihre Vorschriften halte. Ich kann mir keinen Gott vorstellen, der auf diese Weise über die Menschen herrscht.«

»Ich hoffe, Sie gestatten Ihren Studenten nicht, derart schamlos Fragen auszuweichen.«

Die Bemerkung traf ihn unvorbereitet. »Was?«

»Mr. Langdon, ich habe nicht gefragt, ob Sie an das glauben, was Menschen über Gott sagen. Ich habe gefragt, ob Sie an Gott glauben. Das ist ein Unterschied. Die heiligen Schriften bestehen aus Geschichten ... Legenden und Erzählungen von der Suche des Menschen nach einem Sinn. Ich habe Sie nicht nach Ihrem Urteil über die Schriften gefragt. Ich habe gefragt, ob Sie an Gott glauben. Wenn Sie im Freien unter den Sternen liegen – spüren Sie da das Göttliche? Spüren Sie, dass Sie hinaufsehen auf das Werk Gottes?«

Langdon überlegte eine ganze Weile schweigend.

»Ich bin neugierig. Bitte verzeihen Sie«, entschuldigte sich Vittoria.

»Nein, nein, ich habe nur …«

»Sicher führen Sie mit Ihren Studenten endlose Debatten über den Glauben?«

»Endlose.«

»Und Sie spielen den Advocatus Diaboli, könnte ich mir denken. Sie heizen die Debatte an.«

Langdon lächelte. »Sie sind ebenfalls Lehrer?«

»Nein, aber ich habe von einem Meister gelernt. Mein Vater konnte für die beiden Seiten eines Möbiusbands argumentieren.«

Langdon lachte, als er sich das kunstvolle Gebilde eines Möbiusbands vorstellte – ein ineinander verdrehtes Band, das zu einem Kreis zusammengefügt war und rein technisch betrachtet nur eine Seite besaß. Langdon hatte es zum ersten Mal in einem Bild von M. C. Escher gesehen. »Darf ich Ihnen eine Frage stellen, Miss Vetra?«

»Nennen Sie mich Vittoria. Miss Vetra klingt, als wäre ich alt.«

Er lächelte innerlich, als ihm sein eigenes Alter bewusst wurde. »Nur, wenn Sie mich Robert nennen.«

»Sie hatten eine Frage.«

»Ja. Als Wissenschaftlerin und Tochter eines katholischen Priesters – wie denken *Sie* über Religion?«

Vittoria zögerte und schob eine Haarsträhne aus den Augen. »Religion ist wie Sprache oder Kleidung. Wir tendieren zu den Praktiken, mit denen wir aufgewachsen sind. Am Ende jedoch kommt immer das Gleiche heraus. Dass Leben einen Sinn hat. Und dass wir der Macht dankbar sind, die uns erschaffen hat.«

Langdon war fasziniert. »Sie sagen also, dass die Frage, ob man Christ oder Muslim oder was auch immer wird, einfach davon abhängt, wo man aufwächst?«

»Ist das nicht offensichtlich? Sehen Sie sich die Verbreitung der Religionen überall in der Welt an.«

»Also ist Glaube zufällig?«

»Kaum. Glaube ist universell. Unsere spezifischen Methoden zum Verständnis sind zufällig. Einige von uns beten zu Jesus, andere pilgern nach Mekka, dritte studieren subatomare Partikel. Am Ende suchen wir alle einfach nur nach der Wahrheit hinter den Dingen. Nach etwas, das größer ist als wir selbst.«

Langdon wünschte, seine Studenten könnten sich so klar und

deutlich ausdrücken. *Verdammt, ich wünschte, ich könnte mich selbst so klar ausdrücken!* »Und Gott?«, fragte er. »Glauben *Sie* an Gott?«

Vittoria schwieg eine ganze Weile, bevor sie antwortete. »Die Wissenschaft verrät mir, dass es einen Gott geben *muss*. Mein Verstand sagt mir, dass ich diesen Gott niemals begreifen werde. Und mein Herz sagt, dass ich ihn niemals begreifen *soll*.«

So viel zur prägnanten Ausdrucksweise, dachte Langdon. »Also glauben Sie, dass Gott eine Tatsache ist, obwohl Sie wissen, dass Sie Ihn nie verstehen werden?«

»*Sie*«, entgegnete Vittoria mit einem Lächeln. »Ihre amerikanischen Ureinwohner hatten schon recht.«

Langdon kicherte. »Mutter Erde.«

»*Gaia*. Der gesamte Planet ist ein Organismus. Wir alle sind Zellen mit unterschiedlichen Aufgaben. Und doch sind wir miteinander verflochten. Dienen einander. Dienen dem Ganzen.«

Langdon schaute sie an und merkte, wie sich in ihm etwas regte, das er seit langer Zeit nicht mehr gespürt hatte. In ihren Augen lag eine bezaubernde Klarheit, und ihre Stimme klang so rein … er fühlte sich zu ihr hingezogen.

»Mr. Langdon, lassen Sie mich Ihnen eine andere Frage stellen.«

»Robert«, sagte er. *Wenn ich Mr. Langdon höre, fühle ich mich alt. Ich bin alt!*

»Wenn mir die Frage erlaubt ist, Robert – wie kamen Sie auf den Illuminati?«

Langdon überlegte. »Offen gestanden – es war Geld.«

Vittoria wirkte enttäuscht. »Geld? Sie meinen, Sie haben für sie gearbeitet?«

Langdon erkannte, wie seine Antwort in ihren Ohren geklungen haben musste, und lachte auf. »Nein, Geld als Währung.« Er griff in seine Jackentasche und zog ein paar Scheine hervor. Er fand eine Ein-Dollar-Note. »Die Bruderschaft erweckte meine Neugier, als ich herausfand, dass die gesamte amerikanische Währung mit Symbolen der Illuminati übersät ist.«

Vittoria kniff die Augen zusammen. Sie war unsicher, ob sie ihn ernst nehmen sollte oder nicht.

Langdon reichte ihr die Note. »Betrachten Sie die Rückseite. Sehen Sie das Großsiegel auf der linken Seite?«

Vittoria drehte die Banknote herum. »Sie meinen die Pyramide?«

»Genau die. Wissen Sie, was Pyramiden mit der Geschichte der USA zu tun haben?«

Vittoria zuckte die Schultern.

»Exakt. Absolut *nichts*«, sagte Langdon.

Sie runzelte die Stirn. »Und warum ist die Pyramide das zentrale Symbol des Großsiegels?«

»Ein schauriges Stück Geschichte«, erklärte Langdon. »Die Pyramide ist ein okkultes Symbol. Sie repräsentiert eine nach oben gerichtete Konvergenz, in Richtung der ultimativen Quelle der Erleuchtung. Sehen Sie, was über der Pyramide schwebt?«

Vittoria studierte das Siegel. »Ein Auge in einem Dreieck.«

»Man nennt es *trinacria*. Haben Sie dieses Auge in einem Dreieck vielleicht schon einmal irgendwo gesehen?«

Vittoria überlegte einen Augenblick. »Offen gestanden, ja, aber ich bin nicht sicher …«

»Es ziert die Freimaurerlogen überall auf der Welt.«

»Das Auge ist ein Freimaurersymbol?«

»Eigentlich nicht. Es ist ein Symbol der Illuminati. Sie nannten es ihr ›leuchtendes Delta‹. Ein Ruf nach erleuchteter Veränderung. Das Auge versinnbildlicht die Fähigkeit der Illuminati, zu infiltrieren und alles zu beobachten. Das leuchtende Dreieck repräsentiert die Erleuchtung. Es ist zugleich ein griechischer Buchstabe, das Delta, welches wiederum ein mathematisches Symbol ist für …«

»Veränderung. Übergang.«

Langdon lächelte. »Ich vergaß, dass ich zu einer Wissenschaftlerin spreche.«

»Sie sagen also, dass das Großsiegel der Vereinigten Staaten für einen erleuchteten, alles sehenden Wechsel steht?«

»Manche würden es ›Neue Weltordnung‹ nennen.«

Vittoria war verblüfft. Sie betrachtete den Geldschein erneut. »Die Schrift unter der Pyramide sagt *Novus … Ordo …*«

»*Novus Ordo Saeculorum*«, erläuterte Langdon. »Es bedeutet ›Neue säkulare Ordnung‹.«

»Säkular wie ›nicht-religiös‹?«

»Ganz genau. Dieser Sinnspruch verdeutlicht nicht nur das Ziel der Illuminati, sondern er steht auch in krassem Widerspruch zu der Phrase daneben, ›In God We Trust‹.«

Vittoria schien verwirrt. »Aber wie kommt es, dass all diese Symbole auf der stärksten Währung der Welt erscheinen?«

»Die meisten Wissenschaftler glauben, dass Vizepräsident Henry Wallace dahinter gesteckt hat. Er gehörte einem der oberen Ränge der Freimaurer an und hatte nachgewiesenermaßen Verbindungen zu den Illuminati. Ob er Mitglied war oder unschuldig unter ihrem Einfluss stand, lässt sich aus heutiger Sicht nicht mehr klären. Doch es war Wallace, der dem Präsidenten den Entwurf des Großsiegels vorgestellt hat.«

»Aber … warum sollte der Präsident diesem Entwurf zugestimmt haben …?«

»Der Präsident war Franklin D. Roosevelt. Wallace musste ihm nur sagen, dass *Novus Ordo Saeculorum* das Gleiche bedeutet wie *New Deal**.«

Vittoria blieb skeptisch. »Und Roosevelt hat niemandem sonst das Symbol gezeigt, bevor er das Finanzministerium anwies, die neuen Banknoten zu drucken?«

»Nicht nötig. Er und Wallace waren sozusagen Brüder.«

»Brüder?«

»Sehen Sie in Ihren Geschichtsbüchern nach«, entgegnete Langdon lächelnd. »Franklin D. Roosevelt war ein bekannter Freimaurer.«

32.

LANGDON HIELT DEN ATEM AN, als die X-33 in den Landeanflug auf den Leonardo da Vinci International Airport überging. Vittoria saß ihm gegenüber, die Augen geschlossen, als versuchte sie, die Situation allein durch Willenskraft unter Kontrolle zu bekommen. Die Maschine setzte auf und rollte zu einem privaten Hangar.

* New Deal = interventionistische Reformpolitik Roosevelts, mit der die Folgen der Weltwirtschaftskrise in den USA überwunden werden sollten. (Anm. d. Übers.)

»Tut mir Leid, dass es so lange gedauert hat«, entschuldigte sich der Pilot, als er aus dem Cockpit kam. »Aber ich musste die Lady im Zaum halten. Lärmvorschriften über Wohngebieten.«

Langdon warf einen Blick auf seine Uhr. Sie waren siebenunddreißig Minuten in der Luft gewesen.

Der Pilot öffnete den Einstieg. »Will mir vielleicht jemand erzählen, was eigentlich los ist?«

Weder Vittoria noch Langdon antworteten.

»Na schön«, brummte der Pilot und streckte sich. »Ich bin dann im Cockpit bei der Klimaanlage und meiner Musik. Nur Garth und ich.«

Die spätnachmittägliche Sonne schien grell draußen vor dem Hangar. Langdon trug sein Tweedjackett über der Schulter. Vittoria schaute nach oben und atmete tief durch, als würde sie auf irgendeine geheimnisvolle Weise neue Energie aus den Sonnenstrahlen ziehen.

Südländer, dachte Langdon. Er schwitzte bereits.

»Sind Sie nicht schon ein wenig zu alt für Cartoons?«, fragte Vittoria, ohne die Augen zu öffnen.

»Verzeihung?«

»Ihre Armbanduhr. Sie ist mir schon im Flugzeug aufgefallen.«

Langdon errötete leicht. Er war daran gewöhnt, seine Uhr zu verteidigen. Die Mickey-Mouse-Uhr war ein Sammlerstück, das er als Kind von seinen Eltern geschenkt bekommen hatte. Trotz der ausgesprochen albernen ausgestreckten Mickey-Mouse-Arme, die als Zeiger dienten, war es die einzige Uhr, die Langdon jemals getragen hatte. Sie war wasserdicht, fluoreszierte im Dunkeln und war perfekt geeignet fürs Bahnenschwimmen oder für nächtliche Spaziergänge auf den unbeleuchteten Wegen des Campus. Wenn Langdons Studenten seinen modischen Geschmack infrage stellten, erzählte er ihnen, dass er die Uhr als ständige Erinnerung trug, im Herzen jung zu bleiben.

»Es ist sechs Uhr«, sagte er.

Vittoria nickte. Sie hatte die Augen immer noch geschlossen. »Ich denke, unser Fahrer ist da.«

Langdon hörte das ferne Flattern, blickte nach oben, und sein

Mut sank erneut. Von Norden her näherte sich ein Helikopter in geringer Flughöhe über dem Rollfeld. Langdon war schon einmal in einem Helikopter geflogen, im Palpa-Tal in den Anden, um die Sandzeichnungen der *Nazca* zu studieren, und er hatte den Flug nicht eine Sekunde lang genossen. *Ein fliegender Schuhkarton.* Er hatte eigentlich gehofft, der Vatikan würde einen Wagen schicken – zwei Flüge an einem Tag waren mehr als genug.

Offensichtlich nicht.

Der Hubschrauber wurde über ihnen langsamer, schwebte einen Augenblick an Ort und Stelle und ging dann auf dem Vorfeld direkt vor ihnen nieder. Die Maschine war weiß und trug ein großes Wappen auf der Seite – zwei gekreuzte Schlüssel und darüber die Tiara. Langdon kannte das Symbol – es war das traditionelle Wappen des Vatikans, des Heiligen Stuhls, und dieser Stuhl war der Thron des heiligen Petrus.

Der heilige Hubschrauber, stöhnte Langdon innerlich, während er zu der landenden Maschine sah. Er hatte vergessen, dass der Vatikan einen Hubschrauber besaß, mit dem der Papst zum Flughafen, zu Konferenzen oder zu seinem Sommerpalast nach Castel Gandolfo flog. Langdon hätte eine Limousine entschieden vorgezogen.

Der Pilot sprang aus dem Cockpit und kam über den Beton auf sie zu.

Jetzt blickte Vittoria beunruhigt drein. »*Das* ist unser Pilot?«

Langdon teilte ihre Besorgnis. »Fliegen oder nicht fliegen, das ist hier die Frage.«

Der Pilot sah aus, als hätte er sich für eine Rolle in einem Shakespeare-Melodram verkleidet. Sein weiter Umhang besaß senkrechte blaue und goldene Streifen. Dazu trug er passende Pantalons und Gamaschen. An den Füßen saßen schwarze flache Halbschuhe, die aussahen wie Slipper. Auf dem Kopf hatte er ein schwarzes Filzbarett.

»Die traditionelle Uniform der Schweizergarde«, erklärte Langdon. »Entworfen von Michelangelo persönlich.« Der Mann kam näher, und Langdon zuckte zusammen. »Ich gebe zu, es ist keiner seiner guten Entwürfe.«

Trotz der schrillen Kleidung erkannte Langdon die Professionalität des Mannes. Er bewegte sich mit der Effizienz und Schnörkellosigkeit eines US-Marines. Langdon hatte über die strengen Auswahlkriterien gelesen, die die Nachwuchskräfte der Schweizergarde erfüllen mussten. Sie stammten aus einem einzigen der vier katholischen Schweizer Kantone, mussten wenigstens einen Meter vierundsiebzig groß und ledig sein sowie den Schweizer Wehrdienst absolviert haben. Die meisten Regierungen der Welt beneideten den Vatikan für diese loyalsten und effizientesten aller Sicherheitskräfte.

»Sie kommen von CERN?«, fragte der Pilot, als er vor ihnen stand. Seine Stimme klang wie Stahl.

»Jawohl, Sir«, antwortete Langdon.

»Sie waren bemerkenswert schnell hier«, sagte der Gardist mit einem neugierigen Blick auf die X-33, bevor er sich an Vittoria wandte. »Signora, haben Sie keine andere Kleidung?«

»Verzeihung?«

Er deutete auf ihre Beine. »Im Vatikan sind kurze Hosen nicht erlaubt.«

Langdon runzelte die Stirn. Er hatte ganz vergessen, dass nackte Beine oberhalb der Knie im Vatikan strikt verboten waren – sowohl für Männer als auch für Frauen. Die Vorschrift sollte Gottes Heiliger Stadt den nötigen Respekt verschaffen.

»Das ist alles, was ich bei mir habe«, sagte Vittoria. »Wir haben uns sehr beeilt herzukommen.«

Der Gardist nickte. Sein Missvergnügen war nicht zu übersehen. Er wandte sich erneut an Langdon. »Tragen Sie Waffen bei sich?«

Waffen?, dachte Langdon. *Ich habe nicht einmal Unterwäsche zum Wechseln mit!* Er schüttelte verneinend den Kopf.

Der Gardist bückte sich vor Langdon und tastete ihn von den Knöcheln aufwärts ab. *Vertrauensvoller Bursche,* dachte Langdon. Die kräftigen Hände des Gardisten bewegten sich an Langdons Beinen entlang nach oben und kamen seinem Schritt unbehaglich nahe. Schließlich war er bei Brust und Schultern angelangt. Offensichtlich zufrieden, dass Langdon »sauber« war, wandte sich der Gardist zu Vittoria um. Er musterte sie von oben bis unten.

»Denken Sie nicht einmal daran!« Vittoria funkelte ihn an.

Der Gardist fixierte sie mit einem Blick, der unverhohlen einschüchtern sollte. Vittoria zuckte mit keiner Wimper.

»Was ist das?«, fragte der Gardist und deutete auf eine schwache Auswölbung in ihrer Hosentasche.

Vittoria zog ihr ultradünnes Mobiltelefon hervor. Der Gardist nahm es, schaltete es ein, wartete auf einen Wählton, und als er sich überzeugt hatte, dass es tatsächlich ein Telefon war und nichts weiter, reichte er es Vittoria zurück. Sie schob es in die Tasche.

»Drehen Sie sich bitte um«, verlangte er.

Vittoria gehorchte. Sie streckte die Arme waagerecht aus und drehte sich einmal um die eigene Achse.

Der Gardist musterte sie wachsam. Langdon war längst zu der Erkenntnis gelangt, dass Vittorias figurbetonte Kleidung nirgendwo Auswölbungen zeigte, wo keine hingehörten. Der Gardist kam offensichtlich zu dem gleichen Schluss.

»Danke sehr. Wenn Sie mir bitte folgen würden.«

Der Hubschrauber wartete im Leerlauf, als Langdon und Vittoria sich näherten. Vittoria stieg zuerst ein. Sie bewegte sich wie ein Profi und bückte sich kaum, als sie unter den wirbelnden Rotoren hindurchging. Langdon zögerte einen Augenblick.

»Keine Chance auf eine Limousine?«, rief er dem Gardisten halb im Scherz zu.

Der Pilot antwortete nicht.

Langdon wusste, dass Fliegen angesichts der wahnwitzigen italienischen Autofahrer wahrscheinlich sowieso sicherer war. Er atmete tief durch, zog den Kopf unter den Rotorblättern ein und kletterte in die Maschine.

Während der Gardist die Rotoren hochdrehen ließ, rief Vittoria ihm zu: »Haben Sie den Behälter gefunden?«

Der Gardist sah verwirrt über die Schulter nach hinten. »Welchen Behälter?«

»Den Behälter! Sie haben deswegen doch bei CERN angerufen, oder nicht?«

Der Mann zuckte die Schultern. »Ich habe keine Ahnung, wovon Sie reden. Wir hatten einen sehr hektischen Tag. Der Kommandant hat mich hergeschickt, um Sie abzuholen. Mehr weiß ich nicht.«

Vittoria warf Langdon einen beunruhigten Blick zu.

»Schnallen Sie sich jetzt bitte an«, sagte der Pilot, während die Rotoren schneller und schneller liefen.

Langdon griff nach seinem Gurt und legte ihn an. Die winzige Kabine schien noch enger zu werden. Mit einem lauten Aufbrüllen hob die Maschine vom Boden ab und legte sich gleich in eine scharfe Kurve nach Norden, in Richtung Rom.

Rom … *caput mundi*, das Haupt der Welt, von dem aus Cäsar einst herrschte und wo der heilige Petrus gekreuzigt worden war. Die Wiege der modernen Zivilisation. Und genau im Zentrum … eine tickende Bombe.

33.

AUS DER LUFT BETRACHTET war Rom ein Labyrinth – ein unentwirrbares Dickicht alter Straßen, die sich um Gebäude, Brunnen und einstürzende Ruinen wanden.

Der Hubschrauber des Vatikans flog in geringer Höhe durch die permanente Smogschicht. Unter ihnen erstreckte sich das römische Gewimmel. Langdon starrte auf Mopedfahrer, Touristenbusse und Armeen winziger Fiat-Limousinen, die in alle Richtungen unterwegs waren. *Koyaanisqatsi*, dachte Langdon; der Hopi-Ausdruck für ein Leben, das aus dem Gleichgewicht geraten war.

Vittoria saß in schweigsamer Entschlossenheit im Sitz neben ihm.

Der Hubschrauber legte sich in eine scharfe Kurve.

Langdons Magen drohte zu rebellieren. Er richtete den Blick weiter in die Ferne und entdeckte am Horizont die Ruinen des römischen Kolosseums. Langdon hatte es stets als eine der größten Ironien der Geschichte betrachtet – heute war es das erhabene Symbol für den Aufstieg der menschlichen Zivilisation und Kultur, doch es war errichtet worden als Schauplatz jahrhundertelanger Barbarei. Hungrige Löwen hatten Gefangene zerfetzt, Armeen von Sklaven hatten sich bis zum Tod bekämpft, wilde Banden hatten exotische Frauen vergewaltigt, Menschen waren öffentlich enthauptet oder kastriert worden. *Welch eine Ironie,* dachte Langdon, *ausgerechnet das Kolosseum ist die architektonische Vorlage für das* Soldier Field *von Harvard, das Football-Stadion, in dem jeden Herbst die alte Tradition der Barbarei wieder auflebt und wo rasende Fans nach Blut schreien, wenn sich Harvard und Yale bekämpfen.*

Der Hubschrauber setzte seinen Weg nach Norden fort, und Langdon erspähte das Forum Romanum – das Herz des vorchristlichen Roms. Die verwitterten Säulen sahen aus wie umgestürzte Grabsteine auf einem Friedhof, der aus unerfindlichen Gründen noch nicht von der Metropole ringsum verschluckt worden war. Weiter im Vordergrund wand sich der Tiber in gewaltigen Schleifen durch die Stadt. Selbst aus der Luft erkannte Langdon, dass der Fluss Hochwasser führte. Die wirbelnden Fluten waren braun und schmutzig, angeschwollen von schweren Regenfällen.

»Direkt vor uns«, sagte der Pilot und stieg höher.

Langdon und Vittoria sahen nach draußen. Dort ragte die gewaltige Kuppel des Petersdoms auf wie ein Berg, der den Smog überragte.

»Das hingegen hat Michelangelo ganz ausgezeichnet hinbekommen«, sagte Langdon zu Vittoria und deutete auf die Kuppel.

Er hatte den Dom noch nie aus der Luft gesehen. Die Marmorfassade strahlte wie Feuer im Licht der Nachmittagssonne. Das gigantische Bauwerk erstreckte sich in der Breite über zwei Footballfelder und in der Länge über sechs. Es war mit hundertvierzig Statuen verziert, und der gigantische Innenraum bot Platz für mehr als sechzigtausend Gläubige … hundertmal mehr, als die Vatikanstadt – der kleinste Staat der Welt – Einwohner hatte.

Doch nicht einmal so eine gigantische Zitadelle wie der Petersdom täuschte über die Größe des Platzes davor hinweg. Eine gewaltige Fläche aus Granit, ein gigantischer freier Raum inmitten des Häusergewirrs von Rom, wie ein Stein gewordener Central Park der Antike, erstreckte sich vor dem Dom. Die riesige Fläche wurde gesäumt von 284 mächtigen Säulen, die von hier oben winzig aussahen … ein architektonisches *Trompe-l'Œil*, das die Großartigkeit des Platzes noch mehr hervorhob.

Als Langdon auf den prachtvollen Schrein tief unten sah, fragte er sich, was Petrus wohl dazu gesagt hätte, würde er heute noch leben. Der Heilige war einen grausamen Tod gestorben, kopfüber an das Kreuz genagelt, genau an der Stelle, über der heute der Dom stand. Er ruhte im heiligsten aller Gräber, fünf Stockwerke unter der Erde, direkt unter der zentralen Kuppel der Basilika.

»Vatikanstadt«, verkündete der Pilot. Es klang alles andere als einladend.

Langdon blickte hinunter auf die steinernen Bastionen, die sich vor ihnen erhoben. Undurchdringliche Befestigungsmauern umgaben den Komplex ... eine merkwürdig irdische Verteidigung für eine spirituelle Welt voller Geheimnisse, Macht und Mysterien.

»Sehen Sie nur!«, rief Vittoria plötzlich und packte Langdons Arm. Hektisch deutete sie hinunter auf den Petersplatz, der sich inzwischen genau unter ihnen befand. Langdon legte das Gesicht an die Scheibe und sah hinunter.

»Dort drüben«, sagte Vittoria und deutete in die Richtung.

Der hintere Teil des Petersplatzes sah aus wie ein Parkplatz, auf dem sich ein Dutzend oder mehr große Lieferwagen drängten. Auf jedem stand eine gewaltige Satellitenschüssel, und auf den Schüsseln prangten bekannte Namen:

TELEVISOR EUROPA
VIDEO ITALIA
BBC
UNITED PRESS INTERNATIONAL

Langdon spürte Verwirrung in sich aufsteigen. Er fragte sich, ob die Nachricht von der Antimaterie schon nach draußen gedrungen war.

Vittoria erging es nicht anders. »Warum sind die Medien hier? Was geht da vor?«

Der Pilot wandte sich um und bedachte seine beiden Passagiere mit einem merkwürdigen Blick. »Was da vorgeht? Das wissen Sie nicht?«

»Nein!«, giftete Vittoria zurück.

»Il conclave«, sagte der Pilot. »Die Sixtinische Kapelle wird in ungefähr einer Stunde versiegelt. Die ganze Welt sieht zu.«

Il conclave.

Der Klang des Wortes hallte eine ganze Weile in Langdons Ohren nach, bevor es ihm wie Schuppen von den Augen fiel. *Il conclave. Das Vatikanische Konklave.* Wie konnte er das nur vergessen? Es war schließlich durch sämtliche Nachrichten gegangen!

Zwei Wochen zuvor war der alte, äußerst beliebte Papst nach zwölfjähriger Amtszeit überraschend gestorben. Jede Zeitung der Welt hatte in großen Lettern von dem Hirnschlag berichtet, der den Papst im Schlaf ereilt hatte – ein plötzlicher und unerwarteter Tod, der vielen verdächtig vorgekommen war. Doch nun, fünfzehn Tage nach dem Ableben des alten Papstes, hielt der Vatikan traditionsgemäß das Konklave ab, die heilige Zeremonie, während der sich alle 165 Kardinäle der Welt, die mächtigsten Männer der Christenheit, in der Vatikanstadt versammelten, um einen neuen Papst zu wählen.

Jeder Kardinal der Welt ist heute hier, dachte Langdon, während der Hubschrauber den Petersdom passierte. Die ausgedehnte geheime Welt der Vatikanstadt erstreckte sich unter ihm. *Die gesamte Machtstruktur der römisch-katholischen Kirche sitzt auf einer tickenden Bombe!*

34.

KARDINAL MORTATI STARRTE HINAUF zur prunkvollen Decke der Sixtinischen Kapelle und versank in stiller Kontemplation. Die freskenverzierten Wände echoten von den Stimmen der Kardinäle aus aller Herren Länder. Die Männer hatten sich im nur von Kerzenlicht erleuchteten Chor versammelt. Sie unterhielten sich aufgeregt und in zahlreichen verschiedenen Sprachen, meist jedoch auf Englisch, Italienisch oder Spanisch.

Das Licht in der Kapelle war für gewöhnlich gedämpft – lange farbige Sonnenstrahlen, die wie Licht vom Himmel die Dunkelheit zerschnitten –, doch nicht heute. Wie es der Brauch wollte, waren sämtliche Fenster der Sixtinischen Kapelle wegen der Geheimhaltung mit schwarzem Samt verhangen. Auf diese Weise war sichergestellt, dass niemand aus dem Innern Signale sendete oder auf irgendeine Weise mit der Außenwelt in Kontakt trat. Das Ergebnis war sattschwarze Dunkelheit, erhellt allein durch Kerzen ... ein flackerndes Licht, das jeden zu reinigen schien, auf den es fiel, jeden geisterhaft aussehen ließ ... wie einen Heiligen.

Welch ein Privileg, dachte Mortati, *dass ich derjenige bin, der diese heilige Zeremonie leiten darf.* Über achtzigjährige Kardinäle waren zu alt, um gewählt zu werden, daher besuchten sie das Konklave nicht, und so war Mortati mit seinen neunundsiebzig Jahren der älteste anwesende Kardinal und von den anderen bestellt worden, die Zeremonie zu leiten.

Traditionsgemäß hatten sie sich zwei Stunden vor Beginn des Konklave versammelt, um Freunde zu treffen und ein paar Unterhaltungen zu führen. Punkt sieben Uhr würde der Camerlengo des verstorbenen Papstes erscheinen, das Eröffnungsgebet sprechen und dann gehen. Anschließend würde die Schweizergarde die Türen schließen und die Kardinäle in der Sixtinischen Kapelle einschließen. Danach nahm das älteste und geheimste Ritual der Welt seinen Lauf. Man würde die Kardinäle erst wieder nach draußen lassen, wenn sie entschieden hatten, wer von ihnen der nächste Papst sein sollte.

Conclave. Selbst der Name war geheimnisvoll. *Con clave* bedeutete wörtlich »mit dem Schlüssel«, hinter Schloss und Riegel. Den Kardinälen war jeglicher Kontakt mit der Außenwelt verwehrt. Keine Telefonanrufe. Keine Nachrichten. Kein Flüstern durch Schlüssellöcher. Das Konklave war ein Vakuum, das durch nichts in der Außenwelt beeinflusst werden durfte. Nur so war sichergestellt, dass die Kardinäle sich an *solum Deum prae oculis habentes* hielten, nur Gott vor Augen und sonst nichts.

Vor den Mauern der Kapelle warteten die Vertreter der Medien und beobachteten, spekulierten, welcher der Kardinäle der nächste Hirte über eine Milliarde Christen weltweit werden würde. Konklaven schufen eine intensive, politisch geladene Atmosphäre, und im Lauf der Jahrhunderte waren viele Konklaven tödlich verlaufen: Giftanschläge, Faustkämpfe, selbst Mord hatte sich hinter den geheiligten Mauern zugetragen. *Geschichten von gestern,* dachte Mortati. *Das heutige Konklave wird anders verlaufen. Einmütig, gelassen und vor allen anderen Dingen – kurz.*

Oder zumindest hatte er das bis zu diesem Augenblick erwartet.

Doch jetzt hatte es eine unerwartete Entwicklung gegeben. Mysteriöserweise fehlten vier Kardinäle in der Kapelle. Mortati wusste, dass sämtliche Eingänge zur Vatikanstadt streng bewacht wurden. Die fehlenden Kardinäle konnten nicht weit sein – trotzdem, mit nur noch wenig mehr als einer Stunde bis zum Eröffnungsgebet wuchs in Mortati ein Gefühl von Unruhe. Schließlich waren die vier Verschwundenen keine gewöhnlichen Kardinäle. Sie waren *i preferiti.*

Die vier Auserwählten.

Als Zeremonienmeister des Konklaves hatte Mortati bereits über die entsprechenden Kanäle mit der Schweizergarde Verbindung aufgenommen und sie über die Abwesenheit der Kardinäle informiert. Er hatte noch keine Rückmeldung erhalten. Andere Kardinäle hatten inzwischen ebenfalls die rätselhafte Abwesenheit bemerkt. Besorgtes Getuschel hatte eingesetzt. Von allen Kardinälen durften diese vier sich am wenigsten verspäten! Kardinal Mortati fürchtete allmählich, dass dieses Konklave vielleicht doch länger dauern könnte als erwartet.

Er konnte nicht ahnen, wie viel länger.

35.

DER HUBSCHRAUBERLANDEPLATZ DES VATIKANS befand sich aus Gründen des Lärmschutzes und der Sicherheit in der westlichsten Ecke der Vatikanstadt, so weit vom Petersdom entfernt wie möglich.

»*Terra ferma*«, verkündete der Pilot, als sie landeten. Er sprang hinaus und öffnete die Schiebetür für Langdon und Vittoria.

Langdon stieg aus und wollte Vittoria behilflich sein, doch sie war bereits gesprungen und landete leichtfüßig auf dem Boden. Jeder Muskel in ihrem Körper schien nur noch ein Ziel zu kennen – die Antimaterie zu finden, bevor das Undenkbare eintrat.

Der Pilot spannte eine versilberte Schutzplane über das Kanzelfenster, dann führte er Langdon und Vittoria zu einem überdimensionierten elektrischen Golfkart, das neben dem Landeplatz wartete. Das Kart summte leise an der Westmauer entlang, einem fünfzehn Meter hohen Bollwerk, das dick genug war, um selbst Panzerangriffen standzuhalten. Auf der Innenseite der Mauer, in Abständen von fünfzig Metern, waren Schweizergardisten postiert, die das Innere der Vatikanstadt sicherten. Das Kart bog unvermittelt nach rechts in die Via dell' Osservatorio ein. Schilder wiesen in alle Richtungen:

PALAZZO GOVERNATIVO
COLLEGIO ETHIOPIANO
BASILICA SAN PIETRO
CAPPELLA SISTINA

Sie folgten der gepflegten Straße an einem flachen Gebäude vorbei, das ein Schild mit der Aufschrift RADIO VATICANO trug. Dies, so erkannte Langdon zu seinem Erstaunen, war die Zentrale des meistgehörten Radioprogramms der Welt, welches das Wort Gottes zu Millionen von Hörern überall auf der Welt brachte.

»*Attenzione!*«, rief der Pilot und bog in einen Kreisverkehr ein.

Der Wagen folgte der Kurve, und Langdon traute seinen Augen nicht, als er zum ersten Mal die Vatikanischen Gärten erblickte. *Das Herz der Vatikanstadt,* dachte er. Direkt vor ihm erhob sich die Rückseite des Petersdoms, ein Anblick, den die meisten Menschen niemals zu Gesicht bekamen. Zur Rechten ragte der Palast des Tribunals in die Höhe, die päpstliche Residenz, die in ihrer barocken Pracht nur von Versailles übertroffen wurde. Das schlichte Gebäude des Governatorato, in dem die Verwaltung des Vatikans untergebracht war, lag nun hinter ihnen. Ein Stück voraus und zur Linken erhob sich das massive Bauwerk des Vatikanischen Museums. Langdon wusste, dass diesmal wohl keine Zeit für eine Besichtigungstour blieb.

»Wo sind nur alle?«, fragte Vittoria mit einem Blick auf die menschenleeren Gärten und Gehwege.

Der Gardist warf einen Blick auf seine Armbanduhr – ein seltsamer Anachronismus unter den Puffärmeln seiner altertümlichen Uniform. »Die Kardinäle haben sich in der Sixtinischen Kapelle versammelt. Das Konklave beginnt in etwas weniger als einer Stunde.«

Langdon nickte. Er erinnerte sich undeutlich, dass die Kardinäle traditionsgemäß die beiden letzten Stunden vor dem Konklave in stiller Kontemplation in der Sixtinischen Kapelle verbrachten, oder um ihre Kollegen von überall auf der Welt zu treffen und alte Freundschaften zu erneuern. Dies gewährleistete manchmal eine weniger hitzige Wahl. »Und die restlichen Bewohner? Die Belegschaft?«

»Sie alle sind aus Gründen der Geheimhaltung und Sicherheit bis zum Ende des Konklaves aus der Stadt verbannt.«

»Und wann endet das Konklave?«

Der Gardist zuckte die Schultern. »Das weiß Gott allein.«

Nachdem der Gardist das Kart auf dem Rasen direkt hinter dem Petersdom geparkt hatte, führte er Langdon und Vittoria eine breite Treppe zu einer Piazza auf der Rückseite der Basilika hinauf. Sie überquerten die Piazza und folgten den Mauern bis zur Via Belvedere und einer Reihe eng beieinander stehender kleinerer Gebäude. Langdon beherrschte genug Italienisch, um die Wegweiser zur Vatikanischen Druckerei, zum Restaurationsbetrieb für Wandteppiche, zum Postamt und zur Kirche von St. Anna zu entziffern. Sie überquerten einen weiteren kleinen Platz und waren am Ziel.

Die Kaserne der Schweizergarde war ein flaches, lang gestrecktes Steingebäude. Zu beiden Seiten des Eingangs standen zwei Wachen, steif wie Statuen.

Sie sahen alles andere als komisch aus. Auch sie trugen die blaugoldene Uniform, doch jeder hielt außerdem die berühmte Hellebarde – einen über zwei Meter langen Speer mit einer rasiermesserscharfen Axtklinge und einer Spitze am Ende. Berichten zufolge hatte diese Waffe im fünfzehnten Jahrhundert bei der Verteidigung der christlichen Kreuzfahrer zahllose Muslime enthauptet.

Als Langdon und Vittoria näher kamen, traten die beiden Wachen vor, kreuzten ihre Hellebarden und versperrten den Eingang.

Einer blickte den Piloten fragend an. *»I pantaloni«*, sagte er und deutete auf Vittorias Shorts.

Der Pilot winkte ab. *»Il Comandante vuole vederli subito.«*

Zögernd gaben die Wachen den Weg frei.

Die Luft im Innern war kühl. Es sah bei weitem nicht so aus, wie Langdon es erwartet hatte. Die Gänge waren mit kunstvoll verziertem Mobiliar und Wandteppichen ausgestattet, die Langdons Meinung nach jedes Museum der Welt mit Freuden in seine Hauptausstellung aufgenommen hätte.

Der Pilot deutete auf eine Treppenflucht, die nach unten führte. »Dort entlang bitte.«

Langdon und Vittoria stiegen weiße Marmorstufen hinunter, die rechts und links von einer Galerie nackter männlicher Skulpturen gesäumt waren. Jede Statue trug ein großes Feigenblatt, dessen Farbe ein klein wenig heller war als der Rest der Skulptur.

Die Große Kastration, dachte Langdon.

Es war eine der entsetzlichsten Tragödien für die Kunst der Renaissance. Im Jahre 1857 hatte der amtierende Papst Pius IX. entschieden, dass die genaue Wiedergabe männlicher Formen Lust in den Mauern des Vatikans provozieren könnte. Also hatte er einen Hammer und einen Meißel genommen und persönlich die Geschlechtsteile jeder einzelnen männlichen Statue in der ganzen Vatikanstadt abgeschlagen. Er hatte Arbeiten von Michelangelo, Bramante und Bernini zerstört. Hunderte von Skulpturen waren entmannt worden. Die Feigenblätter aus Gips sollten die Beschädigungen maskieren. Langdon hatte sich häufig gefragt, ob nicht irgendwo auf dem Gelände eine große Kiste mit Steinpenissen lagerte.

»Hier«, verkündete der Gardist.

Sie hatten den Fuß der Treppe erreicht und waren vor einer massiven Stahltür angelangt. Der Gardist tippte einen Kode in ein Tastenfeld, und die Tür glitt auf. Langdon und Vittoria traten ein.

Hinter der Schwelle herrschte das Chaos.

36.

DIE DIENSTRÄUME DER SCHWEIZERGARDE.

Langdon stand im Eingang und betrachtete staunend den Aufeinanderprall der Jahrhunderte. *Mixed Media.* Der Raum war eine prachtvoll ausgestattete Renaissancebibliothek, komplett mit verzierten Bücherregalen, orientalischen Teppichen und farbenfrohen Wandbehängen … und doch starrte alles vor modernster Technologie. Computer, Faxgeräte, elektronische Karten des gesamten Komplexes, Fernsehgeräte, die auf CNN eingestellt waren. Männer in bunten Uniformen arbeiteten fieberhaft an Bildschirmen oder lauschten angestrengt auf das, was aus futuristischen Kopfhörern drang.

»Warten Sie hier!«, befahl der Gardist.

Langdon und Vittoria gehorchten, während der Mann den Raum durchquerte und einem ungewöhnlich großen, drahtigen Offizier in dunkler militärischer Uniform Bericht erstattete. Der Offizier sprach in ein mobiles Telefon und stand so steif, dass es aussah, als müsste er jeden Augenblick nach hinten kippen. Der Gardist sagte etwas zu ihm, und der Mann warf einen Blick zu Langdon und Vittoria herüber. Er nickte; dann wandte er den beiden wieder den Rücken zu und telefonierte weiter.

Der Gardist kehrte zurück. »Oberst Olivetti wird sich gleich um Sie beide kümmern.«

»Danke sehr.«

Der Gardist machte kehrt und verließ den Raum.

Langdon betrachtete Oberst Olivetti, während ihm allmählich bewusst wurde, dass der Mann genau genommen der Befehlshaber der bewaffneten Streitkräfte eines ganzen Landes war. Langdon und Vittoria beobachteten das hektische Treiben ringsum. Bunt gekleidete Gardisten wimmelten durcheinander und brüllten sich auf Italienisch Befehle und Meldungen zu.

»*Continua a cercare!*«, rief einer in ein Telefon.

»*Hai provato il museo?*«, fragte ein anderer.

Obwohl Langdons Italienisch-Kenntnisse gering waren, verstand er sofort, dass die Gardisten hektisch suchten. Das war ein gutes Zeichen. Die schlechte Nachricht war, dass sie die Antimaterie offensichtlich noch nicht gefunden hatten.

»Alles in Ordnung mit Ihnen?«, fragte er Vittoria.

Sie zuckte die Schultern und lächelte müde.

Als der Kommandant der Schweizergarde schließlich das Gespräch beendete und sich durch den Raum hindurch näherte, schien er mit jedem Schritt zu wachsen. Langdon war selbst groß gewachsen und musste nur selten zu anderen Menschen aufblicken, doch Kommandant Olivetti ließ ihm keine andere Wahl. Langdon spürte augenblicklich, dass der Oberst ein erfahrener Mann war. Sein Gesicht war hager und hart. Er trug das dunkle Haar militärisch kurz. Seine Augen strahlten jene Art eiserner Entschlossenheit aus, die man nur durch Jahre intensiven Trainings erwerben konnte. Er bewegte sich so steif, als hätte er einen Besenstiel verschluckt, und der Hörer, den er diskret hinter dem Ohr trug, verlieh ihm mehr Ähnlichkeit mit einem Agenten des Secret Service als einem Schweizergardisten.

Er begrüßte sie in nicht ganz akzentfreiem Englisch. Seine Stimme war für einen so großen Mann verblüffend leise, kaum mehr als ein Flüstern. Die militärische Strenge und Effizienz war dennoch nicht zu überhören. »Guten Tag«, sagte er. »Ich bin Oberst Olivetti – *Comandante Principale* der Schweizergarde. Ich habe Ihren Direktor angerufen.«

Vittoria begegnete seinem Blick. »Danke sehr, dass Sie uns gerufen haben, Sir.«

Der Kommandant antwortete nicht. Er bedeutete ihnen mit einem Wink, ihm zu folgen, und führte sie durch das Gewirr aus Elektronik zu einer Tür. »Bitte treten Sie ein«, sagte er und hielt die Tür auf.

Langdon und Vittoria betraten den Raum und fanden sich in einem verdunkelten Zimmer mit einer Wand aus Monitoren wieder, die abwechselnd verschiedene Schwarzweißbilder des gesamten Komplexes zeigten. Ein junger Gardist saß vor dem Kontrollpult und beobachtete die Monitore.

»*Fuori!*«, sagte Olivetti.

Der Gardist erhob sich und ging.

Olivetti trat zu einem der Schirme und deutete darauf. Dann

wandte er sich seinen Besuchern zu. »Dieses Bild wird von einer drahtlosen Kamera übertragen, die irgendwo in der Vatikanstadt versteckt wurde. Ich hätte gerne eine Erklärung.«

Langdon und Vittoria sahen auf den Schirm und atmeten tief ein. Das Bild war eindeutig. Kein Zweifel. Es war der Antimateriebehälter von CERN. Im Innern schwebte auf geheimnisvolle Weise ein winziger Tropfen einer metallischen Flüssigkeit, beleuchtet vom rhythmischen Blinken einer digitalen LED-Uhr. Die Umgebung rings um den Behälter war völlig dunkel, als befände er sich in einem Schrank oder einem lichtlosen Raum. Am Rand des Monitors leuchtete eine eingeblendete Textmeldung: Liveübertragung – Kamera #86.

Vittoria starrte auf das rot blinkende Display. »Weniger als sechs Stunden«, flüsterte sie Langdon mit angespannter Miene zu.

Langdon warf einen Blick auf seine Armbanduhr. »Also bleibt uns noch Zeit bis …«

Er verstummte, und in seinem Magen bildete sich ein Klumpen.

»Mitternacht«, vollendete Vittoria seinen Satz mit aufsteigender Panik.

Mitternacht, dachte Langdon. *Ein Gespür für das Dramatische.* Wer auch immer für den Diebstahl des Behälters verantwortlich war, hatte offensichtlich die Entnahme aus der Ladestation zeitlich perfekt abgepasst. Eine düstere Vorahnung stieg in Langdon auf, als ihm bewusst wurde, dass er mitten auf dem Pulverfass saß.

Olivettis leise Stimme war mehr wie ein Zischen, als er fragte: »Gehört dieses Objekt Ihrer Einrichtung?«

Vittoria nickte. »Ja. Es wurde aus einem CERN-Labor gestohlen. Es enthält eine extrem instabile Substanz, die wir Antimaterie nennen.«

Olivetti blickte sie ungerührt an. »Ich bin durchaus vertraut mit Sprengstoffen, Signorina Vetra. Ich habe noch nie von Antimaterie gehört.«

»Es ist eine neue Technologie. Wir müssen die Antimaterie augenblicklich bergen oder die Vatikanstadt evakuieren!«

Olivetti schloss die Augen und öffnete sie wieder, als könnte er damit das, was er soeben erfahren hatte, irgendwie ändern. »Evakuieren? Wissen Sie eigentlich, was heute Abend an diesem Ort stattfindet?«

»Das wissen wir. Die Kardinäle schweben genauso in Lebensgefahr wie jeder andere hier. Uns bleiben etwa sechs Stunden. Haben Sie bereits Fortschritte bei Ihrer Suche nach dem Behälter gemacht?«

Olivetti schüttelte den Kopf. »Wir haben noch gar nicht damit angefangen.«

Vittoria stöhnte auf. »Was? Aber wir haben doch gehört, wie Ihre Männer über die Suche geredet ...«

»Sie suchen, das stimmt«, unterbrach sie Olivetti. »Allerdings nicht nach Ihrem Behälter. Meine Männer suchen nach etwas anderem, das Sie beide wohl kaum interessieren dürfte.«

Vittorias Stimme klirrte vor Kälte. »Sie haben noch gar nicht mit der Suche *angefangen*?«

Olivettis Pupillen verengten sich zu winzigen Punkten. Er blickte Vittoria leidenschaftslos an wie ein Insekt. »Signorina Vetra, nicht wahr? Lassen Sie mich Ihnen etwas erklären. Der Direktor Ihrer Einrichtung hat sich geweigert, mir am Telefon Einzelheiten über dieses Objekt mitzuteilen. Er hat lediglich gesagt, ich müsste es auf der Stelle finden. Wir sind sehr beschäftigt, und ich bin nicht in der Lage, zusätzliche Leute für ein Problem abzustellen, solange ich keine genaueren Einzelheiten erfahre.«

»Jetzt, in diesem Augenblick, gibt es nur eine entscheidende Einzelheit«, entgegnete Vittoria. »Dieser Behälter wird in weniger als sechs Stunden den gesamten Vatikan atomisieren.«

Olivetti stand reglos da. »Signorina Vetra, etwas sollten Sie wissen.« Sein Tonfall klang väterlich herablassend. »Trotz des archaischen Erscheinungsbilds der Vatikanstadt ist jeder Eingang, sowohl die öffentlichen als auch die privaten, mit der fortgeschrittensten Detektortechnologie ausgestattet, die es gibt. Falls jemand versuchen sollte, die Vatikanstadt mit Sprengstoff zu betreten, würde er augenblicklich entdeckt. Wir verfügen über Isotopenscanner, die jegliches radioaktive Material aufspüren, und Geruchsscanner, die von der amerikanischen DEA entwickelt wurden, um auch die schwächsten chemischen Spuren von Sprengstoffen und Toxinen zu finden. Darüber hinaus setzen wir die modernsten Metalldetektoren und Röntgenapparate ein, die es auf dem Markt gibt.«

»Sehr beeindruckend«, entgegnete Vittoria mit der gleichen herablassenden Kälte wie Olivetti. »Unglücklicherweise ist Antimaterie nicht radioaktiv, die chemische Signatur entspricht der von reinem Wasserstoff, und der Behälter besteht aus Plastik. Keiner Ihrer Apparate hätte ihn entdecken können.«

»Doch der Behälter verfügt über eine Energiequelle«, widersprach Olivetti und deutete auf die blinkende Anzeige, die auf dem Bildschirm zu sehen war. »Selbst die kleinsten Spuren von Nickel oder Cadmium würden von unseren ...«

»Die Batterien bestehen ebenfalls aus Kunststoff.«

Olivettis Geduld schwand sichtlich dahin. »Plastikbatterien?«

»Polymergel-Elektrolyt mit Teflon.«

Olivetti beugte sich zu ihr herab, wie um seinen Größenvorteil zu betonen. »Signorina, der Vatikan ist das Ziel von Dutzenden von Bombendrohungen jeden Monat. Ich persönlich bilde jeden Gardisten in moderner Sprengstofftechnologie aus. Ich weiß sehr wohl, dass es auf der ganzen Welt keinen Sprengstoff gibt, der so viel Sprengkraft besitzt, wie Sie es beschreiben, es sei denn, wir sprechen hier von einem nuklearen Gefechtskopf mit einem Kern von der Größe eines Baseballs.«

Vittoria erwiderte seinen Blick mit der gleichen Härte. »Die Natur besitzt viele Geheimnisse, die es erst noch zu entdecken gilt«, sagte sie.

Olivetti brachte sein Gesicht noch näher an das ihre. »Darf ich erfahren, wer genau Sie überhaupt sind? Welche Position haben Sie bei CERN?«

»Ich bin ein ranghohes Mitglied des Forschungspersonals und für die Dauer dieser Krise als Verbindungsfrau zum Vatikan bestellt.«

»Verzeihen Sie, wenn ich unhöflich erscheine, doch falls es sich hier tatsächlich um eine Krise handelt, warum spreche ich dann mit Ihnen und nicht mit Ihrem Direktor? Und wieso erdreisten Sie sich eigentlich, den Vatikan in kurzen Hosen zu besuchen?«

Langdon stöhnte. Er konnte nicht fassen, dass der Mann sich unter den gegebenen Umständen an Vittorias Kleidung störte. Andererseits wurde ihm bewusst, wenn steinerne Penisse bei den Bewohnern des Vatikans lustvolle Gedanken erwecken konnten, stellte Vittoria Vetra in kurzen Hosen tatsächlich eine Gefahr für die nationale Sicherheit dar.

»Oberst Olivetti«, versuchte Langdon die zweite Bombe zu entschärfen, die im Begriff stand zu explodieren. »Mein Name ist Robert Langdon. Ich bin Professor für Kunstgeschichte in den Vereinigten Staaten und stehe nicht mit CERN in Verbindung. Ich habe eine Demonstration dessen gesehen, wozu Antimaterie imstande ist, und ich verbürge mich für Miss Vetras Aussage, dass die Substanz eine extreme Gefahr darstellt. Wir haben Grund zu der Annahme, dass der Behälter von den Anhängern eines antichristlichen Kultes gestohlen und in der Vatikanstadt versteckt wurde mit der Absicht, das heilige Konklave zu stören.«

Olivetti wandte sich um und blickte auf Langdon herab. »Eine Frau in kurzen Hosen sagt mir, dass ein Tröpfchen von einer Flüssigkeit die ganze Vatikanstadt in die Luft jagen wird, und ein amerikanischer Professor erzählt mir etwas von einem antireligiösen Kult. Was erwarten Sie beide eigentlich, was ich tun soll?«

»Finden Sie den Behälter«, sagte Vittoria. »Auf der Stelle.«

»Unmöglich. Dieser Behälter kann überall sein. Die Vatikanstadt ist riesig.«

»Ihre Kameras sind nicht mit GPS-Sendern ausgerüstet?«

»Unsere Kameras werden im Allgemeinen nicht gestohlen. Es wird wahrscheinlich Tage dauern, die entwendete Kamera zu lokalisieren.«

»Wir haben aber keine *Tage*!«, entgegnete Vittoria eisern. »Wir haben etwas weniger als sechs *Stunden*.«

»Sechs Stunden bis was, Signorina Vetra?« Olivettis Stimme wurde unvermittelt lauter. Er deutete auf den Bildschirm. »Bis dieser Countdown bei null angekommen ist? Bis die Vatikanstadt verschwindet? Glauben Sie mir, ich mag es überhaupt nicht, wenn irgendjemand sich an meinem Sicherheitssystem zu schaffen macht, genauso wenig, wie ich es mag, wenn irgendwelche elektronischen Apparate unvermutet in meinen Mauern auftauchen. Ich *bin* besorgt. Es ist mein Job, mir Sorgen zu machen! Doch was Sie mir da erzählen, ist inakzeptabel!«

»Wissen Sie, wer die Illuminati sind, Oberst?«, meldete sich Langdon zu Wort.

Der Kommandant war mit seiner Geduld sichtlich am Ende. Er verdrehte die Augen, bis das Weiße zu sehen war. »Ich warne Sie! Ich habe keine Zeit für so etwas!«

»Also wissen Sie, wer die Illuminati sind?«

Zorn sprühte aus Olivettis Augen. »Ich habe geschworen, die katholische Kirche mit meinem Leben zu verteidigen! Selbstverständlich weiß ich, wer die Illuminati sind! Und ich weiß auch, dass es sie seit Jahrzehnten nicht mehr gibt!«

Langdon griff in seine Tasche und zog das Fax hervor, auf dem Leonardo Vetras gebrandmarkter Leichnam zu sehen war. Er reichte es Olivetti.

»Ich beschäftige mich von Berufs wegen mit den Illuminati«, sagte Langdon, während Olivetti das Bild anstarrte. »Es fällt mir selbst schwer zu akzeptieren, dass die Illuminati immer noch aktiv sind, und doch hat mich das Auftauchen dieses Brandmals zusammen mit der Tatsache, dass die Illuminati eine alte Fehde gegen den Vatikan führen, eines Besseren belehrt.«

»Ein solches Bild lässt sich mit jedem Computer fälschen!« Olivetti gab Langdon das Papier zurück.

Langdon starrte ihn ungläubig an. »Fälschen? Sehen Sie sich die Symmetrie an! Gerade Sie sollten die Authentizität dieses Symbols …«

»Authentizität ist ganz genau das, was Ihnen fehlt, Professor. Vielleicht hat Signorina Vetra Sie nicht darüber in Kenntnis gesetzt, doch die Wissenschaftler von CERN kritisieren die Politik des Vatikans seit Jahrzehnten! Sie verlangen in regelmäßigen Abständen, dass wir die Schöpfungstheorie zurücknehmen, dass wir uns formell für Galilei und Kopernikus entschuldigen und dass wir unsere Kritik an gefährlicher oder unmoralischer Forschung einstellen. Welches Szenario ist in Ihren Augen wahrscheinlicher – dass ein vierhundert Jahre alter Satanskult mit einer fortschrittlichen Massenvernichtungswaffe wieder auftaucht oder dass irgendein Witzbold von CERN versucht, eine heilige Zeremonie mit einem gut durchdachten Täuschungsmanöver zu stören?«

»Dieses Foto …«, sagte Vittoria mit einer Stimme wie kochende Lava, »… dieses Foto zeigt meinen Vater. Er wurde *ermordet*. Glauben Sie allen Ernstes, ich würde damit *Witze* machen?«

»Das weiß ich nicht, Signorina Vetra. Aber ich weiß, dass ich ganz sicher keinen Alarm geben werde, bevor ich nicht ein paar Antworten erhalte, die einen Sinn ergeben! Wachsamkeit und Diskretion sind meine Pflicht … damit spirituelle Angelegenheiten ohne störende Ablenkungen stattfinden können. Ganz besonders heute.«

»Dann verschieben Sie wenigstens dieses Konklave«, sagte Langdon.

»Verschieben?« Olivettis Unterkiefer sank herab. »Wie arrogant sind Sie eigentlich? Ein Konklave ist nicht irgendein amerikanisches Baseballspiel, das man verlegen kann, nur weil es regnet! Das hier ist eine heilige Zeremonie mit einem strikten Kodex und genauen Vorschriften! Ganz zu schweigen davon, dass eine Milliarde Katholiken in aller Welt auf ihren neuen Papst wartet. Die Protokolle für das Konklave sind heilig – und sie dürfen unter keinen Umständen geändert werden! Seit 1179 haben Konklaven Erdbeben, Hungersnöte und selbst die Pest überstanden! Glauben Sie mir, das Konklave wird nicht wegen des Mordes an einem Wissenschaftler verschoben, ganz gewiss nicht wegen eines Tröpfchens von Gott weiß was!«

»Bringen Sie mich bitte zu einem Entscheidungsträger«, verlangte Vittoria.

Olivetti funkelte sie an. »Sie stehen bereits vor ihm!«

»Nein«, widersprach sie. »Ich möchte mit jemandem vom Klerus sprechen.«

Die Adern auf Olivettis Stirn traten hervor. »Der Klerus ist nicht mehr da. Mit Ausnahme der Schweizergarde ist nur noch das Kardinalskollegium in der Vatikanstadt, und sämtliche Kardinäle befinden sich in der Sixtinischen Kapelle.«

»Was ist mit dem Camerlengo?«, erkundigte sich Langdon tonlos.

»Wem?«

»Dem Camerlengo des verstorbenen Papstes.« Langdon wiederholte das Wort selbstsicher in der Hoffnung, dass seine Erinnerung ihn nicht im Stich ließ. Er hatte einmal von einer merkwürdigen Bestimmung im Vatikan gelesen, den Tod eines Papstes betreffend. Falls er sich nicht täuschte, ging die gesamte Autorität während der

Sedisvakanz, bis zur Neuwahl eines Nachfolgers, auf den persönlichen Assistenten des verstorbenen Papstes über – den Camerlengo, eine Art Privatsekretär, der auch das Konklave einberief und beaufsichtigte, bis die Kardinäle den neuen Heiligen Vater bestimmt hatten. »Wenn ich mich recht entsinne, ist der Camerlengo im Augenblick derjenige, der die Verantwortung trägt.«

»*Il Camerlengo?*«, sagte Olivetti fassungslos. »Der Camerlengo ist ein gewöhnlicher Priester! Er ist nur der Kammerdiener des toten Papstes.«

»Aber er ist hier, und Sie haben seinen Anordnungen zu folgen!«

Olivetti verschränkte die Arme. »Professor Langdon, es ist zutreffend, dass die vatikanischen Vorschriften den Camerlengo während des Konklave zum obersten Beamten des Vatikans bestimmen, doch nur deswegen, weil er nicht zum Papst gewählt werden kann und daher eine unbeeinflusste Wahl gewährleistet ist. Es ist genau so, wie wenn Ihr Präsident stirbt und einer seiner Berater vorübergehend die Amtsgeschäfte im Weißen Haus führt. Der Camerlengo ist jung und sein Verständnis für die Sicherheit des Vatikans extrem beschränkt, genau wie für alles andere auch, wenn ich das sagen darf. Ich bin hier der Verantwortliche und niemand sonst.«

»Bringen Sie uns zu ihm!«, verlangte Vittoria.

»Unmöglich. Das Konklave beginnt in vierzig Minuten. Der Camerlengo hält sich im Amtszimmer des Papstes auf und bereitet alles vor. Ich werde ihn nicht mit belanglosen Sicherheitsangelegenheiten stören.«

Vittoria öffnete den Mund zu einer Erwiderung, doch ein Klopfen an der Tür kam ihr zuvor. Olivetti öffnete.

Ein Gardist in voller Montur stand draußen und deutete auf seine Uhr. »*È l'ora, Comandante.*«

Olivetti blickte auf seine eigene Uhr und nickte. Er wandte sich zu Langdon und Vittoria um wie ein Richter, der über ihr Schicksal entschied. »Folgen Sie mir.« Er führte sie aus dem Überwachungsraum durch das Sicherheitszentrum zu einem kleinen Raum an der Rückseite. »Mein Büro.« Er bat sie einzutreten. Das Zimmer war untypisch – ein übersäter Schreibtisch, Aktenschränke, Klappstühle, ein Trinkwasserspender. »Ich bin in zehn Minuten zurück.

Ich schlage vor, Sie verbringen die Zeit damit zu überlegen, wie Sie weiter vorgehen möchten.«

Vittoria wirbelte zu ihm herum. »Sie können nicht einfach weggehen! Dieser Behälter ist …«

»Ich habe keine Zeit dafür!«, schäumte Olivetti. »Vielleicht sollte ich Sie inhaftieren, bis das Konklave vorbei ist. Bis ich mehr Zeit für Sie habe.«

»Signore«, drängte der Gardist und deutete erneut auf seine Uhr. *»Spazzare in cappella.«*

Olivetti nickte und machte Anstalten zu gehen.

»Spazzare in cappella?«, fragte Vittoria verblüfft. »Sie wollen die Kapelle auskehren?«

Olivetti wandte sich einmal mehr zu ihr um, und seine Blicke durchbohrten sie. »Wir suchen die Kapelle nach elektronischen Geräten ab, Signorina Vetra. Wanzen, wenn Sie verstehen. Eine Frage der *Diskretion.*« Er deutete auf ihre nackten Beine. »Doch ich erwarte nicht, dass *Sie* das verstehen.«

Mit diesen Worten warf er die Tür ins Schloss, dass das schwere Glas klirrte. Mit einer einzigen flüssigen Bewegung nahm er einen Schlüssel aus der Tasche, schob ihn ins Schloss und drehte ihn herum. Ein schwerer Riegel glitt an seinen Platz.

»Idiota!«, fauchte Vittoria. »Sie dürfen uns nicht hier drin festhalten!«

Durch das Glas hindurch sah Langdon, wie Olivetti etwas zu dem Gardisten sagte. Der Wächter nickte. Olivetti stapfte aus dem Raum, und der Gardist wandte sich um und bezog vor der Glastür Posten, die Arme verschränkt, eine mächtige Waffe in einem Halfter an der Hüfte.

Großartig, dachte Langdon. *Einfach großartig!*

37.

VITTORIA FUNKELTE DEN WACHPOSTEN draußen vor Olivettis abgeschlossenem Büro an. Der Wachposten starrte zurück, und sein buntes Kostüm täuschte nicht über den tödlichen Ernst hinweg, mit dem er seiner Aufgabe nachkam.

Che fiasco!, dachte Vittoria. *Gefangen von einem bewaffneten Soldaten im Pyjama!*

Langdon war verstummt, und Vittoria hoffte, dass er sein Harvard-Gehirn dazu benutzte, über einen Ausweg nachzudenken. An seinem Gesichtsausdruck erkannte sie jedoch, dass er eher schockiert als nachdenklich war, und sie bedauerte, ihn so tief in diese Geschichte verwickelt zu haben.

Ihr erster Gedanke war, das Mobiltelefon zu nehmen und Kohler anzurufen, doch sie wusste, dass es zwecklos war. Erstens würde der Wachposten wahrscheinlich hereinkommen und ihr das Telefon wegnehmen, und zweitens, falls Kohlers Anfall verlief wie üblich, war er wahrscheinlich immer noch nicht ansprechbar. Nicht, dass es eine Rolle gespielt hätte ... Olivetti sah nicht danach aus, als würde er im Augenblick irgendjemandes Ratschlag in Sicherheitsfragen annehmen.

Erinnere dich!, sagte sie sich. *Erinnere dich an die Lösung dieser Aufgabe!*

Es war ein Trick aus der buddhistischen Philosophie. Statt ihren Verstand nach einer Lösung für eine möglicherweise unlösbare Herausforderung suchen zu lassen, versuchte Vittoria, sich einfach an die Lösung zu *erinnern*. Die Voraussetzung, dass man die Antwort einmal *gewusst* hatte, schuf die Überzeugung, dass eine Antwort tatsächlich *existierte* ... und eliminierte auf diese Weise das Gefühl von Hoffnungslosigkeit. Vittoria setzte diesen Trick häufig ein, um wissenschaftliche Probleme anzugehen, von denen die meisten Menschen glaubten, dass es keine Lösung für sie gab.

Im Augenblick jedoch wollte der Erinnerungstrick nicht funktionieren. Also dachte sie über ihre Möglichkeiten nach ... und ihre Bedürfnisse. Sie hatte das dringende Bedürfnis, jemanden zu warnen. Irgendjemand im Vatikan musste sie doch ernst nehmen! Aber wer? Der Camerlengo? Wie? Sie saß in einem Glaskasten mit nur einem einzigen Ausgang.

Werkzeug, sagte sie sich. *Es gibt immer ein geeignetes Werkzeug. Such deine Umgebung ab.*

Instinktiv senkte sie die Schultern, schloss entspannt die Augen und atmete ein paar Mal tief durch. Sie spürte, wie sich ihr Herzschlag verlangsamte und ihre Muskeln weich wurden. Die chaotische Panik wich aus ihrem Verstand. *In Ordnung,* dachte sie. *Lass deinen Gedanken freien Lauf. Was ist positiv an dieser Situation? Welche Trümpfe halte ich in der Hand?*

Der analytische Verstand von Vittoria Vetra, nachdem er sich endlich beruhigt hatte, war ein mächtiges Instrument. Innerhalb von Sekunden erkannte sie, dass ihre Einkerkerung wahrscheinlich zugleich den Ausweg bedeutete.

»Ich werde telefonieren«, sagte sie unvermittelt.

Langdon sah auf. »Ich wollte gerade vorschlagen, dass Sie Kohler anrufen, aber …«

»Nicht Kohler. Jemand anderen.«

»Wen?«

»Den Camerlengo.«

Langdon starrte sie entgeistert an. »Sie wollen den Camerlengo anrufen? Wie das?«

»Olivetti hat gesagt, der Camerlengo wäre im Amtszimmer des Papstes.«

»Schön. Wissen Sie die Nummer?«

»Nein. Aber ich habe nicht vor, mein Telefon zu benutzen.« Sie deutete auf das kompliziert aussehende Telefon auf Olivettis Schreibtisch. Es war übersät mit Schnellwahlknöpfen. »Der Sicherheitschef *muss* eine direkte Leitung zum Papst haben.«

»Er hat auch einen Gewichtheber mit einer Kanone keine drei Meter weit weg.«

»Wir sind eingesperrt.«

»Dessen bin ich mir durchaus bewusst.«

»Ich meine, der Wachposten ist *ausgesperrt.* Das hier ist Olivettis Büro. Ich bezweifle, dass irgendjemand anders einen Schlüssel besitzt.«

Langdon schaute zu dem Wachposten jenseits der Tür. »Das Glas ist ziemlich dünn, und diese Pistole ist ziemlich schwer.«

»Was soll er denn machen? Mich erschießen, weil ich versuche zu telefonieren?«

»Wer weiß, verdammt noch mal! Das ist ein merkwürdiger Laden, und wie die Dinge hier laufen …«

»Entweder das«, sagte Vittoria, »oder wir verbringen die nächsten fünf Stunden und achtundvierzig Minuten im Gefängnis des Vatikans. Wenigstens haben wir Sitzplätze in der ersten Reihe, wenn die Antimaterie hochgeht.«

Langdon erbleichte. »Aber der Wachposten wird Olivetti alarmieren, sobald Sie den Hörer anfassen! Außerdem sind zwanzig Knöpfe auf dem Apparat. Ich sehe nirgendwo Schildchen. Wollen Sie etwa jeden einzelnen ausprobieren und hoffen, dass Sie Glück haben?«

»Bestimmt nicht«, entgegnete Vittoria. »Nur einen einzigen.« Sie nahm den Hörer in die Hand und drückte auf den obersten Knopf. »Nummer *eins*. Ich wette einen von Ihren Illuminati-Dollars, dass es die Nummer des Amtszimmers ist. Was sonst könnte wichtiger sein für den Kommandanten der Schweizergarde?«

Langdon blieb keine Zeit für eine Antwort. Der Wachposten draußen vor der Tür fing an, mit dem Kolben seiner Waffe gegen das Glas zu hämmern. Er bedeutete Vittoria mit wilden Handbewegungen, das Telefon wieder hinzulegen.

Vittoria zwinkerte ihm zu. Der Wachposten schien außer sich vor Zorn.

Langdon ging von der Tür weg und wandte sich Vittoria zu. »Ich hoffe wirklich, dass Sie sich nicht irren. Der Bursche da draußen sieht nicht aus, als würde er sich amüsieren.«

»Verdammt!«, sagte sie und lauschte. »Eine Sprachaufzeichnung!«

»Was?«, rief Langdon. »Der Papst hat einen Anrufbeantworter?«

»Es war nicht das Amtszimmer«, entgegnete Vittoria und legte auf. »Es war der wöchentliche Speiseplan der vatikanischen Kantine.«

Langdon grinste dem Wachposten draußen vor der Tür verlegen zu, der inzwischen sein Walkie-Talkie hervorgezogen hatte und Olivetti rief.

38.

DIE VERMITTLUNGSSTELLE der Vatikanstadt befand sich im Ufficio di Communicazione hinter dem Vatikanischen Postamt. Es war ein relativ kleiner Raum mit einem Corelco-Vermittlungsapparat und acht Leitungen. Das Büro hatte etwas mehr als zweitausend Anrufe täglich zu bewältigen, und die meisten davon wurden an das automatische Auskunftssystem weitergeleitet.

Der einzige Dienst habende Telefonist saß an seinem Schreibtisch und trank heißen Tee. Er war stolz darauf, dass er als einer der wenigen Angestellten in dieser Nacht in der Vatikanstadt bleiben durfte. Selbstverständlich war die Ehre ein wenig eingeschränkt durch die Anwesenheit der Gardisten, die vor seiner Tür aufmarschiert waren. *Mit einer Eskorte auf die Toilette,* dachte der Telefonist. *Ah, welche Demütigungen wir doch im Namen des Heiligen Konklaves über uns ergehen lassen.*

Glücklicherweise hatte es an diesem Abend nur wenige Anrufer gegeben. *Oder vielleicht ist es auch kein Glück,* dachte der Mann. Das Interesse der Weltöffentlichkeit am Vatikan war in den letzten paar Jahren stark zurückgegangen. Die Zahl der Presseanrufe war gesunken, und selbst die Irren meldeten sich nicht mehr so häufig. Das Presseamt hatte eigentlich gehofft, dass der heutige Abend mehr Aufmerksamkeit wecken würde. Doch obwohl sich auf dem Petersplatz die Übertragungswagen der Medien drängten, waren es hauptsächlich italienische und europäische Medien. Nur eine Hand voll globaler Fernsehstationen war gekommen … ohne Zweifel hatten sie nur ihre *giornalisti secondari* geschickt, die zweite Garde.

Der Telefonist packte seinen Becher und fragte sich, wie lange der Abend dauern würde. *Mitternacht oder so,* schätzte er. Heutzutage wussten die meisten Insider bereits, wer wahrscheinlich der Nachfolger des verstorbenen Papstes wurde, noch bevor sich das Konklave versammelt hatte, daher war das Prozedere mehr ein drei- oder vierstündiges Ritual als eine richtige Wahl. Natürlich konnten Streitigkeiten in letzter Minute unter den Kardinälen die Zeremonie jederzeit bis zum Morgengrauen verlängern … oder auch darüber hinaus. Das Konklave von 1831 hatte *vierundfünfzig Tage* gedauert. *Aber nicht heute Nacht,* sagte sich der Telefonist. Den Gerüchten zufolge würde dieses Konklave eine »Rauchwache« werden.

Ein Summen von einem internen Apparat riss den Telefonisten unsanft aus seinen Gedanken. Er starrte auf das blinkende Licht und kratzte sich am Kopf. *Das ist eigenartig,* dachte er. *Ein Gespräch aus dem Inneren des Vatikans. Wer könnte um diese Zeit noch die Vermittlung in Anspruch nehmen wollen? Wer ist an diesem Abend überhaupt noch in der Vatikanstadt?*

»*Città del Vaticano*«, sagte er, nachdem er den Hörer abgenommen hatte.

Die Frau redete schnell und in fließendem Italienisch. Der Telefonist erkannte den Akzent – er besaß Ähnlichkeit mit dem der Schweizergarde. Flüssiges Italienisch mit einem franko-schweizerischen Einschlag. Die Anruferin jedoch konnte unmöglich ein Mitglied der Schweizergarde sein.

Der Telefonist sprang auf und verschüttete fast seinen Tee. Er starrte auf die Kontrolllampe – er hatte sich nicht vertan. *Es ist eine interne Leitung.* Der Anruf kam von innen. *Das muss ein Irrtum sein!,* dachte er. *Eine Frau in der Vatikanstadt? Heute Nacht?*

Die Frau redete schnell und erregt. Der Telefonist hatte genügend Erfahrung gesammelt, um zu wissen, wann er es mit einem *pazzo* zu tun hatte. Diese Frau klang alles andere als verrückt. Ihr Ton war drängend, doch vernünftig. Überlegt und effizient. Befremdet lauschte er ihrer Bitte.

»*Il Camerlengo?*«, fragte der Telefonist, während er immer noch versuchte herauszufinden, woher der Anruf kam. »Ich kann sie unmöglich mit dem Camerlengo verbinden … ja, ich weiß, dass er sich im Amtszimmer des Papstes aufhält, aber … Wer sagen Sie, sind Sie? … und Sie wollen ihn warnen wegen …« Er lauschte immer nervöser. *Alle sind in Gefahr? Wie? Und von wo rufst du an?* »Vielleicht sollte ich die Schweizergarde …« Der Telefonist hielt inne. »Wo, sagen Sie, befinden Sie sich? *Wo?*«

Er lauschte schockiert, dann traf er eine Entscheidung. »Bitte bleiben Sie am Apparat«, sagte er und legte die Frau in eine Warteschleife, bevor sie antworten konnte. Dann wählte er die Direktverbindung zu Oberst Olivetti. *Diese Frau nimmt mich auf den Arm. Sie kann unmöglich direkt aus dem Büro …*

Die Verbindung kam augenblicklich zustande.

»*Per l'amore di Dio!*«, zeterte eine vertraute Frauenstimme. »Stellen Sie endlich das verdammte Gespräch durch!«

Die Tür des Sicherheitszentrums glitt zischend auf. Die Wachen wichen auseinander, als Kommandant Olivetti in den Raum schoss wie eine Rakete. Er stürmte in Richtung seines Büros und sah mit einem Blick, dass der Posten am Walkie-Talkie die Wahrheit gesagt hatte – Vittoria Vetra stand an seinem Schreibtisch und telefonierte auf der internen Leitung.

Che coglioni che ha questa!, dachte er. *Die traut sich ja was.*

Fuchsteufelswild stapfte er zur Tür und rammte den Schlüssel ins Schloss. Er riss die Tür auf und brüllte: »Was machen Sie da?«

Vittoria ignorierte ihn völlig. »Ja«, sagte sie in den Hörer. »Und ich muss Sie warnen …«

Olivetti riss ihr den Hörer aus der Hand und hob ihn ans Ohr. »Wer, zur Hölle, ist da?«

Für einen winzigen Augenblick vergaß der Kommandant seine starre Haltung. »Jawohl, Camerlengo …«, sagte er. »*Correct, Monsignore* … aber Sicherheitsfragen verlangen … selbstverständlich nicht … Ich habe sie hier eingesperrt, weil … Selbstverständlich, aber …« Er lauschte. »Jawohl, Monsignore«, sagte er schließlich. »Ich werde sie augenblicklich zu Ihnen bringen.«

39.

DER APOSTOLISCHE PALAST war eine Ansammlung von Gebäuden in der Nähe der Sixtinischen Kapelle und lag in der nordöstlichen Ecke der Vatikanstadt. Er beherrschte den Petersplatz und beherbergte sowohl die päpstliche Unterkunft als auch das Amtszimmer des Papstes.

Vittoria Vetra und Robert Langdon folgten dem Kommandanten schweigend durch einen lang gestreckten Rokoko-Korridor. Olivettis Halsmuskeln pulsierten vor Zorn. Sie marschierten drei Treppen hinauf und gelangten in eine breite, schwach erleuchtete Halle.

Langdon traute seinen Augen nicht, als er die Kunstwerke an den Wänden sah – fantastisch erhaltene Büsten, Wandteppiche, Friese – Arbeiten, die Millionen von Dollar wert waren. Als sie zwei Drittel des Weges durch die Halle hindurch waren, passierten sie einen Springbrunnen aus Alabaster. Olivetti bog nach links in einen Alkoven ein und blieb vor einer der größten Türen stehen, die Langdon jemals gesehen hatte.

»*Ufficio del Papa*«, erklärte der Kommandant der Schweizergarde und bedachte Vittoria mit einem vernichtenden Blick. Vittoria zuckte nicht mit einer Wimper. Sie drängte sich an Olivetti vorbei und klopfte.

Das Amtszimmer des Papstes, dachte Langdon. Er hatte Mühe zu begreifen, dass er unvermittelt vor einem der heiligsten Räume der Welt stand.

»*Avanti!*«, rief eine Stimme von drinnen.

Die Tür öffnete sich, und Langdon musste die Augen abschirmen. Das Sonnenlicht war blendend hell. Langsam kam der Raum vor ihm in Sicht.

Das Amtszimmer des Papstes sah eher nach einem Ballsaal als nach einem Büro aus. Roter Marmor erstreckte sich zu allen Seiten bis zu Wänden voller lebendiger Fresken. An der Decke hing ein kolossaler Kronleuchter, und dahinter bot eine Reihe hoher Fenster einen atemberaubenden Ausblick auf den sonnenüberfluteten Petersplatz.

Mein Gott, dachte Langdon. *Das nenne ich ein Zimmer mit Aussicht.*

Am anderen Ende des Saals, an einem geschnitzten Schreibtisch, saß ein Mann und schrieb hektisch etwas nieder. »*Avanti!*«, rief er erneut, legte seinen Stift ab und winkte sie zu sich.

Olivetti führte sie mit militärischer Steifheit nach vorn. »*Monsignore*«, sagte er entschuldigend, »*no ho potuto ...*«

Der Mann winkte ab. Er stand auf und musterte seine beiden Besucher. Der Camerlengo war alles andere als einer jener zerbrechlichen, seligen alten Männer, die Langdon sich für gewöhnlich vorstellte, wenn er an den Vatikan dachte. Er trug weder einen Rosenkranz noch sonst einen Anhänger und auch keine schwere rote Amtsrobe. Stattdessen war er in eine einfache schwarze Soutane gekleidet, die seinen kräftigen Leib noch zu betonen schien. Er sah aus wie Ende dreißig, nach Vatikan-Maßstäben fast noch ein Kind. Sein Gesicht unter einem Schopf unbändiger brauner Haare war überraschend hübsch, und seine grünen Augen strahlten, als erblickten sie sämtliche Geheimnisse des Universums. Als Langdon näher kam, bemerkte er jedoch die tiefe Erschöpfung darin – der Camerlengo sah aus wie ein Mann, der die anstrengendsten fünfzehn Tage seines Lebens hinter sich hatte.

»Mein Name ist Carlo Ventresca«, sagte er in perfektem Englisch. »Ich bin der Camerlengo des verstorbenen Papstes.« Seine Stimme klang bescheiden und freundlich.

»Vittoria Vetra«, stellte Vittoria sich vor und streckte dem Camerlengo die Hand entgegen. »Danke sehr, dass Sie uns empfangen.«

Olivetti zuckte zusammen, als der Camerlengo ihre Hand nahm und schüttelte.

»Mein Begleiter ist Mr. Robert Langdon. Ein Kunsthistoriker von der Harvard University.«

»Padre«, sagte Langdon in seinem besten Italienisch und verneigte sich tief, während er dem Camerlengo die Hand entgegenstreckte.

»Nein, nein«, winkte der Camerlengo ab und bedeutete Langdon, sich wieder aufzurichten. »Das Büro Seiner Heiligkeit macht mich noch lange nicht zum Heiligen. Ich bin lediglich ein Diener – eine Art Haushofmeister, der in Zeiten der Not seinen Pflichten nachkommt.«

Langdon richtete sich auf.

»Bitte«, sagte der Camerlengo, »so setzen Sie sich doch.« Er schob ein paar Sessel zurecht. Langdon und Vittoria nahmen Platz. Olivetti zog es offensichtlich vor, stehen zu bleiben.

Der Camerlengo kehrte hinter den Schreibtisch zurück und setzte sich ebenfalls. Dann faltete er die Hände, seufzte und betrachtete seine Besucher.

»Monsignore«, sagte Olivetti, »die Kleidung dieser Frau ist meine Schuld. Ich …«

»Ihre Kleidung ist nicht das, was mir Sorgen bereitet«, unterbrach ihn der Camerlengo. Er klang zu erschöpft, um sich über Kleinigkeiten aufzuregen. »Was mir viel größere Sorgen bereitet, ist die Tatsache, dass die Telefonzentrale mich eine halbe Stunde vor Beginn des Konklave anruft, um mir mitzuteilen, dass eine Frau aus *Ihrem* Büro in der Leitung wartet, um mich vor einer großen Gefahr für Leib und Leben aller hier zu warnen, über die ich von *Ihnen* nicht informiert wurde. *Das* macht mir Sorgen!«

Olivetti stand stocksteif, den Rücken durchgedrückt wie ein Soldat bei einer akribischen Inspektion. Langdon spürte die hypnotische Präsenz des Camerlengos. Trotz seiner Jugend und seiner Erschöpfung war der geistliche Würdenträger von einer geheimnisvollen Aura aus Charisma und Autorität umgeben.

»Monsignore«, setzte Olivetti erneut an. Sein Tonfall klang entschuldigend und unnachgiebig zugleich. »Sie sollten sich nicht mit Sicherheitsproblemen befassen. Sie haben andere Verantwortlichkeiten.«

»Ich bin mir meiner Verantwortlichkeiten durchaus bewusst, Herr Oberst. Ich bin mir auch bewusst, dass ich als *Direttore intermediario* verantwortlich bin für die Sicherheit und das Wohlbefinden aller Anwesenden bei diesem Konklave. Was geht hier vor, Oberst Olivetti?«

»Ich habe alles unter Kontrolle.«

»Offensichtlich nicht.«

»Vater«, unterbrach Langdon, indem er das zerknitterte Fax aus der Tasche nahm und es dem Camerlengo reichte. »Sehen Sie hier, bitte.«

Oberst Olivetti machte einen raschen Schritt nach vorn und wollte einschreiten. »Vater, bitte kümmern Sie sich nicht um …«

Der Camerlengo nahm das Fax, ohne Olivetti zu beachten, und betrachtete es einen langen Augenblick. Als er das Bild des Ermordeten sah, atmete er erschrocken ein. »Was ist das?«

»Das ist mein Vater«, sagte Vittoria mit bebender Stimme. »Er war Priester und Wissenschaftler. Er wurde letzte Nacht ermordet.«

Das Gesicht des Camerlengos wurde augenblicklich sanft. Er sah Vittoria an. »Mein armes Kind. Es tut mir so Leid.« Er bekreuzigte sich und betrachtete erneut das Fax. Seine Augen verengten sich vor Abscheu. »Wer würde … und dieses Brandmal auf seiner …« Der Camerlengo stockte und untersuchte das Brandmal genauer.

»Es bedeutet Illuminati«, erklärte Langdon. »Ohne Zweifel sind Sie mit dem Namen vertraut?«

Ein merkwürdiger Ausdruck schlich sich auf das Gesicht des Camerlengos. »Ich habe den Namen schon das ein oder andere Mal gehört, ja, aber …«

»Die Illuminati haben Leonardo Vetra ermordet, um eine neue Technologie zu stehlen …«

»Monsignore!«, rief Olivetti dazwischen. »Das ist absurd! Die Illuminati sollen dahinter stecken? Es handelt sich ganz offensichtlich um einen sehr geschickt eingefädelten Schwindel!«

Der Camerlengo schien über Olivettis Einwand nachzudenken. Dann drehte er sich zu Langdon um und musterte ihn so intensiv, dass Langdon der Atem stockte. »Mr. Langdon, ich habe mein ganzes Leben im Dienst der katholischen Kirche verbracht. Ich bin vertraut mit der Geschichte der Illuminati und der Legende von ihren Brandmalen … und doch muss ich Sie warnen! Ich bin ein Mann der Gegenwart. Die Christenheit hat genug reale Feinde, auch ohne wiederauferstandene Gespenster.«

»Das Symbol ist echt«, entgegnete Langdon ein wenig zu defensiv, wie er im Nachhinein fand. Er streckte die Hand aus und drehte das Fax in den Händen des Camerlengos.

Als dieser die Symmetrie erkannte, verstummte er.

»Selbst moderne Computer«, fügte Langdon hinzu, »waren bisher nicht imstande, ein Ambigramm dieses Wortes zu entwickeln.«

Der Camerlengo faltete die Hände und schwieg lange Zeit. »Die Illuminati sind tot«, sagte er schließlich. »Seit vielen Jahren. Das ist eine historische Tatsache.«

Langdon nickte. »Bis gestern hätte ich Ihnen ohne zu zögern beigepflichtet.«

»Gestern?«

»Bevor die Ereignisse sich überschlugen. Heute glaube ich, dass die Illuminati wieder zurückgekehrt sind, um eine alte Rechnung zu begleichen.«

»Verzeihen Sie mir, meine Geschichtskenntnisse sind ein wenig eingerostet. Was meinen Sie?«

Langdon atmete tief durch. »Sie wollen die Vatikanstadt vernichten.«

»Die Vatikanstadt *vernichten*?« Der Camerlengo sah weniger verängstigt als verwirrt aus. »Aber das ist ganz und gar unmöglich!«

Vittoria schüttelte den Kopf. »Ich fürchte, wir haben noch ein paar weitere schlechte Nachrichten.«

40.

»IST DAS WAHR?«, fragte der Camerlengo erstaunt und blickte von Vittoria zu Olivetti.

»Monsignore!«, versicherte ihm der Oberst, »ich gebe zu, wir haben ein fremdes Gerät entdeckt. Es ist auf einem unserer Sicherheitsmonitore zu sehen, doch was Signorina Vetras Behauptungen über die Sprengkraft dieser Substanz angeht, so kann ich nur sagen …«

»Warten Sie!«, unterbrach ihn der Camerlengo. »Sie können dieses Ding *sehen*?«

»Jawohl, Monsignore. Auf der drahtlosen Kamera Nummer sechsundachtzig.«

»Und warum haben Sie es dann noch nicht geborgen?« In der Stimme des Camerlengos schwang neuer Ärger mit.

»Das ist leider so gut wie unmöglich, Monsignore«, entgegnete Olivetti und stand stramm, während er das Problem schilderte.

Der Camerlengo lauschte, und Vittoria bemerkte seine zunehmende Besorgnis. »Und Sie sind ganz sicher, dass sich dieses Gerät im Innern der Vatikanstadt befindet?«, fragte er schließlich. »Vielleicht hat jemand die Kamera mitgenommen, und sie sendet jetzt von woanders?«

»Unmöglich, Monsignore«, sagte der Oberst. »Unsere Außenmauern sind elektronisch abgeschirmt, um die interne Kommunikation zu schützen. Dieses Signal kann nur aus dem Innern der Vatikanstadt kommen, sonst würden wir es nicht empfangen.«

»Ich nehme an«, sagte der Camerlengo, »dass Sie inzwischen mit allen zur Verfügung stehenden Kräften nach dieser verschwundenen Kamera suchen?«

Olivetti schüttelte den Kopf. »Nein, Monsignore. Diese Kamera zu finden, würde Hunderte von Arbeitsstunden in Anspruch nehmen. Wir haben gegenwärtig eine Reihe anderer Sicherheitsprobleme, und bei allem nötigen Respekt gegenüber Signorina Vetra – dieser Tropfen, von dem sie spricht, ist äußerst klein. Er kann unmöglich so gefährlich sein, wie sie es behauptet.«

Vittorias Geduld war am Ende. »Dieser Tropfen reicht aus, um die Vatikanstadt zu verdampfen! Hören Sie eigentlich zu, wenn jemand mit Ihnen redet?«

»Signorina«, entgegnete Olivetti mit einer Stimme wie Stahl, »meine Erfahrung mit Sprengstoffen ist umfassend.«

»Ihre Erfahrung ist obsolet«, schoss sie genauso hart zurück. »Trotz meiner Kleidung, die Ihnen ja scheinbar einiges Kopfzerbrechen bereitet, bin ich eine hochrangige Wissenschaftlerin bei der weltweit führenden Forschungsanlage für subatomare Physik. Ich persönlich habe die Antimateriefalle entwickelt, die verhindert, dass diese Probe augenblicklich annihiliert! Und ich sage Ihnen noch einmal, wenn es Ihnen nicht gelingt, diesen Behälter innerhalb der nächsten sechs Stunden zu finden, werden Ihre Gardisten nichts mehr zu bewachen haben außer einem riesigen Krater im Boden!«

Olivetti wirbelte zu dem Camerlengo herum. In seinen Insektenaugen blitzte ohnmächtiger Zorn. »Monsignore, ich kann nicht guten Gewissens zulassen, dass dies hier so weitergeht! Ihre Zeit wird von Schwindlern vergeudet! Die Illuminati! Ein Tropfen Flüssigkeit, der uns alle vernichten soll!«

»Basta!«, erklärte der Camerlengo. Er sagte es leise, und doch schien es durch den weiten Raum zu hallen. Danach herrschte Stille. Fast unhörbar leise fuhr er fort: »Gefährlich oder nicht, Illuminati oder nicht, was immer dieses Ding ist – es sollte auf gar

keinen Fall in der Vatikanstadt sein … erst recht nicht am Abend des Konklave. Ich möchte, dass es gefunden und entfernt wird. Organisieren Sie augenblicklich eine Suche!«

»Monsignore, selbst wenn wir all unsere Männer einsetzen, um den gesamten Komplex abzusuchen, würden wir Tage benötigen, um diesen Behälter zu finden!«, beharrte Olivetti. »Außerdem habe ich, nachdem ich mit Signorina Vetra gesprochen habe, einen meiner Leute abkommandiert, um unsere neuesten Ballistik-Datenbänke nach einer Substanz namens Antimaterie zu durchsuchen. Er fand nicht einen einzigen Hinweis. Nichts.«

Selbstherrliches Arschloch!, dachte Vittoria. *Eine Ballistik-Datenbank? Hast du es mal mit einem einfachen Lexikon versucht? Unter A?*

Olivetti redete noch immer. »Monsignore, wenn Sie verlangen, dass wir die ganze Vatikanstadt mit bloßem Auge absuchen, muss ich Einspruch erheben!«

»Oberst.« Die Stimme des Camerlengos vibrierte vor Zorn. »Darf ich Sie daran erinnern, dass Sie mit diesem Amt sprechen, wenn Sie mit mir sprechen? Ich weiß, dass Sie meine Position nicht ernst nehmen – nichtsdestotrotz bin ich nach dem Gesetz für den Augenblick Ihr Vorgesetzter. Falls ich mich nicht irre, befinden sich die Kardinäle inzwischen alle in der Sixtinischen Kapelle. Ihre Sicherheitsprobleme dürften minimal sein, solange das Konklave andauert. Ich verstehe nicht, warum Sie immer noch zögern, nach diesem Gerät zu suchen! Wüsste ich es nicht besser, würde ich sagen, dass Sie dieses Konklave absichtlich in Gefahr bringen!«

Olivetti sah den Camerlengo verächtlich an. »Wie können Sie es wagen? Ich habe dem letzten Papst zwölf Jahre lang gedient! Und dem vorherigen Papst ganze vierzehn Jahre! Die Schweizergarde sorgt seit 1483 für …«

Das Walkie-Talkie an Olivettis Gürtel gab ein lautes Pfeifen von sich und unterbrach ihn mitten im Satz. *»Comandante?«*

Olivetti riss das Gerät aus dem Gürtel und drückte auf den Sendeknopf. *»Sto occupato! Cosa voi!«*

»Scusi«, sagte der Soldat am anderen Ende. »Hier Kommunikationszentrale. Ich dachte, Sie wollten informiert werden, wenn eine Bombendrohung eingeht?«

Olivetti hätte nicht desinteressierter dreinblicken können. »Erledigen Sie das! Verfolgen Sie den Anruf wie üblich, und schreiben Sie alles auf!«

»Das haben wir, doch der Anrufer …« Der Gardist zögerte. »Ich hätte Sie nicht gestört, *Comandante*, es ist nur … der Anrufer hat die Substanz erwähnt, über die ich Informationen suchen sollte. *Antimaterie*.«

Alle Anwesenden wechselten verblüffte Blicke.

»Er hat *was*?«, stammelte Olivetti.

»Antimaterie, Herr Oberst. Während wir versuchten, seinen Anruf zurückzuverfolgen, habe ich ein paar zusätzliche Nachforschungen darüber angestellt. Die Informationen über Antimaterie sind … offen gestanden, sie sind höchst beunruhigend, Herr Oberst.«

»Ich dachte, in den ballistischen Datenbänken wäre nichts darüber erwähnt?«

»Das trifft zu, Herr Oberst. Ich fand die Informationen online.«

Halleluja!, dachte Vittoria.

»Die Substanz scheint höchst explosiv zu sein«, fuhr der Gardist fort. »Es ist schwer, sich das vorzustellen, aber es heißt, Antimaterie wäre um das Hundertfache zerstörerischer als eine Atombombe.«

Olivettis Haltung zerbrach wie ein in sich zusammenstürzender Berg. Vittorias Triumphgefühl wurde ausgelöscht vom Entsetzen auf dem Gesicht des Camerlengos.

»Haben Sie den Anruf zurückverfolgt?«, stammelte Olivetti.

»Erfolglos, *Comandante*. Ein Mobiltelefon mit starker Verschlüsselung. Der Anrufer benutzt mehrere Satellitenverbindungen gleichzeitig, daher können wir ihn nicht triangulieren. Die IF-Signatur lässt vermuten, dass er sich irgendwo in Rom aufhält, doch es gibt keine Möglichkeit, ihn direkt zu orten.«

»Hat er Forderungen gestellt?«, fragte Olivetti kleinlaut.

»Nein. Er hat uns lediglich gewarnt, dass im Innern des Komplexes Antimaterie versteckt ist. Er schien überrascht, dass ich nichts darüber wusste. Er fragte mich, ob ich sie denn noch nicht *gesehen* hätte. Sie hatten mich nach Antimaterie gefragt, Herr Oberst, deswegen dachte ich, dass ich Sie informiere.«

»Sie haben richtig gehandelt«, sagte Olivetti. »Ich bin in einer Minute bei Ihnen. Informieren Sie mich augenblicklich, falls er sich noch einmal meldet.«

Einen Augenblick herrschte Stille auf dem Walkie-Talkie. Dann: »Der Anrufer ist noch immer in der Leitung, *Comandante.*«

Olivetti sah aus, als hätte er einen elektrischen Schlag erhalten. »Der Anrufer ist *was*?«

»Er ist noch am Apparat. Wir versuchen seit zehn Minuten, seinen Standort ausfindig zu machen, ohne den geringsten Erfolg. Er muss wissen, dass wir ihn nicht fassen können, denn er weigert sich aufzulegen, bevor er nicht mit dem Camerlengo gesprochen hat.«

»Stellen Sie ihn durch!«, befahl der Camerlengo. »Sofort!«

Olivetti wirbelte herum. »Vater, nein! Ein ausgebildeter Unterhändler der Schweizergarde ist viel besser geeignet, um mit dieser Situation …«

»Auf der Stelle!«

Olivetti gab den Befehl.

Einen Augenblick später klingelte das Telefon auf Camerlengo Ventrescas Schreibtisch. Der Camerlengo betätigte den Freisprechknopf. »Für wen, in Gottes Namen, halten Sie sich?«

41.

DIE STIMME AUS DEM TELEFON des Camerlengos klang metallisch und kalt und troff vor Arroganz. Jeder im Raum lauschte gebannt.

Langdon versuchte den Akzent zu identifizieren. *Vielleicht Mittlerer Osten?*

»Ich bin ein Bote eines alten Bundes«, verkündete die Stimme in merkwürdigem Ton. »Einer Bruderschaft, die Sie seit Jahrhunderten verleumdet haben. Ich bin ein Bote der Illuminati.«

Langdon spürte, wie er sich versteifte, als die letzten Spuren von Zweifel schwanden. Einen Augenblick lang empfand er den gleichen vertrauten Widerspruch aus Nervenkitzel, Privilegiertheit und tödlicher Furcht, der von ihm Besitz ergriffen hatte, als er am frühen Morgen zum ersten Mal das Ambigramm gesehen hatte.

»Was wünschen Sie?«, fragte der Camerlengo.

»Ich repräsentiere Männer der Wissenschaft. Männer, die wie

Sie selbst nach Antworten suchen. Antworten auf das Schicksal des Menschen, auf den Sinn seines Daseins und auf seinen Schöpfer.«

»Wer auch immer Sie sein mögen«, sagte der Camerlengo, »ich …«

»*Silenzio!* Sie tun besser daran, mir zuzuhören. Zwei Jahrtausende hat die Kirche die Suche nach der Wahrheit dominiert. Sie haben Ihre Gegner mit Lügen und Untergangsprophezeiungen vernichtet. Sie haben die Wahrheit zu Ihren Zwecken manipuliert und diejenigen ermordet, deren Entdeckungen Ihrer Politik zuwider liefen. Sind Sie tatsächlich überrascht, dass Sie sich erleuchtete Männer aus der ganzen Welt zum Feind gemacht haben?«

»Erleuchtete Männer flüchten sich nicht in Erpressung, um ihre Sache voranzubringen.«

»Erpressung?« Der Anrufer lachte. »Dies ist keine Erpressung. Wir haben keine Forderungen. Die Vernichtung des Vatikans ist nicht verhandelbar. Wir haben vierhundert Jahre auf diesen Tag gewartet. Um Mitternacht wird Ihre Stadt zerstört. Es gibt nichts, was Sie dagegen unternehmen könnten.«

Olivetti stürmte zum Telefon. »Sie können unmöglich in die Stadt eingedrungen sein! Sie können keine Bombe in der Vatikanstadt versteckt haben!«

»Sie sprechen mit der ignoranten Hingabe des Schweizergardisten. Wahrscheinlich sind Sie Offizier? Sicher wissen Sie sehr genau, dass die Illuminati jahrhundertelange Erfahrung im Infiltrieren elitärer Organisationen überall auf der Welt besitzen. Glauben Sie allen Ernstes, Ihr Vatikan wäre dagegen immun?«

Mein Gott, dachte Langdon, *sie haben jemanden in der Vatikanstadt!* Es war kein Geheimnis, dass Infiltration das Markenzeichen der Illuminati und ihr erprobter Weg zur Macht gewesen war. Sie hatten die Freimaurer infiltriert, Großbanken, Regierungen. Churchill hatte einmal zu Reportern gesagt, dass der Krieg in weniger als einem Monat vorüber gewesen wäre, hätten englische Spione die Nazis in dem Ausmaß infiltriert, in dem das englische Parlament von Mitgliedern der Illuminati durchsetzt gewesen sei.

»Ein durchsichtiger Bluff!«, fauchte Olivetti. »Ihr Einfluss kann sich unmöglich bis hinter unsere Mauern erstrecken!«

»Warum nicht? Weil Ihre Schweizergarde so wachsam ist? Weil sie jeden Winkel Ihrer privaten Welt überwacht? Was ist mit den Gardisten selbst? Sind sie nicht auch Menschen? Glauben Sie allen Ernstes, sie würden ihr Leben für die Fabel um einen Mann hingeben, der über das Wasser gelaufen sein soll? Fragen Sie sich, wie der Behälter mit Antimaterie in Ihre Stadt gelangen konnte. Oder wie vier Ihrer wichtigsten Aktivposten heute Nachmittag unbemerkt aus der Stadt verschwinden konnten.«

»Aktivposten?« Olivetti runzelte die Stirn. »Was meinen Sie damit?«

»Eins, zwei, drei, vier. Ist Ihnen noch nicht aufgefallen, dass etwas fehlt?«

»Wovon reden ...?« Olivetti stockte und riss die Augen auf, als hätte er einen Schlag in den Unterleib erhalten.

»Ah, ich merke, es dämmert«, sagte der Anrufer. »Soll ich ihre Namen nennen?«

»Was geht da eigentlich vor?«, fragte der Camerlengo verwirrt.

Der Anrufer lachte. »Ihr Offizier hat Sie also noch nicht informiert? Das überrascht mich nicht. So viel Stolz. Wahrscheinlich schämt er sich, Ihnen die Wahrheit zu gestehen ... dass vier Kardinäle, die er mit seinem Leben zu schützen geschworen hat, spurlos vom Erdboden verschwunden sind ...«

»Woher haben Sie diese Information?«, brauste Olivetti auf.

»Camerlengo«, spottete der Anrufer, »fragen Sie Ihren Oberst, ob sich sämtliche Kardinäle in der Sixtinischen Kapelle eingefunden haben.«

Der Camerlengo wandte sich zu Olivetti und funkelte ihn fragend an.

»Monsignore.« Olivetti beugte sich herab und flüsterte in das Ohr des Camerlengos. »Es trifft zu, dass vier der Kardinäle noch nicht in der Sixtinischen Kapelle erschienen sind, doch es gibt keinen Grund zur Besorgnis. Jeder von ihnen hat sich heute Morgen in der Residenz gemeldet, daher wissen wir, dass sie sich noch in der Vatikanstadt befinden. Sie selbst haben noch vor einigen Stunden mit ihnen Tee getrunken. Sie haben sich lediglich verspätet und versäumen die stille Begegnung vor dem eigentlichen Konklave. Wir suchen nach ihnen, doch ich bin sicher, sie haben einfach das Gefühl für die Zeit verloren und genießen noch immer die Gärten.«

»Genießen die Gärten?« Die Ruhe aus der Stimme des Camerlengos war wie weggeblasen. »Sie sollten seit über einer Stunde in der Kapelle sein!«

Langdon warf Vittoria einen erstaunten Blick zu. *Verschwundene Kardinäle? Danach suchen die Gardisten also so hektisch!*

»Sie werden unsere Bestandsliste recht überzeugend finden, denke ich. Wir haben da einen Kardinal Lamasse aus Paris, einen Kardinal Guidera aus Barcelona, Kardinal Ebner aus Frankfurt ...«

Mit jedem Namen, den der Anrufer nannte, schien Olivetti zu schrumpfen.

»Und aus Italien ...« Der Anrufer zögerte, als empfände er beim letzten Namen besonderes Vergnügen. »... Kardinal Baggia.«

Der Camerlengo sank zusammen wie ein Schiff, das mit vollen Segeln in eine Flaute rauscht. Seine Soutane flatterte, und er sank in seinen Stuhl zurück. *»I preferiti«*, flüsterte er. »Die vier Favoriten ... einschließlich Baggia ... der wahrscheinlichste Nachfolger als Pontifex maximus ... wie ist das nur möglich?«

Langdon hatte genug über neuzeitliche Papstwahlen gelesen, um den Ausdruck von Verzweiflung zu verstehen, der sich auf dem Gesicht des Camerlengos widerspiegelte. Obwohl rein technisch betrachtet jeder Kardinal unter achtzig Jahren zum Papst gewählt werden konnte, besaßen nur sehr wenige den Respekt, um sich im Verlauf des wilden Abstimmungsmarathons die notwendige Zweidrittelmehrheit zu sichern. Sie wurden *preferiti* genannt, und sie alle waren verschwunden.

Schweißperlen bildeten sich auf der Stirn des Camerlengos. »Was haben Sie mit diesen Männern vor?«

»Was glauben Sie denn, was ich mit ihnen vorhabe? Ich bin ein Nachfahre der *Hashishin*.«

Langdon lief ein Schauer über den Rücken. Er kannte den Namen gut. Die Kirche hatte sich im Lauf der Jahrhunderte eine Reihe tödlicher Feinde gemacht – die *Hashishin*, die Templer, Armeen, die entweder vom Vatikan gejagt oder betrogen worden waren.

»Lassen Sie die Kardinäle gehen«, sagte der Camerlengo. »Reicht nicht die Drohung, Gottes Stadt zu zerstören?«

»Vergessen Sie Ihre vier Kardinäle. Sie werden sie nicht wiedersehen. Doch ich kann Ihnen versichern, dass man sich an ihren Tod noch lange erinnern wird ... Millionen werden sich an sie erinnern. Der Traum eines jeden Märtyrers. Ich werde sie zu Lichtgestalten für die Medien machen. Einen nach dem anderen. Um Mitternacht werden die Augen der ganzen Welt auf die Illuminati blicken. Warum sollten wir die Welt ändern, während die Welt wegsieht? Öffentliche Hinrichtungen erwecken ein schauriges Interesse, meinen Sie nicht? Sie waren es schließlich, die das vor langer Zeit bewiesen haben ... die Inquisition, die Folterungen der Templer, die Kreuzzüge ...« Er verstummte. »Und natürlich *la purga*«, fügte er hinzu.

Der Camerlengo schwieg.

»Sie erinnern sich nicht an *la purga*?«, fragte der Anrufer. »Nein, selbstverständlich nicht. Sie sind ja noch ein halbes Kind. Priester sind außerdem schlechte Historiker. Liegt es vielleicht daran, dass sie sich ihrer Geschichte schämen?«

»*La purga*«, hörte Langdon sich sagen. »1686. Die Kirche hatte vier Wissenschaftler aus den Reihen der Illuminati mit dem Symbol des Kreuzes gebrandmarkt. Um sie von ihren Sünden zu läutern.«

»Wer spricht da?«, fragte der Anrufer. Er klang mehr fasziniert als besorgt. »Wer befindet sich sonst noch alles bei Ihnen, Camerlengo?«

»Mein Name tut nichts zur Sache«, entgegnete Langdon mit weichen Knien und mühsam beherrschter Stimme. Mit einem lebendigen Illuminatus zu sprechen war höchst beängstigend für jemanden wie ihn ... als spräche er mit George Washington. »Ich bin Akademiker und habe die Geschichte Ihrer Bruderschaft studiert.«

»Superb!«, sagte die Stimme. »Ich bin erfreut, dass es noch immer Menschen gibt, die sich der Verbrechen an uns erinnern.«

»Die meisten halten Ihre Bruderschaft für tot.«

»Eine Fehlinterpretation, an deren Zustandekommen die Bruderschaft hart gearbeitet hat. Was wissen Sie sonst noch über *la purga*?«

Langdon zögerte. *Was weiß ich sonst noch? Dass diese ganze Situation ein einziger Wahnsinn ist, das weiß ich!* »Nach den Brandmarkungen wurden die Wissenschaftler ermordet und ihre Leichen in ganz Rom an öffentlichen Plätzen liegen gelassen, als Warnung an andere Gelehrte, sich nicht den Illuminati anzuschließen.«

»Genau. Wir werden das Gleiche tun. *Quid pro quo.* Betrachten Sie es als symbolische Vergeltung für unsere ermordeten Brüder. Ihre vier Kardinäle werden sterben, jede Stunde einer, beginnend um acht Uhr heute Abend. Eine mathematische Progression des Todes. Um Mitternacht ist uns die Aufmerksamkeit der ganzen Welt gewiss.«

Langdon ging zum Telefon. »Sie haben allen Ernstes vor, diese vier Kardinäle zu brandmarken und zu ermorden?«

»Die Geschichte wiederholt sich, oder nicht? Selbstverständlich werden wir eleganter zu Werke gehen als seinerzeit die Kirche. Sie hat im Geheimen gemordet und die Leichen auf die Straßen geworfen, als niemand zusah. Es war sehr feige.«

»Was wollen Sie damit sagen?«, fragte Langdon. »Dass Sie diese vier Männer *in der Öffentlichkeit* brandmarken und töten wollen?«

»Sehr richtig. Obwohl es ganz davon abhängt, was Sie als Öffentlichkeit betrachten. Meines Wissens sind die Kirchen heutzutage nicht mehr so gut besucht wie noch vor einigen Jahren.«

Langdon ächzte erschrocken. »Sie wollen sie in einer *Kirche* ermorden?«

»Eine Geste der Barmherzigkeit. Dadurch kann Gott ihre Seelen schneller zu sich in den Himmel holen. Es scheint nur recht. Die Presse wird das Schauspiel genießen, könnte ich mir vorstellen.«

»Das ist ein Bluff!«, sagte Olivetti. Die kühle Arroganz war in seine Stimme zurückgekehrt. »Sie können nicht erwarten, einen Mann in einer Kirche zu ermorden und ungeschoren davonzukommen.«

»Bluff? Wir bewegen uns unter der Schweizergarde frei und ungehemmt wie Gespenster, entführen vier Kardinäle vor Ihren Augen, platzieren eine tödliche Bombe direkt unter Ihrem heiligsten Schrein, und Sie halten das alles für einen Bluff? Sobald die Leichen gefunden werden, werden die Medien sich darauf stürzen. Um Mitternacht wird die ganze Welt wissen, wer die Illuminati sind und was sie wollen.«

»Und wenn wir in jeder Kirche Wachen aufstellen?«, entgegnete Olivetti.

Der Anrufer lachte. »Ich fürchte, die produktive Natur Ihrer Religion macht das zu einer undurchführbaren Aufgabe. Haben Sie in letzter Zeit nicht mehr nachgezählt? Allein in Rom gibt es mehr als vierhundert katholische Kirchen. Kathedralen, Kapellen, Schreine, Abteien, Klöster, Stifte, Pfarreien ...«

Olivettis Gesichtsausdruck war eine Maske.

»In neunzig Minuten geht es los«, sagte der Anrufer. »Einer zu jeder vollen Stunde. Eine mathematische Progression des Todes. Jetzt muss ich auflegen.«

»Warten Sie!«, verlangte Langdon. »Was sind das für Zeichen, mit denen Sie diese Männer brandmarken wollen? Erzählen Sie mir davon!«

Der *Hashishin* klang belustigt. »Ich denke, Sie wissen sehr genau, was für Brandzeichen das sein werden. Oder sind Sie vielleicht immer noch nicht überzeugt? Sie werden sie früh genug zu sehen bekommen. Den Beweis, dass die alten Legenden wahr sind.«

Langdon wusste tatsächlich, was der Anrufer meinte. Er stellte sich das Brandzeichen auf Leonardo Vetras Brust vor. Die Illuminati-Legenden sprachen von insgesamt fünf Brandzeichen. *Vier sind noch übrig,* dachte Langdon. *Und vier Kardinäle sind verschwunden.*

»Ich habe geschworen«, sagte der Camerlengo, »heute Nacht einen neuen Papst vorzustellen. Geschworen bei Gott.«

»Camerlengo«, sagte der Anrufer, »die Welt braucht keinen neuen Papst. Nach Mitternacht wird er nichts mehr außer einem Trümmerhaufen haben, über den er herrschen könnte. Die katholische Kirche ist erledigt. Ihre Zeit auf Erden ist vorbei.«

Stille breitete sich aus.

»Sie sind fehlgeleitet, mein Sohn«, sagte der Camerlengo schließlich. »Eine Kirche ist mehr als nur der Stein und der Mörtel, aus dem ihr Gebäude besteht. Sie können zwei Jahrtausende des Glaubens nicht einfach auslöschen ... egal welchen Glaubens. Sie können den Glauben nicht vernichten, indem sie seine irdischen Manifestationen vernichten. Die katholische Kirche wird fortbestehen, mit dem oder ohne den Vatikan.«

»Eine noble Lüge, nichtsdestotrotz eine Lüge. Wir beide kennen die Wahrheit. Verraten Sie mir doch, warum ist die Vatikanstadt eine von Mauern umgebene Zitadelle?«

»Männer Gottes leben in einer gefährlichen Welt«, antwortete der Camerlengo.

»Wie alt sind Sie? Der Vatikan ist eine Festung, weil die katholische Kirche die Hälfte ihrer Schätze im Innern versteckt – wertvolle Gemälde, Skulpturen, unschätzbare Juwelen, kostbare Bücher ... außerdem gibt es da noch das Barrengold und die Grundbesitzurkunden in den Gewölben der Vatikanbank. Insiderschätzungen gehen von einem Wert von an die fünfzig Milliarden US-Dollar aus. Ein hübsches Nest, auf dem Sie sitzen, Camerlengo, finden Sie nicht auch? Morgen ist es nur noch Asche. Liquidierte Aktiva, würde ich sagen. Sie werden bankrott sein. Nicht einmal Männer des Glaubens können ganz ohne Geld arbeiten.«

Die Folgerichtigkeit dieser Feststellung spiegelte sich auf den geschockten Gesichtern von Olivetti und dem Camerlengo wider. Langdon wusste nicht, was ihn mehr erstaunte – die Tatsache, dass die katholische Kirche über derartige Mengen Geld verfügte oder dass die Illuminati irgendwie davon erfahren hatten.

Der Camerlengo seufzte schwer. »Glaube, nicht Geld, ist die Stütze der Kirche.«

»Noch mehr Lügen«, entgegnete der Anrufer. »Allein im letzten Jahr haben sie einhundertdreiundachtzig Millionen Dollar zur Unterstützung Ihrer ums Überleben kämpfenden Diözesen in der ganzen Welt ausgegeben. Sie hatten weniger Kirchenbesucher als jemals zuvor in Ihrer Geschichte, sechsundvierzig Prozent Rückgang allein in der letzten Dekade. Die Spendeneinnahmen haben sich in den letzten sieben Jahren halbiert. Weniger und weniger Männer melden sich für das Priesterseminar an. Sie mögen es abstreiten, so viel Sie wollen, doch Sie sind am Ende. Die Kirche wird sterben. Betrachten Sie es als eine Gelegenheit, sich mit einem großen Knall aus der Geschichte zu verabschieden.«

Olivetti trat vor. Er schien weniger kampflustig als zuvor. Vielleicht spürte er zum ersten Mal die nackte Realität. Er sah aus wie ein Mann, der nach einem Ausweg sucht. Irgendeinem Ausweg. »Und was, wenn ein Teil dieses Schatzes Ihnen zukäme? Ihrer Sache?«

»Beleidigen Sie uns nicht.«
»Wir haben Geld.«
»Wir auch. Mehr, als Sie sich vorstellen können.«
Langdon dachte an die geheimnisvollen Schätze der Illuminati, den Reichtum der Bayerischen Freimaurer, der Rothschilds, der Bilderbergs, den legendären Illuminati-Diamanten.
»*I preferiti*«, sagte der Camerlengo und wechselte das Thema. Seine Stimme klang nun flehend. »Verschonen Sie die Kardinäle. Bitte. Sie sind alt, und sie …«
»Sie sind unsere jungfräulichen Opfer.« Der Anrufer lachte. »Verraten Sie mir – glauben Sie allen Ernstes, dass die vier noch Jungfrauen sind? Werden die kleinen Lämmer schreien, wenn sie sterben? *Sacrifici vergini sull' altare di scienza.*«
Der Camerlengo schwieg lange Zeit. »Sie sind Männer des Glaubens«, sagte er schließlich. »Sie fürchten sich nicht vor dem Tod.«
Der Anrufer schnaubte. »Leonardo Vetra war ebenfalls ein Mann des Glaubens, und doch habe ich letzte Nacht die Furcht in seinen Augen gesehen. Eine Furcht, von der ich ihn erlöst habe.«
Vittoria hatte die ganze Zeit geschwiegen, doch bei den letzten Worten sprang sie auf, das Gesicht verzerrt vor Hass. »*Asino!* Er war mein Vater!«
Ein hässliches Lachen drang aus dem Lautsprecher. »Ihr Vater? Was ist das? Vetra hatte eine Tochter? Sie sollten wissen, dass er am Ende gewimmert hat wie ein kleines Kind. Erbärmlich. Ein erbärmlicher Mann.«
Vittoria zuckte zurück, als hätten die Worte sie körperlich getroffen. Langdon wollte sie halten, doch sie gewann ihr Gleichgewicht zurück und starrte mit dunklen Augen auf das Telefon. »Ich schwöre bei meinem Leben, noch bevor diese Nacht vorüber ist, habe ich Sie gefunden!« Ihre Stimme klang schneidend wie ein Rasiermesser. »Und wenn ich Sie gefunden habe …«
Der Anrufer lachte heiser. »Eine Frau mit Mumm. Das erregt mich. Vielleicht komme ich zu *Ihnen*, bevor die Nacht vorüber ist. Und wenn ich *Sie* gefunden habe …«
Die Worte schwebten im Raum, und die Leitung war tot.

42.

KARDINAL MORTATI schwitzte in seiner schwarzen Robe. Nicht nur, weil es in der Sixtinischen Kapelle allmählich heiß wurde wie in einer Sauna, sondern auch, weil das Konklave in wenig mehr als zwanzig Minuten beginnen würde und es noch immer keine Nachricht von den vier fehlenden Kardinälen gab. Das ursprünglich leise Gemurmel unter den anderen Kardinälen wegen ihrer Abwesenheit hatte sich in offene Besorgnis verwandelt.

Mortati wusste nicht, wo sich die Pflichtvergessenen herumtrieben. *Vielleicht sind sie noch beim Camerlengo?* Er wusste, dass der Camerlengo die vier *preferiti* traditionsgemäß am Nachmittag zum Tee geladen hatte, doch das war Stunden her. *Sind sie vielleicht krank geworden? Haben sie etwas Verdorbenes gegessen?* Mortati bezweifelte es. Jeder der vier würde selbst todkrank noch zum Konklave erscheinen. Es geschah höchstens einmal im Leben, üblicherweise *niemals*, dass ein Kardinal eine Chance erhielt, zum Pontifex maximus gewählt zu werden, und nach vatikanischem Gesetz musste der Kardinal anwesend sein, wenn die Wahl stattfand. Wer fehlte, war nicht wählbar.

Obwohl es vier *preferiti* gab, bestand unter den Kardinälen nur wenig Zweifel, was die Person des nächsten Papstes anging. Im Verlauf der letzten fünfzehn Tage hatte es eine wahre Flut von Faxen und Anrufen gegeben, in denen mögliche Kandidaten vorgeschlagen worden waren. Wie der Brauch es wollte, hatte man aus der Fülle der Vorschläge vier *preferiti* ausgewählt, von denen jeder die ungeschriebenen Erfordernisse für das Amt des Papstes erfüllte:

Multilingual in Italienisch, Spanisch und Englisch.

Keine Leichen im Keller.

Zwischen fünfundsechzig und achtzig Jahren alt.

Wie üblich hatte sich einer der vier über die anderen erhoben als derjenige, den das Kollegium zur Wahl vorschlagen würde. Heute Nacht war dieser Mann Kardinal Aldo Baggia aus Mailand. Baggias makellose Akte, verbunden mit unvergleichlichen Sprachkenntnissen und der Fähigkeit, das Wesen des Christentums zu vermitteln, hatten ihn zum eindeutigen Favoriten gemacht.

Aber wo steckt er?, fragte sich Mortati.

Das Fehlen der Kardinäle war deswegen besonders entnervend, weil Mortati mit der Aufgabe betraut war, das Konklave zu leiten. Eine Woche zuvor war er einstimmig vom Kollegium für das Amt des Zeremonienmeisters bestimmt worden – zum internen Leiter des Konklaves. Der Camerlengo mochte der offizielle Vertreter des Papstes während der Sedisvakanz sein, doch er war jung und wenig vertraut mit dem komplizierten Wahlvorgang. Die *Universi Dominici Gregis* schrieben vor, dass der Zeremonienmeister die Wahl in der Sixtinischen Kapelle zu leiten hatte.

Kardinäle scherzten häufig, das Amt des Zeremonienmeisters sei die grausamste Ehre, die es im Christentum gebe. Der Zeremonienmeister konnte nicht als Kandidat zur Papstwahl benannt werden, und sein Amt erforderte darüber hinaus, dass er viele Tage vor dem Konklave über den *Universi Dominici Gregis* verbrachte, um sich mit den Einzelheiten der komplizierten Konklavenrituale vertraut zu machen und sicherzustellen, dass die Wahl ordnungsgemäß verlief.

Mortati war deswegen nicht böse. Er wusste, dass seine Benennung nur logisch war. Nicht nur, dass er der Älteste unter den Kardinälen war, er war auch ein Vertrauter des verstorbenen Papstes gewesen, eine Tatsache, die seine Wertschätzung bei den anderen erhöhte. Obwohl theoretisch noch wählbar, war er bereits ein wenig zu alt, um als ernsthafter Kandidat zu gelten. Mit seinen neunundsiebzig Jahren hatte er längst die unausgesprochene Schwelle überschritten, ab der das Kollegium der Gesundheit des Kandidaten nicht mehr zutraute, mit dem engen Terminplan des Papstes zurechtzukommen. Ein Papst arbeitete üblicherweise vierzehn Stunden am Tag, sieben Tage in der Woche, und starb nach durchschnittlich sechs Komma drei Jahren an Erschöpfung. Ein Insiderwitz besagte, dass die Annahme der Wahl zum Papst für einen Kardinal der schnellste Weg in den Himmel sei.

Mortati, so glaubten viele, hätte in seinen jüngeren Tagen Papst werden können, wäre er nicht so liberal gewesen. Wenn es um das Papsttum ging, galten noch immer die heiligen drei K's: konservativ, konservativer, noch konservativer.

Mortati hatte sich insgeheim stets darüber amüsiert, dass der verstorbene Papst, Gott hab ihn selig, sich nach seinem Amtsantritt selbst als überraschend liberal erwiesen hatte. Vielleicht hatte er gespürt, dass sich die moderne Welt von der Kirche weg entwickelte. Der Papst hatte Annäherungsversuche unternommen, die Position der Kirche gegenüber den Wissenschaften aufgeweicht und bestimmten wissenschaftlichen Projekten sogar finanzielle Mittel zur Verfügung gestellt. Leider war es politischem Selbstmord gleichgekommen. Konservative Katholiken hatten den Papst für »senil« erklärt, und wissenschaftliche Kreise hatten ihn beschuldigt, den Einfluss der Kirche auf Gebiete auszuweiten, wo er nichts zu suchen habe.

»Wo stecken sie nur?«

Mortati wandte sich um.

Einer der Kardinäle hatte ihm nervös auf die Schulter getippt. »Sie wissen, wo sie stecken, nicht wahr?«

Mortati verbarg das wahre Ausmaß seiner Besorgnis. »Wahrscheinlich noch beim Camerlengo.«

»So spät? Das wäre höchst ungewöhnlich.« Der Kardinal runzelte misstrauisch die Stirn. »Vielleicht hat der Camerlengo die Zeit vergessen?«

Mortati bezweifelte es ernsthaft, doch er sagte nichts. Er war sich durchaus der Tatsache bewusst, dass die meisten Kardinäle den Camerlengo nicht besonders mochten. Ihrer Meinung nach war er viel zu jung, um so nah beim Papst zu dienen. Mortati vermutete, dass ein Großteil ihrer Abneigung aus Eifersucht herrührte. Er persönlich bewunderte den jungen Mann, und er gratulierte dem verstorbenen Papst insgeheim zur Wahl seines Camerlengo. Mortati fand sich jedes Mal bestätigt, wenn er dem Camerlengo in die Augen sah, und im Gegensatz zu vielen Kardinälen stellte er die Kirche und den Glauben vor die Politik. Der junge Camerlengo war ein wahrer Mann Gottes.

Die bedingungslose Hingabe des Camerlengos war in der Vatikanstadt legendär. Viele schrieben es dem wunderbaren Ereignis in seiner Kindheit zu … einem Ereignis, das im Herzen eines jeden Menschen bleibenden Eindruck hinterlassen hätte. Ein wirkliches Wunder, dachte Mortati und wünschte sich häufig, seine eigene Kindheit hätte ihm ein ähnliches Erlebnis beschert, dazu angetan, unerschütterlichen Glauben zu erwecken.

Unglücklicherweise und zum großen Pech der Kirche würde der junge Camerlengo, wie Mortati wusste, auch in späteren Jahren niemals Papst werden. Das Papsttum verlangte ein gewisses Maß an politischer Leidenschaft, etwas, das dem jungen Camerlengo offensichtlich vollkommen fehlte. Er hatte die Angebote »seines« Papstes, ihn in höhere Ämter zu befördern, viele Male abgelehnt – mit der Begründung, dass er es vorzöge, der Kirche als einfacher Mann zu dienen.

»Was nun?« Der Kardinal tippte Mortati erneut ungeduldig auf die Schulter.

Mortati sah auf. »Verzeihung?«

»Sie sind zu spät! Was machen wir nun?«

»Was *können* wir machen?«, entgegnete Mortati. »Wir warten. Haben Sie Vertrauen.«

Allem Anschein nach höchst unzufrieden über Mortatis Antwort zog sich der Kardinal zurück.

Mortati blieb noch einen Augenblick stehen, legte die Fingerspitzen an die Schläfen und versuchte zu klarem Verstand zu kommen. *In der Tat, was können wir tun?*, fragte er sich. Er schaute am Altar vorbei hinauf zu Michelangelos berühmtem Fresko »Das Jüngste Gericht«. Das Gemälde trug nicht dazu bei, seine Besorgnis zu mildern. Es war ein grässliches, fünfzehn Meter hohes Bild von Jesus, der die Menschen in Gut und Böse teilte und die Sünder in die Hölle verbannte, wo es geschundenes Fleisch und brennende Leiber gab. Michelangelo hatte sogar einen seiner Rivalen in der Hölle abgebildet. Guy de Maupassant hatte einst geschrieben, das Fresko sähe aus wie eine Karikatur, die ein unbegabter Kohlenträger gemalt hätte.

Kardinal Mortati stimmte Maupassant insgeheim zu.

43.

LANGDON STAND AM KUGELSICHEREN FENSTER des Amtszimmers und schaute hinunter auf das Gewimmel der Übertragungsfahrzeuge, die sich in einer Ecke des Petersplatzes drängten. Der unheimliche Anruf hatte ihn aus der Fassung gebracht. Er fühlte sich nicht wie er selbst.

Die Illuminati waren wie eine Schlange aus den vergessenen Tiefen der Geschichte wieder aufgetaucht und hielten nun ihren alten Feind in einer tödlichen Umklammerung. Keinerlei Forderungen. Keine Verhandlungen. Nur Vergeltung. Dämonisch einfach. Erdrückend. Ein Rachefeldzug, der vierhundert Jahre lang vorbereitet worden war. Es schien, als hätte die Wissenschaft nach Jahrhunderten der Verfolgung zurückgeschlagen.

Der Camerlengo stand an seinem Schreibtisch und starrte mit ausdruckslosem Gesicht auf das Telefon. Olivetti brach als Erster das Schweigen. »Carlo«, sagte er und sprach den Camerlengo mit seinem Vornamen an; er klang mehr nach einem erschöpften Freund als nach dem leitenden Offizier der Schweizergarde. »Sechsundzwanzig Jahre beschütze ich nun dieses Amt. Heute Nacht, so scheint es, habe ich meine Ehre verloren.«

Der Camerlengo schüttelte den Kopf. »Sie und ich dienen Gott auf verschiedene Weise, doch der Dienst an Gott bringt stets nur Ehre.«

»Diese Ereignisse ... ich kann mir überhaupt nicht vorstellen, wie ... diese ganz Situation ...« Olivetti brach überwältigt ab.

»Ihnen ist bewusst, dass uns nur eine Möglichkeit bleibt? Ich bin verantwortlich für die Sicherheit des Kardinalskollegiums.«

»Ich fürchte, das war einmal meine Aufgabe.«

»Ihre Männer werden umgehend die Evakuierung beaufsichtigen.«

»Monsignore?«

»Alles andere kommt erst später – die Suche nach diesem Behälter, die Suche nach den entführten Kardinälen und den Tätern. Zuerst muss das Kollegium in Sicherheit gebracht werden. Das Leben dieser Männer zu schützen ist wichtiger als alles andere. Sie sind das Fundament, auf dem unsere Kirche ruht.«

»Heißt das, Sie brechen das Konklave ab?«

»Bleibt mir eine andere Wahl?« Der junge Camerlengo seufzte und ging zum Fenster. Seine Blicke schweiften über das Gewirr römischer Dächer. »Seine Heiligkeit hat einmal zu mir gesagt, dass ein Papst ein Mann sei, der zwischen zwei Welten stehe – der wirklichen und der göttlichen Welt. Er wusste, dass eine Kirche, welche die Wirklichkeit ignoriert, nicht lange genug bestehen würde, um den Himmel zu erleben.« Seine Stimme klang weise trotz seiner Jugend. »Heute Nacht hat uns die Wirklichkeit in den Fängen. Es wäre dumm und eitel, dies zu ignorieren. Der Stolz darf nicht die Vernunft überschatten.«

Olivetti nickte beeindruckt. »Ich habe Sie unterschätzt, Monsignore.«

Der Camerlengo schien es nicht zu hören. Er stand am Fenster und blickte in die Ferne.

»Ich möchte offen reden, Monsignore. Die Wirklichkeit ist *meine* Welt. Ich tauche Tag für Tag in ihre Abgründe ein, damit andere ungehindert nach etwas Größerem, Reinerem suchen können. Hören Sie auf meinen Rat in dieser Situation. Ich bin dafür ausgebildet. Ihre Instinkte, so nobel sie auch sein mögen … könnten zu einer Katastrophe führen.«

Der Camerlengo wandte sich um.

Olivetti seufzte. »Die Evakuierung des Kardinalskollegiums aus der Sixtinischen Kapelle … etwas Schlimmeres könnten Sie in dieser Situation gar nicht tun.«

Der Camerlengo reagierte nicht ungehalten, sondern verwirrt. »Was schlagen Sie vor?«

»Sagen Sie nichts zu den Kardinälen. Versiegeln Sie das Konklave. Damit gewinnen wir Zeit, über andere Möglichkeiten nachzudenken.«

Der Camerlengo schien zu zögern. »Wollen Sie andeuten, dass ich das gesamte Kollegium der Kardinäle auf einer Zeitbombe einsperren soll?«

»Ja, Monsignore. Für den Augenblick. Wenn es nötig werden sollte, können wir die Evakuierung zu einem späteren Zeitpunkt immer noch angehen.«

Der Camerlengo schüttelte den Kopf. »Die Zeremonie zu verschieben, bevor sie angefangen hat, ist allein schon Anlass genug für eine Untersuchung. Doch wenn die Türen erst geschlossen sind, darf nichts mehr das Konklave stören. Die *Universi Dominici Gregis* schreiben vor …«

»Die *reale* Welt, Monsignore. Heute Nacht sind wir in der realen Welt. Hören Sie zu …« Olivetti redete nun im effizienten Tonfall des Feldoffiziers. »Es wäre unverantwortlich, mit hundertfünfundsechzig unvorbereiteten, schutzlosen Kardinälen nach Rom zu marschieren. Es würde für Verwirrung und Panik sorgen, und einige der Kardinäle sind sehr alte Männer. Offen gestanden, ein tödlicher Schlaganfall in diesem Monat ist genug.«

Ein tödlicher Schlaganfall. Die Worte des Kommandanten riefen Langdons Erinnerung an die Schlagzeile wach, die er beim Mittagessen mit ein paar Studenten in der Mensa von Harvard gelesen hatte: PAPST ERLEIDET SCHLAGANFALL UND STIRBT IM SCHLAF.

»Außerdem …«, sagte Olivetti, »haben wir die Kapelle Meter für Meter nach Wanzen und anderen elektronischen Geräten abgesucht. Sie ist sauber, ein sicherer Hafen, und ich bin zuversichtlich, dass die Antimaterie nicht dort drin versteckt wurde. Es gibt im Augenblick keinen Ort, der sicherer für die Kardinäle wäre. Über eine Notevakuierung können wir immer noch reden, wenn es keine andere Möglichkeit mehr gibt.«

Langdon war beeindruckt. Olivettis messerscharfe Logik erinnerte ihn an Maximilian Kohler.

»Herr Oberst«, sagte Vittoria mit nervöser Stimme. »Es gibt noch mehr zu bedenken. Bisher hat niemand eine derart große Menge Antimaterie hergestellt. Ich kann nur schätzen, wie stark die Explosion sein wird. Mit hoher Wahrscheinlichkeit wird auch die Umgebung in Mitleidenschaft gezogen. Falls der Behälter irgendwo unter der Erde oder in einem der zentralen Gebäude versteckt wurde, mögen die Auswirkungen auf die umliegende Stadt vor den Mauern minimal sein, aber falls er sich in der Nähe der Mauern befindet … beispielsweise in diesem Gebäude hier …« Sie blickte vielsagend hinaus zu der Menschenmenge auf dem Petersplatz.

»Ich bin mir meiner Verantwortung gegenüber der Welt dort

draußen durchaus bewusst«, entgegnete Olivetti. »Es macht die Situation nicht ernster, als sie ohnehin schon ist. Der Schutz der Vatikanstadt ist seit mehr als zwei Jahrzehnten meine Aufgabe, und ich habe nicht die Absicht, diese Bombe detonieren zu lassen.«

Camerlengo Ventresca blickte auf. »Sie glauben, Sie können diesen Behälter finden?«

»Ich möchte zuerst mit einigen meiner Spezialisten über unsere Optionen sprechen. Es besteht vielleicht eine Möglichkeit, wenn wir die Stromversorgung von Vatikanstadt ausschalten und das Hintergrundrauschen eliminieren, sodass wir das magnetische Feld des Behälters orten können.«

Vittoria blickte den Oberst überrascht an. »Sie wollen die Vatikanstadt vom Stromnetz trennen?«, fragte sie beeindruckt.

»Möglicherweise, ja. Ich weiß nicht, ob es sich verwirklichen lässt, doch es ist eine Option, die ich durchspielen möchte.«

»Die Kardinäle würden sich bestimmt fragen, was passiert ist«, sagte Vittoria.

Olivetti schüttelte den Kopf. »Das Konklave findet bei Kerzenlicht statt. Die Kardinäle merken überhaupt nichts davon. Nachdem die Kapelle verschlossen ist, könnte ich die meisten Gardisten abziehen und eine Suche starten. Hundert Männer können in fünf Stunden eine Menge erreichen.«

»Vier Stunden«, verbesserte ihn Vittoria. »Ich muss den Behälter nach CERN zurückbringen. Die Detonation ist unvermeidlich, wenn ich die Batterien nicht nachladen kann.«

»Es gibt keine Möglichkeit, sie hier nachzuladen?«

Vittoria schüttelte den Kopf. »Das Interface ist äußerst komplex. Ich hätte es mitgebracht, hätte ich eine Möglichkeit gesehen.«

»Also gut, dann eben *vier* Stunden«, sagte Olivetti. »Immer noch jede Menge Zeit. Panik hilft niemandem weiter. Monsignore, noch zehn Minuten. Gehen Sie zur Kapelle und verschließen Sie die Türen. Lassen Sie meinen Leuten ein wenig Zeit, ihre Arbeit zu erledigen. Wenn der kritische Zeitpunkt näher rückt, zerbrechen wir uns den Kopf über kritische Entscheidungen.«

Langdon fragte sich, ab wann der kritische Zeitpunkt für Olivetti nah genug war.

»Aber … das Kollegium wird wegen der vier *preferiti* nachfragen«, warf der Camerlengo ein. »Besonders wegen Baggia … sie werden wissen wollen, wo die vier Kardinäle stecken.«

»Dann denken Sie sich etwas aus, Monsignore. Erzählen Sie dem Kollegium, Sie hätten den vier Kardinälen etwas zum Tee serviert, das ihnen nicht bekommen ist.«

»Ich soll mich vor den Altar der Sixtinischen Kapelle stellen und das Kardinalskollegium *belügen*?«, erwiderte der Camerlengo fassungslos.

»Um ihrer eigenen Sicherheit willen, Monsignore. *Una bugia veniale.* Eine Notlüge. Ihre Aufgabe ist es, den Frieden zu erhalten.« Olivetti wandte sich zur Tür. »Wenn Sie mich nun entschuldigen würden, ich muss Vorbereitungen treffen.«

»Oberst Olivetti!«, drängte der Camerlengo. »Wir dürfen die verschwundenen Kardinäle nicht einfach aufgeben!«

Olivetti stand bereits in der Tür. »Auf Baggia und die anderen haben wir derzeit keinen Einfluss. Wir müssen sie gehen lassen – um des Ganzen willen. Das Militär nennt so etwas Triage.«

»Sie meinen, wir sollen die Kardinäle *aufgeben*?«

Olivettis Stimme klang gepresst. »Wenn es irgendeinen Weg gäbe, Monsignore … irgendeinen Weg, um sie zu finden, ich würde mein Leben dafür opfern. Doch …« Er deutete auf die Fenster, vor denen die Abendsonne auf einem endlosen Meer römischer Dächer glitzerte. »Eine Stadt mit fünf Millionen Einwohnern zu durchsuchen, liegt außerhalb meiner Macht. Ich werde keine wertvolle Zeit damit verschwenden, mein Gewissen mit einer vergeblichen Anstrengung zu beruhigen. Es tut mir Leid, Monsignore.«

»Aber … wenn es uns gelänge, den Mörder zu fassen – könnten Sie ihn zum Reden bringen?«, meldete sich Vittoria überraschend zu Wort.

Olivetti verzog das Gesicht. »Soldaten können sich nicht leisten, Heilige zu sein, Signorina Vetra. Glauben Sie mir, ich bin genauso begierig darauf wie Sie, diesen Mann zu fassen.«

»Es ist nicht nur persönlich«, entgegnete Vittoria. »Der Mörder weiß, wo die Antimaterie versteckt ist … und die verschwundenen Kardinäle. Wenn es uns irgendwie gelänge, ihn ausfindig zu machen …«

»Was denn, Sie wollen ihnen in die Hände spielen?«, unterbrach

Olivetti sie. »Glauben Sie mir, die Illuminati *warten* nur darauf, dass wir sämtliche Gardisten aus der Vatikanstadt abziehen, um Hunderte von Kirchen zu durchsuchen und unsere Kräfte und kostbare Zeit zu verschwenden – oder schlimmer noch, die Vatikanbank ohne jeden Schutz zurücklassen. Ganz zu schweigen von den Kardinälen in der Sixtinischen Kapelle.«

Das Argument war berechtigt.

»Was ist mit der römischen Polizei?«, fragte der Camerlengo. »Wir könnten sie um Verstärkung bitten. Die Polizei könnte uns helfen, den Entführer der Kardinäle zu finden.«

»Noch ein Fehler«, sagte Olivetti. »Sie wissen, wie die römischen Carabinieri über uns denken. Sie würden uns ein paar Männer zur Seite stellen und halbherzig helfen, und als Gegenleistung würden sie die Medien über unsere Krise informieren wollen. Genau das, was unsere Feinde erwarten. Wie die Sache aussieht, müssen wir uns früh genug mit den Medien auseinander setzen.«

Langdon erinnerte sich an die Worte des Mörders. *Ich werde Ihre Kardinäle zu Lichtgestalten für die Medien machen. Ihre vier Kardinäle werden sterben, jede Stunde einer, beginnend um acht Uhr. Die Medien werden sich freuen.*

»Herr Oberst, wir können nicht guten Gewissens *überhaupt nichts* unternehmen, um die vier Kardinäle zu retten!« Der Camerlengo klang ärgerlich.

Olivetti schaute ihm in die Augen. »Sie erinnern sich an das Gebet des heiligen Franziskus, Monsignore?«

Der junge Geistliche sprach den Vers mit sichtlicher Qual: »Herr, gib mir die Kraft, die Dinge hinzunehmen, die ich nicht ändern kann.«

»Glauben Sie mir, Monsignore«, sagte Olivetti, »die Entführung der vier Kardinäle gehört zu diesen Dingen.« Mit diesen Worten verließ er den Raum.

44.

IM ZENTRALBÜRO der British Broadcasting Corporation in London, westlich vom Piccadilly Circus, klingelte das Telefon. Eine junge Redakteurin nahm den Anruf entgegen.

»BBC«, sagte sie und drückte ihre Dunhill in einem Aschenbecher aus.

Die Stimme am anderen Ende der Leitung klang rau und besaß einen arabischen Akzent. »Ich habe eine Story, die Ihren Sender interessieren dürfte.«

Die Redakteurin zückte einen Stift und nahm einen Block zur Hand. »Worum geht es?«

»Die Papstwahl in Rom.«

Sie runzelte die Stirn. BBC hatte erst am Vortag einen Bericht über die bevorstehende Wahl gebracht – mit katastrophalen Zuschauerzahlen. Die Öffentlichkeit, so schien es, interessierte sich herzlich wenig für das Geschehen in der Vatikanstadt. »Und was genau?«

»Haben Sie einen Korrespondenten in Rom?«

»Ich glaube ja.«

»Ich muss direkt mit ihm reden.«

»Es tut mir Leid, aber ohne nähere Einzelheiten kann ich Ihnen die Nummer nicht geben ...«

»Das Konklave befindet sich in ernster Gefahr. Mehr kann ich Ihnen nicht verraten.«

Die Redakteurin machte sich eine Notiz. »Ihr Name?«

»Tut nichts zur Sache.«

Das war nicht weiter überraschend. »Haben Sie Beweise für Ihre Behauptung?«

»Die habe ich.«

»Ich würde die Information gerne weiterverfolgen, aber es widerspricht der Politik unseres Hauses, die Telefonnummern unserer Reporter bekannt zu geben, es sei denn ...«

»Ich verstehe. Ich werde bei einem anderen Sender anrufen. Danke, dass Sie mir Ihre Zeit geopfert haben ...«

»Einen Augenblick bitte!«, sagte die Redakteurin. »Können Sie in der Leitung bleiben?«

Sie legte den Anrufer in eine Warteschleife und massierte sich den Hals. Die Kunst, potenzielle Irre abzuwimmeln, war keineswegs eine exakte Wissenschaft, doch dieser Fremde hatte soeben die beiden grundlegenden Tests der BBC auf Authentizität eines Anrufs bestanden. Er hatte sich geweigert, seinen Namen zu nennen, und er war begierig, das Gespräch wieder zu beenden. Irre und Sensationsjäger fingen in der Regel an zu jammern und zu flehen.

Zu ihrem Glück lebten Reporter in der ständigen Furcht, die große Story zu verpassen; deswegen akzeptierten es die Korrespondenten üblicherweise, wenn der eine oder andere wahnsinnige Psychopath unter den Informanten war. Eine Story zu verpassen, wäre unentschuldbar gewesen.

Gähnend starrte die Redakteurin auf den Bildschirm und tippte den Suchbegriff »Vatikanstadt« ein. Als sie den Namen des Reporters sah, der über die Papstwahl berichten sollte, kicherte sie vor sich hin. Er war ein neuer Kollege, den die BBC von irgendeinem schrillen Londoner Klatschblatt abgeworben hatte; seine Aufgabe bestand darin, über die profaneren Dinge zu berichten. Der Chefredakteur hatte ihn offensichtlich ganz unten auf der Leiter postiert.

Er langweilte sich wahrscheinlich zu Tode, während er die ganze Nacht auf seine Gelegenheit wartete, einen Zehn-Sekunden-Bericht aufzuzeichnen. Wahrscheinlich war er dankbar für ein wenig Abwechslung.

Die Redakteurin notierte die Mobiltelefonnummer des Korrespondenten. Dann, nachdem sie sich eine weitere Dunhill angesteckt hatte, befreite sie den Anrufer aus der Warteschlange und nannte ihm die gewünschte Information.

45.

»ES WIRD NICHT FUNKTIONIEREN!«, sagte Vittoria und ging im Amtszimmer nervös auf und ab. Schließlich wandte sie sich zum Camerlengo um. »Selbst wenn es einem Team der Schweizergarde gelingen sollte, die elektronischen Störungen herauszufiltern, müssten die Leute praktisch genau über dem Behälter stehen, bevor sie ein Signal erhalten. Und das heißt immer noch nicht, dass wir den Behälter ohne Weiteres bergen können. Vielleicht ist er durch andere Barrieren unzugänglich. Was, wenn er in einer Metallkiste irgendwo auf dem Gelände vergraben ist? Oder in einem Belüftungsschacht versteckt wurde? Dann finden wir ihn ganz bestimmt nicht. Und wenn die Schweizergarde tatsächlich infiltriert wurde, was dann? Wer garantiert uns, dass die Suche einwandfrei verläuft?«

Der Camerlengo sah erschöpft aus. »Was schlagen Sie vor, Signorina Vetra?«

Ist das nicht offensichtlich? Vittoria errötete. »Ich schlage vor, Monsignore, dass Sie unverzüglich andere Vorsichtsmaßnahmen ergreifen. Wir können wider alle Wahrscheinlichkeit hoffen, dass die Suche des Obersten erfolgreich verläuft, aber schauen Sie doch aus dem Fenster! Sehen Sie diese Menschen? Diese Gebäude auf der anderen Seite des Platzes? Die Übertragungswagen? Die Touristen? Sie alle befinden sich wahrscheinlich innerhalb des Explosionsradius. Sie *müssen* handeln, Monsignore, auf der Stelle!«

Der Camerlengo nickte abwesend.

Vittoria verspürte Frustration. Olivetti hatte jeden überzeugt, dass mehr als reichlich Zeit blieb. Doch Vittoria wusste, dass sich das gesamte Gebiet um die Vatikanstadt herum binnen weniger Minuten mit Schaulustigen füllen würde, sobald die Nachricht von den Schwierigkeiten nach außen drang. Sie hatte dieses Phänomen vor dem Schweizer Parlamentsgebäude erlebt. Während einer Geiselnahme hatten sich Tausende von Schaulustigen eingefunden, um das Geschehen zu beobachten, und das, obwohl die Geiselnehmer gedroht hatten, eine Bombe zu zünden. Trotz aller Warnungen der Polizei hatte sich die Traube aus Neugierigen dichter und dichter um das Gebäude gedrängt. Nichts fesselt menschliches Interesse so sehr wie menschliche Tragödien.

»Monsignore«, drängte Vittoria, »der Mann, der meinen Vater ermordet hat, treibt sich irgendwo dort draußen herum. Ich will ihn stellen! Doch ich stehe hier in Ihrem Büro ... weil ich Ihnen gegenüber eine Verantwortung fühle. Ihnen gegenüber und anderen. Menschenleben sind in Gefahr, Monsignore. Verstehen Sie?«

Der Camerlengo antwortete nicht.

Vittoria spürte ihren eigenen rasenden Herzschlag. *Warum konnte die Schweizergarde diesen verdammten Anrufer nicht zurückverfolgen? Der Assassine der Illuminati ist der Schlüssel zu allem! Er weiß, wo die Antimaterie versteckt ist ... verdammt, er weiß auch, wo die Kardinäle sind! Fang den Mörder, und alle Probleme sind gelöst!*

Sie spürte, dass sie allmählich die Fassung zu verlieren drohte – ein merkwürdiges Gefühl, an das sie sich nur noch schwach aus Kindertagen erinnerte, aus den Jahren im Waisenhaus: Frustration und keine Möglichkeit, damit fertig zu werden. *Du hast Möglichkeiten,* sagte sie sich. *Du hast immer Möglichkeiten.* Doch es war sinnlos. Ihre Gedanken drehten sich im Kreis, drohten sie zu ersticken. Sie war eine Forscherin, darauf spezialisiert, Probleme zu lösen. Doch dies hier war ein Problem ohne Lösung. *Welche Informationen sind nötig? Was willst du erreichen?* Sie versuchte sich zu zwingen, ruhiger zu atmen, doch zum ersten Mal in ihrem Leben gelang es ihr nicht. Sie bekam keine Luft mehr.

Langdon schmerzte der Kopf. Alles erschien ihm unwirklich, als er Vittoria und den Camerlengo beobachtete – doch seine Sicht war verschwommen und durchsetzt von schlimmen Bildern: Explosionen, ausschwärmenden Journalisten, laufenden Kameras, gebrandmarkten Leichen.

Shaitan ... Luzifer ... Lichtbringer ... Satan ...

Er schüttelte die Bilder ab. *Vorsätzlicher Terror,* sagte er sich und griff nach dem Strohhalm der Realität. *Geplantes Chaos.* Er erinnerte sich an ein Seminar in der Radcliffe, das er anlässlich eines Forschungsprojekts über prätorianische Symbolologie gehört hatte. Damals hatte er gelernt, Terroristen mit anderen Augen zu sehen.

»Terrorismus«, hatte der Dozent gesagt, »verfolgt ein einziges Ziel. Welches?«

»Unschuldige Menschen zu töten?«, hatte ein Student geantwortet.

»Falsch. Tote sind lediglich ein Nebenprodukt des Terrorismus.«

»Eine Demonstration von Macht?«

»Nein. Es gibt nichts, das weniger überzeugend wirkt.«

»Angst und Schrecken zu verbreiten?«

»Mit knappen Worten: ja. Ganz einfach. Das Ziel von Terrorismus besteht darin, Furcht und Schrecken zu verbreiten. Furcht unterminiert das Vertrauen in die Gesellschaft. Sie schwächt den Gegner von innen heraus und verursacht Unruhe bei den Massen. Schreiben Sie sich das auf. Terrorismus ist kein Ausdruck von Wut. Terrorismus ist eine politische Waffe. Nimm einer Regierung die Fassade der Unfehlbarkeit, und du zerstörst ihr Vertrauen bei den Menschen.«

Vertrauen zerstören …

Ist es das, worum es hier geht? Langdon fragte sich, wie die Christen der ganzen Welt reagierten, würden die verstümmelten Leichen der Kardinäle gefunden. Wenn schon der Glaube eines geweihten Priesters nicht vor dem satanischen Bösen schützte, welche Hoffnung gab es dann für den Rest der Christenheit? Die pochenden Schmerzen in seinem Kopf wurden schlimmer … er hörte leise, widerstreitende Stimmen:

Glaube schützt dich nicht. Medizin und Airbags … das sind die Dinge, die dein Leben schützen. Gott schützt dich nicht … Intelligenz schützt dich. Erleuchtung. Vertrau auf etwas, das sichtbare Ergebnisse vorzuweisen hat. Wie lange ist es her, dass jemand über Wasser gelaufen ist? Die modernen Wunder sind Wunder der Wissenschaft … Computer, Impfstoffe, Raumstationen … selbst das »göttliche« Wunder der Schöpfung, Materie aus Nichts …in einem Laboratorium. Wer braucht Gott? Nein, die Wissenschaft ist unser Gott!

Die Stimme des Mörders hallte in Langdons Verstand: Mitternacht … *eine mathematische Progression des Todes … sacrifici vergini nell' altare di scienza.*

Dann plötzlich, wie eine Menge, die beim ersten Pistolenschuss verstummt, waren die Stimmen verschwunden. Robert Langdon sprang auf wie von einer Tarantel gestochen. Sein Stuhl kippte nach hinten um und fiel krachend auf den Marmorboden.

Vittoria und der Camerlengo zuckten zusammen.

»Ich habe es die ganze Zeit übersehen!«, flüsterte Langdon wie gebannt. »Und dabei hat es mir ins Gesicht gelacht …«

»Was übersehen?«, fragte Vittoria.

Langdon wandte sich an den Geistlichen. »Vater, seit drei Jahren habe ich dieses Büro immer wieder um Zugang zu den Vatikanischen Archiven gebeten. Ich habe sieben ablehnende Bescheide erhalten.«

»Es tut mir Leid, Mr. Langdon, doch es scheint mir kaum der geeignete Augenblick, um derartige Beschwerden vorzubringen.«

»Ich benötige augenblicklich Zugang! Die verschwundenen Kardinäle – möglicherweise kann ich herausfinden, wo sie ermordet werden sollen.«

Vittoria starrte ihn an, als wäre sie sicher, sich verhört zu haben.

Der Camerlengo blickte traurig drein, als wäre er die Zielscheibe eines schlechten Witzes. »Sie erwarten allen Ernstes von mir, dass ich glaube, die Information befände sich in unseren Archiven?«

»Ich kann nicht versprechen, dass ich sie rechtzeitig finde, aber wenn Sie mir Zugang gewähren …«

»Mr. Langdon, ich muss in vier Minuten in die Sixtinische Kapelle. Die Archive sind über ganz Vatikanstadt verteilt …«

»Das ist nicht Ihr Ernst, oder?«, unterbrach Vittoria. Sie starrte Langdon an und erkannte überrascht, wie ernst es ihm tatsächlich war.

»Jetzt ist kaum die Zeit für Witze«, entgegnete Langdon.

»Vater«, sagte Vittoria und wandte sich zum Camerlengo um, »falls es eine Chance gibt … irgendeine Chance herauszufinden, wo diese Morde verübt werden sollen, könnten wir …«

»Aber die Archive!«, beharrte der Camerlengo. »Wie könnten die Archive die benötigten Informationen enthalten?«

»Das zu erklären würde mehr Zeit in Anspruch nehmen, als Sie haben, Monsignore. Doch wenn ich Recht behalte, könnten wir die Informationen nutzen, um den Assassinen zu stellen.«

Der Camerlengo sah aus, als hätte er Langdon gerne geglaubt, könne es aber nicht. »In diesen Archiven werden die heiligsten christlichen Texte aufbewahrt. Schätze, die zu sehen nicht einmal ich privilegiert bin.«

»Dessen bin ich mir durchaus bewusst.«

»Der Zutritt ist nur mit einer schriftlichen Genehmigung des Kurators und des Vorstands der Vatikanischen Bibliothek möglich.«

»Oder«, erklärte Langdon, »mit einem päpstlichen Mandat. So steht es zumindest in jedem Ablehnungsschreiben, das ich von Ihrem Kuratorium erhalten habe.«

Der Camerlengo nickte.

»Ich möchte nicht unhöflich erscheinen«, drängte Langdon, »aber wenn ich nicht sehr irre, ist genau dieses Büro hier für die Ausstellung päpstlicher Mandate zuständig. Und soweit ich es beurteilen kann, sind Sie heute Abend derjenige, der die Geschäfte des Vatikans führt. Angesichts der Umstände …«

Der Camerlengo zog eine Taschenuhr aus seiner Soutane und warf einen Blick darauf. »Mr. Langdon, ich bin bereit, heute Nacht mein Leben zu geben, buchstäblich, um die Kirche zu retten.«

Langdon spürte, dass der junge Priester aus tiefster Überzeugung sprach.

»Dieses Dokument …«, fuhr der Camerlengo fort. »Glauben Sie wirklich, dass es in unseren Archiven ruht? Und dass es helfen kann, die vier Kirchen zu finden, in denen die Kardinäle ermordet werden sollen?«

»Ich hätte nicht zahllose Eingaben um Zutritt an den Vatikan gerichtet, wäre ich nicht davon überzeugt. Italien liegt ein wenig weit vom Schuss, um ins Blaue zu raten, wenn man das Gehalt eines Lehrers bezieht. Das Dokument in Ihren Archiven ist ein altes …«

»Bitte entschuldigen Sie«, unterbrach ihn der Camerlengo. »Mein Verstand kann momentan nicht noch mehr Einzelheiten aufnehmen. Wissen Sie, wo sich die Geheimarchive befinden?«

Langdon spürte, wie Aufregung von ihm Besitz ergriff. »Direkt hinter dem Tor von Sankt Anna.«

»Beeindruckend. Die meisten Gelehrten glauben, dass die Geheimtür hinter dem Apostolischen Stuhl in die Archive führt.«

»Nein. Dort geht es nur zum *Archivio della Reverenda Fabbrica di San Pietro.* Ein weit verbreiteter Irrtum.«

»Für gewöhnlich begleitet ein Bibliothekar jeden Besucher des Archivs, ohne Ausnahme. Allerdings ist heute Abend niemand da, der Sie begleiten könnte. Was Sie verlangen, Mr. Langdon, ist ein Freibrief auf unbeschränkten Zugriff. Nicht einmal die Kardinäle besitzen dieses Recht.«

»Ich werde Ihre Schätze mit dem größten Respekt und der größtmöglichen Sorgfalt behandeln. Ihre Bibliothekare werden nicht eine Spur meiner Anwesenheit finden.«

Die Glocken des Petersdoms begannen zu läuten. Der Camerlengo warf einen letzten Blick auf seine Taschenuhr. »Ich muss gehen.« Er zögerte einen angespannten Augenblick, dann blickte er zu Langdon auf. »Also gut. Ich werde einen Hellebardier der Schweizergarde beauftragen, Sie zum Archiv zu begleiten. Ich schenke Ihnen mein Vertrauen, Mr. Langdon. Gehen Sie mit Gott.«

Langdon war sprachlos.

Der junge Geistliche schien von einem unheimlichen Selbstbewusstsein erfüllt. Er streckte die Hand aus und drückte Langdons Schulter mit überraschender Kraft. »Ich möchte, dass Sie finden, wonach Sie suchen. Und finden Sie es schnell.«

46.

LANGDON STAPFTE ENTSCHLOSSEN über die verlassene Via della Fondamenta in Richtung der Geheimarchive auf der anderen Seite des Borgiahofs, in denen mehr als zwanzigtausend alte Bücher lagerten und den Gerüchten zufolge unbezahlbare Schätze wie die verlorenen Tagebücher Leonardo da Vincis und sogar unveröffentlichte Teile der Bibel enthielten. Sein Verstand hatte noch nicht verdaut, dass der Camerlengo ihm tatsächlich Zutritt gewährte.

Vittoria ging neben ihm. Sie hielt sein Tempo mühelos mit. Ihr Haar flatterte im Wind und roch nach Mandeln. Langdon spürte, wie seine Gedanken abzuschweifen drohten, und beschleunigte seine Schritte.

»Wollen Sie mir nicht verraten, wonach wir suchen?«, fragte Vittoria.

»Nach einem kleinen Buch, das ein gewisser Galileo geschrieben hat.«

»Sie geben sich nicht mit Kleinigkeiten zufrieden, wie? Was steht drin?«

»Angeblich etwas, das man *il segno* nennt.«

»Das Zeichen?«

»Zeichen, Hinweis, Signal ... kommt darauf an, wie man es übersetzt.«

»Hinweis worauf?«

Langdon ging noch schneller. »Auf einen geheimen Ort. Galileos Illuminati mussten sich vor den Häschern des Vatikans schützen, daher schufen sie einen geheimen Treffpunkt hier in Rom. Sie nannten ihn Kirche der Illumination.«

»Ziemlich vollmundig, einen satanistischen Unterschlupf Kirche zu nennen.«

Langdon schüttelte den Kopf. »Galileos Illuminati waren mitnichten satanistisch. Sie waren Wissenschaftler, die nach Erleuchtung strebten. Dieser Treffpunkt war nicht mehr, als der Name sagt – ein Ort, an dem sie sich ungefährdet treffen und über Themen diskutieren konnten, die der Vatikan für tabu erklärt hatte. Wir wissen zwar, dass der geheime Treffpunkt existiert hat, doch bis zum heutigen Tag hat ihn niemand gefunden.«

»Also wussten die Illuminati, wie man ein Geheimnis bewahrt.«

»Absolut. Tatsächlich hat niemals jemand außerhalb ihrer Bruderschaft erfahren, wo dieser Treffpunkt liegt. Die Geheimhaltung war ihr größter Schutz und zugleich ein ziemliches Problem, wenn es darum ging, neue Mitglieder anzuwerben.«

»Die Illuminati konnten nicht wachsen, wenn niemand zu ihnen fand.«

»Richtig. Die Neuigkeiten von Galileos geheimer Bruderschaft begannen sich um 1630 herum zu verbreiten, und Wissenschaftler aus der ganzen Welt brachen zu Wallfahrten nach Rom auf – in der heimlichen Hoffnung, die Illuminati zu finden und ihnen beizutreten ... Jeder war begierig darauf, einen Blick durch Galileos Teleskop zu werfen und einen Vortrag des Meisters zu hören. Unglücklicherweise jedoch wussten die Wissenschaftler nicht, wohin sie gehen sollten, nachdem sie erst einmal in Rom waren. Sie kannten den Treffpunkt nicht und konnten niemanden gefahrlos danach fragen. Die Illuminati wollten neue Mitglieder, doch sie durften die Geheimhaltung nicht gefährden, indem sie ihren Aufenthaltsort verrieten.«

Vittoria runzelte die Stirn. »Klingt nach einer *situazione senza soluzione*.«

»Genau. Eine Zwickmühle.«

»Und was haben sie getan?«

»Sie waren Wissenschaftler. Sie analysierten das Problem und fanden eine Lösung. Eine brillante Lösung. Die Illuminati schufen eine Art Karte, die Wissenschaftlern den Weg zu ihrem Treffpunkt verriet.«

Vittoria blickte Langdon skeptisch an und verlangsamte ihre Schritte. »Eine Karte? Das klingt aber ziemlich unvorsichtig. Wenn sie in die falschen Hände gefallen wäre ...«

»Konnte sie nicht«, sagte Langdon. »Es gab keine Kopien davon. Es war nicht die Art von Karte, die man auf Papier zeichnet. Diese Karte war gigantisch. Eine leuchtende Spur hoch oben am Himmel, direkt über der Stadt.«

Vittoria wurde noch langsamer. »Was denn, vielleicht Markierungen auf dem Bürgersteig oder an Häusern?«

»In gewisser Hinsicht – ja. Aber sehr viel subtiler. Die Karte bestand aus einer Reihe sorgfältig getarnter symbolischer Markierungen, die überall in der Stadt auf öffentlichen Plätzen standen. Ein Hinweis führte zum nächsten ... und wieder zum nächsten ... Es war eine Spur, an deren Ende der Treffpunkt der Illuminati lag.«

Vittoria beäugte ihn misstrauisch. »Klingt nach einer Schnitzeljagd, wenn Sie mich fragen.«

Langdon kicherte. »In gewisser Hinsicht war es das auch. Die Illuminati nannten ihre Fährte den ›Weg der Erleuchtung‹. Jeder, der zur Bruderschaft wollte, musste diesem Weg bis zum Ende folgen. Es war zugleich eine Art Probe.«

»Aber wenn der Vatikan nach den Illuminati gesucht hat«, warf Vittoria ein, »warum ist er dann nicht einfach dieser Fährte gefolgt?«

»Weil es eine verborgene Fährte war. Ein Puzzle, auf eine Weise konstruiert, dass nur wenige Leute in der Lage waren, die Markierungen aufzuspüren und herauszufinden, wo sich die Kirche der Illumination verbarg. Die Illuminati hatten es so geplant. Die Fährte war nicht nur eine Sicherheitsmaßnahme gegen den Vatikan, sondern auch ein Auswahlprozess, eine Art Initiierung, die sicherstellen sollte, dass nur die klügsten Köpfe vor ihrer Tür eintrafen.«

»Ich verstehe das nicht. Der Klerus des siebzehnten Jahrhunderts war die geistige Elite der damaligen Welt. Wenn diese Zeichen an öffentlichen Orten angebracht waren, hätte doch jemand im Vatikan sie entschlüsseln müssen, oder nicht?«

»Sicher«, erwiderte Langdon. »Wenn sie gewusst hätten, wonach sie suchen mussten. Doch das wussten sie nicht. Und die Zeichen fielen ihnen niemals auf, weil die Illuminati sie so erschaffen hatten, dass die Kleriker nicht im Traum auf den Gedanken gekommen wären, es könnte sich um getarnte Wegweiser handeln. Sie benutzten eine Methode, die in der Symbolologie als *Dissimulation* bekannt ist.«

»Camouflage.«

Langdon war beeindruckt. »Sie kennen den Ausdruck?«

»*Dissimulazione*«, sagte sie. »Die beste Verteidigungsmaßnahme in der Natur. Versuchen Sie einen Trompetenfisch zu sehen, der sich aufrecht schwimmend zwischen Seegras versteckt.«

»Ich verstehe«, sagte Langdon. »Die Illuminati jedenfalls benutzten das gleiche Konzept. Sie schufen Zeichen, die für unwissende Augen vor dem Hintergrund des alten Rom unsichtbar waren. Sie konnten keine Ambigramme und keine wissenschaftliche Symbolik benutzen, weil das viel zu verdächtig gewesen wäre. Also riefen sie einen begnadeten Künstler – den gleichen unbekannten Meister, der auch das Ambigramm des Namens ›Illuminati‹ erschaffen hatte – und beauftragten ihn, vier Skulpturen zu erschaffen.«

»Illuminati-Skulpturen?«

»Genau. Skulpturen, die zwei strengen Richtlinien entsprechen mussten. Erstens, sie mussten genauso aussehen wie die übrigen Kunstwerke im alten Rom ... Kunstwerke, von denen der Vatikan niemals vermutet hätte, dass sie mit den Illuminati in Verbindung standen.«

»Religiöse Kunstwerke.«

Langdon nickte. Seine Erregung stieg, und er redete schneller. »Die zweite Richtlinie war, dass die vier Skulpturen sehr spezifische Themen darzustellen hatten. Jedes Stück musste ein subtiler Tribut an die vier Elemente der Wissenschaft sein.«

»Vier Elemente?«, fragte Vittoria. »Aber es gibt über hundert!«

»Nicht im siebzehnten Jahrhundert«, erinnerte Langdon. »Die frühen Alchimisten glaubten, dass das gesamte Universum aus nicht mehr als vier Substanzen bestehe: Erde, Feuer, Wasser, Luft.«

Das frühe Kreuz, so wusste Langdon, war das am meisten verbreitete Symbol der vier gegensätzlichen Elemente – vier Arme, die Erde, Luft, Feuer und Wasser repräsentierten. Im Lauf der Geschichte hatte es Hunderte weiterer Symbole für die vier Elemente gegeben – die pythagoreischen Lebenszyklen, das chinesische Hong-Fan, die männlichen und weiblichen Rudimente nach Jung, die Quadranten des Tierkreises; selbst die Moslems hatten die vier antiken Elemente verehrt, auch wenn sie im Islam als »Plätze, Wolken, Blitze und Wellen« bekannt waren. Für Langdon war es eher der modernere Gebrauch der Symbole, der ihm Schauer über den Rücken laufen ließ – die vier mystischen Zeichen der Absoluten Initiation der Freimaurer: Erde, Luft, Feuer, Wasser.

Vittoria schien verwirrt. »Also hat dieser Illuminati-Künstler vier Werke erschaffen, die bei oberflächlicher Betrachtung religiös aussahen, aber in Wirklichkeit ein Tribut an Erde, Luft, Feuer und Wasser waren?«

»Ganz recht«, sagte Langdon, während sie in die Via Sentinel einbogen, die zu den Archiven führte. »Die Skulpturen fielen in dem Meer religiöser Kunstwerke in Rom überhaupt nicht auf. Die Bruderschaft spendete die Werke anonym an vier ausgewählte Kirchen und benutzte ihren politischen Einfluss, um die Aufstellung zu überwachen. Jedes dieser Werke war ein Wegweiser, der unauffällig zur nächsten Kirche deutete, wo ein weiterer Wegweiser wartete. Eine Spur aus Hinweisen, getarnt als religiöse Kunst. Falls es einem Kandidaten gelang, die erste Kirche zu finden und mit ihr das Symbol für ›Erde‹, konnte er ihm zur ›Luft‹ und von dort aus zum ›Feuer‹ und zum ›Wasser‹ folgen und schließlich zur Kirche der Illumination.«

Vittorias Verwirrung nahm immer weiter zu. »Und das alles soll uns zu dem Assassinen führen?«

Langdon lächelte und spielte seinen Trumpf aus. »O ja. Die Illuminati hatten einen besonderen Namen für diese vier Kirchen. Sie nannten sie die ›Altäre der Wissenschaft‹.«

Vittoria runzelte die Stirn. »Es tut mir wirklich Leid, aber das sagt mir …« Sie stockte. *»L'altare di Scienza!«*, rief sie dann. »Der Assassine hat gesagt, die Kardinäle würden als jungfräuliche Opfer auf den Altären der Wissenschaft sterben!«

Langdon grinste. »Vier Kardinäle. Vier Kirchen. Die vier Altäre der Wissenschaft.«

Sie schaute ihn benommen an. »Sie glauben, die vier Kirchen, in denen die Kardinäle geopfert werden sollen, sind die gleichen, die den alten Weg der Illumination beschreiben?«

»Das glaube ich, ja.«

»Aber warum hätte uns der Assassine diesen Hinweis geben sollen?«

»Warum nicht?«, entgegnete Langdon. »Nur sehr wenige Historiker wissen von diesen Skulpturen, und noch weniger glauben, dass sie je existiert haben, ganz zu schweigen davon, dass die Orte, an denen sie stehen, vierhundert Jahre lang geheim geblieben sind. Zweifellos vertrauen die Illuminati darauf, dass dieses Geheimnis auch noch fünf weitere Stunden überdauert. Außerdem brauchen sie ihren Weg zur Erleuchtung nicht länger, und ihr geheimer Treffpunkt existiert bestimmt nicht mehr. Wir leben in einer modernen Welt. Heutzutage treffen sie sich in Vorstandszimmern und Konferenzräumen, gehen zusammen essen oder Golf spielen. Und heute Nacht wollen sie ihre Existenz der Weltöffentlichkeit enthüllen. Dies ist der Augenblick, auf den sie so lange gewartet haben. Ihr großer Auftritt.«

Langdon befürchtete, dass dieser Augenblick einer besonderen Symmetrie gehorchen könnte, von der er noch nichts erwähnt hatte. Die vier Brandzeichen. Der Mörder hatte gesagt, jeder der vier Kardinäle würde mit einem anderen Symbol gebrandmarkt. »Beweis dafür, dass die alten Legenden wahr sind«, hatte er gesagt. Die

Legende der vier ambigrammatischen Brandzeichen war so alt wie die Illuminati selbst: Erde, Luft, Feuer und Wasser – vier Worte, geschaffen in perfekter Symmetrie. Genau wie das Illuminati-Ambigramm. Jeder der Kardinäle würde mit einem der antiken Elemente der Wissenschaft gebrandmarkt werden. Die Gerüchte, dass die vier Brandzeichen die englischen Worte zeigten, nicht die alten italienischen, wurden unter Historikern heftig diskutiert. Englisch erschien als eine willkürliche Abweichung von ihrer Muttersprache – und die Illuminati taten nichts Willkürliches.

Langdon gelangte auf den gepflasterten Vorplatz vor dem Archivgebäude. Schaurige Bilder geisterten durch seinen Verstand. Die gewaltige Verschwörung der Illuminati begann endlich ihre Größe zu enthüllen. Die Bruderschaft hatte geschworen, im Untergrund zu bleiben und dort genügend Macht und Einfluss zu sammeln, bis sie ohne Furcht zurückkehren und im hellen Tageslicht ihren Feinden trotzen konnte. Die Illuminati versteckten sich nicht mehr. Sie stellten ihre Macht zur Schau und bestätigten die konspirativen Mythen als Tatsachen. Heute Nacht planten sie einen Auftritt, der ihnen das Interesse der Weltöffentlichkeit sichern sollte.

»Dort kommt unsere Eskorte!«, sagte Vittoria.

Langdon blickte auf und bemerkte einen Hellebardier, der über den Rasen in Richtung Eingang eilte.

Als er Langdon und Vittoria bemerkte, blieb er wie angewurzelt stehen. Er starrte sie an, als wären sie Halluzinationen. Ohne ein Wort wandte er sich ab und zerrte sein Walkie-Talkie hervor. Offensichtlich konnte er nicht glauben, was er von seinem Vorgesetzten zu hören bekam, denn er redete aufgeregt auf die Person am anderen Ende ein. Das ärgerliche Bellen, das aus dem Lautsprecher des Geräts drang, war für Langdon und Vittoria unverständlich, doch an der Bedeutung gab es keinen Zweifel. Der Schweizergardist schien zu resignieren. Er steckte das Walkie-Talkie wieder ein und wandte sich mit einem Ausdruck der Missbilligung zu Langdon und Vittoria um.

Er redete nicht ein Wort, während er die beiden in das Gebäude begleitete. Sie passierten vier Stahltüren und zwei weitere verschlossene Türen, dann stiegen sie eine Treppe hinunter und erreichten ein Foyer. Der Gardist tippte Kodes in zwei Tastenfelder, und sie gingen durch eine Reihe elektronischer Detektoren, bevor sie schließlich am Ende eines langen Korridors vor eine große Doppeltür aus Eiche gelangten. Der Schweizergardist blieb stehen, murmelte etwas Unverständliches und öffnete eine in die Wand neben der Tür eingelassene Metallklappe. Er tippte einen Kode auf die Tastatur dahinter, und an der Tür ertönte ein Summen.

Der Gardist öffnete die Tür und wandte sich zu ihnen um. Zum ersten Mal sprach er direkt zu ihnen. »Die Archive befinden sich hinter dieser Tür. Man hat mich instruiert, Sie bis hierher zu geleiten und anschließend zurückzukehren.«

»Sie gehen wieder?«, fragte Vittoria überrascht.

»Die Schweizergarde hat keinen Zutritt zu den Geheimarchiven. Sie beide sind nur deswegen hier, weil mein Kommandant einem direkten Befehl des Camerlengo Folge leisten muss.«

»Aber wie kommen wir wieder heraus?«

»Die Sicherheitsmaßnahmen beschränken sich auf den Zutritt. Sie werden keine Probleme haben.« Mit diesen Worten machte er auf dem Absatz kehrt und marschierte durch den langen Gang davon.

Vittoria murmelte einen Kommentar, doch Langdon hörte nicht mehr zu. Seine Gedanken kreisten um das, was hinter den mächtigen Doppeltüren auf ihn wartete, auf die Geheimnisse, die dort verborgen schlummerten.

47.

OBWOHL DIE ZEIT KNAPP WAR, bewegte sich Camerlengo Carlo Ventresca ohne große Eile. Er brauchte die Zeit, um sich vor dem Eröffnungsgebet zu sammeln. Es geschah so viel auf einmal. Während er in düsterer Einsamkeit durch den Nordflügel ging, spürte er die Anstrengung der vergangenen fünfzehn Tage in den Knochen.

Er war seinen heiligen Pflichten buchstabengetreu nachgekommen.

Wie es die vatikanische Tradition verlangte, hatte der Camerlengo persönlich den Tod des Papstes bestätigt, indem er einen Finger an die Halsschlagader gelegt, auf seinen Atem gelauscht und schließlich dreimal den Namen des Papstes gerufen hatte. Nach dem Gesetz gab es keine Autopsie.

Hernach hatte er das Schlafzimmer des Papstes verriegelt, den päpstlichen Fischerring und den Rohling für das Siegel zerstört und die Vorbereitungen für die Bestattung und das anschließende Konklave getroffen.

Konklave, dachte er. *Die letzte Hürde.* Es war eine der ältesten Traditionen des Christentums. Das Konklave wurde heutzutage häufig kritisiert, weil das Ergebnis in der Regel feststand, bevor das Konklave begonnen hatte – mehr eine Burleske als eine wirkliche Wahl. Der Camerlengo wusste, dass nur ein Mangel an Verständnis für diese Kritik verantwortlich war. Das Konklave war mehr als eine Wahl. Es war ein alter, mystischer Transfer von Macht. Die Tradition war zeitlos ... die Heimlichkeit, die gefalteten Blätter, das Verbrennen der Stimmzettel, die Mischung alter Chemikalien, die Rauchsignale.

Während der Camerlengo die Loggien von Gregor XIII. durchschritt, überlegte er, ob Kardinal Mortati bereits in Panik war. Ohne Zweifel hatte der Zeremonienmeister inzwischen bemerkt, dass die vier *preferiti* fehlten. Ohne sie würde das Konklave die ganze Nacht andauern. Mortatis Ernennung zum Zeremonienmeister war eine gute Wahl, sagte sich der Camerlengo. Mortati war ein Freidenker und in der Lage, seine Meinung zu sagen. Heute Nacht würde das Konklave mehr denn je Führung benötigen.

Als der Camerlengo oben auf der Scala Regia angekommen war, erfüllte ihn ein Gefühl, als stünde er vor dem tiefsten Abgrund seines Lebens. Selbst von hier oben waren die Stimmen in der Sixtinischen Kapelle zu hören, die aufgeregten Unterhaltungen der einhundertfünfundsechzig Kardinäle.

Einhunderteinundsechzig Kardinäle, verbesserte er sich.

Einen Augenblick lang glaubte er zu fallen, tief hinunter in die Hölle, vorbei an schreienden Menschen. Flammen hüllten ihn ein, und vom Himmel regneten Blut und Steine.

Dann herrschte Stille.

Als der Knabe erwachte, fand er sich im Himmel wieder. Alles ringsum war weiß. Das Licht blendete in seiner Reinheit. Obwohl ein Zehnjähriger normalerweise kaum in der Lage war, den Himmel zu verstehen, begriff der junge Carlo Ventresca sehr genau, wo er sich befand. Er war im Himmel, hier und jetzt. Wo sonst konnte er sein? Selbst in den kurzen zehn Jahren seines Lebens hatte Carlo die Herrlichkeit Gottes gespürt – die donnernden Kirchenorgeln, die riesigen Kuppeln, die bewegenden Chöre, die bunten Fenster voll Bronze und Gold. Carlos Mutter Maria nahm den Knaben jeden Tag mit zur Messe. Die Kirche war sein Zuhause.

»Warum gehen wir jeden Tag zur Messe?«, hatte er einmal gefragt.

»Weil ich es Gott versprochen habe«, hatte seine Mutter geantwortet. »Und ein Versprechen gegenüber Gott ist das wichtigste Versprechen von allen. Brich niemals ein Versprechen gegenüber Gott!«

Carlo hatte es ihr geschworen. Er liebte seine Mutter mehr als alles andere auf der Welt. Sie war sein heiliger Engel. Manchmal nannte er sie *gebenedeite Maria* – die gesegnete Maria, obwohl sie das überhaupt nicht gerne hörte. Er kniete bei ihr, roch den süßen Duft ihrer Haut und lauschte dem Murmeln ihrer Stimme, während sie den Rosenkranz betete. *Heilige Maria, voll der Gnaden ... Mutter Gottes ... bete für uns Sünder ... jetzt und in der Stunde unseres Todes.*

»Wo ist mein Vater?«, fragte Carlo immer, obwohl er bereits wusste, dass er vor seiner Geburt gestorben war.

»Gott ist dein Vater, mein Sohn«, lautete die stets gleiche Antwort. »Du bist ein Kind der Kirche.«

Das gefiel Carlo.

»Wann immer du Angst verspürst«, sagte sie, »vergiss nie, dass Gott dein Vater ist. Er wird über dich wachen und dich schützen, solange du lebst. Gott hat *große Pläne* mit dir, mein Sohn.« Der Knabe wusste, dass sie die Wahrheit sprach. Er konnte Gott in seinem Blut spüren.

Blut ...

Blut regnet vom Himmel!

Stille. Dann – der Himmel.

Doch sein Himmel war in Wirklichkeit die Intensivstation des *Santa Clara Ospedale* außerhalb von Palermo, stellte Carlo fest, nachdem jemand das blendende Licht abgeschaltet hatte. Carlo war der einzige Überlebende eines Bombenattentats, das eine Kapelle zum Einsturz gebracht hatte. Er war mit seiner Mutter im Urlaub auf Sizilien, und sie waren zur Messe in die Kapelle gegangen. Siebenunddreißig Menschen waren gestorben, darunter Carlos Mutter. Die Zeitungen sprachen von einem Wunder, dem *Miracolo di S. Francesco*, weil Carlo überlebt hatte. Aus irgendeinem unerfindlichen Grund war der Knabe wenige Augenblicke vor der Explosion von der Seite seiner Mutter gewichen und in einen geschützten Alkoven gegangen, um einen Wandteppich zu bewundern, auf dem das Wirken des heiligen Franziskus dargestellt war.

Gott hat mich dorthin gerufen, sagte sich der Knabe. *Er wollte mich retten.*

Carlo litt unter Schmerzen und Fieberfantasien. Er sah seine Mutter auf der Kirchenbank knien und ihm einen Handkuss zuwerfen – und dann, mit einem ohrenbetäubenden Krachen, wurde ihr süß duftendes Fleisch zerfetzt. Er schmeckte das *Böse* in den Menschen. Blut regnete auf ihn herab. Das Blut seiner Mutter, der gesegneten Maria!

Gott wird über dich wachen und dich beschützen, solange du lebst!, hatte seine Mutter zu ihm gesagt.

Und wo war Gott jetzt?

Dann war ein Geistlicher in das Krankenhaus gekommen, wie eine weltliche Manifestation der Wahrheit hinter den Worten seiner Mutter. Er war nicht irgendein Geistlicher gewesen. Er war ein Bischof. Er betete für Carlo. Das Wunder von San Francesco. Als Carlo wieder genesen war, brachte ihn der Bischof zu einer kleinen Abtei, die zu seinem Bistum gehörte und auf dem Gelände seiner Kathedrale stand. Carlo lebte und lernte unter Mönchen. Er wurde sogar Messdiener für seinen neuen Beschützer. Der Bischof schlug vor, dass Carlo eine öffentliche Schule besuchen sollte, doch Carlo weigerte sich. Er hätte nicht glücklicher sein können in seinem neuen Zuhause. Er wusste nun, dass er wirklich und wahrhaftig im Hause Gottes wohnte.

Jede Nacht betete Carlo für seine Mutter.

Gott hat mich aus einem ganz bestimmten Grund gerettet, dachte er. *Was ist das für ein Grund?*

Als Carlo sechzehn Jahre alt war, wurde er nach dem italienischen Gesetz wehrpflichtig. Der Dienst dauerte zwei Jahre. Der Bischof sagte zu ihm, dass er vom Wehrdienst befreit würde, falls er das Priesterseminar besuche. Carlo antwortete, dass er sehr gerne in das Seminar eintreten würde, doch zuvor müsse er das Böse verstehen.

Der Bischof begriff nicht.

Carlo erklärte, dass er vorhabe, sein Leben in der Kirche und mit dem Kampf gegen das Böse zu verbringen, doch dazu müsse er es zuerst verstehen. Und er konnte sich keinen besseren Ort dafür denken als die Armee. Die Armee setzte Waffen und Bomben ein. *Seine gesegnete Mutter war von einer Bombe zerfetzt worden!*

Der Bischof bemühte sich, ihn von seiner Idee abzubringen, doch Carlos Entschluss stand fest.

»Sei vorsichtig, mein Sohn«, hatte der Bischof gesagt. »Und vergiss nicht, die Kirche wartet auf dich, wenn du deinen Dienst abgeleistet hast.«

Die zwei Jahre beim Militär waren grässlich gewesen. Carlo hatte seine Jugend in Stille und Kontemplation verbracht. In der Armee gab es keine Stille und keine Möglichkeit zur Reflexion. Endloser Lärm. Gewaltige Maschinen überall. Keinen Augenblick Frieden, Stille. Obwohl die Soldaten einmal in der Woche zur Messe gingen, spürte Carlo bei keinem seiner Kameraden die Gegenwart Gottes. Ihre Köpfe waren zu sehr mit Chaos gefüllt, um Gott zu sehen.

Carlo hasste sein neues Leben, doch er war entschlossen, die Zeit durchzustehen. Er hatte das Böse noch nicht begriffen.

Er weigerte sich, eine Waffe abzufeuern, und so lehrte ihn das Militär, einen Sanitätshubschrauber zu fliegen. Carlo hasste den Lärm und den Gestank, doch auf diese Weise konnte er hoch in den Himmel steigen und seiner Mutter näher sein. Als man ihn informierte, dass die Ausbildung auch Fallschirmspringen einschloss, spürte Carlo schreckliche Angst. Doch ihm blieb keine andere Wahl, als sich zu fügen.

Gott wird mich beschützen, sagte er sich.

Carlos erster Absprung mit dem Fallschirm war die aufregendste körperliche Erfahrung seines bisherigen Lebens. Es war, als flöge er mit Gott. Carlo konnte überhaupt nicht genug davon bekommen ... die Stille ... das Schweben ... das Gesicht seiner Mutter in den aufgetürmten weißen Wolken, während er der Erde entgegenraste. *Gott hat Pläne mit dir, Carlo.* Als er seine Dienstzeit beim Militär hinter sich hatte, trat er dem Priesterseminar bei.

Das war vor dreiundzwanzig Jahren gewesen.

Der Camerlengo stieg die Scala Regia hinunter und versuchte die Kette von Ereignissen zu verstehen, die ihn in diese ungewöhnlichen Lebensstation geführt hatte.

Leg alle Furcht ab, sagte er sich, *und begib dich in die Hand Gottes.*

Vor sich sah er die schwere bronzene Doppeltür der Sixtinischen Kapelle, bewacht von vier pflichtbewussten Schweizergardisten. Die Hellebardiere schoben den massiven Riegel zurück und zogen die Türen auf. Im Innern der Kapelle wandte sich jeder Kopf zu ihm um. Der Camerlengo erwiderte ihre Blicke, musterte die schwarzen Roben und roten Schärpen. Er verstand nun, welche Pläne Gott mit ihm hatte. Das Schicksal der Kirche lag in seinen Händen.

Der Camerlengo bekreuzigte sich und trat über die Schwelle.

48.

DER BBC-JOURNALIST GUNTHER GLICK saß schwitzend im Übertragungswagen, der auf der östlichen Seite des Petersplatzes geparkt stand, und verfluchte seinen Chefredakteur, der ihn hierher geschickt hatte. Obwohl Glicks erster Monatsbericht voller Superlative gewesen war – einfallsreich, mit spitzer Feder verfasst und mit zuverlässigen Informationen gespickt –, saß er nun hier vor dem Vatikan auf »Papstwache«. Er rief sich ins Gedächtnis, dass die Berichterstattung für die BBC wesentlich glaubwürdiger war als das

Garn, das er sich für den *British Tattler* zurechtgesponnen hatte. Trotzdem entsprach *das hier* bei weitem nicht seiner Vorstellung von Reportage.

Glicks Auftrag war einfach. Beschämend einfach. Er hatte hier zu sitzen und darauf zu warten, dass eine Bande alter Knacker ihren nächsten Oberfurz wählte, um anschließend nach draußen zu gehen und einen Fünfzehn-Sekunden-»Live«-Spot mit dem Vatikan im Hintergrund zu liefern.

Brillant.

Glick konnte einfach nicht glauben, dass die BBC immer noch Reporter aussandte, um von diesem Mist zu berichten. *Kein einziger amerikanischer Sender ist heute Nacht hier. Verdammt, nein!* Das lag daran, dass die großen Jungs es richtig machten. Sie sahen CNN, brachten Zusammenfassungen und filmten anschließend ihren »Live«-Bericht vor einem Bluescreen, über den in der Nachbearbeitung ein Konservenvideo vom Vatikan gelegt wurde. MSNBC setzte sogar Windmaschinen und Regner im Studio ein, um den »Reporter« authentischer wirken zu lassen. Die Zuschauer interessierten sich längst nicht mehr für die Wahrheit; sie wollten Unterhaltung, weiter nichts.

Glick starrte durch die Scheibe nach draußen, und seine Depression nahm zu. Der vatikanische Berg ragte vor ihm auf – eine beeindruckende Erinnerung an das, was Menschen erreichen konnten, wenn sie nur entschlossen genug ans Werk gingen.

»Was habe ich in meinem Leben erreicht?«, fragte er sich laut. »Nichts.«

»Dann gib's endlich auf«, erwiderte eine Frauenstimme hinter ihm.

Glick zuckte zusammen. Er hatte fast vergessen, dass er nicht allein war. Er wandte sich nach hinten um, wo seine Kamerafrau Chinita Macri saß und schweigend ihre Brillengläser putzte, wie sie es ununterbrochen tat. Chinita war schwarzhäutig, leicht übergewichtig und höllisch gerissen, was sie einen ständig spüren ließ. Sie war schon ein seltsamer Vogel, doch Glick mochte sie. Und er konnte ein wenig Gesellschaft verdammt gut gebrauchen.

»Was hast du für ein Problem, Gunther?«, fragte sie.

»Was tun wir hier?«

Sie polierte weiter ihre Brille. »Wir berichten von einem aufregenden Ereignis.«

»Alte, im Dunkeln eingesperrte Männer sollen aufregend sein?«

»Du weißt, dass du in die Hölle kommst, nicht wahr?«

»Ich bin schon da.«

»Rede mit mir.« Sie klang wie seine Mutter.

»Ich möchte nur irgendwas erreichen. Etwas Besonderes.«

»Du hast für den *British Tattler* geschrieben.«

»Ja, aber nichts, das irgendwelche Resonanz hervorgerufen hätte.«

»Aber, aber, Gunther. Ich habe von deinem irren Artikel über das geheime Sexualleben der Queen mit Außerirdischen gehört. Einfach toll.«

»Danke.«

»Hey, die Dinge wenden sich zum Besseren. Heute Nacht schreibst du deine ersten fünfzehn Sekunden Fernsehgeschichte.«

Glick stöhnte auf. Er hörte bereits den Nachrichtensprecher vor sich. »Danke, Gunther, großartiger Bericht.« Dann würde er die Augen verdrehen und über das Wetter sprechen. »Ich hätte mich als Sprecher bewerben sollen.«

Chinita lachte. »Was denn, ohne Erfahrung? Und mit deinem Bart? Vergiss es!«

Glick fuhr sich mit der Hand durch den rötlichen Filz unterm Kinn. »Ich dachte eigentlich immer, dass ich damit clever aussehe.«

Das Mobiltelefon klingelte und unterbrach glücklicherweise einen weiteren von Glicks erfolglosen Anläufen. »Vielleicht der Chefredakteur«, sagte er in einem Anflug neuer Hoffnung. »Glaubst du, sie wollen einen Zwischenbericht?«

»Über diese Geschichte?« Chinita lachte. »Träum schön weiter.«

Glick nahm den Anruf entgegen und meldete sich mit seiner besten Nachrichtensprecherstimme: »Gunther Glick, BBC – live aus Vatikanstadt.«

Der Mann am anderen Ende sprach mit schwach arabischem Akzent. »Hören Sie jetzt genau zu«, sagte er. »Ich werde Ihr Leben verändern.«

49.

LANGDON UND VITTORIA standen allein vor der großen Doppeltür, die ins Innere der Geheimarchive führte. Das Dekor des Säulengangs bestand aus einer willkürlichen Mischung von Gobelins über marmornen Böden und teilnahmslosen Sicherheitskameras neben Engelsskulpturen an der Decke. Langdon nannte das Sammelsurium im Stillen *sterile Renaissance.* Neben dem gewölbten Durchgang hing eine kleine Bronzeplakette.

ARCHIVIO VATICANO
Curatore Padre Jaqui Tomaso

Vater Jaqui Tomaso. Langdon kannte den Namen von den zahlreichen Ablehnungsschreiben, die er bei sich zu Hause auf dem Schreibtisch liegen hatte. *Sehr geehrter Mr. Langdon, mit Bedauern muss ich Ihnen mitteilen, dass es unmöglich ist …*

Bedauern. *Blödsinn.* Langdon kannte keinen einzigen amerikanischen nichtkatholischen Gelehrten, dem Zutritt zu den Vatikanischen Geheimarchiven gewährt worden wäre, seit Jaqui Tomaso die Leitung übernommen hatte. *Il guardiano*, so hatten die Historiker ihn getauft. Jaqui Tomaso war der unnachgiebigste Bibliothekar der Welt.

Als Langdon die Türen aufzog und durch das gewölbte Portal in das Allerheiligste trat, rechnete er beinahe damit, dass Vater Jaqui in Uniform und Helm und mit einer Panzerfaust den Eingang bewachte. Doch niemand erwartete sie. Der Raum lag leer vor ihnen.

Stille. Gedämpfte Beleuchtung.

Das *Archivio Vaticano.* Einer von Robert Langdons Lebensträumen wurde wahr.

Während seine Blicke durch die geheiligten Hallen schweiften, empfand er beinahe so etwas wie Schuldgefühle. Er erkannte, was für ein unreifer Romantiker er im Grunde genommen doch war. Das Bild, das er sich im Lauf der Jahre von diesem Raum gemacht hatte, hätte unzutreffender nicht sein können. Langdon hatte sich staubige Bücherregale vorgestellt, die vor alten, zerfledderten Folianten überquollen, Priester, die bei Kerzenlicht die Bestände katalogisierten, Bleiglasfenster und Mönche mit Federkielen über Schriftrollen …

Was nicht einmal annähernd der Wirklichkeit entsprach.

Auf den ersten Blick erschien der Raum wie ein dunkler Flugzeughangar, in den jemand ein Dutzend frei stehender Racquetballfelder mit gläsernen Wänden gebaut hatte. Langdon wusste selbstverständlich, wozu die aus Glas bestehenden Zellen dienten. Er war nicht überrascht, sie hier anzutreffen – es waren Büchertresore, hermetisch gegen Feuchtigkeit und Wärme isoliert, luftdichte Kammern, die verhindern sollten, dass das alte Papier und Pergament noch weiter zerfiel. Langdon war schon häufig in Büchertresoren gewesen, doch es war jedes Mal aufs Neue eine beunruhigende Erfahrung, einen luftdichten Container zu betreten, während draußen ein fremder Bibliothekar die Sauerstoffzufuhr regulierte.

Die Tresore lagen in geisterhafter Dunkelheit, kaum zu erkennen im Licht der schwachen Deckenlampen. In der Schwärze jedes Containers nahm Langdon undeutlich die Umrisse der monströsen Regale wahr, Reihe um Reihe mit Geschichte beladene Türme. Es war eine schier unglaubliche Sammlung.

Auch Vittoria, die hinter ihm stand, starrte sprachlos auf die gigantischen transparenten Container.

Die Zeit war knapp, sodass Langdon gar nicht erst im Halbdunkel der Halle nach einem Bibliothekskatalog suchte – den es wohl auch nicht gab, denn er bemerkte eine Hand voll schwach erleuchteter Computerterminals, die gleichmäßig verteilt in der Halle standen. »Sieht aus, als hätten sie ein Bibliotheksprogramm«, sagte er. »Ihr Verzeichnis ist elektronisch gespeichert.«

Vittoria warf ihm einen hoffnungsvollen Blick zu. »Das sollte die Suche vereinfachen, nicht wahr?«

Er hätte gerne ihre Zuversicht geteilt, hatte jedoch das ungute Gefühl, dass diese Neuigkeit keine gute Nachricht war. Er trat zu einem Terminal und tippte etwas ein. Seine Befürchtungen bewahrheiteten sich augenblicklich. »Die altmodische Methode wäre besser gewesen.«

»Warum?«

Er wandte sich vom Monitor ab. »Weil richtige Bücher nicht

durch Passwörter geschützt sind. Ich nehme nicht an, dass Physiker geborene Hacker sind?«

Vittoria schüttelte den Kopf. »Ich kann Austern öffnen, mehr nicht.«

Langdon atmete tief durch und blickte auf die langen Reihen unheimlicher transparenter Container. Er trat zum nächststehenden und spähte in das düstere Innere. Hinter dem Glas sah er undeutliche Umrisse, die er als gewöhnliche Regale, Pergamentbehälter und Lesetische erkannte. Er starrte angestrengt auf die Beschriftung am Ende jedes einzelnen Regals – wie in allen Bibliotheken der Welt war dort zu lesen, was die Regale enthielten. Er las, während er langsam an der transparenten Barriere entlangging:

PIETRO IL ERIMITO … LE CROCIATE … URBANO II … LEVANT …

»Sie sind beschriftet«, sagte er zu Vittoria. »Aber leider nicht alphabetisch nach den Autoren.« Was ihn im Grunde genommen nicht weiter überraschte. Alte Archive wie dieses waren fast nie alphabetisch geordnet, weil zahlreiche Autoren unbekannt waren. Eine Sortierung nach Titeln war ebenfalls nicht möglich, weil viele historische Dokumente nur als Fragmente vorlagen oder überhaupt keinen Titel besaßen. Bei den meisten Katalogen wurde daher chronologisch vorgegangen. Was hier jedoch ebenfalls nicht zutraf, wie Langdon zu seiner Bestürzung rasch feststellte.

Er spürte, wie kostbare Zeit unter seinen Fingern verrann. »Sieht aus, als hätte der Vatikan sein eigenes System.«

»Was für eine Überraschung.«

Langdon untersuchte die Beschriftungen erneut. Die Dokumente auf den Regalen umfassten Jahrhunderte – doch die Schlüsselworte standen alle in einem bestimmten Bezug zueinander. »Ich glaube, sie sind thematisch klassifiziert«, sagte er schließlich.

»Thematisch?«, erwiderte Vittoria im Tonfall einer enttäuschten Wissenschaftlerin. »Das klingt nicht gerade effizient.«

Bei genauerer Betrachtung, dachte Langdon, *habe ich noch nie eine derart schlaue Katalogisierung gesehen.* Er hatte gegenüber seinen Studenten stets betont, wie wichtig es war, die Gesamtheit der Motive und Schattierungen einer künstlerischen Epoche zu betrachten und sich nicht in den einzelnen Daten und spezifischen Arbeiten zu verlieren. Die Vatikanischen Archive waren, wie es schien, nach genau dieser Philosophie katalogisiert. *Breite Spektren …*

»Alles in diesem Tresor hier«, sagte er und spürte, wie seine Zuversicht wuchs, »hat mit den Kreuzzügen zu tun. Material aus mehreren Jahrhunderten über die Kreuzzüge. Das ist das Thema dieses Containers.« Es war alles dort. Historische Berichte, Briefe, Kunstwerke, sozio-politische Daten, moderne Analysen. *Alles an einem Ort … sodass der tiefere Zugang zum Thema erleichtert wird. Brillant.*

Vittoria runzelte die Stirn. »Aber die Daten können zu vielen Themen gleichzeitig in Beziehung stehen.«

»Deswegen gibt es Querverweise zu weiteren Standorten.« Langdon deutete durch das Glas auf die bunten Plastikschildchen, die zwischen den langen Reihen von Dokumenten aus den Regalen ragten. »Sie verweisen auf andere Dokumente, die bei anderen Themenbereichen eingegliedert stehen.«

»Sicher«, sagte sie in offensichtlicher Resignation. Sie stemmte die Hände in die Hüften und ließ den Blick durch den riesigen Raum schweifen. Dann schaute sie Langdon an. »So, Professor, und wie war der Name von diesem Galileo-Ding, nach dem wir suchen?«

Langdon musste unwillkürlich grinsen. Irgendwie konnte er immer noch nicht fassen, dass er tatsächlich im vatikanischen Geheimarchiv stand. *Es ist hier drin,* dachte er. *Irgendwo hier in der Dunkelheit. Es wartet darauf, dass ich es finde.*

»Folgen Sie mir«, sagte er und setzte sich durch den ersten Gang zwischen den Containern hindurch in Bewegung, während er die Beschriftungen las. »Erinnern Sie sich, was ich Ihnen über den Weg der Erleuchtung erzählt habe? Wie die Illuminati neue Mitglieder rekrutierten und sie dabei zugleich einer kunstvollen Probe unterzogen?«

»Die Schnitzeljagd«, sagte Vittoria dicht hinter ihm.

»Nachdem die Illuminati die Wegweiser aufgestellt hatten, blieb ein Problem zu lösen. Sie mussten der wissenschaftlichen Gemeinde irgendwie mitteilen, dass es den Weg der Erleuchtung gab.«

»Logisch«, sagte Vittoria. »Ansonsten hätte wohl kaum jemand danach gesucht.«

»Richtig. Doch selbst wenn die Wissenschaftler von der Existenz des Weges wussten, konnten sie nicht wissen, wo er begann. Rom ist riesig.«

»Keine Einwände.«

Langdon überflog die Beschriftungen im nächsten Gang, während er weiterredete. »Vor etwa fünfzehn Jahren habe ich zusammen mit ein paar Historikern von der Sorbonne eine Reihe von Illuminati-Briefen mit Hinweisen auf *il segno* entdeckt.«

»Das Zeichen. Die Ankündigung, dass der Weg existiert und wo er seinen Anfang nimmt.«

»Ja. Seit damals haben viele Illuminati-Forscher – einschließlich meiner selbst – weitere Hinweise auf *il segno* entdeckt. Heutzutage geht man einvernehmlich davon aus, dass dieser Hinweis existiert und dass Galileo ihn der wissenschaftlichen Gemeinde seiner Zeit hat zukommen lassen, ohne dass der Vatikan je etwas erfahren hätte.«

»Wie das?«

»Das wissen wir nicht genau. Höchstwahrscheinlich durch gedruckte Veröffentlichungen. Er hat im Lauf der Jahre sehr viele Bücher und Zeitungen herausgegeben.«

»Die der Vatikan ohne Zweifel genau unter die Lupe nahm. Ziemlich gefährlich, wenn Sie mich fragen.«

»Zugegeben. Nichtsdestotrotz wurde der Hinweis auf diese Weise lanciert.«

»Und niemand hat ihn je entdeckt?«

»Niemand. Eigenartigerweise wird häufig in Form einer Zahl auf *il segno* hingewiesen, ganz gleich, wo Hinweise auftauchen – in Freimaurerberichten, alten wissenschaftlichen Journalen, Illuminati-Briefen …«

»666?«

Langdon lächelte. »Nein. 503.«

»Und das bedeutet?«

»Keiner von uns konnte sich je etwas darunter vorstellen. Ich war fasziniert von dieser Zahl und habe alles Mögliche ausprobiert, um ihre Bedeutung zu entschlüsseln – Numerologie, Kartenreferenzen,

Breiten- und Längengrade.« Langdon war am Ende des Gangs angekommen und bog um die Ecke in den nächsten Gang, während er die Beschriftungen keine Sekunde aus den Augen ließ. »Viele Jahre schien der einzige Hinweis die Tatsache, dass 503 mit der Ziffer fünf beginnt ... eine der Schlüsselzahlen der Illuminati.« Er zögerte.

»Irgendetwas verrät mir, dass Sie es vor kurzem herausgefunden haben ... und das ist der Grund, aus dem wir hier sind.«

»So ist es«, antwortete Langdon und gestattete sich einen seltenen Augenblick von Stolz auf seine Leistung. »Kennen Sie ein Buch von Galileo namens *Dialogo*?«

»Selbstverständlich. Es ist unter Forschern berühmt als der ultimative Verrat an der Wissenschaft.«

Verrat war nicht ganz das Wort, das Langdon benutzt hätte, doch er wusste, was Vittoria meinte. Anfang der dreißiger Jahre des siebzehnten Jahrhunderts wollte Galileo ein Buch veröffentlichen, in dem er das von Kopernikus entwickelte heliozentrische Modell des Sonnensystems unterstützte, doch der Vatikan gestattete die Veröffentlichung nicht, bevor Galileo nicht überzeugende Beweise für das geozentrische Modell der Kirche einfügte – ein Modell, von dem Galileo *wusste*, dass es vollkommen falsch war. Doch ihm blieb keine andere Wahl, als den Forderungen der Kirche nachzugeben und ein Buch zu publizieren, in dem beide Modelle – das richtige wie das falsche – mit gleicher Ausgiebigkeit abgehandelt wurden.

»Wie Sie vielleicht wissen«, entgegnete Langdon, »wurde *Dialogo* trotz des Kompromisses von der Kirche immer noch als Häresie betrachtet, und der Vatikan stellte Galileo unter Hausarrest.«

»Keine gute Tat bleibt ungestraft.«

Langdon lächelte. »Wie wahr. Und doch, Galileo blieb unbeugsam. Während er unter Hausarrest stand, verfasste er heimlich ein weniger bekanntes Manuskript, das Gelehrte häufig mit *Dialogo* verwechseln. Dieses Buch nannte er *Discorsi*.«

Vittoria nickte. »Ich habe davon gehört. *Diskurs über die Gezeiten*.«

Langdon blieb überrascht stehen, erstaunt, dass sie von der obskuren Publikation über die Planetenbewegungen und ihren Einfluss auf die Gezeiten gehört hatte.

»Hey!«, sagte sie, »Sie reden mit einer italienischen Meeresphysikerin, deren Vater Galileo angebetet hat!«

Langdon lachte. *Discorsi* war nicht das Buch, nach dem sie suchten. Er erklärte ihr, dass *Discorsi* nicht Galileos einziges Werk aus der Zeit war, als er unter Hausarrest stand. Historiker glaubten, dass er außerdem ein weiteres Buch mit dem Titel *Diagramma* geschrieben habe.

»*Diagramma della Verità*«, sagte Langdon. »Das Diagramm der Wahrheit.«

»Nie davon gehört.«

»Das überrascht mich nicht. *Diagramma* war Galileos geheimste Arbeit – mutmaßlich handelt es sich um eine Art Abhandlung über wissenschaftliche Fakten, die er für wahr erachtete und mit niemandem teilen durfte. Wie einige der vorhergehenden Manuskripte wurde auch *Diagramma* von einem Freund aus Rom herausgeschmuggelt und später in Holland publiziert. Das Buch wurde in den wissenschaftlichen Kreisen, die im Untergrund arbeiteten, äußerst populär. Dann erfuhr der Vatikan davon und begann eine Bücherverbrennung.«

Vittoria schien fasziniert. »Und Sie glauben, dass der Hinweis in *Diagramma* steckt? *Il segno?* Die Informationen, die zum Weg der Erleuchtung führen?«

»*Diagramma* ist jedenfalls das Werk, mit dem Galileo die Nachricht verbreitet hat, dessen bin ich mir sicher.« Langdon betrat den dritten Mittelgang zwischen den Büchertresoren und überflog weitere Hinweisschilder. »Archivare suchen seit vielen Jahren nach einer erhaltenen Ausgabe von *Diagramma*. Doch irgendwie scheinen die wenigen Exemplare, die der Verbrennung entgingen, aufgrund ihrer geringen Haltbarkeit vom Angesicht der Erde verschwunden zu sein.«

»Geringe Haltbarkeit?«

»Ja. Archivare besitzen ein Bewertungssystem für die Qualität des verwendeten Papiers. *Diagramma* wurde auf Riedgras-Papyrus gedruckt. Es ist wie ein Papierhandtuch. Lebensdauer unter normalen Bedingungen nicht mehr als ein Jahrhundert.«

»Warum hat man nichts Besseres genommen?«

»Es geschah auf Galileos Veranlassung. Um seine Anhänger zu

schützen. Ein Wissenschaftler, der mit dem Buch überrascht wurde, konnte es rasch in Wasser werfen, und es hätte sich binnen kürzester Zeit aufgelöst. Eine großartige Methode, um Beweise zu vernichten, aber schrecklich für die heutigen Archivare. Man glaubt, dass nur eine einzige Ausgabe von *Diagramma* die Zeit nach dem achtzehnten Jahrhundert überlebt hat.«

»Eine?« Vittoria blickte sich aufgeregt in dem großen Gewölbe um. »Und sie ist *hier*?«

»Kurz nach Galileos Tod wurde sie in den Niederlanden vom Vatikan konfisziert. Ich richte seit Jahren Eingaben an das Archiv, um es einzusehen. Seit ich zu dem Schluss gelangt bin, dass es hier lagern muss.«

Als hätte sie seine Gedanken gelesen, bewegte sich Vittoria auf die andere Seite des Ganges und suchte die angrenzenden Container ab. Auf diese Weise kamen sie doppelt so schnell voran.

»Vielen Dank«, rief Langdon. »Suchen Sie nach Hinweisen, die irgendetwas mit Galileo zu tun haben, mit Wissenschaft oder Forschern. Sie werden es erkennen, sobald Sie es erst sehen.«

»In Ordnung, aber Sie haben mir immer noch nicht erzählt, wie Sie herausgefunden haben, dass der Hinweis in *Diagramma* versteckt sein muss. Hat es etwas mit der Zahl zu tun, die Sie immer wieder in Dokumenten der Illuminati gefunden haben? 503?«

Langdon lächelte. »Ja. Ich habe eine Weile dazu benötigt, aber schließlich fand ich heraus, dass 503 ein einfacher Code ist. Er weist ohne jeden Zweifel auf *Diagramma* hin.«

Einen Augenblick lang durchlebte Langdon erneut dieses Gefühl einer unerwarteten Entdeckung, diesen sechzehnten August vor zwei Jahren. Es war auf der Hochzeit des Sohnes eines Kollegen gewesen. Er stand am Ufer eines Sees, und Dudelsackmusik dröhnte über das Wasser, während Braut und Bräutigam ihren Auftritt hatten … sie kamen mit einem Boot über den See. Das Boot war geschmückt mit Blumen und Kränzen, und es trug eine römische Zahl am Bug – DCII.

Verwirrt hatte Langdon den Vater der Braut gefragt: »Was bedeutet die 602?«

Der Mann hatte gelacht. »Das ist keine römische Zahl, sondern der Name des Bootes.«

»Was denn, DCII?«

Der Mann hatte genickt. »Die *Dick and Connie II.*«

Langdon hatte sich verlegen entschuldigt. Dick und Connie waren das Paar, das damals geheiratet hatte. Das Schiff war offensichtlich ihnen zu Ehren so genannt worden. »Was ist aus der DCI geworden?«

Der Mann hatte gestöhnt. »Sie ist gestern bei der Generalprobe gesunken.«

Langdon hatte gelacht. »Tut mir Leid, das zu hören.« Er wandte sich ab und schaute wieder zu dem Boot auf dem Wasser. *Die* DCII, dachte er. *Wie eine Miniatur-*QEII*.

Eine Sekunde später fiel es ihm wie Schuppen von den Augen.

Er wandte sich zu Vittoria um. »503 ist ein Kode!«, erklärte er. »Wie bereits erwähnt – ein Illuminati-Trick, um zu verschleiern, was in Wirklichkeit eine römische Zahl darstellt. Die 503 in römischer Schreibweise bedeutet …«

»DIII.«

Langdon blickte sie erstaunt an. »Das war schnell. Erzählen Sie mir jetzt nicht, dass Sie auch zu den Illuminati gehören.«

Vittoria lachte. »Nein, bestimmt nicht. Ich benutze römische Ziffern, um meine pelagischen Zonen zu kennzeichnen.«

Natürlich, dachte Langdon. *Tun wir das nicht alle?*

Vittoria blickte zu ihm herüber. »Und was bedeutet DIU nun?«

»DI, DII und DIII sind sehr alte Abkürzungen. Die zeitgenössischen Wissenschaftler benutzten sie, um zwischen den drei häufig miteinander verwechselten Büchern Galileos zu unterscheiden.«

Vittoria atmete scharf ein. »*Dialogo … Discorsi … Diagramma.*«

»D-eins, D-zwei und D-drei. Allesamt wissenschaftliche Werke. Allesamt kontrovers. 503 steht für *Diagramma.* Das dritte Buch Galileos.«

Vittoria schien zu zweifeln. »Eine Sache ergibt immer noch keinen Sinn. Wenn dieses *segno,* dieser Hinweis auf den Weg der Erleuchtung tatsächlich in Galileos *Diagramma* zu finden ist – warum haben die Männer des Vatikans es nicht bemerkt, als sie die Bücher einsammelten?«

* QEII – **Q**ueen **E**lizabeth **II**; brit. Passagierschiff. (Anm. d. Übers.)

»Vielleicht haben sie es gesehen und nicht erkannt, was sich dahinter verbirgt. Erinnern Sie sich an die Zeichen der Illuminati? Vor aller Augen sichtbar und doch verborgen? Dissimulation? Das *segno* war offensichtlich auf die gleiche Weise getarnt. Unsichtbar für alle, die nicht wussten, wonach sie zu suchen hatten. Und unsichtbar für diejenigen, die es nicht *verstanden*.«

»Und was bedeutet das?«

»Dass Galileo es sehr gut versteckt hat. Nach den historischen Aufzeichnungen zu urteilen, wurde das *segno* auf eine Weise enthüllt, die die Illuminati *lingua pura* nannten.«

»Die reine Sprache?«

»Genau.«

»Mathematik?«

»Glaube ich zumindest. Es scheint im Grunde offensichtlich. Galileo war Wissenschaftler, und er schrieb *für* Wissenschaftler. Mathematik wäre die logische Sprache für den Hinweis. Das Buch heißt *Diagramma*, also bilden mathematische Diagramme möglicherweise einen Bestandteil des Kodes.«

Vittoria klang immer noch nicht recht überzeugt. »Ich nehme an, Galileo hätte durchaus einen mathematischen Kode verwenden können, der dem Klerus nicht auffällt.«

»Sie scheinen Ihre Zweifel zu haben«, sagte Langdon und betrat den nächsten Gang.

»Ich gestehe es. Hauptsächlich deswegen, weil *Sie* nicht überzeugt sind. Wenn Sie so sicher sind wegen DIII, warum haben Sie Ihre Theorie dann nicht veröffentlicht? Irgendjemand mit Zugang zum Geheimarchiv hätte längst herkommen und *Diagramma* überprüfen können.«

»Ich wollte meine Ergebnisse nicht veröffentlichen«, entgegnete Langdon. »Ich habe sehr hart gearbeitet, um die Informationen zu finden, und ich wollte ...« Er brach verlegen ab.

»Sie wollten den Ruhm für sich.«

Langdon spürte, dass er errötete. »In gewisser Hinsicht. Es ist nur, dass ...«

»Schauen Sie mich nicht so verlegen an. Sie sprechen mit einer Wissenschaftlerin. Publiziere oder gehe unter. Bei CERN ist das nicht anders, Robert.«

»Es war jedenfalls nicht nur der Grund, dass ich der Erste sein wollte. Ich musste befürchten, dass *Diagramma* verschwinden könnte, falls die falschen Leute von den Informationen in diesem Buch erfuhren.«

»Mit falschen Leuten meinen Sie den Vatikan?«

»Nicht, dass es per se die falschen Leute wären, doch die Kirche hat die Bedrohung durch die Illuminati stets heruntergespielt. Noch Anfang des zwanzigsten Jahrhunderts behauptete der Vatikan, die Illuminati wären nichts weiter als ein Hirngespinst von Leuten mit überbordender Fantasie. Der Klerus war wohl der Meinung – und wahrscheinlich zu Recht –, dass die Christen besser nichts von einer so mächtigen antichristlichen Bewegung erfuhren, die ihre Banken, Parlamente und Universitäten infiltrierte.«

Gegenwart, Robert, ermahnte er sich. *Es gibt sie noch immer, diese Organisation, und sie infiltriert noch immer Banken, Parlamente und Universitäten.*

»Sie halten es für möglich, dass der Vatikan sämtliche Beweise vernichtet hätte, die auf die wirkliche Bedrohung durch die Illuminati hinweisen?«

»Durchaus möglich, ja. Jede Bedrohung, gleichgültig, ob sie real ist oder eingebildet, schwächt das Vertrauen in die Macht der Kirche.«

»Noch eine Frage.« Vittoria blieb stehen und schaute Langdon an, als wäre er ein Außerirdischer. »Meinen Sie das alles *ernst*?«

Langdon hielt inne. »Wie meinen Sie das?«

»Haben Sie das wirklich vor?«

Langdon war nicht sicher, ob das Glitzern in ihren Augen nacktes Entsetzen oder heimliche Belustigung war. »Sie meinen die Suche nach *Diagramma*?«

»Nein, ich meine nicht nur die Suche. Ich meine *Diagramma* zu finden, ein vierhundert Jahre altes *segno* aufzuspüren, irgendeinen mathematischen Kode zu entziffern und einer uralten Spur aus Kunstwerken zu folgen, die zu entdecken allein die brillantesten Wissenschaftler in der Geschichte der Menschheit in der Lage gewesen sind … und all das innerhalb der nächsten vier Stunden?«

Langdon zuckte die Schultern. »Wenn Sie einen besseren Vorschlag haben …?«

50.

ROBERT LANGDON stand vor dem Büchertresor Nummer neun und las die Beschriftungen an den Regalen.

BRAHE ... CLAVIUS ... COPERNICUS ... KEPLER ... NEWTON ...

Er las die Namen erneut und spürte ein merkwürdiges Unbehagen. *Hier stehen die Wissenschaftler – aber wo ist Galileo?*

Er wandte sich zu Vittoria um, die vor einem anderen Container stand. »Ich habe das richtige Gebiet gefunden, aber Galileo fehlt.«

»Nein, er fehlt nicht«, sagte sie mit gerunzelter Stirn, wobei sie auf den nächsten Tresor deutete. »Er steht hier drüben. Ich hoffe nur, Sie haben Ihre Lesebrille mitgebracht, weil *dieser ganze Container* nur Galileo enthält.«

Langdon eilte zu ihr. Vittoria hatte recht. Jedes einzelne Schild an den Regalen im Tresor trug die gleiche Aufschrift.

IL PROCESSO GALILEANO

Langdon stieß einen leisen Pfiff aus, als ihm bewusst wurde, dass Galileo tatsächlich seinen eigenen Tresor besaß. »Die Galileo-Affäre«, übersetzte er recht frei und spähte durch das Glas auf die dunklen Regale. »Der längste und kostspieligste Prozess in der Geschichte des Vatikans. Vierzehn Jahre und sechshundert Millionen Lire. Es steht alles hier.«

»Ein paar Gerichtsakten?«

»Ich schätze, Anwälte haben sich im Lauf der Jahrhunderte nicht weiterentwickelt.«

»Genauso wenig wie Haie.«

Langdon ging zu einem Paneel an der Seite des Containers und drückte auf einen großen gelben Knopf. Im Innern flammte summend eine Reihe von Lichtern auf und tauchte den Tresor in ein tiefes Rot. Ein Labyrinth hoher Regale wurde sichtbar.

»Mein Gott«, sagte Vittoria und erschauerte. »Wollen wir uns hier bräunen oder arbeiten?«

»Pergament und Velin verblassen, deswegen sind Büchertresore immer mit Rotlicht ausgestattet.«

»Man könnte glatt verrückt werden dort drin.«

Oder schlimmer, dachte Langdon und ging zum Eingang des Containers. »Ich muss Sie warnen, Vittoria. Sauerstoff ist ein Oxidationsmittel, deswegen gibt es in den hermetisch versiegelten Tresoren nur sehr wenig davon. Es herrscht Unterdruck im Innern, und das Atmen wird erschwert.«

»Hey, wenn alte Kardinäle es überleben!«

Zugegeben, dachte Langdon. *Hoffentlich haben wir genauso viel Glück.*

Der Eingang bestand aus einer elektrisch betriebenen Drehtür. Jede der vier Sektionen war mit einem Knopf ausgestattet. Bei Betätigung des Knopfes vollführte die Tür genau eine halbe Umdrehung, bevor sie wieder stillstand – die Standardprozedur, um die Integrität der Schutzatmosphäre im Innern des Tresors zu erhalten.

»Wenn ich drin bin, drücken Sie auf den Knopf und folgen mir«, sagte Langdon. »Im Innern herrschen nur acht Prozent Luftfeuchtigkeit, also richten Sie sich auf eine trockene Nase ein.«

Er betrat die erste Türsektion und drückte auf den Knopf. Die Tür setzte sich laut summend in Bewegung. Er folgte ihrer Bahn und bereitete sich auf den physischen Schock vor, der stets mit den ersten Sekunden in einem hermetischen Büchertresor einherging. Es war, als würde man in einern einzigen Augenblick von Meereshöhe auf sechstausend Meter Höhe katapultiert. Übelkeit und Schwindelgefühl waren nicht selten die Folge. *Sobald dir schwindlig wird, musst du dich bücken,* rief Langdon sich die erste Regel der Bibliothekare ins Gedächtnis. Er spürte, wie es in seinen Ohren knackte. Ein Zischen ertönte, und die Tür hielt an.

Er war im Tresor.

Sein erster Gedanke war, dass die Luft noch dünner schien, als er erwartet hatte. Der Vatikan schützte seine Archive noch sorgfältiger als andere Einrichtungen. Langdon kämpfte gegen den aufsteigenden Würgereflex und versuchte sich zu entspannen, während seine Lungenkapillaren sich weiteten. Das Beklemmungsgefühl schwand. Also waren die fünfzig Runden, die er jeden Tag schwamm, doch zu etwas nutze. Sein Atem ging fast wieder normal, als er den ersten

Blick aus der Nähe auf die hohen Regale warf. Trotz der transparenten Wände spürte er eine vertraute Furcht. Ich bin in einer Kiste eingesperrt, dachte er. Einer verdammten blutroten Kiste.

Die Tür hinter ihm summte, und Langdon wandte sich zu Vittoria um, die in diesem Augenblick den Tresor betrat. Ihre Augen begannen sofort zu tränen, und sie atmete unter größter Mühe.

»Warten Sie einen Moment«, riet Langdon. »Wenn Ihnen schwindlig wird, gehen Sie in die Hocke.«

»Ich … ich fühle mich …«, keuchte Vittoria, »… als würde ich mit der falschen Pressluftmischung tauchen.«

Langdon wartete, bis sie sich akklimatisiert hatte. Sie würde es überstehen. Vittoria war ganz offensichtlich in ausgezeichneter Form, nicht zu vergleichen mit den senilen alten Radcliffe-Alumnen, die Langdon durch den hermetischen Tresor der *Widener Library* geführt hatte. Die Führung hatte damit geendet, dass Langdon einer alten Frau, die fast ihre dritten Zähne verschluckt hatte, Mund-zu-Mund-Beatmung geben musste.

»Geht es besser?«, fragte er.

Vittoria nickte.

»Ich bin in Ihrem verdammten Flugzeug geflogen und dachte, ich schulde Ihnen was.«

Sie lächelte. »*Touché.*«

Langdon griff in einen Kasten neben der Tür und zog ein Paar weiße Baumwollhandschuhe hervor.

»So förmlich?«, fragte Vittoria.

»Säure auf der Haut. Wir dürfen die Dokumente nicht ohne Handschuhe anfassen. Nehmen Sie sich auch welche.«

Vittoria zog sich Handschuhe über. »Wie viel Zeit haben wir?«

Langdon warf einen Blick auf seine Mickey-Mouse-Uhr. »Es ist kurz nach sieben.«

»Wir müssen dieses Buch innerhalb einer Stunde finden.«

»Offen gestanden«, erwiderte er, »so viel Zeit bleibt uns nicht.« Er deutete nach oben, wo vor einem Belüftungsrohr ein großer Filter angebracht war. »Normalerweise würde der Bibliothekar die Luftversorgung aktivieren, wenn jemand im Tresor arbeitet. Wir haben maximal zwanzig Minuten, bevor wir ersticken.«

Vittoria erbleichte merklich, trotz der roten Beleuchtung.

Langdon lächelte und streifte die Handschuhe glatt. »Finden wir's oder sterben bei dem Versuch, Miss Vetra. Alles oder nichts. Mickey Mouse tickt.«

51.

GUNTHER GLICK starrte fast zehn Sekunden wortlos auf das Mobiltelefon in seiner Hand, bevor er es schließlich zuklappte.

Chinita Macri blickte aus dem hinteren Teil des Übertragungswagens neugierig zu ihm. »Was ist los?«, fragte sie. »Wer war das?«

Glick wandte sich um. Er fühlte sich wie ein Kind, das soeben ein Weihnachtsgeschenk erhalten hatte und befürchtete, dass es dieses Geschenk nicht behalten durfte. »Ich hab gerade einen Tipp bekommen. Irgendetwas geht da im Vatikan vor.«

»Man nennt es Konklave«, witzelte Chinita. »Was für ein Mordstipp!«

»Nein, etwas anderes.« *Etwas verdammt Großes.* Er fragte sich, ob die Geschichte, die ihm der Anrufer am Telefon erzählt hatte, überhaupt möglich war. Glick fühlte sich beschämt, als ihm bewusst wurde, dass er es insgeheim hoffte. »Was, wenn ich dir erzähle, dass vier Kardinäle entführt wurden und heute Nacht in verschiedenen Kirchen ermordet werden sollen?«

»Ich würde sagen, dass dich irgendjemand im Büro mit einem kranken Sinn für Humor auf den Arm zu nehmen versucht.«

»Was, wenn ich dir erzähle, dass der Anrufer uns den genauen Ort des ersten Mordes nennen wird?«

»Mit wem, zur Hölle, hast du da geredet?«

»Er hat seinen Namen nicht genannt.«

»Vielleicht, weil er nur Scheiße im Kopf hat.«

Glick kannte Chinitas Zynismus und hatte damit gerechnet, doch sie vergaß, dass Lügner und Irre fast ein Jahrzehnt lang Gunther Glicks tägliches Brot beim *British Tattler* gewesen waren. Dieser Anrufer gehörte weder zur einen Gruppe noch zur anderen; der Anrufer war eiskalt gewesen und hatte genau gewusst, worüber er sprach. Kühl und logisch. *Ich rufe Sie kurz vor acht wieder an,* waren seine Worte gewesen, *und verrate Ihnen, wo der erste Mord verübt wird. Die Bilder werden Sie berühmt machen.* Glick hatte gefragt, warum der Anrufer ihm diese Information gab, und die Antwort war eisig gewesen. *Die Medien sind der rechte Arm des Terrors.*

»Er hat mir noch etwas anderes verraten«, fuhr Glick fort.

»Was denn? Dass Elvis Presley zum Papst gewählt worden ist?«

»Geh mal in die BBC-Datenbank, ja?« Adrenalin rauschte in seinen Ohren. »Ich möchte wissen, was wir sonst noch über diese Typen haben.«

»Was für Typen?«

»Immer mit der Ruhe.«

Chinita Macri seufzte und wählte sich in die Datenbank der BBC ein. »Kann ein bisschen dauern.«

Glicks Gedanken überschlugen sich. »Der Anrufer wollte wissen, ob ich einen Kameramann bei mir habe.«

»Ich bin Videografin.«

»Und ob wir Live übertragen können.«

»Auf eins Komma fünf drei sieben Megahertz. Was hat das alles zu bedeuten?« Der Bildschirm wurde hell. »In Ordnung, wir sind drin. Wonach suchst du?«

Glick nannte ihr das Schlüsselwort.

Chinita starrte ihn aus aufgerissenen Augen an. »Ich hoffe sehr, dass das kein Witz ist!«

52.

BÜCHERTRESOR NUMMER ZEHN war nicht so intuitiv organisiert, wie Langdon eigentlich gehofft hatte, und *Diagramma* schien nicht bei den anderen gleichartigen Publikationen Galileis zu stehen. Ohne Zugriff auf die Datenbank der Bibliothek und eine Referenzangabe kämen sie nicht weiter.

»Und Sie sind ganz sicher, dass *Diagramma* hier drin ist?«, fragte Vittoria.

»Ganz sicher. Ich habe einen offiziellen Katalog vom *Ufficio della Propaganda della …*«

»Wie auch immer. Hauptsache, Sie sind sicher.« Sie suchte die Regale zur Linken ab, während er sich nach rechts wandte.

Langdon musste sich zusammenreißen, um nicht bei jedem der zahllosen Schätze vor seinen Augen innezuhalten und darin zu lesen. Die Sammlung war schlichtweg atemberaubend.

Saggiatore … Sidereus Nuncius … Istoria e dimostrazione intorno alle macchie solari … Apologia pro Galileo … es nahm kein Ende.

Doch es war Vittoria, die schließlich ganz hinten im Tresor den Volltreffer landete. *»Diagramma della Verità!«*, rief sie mit heiserer Stimme.

Langdon war mit einem Satz bei ihr. »Wo?«

Vittoria deutete auf einen großen Kasten, und Langdon erkannte, warum sie es nicht früher gefunden hatten. Das Manuskript war ungebunden und lagerte, wie für derartige Werke üblich, in einem Foliantenbehälter. Das Etikett auf der Vorderseite ließ keinen Zweifel am Inhalt:

DIAGRAMMA DELLA VERITÀ
Galileo Galilei, 1639

Langdon kniete mit klopfendem Herzen vor dem Kasten nieder. *»Diagramma«*, flüsterte er und grinste sie an. »Gute Arbeit. Helfen Sie mir, den Kasten herauszuziehen.«

Vittoria kniete neben ihm nieder, und sie zogen. Die Metalllade, auf der die Kiste ruhte, rollte ihnen entgegen, und die Oberseite des Behälters wurde sichtbar.

»Kein Schloss?«, fragte Vittoria überrascht, als sie den einfachen Riegel bemerkte.

»Nein, niemals. Manchmal müssen Dokumente sehr schnell in Sicherheit gebracht werden. Bei Überschwemmungen oder Feuer, zum Beispiel.«

»Machen Sie's schon auf.«

Langdon benötigte keine zweite Aufforderung. Der Traum seines akademischen Lebens lag vor ihm, doch die dünne Luft im Tresor trug ihren Teil dazu bei, dass er den Moment nicht länger auskostete. Er schob den Riegel zurück und hob den Deckel an. In der Kiste lag eine schwarze Segeltuchhülle. Die Luftdurchlässigkeit war lebenswichtig, um den Inhalt zu schützen. Mit beiden Händen griff Langdon in die Kiste und hob den Stoffumschlag vorsichtig heraus.

»Ich hatte eigentlich eine Schatztruhe erwartet«, sagte Vittoria. »Wenn Sie mich fragen, so sieht es eher aus wie eine Kissenhülle.«

»Kommen Sie mit«, erwiderte Langdon. Er trug die Stoffhülle vor sich her wie ein geheiligtes Opfer und ging damit zur Mitte des Tresors, wo der in Archiven übliche Lesetisch mit gläserner Platte stand. Die zentrale Position diente dazu, die Dokumente möglichst wenig zu bewegen; gleichzeitig boten die Regale ringsum eine gewisse Privatsphäre. In den Gewölben der großen Archive wurden bahnbrechende Erkenntnisse gewonnen, und die meisten Akademiker mochten überhaupt nicht, wenn Konkurrenten ihnen bei ihren Arbeiten über die Schulter sahen.

Langdon legte die Hülle auf den Tisch und knöpfte sie auf. Vittoria stand neben ihm und schaute zu. Er kramte in einer Schublade mit Werkzeugen und fand schließlich die mit Filz gepolsterten Flachpinzetten, die Archivare zum Umblättern antiker Seiten benutzten. Langdons Aufregung stieg ins Unermessliche. Er befürchtete beinahe, jeden Augenblick daheim in Cambridge aus einem Traum aufzuwachen und vor einem Stapel Klausuren zu sitzen, die er korrigieren musste. Er atmete tief durch und öffnete den Stoffumschlag. Mit zitternden Fingern schob er das Werkzeug hinein.

»Entspannen Sie sich«, sagte Vittoria. »Es ist Papier, kein Plutonium.«

Langdon packte den Stapel Papier im Innern und hielt ihn an Ort und Stelle fest, während er den Stoff nach hinten wegzog – die gewöhnliche Prozedur, um das Artefakt möglichst schonend aus seiner Hülle zu ziehen. Erst als die Hülle ganz entfernt war und Langdon das Untersuchungslicht eingeschaltet hatte, beruhigte sich sein Atem wieder.

Vittoria sah im Schein des roten Lichts wie ein Gespenst aus. »Ziemlich kleine Blätter«, sagte sie mit ehrfürchtiger Stimme.

Langdon nickte. Die Blätter waren nicht größer als Taschenbuchseiten. Das Deckblatt war kunstvoll mit Titel, Datum und Galileos eigenhändiger Unterschrift geschmückt.

Langdon vergaß seine beengte Umgebung, seine Klaustrophobie und die schreckliche Lage, die ihn hierher geführt hatte. Er starrte voller Staunen auf das vor ihm liegende Manuskript. Derart hautnahe Begegnungen mit der Geschichte ließen ihn stets vor Ehrfurcht erstarren ... als stünde er vor der *Mona Lisa* und sähe die Pinselstriche mit eigenen Augen.

Der vergilbte, stumpfe Papyrus ließ keinen Zweifel an seinem Alter und seiner Echtheit aufkommen, doch von dem unausweichlichen Verbleichen abgesehen war das gesamte Dokument in fantastischem Zustand. Langdon betrachtete die kunstvolle Schrift auf der ersten Seite, und seine Sicht verschwamm ein wenig wegen der trockenen Luft. Vittoria stand schweigend neben ihm.

»Geben Sie mir bitte einen Spatel, Vittoria.« Langdon deutete auf die mit Spezialwerkzeugen gefüllte Schublade. Sie reichte ihm den Spatel, und er schob die Klinge unter das Deckblatt, um die erste Seite aufzuschlagen.

Die erste Seite war in Langschrift beschrieben; die winzigen kalligrafischen Zeichen kaum zu entziffern. Langdon bemerkte sogleich, dass es weder Zahlen noch Diagramme gab. Es handelte sich um einen Aufsatz.

»Heliozentrizität«, sagte Vittoria und übersetzte damit die Kapitelüberschrift auf der ersten Seite. Sie überflog den Text. »Sieht aus, als würde Galileo das Modell ein für alle Mal von sich weisen. Es ist auf Altitalienisch, deswegen würde ich meine Hand für die Übersetzung nicht ins Feuer legen.«

»Vergessen Sie's«, sagte Langdon. »Wir suchen nach Formeln. Mathematik, die reine Sprache.« Er benutzte den Spatel, um weitere Seiten umzublättern. Ein weiterer Aufsatz. Keine Mathematik, keine Diagramme. Langdon bekam in den Handschuhen feuchte Finger.

»Die Bewegung der Planeten«, übersetzte Vittoria die Überschrift.

Langdon runzelte die Stirn. An jedem anderen Tag hätte er sich voller Faszination dem Text gewidmet. Es war unglaublich, doch das heutige Planetenmodell, durch hochauflösende Teleskope beobachtet, stimmte bis ins Detail mit dem Modell überein, das Galileo vor Jahrhunderten entwickelt hatte.

»Keine Mathematik«, sagte Vittoria. »Er schreibt über umgekehrte Bewegung und über elliptische Orbits, wenn ich mich nicht irre.«

Elliptische Orbits. Langdon rief sich ins Gedächtnis, dass ein großer Teil von Galileos Problemen damit begonnen hatte, dass er die Planetenbewegungen als elliptisch beschrieb. Der Vatikan bestand auf der Vollkommenheit der Kreisbewegung und auf der Behauptung, dass die Himmelsgeometrie kreisförmig sein *müsse.* Galileos Illuminati jedoch erkannten auch die Perfektion der Ellipse und die mathematische Erhabenheit zweier Brennpunkte.

»Die nächste Seite«, sagte Vittoria.

Langdon blätterte um.

»Mondphasen und Gezeitenbewegungen«, übersetzte sie. »Keine Zahlen, keine Diagramme.«

Langdon blätterte weiter. Wieder nichts. Er blätterte ein Dutzend Seiten oder mehr um. Nichts, nichts und wieder nichts.

»Ich dachte, dieser Typ sei Mathematiker gewesen«, sagte Vittoria. »Das hier ist nur Text.«

Langdon spürte, wie er allmählich unter Atemnot zu leiden begann. Seine Hoffnungen schwanden dahin.

»Nichts«, sagte Vittoria. »Keine Mathematik. Ein paar Daten, ein paar Zahlen, aber keine Formeln, nichts, das nach einem Hinweis aussieht.«

Langdon blätterte bis zur letzten Seite und seufzte. Auch sie enthielt nur Text.

»Ziemlich kurzes Werk«, sagte Vittoria und runzelte die Stirn.

Langdon nickte.

»*Merda*, wie wir in Rom zu sagen pflegen.«

»Scheiße« – das trifft es genau, dachte Langdon. Sein Spiegelbild im Glas schien spöttisch zu grinsen, wie die Reflexion im Erkerfenster zu Hause, am frühen Morgen. *Ein alterndes Gespenst.* »Es muss aber irgendetwas drinstehen!«, sagte er, und die offenkundige Verzweiflung in seiner Stimme überraschte ihn selbst. »Das *segno* ist hier irgendwo versteckt. Ich *weiß*, dass es hier drin ist!«

»Vielleicht haben Sie sich mit DIII ja auch geirrt?«

Langdon starrte sie an.

»Also schön«, gestand sie, »DIII ergibt einen Sinn. Aber vielleicht ist es kein mathematischer Hinweis?«

»*Lingua pura.* Was sonst sollte es sein, wenn nicht Mathematik?«

»Kunst?«

»Aber es gibt weder Diagramme noch Bilder in diesem Buch!«, gab Langdon zu bedenken.

»Ich weiß nur, dass *lingua pura* eine andere Sprache als Italienisch meint. Mathematik scheint mir der logische Schluss.«

»Genau meine Meinung.« Langdon wollte sich nicht so rasch geschlagen geben. »Die Zahlen sind vielleicht ausgeschrieben. Die Formeln sind in Worte gekleidet, nicht in Gleichungen.«

»Es wird sicher einige Zeit dauern, sämtliche Seiten zu lesen.«

»Zeit haben wir aber nicht. Wir müssen uns die Arbeit teilen.« Langdon blätterte zum Anfang des Manuskripts zurück. »Ich kann genug Italienisch, um geschriebene Zahlen zu erkennen.« Mit seinem Spatel teilte er den Stapel Seiten wie ein Kartenspiel und legte Vittoria das erste halbe Dutzend Blätter hin. »Es muss irgendwo in diesem Manuskript sein. Ich bin ganz sicher.«

Vittoria blätterte die erste Seite mit der Hand um.

»Nehmen Sie einen Spatel«, ermahnte sie Langdon.

»Ich trage doch Handschuhe!«

»Trotzdem. Benutzen Sie einen Spatel.« Langdon reichte ihr eines der Instrumente aus der Lade.

»Spüren Sie es eigentlich auch?«, fragte sie.

»Was?«

»Kurzatmigkeit.«

Langdon nickte. Er litt ebenfalls unter Atemnot. Die Luft verbrauchte sich schneller, als er erwartet hatte. Er wusste, dass sie sich beeilen mussten. Die Suche nach verborgenen Andeutungen in antiker Literatur war nichts Neues für ihn, doch in der Regel blieben ihm mehr als ein paar Minuten, um ein Rätsel zu lösen. Ohne ein weiteres Wort senkte er den Kopf und begann die erste Seite seines Stapels zu übersetzen.

Zeig dich endlich, verdammt! Zeig dich!

53.

IRGENDWO IN ROM STAPFTE EINE DUNKLE GESTALT durch einen unterirdischen Tunnel. Die alte Passage war nur von Fackellicht erhellt, was die Luft heiß und stickig machte. Ein Stück voraus hallten die verängstigten Stimmen von Männern durch die Dunkelheit, die vergeblich um Hilfe riefen.

Die dunkle Gestalt umrundete eine Biegung. Alles war genauso, wie sie es verlassen hatte – vier alte Männer, verängstigt und eingesperrt in einer kleinen Zelle mit einer rostigen Gittertür.

»*Qui êtes-vous?*«, fragte einer von ihnen auf Französisch. »Was wollen Sie von uns?«

»Hilfe!«, rief ein anderer auf Deutsch. »Lassen Sie uns gehen!«

»Wissen Sie überhaupt, wer wir sind?«, fragte ein dritter mit spanischem Akzent.

»Ruhe!«, befahl die dunkle Gestalt mit rauer Stimme. Das Wort besaß etwas Endgültiges.

Der vierte Gefangene, ein Italiener, still und nachdenklich, starrte in das düstere Schwarz der Augen des Fremden und hätte schwören können, darin die Hölle selbst zu sehen. *Gott sei uns allen gnädig,* dachte er.

Der *Hashishin* warf einen Blick auf seine Uhr und wandte sich dann wieder seinen Gefangenen zu. »Also schön«, sagte er. »Wer ist der Erste?«

54.

IM INNERN DES BÜCHERTRESORS NUMMER ZEHN überflog Robert Langdon italienische Kalligrafie auf der Suche nach ausgeschriebenen Zahlen. *Mille … cento … uno, due, tre … cinquanta. Ich brauche eine Spur! Irgendetwas, verdammt!*

Als er auf der unteren Zeile des Blattes angelangt war, blätterte er mithilfe des Spatels um und stellte fest, dass er Schwierigkeiten hatte, das Instrument ruhig zu halten. Ein paar Minuten später wurde ihm bewusst, dass er den Spatel weggelegt hatte und die Seiten mit der Hand wendete. *Hoppla,* dachte er mit dem dumpfen Gefühl, etwas Unrechtes zu tun. Der Sauerstoffmangel beeinträchtigte sein Denkvermögen. *Sieht ganz danach aus, als würde ich in der Bibliothekarshölle schmoren.*

»Das wurde aber auch höchste Zeit!«, ächzte Vittoria, als sie es bemerkte. Sie ließ ihren Spatel fallen und folgte seinem Beispiel. »Hatten Sie bereits Glück?«

Vittoria schüttelte den Kopf. »Nichts, das nach Mathematik ausgesehen hätte. Ich überfliege die Seiten, aber nichts von alledem sieht nach versteckten Hinweisen aus.«

Langdon hatte zunehmend Mühe, die kleingeschriebenen Buchstaben zu entziffern. Sein Italienisch war lückenhaft, und die archaische Sprache machte seine Übersetzungsbemühungen zu einer langwierigen Angelegenheit. Vittoria war vor Langdon mit ihrem Stapel fertig und beobachtete ihn entmutigt beim Lesen. Sie beugte sich vor, um noch einmal von vorne anzufangen.

Als Langdon mit seinen Blättern durch war, stieß er einen leisen Fluch aus und wandte sich zu Vittoria. Sie hatte die Stirn in Falten gelegt und studierte angestrengt ein Detail auf einer ihrer Seiten. »Haben Sie etwas?«, fragte er.

Vittoria blickte nicht auf. »Hatten Sie auf Ihren Seiten Fußnoten?«

»Mir sind keine aufgefallen. Warum?«

»Diese Seite hat eine Fußnote. Sie ist in den Schnörkeln der Umrandung versteckt.«

Langdon versuchte zu erkennen, was sie meinte, doch er sah nur die Seitenzahl in der oberen rechten Ecke des Blattes. Nummer fünf. Es dauerte einen Augenblick, bis ihm die Übereinstimmung bewusst wurde, und selbst dann blieb sie noch vage. *Blatt Nummer fünf. Fünf, Pythagoras, Pentagramme, Illuminati.* Langdon überlegte, ob die Illuminati die Seite Nummer fünf gewählt hätten, um darauf ihren Hinweis zu verstecken. Durch den rötlichen Nebel, der sein Sichtfeld einengte, sah er einen winzigen Hoffnungsschimmer. »Ist es eine mathematische Fußnote?«, fragte er Vittoria.

Sie schüttelte den Kopf. »Text. Eine Zeile. Sehr klein geschrieben und kaum zu entziffern.«

Langdons Hoffnungen schwanden wieder. »Es muss aber Mathematik sein. *Lingua pura!*«

»Ja, ich weiß.« Sie zögerte. »Trotzdem glaube ich, dass Sie sich das hier anhören sollten.« Er spürte die Aufregung in ihrer Stimme.

»Schießen Sie los!«

Vittoria kniff die Augen zusammen, während sie die Zeile mühsam entzifferte. *»Der Lichtpfad ist gelegt, der heilge Test.«*

»Der Lichtpfad?« Langdon richtete sich auf.

»Das steht hier. Der Lichtpfad.«

Während die Worte in Langdons Bewusstsein sickerten, erlebte er einen Augenblick der Klarheit. *Der Lichtpfad ist gelegt, der heilge Test.* Er wusste nicht, wie es ihnen weiterhelfen sollte, doch die Zeile war ein direkter Verweis auf den Weg der Erleuchtung, so viel schien sicher. Lichtpfad. Heiliger Test. Sein Kopf fühlte sich an wie ein Motor mit minderwertigem Kraftstoff. »Sind Sie sicher, dass Sie es richtig aus dem Italienischen übersetzt haben?«

Vittoria zögerte. »Offen gestanden ...« Sie schaute ihn mit einem merkwürdigen Ausdruck an. »... offen gestanden ist es keine Übersetzung aus dem Italienischen. Die Zeile steht in Englisch da.«

Im ersten Augenblick glaubte Langdon, sich verhört zu haben. *»Englisch?«*

Vittoria schob ihm das Blatt hin, und Langdon las die winzige Schrift am unteren Rand der Seite. *»The path of light is laid, the sacred test.* Englisch? Was sucht englischer Text in einem italienischen Manuskript?«

Vittoria zuckte die Schultern. »Vielleicht meinten sie Englisch, wenn sie von der *lingua pura* gesprochen haben? Englisch ist die internationale Sprache der Wissenschaft. Bei CERN sprechen wir nur Englisch.«

»Aber das hier wurde im siebzehnten Jahrhundert geschrieben«, entgegnete Langdon. »Niemand im Italien des siebzehnten Jahrhunderts hat Englisch gesprochen, nicht einmal die ...« Er hielt inne, als ihm bewusst wurde, was er sagen wollte. »Nicht einmal ... die Geistlichkeit.«

Sein akademischer Verstand lief auf Hochtouren. »Im siebzehnten Jahrhundert«, fuhr er fort und redete nun hastiger, »hatte sich das Englische noch nicht im Vatikan durchgesetzt. Man unterhielt sich auf Italienisch, Latein, Griechisch, Deutsch, selbst Spanisch und Französisch, aber Englisch war im Vatikan völlig fremd. Die Geistlichkeit betrachtete das Englische als eine vergiftete Sprache von Freidenkern wie Chaucer oder Shakespeare.« Plötzlich kam ihm die wissenschaftlich umstrittene Hypothese wieder in den Sinn, dass die Brandzeichen der Illuminati, die Symbole für Erde, Luft, Feuer und Wasser, in englischer Sprache gehalten wären. Mit einem Mal ergab alles einen bizarren Sinn.

»Also hat Galileo Englisch als *lingua pura* betrachtet, weil es die einzige Sprache war, die im Vatikan nicht gesprochen wurde?«

»Ja. Vielleicht hat er auch einfach nur versucht, den vatikanischen Prüfern seine Botschaft vorzuenthalten.«

»Aber es ist kein Hinweis!«, widersprach Vittoria. *Der Lichtpfad ist gelegt, der heilge Test?* Was soll das bedeuten?«

Sie hat recht, dachte Langdon. Die Zeile half ihnen nicht weiter. Doch während er die Worte in Gedanken wiederholte, kam ihm eine merkwürdige Idee. *Das ist eigenartig,* dachte er. *Wie groß stehen die Chancen, dass es sich so verhält?*

»Wir müssen nach draußen«, sagte Vittoria. Sie klang heiser.

Langdon hörte gar nicht zu. *Der Lichtpfad ist gelegt, der heilge Test.* Fünf Versfüße aus alternativ betonten und unbetonten Silben. »Es ist ein fünfhebiger Jambus!«, sagte er unvermittelt.

Vittoria blickte ihn fragend an. »Ein was?«

Für einen Augenblick war Langdon wieder auf der Phillips Exeter Academy. Es war Samstagmorgen, und er saß im Englischunterricht. *Hölle auf Erden.* Der Baseballstar der Schule, Peter Greer, hatte Mühe, sich an die Zahl von Versfüßen zu erinnern, die für einen typischen shakespeareschen Fünfheber nötig waren. Der Lehrer, ein lebhafter Schulmeister namens Bisseil, sprang wutentbrannt auf den Tisch und brüllte: »Penta-Meter, Greer! Denken Sie an Heimat-Basis! Ein Pentagon! Fünf Seiten! Penta! Penta! Jesses!«

Fünf Versfüße, dachte Langdon. Jeder Versfuß besaß per Definition zwei Silben. Er konnte nicht fassen, dass er in seiner gesamten beruflichen Laufbahn niemals die Verbindung hergestellt hatte. Der fünfhebige Jambus war ein symmetrisches Versmaß, das auf der Fünf und der Zwei basierte, heiligen Zahlen der Illuminati!

Das ist zu weit hergeholt, sagte sich Langdon und versuchte, den Gedanken zu verbannen. *Ein bedeutungsloser Zufall, weiter nichts.* Doch der Gedanke ließ sich nicht verbannen. *Fünf … für Pythagoras und das Pentagramm. Zwei … für die Dualität aller Dinge.*

Einen Augenblick später kam ihm ein weiterer bestürzender Einfall, und seine Knie wurden weich. Der fünfhebige Jambus wurde wegen seiner Einfachheit auch »reiner Vers« oder »reiner Meter« genannt. *La lingua pura?* Konnte das die reine Sprache sein, auf die sich die Illuminati bezogen hatten? *The path of light is laid, the sacred test …*

»Oh«, sagte Vittoria.

Langdon wirbelte herum und sah, wie sie das Blatt auf den Kopf drehte. Er spürte, wie sich in seinem Magen ein Knoten bildete. *Nicht schon wieder.* »Das kann unmöglich ein Ambigramm sein!«

»Nein, ist es auch nicht … aber es … es ist …« Sie drehte das Blatt in Neunzig-Grad-Schritten weiter.

»Es ist was?«

Vittoria blickte auf. »Es ist nicht die einzige Zeile.«

»Es gibt noch eine?«

»Auf jedem Rand steht eine Zeile. Oben, unten, rechts und links. Ich glaube, es ist ein Poem.«

»Vier Zeilen?« Langdon zitterte vor Aufregung. *Galileo war ein Poet?* »Zeigen Sie her!«

Vittoria ließ nicht von der Seite ab. Sie drehte sie weiter, immer in Neunzig-Grad-Schritten. »Ich habe die Zeilen vorher nicht gesehen, weil sie in den Schnörkeln verborgen sind.« Sie neigte den Kopf zur Seite. »Hmmm. Wissen Sie was? Galileo hat diese Zeilen nicht einmal selbst geschrieben!«

»Was?«

»Das Poem trägt die Unterschrift von John Milton.«

»John *Milton*?« Der einflussreiche englische Poet und Autor von *Paradise Lost* war ein Zeitgenosse Galileis gewesen – ein Gelehrter, den Konspirationstheoretiker ganz oben auf der Liste von Galileos Illuminati stehen hatten. Miltons angebliche Verbindungen zu Galileos Illuminati waren eine Legende, von der Langdon annahm, dass sie der Wahrheit entsprach. Nicht nur, dass Milton im Jahre 1638 eine schriftlich belegte Reise nach Rom unternommen hatte, um dort mit »erleuchteten Männern« zu sprechen – er hatte auch Galileo mehrere Male besucht, als der unter Hausarrest stand, Treffen, die in zahlreichen Gemälden aus der Renaissance festgehalten waren, einschließlich Annibale Gattis berühmtem *Galileo et Milton*, das heute in Florenz in den Uffizien hing.

»Milton kannte Galileo, oder?«, sagte Vittoria und schob Langdon endlich das Blatt hin. »Vielleicht hat er dieses Poem als Gunstbeweis geschrieben?«

Langdon biss auf die Zähne, als er den Bogen nahm. Er ließ ihn flach auf dem Tisch liegen und las die oberste Zeile. Dann drehte er ihn um neunzig Grad und las die Zeile auf dem linken Rand. Eine weitere Drehung, und er las die untere Zeile. Eine dritte vervollständigte den Kreis. Es waren insgesamt vier Zeilen. Die erste Zeile, die Vittoria entdeckt hatte, war die dritte Zeile des Poems. Mit offenem Mund las er die vier Zeilen erneut und im Uhrzeigersinn: oben, rechts, unten, links. Als er fertig war, atmete er tief durch. Es bestand nicht mehr der geringste Zweifel. »Sie haben es gefunden, Miss Vetra.«

Sie lächelte angespannt. »Gut. Können wir jetzt endlich von hier verschwinden?«

»Ich muss diese Zeilen zuerst abschreiben. Ich brauche einen Stift und Papier.«

Vittoria schüttelte den Kopf. »Vergessen Sie's, Professor. Wir haben keine Zeit, den Schriftgelehrten zu spielen. Mickey Mouse tickt.« Sie nahm ihm das Blatt aus der Hand und marschierte damit zur Tür.

Langdon stand auf. »Aber … Sie dürfen das nicht mit nach draußen nehmen! Es ist ein …«

Doch Vittoria war bereits draußen.

55.

LANGDON UND VITTORIA platzten aus den Geheimarchiven hinaus auf den Hof. Die frische Luft wirkte wie eine Droge in Langdons Lungen. Die roten Flecken vor den Augen verschwanden rasch, die Schuldgefühle blieben. Er hatte soeben dabei geholfen, ein unschätzbares Relikt aus dem privatesten Archiv der Welt zu stehlen. *Ich schenke Ihnen mein Vertrauen,* hatte der Camerlengo gesagt.

»Beeilung!«, drängte Vittoria. Sie hielt das Blatt immer noch in der Hand und eilte im Laufschritt über die *Via Borgia* in Richtung von Olivettis Büro.

»Wenn auch nur ein Tropfen Wasser auf diesen Papyrus kommt …«

»Beruhigen Sie sich! Wenn wir dieses Ding erst entziffert haben, können wir ihr heiliges Blatt Papier ja wieder zurückgeben.«

Langdon beeilte sich, mit ihr Schritt zu halten. Er war noch immer benommen von den fantastischen Implikationen ihrer Entdeckung. *John Milton war ein Illuminatus. Er hat das Poem auf Blatt Nummer fünf für Galileo geschrieben … verborgen vor den Augen des Vatikans.* Als sie den Borgiahof verließen, hielt Vittoria ihm das Blatt entgegen. »Glauben Sie, dass Sie dieses Ding entziffern können? Oder haben wir gerade all unsere Hirnzellen nur des Nervenkitzels wegen zerstört?«

Langdon nahm das Dokument vorsichtig in die Hand. Ohne Zögern schob er es in eine der Brusttaschen seines Tweedjacketts, weg vom Sonnenlicht und der gefährlichen Feuchtigkeit. »Ich habe es bereits entziffert.«

Vittoria blieb wie angewurzelt stehen. »Sie haben *was*?«

Langdon eilte weiter.

Vittoria rannte hinter ihm her. »Sie haben es nur ein einziges Mal gelesen! Ich dachte, es müsste etwas Schwieriges sein!«

Langdon wusste, dass sie recht hatte, und doch war es ihm beim ersten Lesen wie Schuppen von den Augen gefallen. Eine einzige Strophe aus Jamben, und der erste Altar der Wissenschaft hatte sich in seiner ursprünglichen Schönheit enthüllt. Zugegeben, die Leichtigkeit, mit der er dieses Rätsel gelöst hatte, hinterließ eine nagende Unruhe in ihm. Er war ein Kind puritanischer Arbeitsethik. Er konnte noch immer seinen Vater hören, wie er den alten Leitspruch aus New England zitierte: *Wenn es nicht verdammt schwer war, hast du etwas falsch gemacht.* Hoffentlich traf das Sprichwort in diesem Fall nicht zu. »Ich habe es entziffert«, wiederholte er und ging noch schneller. »Ich weiß, wo der erste Mord geschehen soll. Wir müssen Olivetti warnen!«

Vittoria kam bei ihm an. »Wie können Sie das jetzt schon wissen? Zeigen Sie mir dieses Blatt noch einmal!« Mit der Fingerfertigkeit eines Taschendiebs schob sie die Hand in seine Brusttasche und zog das Pergament hervor.

»Vorsichtig!«, warnte Langdon. »Sie können nicht einfach ...«

Vittoria ignorierte ihn. Mit dem Blatt in der Hand trabte sie neben ihm her, hielt es ins Licht und untersuchte die Ränder. Während sie laut zu lesen anfing, machte Langdon eine Bewegung, um ihr das Blatt wieder abzunehmen, doch dann wurde er von ihrer akzentuierten Altstimme gefangen genommen, die die Silben in perfekter Betonung und im Rhythmus zu ihren Schritten wiedergab.

Einen Augenblick lang fühlte sich Langdon in der Zeit zurückversetzt ... als sei er einer von Galileos Zeitgenossen; als hörte er das Poem zum ersten Mal und wüsste, dass es eine Prüfung war, eine Karte, ein Hinweis auf die vier Altäre der Wissenschaft ... die vier Wegmarken, die einen geheimen Pfad quer durch Rom erhellten. Die Verse flossen über Vittorias Lippen wie ein Lied.

From Santi's earthly tomb with demon's hole
'Cross Rome the mystic elements unfold.
The path of light is laid, the sacred test,
*Let angels guide you on your lofty quest.**

Vittoria las die Zeilen zweimal hintereinander und verstummte dann, wie um die alten Worte auf sich einwirken zu lassen.

* etwa: Von Santis irdnem Grab in Dämons Loch,
Durch Rom die myst'schen Urstoffe sich ziehn.
Der Lichtpfad ist gelegt, der heilge Test,
Lass dich von Engeln führ'n auf luft'ger Quest. (Anm. d. Übers.)

From Santi's earthly tomb, wiederholte Langdon in Gedanken. Das Poem war kristallklar. Der Weg der Erleuchtung begann bei Santis Grab. Von dort aus zeigten weitere Markierungen die Spur durch Rom:

Von Santis irdnem Grab in Dämons Loch,
Durch Rom die myst'schen Urstoffe sich ziehn.

Mystische Urstoffe. Auch das war klar: Erde, Luft, Feuer und Wasser. Die Elemente der Wissenschaft, die vier Illuminati-Wegweiser, getarnt als religiöse Skulpturen.

»Der erste Hinweis«, sagte Vittoria. »Klingt ganz danach, als befände er sich bei Santis Grab.«

Langdon grinste. »Ich hab Ihnen doch gesagt, dass es nicht so schwierig ist.«

»Aber wer ist dieser Santi?«, fragte sie in plötzlicher Aufregung. »Und wo ist sein Grab?«

Langdon lachte in sich hinein. Es war doch immer wieder erstaunlich, wie wenige Menschen *Santi* kannten, den Nachnamen eines der bedeutendsten Renaissance-Künstler. Sein Vorname war weltbekannt ... das Wunderkind, das bereits im Alter von fünfundzwanzig Jahren für Papst Julius II. gearbeitet und der Welt nach seinem frühen Tod mit achtunddreißig Jahren die größte Sammlung von Fresken hinterlassen hatte, die es bis heute gab. Santi war in der Welt der Kunst ein Behemoth, und allein mit seinem Vornamen bekannt zu sein, war ein Ruhm, der nur wenigen jemals zuteil wurde, Menschen wie Napoleon, Galileo, Jesus ... und natürlich den Halbgöttern von heute, die Langdon aus den Wohnheimen von Harvard entgegenschallten, Sting oder Madonna oder der »Artist formerly known as Prince«.

»Santi«, sagte Langdon, »ist der Nachname eines großen Meisters der Renaissance, auch bekannt als Raphael.«

Vittoria starrte ihn überrascht an. »Raphael? Etwa *der* Raphael?«

»Genau der.« Langdon eilte weiter in Richtung der Kaserne der Schweizergarde.

»Also fängt der Weg bei Raphaels Grab an?«

»Es ergibt Sinn, finden Sie nicht?«, sagte Langdon, während sie weitereilten. »Die Illuminati betrachteten große Künstler und Bildhauer als Brüder im Geiste. Kein Wunder, dass sie Raphaels Grab auswählten. Ein Tribut an die Kunst.« Langdon wusste, dass Raphael, genau wie viele andere religiöse Künstler, vermutlich insgeheim überzeugter Atheist gewesen war.

»Und wo ist nun das Grab von Raphael?« Vittoria schob das Blatt vorsichtig in Langdons Brusttasche zurück.

Langdon atmete tief durch. »Ob Sie's glauben oder nicht – Raphael ist im Pantheon begraben.«

Vittoria blickte ihn zweifelnd an. »In *dem* Pantheon?«

»Genau in dem.« Zugegebenermaßen war auch Langdon überrascht, dass die Illuminati ausgerechnet das Pantheon als den Anfang ihres Weges der Erleuchtung ausgesucht hatten. Er hätte eher vermutet, dass der erste Altar der Wissenschaft in einer stillen, kleinen, abgelegenen Kirche stand. Das Pantheon, der gewaltige Kuppelbau mit dem großen runden Loch in der Mitte, war auch im siebzehnten Jahrhundert eines der berühmtesten Bauwerke in Rom gewesen.

»Ist das Pantheon überhaupt eine Kirche?«, fragte Vittoria.

»Die älteste katholische Kirche in ganz Rom.«

Vittoria schüttelte den Kopf. »Glauben Sie wirklich, dass der erste Kardinal im Pantheon ermordet werden soll? Es ist doch eine der touristisch meistbesuchten Stätten in Rom!«

Langdon zuckte die Schultern. »Die Illuminati haben gesagt, dass die ganze Welt ihnen zusehen soll. Ein Mord an einem Kardinal im Pantheon würde sicherlich einigen die Augen öffnen.«

»Aber wie kann dieser Assassine erwarten, jemanden im Pantheon zu ermorden und unerkannt zu entkommen? Das ist unmöglich!«

»Genauso unmöglich wie die Entführung von vier Kardinälen aus dem Vatikan, nehme ich an. Das Poem jedenfalls ist eindeutig.«

»Und Sie sind ganz sicher, dass dieser Raphael im Pantheon begraben ist?«

»Ich habe schon mehr als einmal an seinem Grab gestanden.«

Vittoria nickte, doch sie schien immer noch zu zweifeln. »Wie spät ist es?«

Langdon blickte auf seine Mickey-Mouse-Uhr. »Halb acht.«

»Ist es weit bist zum Pantheon?«

»Vielleicht anderthalb Kilometer. Wir haben also noch etwas Zeit.«

»Das Poem sagt etwas von Santis *irdnem* Grab. Haben Sie dafür auch eine Erklärung?«

Langdon eilte über den weiten Hof. »Irden, ja. Offen gestanden gibt es wahrscheinlich keinen Ort in ganz Rom, der irdener wäre als das Pantheon. Der Name kommt von der alten Religion, für die das Pantheon erbaut wurde – es ist ein Tempel für alle Götter. Insbesondere die Götter von Mutter Erde.«

Als Student der Architektur hatte Langdon staunend erfahren, dass die Abmessungen der Haupthalle ein Tribut an Gaia waren, die Göttin der Erde. Die Form war so exakt berechnet, dass eine riesige Kugel hineinpasste, so genau, dass an den äußeren Rändern weniger als ein Millimeter Zwischenraum blieb.

»Also schön«, sagte Vittoria ein wenig überzeugter. »Und was ist mit ›Dämons Loch‹? Von *Santis irdnem Grab in Dämons Loch*?«

Langdon war sich nicht sicher, jedenfalls nicht so sicher wie mit Santis Grab. »Es könnte der Oculus sein«, sagte er. Es war eine logische Schlussfolgerung. »Die kreisrunde Öffnung im Kuppeldach des Pantheons.«

»Aber das Pantheon ist eine Kirche!«, entgegnete Vittoria. Sie hielt mühelos mit seinem Laufschritt mit. »Warum sollte jemand die Kuppelöffnung ein *Dämonenloch* nennen?«

Diese Frage hatte sich Langdon ebenfalls gestellt. Er hatte den Ausdruck »Dämons Loch« noch nie gehört, doch er erinnerte sich an eine Schilderung aus dem siebten Jahrhundert, die aus seiner heutigen Sicht eigenartig passend schien. Angeblich hatten Dämonen das Loch in das Kuppeldach gebrochen, als sie auf der Flucht vor der Konsekration durch Bonifaz IV. gewesen waren.

»Und warum …«, fügte Vittoria hinzu, als sie einen weiteren kleineren Hof durcheilten, »… warum sollten die Illuminati den Namen Santi benutzen, wenn er in Wirklichkeit als Raphael bekannt war?«

»Sie stellen eine Menge Fragen.«

»Das hat mein Vater auch immer gesagt.«

»Zwei mögliche Gründe. Erstens, das Wort Raphael hat eine Silbe zu viel. Es hätte den fünfhebigen Jambus zerstört.«

»Klingt ziemlich weit hergeholt.«

Langdon stimmte ihr zu. »Schon möglich. Vielleicht haben sie Santi auch deswegen genommen, um den Hinweis stärker zu verschleiern, sodass nur hoch gebildete Männer den Hinweis auf Raphaels Grab erkannten.«

Auch das überzeugte Vittoria noch nicht. »Ich bin sicher, Raphaels Nachname war zu seinen Lebzeiten äußerst bekannt.«

»Überraschenderweise nicht, nein. Es war ein Statussymbol, nur mit Vornamen berühmt zu sein. Raphael hat seinen Nachnamen weggelassen, genau wie viele Popstars es heute tun. Nehmen Sie beispielsweise Madonna. Wer weiß schon ihren Nachnamen – Ciccone?«

Vittoria blickte ihn amüsiert an. »Sie kennen den Nachnamen von Madonna?«

Langdon bedauerte seine Bemerkung augenblicklich. Es war schon erstaunlich, was man so alles auffing, wenn man Tag für Tag unter zehntausend pubertierenden Studenten lebte.

Sie passierten das letzte Tor auf dem Weg zur Kaserne der Schweizergarde, doch dann wurden sie unvermittelt aufgehalten.

»Fermi!«, brüllte eine Stimme hinter ihnen.

Vittoria und Langdon wirbelten herum und starrten in den Lauf einer Maschinenpistole.

»Attento!«, rief Vittoria und sprang zurück. »Passen Sie gefälligst auf mit …«

»Mani in alto!«, rief der Gardist und legte den Sicherungshebel um.

»Soldato!«, brüllte eine befehlsgewohnte Stimme über den Hof. Olivetti kam soeben aus dem Sicherheitszentrum. »Lassen Sie die beiden gehen!«

Der Gardist starrte seinen Vorgesetzten verwirrt an. *»Ma Comandante? È una donna …!«*

»Los, hinein!«, brüllte Olivetti seinen Untergebenen an.

»Signore, non posso …!«

»Auf der Stelle! Sie haben neue Befehle, Soldat. Hauptmann Rocher wird in zwei Minuten eine Lagebesprechung abhalten. Wir werden eine Suchaktion durchführen.«

Verwirrt eilte der Gardist in das Sicherheitszentrum. Olivetti marschierte Langdon und Vittoria entgegen. Er schäumte förmlich. »Sie waren in unseren geheimsten Archiven! Ich verlange augenblicklich eine Erklärung!«

»Wir haben gute Neuigkeiten«, berichtete Langdon.

Olivettis Augen verengten sich zu Schlitzen. »Ich hoffe für Sie, dass es verdammt gute Neuigkeiten sind.«

56.

DIE VIER UNAUFFÄLLIGEN ALFA ROMEO 155 T-SPARK rasten durch die Via dei Coronari wie Kampfjets über eine Startbahn. In den Wagen saßen zwölf zivil gekleidete Schweizergardisten mit halbautomatischen Cherchi-Pardinis, Betäubungsgasgranaten und Betäubungsgewehren. Die drei Scharfschützen hatten Gewehre mit Laseroptiken.

Auf dem Beifahrersitz des vorderen Wagens saß Oberst Olivetti. Er drehte sich zu Vittoria und Langdon um. In seinen Augen stand nackte Wut. »Sie haben mir eine vernünftige Erklärung versprochen, und das ist alles, was Sie zu sagen haben?«

Langdon fühlte sich beklemmt auf dem Rücksitz des kleinen Wagens. »Ich verstehe Ihren …«

»Nichts verstehen Sie!« Olivetti hob niemals die Stimme, doch seine Eindringlichkeit war kaum noch zu überbieten. »Ich habe gerade ein Dutzend meiner besten Leute aus der Vatikanstadt abgezogen, und das am Abend des Konklaves! Ich bin losgezogen, um das Pantheon zu durchsuchen, allein auf das Wort eines Amerikaners hin, den ich noch nie zuvor gesehen habe und der mir ein vierhundert Jahre altes Gedicht vorliest und weiter nichts! Und ich habe die Suche nach dieser Antimaterie in den Händen untergebener Offiziere gelassen.«

Langdon widerstand dem Verlangen, Galileos Blatt Nummer fünf aus der Brusttasche zu ziehen und damit vor Olivettis Gesicht zu wedeln. »Ich weiß nur, dass die Informationen, die wir gefunden haben, auf Raphaels Grab hinweisen, und Raphaels Grab befindet sich im Pantheon.«

Der Gardist hinter dem Steuer nickte. »Da hat er recht, Herr Oberst. Meine Frau und ich waren …«

»Fahren Sie!«, fauchte Olivetti. Er wandte sich wieder zu Langdon um. »Wie kann ein Mörder an so einem belebten Ort seine Tat begehen und unerkannt entkommen?«

»Das weiß ich nicht«, erwiderte Langdon. »Doch die Illuminati sind offensichtlich sehr erfindungsreich. Sie sind in CERN eingedrungen und in die Vatikanstadt. Wir wissen nur durch Glück, wo sich der erste Mord ereignen soll. Das Pantheon ist Ihre einzige Chance, diesen Kerl zu fassen.«

»Noch mehr Widersprüche«, sagte Olivetti. »Eine einzige Chance? Ich dachte, Sie hätten etwas von einer Spur quer durch Rom erzählt? Einer Reihe von Wegweisern? Wenn das Pantheon der richtige Ort ist, können wir dieser Spur zu den anderen Wegweisern folgen. Wir haben also vier Chancen, diesen Mann zu fangen.«

»Das hatte ich zu Anfang auch gehofft«, widersprach Langdon. »Und bis vor einem Jahrhundert hätte es auch gestimmt.«

Langdons Gedankenblitz, dass der erste Altar der Wissenschaft das Pantheon sein musste, war ein bitter-süßer Augenblick gewesen. Die Geschichte hatte ihre ganz eigene Art, denjenigen grausame Streiche zu spielen, die ihr hinterherjagten. Sicher, es war eine schwache Hoffnung gewesen, dass der Weg der Erleuchtung nach all den Jahren noch immer intakt war und alle Statuen noch immer an ihrem Platz standen, doch Langdon hatte sich vorgestellt, dem Weg bis ans Ende zu folgen und schließlich das berühmte Nest der Illuminati zu finden. Aber das sollte nicht sein, erkannte er rasch. »Ende des neunzehnten Jahrhunderts ließ der Vatikan sämtliche Statuen aus dem Pantheon entfernen und zerstören.«

Vittoria starrte Langdon schockiert an. »Aber warum?«

»Es waren Statuen von olympischen Göttern. Heidnischen Göttern. Unglücklicherweise bedeutet es, dass der erste Wegweiser nicht mehr existiert, und mit ihm ist …«

»… jede Hoffnung verloren, den Weg der Erleuchtung und die übrigen Wegweiser zu finden«, vollendete Vittoria seinen Satz.

Langdon nickte traurig. »Wir haben nur diese eine Gelegenheit. Das Pantheon. Wie der Weg der Erleuchtung von dort weiterführt, wissen wir nicht.«

Olivetti starrte die beiden wortlos an; dann drehte er sich wieder nach vorn. »Fahren Sie rechts ran«, befahl er dem Fahrer schroff.

Der Fahrer lenkte den Wagen an den Straßenrand und trat auf die Bremse. Die drei anderen Alfa Romeos kamen hinter ihm zum Stehen.

»Was machen Sie denn nun schon wieder?«, rief Vittoria ärgerlich.

»Meine Arbeit.« Olivetti starrte sie aus eisigen Augen an; dann richtete er den Blick auf Langdon. »Als Sie sagten, Sie würden die Situation unterwegs erklären, ging ich davon aus, dass wir bis zum Eintreffen beim Pantheon eine genaue Vorstellung von dem haben, was meine Männer erwartet. Das ist nicht der Fall. Ich vernachlässige wichtige Pflichten, indem ich mich hier aufhalte, und Sie haben mir rein gar nichts erzählt, was Ihrer Theorie von einem jungfräulichen Opfer auf dem Altar der Wissenschaft und diesen alten Versen irgendwelchen Sinn geben würde. Deswegen kann ich nicht guten Gewissens mit dieser Schnitzeljagd weitermachen. Ich werde diese Mission augenblicklich beenden, und wir kehren in die Vatikanstadt zurück.« Er zog sein Walkie-Talkie hervor und schaltete es ein.

Vittoria fiel ihm in den Arm. »Das können Sie nicht machen!«

Olivetti setzte das Walkie-Talkie krachend auf dem Armaturenbrett ab und drehte sich wütend zu ihr um. »Waren Sie schon einmal im Pantheon, Signorina Vetra?«

»Nein, aber ich …«

»Dann will ich Ihnen etwas über dieses Gebäude erzählen. Das Pantheon besteht aus einem einzigen großen Raum. Einem kreisrunden Saal aus Stein und Mörtel. Es hat *einen* Eingang. Keine Fenster. Einen *einzigen* schmalen Eingang. Dieser Eingang wird Tag und Nacht von vier bewaffneten römischen Polizisten bewacht, die diese Kirche vor Kunstschändern, antichristlichen Terroristen und unpassend gekleideten Touristinnen schützen.«

»Und?«, entgegnete sie kühl.

»Und? Und?« Olivetti packte die Rücklehne so fest, dass seine

Knöchel weiß hervortraten. »Was sich Ihrer Meinung nach im Pantheon ereignen soll, ist absolut unmöglich! Können Sie mir *ein* plausibles Szenario nennen, wie jemand einen Kardinal im Pantheon umbringen könnte? Wie er eine Geisel an den Wachen vorbei in das Pantheon schleusen will? Ganz zu schweigen davon, diese Geisel zu ermorden, ohne dabei gestellt zu werden?« Olivetti beugte sich über den Sitz, und Langdon roch seinen Kaffeeatem. »Wie, Mr. Langdon, sollte das vor sich gehen?«

Langdon hatte das Gefühl, als würde der Wagen ringsum noch weiter schrumpfen. *Ich habe nicht die leiseste Ahnung. Ich bin kein Mörder. Ich weiß nicht, wie er es tun wird! Ich weiß nur …*

»Wie wäre es damit?«, sagte Vittoria. »Der Mörder fliegt mit einem Helikopter über das Pantheon und wirft den schreienden, gebrandmarkten Kardinal durch das Loch im Dach. Der Kardinal schlägt auf dem Marmorboden auf und stirbt.«

Jeder im Wagen drehte sich zu ihr und starrte sie an. Langdon wusste nicht, was er denken sollte. *Du hast eine kranke Fantasie, Mädchen, aber du bist schnell.*

Olivetti runzelte die Stirn. »Möglich wäre es, das gebe ich zu … aber wohl kaum …«

»Oder der Mörder setzt den Kardinal unter Drogen«, fuhr Vittoria ungerührt fort, »und bringt ihn als alten Touristen verkleidet im Rollstuhl ins Pantheon. Er rollt ihn hinein, schneidet ihm die Kehle durch und spaziert unerkannt nach draußen.«

Das rüttelte Olivetti ein wenig auf.

Gar nicht schlecht, dachte Langdon.

»Oder …«, sagte sie, »der Mörder könnte …«

»Ich habe verstanden«, sagte Olivetti. »Genug.« Er atmete tief ein und wieder aus. Jemand klopfte drängend ans Fenster, und alle zuckten zusammen. Es war ein Gardist aus einem der anderen Wagen. Olivetti kurbelte das Fenster herunter.

»Alles in Ordnung, Herr Oberst?« Der Gardist trug Zivilkleidung. Er schob den Ärmel seiner Jacke hoch und deutete auf seine schwarze Armbanduhr. »Zwanzig vor acht, Herr Oberst. Wir brauchen Zeit, um in Position zu gehen.«

Olivetti nickte abwesend, doch er schwieg eine ganze Weile. Er fuhr mit dem Finger über das Armaturenbrett und zeichnete Linien in den Staub, während er Langdon im Seitenspiegel beobachtete. Langdon spürte, wie er taxiert wurde, während Olivetti mit sich rang. Schließlich wandte sich der Kommandant an den Gardisten und sagte zögernd: »Ich möchte, dass wir uns aus verschiedenen Richtungen nähern. Die Wagen sollen zur Piazza della Rotunda, zur Via degli Orfani, Piazza Sant' Ignazio und Sant' Eustachio fahren. Nicht näher heran als zwei Blocks. Sobald Sie geparkt haben, machen Sie sich bereit und warten auf weitere Befehle. Drei Minuten.«

»Jawohl, Herr Oberst.« Der Gardist kehrte zu seinem Wagen zurück.

Langdon nickte Vittoria beeindruckt zu. Sie grinste, und für einen Augenblick spürte Langdon eine unerwartete Verbindung … ein unsichtbares magnetisches Feld zwischen ihnen beiden.

Der Oberst wandte sich erneut zu ihnen um und starrte Langdon in die Augen. »Mr. Langdon, ich hoffe für uns alle, dass uns diese Geschichte nicht vor der Nase hochgeht.«

Langdon lächelte unsicher. *Ich auch. Ich auch.*

57.

UNTER DEM EINFLUSS des Cromolyns und Leukotriens in seinen Adern, das die Bronchien und Lungenkapillaren weitete, öffnete der Generaldirektor von CERN, Maximilian Kohler, die Augen. Er atmete wieder normal. Er lag in einem privaten Zimmer auf der Krankenstation von CERN. Der Rollstuhl stand neben seinem Bett.

Er musterte seine Umgebung und untersuchte das Papierhemd, in das man ihn gesteckt hatte. Seine Kleidung lag säuberlich gefaltet auf dem Rollstuhl neben ihm. Draußen auf dem Gang hörte er eine Krankenschwester, die ihre Runde machte. Eine lange Minute blieb er liegen und lauschte. Dann zog er sich so leise zur Bettkante, wie er konnte, und nahm seine Kleidung, um sich mühsam anzuziehen. Schließlich stemmte er sich vom Bett in seinen Rollstuhl.

Er unterdrückte ein Husten und rollte lautlos zur Tür. Er verzichtete auf den Elektromotor, um keinen Lärm zu machen. An der Tür angekommen, spähte er in den Gang hinaus. Er war leer.

Leise verließ Maximilian Kohler die Krankenstation.

58.

NEUNZEHN UHR SECHSUNDVIERZIG und dreißig Sekunden – jetzt!« Selbst beim Sprechen in das Walkie-Talkie klang Olivettis Stimme nicht lauter als ein Flüstern.

Langdon saß schwitzend im Fond des Alfa Romeo. Sie standen mit laufendem Motor drei Blocks vom Pantheon entfernt auf der Piazza della Concorde. Vittoria saß neben ihm und beobachtete fasziniert Olivetti, der die letzten Befehle erteilte.

»Wir werden von acht Punkten aus gleichzeitig vorrücken«, erklärte der Oberst. »Vollständiges Einschließungsmanöver mit Schwerpunkt auf den Eingang. Das Zielobjekt könnte Sie erkennen, also machen Sie sich unsichtbar. Keine tödlichen Schüsse. Wir brauchen jemanden, der das Dach im Auge behält. Das Zielobjekt hat oberste Priorität. Die Geisel ist sekundär.«

Mein Gott, dachte Langdon. Die kalte Effizienz, mit der Olivetti seinen Leuten mitteilte, dass der Kardinal entbehrlich war, jagte ihm einen eisigen Schauer über den Rücken. *Die Geisel ist sekundär.*

»Ich wiederhole. Keine tödlichen Schüsse. Wir brauchen das Zielobjekt lebendig. Los.« Olivetti schaltete sein Walkie-Talkie ab.

Vittoria schaute ihn fassungslos an. »Oberst, wollen Sie denn niemanden *hineinschicken*?«, fragte sie ärgerlich.

Olivetti drehte sich zu ihr um. »Hinein?«

»In das Pantheon! Was glauben Sie, wo der Mord geschehen soll!«

»*Attento!*«, sagte Olivetti scharf, und sein Blick wurde hart. »Falls die Garde tatsächlich infiltriert wurde, wird der Täter meine Leute vielleicht beim ersten Anblick erkennen. Ihr Kollege hat mich gerade gewarnt, dass dies hier unsere einzige Chance ist, das Zielobjekt zu fassen. Ich beabsichtige nicht, irgendjemand zu verscheuchen, indem ich meine Leute im Pantheon aufmarschieren lasse.«

»Aber was, wenn der Mörder schon im Pantheon ist?«

Olivetti sah auf seine Uhr. »Die Zielperson war sehr deutlich. Punkt acht. Uns bleiben also fünfzehn Minuten.«

»Er sagte, er würde den Kardinal Punkt acht Uhr *umbringen*. Aber vielleicht hat er sein Opfer schon ins Pantheon geschafft. Was ist, wenn Ihre Männer den Mörder herauskommen sehen, ohne zu wissen, dass er es ist? Irgendjemand muss dafür sorgen, dass er nicht schon im Pantheon wartet.«

»Zu riskant. Dazu ist es zu spät.«

»Nicht, wenn er die Person nicht kennt.«

»Verkleidung kostet Zeit und …«

»Ich meinte mich«, sagte Vittoria.

Langdon starrte sie an.

Olivetti schüttelte den Kopf. »Ganz bestimmt nicht.«

»Er hat meinen Vater ermordet.«

»Genau, und deswegen weiß er wahrscheinlich auch, wer Sie sind.«

»Sie haben ihn selbst am Telefon gehört. Er wusste nicht einmal, dass Leonardo Vetra eine Tochter hat. Und ganz bestimmt weiß er nicht, wie ich aussehe. Ich könnte als Touristin hinein. Wenn ich etwas Verdächtiges sehe, komme ich wieder nach draußen und gebe Ihnen und Ihren Männern ein Signal.«

»Es tut mir Leid, aber das kann ich nicht erlauben.«

»Comandante?« Olivettis Walkie-Talkie knackte. »Wir haben hier oben ein Problem, Herr Oberst. Der Brunnen versperrt uns die Sicht. Wir können den Eingang nicht beobachten, es sei denn, wir geben uns selbst auf der Piazza zu erkennen. Was sollen wir tun?«

Vittoria hatte offensichtlich lange genug gewartet. »Das reicht. Ich gehe rein.« Sie öffnete die Tür und stieg aus.

Olivetti ließ sein Walkie-Talkie fallen und sprang aus dem Wagen. Er rannte um die Kühlerhaube herum und zu Vittoria.

Auch Langdon stieg aus. *Was glaubt sie, was sie da tut, verdammt?*

Olivetti versperrte Vittoria den Weg. »Signorina Vetra, ich kann nicht zulassen, dass eine Zivilistin sich einmischt.«

»Einmischt? Sie sind blind! Ich will Ihnen doch nur helfen!«

»Ich hätte wirklich gerne jemanden im Innern des Pantheons, aber …«

»Aber was?«, schnaubte Vittoria. »Aber ich bin eine Frau?«

Olivetti schwieg verbissen.

»Besser, wenn Sie sich eine andere Antwort überlegen, Herr Oberst. Sie wissen sehr genau, dass es eine gute Idee ist, und wenn Sie irgendeinen archaischen Macho-Scheiß von sich geben wollen …«

»Lassen Sie uns unsere Arbeit tun.«

»Lassen Sie mich helfen.«

»Zu gefährlich. Wir hätten keine Verbindung zu Ihnen. Sie können schließlich kein Walkie-Talkie mitnehmen; es würde Sie augenblicklich verraten.«

Vittoria griff in ihre Hosentasche und zog ihr winziges Mobiltelefon hervor. »Viele Touristen haben so etwas bei sich.«

Olivetti runzelte die Stirn.

Vittoria klappte das Gerät auf und tat, als telefonierte sie. »Hallo, Liebling! Ich stehe im Pantheon! Du solltest das sehen!« Sie klappte das Telefon wieder zu und funkelte Olivetti an. »Wer soll schon wissen, mit wem ich spreche? Es besteht nicht das geringste Risiko! Lassen Sie mich Ihnen helfen!« Sie deutete auf das Mobiltelefon an Olivettis Gürtel. »Wie lautet Ihre Nummer?«

Olivetti antwortete nicht.

Der Fahrer hatte schweigend zugesehen und schien sich seinen Teil zu denken. Jetzt stieg er aus und bat seinen Vorgesetzten beiseite. Sie redeten eine Weile mit gedämpften Stimmen. Schließlich nickte Olivetti und kam zu Vittoria zurück. »Also schön, programmieren Sie diese Nummer ein.« Er diktierte ihr die Zahlen.

Vittoria speicherte sie in ihrem Telefon.

»Und jetzt rufen Sie die Nummer an.«

Vittoria drückte auf die Wähltaste. Das Telefon an Olivettis Gürtel summte. Er zog es hervor und hielt es ans Ohr. »Gehen Sie ins Pantheon, Signorina Vetra, sehen Sie sich um, kommen Sie wieder heraus, rufen Sie mich an und berichten mir, was Sie gesehen haben.«

Vittoria klappte ihr Telefon zu. »Danke sehr, Oberst.«

Langdon spürte, wie sein Beschützerinstinkt unerwartet erwachte. »Warten Sie«, sagte er zu Olivetti. »Sie wollen die Dame *ganz allein* dort hineinschicken?«

Vittoria starrte ihn finster an. »Robert, mir geschieht schon nichts.«

Der Schweizergardist redete erneut auf Olivetti ein.

»Es ist gefährlich«, sagte Langdon zu Vittoria.

»Er hat recht«, stimmte Olivetti ihm zu. »Selbst meine besten Männer arbeiten niemals allein. Mein Leutnant hat mich soeben darauf hingewiesen, dass die Tarnung noch effektiver wäre, wenn Sie beide hineingingen.«

Wir beide?, dachte Langdon bestürzt. *Ehrlich gesagt, das ist es nicht, was ich wollte …*

»Wenn Sie beide zusammen ins Pantheon gehen«, fuhr Olivetti fort, »sieht es aus, als wären Sie ein Paar im Urlaub. Außerdem können Sie sich gegenseitig Rückendeckung geben, sollte es nötig werden. Mit dieser Lösung würde ich mich wohler fühlen.«

Vittoria zuckte die Schultern. »Meinetwegen. Aber wir haben nicht mehr viel Zeit.«

Langdon stöhnte. *Geschickter Schachzug, Cowboy.*

Olivetti deutete die Straße entlang. »Zuerst gehen Sie auf die Via degli Orfani. Halten Sie sich links, dann kommen Sie direkt beim Pantheon heraus. Es liegt nicht mehr als zwei Minuten von hier, höchstenfalls. Ich werde hier warten und meine Männer dirigieren, während ich auf Ihre Antwort warte. Ich möchte, dass Sie das hier zu Ihrem Schutz mitnehmen.« Er zog seine Pistole. »Kann einer von Ihnen beiden damit umgehen?«

Langdons Herz drohte zu stocken. *Wir brauchen keine Pistole!*

Vittoria streckte die Hand nach der Waffe aus. »Ich kann eine Galionsfigur aus vierzig Meter Entfernung von einem schaukelnden Schiff schießen«, behauptete sie.

»Gut.« Olivetti reichte ihr die Waffe. »Sie müssen sie irgendwie verbergen.«

Vittoria sah an sich herab, auf ihre nackten Beine und die Shorts. Dann fiel ihr Blick auf Langdon.

O nein, das wirst du nicht, dachte Langdon, doch Vittoria war zu schnell. Sie öffnete sein Jackett und ließ die Waffe in eine Innentasche fallen. Sie fühlte sich an wie ein großer Stein, und sein einziger Trost war, dass die Seite aus Galileos *Diagramma* in der anderen Brusttasche steckte.

»Wir sehen harmlos aus«, sagte Vittoria. »Gehen wir.« Sie hakte sich bei Langdon unter, und gemeinsam setzten sie sich in Bewegung.

»Arm in Arm ist gut!«, rief Olivettis Leutnant hinter ihnen her. »Vergessen Sie nicht, Sie sind gewöhnliche Touristen! Vielleicht könnten Sie beide ja Händchen halten?«

Als sie um die Ecke in die nächste Straße bogen, hätte Langdon schwören können, dass er auf Vittorias Gesicht die Andeutung eines Lächelns bemerkte.

59.

DER EINSATZRAUM DER SCHWEIZERGARDE befand sich neben dem Corpo di Vigilanza und diente in der Regel dazu, die Sicherheitsvorkehrungen bei päpstlichen Auftritten und vatikanischen Ereignissen zu planen. An diesem Tag jedoch wurde er für etwas anderes benutzt.

Der Mann, der vor der versammelten Garde sprach, war der stellvertretende Kommandant, Hauptmann Elias Rocher. Hauptmann Rocher war ein Mann mit einem gewaltigen Brustkorb und weichen, puttenähnlichen Gesichtszügen. Er trug die traditionelle Offiziersuniform mit einer persönlichen Note – einem roten Barett, das schief auf seinem Kopf saß. Seine Stimme klang für einen massigen Mann wie ihn erstaunlich hoch. Seine Augen waren dunkel wie die eines nächtlichen Raubtiers. Seine Leute nannten ihn *Orso* – der Bär. Sie witzelten, dass er der Bär sei, der im Schatten der Viper wandele – die »Viper« war Oberst Olivetti. Rocher war genauso tödlich wie die Viper, doch ihn sah man wenigstens kommen.

Die Gardisten standen stramm. Niemand regte sich, auch wenn die Informationen, die sie soeben erhalten hatten, durchaus dazu angetan waren, ihren Blutdruck in die Höhe schnellen zu lassen.

Leutnant Chartrand stand im hinteren Bereich des Einsatzraums und wünschte sich zum ersten Mal, er hätte zu jenen neunundneunzig Prozent der Bewerber gehört, die nicht bei der Schweizergarde angenommen worden waren. Mit seinen zwanzig Jahren war Chartrand der jüngste unter den Gardisten und erst seit drei Monaten im Vatikan. Wie jeder andere Gardist in vatikanischen Diensten hatte auch Chartrand seinen Dienst bei der Schweizer Armee absolviert und sich anschließend einer intensiven, zweijährigen Ausbildung in Bern unterzogen, bevor er sich der mörderischen Aufnahmeprüfung des Vatikans gestellt hatte, die an einem geheimen Ort außerhalb Roms stattfand. Nichts in seiner Ausbildung hatte ihn auf das vorbereitet, was nun eingetreten war.

Zuerst hatte Chartrand noch geglaubt, die Einsatzbesprechung sei irgendein bizarres Trainingsszenario. *Futuristische Waffen? Alte Geheimbruderschaften? Entführte Kardinäle?* Dann hatte Hauptmann Rocher ihnen die Liveaufnahmen gezeigt, auf denen die fragliche Waffe zu sehen war. Offensichtlich handelte es sich nicht um eine Übung.

»Wir werden in bestimmten Bereichen die Stromversorgung abschalten«, sagte Rocher, »um jegliche störende magnetische Interferenz zu unterbinden. Wir werden in Viererteams vorgehen und Infrarotbrillen tragen. Als Ortungsgeräte werden wir herkömmliche Wanzenspürer einsetzen, die wir für Feldstärken im Millitesla-Bereich rekalibriert haben. Noch Fragen?«

Keine.

Chartrands Gedanken rasten. »Was, wenn wir diese Bombe nicht rechtzeitig finden?«, fragte er und wünschte sich augenblicklich, er hätte geschwiegen.

Der Bär starrte ihn unter seinem roten Barett hervor wortlos an, dann entließ er seine Männer mit einem ernsten militärischen Gruß. »Viel Erfolg, Leute.«

60.

ZWEI BLOCKS VOM PANTHEON ENTFERNT schlenderten Langdon und Vittoria an einer Reihe Taxis vorbei. Die Fahrer dösten auf ihren Sitzen. Öffentliche Nickerchen gehörten in der Ewigen Stadt zur Tagesordnung; die Römer hatten die nachmittäglichen Siestas aus dem alten Spanien übernommen und perfektioniert.

Langdon riss sich zusammen. Er versuchte nachzudenken, doch die Situation war einfach zu bizarr und entzog sich jeder Logik. Zwölf Stunden zuvor hatte er noch in seinem Bett in Cambridge gelegen und tief und fest geschlafen. Jetzt war er in Europa und in eine surreale Schlacht antiker Titanen verwickelt, trug eine Halbautomatik im Jackett und hielt Händchen mit einer Frau, die er gerade erst kennen gelernt hatte.

Er blickte Vittoria an. Sie konzentrierte sich ganz auf den vor ihnen liegenden Weg. Ihr Griff war fest und sicher – der Griff einer unabhängigen und entschlossenen Frau. Ihre Finger waren wie selbstverständlich um die seinen geschlungen. Kein Zögern. Langdon fühlte sich in zunehmendem Maß zu ihr hingezogen. *Bilde dir nichts ein,* riss er sich zusammen.

Vittoria schien seine Unruhe zu spüren. »Entspannen Sie sich«, sagte sie, ohne den Kopf zu wenden. »Wir sollen schließlich aussehen wie ein frisch verheiratetes Paar.«

»Ich bin entspannt.«

»Sie zerquetschen meine Hand.«

Langdon errötete und ließ locker.

»Atmen Sie mit den Augen«, sagte sie.

»Wie bitte?«

»Es entspannt die Muskulatur. Man nennt es *pranayama*.«

»Piranha?«

»Pranayama. Na ja, ist auch egal.«

Sie bogen um die Ecke auf die Piazza della Rotunda, und vor ihnen lag das Pantheon. Wie immer betrachtete Langdon das alte Bauwerk mit Ehrfurcht. *Pantheon. Tempel aller Götter. Heidnische Götter. Götter der Natur und der Erde.* Das Bauwerk kam ihm von außen klobiger vor, als er es in Erinnerung hatte. Der Säulenvorbau mit seinem Giebeldach verdeckte den Kuppelbau dahinter fast zur Gänze, doch die stolze, unbescheidene Inschrift über dem Eingang zeigte ihm, dass sie am richtigen Ort waren. M AGRIPPA L F COS TERTIUM FECIT. Amüsiert übersetzte Langdon die Inschrift: *Marcus Agrippa hat diesen Tempel in seiner dritten Amtszeit als Konsul errichtet.*

So viel zum Thema Bescheidenheit, dachte Langdon und ließ den Blick über den Platz schweifen. Ein paar vereinzelte Touristen mit Kameras schlenderten umher. Andere saßen im *La Tazza d' Oro*, dem bekannten Straßencafé, und tranken den besten römischen Eiskaffee. Vor dem Eingang zum Pantheon standen vier bewaffnete Polizisten, genau wie Olivetti es gesagt hatte.

»Sieht eigentlich alles ziemlich ruhig aus«, sagte Vittoria.

Langdon nickte, doch er war innerlich aufgewühlt. Nun, da er hier stand, erschien ihm die ganze Geschichte völlig surreal. Obwohl Vittoria offensichtlich überzeugt war, dass er mit seiner Theorie recht hatte, wurde ihm bewusst, dass er alles auf eine Karte setzte. Das Poem Miltons ging ihm nicht mehr aus dem Kopf. *From Santi's earthly tomb with demon's hole. Ja,* sagte er sich einmal mehr. *Das hier ist die Stelle. Santis Grab.* Er hatte schon oft unter dem Loch in der Decke des Pantheons und vor dem Grab des großen Raphael gestanden.

»Wie spät ist es?«, fragte Vittoria.

Langdon schaute auf die Uhr. »Zehn vor acht. Noch zehn Minuten.«

»Ich hoffe nur, diese Gardisten sind so gut, wie sie aussehen«, sagte Vittoria mit einem Blick zu den vereinzelten Touristen, die das Pantheon betraten. »Wenn dort drin irgendetwas passiert, sitzen wir genau zwischen den Fronten.«

Langdon atmete tief durch, während sie sich dem Gebäude näherten. Die Waffe fühlte sich schwer an in seiner Tasche. Er fragte sich, was wohl geschehen würde, wenn die Polizisten ihn filzten und die Waffe bei ihm fänden. Doch die Beamten würdigten das Paar keines Blickes. Offensichtlich funktionierte ihre Tarnung.

»Kennen Sie sich wirklich mit Waffen aus?«, flüsterte Langdon fragend.

»Vertrauen Sie mir etwa nicht?«

»Ihnen vertrauen? Ich kenne Sie kaum!«

Vittoria runzelte die Stirn. »Und ich dachte doch tatsächlich, wir wären frisch verheiratet.«

61.

DIE LUFT IM INNERN DES PANTHEONS war kühl und feucht und roch nach Geschichte. Die gewaltige Kuppel der Decke hoch über ihnen wirkte eigenartig schwerelos, obwohl ihr Durchmesser von mehr als dreiundvierzig Metern sogar den der Kuppel des Petersdoms übertraf. Wie immer liefen Langdon Schauer über den Rücken, als er die gewaltige Halle betrat. Sie war eine bemerkenswerte Verschmelzung von Architektur und Kunst. Über ihnen fiel ein warmer Sonnenstrahl durch das berühmte Dämonenloch ins Innere. *Der Oculus,* dachte Langdon.

Sie waren angekommen.

Langdons Augen folgten dem Verlauf der gewölbten Kuppel bis zu der Stelle, wo sie in die senkrechte Außenwand überging, und von dort aus weiter zum Marmorfußboden. Das leise Echo von Schritten und murmelnden Stimmen von Touristen hallte durch den Saal. Langdon musterte verstohlen die Besucher, die ziellos in den Schatten umherwanderten. *Bist du hier?*

»Sieht ziemlich still aus«, sagte Vittoria. Sie hielt immer noch seine Hand.

Langdon nickte.

»Wo ist Raphaels Grab?«

Langdon überlegte einen Augenblick und versuchte sich zu orientieren. Er musterte die Peripherie des Raums. Gräber. Altäre. Säulen. Nischen. Er deutete auf eine besonders prachtvoll ausgeschmückte Nische auf der anderen Seite der Halle, ein Stück zur Linken. »Ich glaube, dort drüben«, sagte er.

Vittoria blickte sich suchend um. »Ich sehe niemanden, der aussieht, als würde er im nächsten Augenblick einen Kardinal ermorden. Sollen wir uns ein wenig umsehen?«

Langdon nickte. »Es gibt nur eine Stelle, wo jemand sich verstecken könnte. Besser, wir sehen in den *rientranze* nach.«

»In den Alkoven?«

»Ja. Die Nischen in den Wänden.«

Die Nischen zwischen den Säulen waren groß genug, um sich in ihren Schatten zu verstecken. Langdon wusste, dass sie einst die Statuen der römischen Götter beherbergt hatten, doch die heidnischen Skulpturen waren zerstört worden. Erneut stiegen Enttäuschung und ein Gefühl der Hilflosigkeit in ihm auf; hier stand er nun am ersten Altar der Wissenschaft, und der Wegweiser war verschwunden. Er fragte sich, welche Statue es gewesen sein mochte und wohin sie gezeigt hatte. Langdon konnte sich nichts Aufregenderes vorstellen, als einen Wegweiser der Illuminati zu entdecken – eine Statue, die verstohlen in die Richtung deutete, in die der Weg der Erleuchtung führte. Einmal mehr fragte er sich, wer der unbekannte Illuminati-Bildhauer gewesen sein mochte.

»Ich gehe links herum«, entschied Vittoria. »Sie nehmen die rechte Seite. Wir treffen uns auf der gegenüberliegenden Seite.«

Langdon grinste düster.

Als Vittoria gegangen war, schritt auch Langdon aus. Die Stimme des Assassinen schien in dem toten Raum ringsum widerzuhallen. *Acht Uhr ... jungfräuliche Opfer auf den Altären der Wissenschaft ... eine mathematische Progression des Todes. Acht ... neun ... zehn ... elf ... und um Mitternacht ...* Langdon warf einen Blick auf die Uhr. Acht Minuten vor acht. Noch acht Minuten.

Er näherte sich der ersten Nische und kam am Grab eines der katholischen Könige von Italien vorbei. Der Sarkophag lag schief. Eine Gruppe von Besuchern schien deswegen zu rätseln. Langdon blieb nicht stehen, um es zu erklären. Christliche Gräber waren häufig so ausgerichtet, dass die Gesichter der Toten nach Osten zeigten, ohne Rücksicht auf die umgebende Architektur. Erst letzten Monat hatte Langdon noch in der Symbolologie-Vorlesung mit seinen Studenten über diesen alten Aberglauben diskutiert.

»Das ist völlig absurd!«, hatte eine Studentin in der ersten Reihe gerufen, als Langdon den Grund für die nach Osten zeigenden

Gräber erklärt hatte. »Warum sollten Christen ihre Gräber der aufgehenden Sonne zuwenden? Wir sprechen vom Glauben an Christus, nicht von irgendwelchen Sonnenanbetern.«

Langdon hatte still gelächelt und war, einen Apfel kauend, vor der Tafel auf und ab gegangen. »Mr. Hitzrot«, rief er.

»Wer, ich?« Ein junger Mann, der in einer der hinteren Reihen geistesabwesend gedöst hatte, schrak hoch.

Langdon deutete auf das Poster an der Wand, auf dem ein Renaissancebild zu sehen war. »Wer ist dieser Mann, der vor Gott kniet?«

»Ah … irgendein Heiliger?«

»Brillant. Und woher wissen Sie, dass er ein Heiliger ist?«

»Er hat einen Heiligenschein?«

»Ausgezeichnet. Und an was erinnert Sie dieser goldene Heiligenschein?«

Hitzrot lächelte verlegen. »Diese ägyptischen Dinger, über die wir im letzten Semester gesprochen haben? Diese … äh, Sonnenscheiben?«

»Danke sehr, Mr. Hitzrot. Legen Sie sich wieder hin.« Langdon wandte sich an seine Hörer. »Halos entstammen, wie viele andere Gegenstände der christlichen Symbolologie, der ägyptischen Sonnenanbetung. Das gesamte Christentum ist durchsetzt mit Beispielen dafür.«

»Verzeihung«, widersprach die junge Studentin in der ersten Reihe. »Ich gehe regelmäßig zur Kirche, aber ich habe noch nie gesehen, dass dort die Sonne angebetet würde.«

»Tatsächlich nicht? Und was feiern Sie am fünfundzwanzigsten Dezember?«

»Weihnachten. Christi Geburt.«

»Und doch wurde Christus der Bibel nach im März geboren. Warum also feiert die Christenheit dieses Ereignis Ende Dezember?«

Schweigen.

Langdon lächelte. »Der fünfundzwanzigste Dezember, meine Freunde, ist der alte heidnische Feiertag der unbesiegten Sonne, des Gottes Sol Invictus Heliogabalus. Er fällt mehr oder weniger mit der Wintersonnenwende zusammen. Das ist dieser wundervolle Tag im Jahr, an dem die Sonne zurückkehrt und von wo an die Tage wieder länger werden.«

Langdon nahm einen weiteren Bissen vom Apfel.

»Aufblühende Religionen adoptieren häufig existierende Feiertage, um neuen Gläubigen den Übertritt zu erleichtern«, fuhr er fort. »Man nennt dieses Phänomen *Transmutation*. Es hilft den Menschen, sich an den neuen Glauben zu gewöhnen. Sie behalten ihre alten Feiertage, beten an den gleichen heiligen Orten, benutzen ähnliche Symbole … lediglich die Gottheit wird ersetzt.«

Jetzt wurde die junge Frau in der ersten Reihe richtig wütend. »Sie wollen doch wohl nicht andeuten, dass das Christentum nichts weiter ist als eine Art … eine Art *Sonnenanbeterei in neuer Verpackung*?«

»Nicht im Geringsten. Das Christentum hat nicht nur bei den Sonnenanbetern Anleihen gemacht. Das Ritual der Heiligsprechung beispielsweise ist den alten ›Gottwerdungsritualen‹ des Euhemerismus entliehen, und die Praxis des ›Gott-Essens‹ entstammt dem Mithra-Kult und geht auf Zarathustra zurück. Nicht einmal das Konzept, dass Christus für unsere Sünden starb, ist exklusiv; das Selbstopfer eines jungen Mannes, um die Sünden seines Stammes auf sich zu nehmen, reicht bis in die früheste Zeit zurück.«

Die junge Frau funkelte ihn wütend an. »Ist denn überhaupt etwas am Christentum echt?«

»Es ist eine Tatsache, dass jede organisierte Religion nur wenig Echtes besitzt. Religionen entstehen nicht aus dem Nichts. Sie entstehen *auseinander*. Moderne Religionen sind ein Sammelsurium … eine historische Abfolge, welche die Suche des Menschen nach göttlichem Verständnis widerspiegelt.«

»Äh … einen Augenblick bitte!«, rief Hitzrot, der mit einem Mal hellwach wirkte. »Ich weiß etwas, das ursprünglich christlich ist! Oder was sagen Sie zu unserem Bild von Gott? Christliche Kunst porträtiert Gott niemals als Falken oder Sonne oder sonst irgendetwas, sondern stets als alten Mann mit langem, weißem Bart. Also ist unser Bild von Gott ursprünglich, richtig?«

Langdon lächelte erneut. »Als die frühen Christen ihre alten Gottheiten aufgaben – heidnische Götter, römische Götter, griechische Götter –, wollten sie von der Kirche wissen, wie ihr neuer Gott denn aussieht. Und die Kirche wählte in kluger Umsicht das meistgefürchtete, weiseste, mächtigste und vertrauteste Gesicht in der Geschichte der heidnischen Götter.«

Hitzrot schien skeptisch. »Ein alter Mann mit einem weißen Rauschebart?«

Langdon deutete auf die Hierarchie der griechischen Götter auf einer Wandtafel. Zuoberst saß ein Mann mit weißem, langem Bart. »Kommt Ihnen Zeus nicht irgendwie bekannt vor?«

Das Klingelzeichen beendete die Stunde wie auf ein Stichwort.

»Guten Abend«, sagte eine Männerstimme.

Langdon zuckte zusammen. Er war wieder im Pantheon. Er wandte sich um und sah sich einem älteren Mann gegenüber, der ein blaues Cape mit einem roten Kreuz auf der Brust trug. Er lächelte Langdon an und entblößte eine Reihe vergilbter Zähne.

»Sie sind Engländer, habe ich recht?« Der Mann sprach mit starkem toskanischem Akzent.

Langdon blinzelte verwirrt. »Offen gestanden, nein. Ich bin Amerikaner.«

Der Mann blinzelte verlegen. »Oh, bitte verzeihen Sie. Sie waren so schick gekleidet, und da dachte ich … bitte entschuldigen Sie.«

»Kann ich Ihnen helfen?«, fragte Langdon mit wild pochendem Herzen.

»Offen gestanden, dachte ich eigentlich, ich könnte *Ihnen* helfen. Ich bin der *Cicerone*, wissen Sie?« Der Mann deutete stolz auf sein Abzeichen, das ihn als städtischen Fremdenführer auswies. »Meine Aufgabe besteht darin, Ihren Aufenthalt in Rom so abwechslungsreich wie möglich zu gestalten.«

Noch abwechslungsreicher?, dachte Langdon. Eigentlich war sein Aufenthalt in Rom durchaus kurzweilig genug.

»Sie sehen wie ein gebildeter Mann aus«, schmeichelte der Führer. »Ohne Zweifel haben Sie größeres Interesse an der Kultur als viele andere. Vielleicht darf ich Ihnen ein wenig über die Geschichte dieses faszinierenden Bauwerks erzählen?«

Langdon lächelte freundlich. »Das ist sehr nett von Ihnen, doch ich bin, offen gestanden, selbst Kunsthistoriker und weiß …«

»Ausgezeichnet!« Die Augen des Fremdenführers leuchteten auf, als hätte er sechs Richtige im Lotto. »Dann wissen Sie dieses Gebäude ohne Zweifel zu würdigen!«

»Ich denke, ich würde lieber ...«

»Das Pantheon ...«, erklärte der Mann und begann seinen einstudierten Vortrag, »wurde im Jahre siebenundzwanzig vor Christus von Marcus Agrippa gebaut ...«

»Ja«, unterbrach ihn Langdon. »Und Hadrian errichtete es 119 nach Christus neu.«

»Es war bis ins Jahr 1960 die weltgrößte freitragende Kuppelkonstruktion. Erst das Superdome in New Orleans war größer.«

Langdon stöhnte auf. Der Mann ließ sich nicht unterbrechen.

»Ein Theologe des fünften Jahrhunderts nannte das Pantheon das *Haus des Teufels*, und er glaubte, das Loch in der Kuppel sei der Eingang für Dämonen.«

Langdon hörte ihm nicht mehr zu. Er richtete den Blick nach oben, und das erste von Vittoria vorgeschlagene Szenario stieg vor seinem geistigen Auge auf ... ein gebrandmarkter Kardinal, der schreiend durch das Loch stürzte und auf dem Marmorboden aufschlug. *Das wäre wirklich ein Ereignis, auf das die Medien sich stürzen würden.* Unwillkürlich suchte er das Pantheon nach Reportern ab. Niemand zu sehen. Er atmete auf. Es war eine absurde Vorstellung. Die Logistik für ein derartiges Unternehmen wäre viel zu aufwendig.

Während Langdon seine Inspektion fortsetzte, folgte ihm der plappernde Führer wie ein nach Liebe hungernder Welpe. *Erinnere mich daran,* dachte Langdon, *dass es nichts Schlimmeres gibt als einen Kunsthistoriker, der sich gerne reden hört.*

Auf der anderen Seite des Saals war Vittoria in ihre eigene Suche vertieft. Zum ersten Mal, seit sie die Nachricht vom Tod ihres Vaters erreicht hatte, stand niemand bei ihr, und sie spürte, wie die Realität der letzten acht Stunden auf sie eindrang. Ihr Vater war ermordet worden ... grausam und ohne jede Warnung. Wenigstens genauso schmerzhaft war die Erkenntnis, dass jemand die Erfindung ihres Vaters gestohlen und sie zu einem Werkzeug für Terroristen umfunktioniert hatte. Vittoria wurde von Schuldgefühlen geplagt – der Gedanke, dass es ihre Erfindung war, die es den Dieben ermöglicht hatte, die Antimaterie zu stehlen … ihr Behälter, der nun irgendwo im Vatikan stand und vor sich hin tickte … In ihren Bemühungen, ihrem Vater bei der Suche nach der reinen Wahrheit zu helfen, hatte sie sich zu einer Handlangerin des Terrors gemacht.

Eigenartigerweise war das Einzige, das Vittoria in ihrem Leben derzeit *richtig* erschien, die Gegenwart eines Fremden. Robert Langdon. Sie fand eine unerklärliche Zuflucht in seinen Augen … wie die Harmonie der Ozeane, die sie am Morgen hinter sich gelassen hatte. Sie war froh, dass er in ihrer Nähe war. Nicht nur, dass er sie mit Kraft und Hoffnung erfüllte, er besaß auch einen raschen Verstand und hatte diese eine Chance entdeckt, den Mörder ihres Vaters zu finden.

Vittoria atmete tief durch, als sie ihre Suche fortsetzte und sich entlang den Nischen des Pantheons bewegte. Sie wurde übermannt von dem unerwarteten Wunsch nach persönlicher Rache, der schon den ganzen Tag ihre Gedanken beherrschte. Auch wenn sie alles Leben liebte … sie wollte diesen Mörder *tot* sehen. Kein noch so gutes Karma würde sie an diesem Tag dazu bringen, auch die andere Wange hinzuhalten. Aufgeschreckt und fasziniert bemerkte sie, dass sich etwas in ihrem italienischen Blut regte, das sie noch nie zuvor gefühlt hatte … das Flüstern sizilianischer Vorfahren, die ihre Familien mit brutaler Selbstjustiz verteidigten. *Vendetta,* dachte Vittoria, und zum ersten Mal im Leben verstand sie dieses Gefühl.

Visionen von Rache spornten sie an. Sie näherte sich dem Grab von Raphael Santi. Selbst auf einige Entfernung hin war zu erkennen, dass dieser Mann etwas Besonderes gewesen sein musste. Die Nische in der Wand, die den Sarkophag enthielt, war im Gegensatz zu den anderen durch eine Plexiglasscheibe geschützt. Durch die Scheibe hindurch war nur die Vorderseite des Sarkophags zu erkennen.

RAPHAEL SANTI, 1483–1520

Vittoria betrachtete das Grab; dann las sie die Plakette direkt daneben.

Und las sie erneut.

Und ein drittes Mal.

Einen Augenblick später rannte sie entsetzt quer durch die Halle zu Langdon. »Robert! Robert!«

62.

LANGDON WURDE IMMER NOCH von dem Fremdenführer verfolgt, als er sich der letzten Nische auf seiner Seite näherte. Der *Cicerone* redete unermüdlich auf Robert ein.

»Die schienen diese Nischen wirklich zu mögen, Signore«, sagte er und strahlte. »Wussten Sie, dass die Vorsprünge und Vertiefungen der Grund dafür sind, dass die Decke so schwerelos erscheint?«

Langdon nickte, ohne hinzuhören, während er misstrauisch in die Nische spähte. Plötzlich packte ihn jemand am Ärmel. Es war Vittoria. Sie zitterte vor Aufregung und zog ihn mit sich. Nach dem Schrecken auf ihrem Gesicht zu urteilen, musste sie eine Leiche gefunden haben. Langdon spürte, wie Furcht in ihm aufstieg.

»Ah, Ihre Frau!«, rief der Fremdenführer erfreut, offensichtlich beglückt durch die Tatsache, einen weiteren Zuhörer gefunden zu haben. Er deutete auf Vittorias kurze Hosen und Wanderstiefel. »*Jetzt* sehe ich, dass Sie beide Amerikaner sein müssen!«

Vittorias Augen verengten sich zu Schlitzen. »Ich bin Italienerin.«

Das Lächeln auf dem Gesicht des Fremdenführers erstarb. »Ach du meine Güte.«

»Robert«, flüsterte Vittoria und wandte dem *Cicerone* den Rücken zu. »Galileos *Diagramma*! Zeigen Sie es mir, ich muss es sehen!«

»*Diagramma?*«, sagte der Führer und drängte sich neugierig heran. »Meine Güte, Sie beide kennen sich wirklich in Geschichte aus! Unglücklicherweise ist dieses einzigartige Dokument nicht für die Öffentlichkeit zugänglich. Es wird in den Geheimarchiven des Vatikans aufbewahrt und …«

»Würden Sie uns *bitte* entschuldigen?«, verlangte Langdon, verwirrt wegen Vittorias Panik. Er zog sie zur Seite und griff in die Tasche, um das Blatt Nummer fünf vorsichtig herauszuziehen. »Was ist denn los?«

»Welches Datum hat dieses Werk?«, fragte sie, während sie das Blatt überflog.

Der Führer stand schon wieder bei ihnen und starrte aus weit aufgerissenen Augen auf das Dokument. »Das ist nicht ... das ist doch nicht wirklich ...«

»Eine Reproduktion, für Touristen«, sagte Langdon schroff. »Danke sehr für Ihre Hilfe. Würden Sie meine Frau und mich nun für einen Augenblick entschuldigen?«

Der Führer wich ein paar Schritte zurück, ohne das Blatt aus den Augen zu lassen.

»Das Datum!«, drängte Vittoria. »Wann hat Galileo dieses Manuskript veröffentlicht ...?«

Langdon deutete auf die römischen Ziffern in der untersten Zeile. »Das hier ist die Jahreszahl. Was ist denn los?«

Vittoria entzifferte die Zahl. »1639?«

»Ja. Stimmt was nicht?«

Ein Blick in ihre Augen ließ Langdon Düsteres ahnen.

»Wir sind in Schwierigkeiten, Robert. In großen Schwierigkeiten. Die Daten passen nicht zueinander.«

»Welche Daten passen nicht zueinander?«

»Raphaels Grab. Er wurde erst 1759 im Pantheon beigesetzt. Mehr als ein Jahrhundert nach der Veröffentlichung von *Diagramma*.«

Langdon starrte sie an, während er versuchte, das eben Gesagte zu begreifen. »Nein«, sagte er schließlich. »Das kann nicht sein. Raphael starb 1520, lange vor Galileos *Diagramma*.«

»Das stimmt. Aber er wurde erst mehr als zwei Jahrhunderte später hier im Pantheon beigesetzt. Es war eine Art historischer Tribut an bedeutende Italiener.«

Die Erkenntnis kam langsam, und mit einem Mal fühlte sich Langdon, als hätte ihm jemand den Boden unter den Füßen weggezogen.

»Als dieses Gedicht geschrieben wurde«, fuhr Vittoria fort, »war

Raphael noch irgendwo anders begraben. Damals stand das Pantheon noch in überhaupt keiner Verbindung mit Raphael!«

Langdon stockte der Atem. »Aber … aber das … das würde bedeuten …«

»Genau! Wir sind am falschen Ort!«

Langdon schwankte. *Das ist unmöglich … Ich war sicher …*

Vittoria rannte zu dem Fremdenführer und zerrte ihn herbei. »Signore, bitte entschuldigen Sie. Wo lagen Raphaels sterbliche Überreste im siebzehnten Jahrhundert?«

»In Urb… Urbino«, stammelte der Führer befremdet. »In seinem Geburtsort.«

»Unmöglich!« Langdon fluchte in sich hinein. »Die Illuminati-Altäre der Wissenschaft befanden sich hier in Rom, da bin ich absolut sicher!«

»Illuminati?« Der Fremdenführer ächzte erschrocken und starrte erneut auf das Dokument in Langdons Hand. »Wer *sind* Sie?«

Vittoria antwortete an Langdons Stelle. »Wir suchen nach etwas, das sich ›Santis irdenes Grab‹ nennt. Hier in Rom. Können Sie uns sagen, worum es sich dabei handelt?«

Der Führer blickte sie verunsichert an. »Das hier ist Raphaels einziges Grab in Rom.«

Langdon versuchte nachzudenken, doch sein Verstand weigerte sich. Wenn Raphaels Grab 1655 noch nicht in Rom gewesen war – auf was bezog sich dann Miltons Gedicht? *Santi's earthly tomb with demon's hole? Was, zur Hölle, ist das? Denk nach, Mann!*

»Gab es noch einen anderen Künstler mit Namen Santi?«, fragte Vittoria.

Der Fremdenführer zuckte die Schultern. »Nicht dass ich wüsste.«

»Was ist mit anderen berühmten Persönlichkeiten? Vielleicht ein Wissenschaftler oder ein Dichter oder ein Astronom namens Santi?«

Der Führer sah aus, als würde er am liebsten weglaufen. »Nein, Signora. Der einzige Santi, von dem ich je gehört habe, ist Raphael, der Baumeister.«

»Baumeister?«, fragte Vittoria. »Ich dachte, er wäre Maler gewesen?«

»Er war beides, Signora. Wie all die anderen Großen auch. Michelangelo, Leonardo, Raphael.«

Ob es nun an den Worten des Fremdenführers lag oder an den kunstvollen Sarkophagen ringsum – mit einem Mal dämmerte es Langdon. *Santi war Baumeister.* Nun fielen die Fakten wie Puzzlesteine an ihren Platz. Die Baumeister der Renaissance hatten nur zwei Ziele im Leben gehabt – Gott mit möglichst großen Kirchen zu verehren und weltliche Würdenträger in möglichst prachtvollen Gräbern zu bestatten. *Santis irdnes Grab. Könnte es das sein …?* Immer schneller kreisten Langdons Gedanken.

Da Vincis *Mona Lisa.*

Monets *Wasserlilien.*

Michelangelos *David.*

Santis *irdnes Grab …*

»Santi hat das Grab entworfen«, sagte Langdon unvermittelt.

Vittoria wirbelte zu ihm herum. »*Was?*«

»Das Poem. Es ist kein Hinweis auf Raphaels Begräbnisstätte, sondern auf ein Grab, das von Raphael Santi *erbaut* wurde!«

»Wovon reden Sie?«

»Ich habe die Zeile falsch interpretiert. Wir suchen nicht nach Raphaels Grab, sondern nach einem Grab, das er für jemand anderen *erbaut* hat! Ich kann nicht glauben, dass ich so blind sein konnte! Die Hälfte aller Kunstwerke in der Renaissance und im barocken Rom wurde für Begräbnisstätten angefertigt!« Langdon lächelte verlegen. »Raphael muss Hunderte von Grabmälern erschaffen haben!«

Vittoria sah gar nicht glücklich drein. »Hunderte? Waren darunter irgendwelche *irdenen* Grabstätten, Professor?«

Langdon fühlte sich plötzlich überfordert. Er wusste erschreckend wenig über Raphaels Arbeiten. Bei Michelangelo hätte er mehr sagen können, doch Raphael hatte ihn nie sonderlich interessiert. Er kannte zwar die Namen von einigen seiner berühmtesten Gräber, doch er wusste nicht einmal, wie sie aussahen.

Vittoria spürte offensichtlich, was in ihm vorging, denn sie wandte sich an den Fremdenführer, der sich unauffällig davonzustehlen versuchte. Sie packte ihn am Arm und zerrte ihn herbei. »Wir suchen ein Grab. Ein Grab, das von Raphael geschaffen wurde. Ein Grab, das man als *irden* bezeichnen könnte.«

Der Führer war einer Panik nahe. »Ein Grab von Raphael? Ich weiß nicht! Er hat so viele geschaffen! Wahrscheinlich meinen Sie ein Bethaus, eine Kapelle, kein Grab. Die Baumeister der Renaissance haben stets Bethäuser über den Gräbern errichtet.«

Der Mann hat recht, erkannte Langdon.

»Was denn nun, gibt es Gräber oder Kapellen von Raphael, die man als *irden* bezeichnen könnte?«

Der Führer zuckte die Schultern. »Es tut mir Leid, aber ich weiß wirklich nicht, was Sie meinen! Der Ausdruck *irden* passt auf nichts, das mir bekannt wäre. Ich glaube, ich sollte jetzt lieber gehen.«

Vittoria hielt ihn fest und las die entsprechende Zeile aus Miltons Gedicht vor. »*From Santi's earthly tomb with demon's hole …* sagt Ihnen das etwas?«

»Nicht das Geringste.«

Langdon blickte unvermittelt auf. Er hatte den zweiten Teil fast vergessen, doch jetzt fiel es ihm wieder ein. *Demon's hole! Das ist es!* »Das ist es!«, sagte er zu dem Fremdenführer. »Gibt es eine Kapelle von Raphael mit einem Oculus?«

Der Führer schüttelte den Kopf. »Meines Wissens ist das Pantheon einzigartig …« Er zögerte. »Aber …«

»Aber was?«, fragten Langdon und Vittoria unisono.

Jetzt neigte der Führer den Kopf und kam ihnen einen Schritt entgegen. »*Demon's hole,* sagen Sie?« Er murmelte etwas vor sich hin und fragte dann laut: »Das wäre ein … ein *buco diavolo*?«

Vittoria nickte. »Wörtlich übersetzt, ja.«

Der Führer lächelte schwach. »Das ist ein Ausdruck, den ich schon eine ganze Weile nicht mehr gehört habe, wissen Sie. Wenn ich mich nicht irre, bedeutet er so etwas wie Krypta.«

»Eine Krypta?«, fragte Langdon überrascht.

»Ja, jedenfalls so etwas Ähnliches. Ich glaube, *buco diavolo* ist ein alter Begriff für eine große Begräbnishöhle unter einer Kapelle … unter einem anderen Grab.«

»Sie meinen eine Art Ossuarium?«, fragte Langdon, der augenblicklich erkannte, was der Führer zu beschreiben versuchte.

»Ja! Das ist der Ausdruck!« Der Fremdenführer war beeindruckt. »Das ist der Ausdruck, der mir nicht einfallen wollte.«

Langdon dachte darüber nach. Ossuarien stellten eine preiswerte

Möglichkeit dar, ein peinliches Dilemma zu beheben. Eine Kirche, die ihre wichtigsten und ehrenwertesten Gemeindemitglieder mit einem Grab im Innern des Gotteshauses ehrte, sah sich häufig den Forderungen der überlebenden Familienangehörigen ausgesetzt, dass die Familie gemeinsam bestattet werden sollte … Auf diese Weise sicherten sie sich einen der begehrten Plätze im Innern der Kirche. Falls die Kirche jedoch nicht genügend Platz oder Geld besaß, um Gräber für eine ganze Familie zur Verfügung zu stellen, behalf sie sich mit einem Ossuarium – einem Loch im Boden des Gotteshauses, unter oder neben dem Grab des Verstorbenen, wo die weniger bedeutenden Angehörigen beigesetzt wurden. Das Loch wurde anschließend mit einem Deckel verschlossen – eine bequeme Methode, die jedoch bald wieder aus der Mode gekommen war, hauptsächlich wegen des Gestanks, der sich häufig in der darüber stehenden Kirche ausgebreitet hatte. *Buco diavolo*, dachte Langdon. Er hatte den Ausdruck noch nie gehört, doch er war auf schauerliche Weise passend.

Langdons Herz hatte heftig zu pochen angefangen. *From Santi's earthly tomb with demon's hole.* Nur eine Frage schien noch offen: »Hat Raphael Gräber erschaffen, die mit Dämonenlöchern ausgestattet sind?«

Der Führer kratzte sich am Kopf. »Offen gestanden … mir fällt nur eins ein.«

Nur eins? Eine bessere Antwort hätte sich Langdon nicht zu erträumen gewagt.

»Und wo befindet sich dieses Grab?« Vittoria rief es beinahe.

Der Führer blickte sie etwas merkwürdig an. »Es ist die Chigi-Kapelle. Das Grab von Agostino Chigi und seinem Bruder, zwei wohlhabenden Förderern von Kunst und Wissenschaft.«

»*Wissenschaft?*«, fragte Langdon und wechselte einen bedeutsamen Blick mit Vittoria.

»*Wo befindet sich dieses Grab?*«, wiederholte Vittoria.

Der Führer ignorierte ihre Frage. Mit einem Mal schien seine Begeisterung wieder zu erwachen, den beiden merkwürdigen Touristen behilflich sein zu können. »Ob dieses Grab nun *irden* ist oder nicht, vermag ich nicht zu sagen, doch es ist mit Sicherheit … es ist, sagen wir, *differente*.«

»Anders?«, fragte Langdon. »Inwiefern?«

»Es passt nicht zur restlichen Architektur. Raphael war nur der Architekt. Die Verzierungen im Innern stammen von einem anderen Künstler. Ich erinnere mich nicht an seinen Namen.«

Langdon hing an den Lippen des Mannes. *Der anonyme Illuminati-Meister vielleicht?*

»Wer auch immer es war – er besaß keinen Geschmack!«, sagte der Fremdenführer. »*Dio mio!* Eine Monstrosität! Wer will schon unter einer *piramide* begraben sein?«

Langdon traute seinen Ohren nicht. »Pyramide? Die Kapelle besitzt eine *Pyramide*?«

»Es ist schrecklich, nicht wahr?«, sagte der Fremdenführer.

Vittoria riss ihn zu sich herum. »Signore, wo befindet sich diese Chigi-Kapelle?«

»Ungefähr anderthalb Kilometer nördlich von hier, Signora. In der Kirche von Santa Maria del Popolo.«

Vittoria stieß den Atem aus. »Danke sehr. Kommen Sie, Robert, wir …«

»Oh!«, rief der Fremdenführer. »Da fällt mir noch etwas ein! Wie dumm von mir, das zu vergessen!«

Vittoria blieb wie angewurzelt stehen. »Jetzt sagen Sie mir nicht, dass Sie sich geirrt haben!«

Er schüttelte den Kopf. »Nein, aber ich hätte wirklich früher daran denken müssen. Die Chigi-Kapelle hieß nicht immer so. Früher nannte man sie *Capella della Terra*.«

»Terra wie *Land*?«, fragte Langdon.

»Nein«, sagte Vittoria und zog ihn mit sich zum Ausgang. »Terra wie *irden* …«

Vittoria Vetra riss ihr Mobiltelefon aus der Tasche, während sie hinaus auf die Piazza della Rotunda rannten. »Oberst Olivetti? Wir sind am falschen Ort!«

Olivetti klang verwirrt. »Falsch? Was soll das heißen, wir sind am falschen Ort?«

»Der erste Altar der Wissenschaft! Er befindet sich nicht im Pantheon, sondern in der Chigi-Kapelle!«

»Wo?« Olivetti klang unüberhörbar erzürnt. »Aber Mr. Langdon hat doch gesagt …«

»Santa Maria del Popolo! Anderthalb Kilometer nördlich von hier! Schaffen Sie Ihre Männer dorthin! Uns bleiben noch genau vier Minuten!«

»Aber meine Männer sind hier beim Pantheon in Stellung gegangen! Ich kann sie unmöglich …«

»Beeilung!« Vittoria klappte das Telefon zu.

Hinter ihr kam Langdon aus dem Pantheon und blinzelte benommen.

Sie packte ihn bei der Hand und zog ihn mit sich zu der Schlange scheinbar fahrerloser Taxis, die am Straßenrand warteten. Sie hämmerte auf die Motorhaube des ersten Wagens. Der dösende Fahrer stieß einen erschrockenen Ruf aus und schoss kerzengerade in die Höhe. Vittoria riss die hintere Tür auf und schob Langdon in den Wagen, bevor sie selbst hineinkletterte.

»Santa Maria del Popolo!«, wies sie den Fahrer an. *»Presto!«*

Verängstigt und noch ein wenig verschlafen trat der Fahrer aufs Gas und fädelte sich in den Verkehr ein.

63.

GLICK SASS IM ÜBERTRAGUNGSWAGEN am Bildschirm und tippte weitere Schlagworte in die Eingabemaske der BBC-Datenbank. Chinita Macri stand hinter ihm und sah ihm bestürzt über die Schulter.

»Ich hab's dir doch gesagt«, murmelte Glick, als die Suchergebnisse über den Bildschirm liefen. »Der *British Tattler* ist nicht die einzige Zeitung, die Storys über diese Typen bringt.«

Macri las vom Bildschirm ab. Glick hatte recht. Die BBC hatte im Verlauf der letzten zehn Jahre sechs größere Beiträge über die Geheimbruderschaft gesendet, die sich »Illuminati« nannte. *Da brat mir einer 'nen Storch,* dachte sie. »Wer waren die Reporter, die diese Geschichten recherchiert haben?«, fragte sie. »Mistfinken?«

»Die BBC stellt keine Mistfinken ein.«

»*Dich* hat man eingestellt.«

Glick verzog das Gesicht. »Ich weiß überhaupt nicht, warum du so skeptisch bist. Die Illuminati sind eine geschichtliche Tatsache, so viel steht fest.«

»Genau wie Hexen, UFOs und das Ungeheuer von Loch Ness.«

Glick blätterte die Liste von Artikeln durch. »Schon mal was von einem Typen namens Winston Churchill gehört?«

»Kommt mir bekannt vor.«

»Die BBC hat vor einer Weile einen Bericht über Churchills Leben gebracht. Ein strenger Katholik, nebenbei bemerkt. Wusstest du, dass Churchill 1920 eine Verlautbarung herausgab, in der er die Illuminati verurteilte und die Bevölkerung vor einer weltweiten Verschwörung warnte?«

Macri blieb misstrauisch. »Wo stand diese Geschichte? Im *British Tattler*?«

Glick grinste. »Im London Herald. Am achten Februar 1920.«

»Das glaube ich nicht.«

»Sieh her.«

Macri las mit zusammengekniffenen Augen vom Bildschirm. *Tatsächlich. London Herald, 8. 2. 1920. Das wusste ich nicht.* »Wenn du mich fragst, Churchill war sowieso paranoid.«

»Da war er nicht allein«, fuhr Glick fort und las weiter. »Sieht so aus, als hätte Woodrow Wilson 1921 in drei Radioansprachen vor dem zunehmenden Einfluss der Illuminati auf das Notenbanksystem der Vereinigten Staaten gewarnt. Möchtest du ein Zitat aus der Radioaufnahme hören?«

»Nicht unbedingt.«

Glick las trotzdem vor. »›Es gibt eine Macht in unserem Land, die so geheim, so wohl organisiert und alles durchdringend ist, dass niemand lauter als im Flüsterton über sie sprechen sollte, wenn er Missbilligendes zu sagen hat.‹«

»Davon habe ich nie gehört.«

»Vielleicht, weil du 1921 noch ein Kind warst …«

»Wie charmant.« Chinita steckte den Seitenhieb weg. Sie wusste, dass sie ihr Alter nicht verbergen konnte. Mit dreiundvierzig zeigten sich die ersten grauen Strähnen in den schwarzen Krauslocken. Sie war zu stolz, um sich das Haar zu färben. Ihre Mutter, eine Südstaaten-Baptistin, hatte Chinita Zufriedenheit und Selbstachtung gelehrt. *Du bist eine schwarze Frau,* hatte ihre Mutter gesagt, *und das lässt sich nun mal nicht verbergen. Der Tag, an dem du es versuchst, ist der Tag, an dem du stirbst. Steh aufrecht, lächle und lass die anderen sich wundern, welches Geheimnis dahinter stecken mag.*

»Sagt dir der Name Cecil Rhodes etwas?«, fragte Gunther.

Chinita blickte auf. »Du meinst den britischen Finanzmagnaten?«

»Ja, der. Er hat die Rhodes-Stiftung gegründet.«

»Erzähl mir nicht …«

»Illuminatus.«

»Gequirlte Kacke.«

»Nein, BBC. Sechster November 1984.«

»*Wir* sollen verbreitet haben, dass Cecil Rhodes zu den Illuminati gehört?«

»Wir, ja. Und nach den Unterlagen unseres Senders zu urteilen, wurde die Rhodes-Stiftung vor mehr als hundert Jahren eigens dazu gegründet, die hellsten Köpfe auf die Seite der Illuminati zu ziehen.«

»Das ist lächerlich! Mein Onkel war ein Rhodes-Stipendiat.«

Gunther zwinkerte. »Bill Clinton auch.«

Jetzt wurde Chinita ärgerlich. Sie hatte noch nie viel für schlampig recherchierten Sensationsjournalismus übrig gehabt. Andererseits kannte sie die BBC gut genug, um zu wissen, dass jede Story mit größter Sorgfalt recherchiert und durch Fakten belegt war.

»Hier ist noch ein Beitrag, an den du dich bestimmt erinnerst«, fuhr Gunther fort. »BBC, fünfter März 1998. Der Ausschussvorsitzende des Parlaments, Chris Mullin, verlangte von sämtlichen Mitgliedern des britischen Parlaments, die zu den Freimaurern gehörten, offen ihre Mitgliedschaft bekannt zu geben.«

Chinita erinnerte sich. Die Verordnung war schließlich so weit ausgedehnt worden, dass selbst Richter und Polizisten diese Erklärung abgeben mussten. »Warum war das noch mal gemacht worden …?«

»Aus Sorge, dass eine geheime Fraktion innerhalb der Freimaurerlogen beträchtliche Kontrolle über die politischen und finanziellen Systeme des Staates erlangen könnte«, las Gunther vor.

»Ja, genau.«

»Hat ziemlichen Aufruhr verursacht, diese Geschichte. Die Freimaurer im Parlament waren außer sich. Sie hatten auch jedes Recht dazu. Die große Mehrheit erwies sich als völlig unschuldig. Sie waren den Freimaurern wegen der Kontakte beigetreten und um wohltätige Arbeit zu verrichten. Sie hatten nicht die geringste Ahnung von den früheren Verwicklungen der Freimaurer.«

»Angeblichen Verwicklungen.«

»Was auch immer.« Glick überflog die restlichen Artikel. »Sieh dir das hier an! Die Illuminati sollen bis auf Galileo zurückgehen, bis auf die *Guerenets* in Frankreich und die *Alumbrados* in Spanien. Selbst Karl Marx und einige russische Revolutionäre waren angeblich Illuminati.«

»Geschichte ist immer die Geschichte der Sieger«, entgegnete sie.

»Möchtest du etwas, das nicht so weit zurückliegt? Wie wäre es hiermit? Ein Verweis auf die Illuminati in einem neueren *Wall Street Journal*.«

Endlich schien sie ihre Skepsis abzulegen. »Das *Wall Street Journal*?«

»Weißt du, welches Online-Computerspiel im Augenblick in Amerika am beliebtesten ist?«

»Keine Ahnung.«

»Es heißt *Illuminati: New World Order*.«

Chinita Macri starrte ihm aus zusammengekniffenen Augen über die Schulter. *»Steve Jackson Games hat einen Megahit gelandet … ein quasi-historisches Adventure, in welchem eine alte satanische Bruderschaft aus Bayern aufbricht, um die Welt zu erobern. Die Online-Adresse lautet …«* Chinita blickte fragend auf. »Was haben diese Illuminati-Typen eigentlich gegen das Christentum?«

»Nicht nur das Christentum«, sagte Gunther. »Die Religion im Allgemeinen.« Er legte den Kopf zur Seite und grinste. »Obwohl … nach dem Telefonanruf von eben scheint es so, als hätte der Vatikan bei ihnen einen besonderen Stein im Brett.«

»Also wirklich, Gunther! Du glaubst doch wohl nicht im Ernst, dass dieser Typ das war, wofür er sich ausgegeben hat?«

»Ein Sendbote der Illuminati? Der vier Kardinäle umbringen will?« Glick grinste. »Ich hoffe es zumindest, Chinita. Ich hoffe es wirklich.«

64.

DAS TAXI SCHAFFTE DEN SPRINT über die breite Via della Scrofa in etwas mehr als einer Minute. Als Langdon und Vittoria auf der Piazza del Popolo aus dem Wagen sprangen, war es fast acht. Robert hatte kein italienisches Geld und bezahlte den Fahrer mit (zu vielen) amerikanischen Dollar. Die Piazza lag ruhig, bis auf das fröhliche Lachen und die Unterhaltungen einiger Einheimischer in einem Straßencafé. Es war das Rosati – ein beliebter Treff italienischer Literaten. Der Duft von frischem Espresso und Gebäck hing in der Luft.

Langdon hatte sich immer noch nicht von dem Schock seiner Fehlinterpretation mit dem Pantheon erholt. Jetzt, als er den Blick über die Piazza schweifen ließ, schrillten seine inneren Alarmglocken. Alles roch förmlich nach Illuminati. Der Platz besaß eine elliptische Grundform, und genau im Zentrum stand ein ägyptischer Obelisk – eine quadratische, sich nach oben hin verjüngende Steinsäule mit einer pyramidenförmigen Spitze. Ein Beutestück aus der imperialen Zeit der Plünderungen; überall in Rom fanden sich Obelisken dieser Art, himmelwärts gerichtete Erweiterungen des heiligen Pyramidensymbols.

Während Langdon den Obelisken betrachtete, wurde sein Blick von einem unauffälligen Detail im Hintergrund angezogen.

»Wir sind am richtigen Ort«, sagte er leise zu Vittoria und spürte, wie ihn Erregung erfasste. »Sehen Sie sich das dort an.« Er deutete auf die imposante Porta del Popolo – den großen Torbogen auf der anderen Seite der Piazza. Das Bauwerk überragte den Platz seit Jahrhunderten. Genau in der Mitte, über dem höchsten Punkt des Torbogens und einem Wappen aus Stuck, prangte eine Giebelverzierung. »Kommt Ihnen das nicht irgendwie bekannt vor?«

Vittoria blickte hinauf zu dem großen Bild. »Eine Sonne über einem dreieckigen Steinhaufen?«

Langdon schüttelte den Kopf. »Ein Licht über einer Pyramide.«

Vittoria drehte sich um und starrte ihn aus geweiteten Augen an. »Wie … wie das Große Siegel der Vereinigten Staaten?«

»Exakt. Das Freimaurersymbol auf der amerikanischen Ein-Dollar-Note.«

Vittoria atmete tief durch und suchte mit Blicken die Piazza ab. »Und wo ist nun diese verdammte Kirche?«

Die Kirche Santa Maria del Popolo stand schräg am Hang eines Hügels, der an den südöstlichen Rand der Piazza grenzte. Sie ragte aus ihrer Umgebung wie ein gestrandetes Schlachtschiff. Die Steinfassade aus dem elften Jahrhundert wirkte noch plumper durch das Baugerüst, das die gesamte Vorderseite bedeckte.

Langdons Gedanken rasten, als sie auf die Kirche zueilten. Die Waffe in seiner Brusttasche war schwer und unangenehm. Er starrte auf die Kirche und fragte sich, ob dort drinnen tatsächlich jeden Augenblick ein Mord geschehen würde. Hoffentlich beeilte sich Olivetti!

Die weit ausladende Treppe vor dem Haupteingang wirkte einladend – ein Eindruck, der im krassen Gegensatz zum Gerüst und dem roten Warnschild stand: CONSTRUZZIONE. NON ENTRARE.

Langdon wurde bewusst, dass eine Kirche, die aufgrund von Renovierungsarbeiten geschlossen war, dem Mörder völlige Ungestörtheit verschaffte. Im Gegensatz zum Pantheon. Hier waren keine fantasievollen Tricks nötig, um die Tat zu begehen. Der Assassine musste nur einen Weg hineinfinden.

Ohne zu zögern schlüpfte Vittoria zwischen den Gerüsten hindurch und die Treppe hinauf.

»Vittoria!«, warnte Langdon. »Wenn er immer noch da drin ist …!«

Sie schien ihn nicht zu hören und näherte sich unbeirrt dem Portikus und der großen Tür darunter. Langdon eilte hinter ihr her. Bevor er noch ein Wort sagen konnte, hatte sie bereits den Türgriff in der Hand und drückte die Klinke herunter. Langdon hielt den Atem an. Die Tür war verschlossen.

»Es gibt sicher noch einen weiteren Eingang«, sagte Vittoria.

»Ja, möglich«, entgegnete Langdon aufatmend. »Aber Olivetti ist in einer Minute hier. Es ist viel zu gefährlich, jetzt reinzugehen. Wir sollten die Kirche aus sicherer Entfernung im Auge behalten, bis …«

Vittoria drehte sich mit blitzenden Augen zu ihm um. »Wenn es einen anderen Weg *hinein* gibt, dann führt er auch wieder *hinaus*! Wenn dieser Kerl verschwindet, sind wir *fregati*.«

Langdon verstand genügend Italienisch, um zu wissen, dass sie recht hatte.

Die Gasse zur rechten Seite der Kirche war eng und dunkel, mit hohen Mauern zu beiden Seiten. Es stank nach Urin – ein verbreiteter Geruch in Städten, wo es zwanzig Mal mehr Lokale als öffentliche Toiletten gab.

Langdon und Vittoria eilten durch das übel riechende Halbdunkel. Sie waren vielleicht fünfzehn Meter weit gekommen, als Vittoria ihn am Arm zog und mit dem Finger auf irgendetwas deutete.

Langdon hatte es ebenfalls gesehen. In der Kirchenmauer befand sich eine unauffällige Holztür mit schweren Angeln. Es war eine gewöhnliche *porta sacra*, ein Nebeneingang für die Geistlichen. Die meisten derartigen Eingänge wurden seit Jahren nicht mehr benutzt, seit Neubauten in der Umgebung und Grundstücksmangel die Seiteneingänge in düstere schmale Gassen verwandelt hatten.

Vittoria rannte zur Tür, blieb davor stehen und starrte verdutzt auf das Schloss. Langdon kam hinter ihr an und betrachtete den eigenartig geformten Ring an der Stelle, wo sich normalerweise der Türknopf befunden hätte.

»Ein Anulus«, flüsterte er. Er streckte die Hand aus und hob den Ring vorsichtig und leise an; dann zog er ihn zu sich. Das Schloss klickte. Vittoria erschauerte und wirkte plötzlich aufgeregt. Leise drehte Langdon den Ring im Uhrzeigersinn. Er ließ sich ohne Widerstand und ohne einzurasten um dreihundertsechzig Grad drehen. Langdon runzelte die Stirn und drehte den Ring in die andere Richtung – mit dem gleichen Ergebnis.

Vittoria starrte suchend in die Gasse hinaus. »Glauben Sie, es könnte noch einen dritten Eingang geben?«

Langdon bezweifelte es. Die meisten Renaissancekirchen waren so gebaut, dass sie als improvisierte Fluchtburgen dienen konnten für den Fall, dass fremde Armeen die Stadt stürmten. Es gab so wenig Eingänge wie möglich. »Falls es einen dritten Eingang gibt«, sagte er, »befindet er sich aller Wahrscheinlichkeit nach im hinteren Teil – mehr ein Fluchtweg als ein richtiger Eingang.«

Vittoria war bereits wieder in Bewegung.

Langdon folgte ihr tiefer in die Gasse hinein. Die Wände ragten rechts und links von ihm in den Himmel. Irgendwo begann eine Glocke zu läuten. Es war acht Uhr.

Robert Langdon hörte Vittoria nicht gleich beim ersten Mal, als sie seinen Namen rief. Er war vor einem vergitterten Bleiglasfenster stehen geblieben und versuchte ins Innere der Kirche zu schauen.

»Robert!« Ihre Stimme war ein drängendes Flüstern.

Langdon drehte sich zu ihr um. Sie stand am Ende der Gasse, deutete mit ausgestrecktem Arm auf die Rückseite der Kirche und winkte ihm mit der anderen Hand, zu ihr zu kommen. Zögernd fiel Langdon in Laufschritt. An der rückwärtigen Mauer ragte ein Vorsprung in die Gasse, und dahinter verbarg sich ein schmaler Gang – eine Passage, die direkt bis zum Fundament der Kirche hinunterführte.

»Ein Eingang?«, fragte Vittoria.

Langdon nickte. *Eigentlich ein Ausgang, aber wir wollen nicht päpstlicher sein als der Papst.*

Vittoria ging in die Hocke und spähte in den Tunnel. »Kommen Sie, wir überprüfen die Tür und sehen nach, ob sie offen ist.«

Langdon öffnete den Mund, um zu widersprechen, doch Vittoria nahm ihn bei der Hand und zog ihn mit sich in den Gang hinunter.

»Warten Sie«, sagte er.

Sie wandte sich ungeduldig zu ihm um.

Langdon seufzte. »Ich gehe zuerst.«

Vittoria blickte ihn überrascht an. »Es gibt doch noch Kavaliere?«

»Alter vor Schönheit.«

»War das ein Kompliment?«

Langdon lächelte und schob sich an ihr vorbei in die Dunkelheit. »Vorsicht bei den Stufen.«

Langsam, vorsichtig tastete er sich mit einer Hand an der Wand tiefer in die Dunkelheit. Die Steine unter seinen Fingerspitzen waren scharfkantig und feucht. Die Legende von Daidalos kam ihm in den Sinn, dem griechischen Baumeister, der wusste, dass er aus dem Labyrinth des Minotaurus entkommen würde, wenn er nur immer an einer Wand entlang ging. Langdon war nicht so sicher, ob er wissen wollte, was ihn am Ende dieses Ganges erwartete.

Der Tunnel wurde enger, und Langdon tastete sich noch langsamer voran. Er spürte Vittoria dicht hinter sich. Die Wand wich nach links zurück, und der Tunnel öffnete sich in einen halbkreisförmigen Alkoven hinein. Merkwürdigerweise war es hier drin heller als im Gang. Im Halbdunkel bemerkte Langdon die Umrisse einer schweren Holztür.

»Oh«, sagte er.

»Verschlossen?«

»Das *war* sie.«

»War?« Vittoria trat neben ihn.

Langdon deutete auf das Schloss. Schwaches Licht kam aus dem Raum hinter der offen stehenden Tür ... noch immer steckte das Brecheisen im Holz, mit dem sie aufgebrochen worden war.

Sie standen einen Augenblick schweigend da. Dann spürte Langdon in der Dunkelheit Vittorias Hand auf seiner Brust ... tastend glitt sie unter sein Jackett.

»Entspannen Sie sich, Professor«, sagte sie. »Ich hole nur die Waffe heraus.«

In diesem Augenblick schwärmte im Vatikanischen Museum ein großer Trupp Schweizergardisten in alle Richtungen aus. Das Museum lag dunkel da, und die Gardisten trugen Infrarotbrillen. Alles schimmerte in gespenstischen Grüntönen. Die Gardisten führten antennenartige Detektoren mit sich, die sie vor sich schwenkten – die gleichen Geräte, die sie zweimal in der Woche einsetzten, um in den Räumen des Vatikans nach elektronischen Wanzen zu suchen. Sie bewegten sich langsam und methodisch, sahen hinter den Statuen nach, in Nischen, Schränken und unter Möbeln. Die Geräte würden ein Warnsignal ausstoßen, sobald sie auch nur die kleinste Spur eines magnetischen Feldes fanden.

Doch die Gardisten warteten vergeblich auf dieses Signal. Sämtliche Geräte blieben stumm.

65.

DER INNENRAUM VON SANTA MARIA DEL POPOLO lag düster im rasch schwindenden Licht des Abends, das durch die Bleiglasfenster hereinfiel. Er erinnerte mehr an eine halb fertige U-Bahn-Station als an eine Kathedrale. Das Hauptschiff stand voller Baumaterial und Schutt: herausgerissener Fußboden, Paletten voller Steine, Schubkarren. Sogar ein rostiger Bagger war zu sehen. Das Dachgewölbe wurde von gewaltigen Säulen getragen. Staub hing träge in der Luft und schwebte schimmernd in den Sonnenstrahlen, die durch die bunten Bleiglasfenster fielen. Langdon stand zusammen mit Vittoria unter einem ausladenden Fresko von Pinturicchio und suchte den Innenraum ab.

Nichts bewegte sich. Totenstille.

Vittoria hielt die Pistole mit beiden Händen. Langdon schaute auf die Uhr. Vier Minuten nach acht. *Wir müssen verrückt sein, uns hier hereinzuwagen,* dachte er. *Es ist viel zu gefährlich.* Doch er wusste, dass Vittoria recht hatte – falls der Mörder noch immer hier drin lauerte, konnte er durch jeden der Ausgänge entkommen. Es wäre sinnlos gewesen, draußen vor einer Tür und nur mit einer Waffe auf ihn zu warten. Die einzige Möglichkeit bestand darin, ihn hier zu stellen … falls er überhaupt noch da war. Langdon wurde von Schuldgefühlen gequält wegen seines Fehlers, der sie zuerst zum Pantheon geführt und deshalb ihrer Chance beraubt hatte. Es stand ihm nicht an, jetzt zur Vorsicht zu mahnen – er war schließlich derjenige, der sie in diese Klemme manövriert hatte, mit dem Rücken zur Wand.

Vittoria blickte sich in der Kirche um. »Wo ist diese Chigi-Kapelle?«

Langdon starrte suchend in das staubige Halbdunkel und auf die Wände. Im Gegensatz zur allgemeinen Vorstellung besaßen Kathedralen aus der Zeit der Renaissance stets mehrere angegliederte Kapellen; große Bauwerke wie Notre-Dame in Paris sogar Dutzende. Es waren keine Räume oder gar eigenständigen Gebäude, sondern Nischen – halbrunde Alkoven in der Außenwand einer Kirche, in der Sarkophage aufgestellt wurden.

Schlechte Neuigkeiten, dachte Langdon, als er die vier Nischen in jeder der beiden Seitenwände sah. Acht Kapellen also insgesamt. Das war zwar keine überwältigende Zahl, doch alle acht Öffnungen waren mit gewebeverstärkten transparenten Kunststofffolien verhängt, um die Kapellen während der Renovierungsmaßnahmen vor Staub und Schmutz zu schützen.

»Es könnte jede dieser verhängten Nischen sein«, sagte Langdon. »Wir können nicht entscheiden, welche die Chigi-Kapelle ist, ohne in jede einzelne hineinzusehen. Ich würde sagen, das ist ein guter Grund, um auf Olivetti …«

»Was ist das dort, diese zweite Apsis auf der linken Seite?«, unterbrach Vittoria, ohne Langdon ausreden zu lassen.

Langdon starrte sie überrascht an. »Die zweite Apsis auf der linken Seite?«

Vittoria deutete auf die Wand hinter ihm. Dort war eine Fliese in die Mauer eingelassen, auf der das gleiche Symbol zu sehen war wie draußen auf der Piazza – eine Pyramide unter einem leuchtenden Stern. Die staubbedeckte Plakette darunter trug die Aufschrift:

WAPPEN DES ALEXANDER CHIGI
SEIN GRAB BEFINDET SICH
IN DER ZWEITEN APSIS
AUF DER LINKEN SEITE DER KATHEDRALE

Langdon nickte. *Chigis Wappen war eine Pyramide mit einem leuchtenden Stern darüber?* Unvermittelt fragte er sich, ob dieser reiche Mäzen Chigi ein Illuminatus gewesen war. Er nickte Vittoria anerkennend zu. »Gute Arbeit, Nancy Drew.«

»Was?«

»Schon gut, ich …«

Ein Metallstück fiel scheppernd zu Boden – nur wenige Meter von ihnen entfernt. Das Geräusch hallte durch die gesamte Kathedrale. Hastig zog Langdon Vittoria hinter einen Pfeiler, während sie die Waffe herumriss und auf die Stelle zielte, wo das Metall heruntergefallen war. Stille. Sie warteten. Erneut ein Geräusch, diesmal ein Rascheln. Langdon hielt den Atem an. *Ich hätte nie zulassen dürfen, dass wir alleine hierher kommen!* Das Geräusch kam näher, ein rhythmisches Schlurfen, wie ein hinkender Mann. Plötzlich tauchte um den Pfeiler herum die Ursache für das Rascheln auf.

»*Figlio di puttana!*«, fluchte Vittoria leise und schrak zusammen.

Neben dem Pfeiler saß eine gewaltige Ratte, die Überreste eines zur Hälfte aufgegessenen, in Papier eingeschlagenen Sandwichs im Maul, das sie hinter sich hergezogen hatte. Das Tier stockte, als es die beiden Menschen erblickte, und starrte lange Sekunden in den Lauf von Vittorias Pistole, bevor es sich völlig ungerührt wieder in Bewegung setzte und seine Beute in die tieferen Winkel und Ecken der Kathedrale schleppte.

»So ein verdammtes …«, ächzte Langdon. Sein Herz raste.

Vittoria senkte die Pistole. Sie fasste sich rasch wieder. Langdon spähte um den Pfeiler herum und sah die Brotdose eines Arbeiters auf dem Boden liegen. Offensichtlich hatte der einfallsreiche Nager die Dose von einem daneben stehenden Sägebock gestoßen.

Langdon suchte den Innenraum der Kirche nach einer Bewegung ab und flüsterte schließlich: »Wenn dieser Mann noch immer hier ist, hat er den Lärm ebenfalls gehört, so viel steht fest. Sind Sie ganz sicher, dass Sie nicht auf Olivetti warten wollen?«

»Die zweite Apsis auf der linken Seite«, wiederholte Vittoria. »Welche ist das?«

Zögernd wandte Langdon sich um und versuchte sich zu orientieren. Er blickte vom Altar zum Haupteingang und deutete dann auf eine Nische zur Rechten, der zweitletzten oder dritten von ihrem Standort aus gesehen. Sie waren auf der richtigen *Seite* der Kathedrale, jedoch am falschen Ende. Sie mussten durch den gesamten Raum und an zwei weiteren Kapellen vorbei, die beide – wie die Begräbnisstätte der Chigis – mit transparentem Plastik verhängt waren.

»Warten Sie hier«, sagte Langdon. »Ich gehe zuerst.«

»Vergessen Sie's.«

»Ich bin derjenige, der Mist gebaut hat, oder?«

Sie schaute ihn an. »Aber ich bin diejenige mit der Pistole.«

In ihren Augen sah Langdon, was sie wirklich dachte: *Ich bin diejenige, die ihren Vater verloren hat. Ich bin diejenige, die beim Bau einer Massenvernichtungswaffe mitgeholfen hat. Dieser Assassine gehört mir allein …*

Langdon spürte, dass weitere Einwände vergeblich sein würden, und lenkte ein. Gemeinsam schlichen sie an der Seitenwand entlang in Richtung der Chigi-Kapelle. Als sie die erste Nische passierten, fühlte Langdon sich wie ein Kandidat bei einer surrealistischen Spielshow. *Ich nehme Vorhang Nummer drei,* dachte er.

Die Kirche lag still. Die dicken Wände blockten jedes Geräusch von draußen ab. Sie eilten an den Nischen vorbei und sahen undeutlich helle Schemen von menschlichen Gestalten, die sich scheinbar wie Geister hinter dem raschelnden Plastik bewegten. *Marmorstatuen,* dachte Langdon und hoffte, dass er damit recht hatte. Es war sechs Minuten nach acht. War der Mörder pünktlich gewesen? Hatte er die Kirche schon wieder verlassen, bevor Langdon und Vittoria hergekommen waren? Oder lauerte er noch irgendwo hier im Gebäude? Beide Vorstellungen waren wenig angenehm.

Sie passierten die zweite Nische. Inzwischen wurde es rasch dunkler, und die Bleiglasfenster verstärkten die unheimliche Atmosphäre. Der Plastikvorhang neben ihnen wallte, als hätte jemand irgendwo eine Tür geöffnet, und ein Luftzug hätte den Vorhang erfasst.

Vittoria blieb mit vorgehaltener Waffe vor der dritten Kapelle stehen. Sie deutete mit der Hand auf eine Stele neben der Apsis. Zwei Worte waren in die Säule aus Granit gehauen:

CAPELLA CHIGI

Langdon nickte. Ohne einen Laut schoben sie sich zum Rand der Nische und gingen hinter einem breiten Pfeiler in Deckung. Vittoria zielte mit der Waffe um die Ecke in Richtung des Plastikvorhangs. Dann bedeutete sie Langdon mit einer Kopfbewegung, das Plastik beiseite zu ziehen.

Jetzt wäre ein geeigneter Zeitpunkt, mit Beten anzufangen, dachte Langdon. Zögernd streckte er die Hand über ihre Schulter hinweg nach dem Vorhang aus und schob ihn beiseite, so vorsichtig es ging. Das transparente Material bewegte sich ein paar Zentimeter; dann raschelte es laut. Beide erstarrten. Stille. Nach einem langen Augenblick, der wie in Zeitlupe verging, beugte Vittoria sich vor und spähte durch den schmalen Spalt. Langdon blickte ihr über die Schulter.

Keiner von beiden wagte zu atmen.

»Leer«, sagte Vittoria schließlich und senkte die Pistole. »Wir kommen zu spät.«

Langdon hörte nicht zu. Für einen Moment war er in eine andere Welt versetzt. Nie im Leben hätte er sich eine Kapelle wie diese vorgestellt. Sie war atemberaubend. Alles war mit rotem Marmor ausgekleidet. Langdon sog den Anblick in sich auf. Die Kapelle war so *irden*, wie man es sich nur vorstellen konnte, beinahe so, als hätten Galileo und seine Illuminati sie entworfen.

Das Kuppeldach zeigte ein Sternenfeld und die sieben zur damaligen Zeit bekannten Planeten. Darunter die zwölf Tierkreiszeichen – heidnische Symbole, *irdene* Symbole, die in der Astronomie wurzelten. Der Tierkreis war direkt mit der Erde verbunden, mit der Luft, dem Feuer und dem Wasser … die Quadranten repräsentierten Macht, Intellekt, Wissensdurst und Emotionen. *Die Erde steht für Macht,* rief Langdon sich ins Gedächtnis.

Ein Stück weiter an der Wand bemerkte er Anspielungen auf die vier Jahreszeiten – *primavera, estate, autunno* und *inverno*. Doch viel unglaublicher als das alles waren die beiden gewaltigen Gebilde, die den Innenraum beherrschten. Langdon starrte sie voller Staunen an. *Das kann nicht sein, dachte er. Das kann einfach nicht sein!* Doch sie standen dort. Zu beiden Seiten der Kapelle und in vollkommener Symmetrie ragten zwei drei Meter hohe Pyramiden aus Marmor auf.

»Ich sehe keinen Kardinal«, flüsterte Vittoria. »Und auch keinen Assassinen.« Sie schlug den Plastikvorhang beiseite und betrat die Nische.

Langdons Blicke hafteten unverwandt auf den Pyramiden. *Was machen Pyramiden in einer christlichen Kapelle?,* fragte er sich. Unglaublicherweise war das noch längst nicht alles. Genau in der Mitte der Pyramidenseiten, eingefasst von Marmor, erblickte Langdon goldene Medaillons … Medaillons, wie er sie noch nie zuvor gesehen hatte. Vollkommene, auf der Seite liegende *Ellip-*

sen ... Die polierten Gebilde glänzten im schwachen Lichtschein, der durch hohe Bleiglasfenster in die Nische drang.

Galileos Ellipsen?, dachte Langdon. *Pyramiden? Eine Kuppeldecke voller Sterne?* Der Raum enthielt mehr unverhüllte Hinweise auf die Illuminati, als Langdon sich jemals hätte vorstellen können.

»Robert!«, stieß Vittoria leise hervor. »Sehen Sie nur!«

Langdon wirbelte herum, und die Wirklichkeit kehrte zurück, als sein Blick auf das fiel, was sie ihm zeigen wollte.

»Verdammt!«, rief er und zuckte zusammen.

Das Bild eines Skeletts grinste sie vom Marmorboden herauf an – ein kunstvolles, detailliertes Marmormosaik, das den Tod zeigte. Das Skelett trug ein Tablett mit der gleichen Pyramide und dem Stern darüber, wie sie es draußen auf der Piazza über der Porta del Popolo gesehen hatten.

Doch es war nicht das Mosaik, das ihm das Blut in den Adern gefrieren ließ. Es war vielmehr die Tatsache, dass es eine runde Steinplatte zierte – einen *cupermento* –, die wie ein Schachtdeckel aus dem Boden genommen worden war und nun neben einem gähnend schwarzen Loch lag.

»Das Dämonenloch!«, ächzte Langdon. Er war so in die Decke und die Pyramiden versunken gewesen, dass er es nicht gleich bemerkt hatte. Nervös näherte er sich dem Loch. Der von unten heraufdringende Gestank war überwältigend.

Vittoria legte eine Hand vor den Mund. »*Che puzzo!*«

»Effluvium«, erklärte Langdon. »Dämpfe aus vermodernden Gebeinen.« Er hielt sich den Jackenärmel vor die Nase, während er sich über das Loch beugte und nach unten spähte. Schwärze. »Ich kann nichts erkennen.«

»Glauben Sie, dort unten ist jemand?«

»Woher soll ich das wissen?«

Vittoria deutete auf die gegenüberliegende Seite des Lochs, wo eine modrige Holzleiter in die Tiefe führte.

Langdon schüttelte den Kopf. »Ganz bestimmt nicht.«

»Vielleicht liegt draußen zwischen all dem Werkzeug eine Lampe.« Vittoria klang, als suchte sie einen Grund, sich dem bestialischen Gestank zu entziehen. »Ich gehe nachsehen.«

»Seien Sie vorsichtig!«, warnte Langdon. »Wir wissen nicht mit Sicherheit, ob dieser Assassine noch …«

Doch Vittoria marschierte bereits durch das Kirchenschiff.

Was für eine willensstarke Frau, dachte Langdon.

Er wandte sich wieder dem Loch zu und spürte, wie ihm von den Dämpfen schwindlig wurde. Mit angehaltenem Atem steckte er den Kopf hinein und spähte hinunter in die Dunkelheit. Langsam, nachdem seine Augen sich an die Lichtverhältnisse gewöhnt hatten, erkannte er unten schwache Umrisse. Das Loch weitete sich anscheinend zu einer kleinen Kammer. *Dämonenloch.* Wie viele Generationen von Chigis hier wohl höchst unfeierlich hineingeworfen worden waren? Langdon zog sich zurück und wartete mit geschlossenen Augen, um seine Pupillen noch mehr an die Dunkelheit zu gewöhnen. Als er sie erneut öffnete, schwebte unten in der Dunkelheit eine bleiche Gestalt. Langdon erschauerte und kämpfte gegen den instinktiven Fluchtreflex an. *Sehe ich jetzt schon Gespenster? Ist das ein Leichnam?* Er schloss die Augen erneut, noch länger diesmal, bis er sicher war, dass er auch das schwächste Licht wahrnehmen würde.

Ihm wurde schwindlig, und seine Gedanken begannen ziellos zu kreisen. *Nur noch ein paar Sekunden.* Vielleicht lag es an den Dämpfen oder daran, dass er den Kopf so tief nach unten hielt, doch allmählich stieg Übelkeit in ihm auf. Als er die Augen schließlich wieder öffnete, erlebte er eine Überraschung.

Er starrte in eine Krypta, die in blaues Licht gebadet war. In seinen Ohren hallte ein schwaches Zischen wider. Licht flackerte auf den glatten Wänden des Schachts. Unvermittelt materialisierte über ihm ein langer Schatten. Erschrocken zuckte Langdon hoch.

»Aufgepasst!«, rief Vittoria hinter ihm.

Bevor Langdon sich umdrehen konnte, spürte er einen brennenden Schmerz am Hals. Er wirbelte herum und sah, wie Vittoria einen Schweißbrenner von ihm wegdrehte; die fauchende Flamme tauchte die Kapelle in blaues Licht.

Langdon betastete seinen Nacken. »Was tun Sie da, um Himmels willen?«, fragte er.

»Ich wollte Ihnen leuchten!«, sagte sie. »Sie sind direkt in mich hineingerannt.«

Langdon starrte auf den Schweißbrenner in ihrer Hand.

»Etwas Besseres habe ich nicht gefunden«, verteidigte sie sich. »Es gibt keine Lampen.«

»Ich habe Sie nicht zurückkommen hören.«

Vittoria reichte ihm den transportablen Brenner. Sie verzog das Gesicht wegen des Gestanks, der aus dem Loch schlug. »Sind diese Dämpfe feuergefährlich?«

»Ich hoffe nicht.«

Er nahm den Brenner und bewegte sich vorsichtig auf das Loch zu. Er leuchtete in den Schacht hinunter und erkannte zum ersten Mal die genauen Umrisse des Ossuariums. Es war rund und besaß einen Durchmesser von vielleicht sechs Metern. Der Boden lag zehn Meter unter ihm. Festgestampfter Erdboden, dunkel und modrig. Keine Fliesen oder Platten. *Irden.* Dann entdeckte er den Leichnam.

Langdon zuckte zusammen. »Er ist hier«, flüsterte er heiser und zwang sich, genauer hinzusehen. Die Gestalt hob sich bleich vom dunklen Boden ab. »Ich glaube, er wurde nackt ausgezogen.« Das Bild des ermordeten Leonardo Vetra stieg vor Langdons geistigem Auge auf.

»Ist es einer der Kardinäle?«

Es war von hier oben nicht zu erkennen, doch Langdon konnte sich nicht vorstellen, wer es sonst hätte sein sollen. Er starrte die reglose Gestalt an. Leblos. *Und doch …* Langdon zögerte. Die Gestalt hatte etwas sehr Eigenartiges an sich. Wie sie dort *stand …*

»Hallo?«, rief er hinunter.

»Glauben Sie, er lebt noch?«

Von unten kam keine Antwort.

»Er bewegt sich nicht«, sagte Langdon. »Aber es sieht aus, als …« *Nein, unmöglich!*

»Es sieht aus, als …?« Vittoria spähte nun ebenfalls über den Rand des Lochs.

Langdon blinzelte in die Dunkelheit. »Es sieht aus, als stünde er *aufrecht.*«

Vittoria hielt den Atem an und brachte ihr Gesicht noch weiter über das Loch. Nach einem Augenblick zog sie sich wieder zurück. »Sie haben recht, er steht. Vielleicht ist er noch am Leben und braucht Hilfe! Hallo? Signore? *Mi sente?*«, rief sie in das Loch hinunter.

Nicht einmal ein Echo kam von den moosbewachsenen Wänden zurück. Nur Stille.

Vittoria setzte sich in Richtung der gebrechlichen alten Leiter in Bewegung. »Ich steige hinunter.«

Langdon packte sie am Arm. »Nein. Es ist zu gefährlich! Ich gehe.«

Diesmal widersprach sie nicht.

66.

CHINITA MACRI WAR STOCKSAUER. Sie saß auf dem Beifahrersitz des Übertragungswagens, der mit laufendem Motor am Straßenrand der Via Tomacelli stand. Gunther Glick hatte sich offensichtlich verfahren und war in den Stadtplan von Rom auf seinem Schoß vertieft. Wie um Chinitas Befürchtungen zu bestätigen, hatte sich der anonyme Anrufer erneut gemeldet und weitere Informationen mitgeteilt.

»Piazza del Popolo!«, sagte Gunther. »Wir müssen sie finden! Dort steht eine Kirche, und in der Kirche finden wir Beweise!«

»Beweise, pah!« Chinita unterbrach das Polieren der Brille in ihrer Hand und wandte sich zu Glick. »Beweise wofür? Dass ein Kardinal ermordet wurde?«

»Das hat er gesagt, ja.«

»Du glaubst wohl alles, was man dir erzählt!« Wie schon so häufig wünschte sich Chinita, diejenige zu sein, die das Sagen hätte. Doch Videografen waren der Willkür der Reporter ausgeliefert, denen sie zugeteilt wurden. Wenn Gunther Glick einem anonymen Anruf nachgehen wollte, musste sie ihm folgen, ob sie wollte oder nicht. Wie ein Hündchen an der Leine.

Sie musterte ihn, wie er auf dem Fahrersitz saß, die Kiefer entschlossen zusammengebissen. Die Eltern dieses Mannes waren wahrscheinlich frustrierte Schauspieler gewesen, sonst hätten sie ihr Kind nicht mit so einem Namen geschlagen. Gunther Glick. Kein Wunder, dass er ständig glaubte, irgendetwas beweisen zu müssen. Doch trotz seines unglückseligen Namens und seines ärgerlichen Eifers, unbedingt einen Treffer zu landen, war Glick irgendwie süß … charmant auf eine blasse, *britische* Art. Wie Hugh Grant auf Lithium.

»Sollten wir nicht lieber wieder zurück zum Petersdom?«, fragte Chinita so ruhig, wie es ihr möglich war. »Wir können diese mysteriöse Kirche später immer noch überprüfen. Das Konklave hat vor einer Stunde angefangen. Was, wenn die Kardinäle zu einer Entscheidung finden, während wir nicht dort sind?«

Gunther schien sie überhaupt nicht zu hören. »Ich glaube, wir müssen dort vorne rechts abbiegen.« Er drehte die Karte um neunzig Grad und studierte sie erneut. »Genau. Wenn ich dort rechts abbiege … und dann gleich wieder links.« Er ordnete sich in den fließenden Verkehr auf der schmalen Straße ein.

»Pass auf!«, rief Chinita. Als Videografin hatte sie scharfe Augen. Zum Glück war Gunther genauso schnell. Er stieg mit aller Kraft auf die Bremse und brachte den Wagen gerade noch vor der Kreuzung zum Stehen. Eine Reihe von vier schwarzen Alfa Romeos erschien wie aus dem Nichts und raste an ihnen vorbei. Gleich an der nächsten Kreuzung bremsten die Fahrzeuge mit quietschenden Reifen und bogen nach links ab – auf der gleichen Route, die Gunther ebenfalls ausgesucht hatte.

»Die sind wohl verrückt!«, schimpfte Chinita.

Gunther hatte einen gewaltigen Schrecken davongetragen. »Hast du das gesehen?«, fragte er mit zitternder Stimme.

»Und ob! Die hätten uns fast umgebracht!«

»Nein, ich meine die Wagen!« Plötzlich klang seine Stimme aufgeregt. »Es waren vier identische Wagen!«

»Na und? Dann hatten sie eben keine Fantasie!«

»Die Wagen waren voll besetzt!«

»Na und?«

»Vier identische Fahrzeuge mit jeweils vier Passagieren?«

»Hast du schon mal was von Fahrgemeinschaften gehört?«

»Was denn, hier in Italien?« Gunther warf einen prüfenden Blick auf die Kreuzung, bevor er wieder losfuhr. »Hier haben sie ja noch nicht mal von bleifreiem Benzin gehört.« Er trat auf das Gaspedal und jagte hinter den vier Alfas her.

Chinita wurde in den Sitz gepresst. »Was, zur Hölle, hast du vor?«

Gunther Glick raste die Straße hinunter und gleich wieder links – den Weg, den auch die Alfas genommen hatten. »Irgendetwas sagt mir, dass du und ich nicht die Einzigen sind, die heute Abend in diese Kirche wollen.«

67.

DER ABSTIEG WAR MÜHSELIG.

Langdon kletterte vorsichtig Stufe um Stufe die knarrende Leiter hinunter, tiefer und tiefer unter den Boden der Chigi-Kapelle. *Hinein ins Dämonenloch,* dachte er. Er kletterte mit dem Gesicht zur Wand und dem Rücken zu der Kammer hinter sich, während er sich fragte, wie viele beengte dunkle Kammern man an einem einzigen Tag antreffen konnte.

Die Leiter ächzte bei jeder Stufe aufs Neue, und der durchdringende Gestank nach verrottendem Fleisch und modriger Feuchtigkeit nahm ihm den Atem. Langdon fragte sich nicht zum ersten Mal, wo Olivetti so lange blieb.

Vittoria stand noch immer oben am Rand des Lochs. Sie schaute zu ihm hinunter und leuchtete ihm mit dem Schweißbrenner, doch je tiefer Langdon kam, desto schwächer wurde das Licht der blauen Flamme. Dafür wurde der Gestank mit jedem Schritt stärker.

Zwölf Sprossen weiter geschah es. Langdon setzte den Fuß auf eine schlüpfrige Stelle und verlor das Gleichgewicht. Er umklammerte mit den Unterarmen die Leiter, um nicht nach hinten zu fallen, und rutschte ein Stück weit hinunter, bevor er wieder Halt fand. Fluchend und schimpfend setzte er seinen Abstieg fort.

Drei Sprossen weiter wäre er fast ein weiteres Mal gefallen; diesmal jedoch war es keine schlüpfrige Leiter, die das Missgeschick verursachte, sondern Angst. Langdon war an einer hohlen Nische vorbeigeklettert und sah sich von einem Augenblick zum anderen einer Reihe grinsender Totenschädel gegenüber.

Nachdem er sich ein wenig beruhigt und sich umgeschaut hatte, erkannte er, dass die Wände auf dieser Höhe förmlich durchlöchert waren von derartigen Nischen und Kammern, ausnahmslos gefüllt mit Skeletten. Im phosphoreszierenden Licht war der Anblick leerer Augenhöhlen noch unheimlicher, als es bei Tageslicht der Fall gewesen wäre.

Skelette im Fackellicht, dachte er und verzog das Gesicht, als ihm bewusst wurde, dass er kaum einen Monat zuvor einen ganz ähnlichen Abend erlebt hatte. Das Wohltätigkeitsdinner des New York Museum of Archeology – flambierter Lachs im Schatten eines Brontosaurus-Skeletts. Er war auf Einladung von Rebecca Strauss dort gewesen, des einstigen Top-Models, das heute für die *Times* als Kunstkritikerin schrieb. Rebecca war ein Wirbelwind aus schwarzem Samt, Zigaretten und unübersehbar vergrößerten Brüsten. Sie hatte ihn seither zweimal angerufen, und Langdon hatte sich nicht zurückgemeldet. *Nicht sehr gentlemanlike,* schimpfte er mit sich selbst und fragte sich zugleich, wie lange Rebecca es wohl in einem stinkenden Loch wie diesem ausgehalten hätte.

Er war erleichtert, als die letzte Sprosse endlich festem Erdboden wich. Der Untergrund unter seinen Schuhen fühlte sich feucht an. Nachdem er sich versichert hatte, dass die Wände ihn nicht zerquetschen würden, wandte er sich um und warf einen Blick auf seine Umgebung. Die Krypta war rund und durchmaß vielleicht sechs Meter. Langdon atmete erneut durch den Stoff seines Jackettärmels und betrachtete den Körper. Das Bild war undeutlich im schwachen Lichtschein von oben. Ein fahler, fleischiger Umriss, der in die andere Richtung sah. Reglos. Still.

Langdon versuchte einen Sinn in dem zu erkennen, was sich seinen Augen bot. Der Mann wandte ihm den Rücken zu; Langdon konnte das Gesicht nicht sehen, doch es sah in der Tat so aus, als *stünde* er.

»Hallo?«, würgte Langdon durch seinen Ärmel hindurch. Keine Reaktion. Als er näher kam, wurde ihm bewusst, dass der Mann sehr *klein* war. Zu klein …

»Was ist los bei Ihnen?«, rief Vittoria von oben herab und schwenkte den Schweißbrenner.

Langdon antwortete nicht. Er war jetzt nahe genug, um alles deutlich zu sehen. Mit dem Begreifen kam das Entsetzen. Die Krypta schien sich rings um ihn herum zusammenzuziehen. Es war ein alter Mann, und er kam aus der nackten Erde des Bodens wie ein Dämon … oder wenigstens seine obere Körperhälfte. Er war bis zum Bauch in die Erde eingegraben. Nackt. Die Hände waren mit einer roten Kardinalsschärpe auf den Rücken gefesselt. Er steckte schief in der Erde, und sein Kopf lag im Nacken, die Augen himmelwärts gerichtet, als flehte er Gott persönlich um Hilfe an.

»Ist er tot?«, rief Vittoria.

Langdon bewegte sich auf den reglosen Körper zu. *Ich hoffe es, um seinetwillen.* Er blickte in das Gesicht. Die Augen waren weit geöffnet, blutunterlaufen, und die Augäpfel traten hervor. Langdon beugte sich hinunter, um nachzuprüfen, ob der Mann noch atmete, und zuckte zurück. »Um Gottes willen!«

»Was ist denn?«

Langdon hätte sich beinahe übergeben. »Er ist tot, so viel steht fest. Und die Todesursache ist leicht zu erkennen.«

Der Anblick war grauenhaft. Der Mund des Mannes war weit aufgerissen und voller Dreck. »Irgendjemand hat ihm Dreck in den Hals gestopft, bis er erstickt ist.«

»Dreck?«, fragte Vittoria. *»Erde?«*

Langdon begriff. *Erde.* Er hatte es beinahe vergessen. *Die Brandzeichen. Erde, Luft, Feuer, Wasser.* Der Mörder hatte gedroht, jedes seiner Opfer mit einem der alten Elemente der Wissenschaft zu brandmarken. Das erste Element war *Erde. Aus Santis irdenem Grab …* Halb betäubt von den Ausdünstungen umrundete Langdon den Leichnam, und der Wissenschaftler in ihm erkannte einmal mehr die künstlerische Herausforderung, ein entsprechendes Ambigramm zu schaffen. *Erde. Wie?* Und doch – einen Augenblick später sah er es vor sich. Jahrhunderte voller Illuminati-Legenden wirbelten durch seinen Verstand. Das Brandzeichen auf der Brust des toten Kardinals war schwarz und nässte. Das Fleisch um die Ränder war rot. *La lingua pura …*

Langdon starrte auf das Brandzeichen, und rings um ihn herum begann sich der Raum zu drehen.

»Erde«, flüsterte er und verdrehte den Kopf, um das Symbol andersherum zu betrachten. Es war tatsächlich in englischer Sprache. Genau wie das Gedicht John Miltons. »Earth.«

In einer Woge des Entsetzens dämmerte ihm noch etwas. *Es gibt drei weitere Brandzeichen.*

68.

TROTZ DES SANFTEN KERZENLICHTS im Innern der Sixtinischen Kapelle war Kardinal Mortati nervös. Das Konklave hatte offiziell begonnen – und zwar auf eine höchst Unheil verkündende Weise.

Vor einer halben Stunde, genau zur vereinbarten Zeit, war der Camerlengo Carlo Ventresca in die Kapelle gekommen. Er war zum Altar gegangen und hatte das Eröffnungsgebet gesprochen. Dann hatte er die Arme ausgebreitet und zu ihnen geredet, wie Mortati es vom Altar der Sixtinischen Kapelle noch nie gehört hatte.

»Sie alle wissen sehr wohl«, hatte der Camerlengo gesagt, »dass unsere vier *preferiti* zurzeit noch nicht im Konklave sind. Ich bitte Sie daher im Namen Seiner verstorbenen Heiligkeit, so vorzugehen, wie es von Ihnen erwartet wird … voll Glauben und Zuversicht. Mögen Sie alle Gott vor Augen haben.« Dann hatte er sich zum Gehen gewandt.

»Aber …«, hatte ein Kardinal gerufen, »… aber wo *sind* die *preferiti*?«

Der Camerlengo hatte gezögert. »Das weiß ich nicht.«

»Wann werden sie kommen?«

»Das weiß ich nicht.«

»Sind sie gesund und wohlauf?«

»Das weiß ich nicht.«

»Werden sie überhaupt kommen?«

Der Camerlengo hatte sichtlich nicht gewusst, was er darauf antworten sollte. »Vertrauen Sie auf Gott«, hatte er schließlich gesagt. Dann hatte er die Kapelle verlassen.

Die Türen der Sixtinischen Kapelle waren, wie der Brauch es verlangte, mit zwei schweren Ketten von außen verschlossen worden. Vier Hellebardiere der Schweizergarde standen im Gang davor Wache. Die Türen, das wusste Mortati, würden erst wieder geöffnet, wenn das Konklave einen neuen Papst gewählt hatte – es sei denn, einer der Kardinäle wurde zwischenzeitlich sterbenskrank, oder einer der vier *preferiti* tauchte auf. Mortati betete, dass sie noch kamen, auch wenn der Knoten in seinem Magen eher das Gegenteil ahnen ließ.

Gehe vor, wie es von dir erwartet wird, beschloss er und nahm sich die Unverzagtheit des Camerlengos zum Vorbild. Er würde die Kardinäle zur Abstimmung aufrufen. Was sonst blieb ihm übrig?

Sie hatten dreißig Minuten für die vorbereitenden Rituale benötigt, die zur ersten Abstimmung führten. Mortati hatte geduldig am Altar gewartet, während jeder Kardinal in der Reihenfolge seines Alters zu ihm gekommen war und die Wahlprozedur durchgeführt hatte.

Nun stand der letzte Kardinal vor dem Altar und kniete nieder.

»Ich rufe Christus unseren Herrn als meinen Zeugen«, sagte er genau wie alle anderen vor ihm, »als meinen Zeugen, dass ich meine Stimme demjenigen unter uns gegeben habe, von dem ich vor Gott glaube, dass er erwählt werden sollte.«

Der Kardinal erhob sich. Er hielt seinen Stimmzettel hoch über den Kopf, sodass jeder ihn sehen konnte. Dann legte er ihn auf einen Teller, der auf einem hohen Kelch auf dem Altar stand. Als

Nächstes hob er den Teller mit beiden Händen hoch und benutzte ihn, um den Stimmzettel in den Kelch darunter gleiten zu lassen. Der Teller sollte sicherstellen, dass niemand heimlich weitere Stimmzettel in den Kelch warf.

Nachdem er fertig war, legte er den Teller wieder auf den Kelch, verneigte sich vor dem Kreuz und kehrte an seinen Platz zurück.

Die letzte Stimme war abgegeben.

Nun war es an der Zeit für Mortati, mit der Auszählung zu beginnen.

Mit der einen Hand hielt er den Teller auf dem Kelch, während er das Gefäß mit der anderen Hand hob und die Stimmzettel durchschüttelte. Dann entfernte er den Teller und zog willkürlich einen Zettel heraus. Er faltete ihn auseinander. Der Zettel war quadratisch, genau zwei Zoll breit und lang. Mortati las laut vor, sodass jeder ihn verstehen konnte.

»Eligo in summum pontificem …«, las er den Text, der zuoberst auf jedem Zettel abgedruckt war. *Als obersten Pontifex erwähle ich …* Dann folgte der Name, den der wählende Kardinal darunter geschrieben hatte. Nachdem Mortati den Namen vorgelesen hatte, hob er eine Nadel mit einem Faden daran und stach sie durchs Papier, durch das Wort *Eligo*, um den Zettel anschließend sorgfältig auf den Faden zu schieben. Dann notierte er den vorgeschlagenen Namen in einem Wahlbuch.

Er wiederholte die Prozedur beim nächsten Stimmzettel. Er nahm einen Zettel aus dem Kelch, las ihn vor, spießte ihn auf den Faden und notierte den Namen in seinem Wahlbuch. Schon jetzt spürte er, dass die Wahl fehlschlagen würde – kein Konsens unter den Kardinälen. Er hatte erst sieben Stimmen ausgezählt, und es gab bereits sieben verschiedene Nominierungen. Sieben verschiedene Kardinäle. Wie gewöhnlich war die Handschrift auf den Zetteln durch Blockschrift oder übertriebene Stilisierungen unkenntlich gemacht. Das Täuschungsmanöver war fadenscheinig, weil die Kardinäle sich offensichtlich alle selbst vorschlugen. Die merkwürdige Vorgehensweise hatte, das wusste Mortati, nichts damit zu tun, dass die Kardinäle selbstsüchtig oder ehrgeizig gewesen wären. Es war im Gegenteil eine Hinhaltetaktik, ein defensives Manöver, um dafür zu sorgen, dass keiner der Kardinäle genügend

Stimmen auf sich vereinigen konnte, um die Wahl zu gewinnen … Auf diese Weise wollten sie einen weiteren Wahlgang erzwingen.

Die Kardinäle warteten auf ihre *preferiti.*

Als der letzte Stimmzettel auf den Faden gespießt war, erklärte Mortati die Wahl für unentschieden.

Er nahm den Faden mit sämtlichen Stimmzetteln, band die Enden zu einer Schlaufe zusammen und legte alles auf ein silbernes Tablett. Anschließend fügte er die entsprechenden Substanzen hinzu und trug das Tablett zu einem kleinen Kamin hinter dem Altar. Dort zündete er das Papier an. Die Substanzen erzeugten Rauch, dichten schwarzen Rauch. Der Rauch zog durch den Schornstein nach draußen, wo alle Welt ihn sehen konnte. Kardinal Mortati hatte soeben seine erste Botschaft an die Außenwelt gesandt.

Der erste Wahldurchgang war vorbei. Kein neuer Papst.

69.

NAHEZU BETÄUBT VON DEN AUSDÜNSTUNGEN, mühte Langdon sich die Leiter hinauf zum Ausgang des Dämonenlochs. Oben hörte er Stimmen, doch nichts von dem, was zu vernehmen war, ergab einen Sinn. In seinem Kopf drehten sich Bilder des gebrandmarkten Toten.

Earth … Erde …

Während er nach oben stieg, engte sich sein Gesichtsfeld ein, und er fürchtete, das Bewusstsein zu verlieren. Zwei Stufen vom Ausgang entfernt verlor er das Gleichgewicht. Er schob sich verzweifelt nach oben, um den Rand zu packen, doch er war noch zu weit entfernt. Er verlor den Halt an der Leiter und wäre fast rücklings in die Dunkelheit gestürzt; dann aber spürte er einen stechenden Schmerz unter den Achselhöhlen, und plötzlich hing er mit wild über dem Abgrund baumelnden Beinen in der Luft.

Zwei Schweizergardisten hatten ihn unter den Armen gepackt

und zogen ihn nach oben. Einen Augenblick später schwebte Langdon würgend und nach Luft schnappend über dem Loch. Die Gardisten stellten ihn auf die Beine und führten ihn zur Wand, wo sie ihn vorsichtig absetzten. Der kalte Marmor des Bodens brachte ihn nur langsam wieder zur Besinnung.

Im ersten Augenblick wusste Langdon nicht mehr, wo er war. Über sich sah er Sterne … und Planeten. Nebelhafte Gestalten rannten an ihm vorbei. Leute riefen. Er versuchte sich aufzurichten und stellte fest, dass er am Fuß einer Steinpyramide saß. Der vertraute schneidende Klang einer leisen, ärgerlichen Stimme hallte durch die Kapelle; dann kehrte sein Orientierungssinn zurück.

Olivetti schimpfte mit Vittoria. »Warum haben Sie es nicht sofort herausgefunden?«

Vittoria bemühte sich, dem Kommandanten die Situation zu erklären.

Olivetti schnitt ihr das Wort ab und wandte sich zu seinen Leuten um. »Schafft den Leichnam von dort unten weg! Sucht das ganze Gebäude ab!«

Langdon versuchte aufzustehen. Die Chigi-Kapelle wimmelte von Schweizergardisten. Der Plastikvorhang vor der Nische war weggerissen worden, und die muffige Luft aus dem Hauptschiff füllte Langdons Lungen. Sie erschien ihm unendlich frisch. Langsam kehrten seine Sinne wieder. Vittoria kam zu ihm. Sie kniete nieder. Ihr Gesicht sah aus wie das eines Engels.

»Alles in Ordnung?« Sie nahm seine Hand und prüfte seinen Puls. Ihre Hände fühlten sich weich und behutsam an.

»Danke«, sagte Langdon und setzte sich auf. »Olivetti ist wütend.«

Vittoria nickte. »Er hat jedes Recht dazu. Wir haben es vermasselt.«

»Sie meinen, *ich* habe es vermasselt.«

»Verdammen Sie sich meinetwegen. Aber kriegen Sie den Mistkerl beim nächsten Mal.«

Beim nächsten Mal? Was für ein grausamer Kommentar. *Es gibt kein nächstes Mal!* Wir haben unsere Chance verpasst, und das war's.

Vittoria schaute auf Langdons Armbanduhr. »Mickey sagt, dass wir noch vierzig Minuten haben. Sehen Sie zu, dass Sie wieder einen klaren Kopf bekommen und helfen Sie mir, den nächsten Hinweis zu finden.«

»Ich hab Ihnen doch gesagt, Vittoria, die Statuen und Skulpturen sind verschwunden. Der Weg der Erleuchtung ist …« Er verstummte.

Vittoria lächelte nachsichtig.

Plötzlich dämmerte es Langdon. Er mühte sich unsicher schwankend auf die Beine und starrte auf die Kunstwerke ringsum. *Pyramiden, Sterne, Planeten, Ellipsen.* Mit einem Mal war alles wieder da. *Das hier ist der erste Altar der Wissenschaft. Nicht das Pantheon!* Erst jetzt wurde ihm bewusst, wie sehr die Chigi-Kapelle nach Illuminati aussah – weit subtiler als das weltberühmte Pantheon. Die Chigi-Kapelle war ein abgelegener Alkoven, ein geheimes Versteck, ein Tribut an einen großen Förderer der Wissenschaft, voller *irdener* Symbole. *Einfach perfekt.*

Langdon stützte sich an die Wand und starrte die beiden mächtigen Marmorpyramiden an. Vittoria hatte recht, daran bestand kein Zweifel. Wenn diese Kapelle hier der erste Altar der Wissenschaft war, befand sich möglicherweise auch die Skulptur noch hier, die als Wegweiser zum zweiten Altar diente. Langdon spürte einen elektrisierenden Anflug neuer Hoffnung, als ihm bewusst wurde, dass sie noch immer eine Chance hatten. Falls der Wegweiser tatsächlich noch existierte und sie durch ihn zum nächsten Altar fanden, bedeutete das eine zweite Chance, den Assassinen zu stellen.

»Ich habe übrigens herausgefunden, wer der unbekannte Bildhauer der Illuminati war«, raunte Vittoria.

Langdon riss die Augen auf. »Sie haben *was*?«

»Wir müssen also nur noch feststellen, welche Skulptur in dieser Kapelle von seiner Hand stammt …«

»Halt, warten Sie! Sie haben herausgefunden, wer der unbekannte Meister ist? Aber – *wie*?« Langdon hatte Jahre mit der Suche nach dieser Information verbracht.

Vittoria lächelte. »Es war Bernini. *Der* Bernini.«

Langdon wusste sogleich, dass sie sich irren musste. Bernini kam überhaupt nicht infrage. Giovanni Lorenzo Bernini war neben Michelangelo der berühmteste Bildhauer aller Zeiten. Bernini hatte im siebzehnten Jahrhundert mehr Skulpturen erschaffen als jeder andere Künstler. Und der Mann, nach dem sie suchten, war ein Unbekannter, ein Niemand.

Vittoria runzelte die Stirn. »Sie sehen nicht aus, als wären Sie begeistert.«

»Bernini … unmöglich!«

»Warum? Bernini war ein Zeitgenosse Galileos. Und er war ein genialer Bildhauer.«

»Bernini war ein sehr berühmter Mann und außerdem Katholik.«

»Na und?«, entgegnete Vittoria. »Galileo war ebenfalls Katholik.«

»Nein«, widersprach Langdon. »Galileo ist etwas anderes. Galileo war dem Vatikan ein Dorn im Auge. Bernini hingegen war das gehätschelte Wunderkind. Die Kirche hat Bernini *geliebt*. Er wurde vom Papst zur obersten Autorität für künstlerische Fragen ernannt und hat praktisch sein ganzes Leben in der Vatikanstadt verbracht.«

»Eine perfekte Tarnung. Illuminati waren Meister der Infiltration … Ihre eigenen Worte.«

Langdon errötete. »Vittoria, die Illuminati selbst haben ihren geheimnisvollen Künstler als *il maestro incognito* bezeichnet. Den unbekannten Meister.«

»Ja. Weil er *ihnen* unbekannt war. Denken Sie an die Freimaurer. Nur die obersten Echelons wussten die ganze Wahrheit. Galileo hätte Berninis wahre Identität vor den meisten Mitgliedern verbergen können … um Berninis eigener Sicherheit willen. Der Vatikan hätte die Wahrheit niemals herausgefunden.«

Langdon war nicht überzeugt, doch er gestand sich ein, dass Vittorias Logik einen eigenartigen Sinn ergab. Die Illuminati waren berühmt dafür, auf welch geschickte Art und Weise sie geheime Informationen aufgeteilt hatten. Die ganze Wahrheit war stets nur den obersten Mitgliedern ihrer Ränge bekannt gewesen. Es war eine Bedingung dafür, im Verborgenen zu bleiben … nur wenige Mitglieder kannten die ganze Geschichte.

»Und Berninis Verbindung zu den Illuminati …«, erklärte Vittoria lächelnd, »… seine Verbindung zu den Illuminati würde auch erklären, warum er diese beiden Marmorpyramiden hier erschaffen hat.«

Langdon wandte sich zu den großen Pyramiden um und schüttelte den Kopf. »Bernini war ein *religiöser* Bildhauer. Er hätte niemals heidnische Pyramiden angefertigt!«

Vittoria zuckte die Schultern. »Erzählen Sie das dem Schild hinter Ihnen.«

Langdon wandte sich um und las:

KUNST IN DER CHIGI-KAPELLE
Die Architektur der Kapelle entstammt Raphaels Hand.
Sämtliche enthaltenen Skulpturen und Fresken wurden von
Giovanni Lorenzo Bernini geschaffen.

Langdon las die Inschrift zweimal und war noch immer nicht überzeugt. Gianlorenzo Bernini war berühmt für seine kunstvollen, heiligen Bildnisse der Jungfrau Maria, von Engeln, Propheten und Päpsten. Was hatte ein Mann wie Bernini mit diesen beiden *Pyramiden* zu schaffen?

Langdon betrachtete die drei Meter hoch aufragenden Gebilde ratlos. Zwei Stück. Jede mit glänzenden, elliptischen Medaillons versehen. Sie waren so wenig christlich, wie eine Skulptur es nur sein konnte. Die Pyramiden, die Sterne darüber, die Tierkreiszeichen. *Sämtliche enthaltenen Skulpturen und Fresken wurden von Giovanni Lorenzo Bernini geschaffen.* Falls das tatsächlich zutraf, erkannte Langdon, *musste* Vittoria recht haben. Dann musste Bernini tatsächlich der unbekannte Meister der Illuminati sein – niemand außer ihm hatte in dieser Kapelle gearbeitet! Die Schlussfolgerungen waren so überwältigend, dass Langdon Mühe hatte, sie zu verdauen.

Bernini war ein Illuminatus.

Bernini hat die Ambigramme der Illuminati geschaffen.

Bernini hat den Pfad der Erleuchtung angelegt.

Langdon spürte einen Kloß im Hals. War es tatsächlich möglich, dass der weltberühmte Bernini hier eine Skulptur aufgestellt hatte, die den Weg quer durch Rom zum nächsten Altar der Wissenschaft wies?

»Bernini«, stieß er hervor. »Nie im Leben hätte ich vermutet, dass er dahinter steckt …«

»Wer sonst außer einem berühmten Künstler hätte den Einfluss gehabt, seine Kunstwerke in speziellen katholischen Kapellen überall in Rom aufzustellen und auf diese Weise den Weg der Erleuchtung zu kennzeichnen? Ein unbekannter Meister bestimmt nicht.«

Langdon dachte darüber nach. Er betrachtete die Pyramiden und fragte sich, ob vielleicht eine von ihnen der Wegweiser war. *Oder beide?* »Die Pyramiden weisen in entgegengesetzte Richtungen«, sagte er schließlich unentschlossen. »Sie sehen identisch aus. Ich kann nicht sagen, welche von ihnen …«

»Robert, ich glaube nicht, dass wir nach Pyramiden suchen.«

»Aber es sind doch die einzigen Skulpturen in dieser Kapelle!«

Vittoria unterbrach ihn mit einer Handbewegung und deutete zu Olivetti, der zusammen mit einigen seiner Leute neben dem Dämonenloch stand.

Langdon folgte der Richtung ihrer Hand bis zur gegenüberliegenden Wand. Zuerst bemerkte Langdon nichts Außergewöhnliches, doch dann bewegte sich einer der Männer, und er erhaschte einen Blick auf etwas Weißes. Weißer Marmor. Ein Arm. Ein Torso. Ein Gesicht. Halb versteckt in einer Nische. Zwei lebensgroße menschliche Gestalten. Langdons Puls ging schneller. Er war so sehr von den Pyramiden und dem Dämonenloch gefangen gewesen, dass er die restlichen Kunstwerke der Kapelle noch gar nicht wirklich wahrgenommen hatte. Er ging durch den Raum. Als er vor der Skulptur stand, erkannte er, dass es tatsächlich eine Arbeit von Bernini sein musste – die Intensität der künstlerischen Komposition, die kunstvoll gestalteten Gesichter, die fließende Kleidung, alles aus dem reinsten weißen Marmor, den vatikanisches Geld hatte kaufen können. Erst als er direkt vor dem Werk stand, erkannte Langdon die Skulptur. Er starrte die beiden Gesichter offenen Mundes an.

»Wer sind sie?«, fragte Vittoria, die ihm gefolgt war.

»Habakuk und der Engel«, antwortete er fast unhörbar leise. Es war eine berühmte Arbeit Berninis, die in mehreren wichtigen Lehrwerken über Kunstgeschichte erwähnt wurde. Langdon hatte

ganz vergessen, dass Berninis Skulptur in Santa Maria del Popolo stand.

»Habakuk?«

»Ja. Der Prophet, der den Untergang der Erde vorausgesagt hat.«

»Und Sie glauben, es könnte der Wegweiser sein?« Vittoria schaute ihn nervös an.

Langdon nickte voller Verwunderung. Nie im Leben war er sich seiner Sache so sicher gewesen. Dies war der erste Illuminati-Wegweiser. Ohne jeden Zweifel. Obwohl Langdon erwartet hatte, dass die Skulptur irgendwie zum nächsten Altar der Wissenschaft deutete, hätte er nicht geglaubt, dass diese Aussage *wortwörtlich* zu nehmen gewesen wäre. Sowohl Habakuk als auch der Engel deuteten mit ausgestreckten Armen an einen Punkt in der Ferne.

»Nicht besonders subtil, wie?« Langdon musste unwillkürlich grinsen.

Vittoria schaute ihn aufgeregt und verwirrt zugleich an. »Sie zeigen irgendwohin, das sehe ich – aber sie widersprechen sich. Der Engel zeigt in die eine und der Prophet in die andere Richtung.«

Langdon kicherte. Vittoria hatte recht. Die beiden Figuren zeigten in völlig unterschiedliche Richtungen. Doch er hatte das Problem bereits gelöst. Voll neuer Energie marschierte er in Richtung Ausgang.

»Wohin wollen Sie?«, rief Vittoria ihm hinterher.

»Nach draußen!« Langdon fühlte sich beschwingt, als er zur Tür eilte. »Ich muss wissen, in welche Richtungen die Gestalten zeigen.«

»Warten Sie! Wissen Sie denn überhaupt, welchem Finger Sie folgen müssen?«

»Das Poem!«, rief Langdon über die Schulter nach hinten. »Die letzte Zeile!«

»Was? *Let angels guide you on your lofty quest?*« Sie starrte nach oben zu dem ausgestreckten Arm des Engels und kniff die Augen zusammen. »Ich will verdammt sein!«

70.

GUNTHER GLICK UND CHINITA MACRI saßen in ihrem BBC-Übertragungswagen im Schatten am anderen Ende der Piazza del Popolo. Sie waren kurz nach den vier schwarzen Alfa Romeos angekommen, gerade rechtzeitig, um einer ganzen Kette unfassbarer Ereignisse beizuwohnen. Chinita wusste immer noch nicht, was das alles zu bedeuten hatte, doch sie hatte eifrig gefilmt.

Bei ihrem Eintreffen hatten Chinita und Glick eine ganze Armee junger Männer aus den Alfa Romeos springen sehen. Sie hatten die Kirche umzingelt, einige von ihnen mit gezückten Waffen. Einer, der älteste, hatte eine Gruppe zum Vordereingang geführt. Die Männer hatten die Schlösser der Tür weggeschossen. Es war nichts zu hören gewesen; sie hatten Schalldämpfer benutzt. Dann waren sie in die Kirche gestürmt.

Chinita hatte vorgeschlagen, dass sie still sitzen und alles aus der Deckung heraus filmen sollten. Pistolen waren Pistolen, und vom Wagen aus konnten sie das Geschehen genauso gut mitverfolgen wie von der Piazza. Gunther hatte nicht widersprochen.

Inzwischen rannten auf der anderen Seite weitere Männer in die Kirche. Andere kamen wieder heraus. Sie riefen einander etwas zu. Chinita filmte ein Team, das die Umgebung der Kirche absuchte. Alle bewegten sich mit militärischer Präzision, auch wenn sie zivile Kleidung trugen. »Was glaubst du, wer sie sind?«, fragte Chinita.

»Ich will verdammt sein, wenn ich das weiß!« Glick beobachtete das Geschehen mit gebannter Aufmerksamkeit. »Kriegst du alles aufs Band?«

»Worauf du dich verlassen kannst.«

»Und?«, fragte Gunther selbstgefällig. »Bist du immer noch der Meinung, dass wir zum Petersdom zurückkehren sollten?«

Chinita wusste nicht, was sie darauf antworten sollte. Offensichtlich ging dort drüben irgendetwas vor, doch sie war lange genug im Geschäft, um zu wissen, dass es häufig sehr triviale Erklärungen für Dinge gab, die im ersten Augenblick sensationell aussahen. »Es könnte überhaupt nichts bedeuten«, entgegnete sie.

»Vielleicht haben diese Leute den gleichen Tipp bekommen wie du und gehen nun der Sache nach. Vielleicht ist es falscher Alarm.«

Gunther packte sie am Arm. »Da drüben! Los, film das!« Er deutete auf den Haupteingang der Kirche.

Chinita schwenkte hinüber. »Hoppla«, sagte sie und zoomte auf den Mann, der in diesem Augenblick aus der Kirche trat. »Wen haben wir denn da?«

»Wer ist der Typ?«

Sie zoomte ganz nah heran. »Den hab ich noch nie gesehen.« Sie betrachtete sein Gesicht und lächelte. »Aber ich hätte nichts dagegen, ihn wiederzusehen.«

Robert Langdon rannte die Treppe hinunter zur Mitte der Piazza. Es wurde nun wirklich dunkel. Die Frühlingssonne war hinter den westlichen Gebäuden versunken, und lange Schatten hüllten den Platz ein.

»Also schön, Bernini«, sagte er laut zu sich selbst. »Wohin zeigt dein Engel?«

Er wandte sich um und dachte über die Orientierung der Kirche nach, aus der er soeben gekommen war. Er stellte sich die Lage der Chigi-Kapelle im Innern vor und die Skulptur des Engels. Ohne Zögern wandte er sich genau nach Westen, dorthin, wo die Sonne versunken war. Die Zeit zerrann ihnen zwischen den Fingern.

Er starrte aus zusammengekniffenen Augen auf die Läden und Wohnhäuser, die seine Sicht versperrten. »Dort irgendwo ist der nächste Wegweiser.«

Langdon zermarterte sich das Gehirn in dem Versuch, sich weitere Höhepunkte römischer Kunstgeschichte ins Gedächtnis zurückzurufen. Er war zwar ausgezeichnet mit Berninis Arbeiten vertraut, doch er wusste auch, dass Bernini viel zu fleißig gewesen war, als dass ein Nicht-Spezialist all seine Arbeiten hätte kennen können. Trotzdem – angesichts der relativen Bekanntheit des ersten Wegweisers – *Habakuk und der Engel* – hoffte Langdon, dass der zweite Wegweiser ebenfalls zu den Werken gehörte, die er bereits kannte.

Erde, Luft, Feuer und Wasser, dachte er. *Erde* hatten sie bereits gefunden – in der Kapelle. Habakuk, der den Untergang der Erde vorhergesagt hatte.

Luft ist als Nächstes an der Reihe, zwang sich Langdon zu logischem Denken. Eine Bernini-Skulptur, die etwas mit Luft zu tun hat! Ihm wollte absolut nichts einfallen. Und doch spürte er sich von Energie beflügelt. Ich bin auf dem Weg der Erkenntnis. Er ist immer noch intakt, nach all den Jahrhunderten.

Langdon blickte nach Südwesten. Er versuchte den Turm einer Kathedrale oder Kirche über den Dächern zu erkennen, jedoch vergeblich. Er brauchte eine Karte. Wenn es ihnen gelang herauszufinden, welche Kirchen südwestlich von hier lagen, würde eine davon vielleicht eine zündende Idee liefern. *Luft,* dachte er. *Luft. Bernini. Skulptur. Luft. Denk nach, Robert!*

Er wandte sich um und kehrte zur Kathedrale zurück. Vittoria und Olivetti erwarteten ihn unter dem Baugerüst.

»Südwesten«, sagte er schwer atmend. »Die nächste Kirche muss südwestlich von hier stehen.«

»Sind Sie diesmal sicher?«, fragte Olivetti kalt.

Langdon ließ sich nicht provozieren. »Wir brauchen eine Karte. Eine Karte, auf der sämtliche römischen Kirchen eingezeichnet sind.«

Der Oberst musterte ihn einen Augenblick lang mit steinerner Miene.

Langdon schaute auf die Uhr. »Uns bleibt nur eine halbe Stunde.«

Olivetti schob sich an Langdon vorbei und marschierte die Treppe hinunter zu seinem Wagen, der direkt vor der Kathedrale stand. Langdon hoffte, dass er mit einem Stadtplan zurückkehren würde.

Vittoria war ganz aufgeregt. »Also deutet der Engel nach Südwesten?«, fragte sie. »Und Sie wissen nicht, welche Kirche gemeint sein könnte?«

»Ich kann nicht an diesen verdammten Häusern vorbeisehen!« Langdon wandte sich erneut um und überflog den Platz. »Außerdem kenne ich die römischen Kirchen nicht gut genug …« Er hielt inne.

Vittoria schaute ihn verblüfft an. »Was ist?«

Langdons Blick haftete unverwandt auf der Piazza. Nachdem er die Stufen zur Kathedrale hinaufgestiegen war, befand er sich in einer höheren Position, und seine Aussicht war besser. Er konnte immer noch nichts sehen, doch ihm wurde bewusst, dass er den richtigen Gedanken hatte. Sein Blick glitt an dem Baugerüst entlang nach oben. Es war sechs Stockwerke hoch und reichte bis fast zu dem Rosettenfenster ganz oben in der Fassade, weit höher als sämtliche umgebenden Gebäude. Er wusste, wohin er als Nächstes musste.

Auf der anderen Seite der Piazza schauten Chinita Macri und Gunther Glick gebannt durch die Windschutzscheibe ihres Übertragungswagens und verfolgten das Geschehen.

»Hast du alles?«, fragte Gunther zum wiederholten Mal.

Chinita zoomte näher an den Mann heran, der nun an dem Baugerüst der Kirche nach oben kletterte. »Wenn du mich fragst – er ist ein wenig zu gut gekleidet, um Spiderman zu spielen.«

»Und wer ist diese Spiderwoman?«

Chinita schwenkte zu der attraktiven Frau unter dem Gerüst. »Jede Wette, dass du das wissen möchtest.«

»Meinst du, ich soll in der Redaktion anrufen?«

»Noch nicht. Warten wir noch ein wenig und beobachten weiter. Besser, wenn wir etwas in der Hand haben, bevor wir zugeben, dass wir das Konklave eigenmächtig verlassen haben.«

»Du glaubst also auch, dass jemand einen der alten Knacker da drin umgebracht hat?«

Chinita kicherte. »Du kommst definitiv in die Hölle, weißt du das?«

»Aber ich nehme einen Pulitzer-Preis mit.«

71.

DAS GERÜST WURDE WACKLIGER, je höher Langdon kletterte. Sein Ausblick auf das umgebende Rom jedoch wurde mit jedem Schritt besser. Er setzte seinen Aufstieg fort.

Sein Atem ging merklich schneller, als er endlich auf dem obersten Gerüststeg angelangt war. Er richtete sich auf, klopfte den

Staub aus seiner Kleidung und schaute sich um. Die Höhe machte ihm nicht das Geringste aus. Im Gegenteil, das Gefühl war äußerst belebend.

Der Ausblick war atemberaubend. Die roten Dächer Roms lagen vor ihm wie ein Ozean aus Feuer, angestrahlt von der untergehenden Sonne. Von hier aus sah Langdon zum ersten Mal in seinem Leben die antiken Wurzeln Roms, der *Città di Dio*, der Stadt Gottes – abseits von Verkehr und Lärm und Luftverschmutzung.

Mit zusammengekniffenen Augen suchte Langdon die Dächer nach Kirchtürmen ab – doch er sah nichts. Rom hat Hunderte von Kirchen, dachte er. Es muss eine geben, die südwestlich von hier steht! Falls sie zu sehen ist, rief er sich ins Gedächtnis. Verdammt, falls sie überhaupt noch steht!

Er suchte das Dächermeer ein weiteres Mal ab, langsamer diesmal, gründlicher. Er wusste, dass längst nicht alle Kirchen sichtbare, hoch aufragende Glockentürme besaßen – insbesondere nicht kleinere, abseits gelegene Gotteshäuser. Außerdem hatte Rom sich seit dem siebzehnten Jahrhundert dramatisch verändert, als Kirchen per Gesetz die höchsten Bauwerke der Stadt gewesen waren. Heute sah Langdon Apartmentblocks, Hochhäuser, Fernsehtürme.

Zum zweiten Mal ließ er den Blick über den Horizont schweifen, ohne einen einzigen Kirchturm zu entdecken. In der Ferne, ganz am Rand der Stadt, ragte Michelangelos massive Kuppel aus dem Häusermeer vor der sinkenden Sonne. Der Petersdom. Vatikanstadt. Unwillkürlich dachte Langdon an die Kardinäle, die im Konklave versammelt waren, und er fragte sich, ob die Schweizergarde auf der Suche nach der Antimaterie weitergekommen war. Irgendetwas verriet ihm, dass ihre Suche ergebnislos geblieben war – und bleiben würde.

Einmal mehr ging ihm Miltons Gedicht durch den Kopf. Er dachte über die Aussage nach, Zeile für Zeile. *From Santi's earthly tomb with demon's hole.* Sie hatten Santis Grab gefunden. *'Cross Rome the mystic elements unfold.* Die mystischen Elemente waren Erde, Luft, Feuer und Wasser. *The path of light is laid, the sacred test.* Der Weg der Erleuchtung, den Berninis Werke wiesen. *Let angels guide you on your lofty quest.*

Der Engel deutete nach Südwesten …

»Die Treppe!«, rief Gunther Glick und deutete hektisch durch die Windschutzscheibe des Übertragungswagens. »Da geht etwas vor!«

Chinita richtete die Kamera hastig wieder auf den Haupteingang. Tatsächlich, irgendetwas ging da vor sich. Am Fuß der Treppe hatte einer der jungen Männer in Zivil den Kofferraum seines Alfa Romeos geöffnet. Nun schweifte sein Blick über die Piazza, als suchte er nach heimlichen Zuschauern, und einen Augenblick befürchtete Chinita schon, der Mann hätte sie entdeckt – doch dann wanderte sein Blick weiter. Offensichtlich zufrieden zog er ein Walkie-Talkie hervor und sprach hinein.

Fast im gleichen Augenblick schien eine ganze Armee aus der Kirche zu stürmen. Wie ein Football-Team, das sich aus einem Gedränge löste, so bildeten die Männer eine gerade Linie entlang der obersten Treppenstufe. Dann setzten sie sich in Bewegung wie eine menschliche Wand. Hinter ihnen, fast völlig verborgen, trugen vier weitere Männer etwas Unkenntliches. Etwas Schweres. Unhandliches.

Gunther beugte sich über das Armaturenbrett. »Stehlen sie etwas aus der Kathedrale?«

Chinita zoomte noch näher heran und suchte nach einer Öffnung in der Wand aus Männern. *Eine Sekunde, mehr brauche ich nicht. Ein einziges Bild reicht mir schon.* Doch die Männer bewegten sich in perfektem Gleichklang. *Los, macht schon!* Chinita blieb bei ihnen, und ihre Geduld zahlte sich aus. Als die Männer das Objekt in den Kofferraum hievten, fand sie die Lücke. Ironischerweise war es der ältere Mann, der Anführer, der den Fehler beging. Nur für den Bruchteil einer Sekunde, doch es genügte. Chinita hatte ihr Bild. Genau genommen waren es sogar zehn.

»Ruf in der Redaktion an«, sagte sie. »Wir haben unseren Leichnam.«

Weit entfernt in der Schweiz, in CERN, fuhr Maximilian Kohler in seinem Rollstuhl ins Büro von Leonardo Vetra. Mit mechanischer Effizienz machte er sich daran, die Akten zu durchstöbern. Als er nichts fand, fuhr Kohler ins Schlafzimmer. Die oberste Schublade von Leonardo Vetras Nachttisch war verschlossen. Kohler sprengte das Schloss mit einem Messer aus der Küche auf.

In der Lade fand er genau das, wonach er gesucht hatte.

72.

LANGDON KLETTERTE VOM GERÜST HERUNTER und sprang das letzte Stück zu Boden. Er klopfte sich den Staub aus der Kleidung. Vittoria erwartete ihn bereits.

»Kein Glück?«, fragte sie.

Er schüttelte den Kopf.

»Sie haben den toten Kardinal in den Kofferraum gelegt.«

Langdon sah zu der Reihe geparkter Wagen, wo Olivetti und eine Gruppe Soldaten um einen Stadtplan auf der Motorhaube standen. »Suchen sie in südwestlicher Richtung?«

Vittoria nickte. »Keine Kirchen. Die erste Kirche von hier aus ist der Petersdom.«

Langdon nickte. Wenigstens waren sie diesmal einer Meinung. Er ging zu Olivetti. Die Soldaten machten Platz und ließen ihn durch.

Olivetti sah auf. »Nichts. Aber dieser Stadtplan zeigt nicht jede Kirche, nur die größeren. Ungefähr fünfzig sind eingetragen.«

»Wo befinden wir uns?«, fragte Langdon.

Olivetti deutete auf die Piazza del Popolo und zeichnete von dort aus eine schnurgerade Linie nach Südwesten. Die Linie führte ein beträchtliches Stück weit an der Ansammlung schwarzer Rechtecke vorbei, die Roms wichtige Kirchen bezeichneten. Unglücklicherweise waren die wichtigen Kirchen Roms auch diejenigen aus älterer Zeit … Kirchen, die seit dem siebzehnten Jahrhundert oder länger standen.

»Ich muss eine Entscheidung treffen«, sagte Olivetti. »Sind Sie ganz sicher, was die Richtung angeht?«

Langdon rief sich den ausgestreckten Finger der Engelsgestalt ins Gedächtnis und nickte. »Ja, Oberst. Absolut sicher.«

Olivetti zuckte die Schultern und fuhr einmal mehr die gedachte Linie entlang über die Karte. Sie schnitt die Margherita-Brücke, die Via Cola di Riezo und die Piazza del Risorgimento, ohne eine einzige Kirche zu treffen, und endete genau auf dem Petersplatz.

»Was ist falsch an Sankt Peter?«, fragte einer der Soldaten. Er hatte eine tiefe Narbe unter dem linken Auge. »Es ist eine Kirche.«

Langdon schüttelte den Kopf. »Es muss eine öffentliche Kirche sein. St. Peter ist im Augenblick wohl nicht ohne weiteres für die Öffentlichkeit zugänglich.«

»Aber die Linie führt durch den Petersplatz«, sagte Vittoria, die Langdon über die Schulter schaute. »Und der Platz ist nicht gesperrt.«

Daran hatte Langdon auch schon gedacht. »Dort gibt es keine Statuen.«

»Und was ist mit dem Monolithen in der Mitte?«

Sie hatte recht – auf dem Petersplatz stand tatsächlich ein ägyptischer Monolith. Langdon betrachtete den Monolithen auf der Piazza del Popolo, direkt vor ihnen. *Die luftige Pyramide. Ein merkwürdiger Zufall, weiter nichts,* dachte Langdon. Er schüttelte den Gedanken ab. »Der Monolith auf dem Petersplatz stammt nicht von Bernini. Er wurde von Caligula hergebracht. Außerdem hat er nichts mit Luft zu tun.« Und es gab noch ein weiteres Problem … »Das Poem sagt, die vier Elemente wären über Rom verteilt. Der Petersplatz gehört zur Vatikanstadt. Er hat nichts mit Rom zu tun.«

»Kommt darauf an, wen man fragt«, sagte ein Schweizergardist.

Langdon sah überrascht auf. »Was?«

»Es war schon immer ein Streitpunkt. Die meisten Karten zeigen den Petersplatz als einen Teil der Vatikanstadt, aber weil er außerhalb der ummauerten Stadt liegt, behaupten die römischen Behörden seit Jahrhunderten, er wäre ein Teil von Rom.«

»Das soll wohl ein Scherz sein!«, sagte Langdon. Er hatte noch nie davon gehört.

»Ich sage das ja auch nur, weil Oberst Olivetti und Signorina Vetra nach einer Skulptur gefragt haben, die mit Wind zu tun hat«, fuhr der Gardist fort.

Langdon riss die Augen auf. »Und Sie wissen von einer Skulptur auf dem Petersplatz, die mit Wind zu tun hat?«

»Nicht genau, es ist keine Skulptur, Signore. Wahrscheinlich ist es auch nicht wichtig.«

»Lassen Sie uns die Geschichte hören«, verlangte Olivetti.

Der Gardist zuckte die Schultern. »Ich weiß nur davon, weil ich für gewöhnlich auf dem Petersplatz meinen Dienst verrichte. Ich kenne dort jeden Winkel.«

»Die Skulptur!«, drängte Langdon. »Wie sieht sie aus?« Er fragte sich allmählich, ob die Illuminati tatsächlich so unglaublich dreist gewesen waren, dass sie ihren zweiten Wegweiser direkt vor die Nase des Vatikans gesetzt hatten.

»Ich gehe jeden Tag daran vorbei«, sagte der Gardist. »Sie befindet sich genau im Zentrum, dort, wo diese Linie hinzeigt. Deswegen habe ich überhaupt daran gedacht, wissen Sie. Wie ich schon sagte, es ist eigentlich keine Skulptur, eher ein ... ein Block.«

Olivetti musterte den Soldaten ärgerlich. »Ein Block?«

»Jawohl, Herr Oberst. Ein Marmorblock, der in den Platz eingelassen ist. Am Fuß des Monoliths. Aber es ist kein rechteckiger Block, Herr Oberst, es ist eine Ellipse. Und sie ist behauen. Sie stellt eine Windbö dar.« Der Soldat zögerte. »Luft, vermutlich, wenn man es von der wissenschaftlichen Warte aus betrachtet.«

Langdon starrte den jungen Soldaten voller Staunen an. »Ein Relief!«, rief er.

Alle drehten sich zu ihm um.

»Reliefkunst«, sagte Langdon, »ist die andere Hälfte der Bildhauerei.« *Bildhauerei ist die Kunst, Figuren sowohl in der vollen Gestalt als auch im Relief zu erschaffen.* Er hatte diese Definition unzählige Male an Kreidetafeln geschrieben. Reliefs waren im Grunde genommen zweidimensionale Skulpturen, wie Abraham Lincolns Profil auf einem Ein-Cent-Stück. Die Medaillons auf Berninis Pyramiden in der Chigi-Kapelle waren ebenfalls in Relieftechnik ausgeführt.

»*Bassorelievo?*«, fragte der Gardist und benutzte den italienischen Ausdruck.

»Genau. Basrelief!« Langdon klopfte auf die Motorhaube. »Dass ich daran nicht gedacht habe! Dieser Block auf dem Petersplatz, den Sie meinen, heißt *West Ponente*. Der Westwind. Er ist auch bekannt als *Respiro di Dio*.«

»Der Atem Gottes?«

»Jawohl. Luft! Und der Block wurde vom Architekten des Platzes angefertigt und dort eingesetzt!«

Vittoria blickte ihn verwirrt an. »Aber ich dachte, Michelangelo habe Sankt Peter erbaut?«

»Ja, die Basilika!«, rief Langdon triumphierend. »Aber der Platz davor wurde von Bernini geschaffen!«

Die Karawane aus vier schwarzen Alfa Romeos jagte von der Piazza del Popolo auf die Straße und schoss davon. Die Insassen waren offensichtlich viel zu sehr in Eile, um den BBC-Wagen zu bemerken, der ihnen unauffällig in einiger Entfernung folgte.

73.

GUNTHER GLICK TRAT DAS GASPEDAL DURCH und jagte im Slalom durch den Verkehr, während er die vier schwarzen Alfas über den Tiber und die Ponte Margherita hinweg verfolgte. Normalerweise hätte er versucht, unauffällig Abstand zu halten, doch heute konnte er kaum den Wagen folgen. Diese Typen *flogen* förmlich durch Rom.

Chinita saß hinten im Wagen und telefonierte mit London. Sie beendete das Gespräch und rief Gunther durch den Lärm hindurch zu: »Willst du zuerst die gute oder die schlechte Nachricht?«

Gunther runzelte die Stirn. Warum musste es immer so kompliziert sein, wenn er mit der Zentrale verhandelte? »Die schlechte.«

»Die Redaktion ist stocksauer, weil wir unseren Posten verlassen haben.«

»Überrascht mich nicht.«

»Sie glauben, dein Geheimtipp sei ein Windei.«

»Natürlich.«

»Und der Boss hat mich gewarnt, dass du kurz davor stehst, einen Einlauf von ihm zu kriegen.«

Glick verzog das Gesicht. »Großartig. Und die gute Nachricht?«

»Sie haben sich bereit erklärt, das Material anzuschauen, das wir eben gedreht haben.«

Glicks düstere Miene verwandelte sich in ein breites Grinsen. *Schätze, wir werden sehen, wer kurz vor einem Einlauf steht.* »Dann schick's raus!«

»Ich kann nicht übertragen, solange wir kein festes Mobilfunkrelais haben.«

Gunther jagte den Übertragungswagen auf die Via Cola di Rienzo. »Ich kann jetzt nicht halten.« Er folgte den Alfa Romeos durch einen engen Kreisverkehr an der Piazza Risorgimento.

Chinita klammerte sich an ihren Computern fest. »Wenn mein Sender kaputtgeht, können wir dieses Material zu Fuß nach London schaffen!«, schimpfte sie.

»Halt durch, Süße. Irgendetwas sagt mir, dass wir gleich da sind.«

Sie blickte auf. »Wo?«

Gunther starrte auf die vertraute Kuppel, die sich nun direkt vor ihnen erhob. Er grinste erneut. »Genau da, wo wir angefangen haben.«

Die vier Alfa Romeos drängelten sich rücksichtslos durch den Verkehr um den Petersplatz herum. Die Kolonne teilte sich, als sie auf den Platz fuhr, und an verschiedenen Punkten stiegen Männer aus. Sie mischten sich unter die Touristen und Übertragungswagen und verschwanden in Sekundenschnelle aus dem Blickfeld. Einige betraten den Säulenwald der Kolonnade, die den Platz auf zwei Seiten umgab. Auch sie lösten sich scheinbar in Luft auf. Langdon beobachtete sie und hatte das Gefühl, als zöge sich eine Schlinge um den Petersplatz zu.

Außer den Leuten, die aus den Alfas gestiegen waren, hatte Olivetti per Funk zusätzliche Schweizergardisten in Zivil ins Zentrum des Petersplatzes geschickt, den Bereich um Berninis *West Ponente.* Während Langdons Blicke über den weiten Platz schweiften, nagte eine vertraute Frage in ihm. *Wie will der Assassine damit durchkommen? Wie will er einen Kardinal durch all diese Leute schmuggeln und ihn vor aller Augen töten?* Langdon schaute auf seine Mickey-Mouse-Uhr. Es war zwanzig Uhr vierundfünfzig. Noch sechs Minuten.

Auf dem Beifahrersitz drehte Olivetti sich zu Langdon und Vittoria um. »Ich möchte, dass Sie beide direkt auf diesem Bernini-Block oder Stein oder was auch immer stehen. Die gleiche Übung wie beim letzten Mal. Sie sind Touristen. Benutzen Sie Ihr Telefon, wenn Sie etwas Verdächtiges bemerken.«

Bevor Langdon antworten konnte, hatte Vittoria seine Hand genommen und zog ihn aus dem Wagen.

Die Sonne versank hinter der Kuppel des Petersdoms, und dunkle Schatten hüllten den weiten Platz ein. Langdon spürte ein Unheil verkündendes Frösteln, als er und Vittoria sich in die kühle, schwarze Umbra begaben. Sie schlichen durch die Menge, und Langdon bemerkte, dass er in jedes Gesicht starrte, das ihnen begegnete, während er sich unablässig fragte, ob der Mörder unter den Touristen lauerte. Vittorias Hand fühlte sich warm an.

Sie überquerten den weiten, freien Platz, und Langdon spürte, wie Berninis Schöpfung genau die Wirkung hervorrief, die der Architekt zu schaffen beauftragt worden war – all diejenigen in Ehrfurcht versinken zu lassen, die diesen Platz betraten. Langdon spürte tatsächlich Ehrfurcht. Ehrfurcht und *Hunger*, stellte er fest und war erstaunt, dass ihm in einem Augenblick wie diesem ein so profaner Gedanke wie der an Essen durch den Kopf gehen konnte.

»Zum Obelisken?«, fragte Vittoria.

Langdon nickte, und sie marschierten los.

»Wie spät?«, fragte Vittoria.

»Fünf vor.«

Sie sagte nichts, doch Langdon spürte, wie sich ihr Griff verstärkte. Er trug noch immer die Waffe bei sich, die Olivetti ihnen gegeben hatte. Er hoffte nur, dass Vittoria nicht auf den Gedanken kam, sie zu benutzen. Die Vorstellung, dass Vittoria mitten auf dem Petersplatz eine Pistole zücken und irgendjemandem die Beine unter dem Leib wegschießen könnte, während die Medien der halben Welt zuschauten, erschien ihm reichlich absurd. Andererseits wäre ein Zwischenfall wie dieser nichts im Vergleich zu einem Kardinal, der vor den Augen aller gebrandmarkt und ermordet wurde.

Luft, dachte Langdon einmal mehr. *Das zweite Element der Wissenschaft.* Er versuchte sich das Brandzeichen vorzustellen. Die Mordmethode. Erneut suchte er den weiträumigen, granitgepflasterten Platz ab – eine offene Wüste, ohne jede Deckung, umrundet von Schweizergardisten. Falls der Assassine tatsächlich so tollkühn war, hier einen Mord zu begehen, konnte er nicht mehr entkommen.

Im Zentrum des Platzes erhob sich Caligulas ägyptischer Obelisk, ein aus dem Fels gehauener einzelner Steinblock mit einem

Gewicht von dreihundertfünfzig Tonnen. Er ragte siebenundzwanzig Meter in die Höhe und wurde von einem pyramidenförmigen Apex abgeschlossen, auf dem ein christliches Kreuz aus Eisen saß. Hoch genug, um die letzten goldenen Strahlen der Abendsonne einzufangen … das Kreuz schimmerte magisch, und Langdon war versucht zu glauben, was die Legende berichtete – dass es Überreste des Kreuzes enthielt, an das Jesus Christus geschlagen worden war.

Zwei Springbrunnen flankierten den Obelisken in vollendeter Symmetrie. Kunsthistoriker wussten, dass sie die Position der beiden Brennpunkte markierten, die Bernini für die Ellipsenform des Platzes ausgewählt hatte – eine architektonische Eigenheit, die Langdon bis zu diesem Tag niemals wirklich aufgefallen war. Mit einem Mal schien Rom voll zu sein von Pyramiden, Ellipsen und verblüffenden geometrischen Beziehungen.

Sie näherten sich dem Obelisken, und Vittoria wurde langsamer. Sie atmete laut und tief, als wollte sie Langdon dazu bringen, es ihr nachzutun. Er unternahm einen Versuch, sich zu entspannen, ließ die Schultern sinken und öffnete die zusammengebissenen Kiefer.

Irgendwo in der Umgebung des Obelisken, unmittelbar vor der größten Kirche der Welt und frei sichtbar für jedermann, stand der zweite Altar der Wissenschaft. Berninis *West Ponente* – ein elliptischer Block aus Marmor im Granit des Petersplatzes.

Gunther Glick beobachtete das Geschehen aus den Schatten der Kolonnade, die den Petersplatz umgab. An jedem anderen Tag wären der Mann in dem Tweedjackett und die Frau in der kurzen Khakihose ohne jegliches Interesse für ihn gewesen. Sie sahen aus wie ganz gewöhnliche Touristen, die den Platz besuchten. Doch heute war kein gewöhnlicher Tag. Heute war ein Tag, an dem fremde Anrufer Tipps verteilten, Leichen aus Kathedralen geschafft wurden, unauffällige schwarze Wagen in Kolonnen durch Rom rasten und Männer in Tweedjacketts auf Baugerüsten herumkletterten, um nach Gott weiß was zu suchen. Gunther Glick würde das unauffällige Paar nicht aus den Augen lassen.

Er schaute zur anderen Seite des Platzes hinüber, wo Chinita Macri in Position gegangen war, genau an der Stelle, die er ihr genannt hatte. Chinita hielt ihre Videokamera lässig in der Hand, doch obwohl sie sich bemühte, wie eine gelangweilte Medienvertreterin dreinzublicken, stach sie deutlicher aus der Menge, als Gunther lieb gewesen wäre. Kein anderer Reporter war in dieser abgelegenen Ecke des Platzes, und das BBC-Logo auf der Kamera weckte mehr als nur einen gelegentlichen neugierigen Blick seitens der Touristen.

Die Kassette mit den Aufnahmen, die Chinita von dem toten Kardinal im Kofferraum gedreht hatte, ging in diesem Augenblick über die Antenne des Übertragungswagens nach London. Gunther fragte sich, was die Redaktion zu den Bildern sagen würde.

Er wünschte nur, sie wären früher bei der Leiche gewesen, bevor die Armee von zivil gekleideten Männern eingegriffen hatte. Die gleichen Männer, die nun über den Petersplatz hinweg ausgeschwärmt waren. Irgendetwas Großes würde geschehen.

Die Medien sind der rechte Arm des Terrorismus, hatte der unbekannte Anrufer gesagt. Gunther Glick fragte sich, ob er seine Chance auf einen Volltreffer vielleicht schon vertan hatte. Er schaute hinüber zu den Übertragungswagen der anderen Sendestationen, und er beobachtete Chinita Macri, die unauffällig dem Pärchen über den Platz hinweg folgte. Irgendetwas verriet Glick, dass er noch immer im Spiel war …

74.

LANGDON ENTDECKTE DEN BERNINI-STEIN, als sie noch zehn Meter von ihm entfernt waren. Die weiße Marmor-Ellipse von *West Ponente* stach leuchtend aus den Granitblöcken hervor, mit denen der Platz gepflastert war. Vittoria hatte den Stein offensichtlich ebenfalls entdeckt. Ihr Griff wurde fester.

»Entspannen Sie sich«, mahnte Langdon leise. »Machen Sie Ihren Piranha-Trick.«

Vittoria lockerte den Griff.

Sie kamen näher. Alles wirkte erschreckend normal. Touristen schlenderten umher, Nonnen unterhielten sich am Rand des Platzes, ein Mädchen fütterte beim Obelisken die Tauben.

Langdon schreckte davor zurück, auf die Uhr zu sehen. Er wusste, dass es fast neun sein musste.

Der elliptische Stein erschien zu ihren Füßen. Langdon und Vittoria blieben stehen – nicht zu auffällig, nur zwei harmlose Touristen, die pflichtergeben an einer interessanten Stelle Halt machten.

»*West Ponente*«, las Vittoria die Inschrift des Steins.

Langdon betrachtete das Marmorrelief und kam sich mit einem Mal naiv vor. Weder in seinen Kunstbüchern, weder bei seinen zahlreichen Reisen nach Rom, niemals war ihm die besondere Bedeutung von *West Ponente* aufgefallen.

Bis zum heutigen Tag.

Das Relief war elliptisch, etwa einen Meter breit, und zeigte ein rudimentäres Gesicht – eine Darstellung des Westwinds als engelgleiche Erscheinung. Aus dem Mund des Winds wehte eine kräftige Brise, fort vom Vatikan ... der Atem Gottes. Dies war Berninis Interpretation des zweiten Elements ... Luft ... ein ätherischer Zephir, der von den Lippen eines Engels wehte. Als Langdon das Relief betrachtete, erkannte er, dass seine Bedeutung noch tiefer ging. Bernini hatte den Wind in fünf deutlich erkennbaren Strichen dargestellt ... fünf! Mehr noch, die Ellipse wurde an den beiden Seiten von zwei Sternen eingefasst. Galileo fiel ihm ein. Zwei Sterne. Fünf Windböen. Ellipsen ... Symmetrie ... Langdon fühlte sich ausgebrannt. Sein Kopf schmerzte.

Vittoria setzte sich in Bewegung und führte Langdon von dem Relief fort. »Ich glaube, jemand folgt uns«, sagte sie.

Langdon blickte sie überrascht an. »Wo?«

Vittoria ging dreißig Meter weiter, bevor sie antwortete. Sie deutete zur Kuppel des Petersdoms hinauf, als wollte sie ihm etwas zeigen. »Die gleiche Person. Sie folgt uns schon die ganze Zeit, quer über den Platz.« Wie beiläufig blickte Vittoria über die Schulter zurück. »Sie ist immer noch hinter uns. Kommen Sie, wir gehen weiter.«

»Glauben Sie, es ist der Assassine?«

Vittoria schüttelte den Kopf. »Nein. Es sei denn, die Illuminati heuern neuerdings Frauen mit BBC-Videokameras an.«

Als die Glocken von St. Peter mit ihrem ohrenbetäubenden Geläut begannen, schraken Langdon und Vittoria zusammen. Es war neun Uhr. Sie hatten sich in einem großen Kreis von *West Ponente* entfernt, um die Reporterin abzuschütteln, und kehrten nun zu Berninis Stein zurück.

Trotz der dröhnenden Glocken schien der Platz ruhig und friedlich dazuliegen. Touristen spazierten umher. Ein betrunkener Obdachloser döste an der Basis des Obelisken. Ein kleines Mädchen fütterte Tauben. Langdon fragte sich, ob die Reporterin den Mörder vielleicht verscheucht hatte. *Zweifelhaft,* entschied er, als ihm das Versprechen des Assassinen wieder einfiel. *Ich werde Ihre Kardinäle zu Lichtgestalten für die Medien machen.*

Als das Echo des neunten Schlages verhallte, legte sich völlige Stille über den Petersplatz.

Dann begann das kleine Mädchen zu schreien.

75.

LANGDON ERREICHTE DAS SCHREIENDE KIND ALS ERSTER.

Die verängstigte Kleine stand wie erstarrt und deutete auf die Basis des Obelisken, wo ein heruntergekommener, altersschwacher Trunkenbold zusammengesunken auf der Treppe saß. Der Mann bot einen erbärmlichen Anblick ... offensichtlich einer von Roms Obdachlosen. Das graue Haar hing ihm in fettigen Strähnen ins Gesicht, und er war ganz in eine Art schmutziges Tuch gehüllt. Das Mädchen schrie und schrie, während es davonrannte und zwischen den Touristen verschwand.

In Langdon stiegen dunkle Vorahnungen auf, als er zu dem Obdachlosen rannte. Auf den Lumpen des Mannes breitete sich ein dunkler feuchter Fleck aus.

Frisches Blut.

Dann geschah alles auf einmal.

Der Alte schien zusammenzusacken und kippte vornüber. Langdon sprang hinzu, doch es war zu spät. Der Mann fiel die Treppe hinunter und schlug mit dem Gesicht nach unten auf dem Pflaster auf. Er rührte sich nicht. Langdon ließ sich auf die Knie nieder. Vittoria erschien neben ihm. Um sie herum bildete sich rasch eine Menschenmenge.

Vittoria legte dem Alten von hinten den Finger auf die Kehle. »Ich spüre seinen Puls!«, sagte sie. »Rasch, drehen Sie ihn um!«

Langdon war bereits in Bewegung. Er hatte den Alten bei den Schultern gepackt und rollte ihn herum. Dabei löste sich das Tuch und fiel von ihm ab wie totes Fleisch. Der Mann fiel ganz auf den Rücken. Genau in der Mitte seiner Brust war eine große verbrannte Wunde.

Vittoria ächzte und wich zurück.

Langdon fühlte sich wie betäubt – ein Gefühl irgendwo zwischen Übelkeit und Ehrfurcht. Das Symbol besaß eine beängstigende Einfachheit.

»*Air!*«, keuchte Vittoria. »Luft! Er … war es!«

Aus dem Nichts erschienen Schweizergardisten, riefen Befehle, jagten dem unsichtbaren und ungesehenen Mörder hinterher.

Neben Langdon erklärte ein Tourist, dass erst ein paar Minuten zuvor ein dunkler, arabisch aussehender Mann dem armen Obdachlosen über die Piazza geholfen und sich sogar ein paar Minute neben ihn auf die Treppe gesetzt habe, bevor er wieder in der Menge verschwunden sei.

Vittoria riss die Lumpen von der Brust des Mannes. Er hatte zwei tiefe Stichwunden, eine auf jeder Seite des Brandmals, unmittelbar unterhalb des Brustkorbs. Sie legte den Kopf des Mannes in den Nacken und begann mit einer Mund-zu-Mund-Beatmung. Langdon war nicht vorbereitet auf das, was nun geschah. Als Vittoria dem Alten ihren Atem einblies, zischten die Wunden rechts und links neben dem Brandmal, und Blut spritzte aus ihnen wie aus dem Atemloch eines Wals. Die salzige rote Flüssigkeit traf Langdon ins Gesicht.

Vittoria stockte entsetzt. »Seine Lungen …«, stammelte sie. »Seine Lungen sind durchbohrt!«

Langdon wischte sich über die Augen und starrte auf die Stichwunden. Die Löcher gurgelten. Die Lungen des Kardinals waren zerstört. Er war tot.

Vittoria deckte den Leichnam zu, als die Schweizergardisten heran waren.

Langdon stand völlig orientierungslos da, wie betäubt. Und plötzlich sah er sie. Die Frau, die ihnen vorhin bereits gefolgt war, kauerte ganz in der Nähe. Sie hatte die BBC-Kamera auf der Schulter, und das rote Aufnahmelicht blinkte. Sie schaute Langdon in die Augen, und er wusste, dass sie alles aufgenommen hatte. Dann sprang sie geschmeidig wie eine Katze auf und rannte los.

76.

CHINITA MACRI war auf der Flucht. Sie hatte die Story ihres Lebens.

Ihre Videokamera fühlte sich schwer wie ein Anker an, als sie mit dem Gerät über den Petersplatz stolperte und sich einen Weg durch die immer dichtere Menschenmenge bahnte. Alles schien sich in die Richtung zu bewegen, aus der sie kam … in Richtung des Aufruhrs hinter ihr. Chinita wollte so schnell und so weit wie möglich fort. Der Mann im Tweedjackett hatte sie gesehen, und sie spürte, dass nun andere hinter ihr her waren, Männer, die sie nicht sehen konnte und die sie von allen Seiten umzingelten.

Chinita war immer noch entsetzt über das, was sie soeben aufgenommen hatte. Sie fragte sich, ob der Tote wirklich das war, was sie befürchtete. Gunthers mysteriöser Anrufer schien mit einem Mal überhaupt nicht mehr verrückt.

Sie rannte in die Richtung des BBC-Wagens, und plötzlich

tauchte vor ihr in der Menge ein junger Mann mit entschieden militärischer Haltung auf. Ihre Blicke begegneten sich, und beide blieben stehen. Der junge Mann riss ein Walkie-Talkie an den Mund und redete hastig hinein; dann setzte er sich erneut in Bewegung und kam auf sie zu. Chinita wirbelte herum und tauchte mit heftig pochendem Herzen in der Menschenmenge unter.

Während sie durch die Masse aus Leibern, Armen und Beinen stolperte, zerrte sie das Band aus ihrer Kamera. *Reines Gold,* dachte sie und stopfte es im Rücken unter ihren breiten Gürtel, wo es von der Jacke verdeckt wurde. Zum ersten Mal war sie froh, ein paar überflüssige Pfunde mit sich herumzuschleppen. *Gunther, wo zur Hölle bleibst du?*

Ein weiterer Mann tauchte zu ihrer Linken auf und näherte sich. Chinita wusste, dass ihr nur noch wenig Zeit blieb. Sie wich erneut in die Menge zurück, während sie eine neue, leere Kassette aus ihrem Gehäuse riss und in die Kamera drückte. Jetzt konnte sie nur noch beten.

Sie war noch dreißig Meter vom BBC-Übertragungswagen entfernt, als zwei Männer mit verschränkten Armen direkt vor ihr auftauchten. Ihre Flucht war zu Ende.

»Den Film!«, rief einer. »Sofort!«

Chinita wich zurück und hielt die Arme schützend über ihre Kamera. »Keine Chance.«

Einer der Männer schlug seine Jacke zurück. Darunter kam eine Pistole zum Vorschein.

»Erschießen Sie mich«, fauchte Chinita und staunte über den Trotz in ihrer Stimme.

»Den Film!«, wiederholte der erste Mann.

Wo, zum Teufel, bleibt Gunther, dachte sie verzweifelt. Sie stampfte mit dem Fuß auf. »Ich bin Journalistin und arbeite für die BBC!«, rief sie, so laut sie konnte. »Nach Artikel zwölf des Presserechts ist dieser Film Eigentum der British Broadcasting Corporation!«

Die Männer ließen sich nicht beeindrucken. Der mit der Waffe machte einen Schritt auf sie zu. »Ich bin Leutnant der Schweizergarde, und nach den Heiligen Gesetzen, die für den Grund und Boden gelten, auf dem Sie im Augenblick stehen, werde ich Sie festnehmen und einer Leibesvisitation unterziehen.«

Ringsum begann sich eine weitere Menschenmenge zu versammeln.

»Ich werde Ihnen den Film in dieser Kamera nicht aushändigen, bevor ich nicht mit meinem Redakteur in London gesprochen habe!«, protestierte Chinita. »Ich schlage vor, Sie …«

Die Schweizergardisten hatten offensichtlich die Nase voll. Einer riss ihr die Kamera aus der Hand. Der andere packte sie brutal am Arm und schob sie in Richtung Vatikanstadt. »*Grazie*«, sagte er und manövrierte sie durch die dicht gedrängte Menge.

Chinita betete, dass man sie nicht durchsuchen und das Band finden würde. Wenn es ihr gelang, den Film lange genug zu schützen, um …

Dann geschah das Undenkbare. Irgendjemand aus der Menge griff von hinten unter ihre Jacke. Chinita spürte, wie die Kassette aus ihrem Gürtel gerissen wurde. Sie wirbelte herum, doch sie verschluckte ihren lauten Protest. Hinter ihr stand ein atemloser Gunther Glick, zwinkerte ihr grinsend zu und tauchte in der Menge unter.

77.

ROBERT LANGDON stolperte in das private Badezimmer, das ans Amtszimmer des Papstes angrenzte. Er wusch sich das Blut vom Gesicht und den Lippen. Es war nicht sein eigenes Blut. Es war das Blut von Kardinal Lamassé, der soeben mitten auf dem belebten Platz vor dem Petersdom auf grauenvolle Weise gestorben war. *Jungfräuliche Opfer auf den Altären der Wissenschaft.* Bis jetzt hatte der Mörder seine Drohungen in die Tat umgesetzt.

Langdon fühlte sich kraftlos, als er in den Spiegel sah. Seine Augen waren verhangen, und auf seinen Wangen zeigten sich Stoppeln. Das Badezimmer um ihn herum war makellos und luxuriös – schwarzer Marmor, goldene Armaturen, Baumwollhandtücher, duftende Seife.

Langdon versuchte, das Bild des blutigen Brandmals zu verdrängen, das er soeben gesehen hatte. Air. Luft. Das Bild blieb beharrlich. Er hatte drei Ambigramme gesehen, seit er an diesem Morgen aufgewacht war – und er wusste, dass noch zwei weitere auf ihn warteten.

Draußen vor der Tür fand eine erregte Debatte statt. Der Camerlengo, Hauptmann Rocher und Oberst Olivetti schienen darüber zu streiten, was als Nächstes zu tun sei. Allem Anschein nach war die Suche nach dem Antimateriebehälter bis zum jetzigen Zeitpunkt erfolglos gewesen. Entweder hatten die Schweizergardisten den Behälter übersehen, oder der Eindringling war tiefer in den Vatikan vorgedrungen, als Oberst Olivetti zugeben wollte.

Langdon trocknete sich Gesicht und Hände ab. Dann wandte er sich um und suchte nach einem Urinal. Es gab keins. Nur eine gewöhnliche Toilettenschüssel. Er hob den Deckel.

Während er dort stand, wich die Anspannung aus seinem Körper, und eine Welle der Erschöpfung breitete sich in ihm aus. Die Emotionen in seinem Innern waren zu widerstreitend, zu viele auf einmal. Er war müde, hatte zu lange nichts mehr gegessen, zu wenig geschlafen und war durch zwei Morde traumatisiert. So hatte er sich die Suche nach dem Weg der Erleuchtung nicht vorgestellt. Langdon spürte wachsendes Entsetzen darüber, was am Ende dieses Dramas möglicherweise herauskam.

Denk nach, spornte er sich an. Doch sein Verstand war leer.

Als er die Wasserspülung betätigte, kam ihm ein unerwarteter Gedanke. *Das ist die Toilette des Papstes,* dachte er und musste unwillkürlich kichern. *Der heilige Thron.*

78.

IN LONDON NAHM EINE BBC-TECHNIKERIN die Kassette aus dem Satellitenempfänger und rannte eilig damit los. Sie stürmte ins Büro des Chefredakteurs, drückte die Kassette in einen Rekorder und startete die Wiedergabe.

Während das Band lief, berichtete sie ihm von der Unterhaltung, die sie soeben mit Gunther Glick in Rom geführt hatte. Zusätzlich hatte sie im Bildarchiv der BBC die Bestätigung für die Identität des Toten auf dem Petersplatz gefunden.

Als der Chefredakteur aus seinem Büro trat, läutete er eine große Glocke neben seiner Tür. Alles unterbrach seine Arbeit und sah zu ihm.

»Live um elf!«, rief der Chefredakteur. »Ich möchte, dass alles vorbereitet wird! Medienkoordinatoren, holen Sie Ihre Kontakte an die Geräte! Wir haben eine Story zu verkaufen, und wir haben Filmmaterial!«

Die Koordinatoren griffen nach ihren Drehkarteien.

»Filmspezifikation?«, fragte einer.

»Dreißig-Sekunden-Zusammenschnitt«, antwortete der Chefredakteur.

»Inhalt?«

»Mord. Live.«

Die Koordinatoren sahen hoffnungsvoll auf. »Lizenzgebühren? Verwendung?«

»Eine Million US-Dollar pro.«

Köpfe ruckten in die Höhe. *»Was?«*

»Ihr habt mich gehört. Ich will die gesamte Spitze. CNN, MSNBC, die Großen Drei. Bieten Sie ihnen eine Vorschau an. Geben Sie ihnen fünf Minuten Bedenkzeit, bevor BBC die Sache ausstrahlt.«

»Was ist passiert, verdammt?«, fragte jemand. »Wurde der Premierminister bei lebendigem Leib gehäutet?«

Der Chefredakteur schüttelte den Kopf. »Besser.«

In genau diesem Augenblick, irgendwo in Rom, genoss der *Hashishin* einen flüchtigen Augenblick der Entspannung in einem behaglichen Sessel. Er bewunderte den legendären Raum, in dem er sich befand. *Die Kirche der Erleuchtung,* dachte er. *Ich sitze in der Kirche der Erleuchtung. Im Schlupfwinkel der Illuminati.* Er konnte nicht glauben, dass der Raum nach all den Jahrhunderten immer noch existierte.

Pflichtbewusst wählte er die Nummer des BBC-Reporters, mit dem er schon zuvor gesprochen hatte. Es wurde Zeit. Die Welt wusste noch nichts über die schockierendste Neuigkeit von allen.

79.

VITTORIA VETRA saß bei einem Glas Wasser und aß abwesend von dem Teegebäck, das einer der Gardisten hingestellt hatte. Sie hatte keinen Appetit, auch wenn es klüger gewesen wäre, etwas zu essen. Das Amtszimmer des Papstes war voller Menschen, die angespannt durcheinander redeten. Hauptmann Rocher, Oberst Olivetti und ein halbes Dutzend Schweizergardisten bewerteten die Lage und debattierten über ihren nächsten Zug.

Robert Langdon stand abseits am Fenster und starrte hinaus auf den Petersplatz. Er sah niedergeschlagen aus. Vittoria ging zu ihm. »Und? Haben Sie eine Idee?«

Robert schüttelte den Kopf.

»Gebäck?«

Seine Stimmung schien sich aufzuhellen, als er das Gebäck sah. »Ja, gerne. Danke sehr.« Er schlang das Teegebäck in sich hinein.

Die Unterhaltungen hinter ihnen verstummten plötzlich, und zwei Gardisten eskortierten Camerlengo Ventresca in das Zimmer. Der Camerlengo hatte vorher schon erschöpft ausgesehen, nun wirkte er völlig ausgebrannt.

»Was ist geschehen?«, fragte er Olivetti, doch nach seinem Gesicht zu urteilen, wusste er das Schlimmste bereits.

Olivettis offizielles Communiqué klang wie ein Kriegsbericht. Mit nüchterner Effizienz nannte er die Fakten. »Kardinal Ebner wurde kurz nach acht Uhr tot in der Kirche Santa Maria del Popolo gefunden. Er wurde erstickt und mit einem Ambigramm des Wortes ›Erde‹ in englischer Sprache gebrandmarkt. Vor zehn Minuten wurde Kardinal Lamassé auf dem Petersplatz ermordet. Seine Brust wurde zweimal durchbohrt. Er wurde mit dem englischen Wort für ›Luft‹ gebrandmarkt, ebenfalls ein Ambigramm. Der Mörder konnte in beiden Fällen entkommen.«

Der Camerlengo durchquerte den Raum und setzte sich hinter den Schreibtisch des Papstes. Er senkte den Kopf.

»Die Kardinäle Guidera und Baggia sind noch am Leben.«

Der Kopf des Camerlengos ruckte hoch. Schmerz stand auf seinem Gesicht. »Und das soll ein Trost sein? Zwei Kardinäle wurden ermordet, Herr Oberst! Und die beiden noch lebenden werden ebenfalls sterben, falls es Ihnen nicht gelingt, sie vorher zu finden!«

»Wir werden sie finden!«, versicherte Olivetti. »Ich bin zuversichtlich, dass wir sie finden.«

»Zuversichtlich? Woher nehmen Sie diese Zuversicht, Oberst? Bisher hatten wir nichts als Fehlschläge!«

»Das stimmt nicht, Monsignore. Wir haben zwei Schlachten verloren, aber wir werden den Krieg gewinnen. Die Illuminati wollten diesen Abend zu einem Ereignis für die Medien machen. Bisher ist es uns gelungen, ihren Plan zu durchkreuzen. Wir haben die Leichname der beiden Kardinäle ohne jeden Zwischenfall geborgen. Darüber hinaus«, schloss Oberst Olivetti, »berichtet Hauptmann Rocher, dass er bei der Suche nach der Antimaterie gute Fortschritte macht.«

Der Hauptmann trat vor. In Vittorias Augen sah er menschlicher aus als die anderen Gardisten – streng, doch nicht so unnahbar und steif. Rochers Stimme klang leidenschaftlich und klar wie eine Violine. »Ich bin guter Dinge, dass wir den gesuchten Behälter innerhalb der nächsten Stunde finden, Monsignore.«

»Hauptmann«, entgegnete der Camerlengo, »bitte entschuldigen Sie, wenn ich mich nicht Ihrem Optimismus anzuschließen vermag, doch ich hatte den Eindruck, dass eine gründliche Durchsuchung der gesamten Vatikanstadt mehr Zeit in Anspruch nehmen würde, als uns zur Verfügung steht.«

»Eine gründliche Suche, das trifft zu, Monsignore. Doch nachdem wir die Situation analysiert haben, gehe ich davon aus, dass der Behälter irgendwo in den weißen Zonen versteckt sein muss – den Bereichen des Vatikans, die für die Öffentlichkeit zugänglich sind, beispielsweise der Petersdom selbst und die Museen. Wir haben bereits den Strom in den entsprechenden Bereichen abgeschaltet und sind dabei, sie zu durchsuchen.«

»Sie wollen nur einen kleinen Bereich der Vatikanstadt absuchen?«

»Jawohl, Monsignore. Es ist mehr als unwahrscheinlich, dass sich ein Eindringling Zutritt in die inneren Bereiche der Vatikanstadt verschaffen konnte. Die Tatsache, dass die verschwundene Kamera aus einem öffentlich zugänglichen Bereich gestohlen wurde – aus einem Treppenhaus in einem der Museumsgebäude – untermauert die Vermutung, dass der Täter nur beschränkten Zugang besaß. Daher kann er die Kamera nur innerhalb der öffentlich zugänglichen Bereiche versteckt haben, womit auch der Behälter dort zu suchen ist. Und genau auf diese Bereiche konzentrieren wir unsere Suche, Monsignore.«

»Aber der Eindringling hat vier unserer Kardinäle entführt! Dazu muss er tiefer in Vatikanstadt eingedrungen sein, als es auf den ersten Blick scheint.«

»Nicht notwendigerweise, Monsignore. Wir sollten nicht vergessen, dass die Kardinäle einen großen Teil des Tages in den Vatikanischen Museen und im Petersdom verbracht haben – zu den Zeiten, als es keinen Publikumsverkehr gab. Höchstwahrscheinlich wurden die vier *preferiti* bei einer dieser Gelegenheiten entführt.«

»Aber wie wurden sie aus den Mauern der Vatikanstadt geschafft?«

»Das wissen wir noch nicht, Monsignore.«

»Ich verstehe.« Der Camerlengo atmete tief durch und erhob sich. Er ging zu Oberst Olivetti. »Herr Oberst, ich würde gerne erfahren, wann und wie Sie die Evakuierung durchzuführen gedenken.«

»Wir arbeiten noch daran, Monsignore. Allerdings bin ich fest davon überzeugt, dass Hauptmann Rocher diesen Behälter rechtzeitig finden wird.«

Der Hauptmann schlug angesichts dieser Vertrauensbezeugung seines Vorgesetzten die Hacken zusammen. »Meine Männer haben bereits zwei Drittel der weißen Zonen abgesucht. Wir sind zuversichtlich, Monsignore.«

Der Camerlengo teilte diese Zuversicht ganz offensichtlich nicht.

In diesem Augenblick betrat der Gardist mit der Narbe unter dem Auge das Amtszimmer. Er trug einen Stadtplan und ein Klemmbrett bei sich und kam damit zu Langdon. »Signore Langdon? Ich bringe die Informationen über *West Ponente*, um die Sie gebeten haben.«

Langdon schluckte den letzten Bissen seines Gebäcks hinunter. »Sehr gut. Dann wollen wir mal einen Blick darauf werfen.«

Die anderen redeten weiter, während Vittoria sich zu Langdon und dem Gardisten gesellte. Sie breiteten den Stadtplan auf dem päpstlichen Schreibtisch aus.

Der Gardist deutete auf den Petersplatz. »Wir befinden uns hier. Die mittlere Linie der Windgestalt von *West Ponente* deutet genau nach Osten, weg von der Vatikanstadt.« Der Gardist zog eine Linie vom Petersplatz über den Tiber und in das Herz des alten Rom. »Wie Sie sehen, führt die Linie beinahe durch ganz Rom hindurch. Es gibt fast zwanzig katholische Kirchen in unmittelbarer Nähe dieser Linie.«

Langdon ließ die Schultern hängen. *»Zwanzig?«*

»Vielleicht auch mehr.«

»Und wie viele davon befinden sich direkt auf dieser Linie?«

»Einige scheinen näher daran als andere«, erwiderte der Gardist, »doch die exakte Richtung von *West Ponente* aus lässt einigen Spielraum für Fehler.«

Langdon wandte sich ab und schaute einen langen Augenblick auf den Petersplatz hinunter. Dann strich er sich übers Kinn und runzelte die Stirn. »Wie steht es mit *Feuer*? Gibt es in einer dieser Kirchen Bernini-Kunstwerke, die mit Feuer zu tun haben?«

Schweigen.

»Was ist mit Obelisken?«, fragte Langdon. »Gibt es einen Obelisken in der Nähe einer dieser Kirchen?«

Der Gardist suchte auf dem Stadtplan.

Vittoria bemerkte einen neuen Hoffnungsschimmer in Langdons Augen und wusste, was er dachte. *Er hat recht!* Die beiden ersten Wegweiser hatten sich ganz in der Nähe von Obelisken befunden! Vielleicht waren Obelisken ein wichtiger Hinweis! Hoch erhobene Pyramiden, die den Weg der Illuminati markierten! Je länger Vittoria darüber nachdachte, desto schlüssiger kam ihr der Gedanke vor – vier hoch über das umgebende Rom aufragende steinerne Male als Zeichen für die Altäre der Wissenschaft.

»Es ist vielleicht ein wenig weit hergeholt«, sagte Langdon, »aber ich weiß, dass zahlreiche römische Obelisken während der Zeit Berninis aufgerichtet oder an einen anderen Platz geschafft wurden. Bernini hat ohne jeden Zweifel Einfluss auf ihre Positionierung genommen.«

»Vielleicht hat Bernini seine Wegweiser in der Nähe existierender Obelisken aufgestellt«, bot Vittoria eine weitere Möglichkeit an.

Langdon nickte zustimmend.

»Schlechte Neuigkeiten«, sagte der Gardist. »Keine Obelisken entlang der Linie.« Er fuhr mit dem Finger über die Karte. »Nicht einmal in der Nähe. Nichts.«

Langdon seufzte.

Vittoria ließ die Schultern hängen. Sie hatte den Gedanken für vielversprechend gehalten. Offensichtlich würde es nicht so einfach, wie sie gehofft hatten. Sie bemühte sich, optimistisch zu klingen. »Denken Sie nach, Robert. Sie müssen eine Bernini-Skulptur kennen, die mit Feuer zu tun hat. Irgendeine.«

»Glauben Sie mir, darüber denke ich schon die ganze Zeit nach, Vittoria. Aber Bernini war unglaublich produktiv. Hunderte von Arbeiten. Ich hatte eigentlich gehofft, dass *West Ponente* auf eine einzelne Kirche deutet. Irgendetwas, das eine Glocke zum Klingen bringt.«

»*Fuoco*«, drängte Vittoria. »Feuer. *Fire.* Keine Idee, Robert?«

Langdon zuckte die Schultern. »Natürlich gibt es die berühmten Feuerwerksbilder, aber es sind keine Skulpturen, und sie befinden sich in Deutschland, in Leipzig.«

Vittoria runzelte die Stirn. »Und Sie sind sicher, dass es der Atem ist, der die Richtung weist?«

»Sie haben das Relief selbst gesehen, Vittoria. Es war völlig symmetrisch. Die einzige Andeutung einer Richtung waren die fünf Windstrahlen.«

Er hatte recht.

»Außerdem«, fügte Langdon hinzu, »erscheint es nur angemessen, der Richtung des Windes zu folgen. Immerhin symbolisiert *West Ponente* das Element Luft.«

Vittoria nickte. Also folgen wir dem Wind. Aber wohin?

Olivetti kam zu ihnen. »Was haben Sie herausgefunden?«

»Zu viele Kirchen, Herr Oberst«, antwortete der Gardist. »Zwei Dutzend oder mehr. Ich schätze, wir könnten vier Mann zu jeder Kirche schicken …«

»Vergessen Sie's«, erwiderte Olivetti. »Dieser hinterhältige Mörder ist uns zweimal entwischt, obwohl wir genau wussten, wo wir ihn finden konnten. Wenn wir uns zu sehr verteilen, ist die Vatikanstadt ungeschützt. Außerdem könnten wir diese Antimaterie nicht mehr suchen.«

»Wir brauchen ein Werkbuch«, sagte Vittoria. »Ein Verzeichnis von Berninis Arbeiten. Wenn wir die Namen durchgehen, finden wir vielleicht einen Hinweis.«

»Ich weiß nicht«, widersprach Langdon. »Wenn es ein Werk ist, das Bernini speziell für die Illuminati geschaffen hat, ist es vielleicht völlig unbekannt. Möglicherweise ist es in keinem Werkverzeichnis aufgeführt.«

Vittoria weigerte sich, so schnell aufzugeben. »Die beiden anderen Skulpturen waren ziemlich berühmt. Sie kannten beide.«

Langdon zuckte die Schultern. »Na und?«

»Wenn wir die Namen auf das Schlüsselwort ›Feuer‹ hin durchsuchen, finden wir vielleicht eine Statue, die in der richtigen Richtung steht.«

Langdon schien überzeugt, dass es zumindest einen Versuch wert war. Er wandte sich an Olivetti. »Ich brauche eine Liste von Berninis Arbeiten. Ihre Männer haben wahrscheinlich keinen Hochglanzband zur Hand, oder?«

»Hochglanzband?« Olivetti schien den Begriff noch nie gehört zu haben.

»Macht nichts. Eine Liste. Wie steht es mit dem Vatikanischen Museum? Dort muss es doch eine Liste von Berninis Werken geben!«

Der Gardist mit der Narbe runzelte die Stirn. »Der Strom im Museum ist abgeschaltet, und der Raum mit den Werkverzeichnissen ist riesig. Ohne das Bibliothekspersonal als Hilfe ...«

»Die fraglichen Arbeiten von Bernini ...«, unterbrach ihn der Oberst. »Wurden sie geschaffen, während Bernini vom Vatikan angestellt war?«

»So gut wie sicher«, antwortete Langdon. »Bernini hat fast sein ganzes Leben für den Vatikan gearbeitet. Ganz bestimmt jedenfalls während der Zeit des Konflikts zwischen Kirche und Galileo.«

Olivetti nickte. »Dann gibt es noch ein anderes Verzeichnis.«

Vittoria spürte neuen Optimismus. »Wo?«

Der Kommandant der Schweizergarde antwortete nicht. Er

nahm den Gardisten beiseite und sprach in gedämpftem Tonfall mit ihm. Der Gardist schien unschlüssig; dann aber nickte er gehorsam. Als Olivetti fertig war, kam der Gardist zu Langdon.

»Hier entlang bitte, Mr. Langdon. Es ist einundzwanzig Uhr fünfzehn. Wir müssen uns beeilen.«

Langdon folgte dem Gardisten zur Tür.

Vittoria wollte hinterher. »Ich helfe Ihnen.«

Olivetti hielt sie am Arm fest. »Nein, Signorina Vetra. Ich möchte mit Ihnen reden.« Sein Tonfall duldete keinen Widerspruch.

Langdon und der Gardist verließen das Amtszimmer. Olivettis Miene war ausdruckslos, als er Vittoria beiseite nahm. Doch was auch immer er ihr hatte sagen wollen, es kam nicht dazu. Das Walkie-Talkie an seinem Gürtel knackte laut. *»Comandante?«*

Alles im Raum drehte sich zu Olivetti um.

Die Stimme aus dem Lautsprecher klang grimmig. »Ich glaube, Sie sollten besser den Fernseher einschalten.«

80.

ALS LANGDON ERST ZWEI STUNDEN ZUVOR die geheimen Vatikanischen Archive verlassen hatte, hätte er sich niemals vorgestellt, sie noch einmal wiederzusehen. Jetzt – außer Atem, nachdem er den gesamten Weg hinter dem Schweizergardisten hergelaufen war – fand er sich einmal mehr in dem großen Gewölbe wieder.

Seine Eskorte, der Gardist mit der Narbe, führte Langdon durch die Reihen transparenter Büchertresore hindurch. Die Stille hier unten wirkte diesmal noch unheilvoller.

»Dort drüben, glaube ich«, sagte der Gardist und führte Langdon zur Rückseite des Gewölbes, wo eine Reihe kleinerer Kabinen die Wand säumte. Der Gardist suchte die Schilder ab und deutete dann auf einen der kleinen Tresore. »Hier ist es, Signore. Genau wie der Comandante gesagt hat.«

Langdon las den Titel. ATTIVI VATICANI. *Vatikanische Vermögenswerte?* Langdon überflog eine Inhaltsliste. Immobilien …

Grundstücke ... Vatikanbank ... Antiquitäten ... Die Liste nahm kein Ende.

»Dokumente über sämtliche Vermögenswerte des Vatikans«, erklärte der Gardist.

Langdon starrte auf des transparente Abteil. *Mein Gott!* Selbst im Halbdunkel war zu erkennen, dass es voll gepackt war.

»Oberst Olivetti hat gesagt, dass Sie dort alles finden, was Bernini während seiner Zeit unter vatikanischem Patronat schuf.«

Langdon nickte, als ihm bewusst wurde, dass sich die Instinkte des Kommandanten vielleicht doch noch auszahlen würden. Zu Berninis Zeiten war alles, was ein Künstler unter dem Patronat eines Papstes schuf, automatisch zum Eigentum des Vatikans geworden. Es war eher Feudalismus als Patronat gewesen, doch die besten Künstler dieser Zeit hatten gut gelebt und sich nicht beschwert.

»Einschließlich der Arbeiten, die er in Kirchen außerhalb der Vatikanstadt angefertigt hat?«, fragte Langdon.

Der Gardist betrachtete ihn mit einem eigenartigen Blick. »Selbstverständlich. Sämtliche katholischen Kirchen in Rom sind Eigentum des Vatikans.«

Langdon musterte die Liste in seiner Hand. Sie enthielt die Namen von ungefähr zwanzig Kirchen, die sich allesamt mehr oder weniger direkt östlich von *West Ponente* befanden. In einer dieser Kirchen stand der dritte Altar der Wissenschaft, und Langdon hoffte inbrünstig, dass er rechtzeitig herausfand, in welcher. Unter anderen Umständen wäre er wahrscheinlich glücklich über eine Gelegenheit gewesen, jede einzelne dieser Kirchen persönlich zu untersuchen. Heute jedoch blieben ihm nicht mehr als ungefähr zwanzig Minuten, um zu finden, wonach er suchte – die eine Kirche, in der sich Berninis Tribut an das *Feuer* befand.

Langdon ging zur elektrischen Drehtür des Büchertresors. Der Gardist folgte ihm nicht. Langdon spürte sein unsicheres Zögern. Er lächelte. »Die Luft ist ein wenig dünn, aber durchaus atembar.«

»Meine Befehle lauten, Sie hierher zu begleiten und anschließend umgehend ins Sicherheitszentrum zurückzukehren.«

»Soll das heißen, Sie *gehen*?«

»Jawohl, Signore. Die Schweizergarde hat keinen Zutritt zu den Geheimarchiven. Ich übertrete bereits das Protokoll, indem ich Sie so weit begleitet habe. Der Oberst hat sich unmissverständlich ausgedrückt.«

»Sie übertreten das Protokoll?« *Hast du überhaupt eine Ahnung, was hier heute Nacht los sein wird?* »Auf wessen Seite steht dieser verdammte Olivetti eigentlich?«

Die Freundlichkeit im Gesicht des Schweizergardisten war schlagartig wie weggeblasen. Die Narbe unter seinem Auge zuckte. Er starrte Langdon an und sah mit einem Mal Olivetti verblüffend ähnlich.

»Bitte entschuldigen Sie«, versuchte Langdon zu retten, was zu retten war. »Es ist nur … ich könnte tatsächlich ein wenig Hilfe gebrauchen.«

Der Gardist zuckte mit keiner Wimper. »Ich bin dazu ausgebildet, Befehlen zu gehorchen und nicht, sie infrage zu stellen. Sobald Sie gefunden haben, wonach Sie suchen, setzen Sie sich unverzüglich mit dem Kommandanten in Verbindung.«

»Und wo finde ich ihn?«, fragte Langdon verlegen.

Der Gardist zog sein Walkie-Talkie aus dem Gürtel und stellte es auf einen Tisch in der Nähe. »Kanal eins.« Mit diesen Worten verschwand er im Dunkel.

81.

DAS AMTSZIMMER DES PAPSTES besaß einen übergroßen Fernsehmonitor, der in einem Wandschrank gegenüber dem Schreibtisch verborgen war. Die Türen des Wandschranks standen offen, und alles versammelte sich um das Gerät. Der Bildschirm wurde hell, und eine junge Reporterin erschien, eine rehäugige Brünette.

»Hier ist Kelly Horan-Jones für MSNBC News«, erklärte sie. »Wir melden uns live aus Vatikanstadt, Rom, Italien.« Das Bild hinter ihr zeigte die nächtliche Petersbasilika in voller Beleuchtung.

»Das ist nicht live!«, stieß Hauptmann Rocher hervor. »Das ist eine Aufnahme aus der Konserve! Die Lichter im Petersdom sind aus!«

Olivetti brachte ihn mit einem gezischten Befehl zum Schweigen.

Die Reporterin fuhr fort. Ihre Stimme klang angespannt. »Bei den Papstwahlen heute Nacht gab es schockierende Entwicklungen. Uns liegen Berichte vor, dass zwei Mitglieder des Kardinalskollegiums mitten in Rom brutal ermordet wurden.«

Olivetti fluchte leise in sich hinein.

Während die Reporterin fortfuhr, erschien ein atemloser Gardist an der Tür. »Herr Oberst! Die Vermittlungszentrale! Jede Leitung ist belegt! Sie erbitten unsere offizielle Stellungnahme zu …«

»Schalten Sie die Vermittlung ab!«, befahl Olivetti, ohne den Blick vom Fernseher zu nehmen.

Der Gardist starrte seinen Kommandanten unsicher an. »Aber Herr Oberst …«

»Sofort!«

Der Gardist rannte davon.

Vittoria spürte, dass der Camerlengo etwas hatte sagen wollen, doch dann starrte er lange und schweigend Olivetti an, bevor er sich wieder dem Fernseher zuwandte.

MSNBC zeigte nun Bandaufnahmen. Die Schweizergarde, die den Leichnam von Kardinal Ebner die Treppe von Santa Maria del Popolo hinuntertrug und in den Kofferraum des Alfa Romeo hob. Das Bild erstarrte und zoomte ganz nah heran, als der nackte Leichnam des Kardinals für eine halbe Sekunde sichtbar wurde, unmittelbar bevor er in den Kofferraum fiel.

»Wer hat diese Aufnahmen gemacht?«, donnerte Olivetti.

Die MSNBC-Reporterin fuhr fort. »Wir vermuten, dass es sich bei dem Toten um Kardinal Ebner aus Frankfurt, Deutschland, handelt. Die Männer, die seinen Leichnam aus der Kirche bargen, waren vermutlich päpstliche Schweizergardisten.« Die Reporterin gab sich alle Mühe, einigermaßen bewegt dreinzuschauen. Die Kamera zoomte auf ihr Gesicht, und sie wurde womöglich noch ernster. »Und nun möchte MSNBC seine Zuschauer warnen. Die Bilder, die nun folgen, sind außerordentlich drastisch und möglicherweise nicht für alle Zuschauer geeignet.«

Vittoria war verärgert über diese geheuchelte Besorgnis. Die angebliche Rücksicht auf die Empfindlichkeit der Zuschauer war die ultimative Schlagzeile. Kein Mensch wechselte nach einer derartigen Ankündigung den Sender.

Die Nachrichtensprecherin trieb es auf die Spitze. »Noch einmal – die folgenden Bilder sind möglicherweise nicht für alle Zuschauer geeignet.«

»Was denn noch?«, donnerte Olivetti. »Sie hat doch schon alles …«

Auf dem Fernsehschirm wurde ein Ausschnitt des Petersplatzes sichtbar. Die Kamera zoomte auf ein Paar, das sich zwischen den Touristen hindurch bewegte. Vittoria erkannte sich und Robert. In der Ecke des Bildschirms war eine Textzeile eingeblendet: MIT FREUNDLICHER GENEHMIGUNG VON BBC. Im Hintergrund läutete eine Glocke.

»O nein!«, sagte Vittoria. »Das darf nicht wahr sein!«

Der Camerlengo sah mit jeder Sekunde verwirrter drein. Er wandte sich an Olivetti. »Ich dachte, Sie hätten dieses Band konfisziert?«

Plötzlich war auf dem Schirm ein weinendes Kind zu sehen. Die Kamera zoomte auf die Stelle, auf die das Kind zeigte – ein blutender Obdachloser. Unvermittelt trat Robert Langdon ins Bild und versuchte dem Mädchen zu helfen. Die Kamera blieb auf ihn gerichtet.

Jeder im Amtszimmer des Papstes starrte in entsetztem Schweigen auf das Drama, das sich vor ihren Augen auf dem Fernsehschirm abspielte. Der Kardinal fiel mit dem Gesicht voran die Treppe hinunter und auf das Pflaster. Vittoria tauchte auf und rief Befehle. Überall war Blut. Ein Brandmal. Ein schauerlicher, fehlschlagender Versuch einer Mund-zu-Mund-Beatmung.

»Diese erschreckenden Bilder wurden erst vor wenigen Minuten vor dem Vatikan aufgenommen, auf dem Petersplatz«, sagte die Sprecherin. »Unsere Informanten sagen, dass es sich bei dem Toten um Kardinal Lamassé aus Frankreich handelt. Wie er in diese Kleidung kam und warum er nicht im Konklave war, ist zu diesem Zeitpunkt ungeklärt. Bisher hat der Vatikan sich geweigert, Stellung zu nehmen.« Die Aufzeichnung wurde wiederholt.

»Geweigert, Stellung zu nehmen?«, fauchte Hauptmann Rocher. »Gebt uns doch wenigstens Gelegenheit dazu!«

Die Sprecherin fuhr mit erhobenen Augenbrauen fort: »Obwohl MSNBC das Motiv für diesen Anschlag noch nicht bestätigen konnte, sagen unsere Informanten, dass eine Gruppe die Verantwortung für die Morde übernommen hat, die sich selbst die Illuminati nennt.«

»*Was?*«, explodierte Olivetti.

»... mehr über die Illuminati auf unserer Webseite unter ...«

»Das ist vollkommen unmöglich!«, erklärte Olivetti und schaltete um.

Der nächste Sender hatte sein Programm ebenfalls unterbrochen. Ein spanisch aussehender Nachrichtensprecher berichtete: »... einen Satanskult, der sich Illuminati nennt. Einige Historiker sind der Ansicht, dass ...«

Olivetti drückte wie besessen auf der Fernbedienung herum. Jeder Sender war inmitten einer Sondersendung.

»... Schweizergardisten haben früher am Abend einen Leichnam in der Kirche Santa Maria del Popolo geborgen. Wir nehmen an, dass es sich bei dem Toten um Kardinal Ebner aus Deutschland ...«

»... Lichter im Petersdom und in den Vatikanischen Museen sind aus, und die Vermutungen gehen dahin ...«

»... werden wir mit dem Konspirationstheoretiker Tyler Tingley über dieses schockierende Wiederauftauchen aus dem Dunkel der Geschichte ...«

»... Gerüchte über zwei weitere angekündigte Morde im Verlauf des Abends ...«

»... die Frage gestellt werden, ob der aussichtsreichste Kandidat für die päpstliche Nachfolge, Kardinal Baggia aus Italien, unter den Vermissten ...«

Vittoria wandte sich ab. Alles ging viel zu schnell. Draußen vor dem Fenster, in der heraufziehenden Dämmerung, strömten die Menschen auf den Petersplatz, unwiderstehlich angezogen von der sich entwickelnden Tragödie. Die Menge wurde von Minute zu Minute dichter. Die Medienvertreter luden ihre Wagen aus und bauten Kameras und Scheinwerferbatterien auf.

Olivetti legte die Fernbedienung hin und wandte sich zu dem Camerlengo um. »Monsignore, ich kann mir nicht erklären, wie das geschehen konnte! Wir haben das Band aus der Kamera genommen!«

Der Camerlengo war zu betäubt, um zu antworten.

Niemand sagte ein Wort. Die Schweizergardisten rührten sich nicht.

»Wie es scheint«, sagte der Camerlengo schließlich mit einer Stimme, die zu niedergeschlagen klang, um ärgerlich zu sein, »haben wir diese Krise nicht so geheim gehalten, wie man mich glauben machen wollte.« Er blickte zum Fenster hinaus auf die wachsende Menschenmenge. »Ich muss zu ihnen sprechen.«

Olivetti schüttelte den Kopf. »Nein, Monsignore. Das ist genau das, was die Illuminati von Ihnen erwarten. Damit würden Sie diese Verbrecher bestätigen, ihnen noch mehr Macht in die Hände spielen. Wir müssen schweigen, Monsignore.«

»Und diese Menschen?« Der Camerlengo deutete zum Fenster hinaus. »Bald werden sich dort Zehntausende versammelt haben! Nicht mehr lange, und es sind Hunderttausende! Wir bringen sie in Gefahr, wenn wir diese Scharade nicht beenden! Ich muss sie warnen! Und anschließend müssen wir das Kardinalskollegium evakuieren.«

»Wir haben noch Zeit. Warten wir, bis Hauptmann Rocher den Behälter mit dieser Antimaterie gefunden hat.«

Der Camerlengo sah Olivetti durchdringend an. »Wollen Sie mir Befehle erteilen, Oberst?«

»Nein, ich gebe Ihnen nur einen Rat, Monsignore. Wenn Sie sich wegen der Menschen draußen sorgen … Wir können den Platz unter irgendeinem Vorwand evakuieren. Aber zuzugeben, dass wir erpresst werden, wäre höchst gefährlich.«

»Herr Oberst, hören Sie mir genau zu. Ich sage das nur einmal. Ich werde dieses Amt nicht dazu missbrauchen, die Welt zu belügen. Wenn ich vor die Menschen trete und zu ihnen spreche, werde ich die Wahrheit sagen!«

»Die Wahrheit? Dass satanische Terroristen drohen, die ganze Vatikanstadt zu zerstören? Das würde unsere Position unnötig schwächen!«

Der Camerlengo funkelte Oberst Olivetti an. »Wie viel schwächer könnte unsere Position denn noch werden?«

Rocher stieß einen Warnruf aus, packte die Fernbedienung und stellte die Lautstärke höher. Alles drehte sich um.

Die Frau auf dem Bildschirm sah nun sichtlich aufgeregt aus. Hinter ihr war ein Foto des verstorbenen Papstes zu sehen. »… sensationelle Informationen. Dies hier kam gerade von BBC herein …« Sie blickte zur Seite, als wollte sie sich bei ihrem Redakteur versichern, ob sie diese Nachricht wirklich verlesen sollte. Als diese Bestätigung offensichtlich kam, wandte sie sich wieder um und schaute in die Kamera. »Die Illuminati haben soeben die Verantwortung für …«, sie zögerte erneut. »Sie haben soeben die Verantwortung für den Tod des letzten Papstes vor zwei Wochen übernommen.«

Der Camerlengo starrte offenen Mundes auf den Bildschirm.

Rocher ließ die Fernbedienung fallen.

Vittoria traute ihren Ohren nicht.

»Nach Vatikanischem Gesetz«, fuhr die Nachrichtensprecherin fort, »ist es nicht gestattet, den verstorbenen Papst einer formellen Autopsie zu unterziehen. Daher kann die Behauptung der Illuminati nicht bestätigt werden. Nichtsdestotrotz behaupten sie, dass die Todesursache nicht Hirnschlag war, sondern *Vergiftung*.«

Im Amtszimmer des Papstes herrschte einmal mehr Totenstille.

»Das ist Wahnsinn!«, brach es aus Olivetti hervor. »Eine verdammte Lüge!«

Rocher zappte erneut durch die Kanäle. Die Meldung schien sich auszubreiten wie eine Seuche. Auf allen Sendern die gleiche Geschichte. Die Schlagzeilen überboten sich an Sensationsheischerei.

MORD IM VATIKAN
PAPST VERGIFTET
SATAN SUCHT HAUS GOTTES HEIM

Der Camerlengo wandte den Blick ab. »Gott sei uns gnädig.«

Rocher schaltete weiter. BBC flackerte über den Schirm »… hat mir einen Tipp gegeben, dass in der Kirche Santa Maria del Popolo ein Mord verübt würde …«

»Warten Sie!«, rief der Camerlengo. »Lassen Sie das laufen!«

Rocher gehorchte. Auf dem Schirm war ein Nachrichtenmoderator an seinem Sprechertisch zu sehen. Über seiner Schulter die Fotografie eines eigenartig aussehenden Mannes mit einem roten Bart. Unter dem Foto stand: GUNTHER GLICK LIVE AUS DER VATIKANSTADT. Reporter Gunther Glick war offensichtlich per Telefon mit dem Nachrichtenstudio verbunden. Die Leitung knisterte und rauschte. »... meine Videografin hat die Aufnahmen von dem toten Kardinal gemacht, der von der Schweizergarde aus der Kirche Santa Maria del Popolo geborgen wurde.«

»Lassen Sie mich das für die Zuschauer wiederholen«, sagte der Nachrichtensprecher in London. »Unser Reporter Gunther Glick hat diese Geschichte als Erster gebracht. Er hatte inzwischen zweimal telefonischen Kontakt mit dem angeblichen Assassinen der Illuminati. Gunther, Sie sagen, dass der Assassine erst vor wenigen Augenblicken angerufen und Ihnen eine Botschaft der Illuminati überbracht hat?«

»Genau.«

»Und diese Botschaft besagt, dass die Illuminati verantwortlich sind für den Tod des Papstes?« Der Nachrichtensprecher klang ungläubig.

»Ganz recht. Der Anrufer teilte mir mit, dass der Papst nicht durch einen Schlaganfall starb, wie vom Vatikan angenommen, sondern dass er von den Illuminati vergiftet worden ist.«

Im Amtszimmer wagte niemand zu atmen.

»*Vergiftet?*«, fragte der Nachrichtensprecher. »Aber ... aber wie?«

»Der Assassine hat keine Einzelheiten genannt«, antwortete Glick am Telefon. »Er hat lediglich behauptet, dass der Papst mit einem Medikament umgebracht wurde, das unter dem Namen ...«, in der Leitung war das Rascheln von Papier zu hören, »... unter dem Namen *Heparin* bekannt ist.«

Der Camerlengo, Olivetti und Rocher wechselten verwirrte Blicke.

»Heparin?«, sagte Rocher sichtlich schockiert. »Aber ... ist das nicht ...?«

Der Camerlengo erbleichte. »Das Medikament, das der Papst jeden Tag nahm.«

»Der Papst nahm Heparin?«, fragte Vittoria ungläubig.

»Er hatte ein Venenleiden«, erklärte der Camerlengo. »Er bekam jeden Tag eine Injektion.«

»Aber Heparin ist kein Gift!«, sagte Rocher verblüfft. »Warum sollten die Illuminati behaupten …?«

»In der falschen Dosis schon«, widersprach Vittoria. »Heparin ist ein Antikoagulans. Eine Überdosis würde massive innere Blutungen und Hirnblutungen hervorrufen.«

Olivetti musterte sie misstrauisch. »Woher wissen Sie das?«

»Ich bin Meeresforscherin. Marinebiologen benutzen Heparin, um Thrombosen bei gefangenen Meeressäugern aufgrund von verminderter Bewegung zu verhindern. Es gab eine Reihe von Todesfällen bei Tieren aufgrund falscher Dosierung.« Sie zögerte. »Eine Überdosis Heparin würde bei einem Menschen zu Symptomen führen, die leicht mit einem Hirnschlag verwechselt werden können … insbesondere, wenn keine richtige Autopsie vorgenommen wird.«

Der Camerlengo schien zutiefst beunruhigt.

»Monsignore«, warf Oberst Olivetti ein, »offensichtlich handelt es sich um einen Trick der Illuminati, um die Aufmerksamkeit der Öffentlichkeit zu gewinnen. Es ist völlig ausgeschlossen, dass jemand dem Papst eine Überdosis dieses Medikaments verabreicht hat. Niemand hatte Zutritt. Doch selbst wenn wir den Köder schlucken und auf diese Behauptung reagieren – was würde es nützen? Die Vatikanischen Gesetze verbieten eine Autopsie. Wir würden nichts herausfinden. Die Autopsie würde Spuren von Heparin zutage fördern, von den täglichen Injektionen, weiter nichts.«

»Zugegeben.« Die Stimme des Camerlengo nahm an Schärfe zu. »Aber das ist es nicht, was mir die größten Sorgen bereitet. Niemand außerhalb des Vatikans wusste, dass der Papst mit Heparin behandelt wurde.«

Schweigen.

»Falls er eine Überdosis erhielt«, sagte Vittoria in die Stille, »würde sein Leichnam Spuren davon aufweisen.«

Olivetti wirbelte zu ihr herum. »Miss Vetra, für den Fall, dass Sie mich nicht verstanden haben – das Vatikanische Gesetz *verbietet* eine Autopsie des Papstes. Wir werden den Leichnam Seiner Heiligkeit nicht entweihen, indem wir ihn aufschneiden, nur weil ein Feind der Kirche eine beleidigende Behauptung aufstellt.«

Vittoria errötete beschämt. »Ich … ich wollte nicht andeuten …«

Sie hatte nicht respektlos erscheinen wollen. »Bitte verzeihen Sie, aber ich wollte damit nicht andeuten, dass der verstorbene Papst exhumiert werden soll ...« Sie zögerte. Robert hatte ihr in der Chigi-Kapelle etwas erzählt, das ihr nicht mehr aus dem Kopf gegangen war. Er hatte erwähnt, dass die Sarkophage der Päpste über der Erde blieben und nicht zuzementiert wurden – ein Atavismus, der auf die Zeit der Pharaonen zurückging, als man noch glaubte, einen Sarg zu versiegeln und in der Erde zu begraben würde bedeuten, die Seele des Verstorbenen einzusperren. Gravitation diente als Mörtel, und die Deckel der Sarkophage wogen oft Hunderte von Kilogramm. *Rein technisch,* so wurde Vittoria bewusst, *wäre es durchaus möglich ...*

»Was für Spuren?«, fragte der Camerlengo unvermittelt.

Vittorias Herz begann vor Furcht wild zu klopften. »Eine Überdosis Heparin kann Blutungen aus der oralen Mucosa verursachen.«

»Orale *was*!«

»Der Gaumen des Opfers blutet. Nachdem der Tod eingetreten ist, gerinnt das Blut, und die Innenseite des Mundes verfärbt sich schwarz.« Vittoria hatte einmal ein Bild von zwei Orcas gesehen, die versehentlich zu hohe Dosen von Heparin erhalten hatten. Die Wale hatten leblos im Becken getrieben, die Mäuler weit offen und die Zungen schwarz wie Ruß.

Der Camerlengo antwortete nicht. Er wandte sich ab und starrte aus dem Fenster.

Rochers Stimme hatte allen Optimismus verloren. »Monsignore, falls die Behauptung zutrifft, dass der Heilige Vater vergiftet wurde ...«

»Sie trifft nicht zu«, erklärte Olivetti kategorisch. »Das Betreten der Gemächer des Papstes ist keinem Außenstehenden erlaubt.«

»Falls diese Behauptung zutrifft«, beharrte Rocher, »und falls unser Heiliger Vater vergiftet wurde, hat das weitreichende Konsequenzen für unsere Suche nach diesem Antimateriebehälter. Der vorgebliche Mord hätte zur Folge, dass der Feind den Vatikan sehr viel tiefer infiltriert hat, als wir bisher angenommen haben. Die weißen Zonen abzusuchen würde nicht mehr ausreichen. Falls wir in so starkem Ausmaß kompromittiert sind, werden wir den Behälter möglicherweise nicht rechtzeitig finden.«

Olivetti musterte seinen Hauptmann mit einem kalten Blick. »Hauptmann Rocher, ich werde Ihnen sagen, was geschehen wird.«

»Nein!« Der Camerlengo wandte sich überraschend wieder um. »*Ich* werde Ihnen sagen, was geschehen wird, Oberst Olivetti.« Er blickte dem Kommandanten der Schweizergarde direkt in die Augen. »Das alles ist nun weit genug gegangen. In zwanzig Minuten werde ich eine Entscheidung treffen, ob wir das Konklave abbrechen und die Vatikanstadt evakuieren oder nicht. Meine Entscheidung wird endgültig sein. Haben Sie das verstanden, Oberst?«

Olivetti erwiderte den Blick des Camerlengos, ohne mit der Wimper zu zucken und ohne zu antworten.

Der Camerlengo sprach jetzt mit neuer Energie, als hätte er eine verborgene Kraftreserve angezapft. »Hauptmann Rocher, Sie werden die Suche in den weißen Bereichen zu Ende führen und mir unverzüglich Bericht erstatten, sobald Sie damit fertig sind.«

Rocher warf Olivetti einen nervösen Seitenblick zu und nickte.

Der Camerlengo wandte sich an zwei Gardisten. »Sie beide! Ich will diesen Reporter, diesen Gunther Glick, sofort in diesem Büro! Falls die Illuminati mit ihm in Verbindung gestanden haben, kann er uns vielleicht helfen. Gehen Sie.«

Die beiden Schweizergardisten eilten los.

Der Camerlengo wandte sich an die restlichen Gardisten. »Meine Herren, ich werde nicht zulassen, dass an diesem Abend noch mehr Menschen ihr Leben verlieren. Bis zweiundzwanzig Uhr werden Sie die beiden noch lebenden entführten Kardinäle finden und das Ungeheuer fangen, das für diese Morde verantwortlich ist. Habe ich mich deutlich ausgedrückt?«

»Aber Monsignore!«, entgegnete Olivetti. »Wir haben nicht die geringste Vorstellung, wo wir …«

»Mr. Langdon arbeitet daran. Er scheint ein kompetenter Mann zu sein. Ich habe vollstes Vertrauen in ihn.«

Mit diesen Worten wandte der Camerlengo sich um und ging zur Tür. In seinen Schritten lag neuer Elan. Auf dem Weg nach draußen deutete er auf drei Gardisten. »Sie drei – Sie kommen mit mir.«

Die Gardisten gehorchten.

In der Tür blieb der Camerlengo noch einmal stehen. Er wandte sich zu Vittoria um. »Signorina Vetra, Sie auch. Bitte kommen Sie mit mir.«

Vittoria zögerte. »Wohin gehen wir?«

»Zu einem alten Freund.« Der Camerlengo verließ den Raum.

82.

SYLVIE BAUDELOQUE WAR HUNGRIG und wollte nach Hause. Zu ihrer Bestürzung hatte Maximilian Kohler seinen Abstecher in die Krankenstation von CERN wieder einmal überlebt; er hatte bereits angerufen und verlangt – nicht gebeten, sondern verlangt! –, dass Sylvie am Abend länger bliebe. Ohne jede Erklärung.

Im Lauf der Jahre hatte Sylvie sich an die bizarren Stimmungsumschwünge und das exzentrische Verhalten ihres Chefs gewöhnt. Sie achtete gar nicht mehr darauf. Weder auf seine versteckten Anspielungen noch auf seine entnervende Angewohnheit, sämtliche Treffen mit der in seinen Rollstuhl eingebauten Videokamera zu filmen. Sie hoffte im Stillen, dass er sich eines Tages während eines seiner wöchentlichen Besuche auf dem Pistolenschießstand CERNs umbringen würde, doch offensichtlich war er ein guter Schütze.

Sie saß allein in ihrem Büro am Schreibtisch, und ihr Magen knurrte. Kohler war weder aufgetaucht, noch hatte er ihr weitere Arbeiten für den Abend aufgetragen. *Zur Hölle mit dir, wenn du glaubst, ich bleibe hier sitzen und langweile mich zu Tode ... das heißt, wenn ich nicht vorher verhungere.* Sie schrieb Kohler eine Notiz und machte sich auf den Weg zur Mitarbeiterkantine, um einen Imbiss einzunehmen.

Sie kam nicht so weit.

Als sie an den »Suites de l'oisir« vorbeikam, einem langen Gang voller Freizeiträume, bemerkte sie, dass die Fernsehzimmer gedrängt voll waren mit Mitarbeitern, die offensichtlich sogar ihr Abendessen stehen gelassen hatten, um die Nachrichten zu verfolgen. Irgendetwas Großes war im Gange. Sylvie betrat ein Fernsehzimmer voller »Byte-Heads« – wilder junger Computerprogrammierer. Als sie die Schlagzeile auf dem Bildschirm sah, stieß sie einen leisen erschrockenen Schrei aus.

TERROR GEGEN DEN VATIKAN

Sylvie verfolgte den Bericht. Sie traute ihren Augen nicht. Irgendeine uralte Geheimbruderschaft brachte Kardinäle um? Was wollte sie damit beweisen? Ihren Hass? Ihre Überlegenheit? Ihre Ignoranz?

Und doch – die Stimmung in diesem Zimmer schien alles andere als ernst.

Zwei junge Techniker rannten vorbei. Sie schwenkten T-Shirts mit einem aufgedruckten Bild von Bill Gates und dem Spruch darunter: AND THE GEEK SHALL INHERIT THE EARTH!*

Einer der beiden rief: »Illuminati! Ich hab dir gleich gesagt, dass es diese Typen gibt!«

»Unglaublich! Und ich dachte immer, es sei nur ein Spiel.«

»Sie haben den Papst umgebracht, Mann! *Den Papst!*«

»Ich frage mich, wie viele Punkte man dafür kriegt?«

Sie rannten lachend weiter.

Sylvie stand in betäubtem Staunen da. Als Katholikin, die unter Wissenschaftlern arbeitete, musste sie immer wieder antireligiöses Getuschel ertragen – doch diese Kinder schienen sich zu *freuen* über den Verlust, den die Kirche erlitten hatte. Wie konnten sie so herzlos sein? Warum all dieser Hass?

Für Sylvie war die Kirche stets eine harmlose Einrichtung gewesen ... ein Ort der Gemeinschaft und der Besinnung ... und manchmal einfach ein Platz, an dem sie laut singen konnte, ohne dass andere sie anstarrten. Die Kirche markierte die Meilensteine ihres Lebens – Beerdigungen, Hochzeiten, Taufen, Feiertage –, und sie verlangte im Gegenzug überhaupt nichts. Selbst die Geldspenden waren freiwillig. Sylvies Kinder kamen jede Woche voller neuer Ideen aus dem Religionsunterricht, wie sie anderen helfen konnten und bessere Menschen wurden. Was konnte daran falsch sein?

* Den Verrückten wird einst die Erde gehören. (Anm. d. Übers.)

Sie hatte nie aufgehört zu staunen, dass so viele von CERNs so genannten »brillanten Köpfen« die Bedeutung der Kirche nicht erkannten. Glaubten sie tatsächlich, dass Quarks und Mesonen den durchschnittlichen Menschen inspirieren konnten? Oder dass mathematische Gleichungen das Bedürfnis der Menschen ersetzten, an etwas Göttliches zu glauben?

Benommen ging Sylvie den Gang hinunter. Jedes Zimmer war voll. Sie dachte über den Anruf nach, den Maximilian Kohler früher am Tag aus dem Vatikan erhalten hatte. Zufall? Vielleicht. Der Vatikan rief von Zeit zu Zeit bei CERN an, aus »Höflichkeit«, bevor er beißende Kommentare veröffentlichte, in denen er die Arbeiten CERNs wegen der sich daraus ergebenden Konsequenzen für die Gentechnologie verurteilte – in letzter Zeit hauptsächlich CERNs bahnbrechende Entdeckungen auf dem Gebiet der Nanotechnologie. CERN scherte sich nicht darum. Und jedes Mal klingelten Kohlers Telefone nach einer neuen Tirade ununterbrochen: Forschungsgesellschaften und Konzerne riefen an, die CERNs neue Entdeckung lizenzieren wollten. »Es gibt keine schlechte Publicity«, pflegte Kohler zu sagen.

Sylvie überlegte, ob sie Kohler – wo auch immer er zurzeit gerade steckte – mit dem Pager benachrichtigen und ihm sagen sollte, er möge sich die Nachrichten anschauen. Hatte er bereits von den Attentaten gehört? Selbstverständlich hatte er. Wahrscheinlich nahm er den gesamten Fernsehbeitrag mit seinem kleinen Camcorder auf und lächelte zum ersten Mal seit einem Jahr.

Sylvie ging durch den Korridor und fand endlich einen Raum, in dem die Stimmung gedrückt war … beinahe melancholisch. Die Wissenschaftler, die hier saßen und die Nachrichten verfolgten, gehörten zu den ältesten und geachtetsten Mitarbeitern von CERN. Sie blickten nicht einmal auf, als Sylvie ins Zimmer trat und sich auf einen freien Platz setzte.

Auf der anderen Seite von CERN, in Leonardo Vetras nüchternem Apartment, las Kohler die letzten Zeilen in dem ledergebundenen Tagebuch, das er aus Vetras Nachttisch genommen hatte. Nun saß er dort und verfolgte die Nachrichten auf dem kleinen Fernsehbildschirm. Nach ein paar Minuten schob er das Tagebuch in den

Nachttisch zurück, schaltete den Fernseher aus und rollte aus Vetras Wohnung.

In der Vatikanstadt trug Kardinal Mortati ein weiteres Tablett mit aufgespießten Wahlzetteln zum Kamin der Sixtinischen Kapelle. Er verbrannte sie, und der aufsteigende Rauch war schwarz.

Zwei Wahlgänge. Kein neuer Heiliger Vater.

83.

DIE TASCHENLAMPEN konnten die gewaltige Schwärze des Petersdoms nicht annähernd erhellen. Das Nichts über ihren Köpfen drückte auf sie herab wie eine sternenlose Nacht, und Vittoria empfand die Leere ringsum wie einen endlosen Ozean. Sie blieb dicht bei den Schweizergardisten und dem Camerlengo, die zielstrebig durch den Dom eilten. Hoch oben unter der Decke gurrte eine Taube und flatterte davon.

Unvermittelt ging der Camerlengo langsamer und legte Vittoria die Hand auf die Schulter, als hätte er ihr Unbehagen gespürt. Spürbare Kraft übertrug sich aus dieser Berührung, als übermittelte der Camerlengo ihr die Ruhe, die sie für die vor ihr liegende Aufgabe brauchte.

Was haben wir uns da vorgenommen, dachte sie. *Das ist Irrsinn!*

Und doch, so wusste Vittoria, war die vor ihnen liegende Aufgabe unausweichlich, trotz aller Pietätlosigkeit und allem unvermeidbaren Entsetzen. Die schweren Entscheidungen, die der Camerlengo zu treffen hatte, verlangten sichere Informationen … Informationen, die nur in einem Sarkophag in der Krypta unter dem Petersdom zu finden waren. Vittoria fragte sich, was sie vorfinden würden. *Haben die Illuminati den Papst ermordet? Reicht ihre Macht tatsächlich so weit? Stehe ich wirklich im Begriff, die erste Autopsie an einem Papst vorzunehmen?*

Es war eine Ironie, dass sie sich in dieser unbeleuchteten Kirche unsicherer fühlte, als würde sie des Nachts mit einem Barakuda schwimmen. Die Natur war schließlich Vittorias Zuhause. Die Natur jedoch verstand sie. Was aber die Menschen anging und das, was in ihnen vorging, so war sie ratlos. Die Presse, die sich draußen auf dem Petersplatz versammelte, erinnerte sie an Raubfische, die sich zur nächtlichen Jagd einfanden. Die Fernsehbilder von den gebrandmarkten Toten gemahnten sie an den Leichnam ihres Vaters … und das raue Lachen des Mörders. Er lauerte irgendwo dort draußen. Vittoria spürte, wie aufsteigender Hass ihre Angst erstickte.

Sie umrundeten einen gewaltigen Pfeiler, und dann bemerkte Vittoria ein orangefarbenes Leuchten weiter voraus. Das Licht schien aus dem Boden im Zentrum der Basilika zu kommen. Sie näherten sich der Stelle, und Vittoria erkannte, was sie dort sah. Es war das berühmte Heiligtum vor dem Hauptaltar des Petersdoms – die große, prachtvolle Vertiefung, in der die heiligste Reliquie des Vatikans aufbewahrt wurde. Sie kamen vor dem niedrigen Geländer an, das die Vertiefung umgab, und Vittoria sah hinunter auf die goldene Truhe, die von zahllosen flackernden Öllampen umgeben war.

»Das sind wohl die Gebeine des heiligen Petrus?«, fragte sie, obwohl sie die Antwort bereits kannte.

Jeder, der den Petersdom besuchte, wusste, was in der goldenen Truhe ruhte.

»Offen gestanden – nein«, antwortete der Camerlengo. »Ein weit verbreiteter Irrtum. Das dort ist kein Reliquienschrein. Die Truhe enthält *Pallien* – das sind die gewebten Schärpen, die der Papst neu ernannten Kardinälen überreicht.«

»Aber ich dachte …«

»Genau wie jeder andere. Die Reiseführer schreiben, dies sei der Schrein des heiligen Petrus, aber sein wirkliches Grab befindet sich zwei Stockwerke tiefer in der Erde. Der Vatikan hat es in den Vierzigerjahren bei einer Grabung gefunden. Niemand darf dort hinunter.«

Vittoria war schockiert. Während sie sich von der erleuchteten Vertiefung entfernten und wieder von Dunkelheit umfangen wurden, dachte sie an die vielen Geschichten von Pilgern, die Tausende von Kilometern gereist waren, um einen Blick auf diese goldene

Truhe zu werfen, in dem festen Glauben, die Gebeine und den Geist des heiligen Petrus vor sich zu haben. »Sollte der Vatikan die Menschen denn nicht aufklären?«

»Wir alle profitieren vom Kontakt mit dem Göttlichen … selbst wenn es nur eingebildet ist.«

Vittoria war Wissenschaftlerin und wusste, dass die Argumentation durchaus den Tatsachen entsprach. Sie hatte zahllose Studien über den Placebo-Effekt gelesen – gewöhnliches Aspirin hatte Krebsleiden geheilt, nur weil die damit behandelten Patienten glaubten, eine Wundermedizin zu nehmen. Aber was war *Glaube* letzten Endes sonst?

»Veränderung …«, sagte der Camerlengo, »… mit Veränderungen hat der Vatikan sich immer schon schwer getan, Signorina Vetra. Er scheut es traditionell, Fehler der Vergangenheit einzugestehen und die Strukturen der Kirche zu modernisieren. Seine Heiligkeit aber wollte das ändern …« Der Camerlengo stockte. »Er wollte die Kirche in die neue Zeit führen. Nach neuen Wegen zu Gott suchen.«

Vittoria nickte in der Dunkelheit. »Beispielsweise durch die Wissenschaft?«

»Offen gestanden, Wissenschaft erscheint vollkommen irrelevant.«

»Irrelevant?« Vittoria fielen eine Menge Begriffe ein, mit denen sich Wissenschaft beschreiben ließ, doch »irrelevant« gehörte nicht dazu.

»Wissenschaft kann heilen, und Wissenschaft kann töten. Es kommt auf die Seele des Menschen an, der sie benutzt. Und ich interessiere mich für die Seele.«

»Wann haben Sie Ihren Ruf gehört?«

»Noch bevor ich geboren wurde.«

Vittoria blickte ihn fragend an.

»Bitte verzeihen Sie, aber diese Frage erscheint mir stets ein wenig seltsam. Was ich damit sagen möchte: Ich habe immer gewusst, dass ich Gott dienen würde. Von dem Augenblick an, als ich mich zum ersten Mal meines Verstandes bediente. Allerdings war ich bereits ein junger Mann und beim Militär, als mir meine Bestimmung in vollem Umfang bewusst wurde.«

»Sie waren beim Militär?«, fragte Vittoria überrascht.

»Zwei Jahre. Ich weigerte mich, eine Waffe abzufeuern, also wurde ich zum Piloten ausgebildet. Ich flog Sanitätshubschrauber. Offen gestanden, ich fliege auch heute noch hin und wieder.«

»Haben Sie den Heiligen Vater geflogen?«

»Oh, nein! Diese kostbare Fracht haben wir den Profis überlassen. Doch seine Heiligkeit hat mich hin und wieder mit dem Helikopter nach Castel Gandolfo fliegen lassen.« Er zögerte und blickte Vittoria an. »Signorina Vetra, ich bin Ihnen wirklich sehr dankbar für Ihre Hilfe an diesem schweren Tag. Und es tut mir sehr Leid wegen Ihres Vaters.«

»Danke sehr.«

»Ich habe meinen Vater nie gekannt. Er starb, bevor ich geboren wurde. Ich verlor meine Mutter, als ich zehn Jahre alt war.«

Vittoria sah überrascht auf. »Sie waren Waise?« Plötzlich spürte sie so etwas wie Seelenverwandtschaft.

»Ich überlebte ein Unglück. Ein Unglück, das mir meine Mutter nahm.«

»Wer hat sich um Sie gekümmert?«

»Gott«, antwortete der Camerlengo einfach. »Er hat mir buchstäblich einen neuen Vater gesandt. Ein Bischof aus Palermo besuchte mich im Krankenhaus und nahm mich bei sich auf. Damals war ich überhaupt nicht überrascht. Ich habe Gottes wachsame Hand schon als Junge über mir gespürt. Das Auftauchen des Bischofs war nur eine Bestätigung für das, was ich bereits vermutet hatte – dass Gott mich ausersehen hatte, ihm zu dienen.«

»Sie glaubten, Gott habe Sie auserwählt?«

»Ja, und ich glaube es immer noch.« Nicht die kleinste Spur von Zweifel schwang in der Stimme des Camerlengos mit, nur Dankbarkeit. »Ich war viele Jahre das Mündel des Bischofs. Eines Tages wurde er Kardinal. Trotzdem hat er mich niemals vergessen. Und er … er ist der Vater, an den ich mich erinnere.« Ein Taschenlampenstrahl verirrte sich in das Gesicht des Camerlengos, und Vittoria bemerkte die Einsamkeit in seinen Augen.

Die Gruppe erreichte einen weiteren der mächtigen Pfeiler, und die Scheinwerferkegel ihrer Lampen trafen sich über einer Öffnung im Boden. Vittoria schaute die Treppe hinunter, die im Dunkel verschwand, und wäre mit einem Mal am liebsten umgekehrt. Die Gardisten halfen dem Camerlengo bereits auf die Stufen. Vittoria war als Nächste an der Reihe.

»Was wurde aus ihm?«, fragte sie, während sie die Stufen hinunterstieg, bemüht, ihrer Stimme einen gleichmütigen Klang zu verleihen. »Dem Kardinal, der Sie bei sich aufgenommen hatte?«

»Er hat das Kardinalskollegium verlassen, um eine andere Aufgabe zu erfüllen.«

Vittoria war überrascht.

»Und dann starb er, wie ich voller Trauer sagen muss.«

»Le mie condoglianze«, sagte Vittoria. »Das tut mir Leid. Es ist noch nicht lange her, oder?«

Der Camerlengo wandte sich um, und die tiefen Schatten machten den Schmerz auf seinem Gesicht noch deutlicher. »Genau fünfzehn Tage. Wir gehen jetzt zu ihm.«

84.

DIE LAMPEN ERHELLTEN DEN TRESOR NUR SCHWACH. Er war viel kleiner als der letzte, den Langdon im Vatikanischen Geheimarchiv betreten hatte. *Weniger Luft. Weniger Zeit.* Er wünschte, er hätte daran gedacht, Olivetti um das Einschalten der Luftzufuhr zu bitten.

Rasch suchte Langdon nach der Sektion, in der *Belle Arti* katalogisiert waren. Sie war nicht zu übersehen – fast acht Regale voll. Die Kirche besaß Millionen von Kunstwerken auf der ganzen Welt.

Er suchte in den Regalen nach Giovanni Lorenzo Bernini und kämpfte einen Augenblick lang gegen die aufsteigende Panik, das Buch könnte fehlen; dann stellte er zu seiner Bestürzung fest, dass die Bände nicht alphabetisch geordnet waren.

Erst als er an den Anfang der Regale zurückkehrte und eine Rollleiter hinaufstieg, um die oberen Reihen in Augenschein zu nehmen, begriff er die Organisation des Tresors. Schließlich fand er zuoberst die dicksten Bände von allen, in denen die Werke der Meister der Renaissance katalogisiert waren, Michelangelo, Raphael, da Vinci, Botticelli. Langdon erkannte, dass die Werke nach dem monetären Gegenwert der jeweiligen Kunstsammlungen sortiert waren. Zwischen Raphael und Michelangelo fand er den Band mit dem Titel *Bernini*. Er war fast zwanzig Zentimeter dick.

Mühsam balancierte Langdon den schweren Band, während er die Leiter hinunterstieg. Dann legte er sich wie ein Kind mit einem Comicbuch auf den Boden und schlug den Folianten auf.

Er war in Stoff gebunden und sehr robust. Die Seiten waren von Hand in italienischer Sprache beschrieben. Jede Seite katalogisierte ein einzelnes Werk, einschließlich einer kurzen Beschreibung, des Datums der Fertigstellung, des Aufstellungsorts, der Materialkosten und manchmal einer groben Skizze des Stücks. Langdon blätterte durch die Seiten … insgesamt mehr als achthundert. Bernini war ein fleißiger Mann gewesen.

Als junger Kunststudent hatte Langdon sich stets gefragt, wie ein einzelner Mann in seinem Leben so viele Werke schaffen konnte. Später hatte er erfahren – sehr zu seiner Enttäuschung –, dass berühmte Künstler tatsächlich nur sehr wenige Arbeiten selbst angefertigt hatten. Sie unterhielten Ateliers und Schulen, in denen Schüler die Arbeiten nach den Entwürfen der Meister ausgeführt hatten. Bildhauer wie Bernini hatten kleine Modelle aus Ton geformt und andere bezahlt, damit sie sie in Marmor vergrößerten. Hätte Bernini all seine Werke selbst schaffen müssen, wäre er wohl heute noch nicht damit fertig.

»Inhaltsverzeichnis!«, sagte Langdon laut zu sich selbst und zwang sich, methodisch vorzugehen. Er blätterte ans Ende des Folianten, um unter »F« wie *fuoco* zu suchen, doch die F's standen noch nicht einmal zusammen. Langdon fluchte leise. *Was haben diese Leute nur gegen alphabetische Ordnung?*

Die Einträge waren offensichtlich chronologisch geordnet, nach dem Datum, so, wie Bernini mit seinen Arbeiten fertig geworden war. Der Index bedeutete also keine Hilfe.

Als Langdon auf die lange Liste starrte, kam ihm ein weiterer entmutigender Gedanke. Der Titel des Werkes, nach dem er suchte, enthielt vielleicht nicht einmal das Wort *Feuer*. Die vorhergehenden beiden Arbeiten – *Habakuk* und *West Ponente* – hatten schließlich auch keinen Hinweis auf *Luft* oder *Erde* enthalten.

Er verbrachte kostbare Minuten damit, willkürlich durch das Inhaltsverzeichnis und schließlich durch den Katalog selbst zu blättern in der Hoffnung, dass eine Illustration eine innere Glocke zum Klingen brachte. Nichts. Er sah Dutzende obskurer Arbeiten, von denen er noch nie gehört hatte, aber auch eine Reihe bekannter Arbeiten – *Daniel und der Löwe, Apollo und Daphne* sowie ein halbes Dutzend Brunnen, was ihn auf einen neuen Gedanken brachte: *Wasser.* War der vierte Altar der Wissenschaft möglicherweise ein Brunnen? Ein Brunnen schien ihm ein perfekter Tribut an das Wasser zu sein. Langdon hoffte nur, dass sie den Mörder zu fassen bekamen, bevor er nach *Wasser* suchen musste – Bernini hatte Dutzende von Brunnen in Rom gestaltet, die meisten davon auf Kirchplätzen.

Er riss sich von dem Gedanken los und wandte sich erneut der vor ihm liegenden Aufgabe zu. *Feuer.* Er blätterte durch den Folianten, und Vittorias Worte ließen ihn neuen Mut schöpfen. *Sie haben die beiden ersten Skulpturen gekannt … und Sie kennen die nächste bestimmt auch.* Er ging einmal mehr den Index durch und suchte nach Werken, die ihm bekannt waren. Keines sprang ihm ins Auge. Schließlich wurde ihm bewusst, dass die Luft allmählich knapp und dass er mit Sicherheit nicht rechtzeitig fertig wurde, bevor er das Bewusstsein verlor. Daher beschloss er wider besseres Wissen, den Folianten mit aus dem Tresor zu nehmen. *Es ist nur ein Katalog,* sagte er sich. *Es ist ja nicht so, als würde ich ein kostbares Original von Galileo mitnehmen.* Das Blatt aus Galileos Manuskript in seiner Brusttasche fiel ihm ein, und er nahm sich vor, es zurückzulegen, bevor er das Geheimarchiv verließ.

Eilig bückte er sich, um den Folianten aufzuheben, und während er dies tat, bemerkte er etwas, das ihn zögern ließ. Der Index bestand zwar aus zahllosen Einträgen, doch dieser hier erschien ihm eigenartig.

Aus dem Eintrag ging hervor, dass Berninis Skulptur *Verzückung der heiligen Teresa* kurz nach ihrer Fertigstellung von ihrem ursprünglichen Aufstellungsort im Vatikan entfernt worden war. Doch nicht diese Anmerkung war es, die Langdons Aufmerksamkeit erweckt hatte – die wechselvolle Geschichte der Skulptur war für ihn nichts Neues. Manche hielten sie für Berninis Meisterwerk, doch Papst Urban VIII. hatte erklärt, dass sie für den Vatikan sexuell zu explizit sei. Deshalb hatte er sie in eine abgelegene Kapelle auf der anderen Seite der Stadt bringen lassen. Was Langdons Aufmerksamkeit erweckt hatte, war die Tatsache, dass die Skulptur in eine der fünf Kirchen auf seiner Liste gebracht worden war. Mehr noch, aus der Notiz ging hervor, dass sie *per suggerimento del artista* dorthin gebracht worden war.

Auf den Vorschlag des Künstlers hin?, dachte Langdon verwirrt. Es ergab keinen Sinn, dass Bernini sein angebliches Meisterwerk an irgendeinem abgelegenen Ort vor den Augen der Öffentlichkeit verstecken wollte – jeder Künstler sehnte sich danach, dass seine Werke für jeden sichtbar waren und nicht irgendwo in einer finsteren Ecke vor sich hin dämmerten …

Es sei denn … Langdon zögerte.

Der Gedanke schien völlig absurd. War das möglich? Hatte Bernini *absichtlich* ein so unverblümtes Werk geschaffen, dass der Vatikan sich gezwungen sah, es an irgendeinem abgelegenen Ort zu *verstecken*? Einem Ort vielleicht, den *Bernini selbst* vorgeschlagen hatte? Irgendeine abgelegene Kirche in direkter Linie zum Atem von *West Ponente*?

Langdons Aufregung wuchs, während er sich die Skulptur ins Gedächtnis zu rufen versuchte. Sie hatte, soweit er sich erinnerte, nicht das Geringste mit Feuer zu tun, und jeder, der sie gesehen hatte, würde bestätigen, dass sie nichts mit den Elementen der Wissenschaft zu tun hatte. Mit Pornografie vielleicht, aber definitiv nichts mit den vier damaligen Elementen der Wissenschaft. Ein englischer Kunstkritiker hatte die *Verzückung der heiligen Teresa* als »das unpassendste Bildnis, das je in einer christlichen Kirche gestanden hatte« verdammt.

Langdon wusste nur zu gut, worin die Kontroverse bestand. Die Skulptur war meisterhaft, doch sie zeigte Teresa auf dem Rücken in den Zuckungen eines heftigen Orgasmus. Kaum etwas für den Vatikan.

Hastig blätterte Langdon zu der Seite, auf der die Einzelheiten des Werkes festgehalten waren. Als er die Skizze sah, regte sich unerwartet und augenblicklich neue Hoffnung in ihm. In der Skizze schien sich die heilige Teresa tatsächlich in höchstem Maße zu vergnügen, doch zur Skulptur gehörte eine zweite Gestalt, an die Langdon sich im ersten Augenblick nicht erinnert hatte.

Ein Engel.

Mit einem Mal war die ganze schäbige Legende wieder präsent …

Die heilige Teresa war eine Nonne gewesen, die heilig gesprochen worden war, nachdem sie behauptet hatte, dass ein Engel ihr im Schlaf einen wunderbaren Besuch abgestattet hatte. Kritiker hatten später behauptet, dieser Besuch sei wohl eher sexueller denn spiritueller Natur gewesen. Am unteren Rand des Blattes stand ein Auszug aus Teresas Bericht, den Langdon bereits aus Büchern kannte. Ihre Wortwahl ließ der Fantasie nur wenig Spielraum:

Sein großer goldener Speer … gefüllt mit Feuer … stieß mehrere Male in mich … drang in mich ein bis zu den Eingeweiden … eine so gewaltige Süße erfüllte mich, sodass ich mir wünschte, sie möge niemals aufhören …

Langdon grinste. *Wenn das keine Umschreibung für richtig guten Sex ist, dann weiß ich es nicht …* Er grinste auch wegen der Beschreibung des Werks. Obwohl sie in italienischer Schrift gehalten war, erschien das Wort *fuoco* fast ein halbes Dutzend Mal:

… *feurige* Spitze seines Speers …

… der Kopf des Engels sandte *Feuerstrahlen* aus …

… Frau entflammt vom *Feuer* der Leidenschaft …

Doch Langdon war nicht völlig überzeugt, das richtige Werk gefunden zu haben – bis er erneut auf die Skizze sah. Der feurige Speer des Engels war erhoben wie ein Signal, ein Wegweiser. *Lass dich von Engeln führ'n auf deiner Quest'.* Selbst der Typus von Engel, den Bernini für sein Werk ausgewählt hatte, schien mit einem Mal signifikant. *Es ist ein Seraphim,* bemerkte Langdon verblüfft. *Und Seraphim bedeutet wörtlich »der Feurige«.*

Robert Langdon hatte nie nach göttlicher Bestätigung gesucht, doch als er nun den Namen der Kirche las, in der Berninis Werk aufgestellt war, stand er kurz davor, zum Gläubigen zu werden.

Santa Maria della Vittoria.

Vittoria, dachte er und grinste. *Wie passend.*

Er erhob sich, und ihm wurde schwindlig. Er starrte auf die Leiter und fragte sich, ob er den Katalog wieder auf seinen Platz stellen sollte. *Zur Hölle damit,* dachte er. *Soll Vater Jaqui es machen.* Er schloss den Folianten und ließ ihn am Boden des Regals liegen.

Auf dem Weg zur Drehtür ging sein Atem nur noch flach. Nichtsdestotrotz hatte sein Glückstreffer ihm zu neuer Frische verholfen.

Das Glück verließ ihn, bevor er den Ausgang erreichte.

Ohne Vorwarnung ertönte ein leises gequältes Zischen. Die Lichter wurden dunkel, und der Knopf für die elektrische Drehtür erlosch. Das gesamte unterirdische Gewölbe lag von einer Sekunde zur anderen in tiefster Schwärze. Irgendjemand hatte den Strom abgeschaltet.

85.

DIE KRYPTA UNTER DEM PETERSDOM war traditionell der Ort, an dem verstorbene Päpste beigesetzt wurden.

Vittoria erreichte den Fuß der Wendeltreppe und betrat das Gewölbe. Der finstere Tunnel war dunkel und kalt, erhellt einzig von den Taschenlampen der Schweizergardisten und getaucht in eine unwirkliche Atmosphäre. Zu beiden Seiten waren Nischen in die Wände eingelassen; in diesen Nischen standen mächtige Sarkophage.

Eisige Schauer liefen über Vittorias Rücken. *Das ist die Kälte,* sagte sie sich, obwohl sie wusste, dass es nur zur Hälfte stimmte. Sie hatte das Gefühl, als würden sie beobachtet, nicht von einem Wesen aus Fleisch und Blut, sondern von Gespenstern, die in der Dunkelheit lauerten. Auf jedem der Sarkophage lagen Gestalten in voller päpstlicher Bekleidung, lebensgroße Steinpäpste mit auf der Brust verschränkten Händen. Die liegenden Gebilde schienen aus den Sarkophagen selbst zu wachsen, sich gleichsam durch die zentnerschweren marmornen Deckel zu drücken, als wollten sie ihre sterblichen Fesseln endgültig abschütteln. Die kleine Prozession ging weiter; die Silhouetten in den Nischen tauchten im Licht der Taschenlampen auf und verschwanden wieder wie in einem makabren Tanz der Schatten.

Alle schwiegen. Vittoria wusste nicht zu sagen, ob aus Respekt vor den Toten oder vor Nervosität. Sie empfand beides. Der Camerlengo ging mit geschlossenen Augen, als würde er jeden Schritt auswendig kennen. Vittoria vermutete, dass er seit dem Tod des Papstes viele Male hier gewesen war … vielleicht, um am Grab seines Ziehvaters zu beten.

Ich habe viele Jahre bei ihm gelebt, hatte der Camerlengo gesagt. *Er war wie ein Vater für mich.* Vittoria erinnerte sich, wie der Camerlengo diese Worte im Gedenken an den Kardinal gesagt hatte, der ihn aufgezogen und aufgenommen hatte, als er von der Armee zurückgekehrt war. Jetzt erst verstand Vittoria den Rest der Geschichte. Es war jener Kardinal, Carlo Ventrescas Ziehvater, der später zum Papst gewählt worden war und seinen jungen Zögling mitgebracht hatte, damit er ihm als Camerlengo diente.

Das erklärt eine ganze Menge, dachte Vittoria. Sie hatte stets ein feines Gespür für die Emotionen anderer Menschen besessen, und irgendetwas am Camerlengo hatte sie den ganzen Tag beschäftigt. Er war von einer Trauer erfüllt, die weit größer, überwältigender zu sein schien als die Krise, vor der nun der ganze Vatikan stand. Hinter seiner frommen Ruhe hatte Vittoria einen Mann gesehen, der von ganz eigenen Dämonen gequält wurde. Nun wusste Vittoria, dass ihre Instinkte sie nicht getäuscht hatten. Nicht nur, dass Camerlengo Carlo Ventresca der schlimmsten Bedrohung in der Geschichte des Vatikans gegenüberstand, er hatte auch noch seinen Mentor und Freund verloren … er war der einsamste Mensch auf der Welt.

Die Gardisten gingen nun langsamer, als wüssten sie nicht genau, wo in der Dunkelheit der letzte Papst beigesetzt war. Der Camerlengo übernahm die Führung und blieb vor einem Marmorsarkophag stehen, der heller glänzte als die übrigen. Auf dem Deckel lag eine Statue des Toten. Vittoria erkannte das Gesicht – sie hatte es oft im Fernsehen gesehen, und plötzlich erfasste sie Furcht. *Was tun wir hier?*

»Mir ist bewusst, dass uns nicht viel Zeit bleibt«, sagte der Camerlengo. »Trotzdem bitte ich Sie, dass wir einen Augenblick im Gebet verharren.«

Die Schweizergardisten senkten die Köpfe und rührten sich nicht. Vittoria folgte ihrem Beispiel. Ihr Herz hämmerte wild in der Stille. Der Camerlengo kniete vor dem Sarkophag nieder und betete auf Italienisch. Vittoria lauschte seinen Worten, und plötzlich drohte Trauer sie zu übermannen. Sie dachte an ihren eigenen Mentor ... ihren eigenen Heiligen Vater. Tränen stiegen ihr in die Augen. Die Worte des Camerlengos waren für ihren Vater genauso passend wie für den toten Papst.

»Verehrter Vater, Ratgeber, Freund.« Die Stimme des Camerlengos erklang leise in der Dunkelheit. »Als ich jung war, habt Ihr mir gesagt, dass die Stimme, die ich in meinem Herzen höre, die Stimme Gottes sei. Ihr habt mir gesagt, ich müsste ihr folgen, ganz gleich, wie schmerzvoll es sei, was diese Stimme von mir verlange. Ich höre diese Stimme auch jetzt, und sie verlangt Unmögliches von mir. Gebt mir die Kraft, Vater, und verzeiht mir, was ich tun muss. Was ich nun tue ... tue ich im Namen von allem, an was Ihr geglaubt habt. Amen.«

»Amen«, flüsterten die Gardisten.

Amen, Vater. Vittoria wischte sich die Tränen ab.

Der Camerlengo erhob sich langsam und trat vom Sarkophag zurück. »Schieben Sie den Deckel zur Seite.«

Die Schweizergardisten zögerten. »Monsignore«, sagte einer von ihnen. »Das Gesetz sagt, dass wir unter Ihrem Befehl stehen, aber ...« Er zögerte. »Wir werden tun, was Sie von uns verlangen.«

Der Camerlengo schien die Gedanken des jungen Mannes zu lesen. »Eines Tages werde ich Sie um Vergebung bitten, weil ich Sie in diese Lage gebracht habe. Heute verlange ich Ihren Gehorsam. Die Vatikanischen Gesetze dienen dem Schutz der Kirche, und genau aus diesem Grund erteile ich Ihnen nun den Befehl, diese Gesetze zu brechen.«

Nach einem Augenblick des Schweigens gab der führende Gardist den Befehl an seine beiden Kameraden weiter. Die drei Männer legten ihre Lampen zu Boden, und ihre Schatten tanzten über Decke und Wände. Die Männer traten zum Sarkophag, legten die

Hände an den Deckel und stemmten die Füße in den Boden. Auf ein Zeichen hin schoben alle drei mit ganzer Kraft, doch der gewaltige Deckel bewegte sich nicht. Vittoria hoffte beinahe, der Deckel würde sich als zu schwer erweisen. Sie fürchtete sich vor dem, was sie darunter entdecken könnten.

Die Männer drückten und drückten, doch der Deckel gab nicht nach.

»*Ancora!*«, befahl der Camerlengo, krempelte die Ärmel seines Gewands hoch und stellte sich zu den Gardisten, um ihnen zu helfen. »*Ora!*« Alle drückten.

Vittoria wollte sich gerade erbieten, ebenfalls zu helfen, als der Deckel endlich nachgab. Die Männer drückten erneut, und mit einem rauen Knirschen von Stein auf Stein drehte sich der Deckel auf dem Sarkophag und kam in schiefer Stellung zur Ruhe, mit dem gemeißelten Kopf des Papstes tief in der Nische und den Füßen auf dem Gang.

Die vier Männer traten zurück.

Nervös bückte sich einer der Gardisten und hob seine Taschenlampe wieder auf. Dann richtete er den Strahl in den Sarkophag. Der Strahl zitterte merklich, dann kam er zur Ruhe. Die beiden anderen Gardisten folgten dem Beispiel ihres Anführers. Selbst in der Dunkelheit spürte Vittoria ihren Widerwillen. Sie bekreuzigten sich alle drei.

Der Camerlengo erschauerte, als er in den Sarkophag blickte, und seine Schultern sanken zuckend herab. Er verharrte einen langen Augenblick in dieser Haltung, bevor er sich schließlich abwandte.

Vittoria hatte gefürchtet, dass der Mund des Toten in Leichenstarre verschlossen war und dass sie Gewalt anwenden musste, um die Zunge zu sehen, doch nun erkannte sie, dass es nicht nötig war. Die Wangen des Toten waren eingefallen, und sein Mund stand weit offen.

Die Zunge des Papstes war schwarz wie die Nacht.

86.

KEIN LICHT. KEIN LAUT.

Die Geheimarchive lagen in völliger Dunkelheit.

Furcht, erkannte Langdon nun, war eine gewaltige Motivation. Atemlos tastete er sich durch die Dunkelheit auf die Drehtür zu. Er fand den Knopf an der Wand und rammte ihn mit der flachen Handfläche hinein. Nichts geschah. Er versuchte es erneut. Die Tür bewegte sich nicht.

Blind tastete er um sich und rief um Hilfe, doch seine Stimme klang merkwürdig erstickt. Plötzlich wurde ihm bewusst, in welcher Gefahr er schwebte. Seine Lungen ächzten nach Sauerstoff, und Adrenalin ließ sein Herz rasen. Er fühlte sich, als hätte ihm jemand ohne Vorwarnung in den Unterleib geschlagen.

Als er sich mit seinem ganzen Gewicht gegen die Tür warf, glaubte er für einen Augenblick, sie hätte sich bewegt. Erneut warf er sich dagegen, und wieder vergeblich. Dann erst wurde ihm bewusst, dass sich der gesamte Raum um ihn drehte, nicht die Tür. Er taumelte blind davon, stolperte über eine Rollleiter und schlug der Länge nach hin. Er stieß sich das Knie an einem Regal, rappelte sich fluchend auf und tastete nach der Leiter.

Er fand sie. Er hatte gehofft, sie würde aus schwerem Holz oder Eisen bestehen, doch es war ein Aluminiumgestell. Er packte die Leiter wie einen Rammbock und stürmte damit durch die Schwärze auf die Glaswand zu. Sie war näher, als er geglaubt hatte. Doch die Leiter prallte gegen das dicke Glas des Tresors, ohne Schaden anzurichten. Nach dem Geräusch des Aufpralls zu urteilen, brauchte es sehr viel mehr als eine Aluminiumleiter, um diese Glaswände zu zerbrechen. Die Pistole fiel ihm ein, und wilde Hoffnung durchzuckte ihn – um im nächsten Moment wieder zu schwinden. Olivetti hatte ihm die Waffe im Amtszimmer des Papstes abgenommen mit der Begründung, dass in der Gegenwart des Camerlengos niemand eine geladene Waffe bei sich tragen dürfe. Das Argument war Langdon durchaus logisch erschienen.

Er rief erneut um Hilfe, und seine Stimme klang noch schwächer als beim ersten Mal.

Dann erinnerte er sich an das Walkie-Talkie, das der Gardist draußen auf dem Tisch hatte stehen lassen. *Warum habe ich es nicht gleich an mich genommen?* Vor Langdons Augen tanzten purpurne Sterne, und er zwang sich mit aller Kraft zu logischem Denken. *Du warst schon einmal eingeschlossen,* erinnerte er sich. *Du hast Schlimmeres überlebt. Du warst ein Kind und wusstest, was zu tun war.* Die erdrückende Dunkelheit überflutete seinen Verstand. *Denk nach!*

Er ließ sich auf den Boden nieder, rollte sich auf den Rücken und legte die Hände an die Seiten. Der erste Schritt bestand darin, die Selbstbeherrschung zurückzugewinnen.

Entspann dich. Schone deine Kräfte.

Nachdem sein Kreislauf nicht mehr gegen die Gravitation ankämpfen musste, um Blut in das Gehirn zu pumpen, verlangsamte sich sein Herzschlag merklich. Es war ein Trick, mit dem Schwimmer ihr Blut zwischen rasch aufeinander folgenden Rennen wieder mit Sauerstoff anreicherten.

Hier drin ist jede Menge Luft, sagte er sich. *Jede Menge. Und jetzt denk nach!* Er wartete, während er hoffte, dass die Beleuchtung jeden Augenblick wieder aufflammte, jedoch vergeblich. Während er dalag und ihm das Atmen von Minute zu Minute leichter fiel, übermannte ihn eine unwirkliche Resignation. Er fühlte sich friedlich und geborgen. Dann kämpfte er gegen diesen Zustand an.

Du musst dich bewegen, verdammt! Aber wohin …

Auf seiner Uhr leuchtete Mickey Mouse munter vor sich hin, als gefiele ihr die Dunkelheit. Einundzwanzig Uhr dreiunddreißig. Noch eine halbe Stunde. Nach seinem persönlichem Empfinden war es bereits wesentlich später. Anstatt einen Ausweg zu suchen, verlangte sein Verstand plötzlich eine Erklärung für seine Lage. *Wer hat den Strom abgeschaltet? Dehnt Rocher seine Suche bereits aus? Hätte Olivetti ihn nicht gewarnt, dass ich hier drin bin?*

Er öffnete den Mund und legte den Kopf in den Nacken, um seine Luftröhre zu befreien, während er aus vollen Zügen atmete, so tief er konnte. Jeder Zug brannte weniger als der vorangegangene. Sein Kopf wurde klar. Er ordnete seine Gedanken, zwang sich zu kühler Logik.

Glaswände, sagte er sich. *Aber verdammt dickes Glas.*

Er fragte sich, ob es in diesem Tresor vielleicht auch Bücher gab, die in schweren, feuersicheren Metallkisten gelagert wurden. Langdon hatte sie in anderen Archiven gesehen, jedoch noch nicht hier im Vatikanischen Archiv. Außerdem würde es wahrscheinlich sehr viel Zeit kosten, eine solche Kiste im Dunkeln zu finden. Und er hätte sie bestimmt nicht heben können, nicht in seinem derzeitigen Zustand.

Was ist mit dem Lesetisch? Langdon wusste, dass es im Zentrum des Tresors einen Lesetisch gab, genau wie in den anderen Tresoren. *Na und? Den kriege ich auch nicht gehoben.* Außerdem, selbst wenn es ihm gelänge, den Tisch zu bewegen, würde er nicht weit damit kommen. Die Regale standen eng beieinander, und die Zwischenräume waren viel zu schmal.

Die Zwischenräume sind zu schmal …

Plötzlich wusste er die Lösung.

Mit neu erwachter Zuversicht sprang er auf – viel zu schnell. Schwindel überkam ihn, und er tastete Halt suchend umher. Seine Hände berührten ein Regal. Er zwang sich, einen Moment auszuruhen. Er würde all seine Kraft brauchen, um seinen Plan in die Tat umzusetzen.

Schließlich stemmte er sich gegen das Regal wie ein Footballspieler gegen einen Trainingsschlitten und drückte. *Wenn es mir gelingt, das Regal umzuwerfen …* Doch das Regal bewegte sich kaum. Er nahm erneut Maß, drückte wieder mit aller Kraft. Seine Füße glitten auf dem Boden ab. Das Regal knarrte, doch es bewegte sich nicht.

Er brauchte einen Hebel.

Langdon tastete sich zur Glaswand zurück und behielt mit einer Hand Kontakt zu ihr, während er sich durch die Dunkelheit zur anderen Seite des Tresors bewegte. Die Rückwand kam schneller als erwartet, und er prallte mit der Schulter dagegen. Fluchend umrundete er das Regal und packte es ungefähr in Augenhöhe. Dann begann er, daran hochzuklettern, indem er sich mit einem Fuß an der gegenüberliegenden Glaswand abstützte. Ringsherum fielen Bücher aus den Regalböden und landeten raschelnd in der Dunkelheit, doch es war ihm egal. Der Überlebensinstinkt war stärker als alle archivarische Rücksicht. Langdons Gleichgewichtssinn war durch die Dunkelheit beeinträchtigt, und er schloss die

Augen und zwang sich, jeglichen eingebildeten visuellen Reiz zu ignorieren. Nun ging es schneller voran. Die Luft wurde dünner, je höher er kam. Dann hatte er den obersten Regalboden erreicht und versuchte, sich vollends hinaufzuziehen. Wie ein Felskletterer, der einen Grat überwindet, setzte er an der Glaswand einen Fuß hinter den anderen, bis er eine beinahe waagerechte Stellung erreicht hatte.

Jetzt oder nie, Robert, drängte eine innere Stimme. *Genau wie in der Beinpresse im Fitnessraum von Harvard.*

Ihm war schwindlig, als er mit Brust und Armen gegen das Regal drückte und sich gleichzeitig mit den Füßen von der Glaswand abstieß. Nichts geschah.

Keuchend korrigierte er seine Position und drückte erneut. Das Regal bewegte sich unmerklich. Langdon drückte weiter, streckte die Beine, und das Regal schaukelte ein paar Zentimeter vor und zurück. Langdon nutzte den Schwung aus, atmete tief die sauerstoffarme Luft und drückte ein drittes Mal. Das Regal schwankte stärker.

Wie ein Pendel, sagte er sich. *Du musst den Rhythmus halten, dann kannst du es aufschaukeln. Immer weiter.*

Langdon drückte die Beine bei jedem Schaukeln ein wenig mehr durch. Seine Oberschenkel brannten wie Feuer, doch er achtete nicht auf den Schmerz. Das Pendel war in Bewegung. *Noch drei Stöße,* sagte er sich.

Er benötigte nur zwei.

Einen Augenblick lang spürte er schwerelose Unsicherheit, dann fiel er zusammen mit zahllosen rutschenden Büchern nach vorn.

Auf halbem Weg zum Boden prallte das Regal gegen ein weiteres. Langdon klammerte sich mit aller Kraft fest. Einen Augenblick herrschte bewegungslose Panik, doch sein Gewicht und das des fallenden Regals reichten aus, um den Dominoeffekt in Gang zu setzen. Das zweite Regal kippte. Langdon fiel erneut.

Eines nach dem anderen kippten die gewaltigen Regale krachend um. Metall stieß dröhnend gegen Metall, und überall war das Geräusch fallender Bücher zu vernehmen. Langdon klammerte sich fest, während sein Regal wie eine Sperrklinke auf einem Wagenheber nach unten rutschte. Er fragte sich, wie viele Regale es insgesamt sein mochten. Wie viel mochten sie wiegen? Das Glas auf der anderen Seite war dick …

Langdons Regal befand sich fast in der Horizontalen, als er hörte, worauf er gewartet hatte – ein Geräusch von einem anderen Aufprall. Ein Stück entfernt. Auf der gegenüberliegenden Seite des Büchertresors. Das scharfe Krachen von Metall auf Glas. Der gesamte Tresor erzitterte, und Langdon wusste, dass das Regal auf der anderen Seite die Glaswand getroffen hatte. Was nun folgte, war das unwillkommenste Geräusch, das Langdon je gehört hatte.

Nämlich gar keins.

Kein zersplitterndes Glas, nur das widerhallende Krachen der Wand, die das Gewicht der gegen sie fallenden Regale aufgefangen hatte. Langdon lag mit weit aufgerissenen Augen auf dem Bücherhaufen. Nach einer Sekunde vernahm er ein leises Knistern. Er hätte den Atem angehalten, um zu lauschen, doch er hatte keine Luft mehr in den Lungen.

Eine Sekunde. Eine weitere …

Dann, am Rande der Bewusstlosigkeit, spürte er, wie etwas nachgab. Das Knistern wurde lauter, breitete sich durch die gegenüberliegende Wand hindurch aus, und plötzlich, wie von einer Kanonenkugel getroffen, explodierte das Glas.

Das Regal unter Langdon krachte vollends zu Boden.

Mit lautem Zischen strömte Frischluft herein.

Vittoria stand noch in der Krypta des Petersdoms über dem Leichnam des verstorbenen Papstes, als dreißig Sekunden später das elektronische Piepsen eines Walkie-Talkies die Stille durchbrach. Die Stimme klang, als würde der Sprecher unter starker Atemnot leiden. »Hier Robert Langdon! Kann mich jemand hören?«

Vittoria blickte auf. *Robert!* Sie konnte kaum glauben, wie sehr sie sich den großen sympathischen Amerikaner in diesem Augenblick herbeisehnte!

Die Gardisten wechselten überraschte Blicke. Einer nahm sein Walkie-Talkie vom Gürtel. »Mr. Langdon? Sie sind auf Kanal drei! Oberst Olivetti erwartet Ihren Ruf auf Kanal eins!«

»Ich weiß, dass er auf Kanal eins wartet, verdammt! Ich will nicht mit Olivetti reden! Ich will mit dem Camerlengo sprechen, auf der Stelle! Suchen Sie den Camerlengo und holen Sie ihn ans Gerät!«

In der Dunkelheit des Vatikanischen Geheimarchivs stand Robert Langdon inmitten von gesplittertem Glas und bemühte sich, wieder zu Atem zu kommen. Er spürte eine warme Flüssigkeit auf der linken Hand und wusste, dass er blutete. Plötzlich meldete sich die Stimme des Camerlengos. Langdon schrak zusammen.

»Hier spricht Camerlengo Carlo Ventresca. Was geht da vor, Mr. Langdon?«

Langdon drückte den Knopf. Sein Herz hämmerte immer noch wild. »Ich glaube, jemand hat gerade versucht, mich umzubringen!«

Schweigen.

Langdon versuchte sich zu beruhigen. »Außerdem weiß ich, wo der nächste Mord verübt wird …«

Die Antwort kam nicht von Camerlengo Ventresca, sondern von Oberst Olivetti. »Mr. Langdon, sagen Sie kein Wort mehr!«

87.

LANGDONS UHR, inzwischen blutverschmiert, zeigte einundzwanzig Uhr zweiundvierzig. Er rannte über den Belvederehof und näherte sich dem Brunnen vor der Kaserne der Schweizergarde. Die Wunde an seiner Hand hatte aufgehört zu bluten, doch es fühlte sich schlimmer an, als es aussah. Als er vor dem Gebäude ankam, schienen sich alle zugleich dort versammelt zu haben – Olivetti, Rocher, der Camerlengo, Vittoria sowie eine Hand voll Schweizergardisten.

Vittoria eilte ihm entgegen. »Robert, Sie sind verletzt!«

Bevor Langdon antworten konnte, stand Olivetti bei ihm. »Mr. Langdon, ich bin erleichtert, dass Ihnen nichts fehlt. Es tut mir Leid wegen des Stromausfalls im Archiv.«

»Stromausfall?«, fauchte Langdon. »Sie wussten sehr genau …«

»Es war mein Fehler«, sagte Rocher und trat zerknirscht vor. »Ich wusste nicht, dass Sie im Archiv waren. Ein Teil unserer weißen Zonen ist mit dem Gebäude verbunden, und wir hatten unsere Suche ausgedehnt. Ich bin derjenige, der den Strom abgeschaltet hat. Hätte ich gewusst ...«

»Robert«, sagte Vittoria, während sie seinen Arm nahm und die Wunde untersuchte, »der Papst wurde vergiftet! Die Illuminati haben ihn ermordet.«

Langdon hörte die Worte, doch er verstand sie kaum. Er spürte nur noch die Wärme von Vittorias Händen.

Der Camerlengo nahm ein seidenes Taschentuch aus seinem Gewand und reichte es Langdon, damit er sich säubern konnte. Er schwieg, doch seine grünen Augen blitzten mit neuem Feuer.

»Robert«, drängte Vittoria. »Sie sagten, Sie wüssten, wo der nächste Mord verübt werden soll!«

Langdon fühlte sich ganz leicht. »Ja, es ist ...«

»Halt!«, unterbrach ihn Olivetti. »Mr. Langdon, als ich Sie bat, kein Wort mehr über das Walkie-Talkie zu sagen, hatte ich meine Gründe.« Er wandte sich den versammelten Schweizergardisten zu. »Bitte, meine Herren, wenn Sie uns entschuldigen würden.«

Die Soldaten verschwanden gehorsam im Gebäude.

Olivetti wandte sich wieder zu den anderen um. »So sehr mich diese Feststellung schmerzt, aber die Ermordung des Papstes konnte nur mit Hilfe aus dem Innern dieser Mauern gelingen. Wir dürfen niemandem mehr vertrauen, nicht einmal unserer Schweizergarde.« Olivetti selbst schien am meisten betroffen von seiner Feststellung.

Rocher blickte seinen Kommandanten besorgt an. »Aber das würde bedeuten ...«

»Genau«, sagte Olivetti. »Die Integrität Ihrer Suchaktion ist nicht gewährleistet. Trotzdem müssen wir das Risiko eingehen.«

Rocher sah aus, als wollte er etwas entgegnen, doch dann überlegte er es sich anders und ging.

Der Camerlengo atmete tief durch. Er hatte bisher noch kein Wort gesprochen, doch Langdon spürte neue Energie in ihm, als hätte er einen Wendepunkt erreicht.

»Kommandant?« Die Stimme Ventrescas verriet nichts von seinen Gefühlen. »Ich werde das Konklave unterbrechen.«

Olivetti schürzte die Lippen und blickte den Camerlengo halsstarrig an. »Ich rate dringend davon ab, Monsignore. Uns bleiben immer noch zwei Stunden und zwanzig Minuten.«

»Ein Herzschlag, weiter nichts.«

Olivettis Tonfall wurde herausfordernd. »Was beabsichtigen Sie zu tun? Wollen Sie die Kardinäle etwa eigenhändig evakuieren?«

»Ich beabsichtige, unsere Kirche zu retten und dazu jede Macht zu benutzen, die Gott mir gegeben hat. Wie ich das anstelle, soll Ihre Sorge nicht sein.«

Olivetti richtete sich auf. »Was immer Sie vorhaben …« Er zögerte. »Ich besitze nicht die Autorität, Ihnen zu widersprechen, insbesondere nicht im Hinblick auf mein Versagen als Leiter der Sicherheitstruppe. Doch ich bitte Sie, noch zu warten. Zwanzig Minuten … bis zweiundzwanzig Uhr. Falls Mr. Langdons Informationen zutreffend sind, habe ich vielleicht die Gelegenheit, diesen Mörder zu fassen. Und dann besteht noch eine Chance, das Protokoll und die Etikette zu wahren.«

»Die Etikette wahren?« Der Camerlengo stieß ein unterdrücktes Lachen aus. »Wir haben die Schicklichkeit längst hinter uns gelassen, Oberst Olivetti. Für den Fall, dass es Ihnen noch nicht aufgefallen ist – wir befinden uns im Krieg.«

Ein Gardist kam aus der Kaserne und rief nach dem Camerlengo. »Monsignore, ich habe soeben einen Anruf erhalten, dass wir diesen BBC-Reporter aufgespürt haben, diesen Gunther Glick.«

Der Camerlengo nickte. »Sehr gut. Lassen Sie ihn und seine Kamerafrau zur Sixtinischen Kapelle bringen und warten Sie dort auf mich.«

Olivetti riss die Augen auf. »Was haben Sie vor?«

»Zwanzig Minuten, Oberst Olivetti. Mehr haben Sie nicht.« Damit wandte er sich um und ging.

Als Olivettis Wagen diesmal aus der Vatikanstadt jagte, folgte ihm keine Kolonne schwarzer Alfa Romeos. Auf dem Rücksitz bandagierte Vittoria die Hand Langdons mit dem Verband aus einem Erste-Hilfe-Kasten, den sie im Handschuhfach gefunden hatte.

Olivetti starrte nach vorn. »Also schön, Mr. Langdon. Wohin fahren wir?«

88.

SELBST MIT FLACKERNDEM BLAULICHT und plärrendem Martinshorn schien Olivettis Alfa Romeo keine Aufmerksamkeit zu erwecken, als er über die Brücke und in das Herz des alten Rom raste. Sämtlicher Verkehr bewegte sich in die andere Richtung, auf den Vatikan zu, als wäre der Heilige Stuhl mit einem Mal zum größten Szenetreff der Stadt geworden.

Langdon saß auf dem Rücksitz, und tausend Fragen gingen ihm durch den Kopf. Er fragte sich, ob sie diesmal rechtzeitig kommen würden, um den Mörder zu fassen, und ob er ihnen sagen würde, was sie wissen mussten, oder ob es vielleicht schon zu spät war. Wie lange noch, bevor der Camerlengo der Menschenmenge auf dem Petersplatz verkünden würde, dass sie in Gefahr war? Der Zwischenfall im Geheimarchiv nagte immer noch an ihm. *Ein Irrtum?*

Olivetti lenkte den Alfa Romeo im Höllentempo durch die engen Straßen in Richtung der Kirche Santa Maria della Vittoria. Nachdem Langdon endlich ein paar Minuten Ruhe hatte und einfach nur dasitzen konnte, begriff er allmählich, dass der letzte Papst ermordet worden war, und Staunen breitete sich in ihm aus. Der Gedanke war unvorstellbar – und doch auf gewisse Weise vollkommen logisch. Infiltration war stets die Machtbasis der Illuminati gewesen – Umschichtung von Macht von innen heraus. Und es war ja nicht so, dass noch nie ein Papst ermordet worden wäre. Es gab zahllose Gerüchte über Verrat, doch weil noch nie eine Autopsie durchgeführt worden war, gab es keinerlei Beweise. Bis vor gar nicht langer Zeit jedenfalls. Erst vor kurzem hatten Wissenschaftler die Genehmigung erhalten, den Sarkophag von Papst Cölestin V. mithilfe von Röntgenstrahlen zu analysieren. Der Papst war den Gerüchten zufolge von seinem übereifrigen Nachfolger beseitigt worden, Bonifaz VIII. Die Forscher hatten sich erhofft, die Röntgenuntersuchung würde einen Hinweis erbringen, einen gebrochenen Knochen vielleicht. Tatsächlich hatten die Röntgenbilder einen zwanzig Zentimeter langen Nagel im Schädel des Toten gezeigt.

Nun erinnerte sich Langdon auch an eine Reihe von Nachrichtenmeldungen, die andere Illuminati-Forscher ihm vor ein paar Jahren zugesandt hatten. Zuerst hatte er die Meldungen für einen dummen Streich gehalten; dann aber war er in die Bibliothek von Harvard gegangen und hatte die Mikrofiche-Datenbank durchsucht, um herauszufinden, ob die Artikel authentisch waren. Zu Langdons Erstaunen waren sie es tatsächlich. Er hatte sie inzwischen ständig auf seinem eigenen Schwarzen Brett – als Beispiele dafür, dass selbst angesehene Nachrichtenagenturen sich manchmal von einer Illuminati-Paranoia hinreißen ließen. In der Rückbesinnung erschienen ihm die Artikel viel weniger abwegig als damals. Langdon sah sie deutlich vor sich …

THE BRITISH BROADCASTING CORPORATION
14. Juni 1998

Papst Johannes Paul I., der 1978 starb, war das Opfer einer Verschwörung der Freimaurerloge P2 … Die geheime Gesellschaft P2 beschloss, den damaligen Papst zu ermorden, weil sie erkannte, dass der Heilige Vater den amerikanischen Erzbischof Paul Marcinkus als Präsidenten der Vatikanischen Bank entlassen wollte. Die Bank war in zweifelhafte Finanzgeschäfte mit der Freimaurerloge verwickelt …

THE NEW YORK TIMES
24. August 1998

Warum trug der verstorbene Papst Johannes Paul I. sein Tageshemd im Bett? Warum war es zerrissen? Die Fragen enden damit noch längst nicht. Es gab keinerlei medizinische Untersuchung. Kardinal Villot hat eine Autopsie mit der Begründung untersagt, dass noch niemals ein Papst obduziert worden sei. Und die Medikamente Johannes Pauls sind auf mysteriöse Weise von seinem Nachttisch verschwunden, genau wie seine Brille, seine Pantoffeln und sein handschriftliches Testament.

LONDON DAILY MAIL
27. August 1998

… eine Verschwörung, in die eine mächtige, skrupellose und illegale Freimaurerloge verwickelt ist, deren Einfluss bis in den Vatikan hinein reicht …

Das Mobiltelefon in Vittoria Tasche summte und riss Langdon aus seinen Gedanken.

Verwirrt nahm sie das Gerät aus der Tasche und fragte sich, wer anrief. Selbst aus der Entfernung von fast einem halben Meter erkannte Langdon die schneidende Stimme.

»Vittoria? Hier Maximilian Kohler. Haben Sie die Antimaterie bereits gefunden?«

»Max! Geht es Ihnen besser?«

»Ich habe die Nachrichten gesehen. Kein Wort von CERN oder der Antimaterie. So weit, so gut. Wie sieht es bei Ihnen aus?«

»Wir haben den Behälter noch nicht gefunden. Die Situation ist kompliziert. Robert Langdon war eine große Hilfe. Wir haben eine Spur zu dem Mann, der die Kardinäle entführt hat und hinter den Morden steckt. Im Augenblick sind wir unterwegs zur …«

»Signorina Vetra!«, unterbrach Oberst Olivetti. »Sie haben genug gesagt!«

Sie bedeckte das Mikrofon und fuhr Olivetti an: »Oberst, ich spreche mit dem Generaldirektor von CERN. Er hat ein Recht zu erfahren …«

»Er hat ein Recht, selbst hierher zu kommen und die Situation zu klären!«, fauchte Olivetti leise. »Sie sprechen auf einer ungesicherten Mobilfunkfrequenz! Sie haben genug gesagt!«

Vittoria atmete tief durch. »Max?«

»Ich habe vielleicht ein paar Informationen für Sie«, sagte Max. »Über Ihren Vater … Ich weiß möglicherweise, wem er von der Antimaterie erzählt hat …«

Vittorias Gesichtsausdruck wurde verschlossen. »Mein Vater hat gesagt, er hätte mit niemandem darüber gesprochen!«

»Ich fürchte, Vittoria, das ist nicht ganz zutreffend. Ich muss zuerst noch ein paar Sicherheitsaufzeichnungen überprüfen. Ich melde mich bald wieder.« Die Verbindung wurde unterbrochen.

Vittoria sah wächsern aus, als sie das Mobiltelefon in ihre Tasche zurückschob.

»Alles in Ordnung?«, fragte Langdon.

Vittoria nickte, doch an ihren zitternden Fingern sah Langdon, dass sie log.

»Die Kirche steht auf der Piazza Barberini«, erklärte Olivetti, während er das Martinshorn abschaltete und einen Blick auf die Uhr im Armaturenbrett warf. »Wir haben noch neun Minuten.«

Als Langdon zum ersten Mal bewusst geworden war, wo der dritte Wegweiser der Illuminati stand, hatte der Name des Platzes eine Glocke zum Klingen gebracht. *Piazza Barberini.* Irgendetwas daran war ihm vertraut erschienen … etwas, das er nicht benennen konnte. Jetzt fiel es ihm wieder ein. Die Piazza war wegen einer U-Bahn-Station in die Schlagzeilen geraten. Vor ungefähr zwanzig Jahren hatten die Bauarbeiten einen Streit unter Kunsthistorikern ausgelöst. Sie hatten befürchtet, dass die Grabungen unter der Piazza den tonnenschweren Obelisken im Zentrum aus dem Gleichgewicht bringen könnten. Die Städteplaner hatten den Obelisken daraufhin entfernen lassen und an seiner Stelle einen kleinen Brunnen errichtet, den Tritonsbrunnen.

Zu Berninis Zeiten, erkannte Langdon, hatte ein Obelisk auf der Piazza Barberini gestanden! Welche Zweifel er auch gehabt haben mochte, dass die *Ekstase der heiligen Teresa* der richtige Wegweiser zum dritten Altar der Wissenschaft war – spätestens jetzt waren sie wie weggewischt.

Einen Block von der Piazza entfernt bog Olivetti in eine Seitenstraße, ging vom Gas und hielt schließlich an. Er zog seine Jacke aus, krempelte die Ärmel hoch und lud seine Pistole durch.

»Wir dürfen nicht riskieren, dass Sie beide erkannt werden«, sagte er. »Sie waren im Fernsehen. Ich möchte, dass Sie auf der anderen Seite der Piazza warten, außer Sicht, und den Haupteingang beobachten. Ich gehe von hinten rein.« Er zog eine zweite Waffe und reichte sie Langdon. »Nur für den Fall.«

Langdon runzelte die Stirn. Es war das zweite Mal an diesem

Tag, dass man ihm eine Waffe in die Hand drückte. Er schob sie in die Brusttasche seines Jacketts, wobei ihm bewusst wurde, dass er noch immer das Blatt aus Galileos *Diagramma* bei sich trug. Nicht zu fassen, dass er vergessen hatte, es im Vatikanischen Geheimarchiv zurückzulassen! Er stellte sich vor, wie der Kurator sich in wütenden Zuckungen auf dem Boden wälzte bei dem Gedanken, dass dieses unbezahlbare Artefakt wie eine x-beliebige Touristenkarte durch Rom getragen wurde. Dann fiel ihm das Chaos aus zersplittertem Glas und auf dem Boden verstreuten Katalogen ein, das er im Archiv hinterlassen hatte … der Kurator würde ganz andere Probleme haben. *Falls die Archive diese Nacht überhaupt überstehen …*

Olivetti stieg aus dem Wagen und deutete die Straße entlang. »Die Piazza liegt in dieser Richtung. Halten Sie die Augen offen, und lassen Sie sich nicht sehen.« Er deutete auf das Telefon in seinem Gürtel. »Signorina Vetra, lassen Sie uns die automatische Wahl noch einmal testen.«

Vittoria zückte ihr Handy und tippte auf die Taste, unter der sie Olivettis Nummer beim Pantheon einprogrammiert hatte. Olivettis Mobiltelefon vibrierte lautlos.

Der Kommandant der Schweizergarde nickte. »Gut. Falls Sie etwas sehen, möchte ich es wissen.« Er entsicherte seine Pistole. »Ich werde in der Kirche warten. Dieser Heide gehört mir.«

In diesem Augenblick klingelte ganz in der Nähe ein weiteres Mobiltelefon.

Der *Hashishin* nahm den Anruf entgegen. »Ja?«

»Ich bin es«, sagte die Stimme. »Janus.«

Der *Hashishin* lächelte. »Hallo, Meister.«

»Ihre Position ist möglicherweise bekannt. Jemand ist unterwegs, um Sie aufzuhalten.«

»Wer es auch sein mag, er kommt zu spät. Sämtliche Arrangements sind getroffen.«

»Sehr gut. Stellen Sie sicher, dass Sie lebend entkommen. Es gibt noch Arbeit für Sie.«

»Wer mir im Weg steht, wird sterben.«

»Wer Ihnen im Weg steht, weiß Bescheid!«

»Sie meinen diesen amerikanischen Gelehrten?«

»Sie wissen von ihm?«

Der *Hashishin* kicherte. »Kühl, aber naiv. Er hat am Telefon zu mir gesprochen. Er gehört zu dieser Frau, die das genaue Gegenteil von ihm zu sein scheint.« Der *Hashishin* spürte aufsteigende Erregung beim Gedanken an das feurige Temperament, das er bei ihr gespürt hatte.

Auf der anderen Seite der Verbindung entstand eine Pause – das erste Zögern, das der *Hashishin* je bei seinem Illuminati-Meister bemerkt hatte. Schließlich sprach Janus wieder. »Eliminieren Sie die beiden, falls es nötig werden sollte.«

Der *Hashishin* lächelte. »Betrachten Sie es als erledigt.« Er spürte, wie ihn ein Gefühl der Lust durchströmte. *Obwohl ich die Frau vielleicht als Belohnung behalten werde.*

89.

AUF DEM PETERSPLATZ herrschte hektische Betriebsamkeit. Übertragungswagen rasten heran und kamen schlingernd zum Stehen wie Sturmboote, die Brückenköpfe eroberten. Reporter rüsteten sich mit Hightech aus wie Soldaten, die in den Kampf zogen. Ringsum auf dem Platz rangelten Sender um die besten Plätze, während sie wetteiferten, die neueste Waffe im Medienkrieg zu installieren – Flachbildschirme.

Flachbildschirme waren riesige Videoleinwände, die auf einem Übertragungswagen oder einem speziellen Gestell aufgerichtet werden konnten. Sie dienten als eine Art Werbebanner für den jeweiligen Sender; auf den Schirmen waren die Logos und die letzten Schlagzeilen zu sehen wie in einem Autokino. Ein gut positionierter Schirm, und kein anderer Sender konnte einen Bericht drehen, ohne gleichzeitig für seinen Konkurrenten Werbung zu machen.

Der Petersplatz verwandelte sich nicht nur in eine Multimedia-Arena, sondern zugleich in eine öffentliche Nachtwache. Zuschauer strömten aus allen Richtungen herbei, und der üblicherweise scheinbar grenzenlos große Platz füllte sich. Die Menschen drängten sich um die hoch aufragenden Videoschirme und lauschten in betäubter Spannung den sich überschlagenden Live-Berichten.

Nur hundert Meter von diesem Geschehen entfernt, in den dicken Mauern des Petersdoms, war die Stimmung ernst. Leutnant Chartrand und drei Männer seiner Schweizergarde bewegten sich durch die Dunkelheit. Sie trugen Infrarotbrillen und schwärmten über das Hauptschiff aus, während sie die Detektoren hin und her schwankten. Die Suche nach dem Antimateriebehälter in den öffentlich zugänglichen Bereichen des Vatikans hatte bisher keinen Erfolg gezeitigt.

»Besser, wenn ihr hier eure IR-Brillen abnehmt!«, rief der älteste Gardist.

Chartrand hatte seine Brille bereits in die Stirn geschoben. Sie näherten sich der Vertiefung mit der goldenen Truhe, dem angeblichen Reliquienschrein mit den Gebeinen des heiligen Petrus. Er wurde von neunundneunzig flackernden Öllampen erhellt, und das durch die Infrarotbrillen verstärkte Licht hätte ihnen die Netzhäute versengt.

Es war wohltuend, die schwere Brille nicht mehr zu tragen. Chartrand reckte den Hals, als sie in die Vertiefung hinunterstiegen, um den Bereich abzusuchen. Der Raum war wunderschön und leuchtete warm und golden. Chartrand war bisher noch nie hier gewesen.

Beinahe schien es ihm, als würde er seit seiner Ankunft in der Vatikanstadt jeden Tag ein weiteres neues Geheimnis kennen lernen. Diese Öllampen beispielsweise. Es waren genau neunundneunzig Stück, und sie brannten ununterbrochen, vierundzwanzig Stunden am Tag, sieben Tage in der Woche. Es war eine Tradition. Die Priester füllten die Lampen mit geheiligtem Öl nach, bevor sie erlöschen konnten. Es hieß, sie würden bis zum Ende aller Tage weiterbrennen.

Zumindest bis Mitternacht, dachte Chartrand und spürte, wie sein Mund erneut trocken wurde.

Er schwenkte seinen Detektor über die Öllampen. Nichts Auffälliges, was nicht weiter überraschend war, denn nach dem Videobild der Überwachungskamera war der Behälter in einem *dunklen* Raum verborgen.

Als er sich durch die Nische vorwärts arbeitete, kam er zu einem Rost, der ein Loch im Boden bedeckte. Darunter befand sich eine steile schmale Leiter, die ins Dunkel hinunterführte. Chartrand hatte Geschichten gehört, was sich dort unten befand. Gott sei Dank mussten sie nicht hinunter. Rochers Befehle waren deutlich gewesen: *Durchsuchen Sie lediglich die Zonen, zu denen die Öffentlichkeit Zutritt besitzt. Ignorieren Sie den Rest.*

»Was ist das für ein Geruch?«, fragte er und wandte sich von dem Rost ab. Die gesamte Vertiefung roch unerträglich süß.

»Das sind die Dämpfe aus den Lampen«, antwortete einer der Gardisten.

»Riecht eher nach Parfüm als nach Kerosin«, stellte Chartrand überrascht fest.

»Es ist kein Kerosin, Herr Leutnant. Diese Lampen stehen nah beim päpstlichen Altar, deswegen benutzt man eine spezielle Mischung, die zur Umgebung passt – Zucker, Ethanol, Butan und Parfüm.«

»Butan?« Chartrand musterte die Lampen nervös.

Der Gardist nickte. »Verschütten Sie nichts, Herr Leutnant. Es riecht himmlisch, aber es brennt wie die Hölle.«

Die Gardisten beendeten die Suche in der Vertiefung mit der goldenen Truhe und bewegten sich weiter durch die Basilika, als ihre Walkie-Talkies sich meldeten.

Es war ein aktualisierter Lagebericht. Die Gardisten lauschten schockiert.

Offensichtlich gab es eine Reihe neuer Besorgnis erregender Entwicklungen, die nicht über Funk mitgeteilt werden konnten – doch der Camerlengo hatte beschlossen, mit der Tradition zu brechen und das Konklave zu betreten, um zu den Kardinälen zu sprechen. Das war noch niemals in der Geschichte der katholischen Kirche vorgekommen. Andererseits hatte der Vatikan auch noch nie auf etwas gesessen, das in seiner Wirkung einem atomaren Sprengkopf gleichkam, überlegte Chartrand.

Es war ein beruhigendes Gefühl für den jungen Leutnant, dass der Camerlengo nun die Initiative ergriff. Der Camerlengo war diejenige Person im gesamten Vatikan, der Chartrand den größten Respekt entgegenbrachte. Einige der Gardisten hielten Camerlengo Carlo Ventresca für einen *beato*, einen religiösen Eiferer, dessen Liebe zu Gott an Besessenheit grenzte, doch selbst sie stimmten darin überein, dass der Camerlengo ein Mann war, der sich erheben und mit harten Bandagen kämpfen würde, wenn es darum ging, gegen die Feinde Gottes ins Feld zu ziehen.

Die Schweizergarde hatte den Camerlengo in dieser Woche der Vorbereitungen für das Konklave häufig zu Gesicht bekommen, und jeder hatte festgestellt, dass der junge Geistliche sichtlich mitgenommen war. Seine grünen Augen leuchteten noch intensiver als gewöhnlich. Nicht überraschend, hatten die meisten gesagt: Der Camerlengo war nicht nur für die Planung des heiligen Konklaves verantwortlich, er musste die Planung zu allem Übel unverzüglich nach dem Verlust seines Mentors angehen, des letzten Papstes.

Chartrand war erst seit einigen Monaten im Vatikan gewesen, als er die Geschichte von der Bombe hörte, die die Mutter des Camerlengos vor den Augen des Kindes zerfetzt hatte. *Eine Bombe in einer Kirche … und nun wiederholt sich alles, nur in viel größerem Maßstab.* Schlimm, dass die Behörden die Bastarde nie gefasst hatten, die hinter dem Bombenanschlag steckten … wahrscheinlich eine antichristliche Sekte, hatte es geheißen, und der Fall war im Sande verlaufen. Kein Wunder, dass der Camerlengo mehr als alles andere Apathie und Untätigkeit verabscheute.

Vor zwei Monaten, an einem friedlichen Nachmittag in der Vatikanstadt, war Chartrand dem Camerlengo über den Weg gelaufen, als dieser aus einem Gebäude gekommen war. Der Camerlengo hatte den jungen Leutnant offensichtlich gleich als neuen Gardisten erkannt und ihn eingeladen, ein Stück mit ihm durch die Gärten zu spazieren. Sie hatten sich über alles und jedes unterhalten, und Chartrand hatte sogleich Vertrauen zu dem Camerlengo gefunden.

»Vater«, hatte er gesagt, »darf ich Ihnen eine Frage stellen, die Ihnen vielleicht eigenartig erscheint?«

Der Camerlengo hatte gelächelt. »Nur, wenn ich dir eine eigenartige Antwort geben darf, mein Sohn.«

Chartrand hatte gelacht. »Ich habe jeden Priester gefragt, den ich kenne, Vater, und ich verstehe es immer noch nicht.«

»Was verstehst du nicht, mein Sohn?« Der Camerlengo hatte ihn mit kurzen, schnellen Schritten durch die Gärten geführt, mit wallender Soutane, und die weichen Kreppsohlen seiner Schuhe erschienen Chartrand perfekt auf das Wesen dieses Mannes abgestimmt – modern, doch demütig, und mit ersten Zeichen von Ermüdung.

Chartrand hatte tief durchgeatmet. »Was ich nicht verstehe, ist diese Sache mit der Allmacht und der grenzenlosen Güte, Vater.«

Der Camerlengo hatte gelächelt. »Du hast die Heilige Schrift studiert, mein Sohn.«

»Ich versuche es, Vater.«

»Du bist verwirrt, weil die Bibel Gott als eine allmächtige und gütige Wesenheit beschreibt.«

»Ja.«

»Allmächtig und gütig bedeutet lediglich, dass Gott alles kann und es gut mit uns Menschen meint.«

»Ich verstehe das Konzept, Vater … es ist nur … Ich sehe da einen Widerspruch.«

»Ja. Der Widerspruch lautet Schmerz. Menschen verhungern, führen Kriege, werden krank …«

»Genau!« Chartrand wusste, dass der Camerlengo ihn verstehen würde. »Es geschehen so schreckliche Dinge in dieser Welt. Die menschliche Tragödie erscheint wie der Beweis, dass Gott längst nicht so allmächtig und gütig ist, wie die Bibel es sagt. Wenn Er uns liebte und die Macht besäße, alles zu ändern, dann würde Er es doch sicher tun, oder nicht?«

Der Camerlengo runzelte die Stirn. »Würde Er das?«

Chartrand wurde nervös. Hatte er seine Grenzen überschritten? War dies eine der religiösen Fragen, die man nicht stellte? »Nun, ich meine … wenn Gott uns liebt und die Macht besitzt, uns zu beschützen, muss Er es doch tun! Es scheint, dass Er entweder allmächtig und ohne Liebe ist, oder Er ist gütig und besitzt nicht die Macht, uns zu helfen.«

»Haben Sie Kinder, Leutnant?«

Chartrand errötete. »Nein, Monsignore.«

»Stellen Sie sich vor, Sie hätten einen achtjährigen Sohn … würden Sie ihn lieben?«

»Selbstverständlich.«

»Würden Sie alles in Ihrer Macht Stehende tun, um Schaden von ihm abzuwenden?«

»Natürlich.«

»Würden Sie ihn mit dem Skateboard fahren lassen?«

Chartrand glaubte im ersten Augenblick, nicht richtig gehört zu haben. Der Camerlengo schien für einen Geistlichen stets gut informiert zu sein, was die Welt draußen betraf. »Ja, ich denke schon«, sagte Chartrand schließlich. »Sicher, ich würde ihn damit fahren lassen, aber ich würde ihn auch ermahnen, vorsichtig zu sein.«

»Also würden Sie als Vater diesem Kind ein paar grundlegende Ratschläge mit auf den Weg geben, und dann würden Sie es seine eigenen Fehler machen lassen?«

»Ich würde nicht hinter ihm herlaufen und ihn in Watte packen, wenn es das ist, was Sie meinen, Vater.«

»Und wenn er hinfallen und sich die Knie aufschlagen würde?«

»Dann würde er lernen, beim nächsten Mal besser aufzupassen.«

Der Camerlengo lächelte. »Also würden Sie Ihre Liebe dadurch zeigen, dass sie ihm ermöglichen, seine Lektionen selbst zu lernen, obwohl Sie einschreiten und Schmerz von Ihrem Kind abwenden könnten?«

»Selbstverständlich. Schmerz gehört zum Aufwachsen. Auf diese Art und Weise lernen wir Menschen.«

Der Camerlengo nickte nur. »Genau.«

90.

ROBERT LANGDON UND VITTORIA VETRA beobachteten die Piazza Barberini aus dem Schatten einer schmalen Nebengasse, die in die westliche Ecke des Platzes mündete. Die Kirche lag ihnen genau gegenüber, eine verschwommene Kuppel, die aus einer Gruppe von Gebäuden auf der anderen Seite des Platzes aufragte. Die Nacht hatte eine willkommene Kühle gebracht, und Langdon war überrascht, dass keine Menschen auf der Piazza zu sehen waren. Über ihnen plärrten Fernseher in offenen Fenstern und erinnerten daran, wohin alle verschwunden waren.

»... bisher noch keine Stellungnahme des Vatikans ... Illuminati haben zwei Kardinäle ermordet ... satanische Gruppe in Rom ... Spekulationen über tief greifende Infiltration ...«

Die Nachrichten hatten sich verbreitet wie Neros Feuer. Rom saß wie angewurzelt vor den Fernsehern, genau wie der Rest der Welt. Langdon fragte sich, ob sie wirklich imstande waren, diesen Zug noch zum Halten zu bringen. Während er den Platz im Auge behielt und wartete, fiel ihm auf, dass er trotz der neuen Gebäude noch immer eine bemerkenswert elliptische Form besaß. Hoch über ihnen blinkte ein gewaltiges Neonschild auf dem Dach eines Luxushotels. Vittoria hatte es bereits früher als Langdon bemerkt und ihn darauf hingewiesen. Der Name schien unheimlich passend:

HOTEL BERNINI

»Fünf vor zehn«, sagte Vittoria, während sie mit ihren Katzenaugen weiter unablässig den Platz absuchte. Sie hatte die Worte noch nicht zu Ende ausgesprochen, als sie plötzlich Langdons Arm packte und ihn in den Schatten zog. Dann deutete sie auf die Mitte des Platzes.

Langdon folgte ihrem ausgestreckten Finger. Als er sah, was sie meinte, versteifte er sich.

Unter einer Straßenlaterne bewegten sich zwei dunkle Gestalten. Beide trugen dunkle Tücher über den Köpfen und hatten das Gesicht verhüllt – die traditionelle Kleidung katholischer Witwen. Für Langdon sahen sie aus wie Frauen, doch in der Dunkelheit war er sich seiner Sache nicht sicher. Eine der beiden schien älter zu sein und bewegte sich vornübergebeugt, als litte sie unter Schmerzen. Die andere, größer und kräftiger, schien sie zu stützen.

»Geben Sie mir die Pistole«, verlangte Vittoria.

»Sie können doch nicht einfach ...«

Geschickt wie eine Katze langte Vittoria einmal mehr in seine Brusttasche. Die Pistole glitzerte stumpf in ihrer Hand. Dann wandte sie sich um und eilte nach links in die Schatten, ohne das geringste Geräusch zu verursachen, so als berührten ihre Füße den gepflasterten Boden überhaupt nicht. Sie umrundete das Paar, um sich von hinten zu nähern. Langdon stand einen Augenblick wie erstarrt da, als Vittoria sich in Bewegung setzte. Schließlich folgte er ihr, während er leise vor sich hin fluchte.

Die beiden dunklen Gestalten kamen nur langsam voran, und es dauerte keine halbe Minute, bis Langdon und Vittoria hinter ihnen waren und sich von dort näherten. Vittoria hielt die Waffe verborgen, außer Sicht, doch jederzeit einsatzbereit. Als Langdon gegen einen Kieselstein trat und ein lautes Geräusch verursachte, warf sie ihm einen nervösen Seitenblick zu. Doch die beiden Gestalten schienen nichts gehört zu haben. Sie unterhielten sich.

Als sie noch zehn Meter hinter ihnen waren, hörte Langdon zum ersten Mal Stimmen. Keine deutlichen Worte, nur leises Gemurmel. Vittoria lockerte ihre Arme, und die Waffe wurde sichtbar. Sechs Meter. Die Stimmen waren nun lauter – eine sehr viel lauter als die andere. Zornig. Langdon erkannte die Stimme einer alten Frau. Rau. Keifend. Er strengte sich an, um sie zu verstehen, doch eine zweite Stimme durchschnitt die Nacht.

»*Mi scusi*«, erklang Vittorias freundliche Stimme.

Langdon versteifte sich, als das vermummte Paar stehen blieb und sich umwandte. Vittoria ging immer noch direkt auf sie zu. Sie würden keine Zeit haben zu reagieren. Langdon selbst war stehen geblieben. Er beobachtete, wie Vittoria die Pistole zückte und den Lauf nach vorne schwang. Dann erblickte er über ihre Schulter hinweg ein Gesicht, nun erhellt von einer Straßenlaterne. Er sprang vor. »Vittoria! Nein!«

Vittoria war einen Sekundenbruchteil schneller als er. Mit einer Bewegung, die so schnell wie beiläufig war, verschränkte sie die Arme wie eine Frau, die in der Nacht fröstelt, sodass die Pistole nicht mehr zu sehen war. Langdon stolperte neben sie und hätte beinahe die beiden verschleierten Gestalten umgerannt.

»*Buona sera*«, sagte Vittoria überrascht.

Langdon atmete erleichtert auf. Vor ihnen standen zwei ältliche

Frauen, die sie unter ihren Kopftüchern hervor mürrisch und misstrauisch anstarrten. Eine der beiden war so alt, dass sie kaum noch aus eigener Kraft stehen konnte. Die andere stützte sie. Beide hielten Rosenkränze. Die unerwartete Störung schien sie zu verwirren.

Vittoria lächelte, obwohl sie blass geworden war. »*Dove è la chiesa Santa Maria della Vittoria* – wo ist die Kirche Santa Maria della Vittoria?«

Die beiden Frauen deuteten gleichzeitig auf die dunkle Silhouette des Gebäudes hinter sich, aus dessen Richtung sie gekommen waren. »*È là.*«

»*Grazie*«, bedankte sich Langdon, legte Vittoria die Hände auf die Schultern und zog sie sanft zu sich zurück. Nicht zu fassen, dass sie fast zwei alte Frauen angegriffen hatten.

»*Non si può entrare*«, warnte die jüngere der Frauen. »*L'hanno chiusa prima dell' ora.*«

»Sie hat früher geschlossen?« Vittoria sah überrascht aus. »*Perché?*«

Beide Frauen schnatterten auf einmal los. Sie klangen ärgerlich. Langdon verstand nur Brocken ihres Italienisch. Offensichtlich waren die Frauen vor einer Viertelstunde in die Kirche gegangen, um in diesen Zeiten der Not für den Vatikan zu beten, als ein Mann erschienen war und ihnen mitgeteilt hatte, dass die Kirche früher schließen würde.

»*Hanno riconosciuto l'uomo?*«, fragte Vittoria angespannt. »Haben Sie den Mann gekannt?«

Die beiden Frauen schüttelten die Köpfe. Er war ein *straniero crudo* gewesen, erklärten sie, und er hatte die Gläubigen fast mit Gewalt zum Gehen gezwungen, selbst den jungen Priester und den Küster, die gesagt hätten, dass sie die Polizei holen würden. Der Fremde hätte nur gelacht und erwidert, dass die Polizei am besten auch gleich Kameras mitbringen solle.

Kameras?, fragte sich Langdon.

Die Frau guckte ärgerlich und nannte den Fremden einen *bararabo*. Murrend setzten die beiden Alten schließlich ihren Weg fort.

»*Bar-arabo?*«, fragte Langdon. »Einen Barbaren?«

Vittoria wirkte nervös. »Nicht ganz. *Bar-arabo* ist ein abfälliger Ausdruck, ein Wortspiel für *Arabo*. Ein Araber also.«

Langdon erschauerte und wandte sich zu dem dunklen Umriss

der Kirche um. Noch in der Bewegung sah er etwas hinter den bunt verglasten Fenstern, das sein Blut zu Eis erstarren ließ.

Vittoria hatte es noch nicht gesehen. Sie zog ihr Mobiltelefon aus der Tasche und drückte auf die automatische Wahlwiederholung. »Ich warne Olivetti.«

Wortlos berührte Langdon sie am Arm und deutete mit zitternden Fingern zur Kirche.

Vittoria stieß einen erschrockenen Laut aus.

Die bunten Kirchenfenster leuchteten wie teuflische Augen in der Nacht. Es gab keinen Zweifel – in der Kirche brannte es.

91.

LANGDON UND VITTORIA rannten zum Haupteingang der Kirche Santa Maria della Vittoria. Die schwere Holztür war versperrt. Vittoria feuerte drei Schüsse aus Olivettis Halbautomatik in das alte Schloss, und es zersplitterte.

Die Kirche besaß keinen Vorraum. Als Langdon und Vittoria die Tür aufstießen, standen sie direkt im Hauptschiff. Der Anblick, der sie erwartete, war so bizarr, so unerwartet, dass Langdon für einen Moment die Augen schließen musste, bevor sein Verstand die Bilder verarbeiten konnte.

Die Santa Maria della Vittoria war in prächtigem Barock ausgestattet – vergoldete Wände, ein goldener Altar. Mitten in der Kirche, unter der Kuppel, waren Holzbänke aufeinander gestapelt und standen in hell lodernden Flammen, ein Freudenfeuer, das hoch hinauf in die Kuppel schlug. Erst als Langdons Blicke dem flammenden Inferno nach oben folgten, enthüllte sich ihm das wirkliche Entsetzen der gesamten Szene.

Hoch über dem Boden, rechts und links der Kuppel, hingen zwei lange Ketten herab, die normalerweise zum Schwenken von schweren Weihrauchgefäßen benutzt wurden. Doch jetzt hingen keine Gefäße an den Ketten, und sie schwangen auch nicht hin und her. Sie wurden für etwas anderes benutzt …

Ein Mensch hing an den Ketten. Ein nackter Mann, der mit ausgestreckten Armen an je eine Kette gefesselt war. Es sah aus, als würde er auseinander gerissen, als wäre er an ein unsichtbares Kreuz genagelt, das in diesem Haus Gottes schwebte.

Langdon starrte wie betäubt nach oben. Einen Augenblick später wurde ihm die ganze Abscheulichkeit der Szene bewusst – der alte Mann war noch am Leben. Er hob den Kopf und starrte aus weit aufgerissenen Augen in stillem Flehen zu Langdon hinunter. Auf der Brust des Mannes war ein Brandmal. Langdon konnte es nicht deutlich erkennen, doch er hatte keinen Zweifel, was dieses Mal besagte. Die Flammen schlugen von Sekunde zu Sekunde höher. Als sie die Beine des Mannes erreichten, stieß er einen gequälten Schrei aus. Sein Körper bebte vor Schmerz.

Wie von einer unsichtbaren Macht angetrieben, setzte Langdon sich in Bewegung. Er rannte durch den Mittelgang auf die lodernden Kirchenbänke zu. Seine Lungen füllten sich mit Rauch, und drei Meter vor dem Feuer stieß er auf eine beinahe massive Wand aus Hitze. Die Haut auf seinem Gesicht wurde versengt, und er prallte zurück, wobei er die Hände zum Schutz der Augen hochriss. Er landete hart auf dem Marmorboden, rappelte sich auf und kämpfte sich von neuem und mit schützend erhobenen Händen auf die Flammen zu.

Vergeblich. Das Feuer war zu heiß.

Er zog sich zurück und suchte die Wände ab. *Ein schwerer Wandteppich,* dachte er. *Wenn ich die Flammen irgendwie ersticken kann ...* Doch er wusste, dass es keinen Wandteppich gab. *Das hier ist eine Barockkirche, Robert, keine deutsche Ritterburg! Denk nach!* Er zwang sich, nach oben zu schauen, auf den hängenden Mann.

Die Flammen züngelten bis in die raucherfüllte Kuppel hinauf. Die beiden Ketten führten von den Handgelenken des Gefesselten zu großen Metallringen in den Wänden und von dort nach unten zu Befestigungshaken auf beiden Seiten des Hauptschiffs. Langdon starrte zu einem der Haken. Er befand sich hoch an der Wand, doch er wusste, dass er nur eine der beiden Ketten lösen musste, um die Spannung von beiden zu nehmen. Wenn es ihm gelang, würde der Mann zur Seite und aus dem Feuer schwingen.

Ein plötzlicher Flammenstoß schoss in die Höhe, und Langdon

hörte einen durchdringenden Schrei von oben. Die Haut an den Füßen des Mannes warf Blasen. Der Kardinal verbrannte bei lebendigem Leibe. Langdon richtete den Blick auf den Befestigungshaken und rannte los.

Im hinteren Bereich der Kirche klammerte sich Vittoria Halt suchend an eine Holzbank und versuchte zu begreifen, was sie vor sich sah. Das Bild war grauenhaft. Sie zwang sich, den Blick abzuwenden. *Unternimm etwas!* Sie fragte sich, wo Olivetti steckte. Hatte er den Assassinen gesehen? Hatte er ihn gefasst? Wo steckten die beiden? Vittoria setzte sich in Bewegung, um Langdon zu helfen. Das Prasseln der Flammen wurde von Sekunde zu Sekunde lauter.

Dann hörte sie ein Geräusch und blieb wie angewurzelt stehen. Es war ein metallisches Brummen. Ganz in der Nähe. In kurzen Abständen. Es schien von den Kirchenbänken zu ihrer Linken zu kommen. Ein Geräusch wie das Klingeln eines Telefons, aber steinern und hart. Vittoria umklammerte entschlossen den Griff der Pistole und bewegte sich zwischen den Kirchenbänken hindurch auf die Quelle des Geräusches zu. Das Brummen wurde lauter. An. Aus. An. Aus. Regelmäßig.

Sie näherte sich dem Ende des Gangs und erkannte, dass das Brummen vom Boden kam, direkt hinter der letzten Kirchenbank, außer Sicht. Während sie näher schlich, die Pistole entsichert und in der vorgehaltenen rechten Hand, wurde ihr klar, dass sie auch in der Linken etwas hielt – ihr Mobiltelefon. In ihrer Panik hatte sie vergessen, dass sie es draußen vor der Kirche aus der Tasche gezogen hatte, um Oberst Olivetti zu warnen … Sie hob das Telefon an das Ohr. Es läutete noch immer. Niemand hatte abgehoben. Olivetti hatte ihren Anruf nicht entgegengenommen.

Plötzlich erkannte Vittoria die Ursache für das brummende Geräusch, und Entsetzen erfasste sie. Zitternd trat sie vor.

Eine leblose Gestalt lag auf dem Boden. Kein Blutstrom floss aus dem Leichnam, kein gebrandmarktes Fleisch war zu sehen, doch der Kopf des Obersten war nach hinten verdreht … ein Grauen erregender Anblick. Vittoria kämpfte gegen die aufsteigenden Bilder vom gequälten Leib ihres eigenen Vaters an.

Das Telefon Olivettis lag auf dem Boden und vibrierte wieder und wieder auf dem kalten Marmor. Vittoria klappte ihr eigenes Handy zu, und das Brummen brach ab. In der Stille hörte sie ein neues Geräusch. Ein Atmen in der Dunkelheit, direkt hinter ihr …

Sie wollte herumwirbeln, doch sie wusste, dass sie zu langsam war. Ein brennend heißer Blitz durchzuckte sie vom Kopf bis zu den Füßen. »Jetzt gehörst du mir«, hörte sie.

Dann wurde es schwarz um sie herum.

Auf der anderen Seite des Kirchenraums, an der linken Längswand, balancierte Langdon über eine Kirchenbank und reckte sich in dem Versuch, den Befestigungshaken zu erreichen. Die Kette hing immer noch zwei Meter über seinem Kopf. Haken wie dieser waren weit verbreitet, und sie hingen so hoch, um zu verhindern, dass Unbefugte sich daran zu schaffen machten. Langdon wusste, dass Priester *piuoli* benutzten, Holzleitern, um die Haken zu erreichen. Der Mörder hatte also offensichtlich die Leiter benutzt, um sein Opfer aufzuhängen. *Und wo steckt sie jetzt, verdammt?* Langdon blickte nach unten und suchte den Boden ringsum ab. Er meinte sich schwach zu erinnern, irgendwo hier drinnen eine Leiter gesehen zu haben. *Aber wo?* Einen Augenblick später fiel es ihm wieder ein, und sein Mut sank. Er wandte sich zu dem tosenden Feuer um. Dort war die Leiter, oben auf dem Haufen aus Kirchenbänken, und stand in hellen Flammen.

Verzweiflung breitete sich in Langdon aus. Von seiner erhobenen Plattform aus suchte er den gesamten Innenraum nach irgendetwas ab, das ihm helfen konnte, den Haken zu erreichen. Plötzlich durchfuhr ihn ein weiterer Schreck. *Wo steckt Vittoria?*

Sie war verschwunden. *Ist sie losgelaufen, um Hilfe zu holen?* Langdon rief laut ihren Namen, doch niemand antwortete. *Und wo ist Olivetti?*

Ein lang gezogener, gequälter Schrei von oben verriet Langdon, dass es zu spät war. Er richtete den Blick zur Kuppel hinauf, zu dem langsam verbrennenden Opfer, und ein einziger Gedanke erfüllte ihn. *Wasser.*

»Ich brauche Wasser!«, rief er laut. »Schnell!«

»Das kommt als Nächstes«, antwortete eine raue Stimme aus dem hinteren Teil der Kirche.

Langdon wirbelte herum und wäre fast von der Kirchenbank gefallen.

Durch den Seitengang kam ein dunkles Ungeheuer von einem Mann direkt auf ihn zu. Selbst im Schein des Feuers waren seine Augen schwarz. Langdon erkannte die Pistole in der Hand des Mannes als jene Waffe, die er selbst in seiner Jacke getragen hatte … die Waffe, die Vittoria gehalten hatte, als sie die Kirche betreten hatten.

Panik stieg in Langdon auf. *Was ist mit Vittoria? Was hat dieses Ungeheuer ihr angetan? Ist sie verletzt? Oder tot?* Im gleichen Augenblick bemerkte Langdon, dass der Mann oben in der Kuppel lauter schrie. Der Kardinal würde sterben. Es war unmöglich, ihm noch zu helfen.

Der Mörder richtete die Pistole auf Langdon und zielte. Langdons Instinkt gewann die Oberhand, und er warf sich in dem Augenblick zur Seite, als der Schuss aufpeitschte. Mit ausgestreckten Armen segelte er über die Kirchenbänke hinweg.

Er prallte hart auf, rollte über eine Bank und krachte auf den harten Marmorboden. Zu seiner Rechten näherten sich Schritte. Langdon warf sich in Richtung des Altars herum und kroch unter den Kirchenbänken hindurch um sein Leben.

Hoch oben unter der Kuppel durchlitt Kardinal Guidera die letzten bewussten Augenblicke der Qual. Er blickte an seinem nackten Leib hinab und erkannte voller Entsetzen, wie die Haut an seinen Beinen Blasen warf und sich abschälte. *Ich bin in der Hölle,* dachte er. *Mein Gott, warum hast du mich verlassen?* Er wusste, dass es die Hölle sein musste, weil er das Brandzeichen auf seiner Brust lesen konnte … und obwohl es auf dem Kopf stand, konnte er es durch irgendeine teuflische Magie lesen:

92.

DREI WAHLGÄNGE. KEIN PAPST.

In der Sixtinischen Kapelle betete Kardinal Mortati um ein Wunder. *Sende uns die preferiti!* Die Verzögerungstaktiken dauerten nun lange genug. Ein einziger verschwundener Kadas hätte Mortati ja noch verstanden, aber alle vier … Damit blieb ihnen überhaupt keine andere Wahl. Unter diesen Umständen würde eine Zwei-Drittel-Mehrheit nur durch Gottes persönliche Hilfe zustande kommen.

Als die schweren Riegel der äußeren Tür knirschend zurückgeschoben wurden, wirbelten Mortati und das gesamte Kardinalskollegium wie ein Mann herum und starrten auf den Eingang. Mortati wusste, dass das Durchbrechen des Siegels nur eins bedeuten konnte. Nach dem Vatikanischen Gesetz durfte das Konklave nur in zwei Fällen vor dem Ende gestört werden – entweder, wenn einer der Kardinäle in der Kapelle todkrank wurde, oder um verspätete Kardinäle einzulassen.

Die preferiti kommen!

Mortati jubelte innerlich. Das Konklave war gerettet! Doch als die Tür geöffnet wurde, war das Gemurmel, das sich erhob, alles andere als freudig. Mortati starrte in ungläubigem Schrecken auf den Mann, der die Kapelle betrat. Zum ersten Mal in der Geschichte des Vatikans überquerte ein Camerlengo die heilige Schwelle des Konklaves, nachdem die Türen versiegelt worden waren.

Was denkt er sich dabei?

Der Camerlengo ging zum Altar und wandte sich an die fassungslosen Kardinäle. »Monsignori«, sagte er, »ich habe so lange gewartet, wie es mir möglich war. Doch die jüngsten Ereignisse lassen mir keine andere Wahl, als Sie zu informieren.«

93.

LANGDON WUSSTE NICHT, wohin er flüchten sollte. Instinkt war sein einziger Kompass, und Instinkt trieb ihn von der Gefahr weg. Seine Ellbogen und Knie brannten wie Feuer, während er sich in panischer Flucht unter den Kirchenbänken hindurchwand. Eine Stimme riet ihm, nach links auszuweichen. *Wenn du es bis in den Mittelgang schaffst, kannst du zum Ausgang rennen!* Er wusste, dass es unmöglich war. *Der Mittelgang ist von einer Wand aus Flammen versperrt!* Während sein Verstand fieberhaft nach einem Ausweg suchte, wand er sich in blinder Panik weiter. Die Schritte zur Rechten näherten sich schneller und schneller.

Als es geschah, war Langdon völlig unvorbereitet. Er hatte geglaubt, dass noch wenigstens drei weitere Meter Kirchenbänke bis zum leeren Raum vor dem Altar vor ihm lagen, doch plötzlich war er draußen und ohne Deckung. Er erstarrte. Zu seiner Linken erhob sich in einer Nische die Skulptur, die ihn hierher geführt hatte. Sie sah riesig aus. Er hatte Berninis *Verzückung der heiligen Teresa* völlig vergessen. Das Bildnis sah tatsächlich aus wie ein pornografisches Stillleben ... die Heilige auf dem Rücken, den Mund zu einem verzückten Stöhnen aufgerissen, und über ihr der Engel mit seinem Feuerspeer.

In einer Kirchenbank direkt neben Langdons Kopf explodierte eine Kugel. Er spürte, wie sein Körper aufsprang wie der eines Sprinters von einem Startblock. Kaum zu einem klaren Gedanken fähig, rannte er geduckt, mit tief eingezogenem Kopf, nach rechts zum Seitenschiff. Schüsse jagten hinter ihm her, und er warf sich erneut hin und schlitterte über den glatten Marmorboden, bis er gegen die Balustrade vor einer Nische in der Wand krachte.

Er rappelte sich auf ... und dann sah er sie. Ein regloses Bündel im hinteren Bereich der Kirche. *Vittoria!* Ihre nackten Beine lagen verdreht unter ihr, doch irgendwie spürte Langdon, dass sie noch atmete. Er hatte keine Zeit, ihr zu helfen.

Der Mörder umrundete die Kirchenbänke auf der anderen Seite und kam unaufhaltsam näher. Langdon wusste, dass es jeden Augenblick vorbei war. Der Mörder hob die Waffe. Langdon warf sich rücklings über die Balustrade und rollte in die Nische. Als er auf der anderen Seite landete, explodierten die dicken Säulen der Marmorbalustrade in einem Kugelhagel.

Langdon fühlte sich wie ein in die Enge getriebenes Tier, als er tiefer in die halbrunde Nische zurückwich. Vor ihm erhob sich der einzige Gegenstand des Raums: ein einzelner Sarkophag. *Vielleicht wird das mein Grab,* dachte Langdon. Der Behälter selbst schien merkwürdig passend – eine *scatola*, ein kleiner, schmuckloser Marmorkasten, direkt an der Rückwand der Nische. Ein Billigbegräbnis. Der Sarkophag ruhte auf zwei Marmorblöcken, und Langdon musterte den Zwischenraum, während er sich fragte, ob er groß genug sei, um hindurchzuschlüpfen.

Hinter ihm hallten Schritte.

Ohne erkennbare Alternative drückte sich Langdon an den Boden und kroch auf den Sarkophag zu. Er packte die beiden Marmorblöcke, einen mit jeder Hand, und zog sich wie ein Brustschwimmer in die Lücke unter dem steinernen Grab.

Ein weiterer Schuss fiel.

Langdon spürte, wie die Kugel haarscharf an ihm vorbeiging. Es gab ein lautes Geräusch wie von einem Peitschenschlag, als die Kugel in einer Staubwolke aus Marmor explodierte. Blut rauschte in Langdons Ohren, als er seinen Körper ganz in den Zwischenraum unter dem Sarkophag wuchtete und auf der anderen Seite herauskam.

Eine Sackgasse.

Langdon stand direkt vor der Rückwand der Nische. Er bezweifelte nicht, dass dieser winzige Zwischenraum zu seinem Grab wurde. *Und zwar bald,* erkannte er, als er den Pistolenlauf in der Öffnung unter dem Sarkophag auftauchen sah.

Der Mörder hielt die Waffe parallel zum Boden und zielte direkt auf Langdons Körpermitte.

Er konnte ihn unmöglich verfehlen.

Der Selbsterhaltungstrieb übernahm die Kontrolle über Langdons Bewusstsein. Er drehte sich auf den Bauch, parallel zum Sarkophag, und drückte sich mit Händen und Füßen vom Boden ab. Der Schnitt, den er sich im Geheimarchiv am geborstenen Glas zugezogen hatte, platzte wieder auf. Langdon ignorierte den

Schmerz. Er drückte sich genau in dem Augenblick vom Boden hoch, als die Schüsse peitschten. Langdon spürte die Schockwellen heißer Gase aus dem Lauf der Waffe, als die Kugeln unter ihm hindurchgingen und in den porösen Travertin auf der Rückseite der Nische einschlugen. Er schloss die Augen und kämpfte gegen die Erschöpfung, während er betete, dass es endlich aufhören möge.

Und dann hörte es auf.

Dem Dröhnen der Pistolenschüsse folgte das kalte Klicken einer leeren Kammer.

Langsam öffnete Langdon die Augen, als könnten seine Lider ein Geräusch verursachen. Er kämpfte gegen das Zittern und den Schmerz, wagte kaum zu atmen. Seine Ohren waren taub von den Schüssen, trotzdem lauschte er auf ein Zeichen, dass der Mörder gegangen sein könnte. Stille. Vittoria fiel ihm ein, und alles in ihm drängte danach, ihr zu helfen.

Dann folgte ein neues Geräusch, nervenzerfetzend und beinahe übermenschlich. Ein gutturales Brüllen.

Der Sarkophag über Langdons Kopf schien sich unvermittelt zur Seite zu neigen. Langdon brach zusammen, als Zentnerlasten auf ihn drückten. Der Deckel des Sarkophags geriet ins Rutschen und krachte dicht neben Langdon zu Boden. Als Nächstes kam der Behälter selbst; er kippte von seinen beiden Sockeln und stürzte kopfüber auf Langdon hinunter.

Langdon wusste, dass er entweder lebendig in dem Hohlraum darunter begraben oder von einer der Seitenwände zerquetscht werden würde. Er zog die Beine und den Kopf an und drückte die Arme an den Leib, um sich so klein wie möglich zu machen. Dann schloss er die Augen und wartete auf das Ende.

Es gab einen gewaltigen Schlag, und der Boden unter ihm erzitterte. Der obere Rand des Sarkophags landete nur Millimeter über Langdons Kopf. Sein rechter Arm, den er bereits zerschmettert gesehen hatte, war auf wundersame Weise unverletzt. Langdon öffnete die Augen und sah einen schmalen hellen Spalt. Der Sarkophag war nicht glatt auf dem Boden zur Ruhe gekommen; der Rand hing noch zum Teil auf den Stützen!

Doch Langdon starrte dem Tod buchstäblich ins Gesicht.

Der Tote, der in diesem Sarkophag seine letzte Ruhe gefunden hatte, klebte am Boden seines Steingrabs, gehalten von zerfallenden Proteinen und Körperflüssigkeiten, wie es häufig bei sich zersetzenden Körpern der Fall ist, und starrte Langdon aus leeren Augenhöhlen an.

Das Skelett verharrte einen Moment in seiner Lage, wie ein vorsichtiger Liebhaber, dann ergab es sich der Gravitation und löste sich vom Boden des Sarkophags. Faulige Knochen und Staub regneten auf Langdon herab.

Bevor er reagieren konnte, tastete eine Hand unter dem Rand des Sarkophags hindurch nach ihm wie ein hungriger Python. Sie fand seinen Hals und drückte zu. Langdon versuchte, gegen die eiserne Faust anzukämpfen, die seinen Kehlkopf zu zerquetschen drohte, doch sein Ärmel war auf der anderen Seite unter dem Rand des Sarkophags eingeklemmt. Er hatte nur eine Hand frei, und eine Hand war zu schwach, um sich dem erstickenden Griff zu entwinden.

Langdon zappelte hilflos in dem kleinen Raum, der ihm zur Verfügung stand, und seine tastenden Füße fanden den unteren Rand des Sarkophags. Er stemmte sich mit letzter Kraft dagegen, während ihm die Sinne zu schwinden drohten. Der Sarkophag bewegte sich nur um Bruchteile eines Millimeters, doch es reichte.

Knirschend rutschte er vollends von den beiden Stützen und landete glatt auf dem Boden. Der Rand krachte auf den Unterarm des Mörders, und Langdon hörte einen unterdrückten Schmerzensschrei. Die Hand löste sich von seinem Hals, zuckte und wand sich in der Dunkelheit. Als der Mörder seinen Arm schließlich ganz unter dem Rand hervorgezogen hatte, fiel der Sarkophag mit einem dumpfen Schlag auf den flachen Marmorboden.

Vollkommene Dunkelheit. Wieder einmal.

Und Stille.

Kein Hämmern gegen den umgekippten Sarkophag. Kein Versuch, ihn umzudrehen und an den eingeschlossenen Langdon zu kommen. Nichts. Langdon lag in der Dunkelheit inmitten modernder Knochen und kämpfte gegen die Dunkelheit an. Seine Gedanken galten Vittoria.

Lebst du noch?

Hätte er gewusst, welches Entsetzen sie erwartete, nachdem sie aus ihrer Bewusstlosigkeit erwacht war, hätte er um ihretwillen gebetet, sie möge tot sein.

94.

KARDINAL MORTATI saß in der Sixtinischen Kapelle inmitten seiner sprachlosen Brüder vom Kollegium und konnte kaum begreifen, was er hörte.

Vor ihnen, beim Altar und im Schein der Kerzen, hatte der Camerlengo soeben eine Geschichte erzählt – eine Geschichte von so viel Hass und Verrat, dass Mortati am ganzen Leib zitterte. Der Camerlengo hatte von entführten Kardinälen gesprochen, von gebrandmarkten Kardinälen, von *ermordeten* Kardinälen. Er hatte von dem alten Geheimbund der Illuminati gesprochen – der Name allein beschwor uralte Ängste herauf – und von ihrem Wiederauferstehen und ihrem Racheschwur gegen die Kirche. Mit schmerzerfüllter Stimme hatte er berichtet, dass der tote Papst von den Illuminati *ermordet* worden war. Seine Stimme war kaum mehr als ein Flüstern gewesen, als er schließlich die schlimmste Neuigkeit verkündet hatte: Dass eine neue Technologie, Antimaterie genannt, in weniger als zwei Stunden die ganze Vatikanstadt zu zerstören drohe.

Als der Camerlengo endete, schien es Mortati, als hätte Satan selbst die Luft zum Atmen aus der Kapelle gesogen. Niemand war zu einer Regung imstande. Die Worte des Camerlengos hingen in der Dunkelheit.

Das einzige Geräusch, das Mortati nun hörte, war das Summen einer Fernsehkamera im hinteren Bereich – ein unerhörter Vorgang, wie er in der Geschichte der katholischen Kirche während des Konklaves beispiellos war. Doch der Camerlengo hatte darauf bestanden. Er war mit zwei Reportern der BBC in die Kapelle gekommen – einem Mann und einer Frau –, was die fassungslosen Kardinäle hatte erkennen lassen, dass sie seine ernste Ansprache *live* in die ganze Welt ausstrahlen würden.

Nun trat der Camerlengo vor und sprach direkt in die Kamera. »An die Adresse der Illuminati«, begann er, und seine Stimme wurde eindringlich, »und an die Adresse derjenigen, die sich den Wissenschaften verschrieben haben, sage ich ...« Er zögerte. »Sie haben den Krieg gewonnen.«

Die Stille, die diesen Worten folgte, war allumfassend. Mortati hörte das verzweifelte Pochen seines eigenen Herzens.

»Das Rad der Geschichte ist seit langer Zeit in Bewegung«, fuhr der Camerlengo fort. »Ihr Sieg war letzten Endes unausweichlich. Nie zuvor war das so offensichtlich wie zu diesem Zeitpunkt. Die Wissenschaften sind der neue Gott.«

Was sagt er da, dachte Mortati. *Hat er den Verstand verloren? Die ganze Welt hört zu!*

»Medizin, elektronische Kommunikation, Raumfahrt, genetische Manipulation ... das sind die Wunder, von denen wir von heute an unseren Kindern erzählen. Es sind die Wunder, die wir als Beweis dafür ansehen, dass die Wissenschaften uns alle Antworten geben. Die alten Geschichten von der unbefleckten Empfängnis, von brennenden Sträuchern und sich teilenden Ozeanen sind bedeutungslos geworden ... Gott selbst ist obsolet geworden! Die Wissenschaft hat den Kampf gewonnen. Wir kapitulieren.

Verwirrtes Gemurmel und befremdete Gesichter in der Kapelle.

»Doch der Sieg der Wissenschaft«, fuhr Camerlengo Ventresca fort, und seine Stimme wurde noch eindringlicher, »hat uns alle einen Preis gekostet. Einen sehr hohen Preis.«

Stille.

»Die Wissenschaft mag das tägliche Elend und die Arbeit erleichtert und gelindert und uns eine Vielzahl von Geräten gebracht haben, die uns das Leben bequem und unterhaltsam gestalten, doch sie hat uns zugleich eine Welt ohne jede Ordnung beschert. Unsere Sonnenuntergänge bestehen nur noch aus Wellenlängen und Frequenzen. Die Komplexität unseres Universums ist aufgeteilt in eine Reihe mathematischer Gleichungen. Sogar unser Selbstwert als menschliche Wesen wurde zerstört. Die Wissenschaft behauptet, dass die Erde und die Menschen darauf nichts weiter sind als ein bedeutungsloser Fleck in einem viel größeren Ganzen. Ein kosmischer Unfall.« Er schwieg einen Augenblick;

dann fuhr er fort: »Die Technologie, die uns zu vereinen versprach, teilt uns. Jeder von uns ist heutzutage elektronisch mit der ganzen Welt verbunden, und doch fühlen wir uns unsäglich einsam. Wir werden bombardiert mit Gewalt, Zwist, Teilung und Betrug. Skeptizismus hat sich zu einer Tugend entwickelt. Zynismus und die ständige Forderung nach Beweisen sind zu aufgeklärtem Gedankengut avanciert. Ist es ein Wunder, dass die Menschen heute mutloser und niedergeschlagener sind als je zuvor in der Geschichte? Gibt es *irgendetwas*, das für die Wissenschaft heilig ist? Sie sucht nach Antworten, indem sie mit ungeborenen Föten experimentiert. Sie maßt sich sogar an, die Erbsubstanz des Menschen zu manipulieren. Sie zerschmettert Gottes Welt in immer kleinere Bruchstücke, auf der Suche nach dem Sinn … und alles, was sie findet, sind weitere Fragen.«

Mortati starrte den Camerlengo voll Ehrfurcht an. Seine Worte besaßen eine fast hypnotische Eindringlichkeit. Seine Bewegungen und seine Stimme waren von einer physischen Kraft, wie der alte Kardinal sie noch niemals vor einem vatikanischen Altar erlebt hatte, geschmiedet aus tiefster Überzeugung und Traurigkeit.

»Der alte Krieg zwischen Wissenschaft und Religion ist vorbei«, sagte der Camerlengo. »Sie haben gewonnen. Aber Ihr Sieg war nicht fair. Sie haben nicht gewonnen, indem Sie Antworten geliefert hätten. Sie haben gewonnen, weil Sie die menschliche Gesellschaft so radikal verändert haben, dass die Wahrheiten, die wir einst als leuchtende Wegweiser betrachteten, heute als unzutreffend dastehen. Die Religion kann nicht mithalten. Die Wissenschaft wächst explosionsartig und vermehrt sich wie ein Virus. Jeder neue Durchbruch öffnet Türen für weitere Durchbrüche. Die Menschheit benötigte Jahrtausende, um vom Rad zum Automobil fortzuschreiten, doch vom Automobil zur Weltraumfahrt waren es nur ein paar Jahrzehnte. Heute messen wir den wissenschaftlichen Fortschritt in Wochen. Wir geraten außer Kontrolle. Der Abgrund zwischen uns einzelnen Menschen wird tiefer und tiefer – und weil die Religion auf der Strecke bleibt, finden wir uns in einem spirituellen Nichts wieder. Wir sehnen uns nach einer Bedeutung, wir schreien danach. Glauben Sie mir, wir *schreien*! Wir glauben Ufos zu sehen, nehmen an spiritistischen Sitzungen teil, schlucken bewusstseinserweiternde Drogen – all diese exzentrischen Ideen unter dem Deckmantel der Wissenschaft und doch schamlos irrational. Dies sind die verzweifelten Rufe der modernen Seele, einsam und gequält, verkrüppelt durch ihre eigene Erleuchtung und ihre Unfähigkeit, Bedeutung in irgendetwas zu erkennen, das abseits von Technologie zu finden ist.«

Mortati beugte sich unwillkürlich in seinem Sitz vor. Die anderen Kardinäle hingen wie er an den Lippen des Camerlengos – und nicht nur sie, sondern die ganze Welt. Der Camerlengo sprach ohne jede Hinweise auf die Heilige Schrift oder Jesus Christus. Er sprach in aufgeklärten Begriffen, unverblümt und klar. Irgendwie gelang es ihm, die moderne Sprache zu treffen, als würden ihm die Worte von Gott selbst in den Mund gelegt, als verkündete er die uralte Botschaft. In diesem Augenblick erkannte Mortati einen der Gründe dafür, dass der verstorbene Papst so große Stücke auf den jungen Geistlichen gehalten hatte. In einer Welt voller Apathie, Zynismus und Vergötterung der Technologie waren Männer wie Camerlengo Ventresca – Realisten, die so zu den Seelen der Menschen sprachen, wie er es gerade tat –, die einzige Hoffnung der Kirche.

Der Camerlengo wurde energisch. »Die Wissenschaftler, sagen Sie, werden uns retten. Die Wissenschaft, sage ich, hat uns zerstört. Seit den Tagen Galileos war die Kirche bemüht, den unbarmherzigen Vormarsch der Wissenschaften zu verlangsamen. Manchmal mit den falschen Mitteln, doch stets mit der besten Absicht. Dennoch waren die Versuchungen zu groß für die Menschen, um zu widerstehen. Ich warne Sie nachdrücklich – sehen Sie sich um. Die Wissenschaft hat ihre Versprechen nicht eingelöst. Diese Versprechen haben nichts weiter hervorgebracht als Umweltverschmutzung und Chaos. Wir sind eine zerrüttete und hektische Spezies, und wir bewegen uns auf einem Weg, der zu unserer eigenen Zerstörung führt.«

Der Camerlengo schwieg für einen langen Augenblick und schaute mit festem Blick direkt in die Kamera.

»Wer ist dieser Gott der Wissenschaft? Was ist das für ein Gott, der seinem Volk Macht anbietet, aber kein moralisches Rahmenwerk, das ihm sagt, wie diese Macht benutzt werden soll? Was ist das für ein Gott, der seinem Kind Feuer in die Hand drückt, ohne es zu warnen, dass es sich verbrennen kann? Die Sprache der Wissenschaft ist frei von Wegweisern; es gibt keine Abgrenzung von Gut und Böse. Wissenschaftliche Bücher zeigen uns, wie man eine nukleare Reaktion in Gang setzt, doch es gibt kein Kapitel, in dem wir gefragt werden, ob es eine gute oder eine schlechte Idee ist!

An die Adresse der Wissenschaftler sage ich: Die Kirche ist müde. Wir sind erschöpft von dem Versuch, Ihnen den Weg zu weisen. Unsere Ressourcen sind verbraucht von unseren Anstrengungen, eine Stimme des Ausgleichs zu sein, während Sie blindlings weitereilen auf Ihrer Suche nach immer kleineren Chips und immer größerem Profit. Wir fragen nicht, warum Sie nicht selbst die Verantwortung für Ihr Tun übernehmen – aber wie könnten Sie auch? Ihre Welt dreht sich so schnell, dass Sie nicht eine Sekunde anhalten können, um über die Folgen Ihres Tuns nachzudenken. Sie entwickeln Massenvernichtungswaffen, doch es war der Papst, der durch die Welt reisen und die nationalen Führer um Zurückhaltung anflehen musste. Sie klonen lebende Wesen, doch es ist die Kirche, die uns alle daran erinnert, die moralischen Folgen solchen Handelns nicht aus den Augen zu verlieren. Sie ermutigen die Menschen, an Videoschirmen und Computern zu kommunizieren, doch wieder ist es die Kirche, die ihre Türen öffnet und uns anhält, persönlich miteinander zu reden, wie es unserer Natur entspricht. Sie ermorden Ungeborene im Namen einer Wissenschaft, die Leben retten soll. Und allein die Kirche wehrt sich dagegen.

Trotzdem behaupten Sie, die Kirche sei ignorant. Wer ist unwissender, frage ich Sie? Der Mensch, der nicht weiß, wie ein Blitz zustande kommt, oder derjenige, der die furchtbare Kraft des Blitzes nicht respektiert? Die Kirche hat Ihnen stets die Hand entgegengestreckt. Sie hat jedem die Hand entgegengestreckt – und doch, je mehr wir helfen wollen, desto mehr schieben Sie uns von sich weg. *Zeigen Sie uns den Beweis, dass es einen Gott gibt,* fordern Sie von uns. Ich antworte Ihnen: Nehmen Sie Ihre Teleskope und schauen Sie hinauf zu den Sternen, und dann sagen Sie mir, wie es *keinen* Gott geben kann!« Der Camerlengo hatte Tränen in den Augen. »Sie fragen uns, wie Gott aussieht. Ich antworte, woher kommt diese Frage? Sehen Sie Gott denn nicht in Ihrer Wissenschaft? Wie können Sie ihn übersehen? Sie verkünden, dass die kleinste Änderung in der Gravitation oder dem Gewicht eines Atoms unser Universum zu einem leblosen Nebel gemacht hätte statt zu einem endlosen Meer aus Himmelskörpern, und doch können Sie darin die Hand Gottes nicht sehen? Ist es tatsächlich so viel einfacher zu glauben, dass wir zufällig die eine richtige aus Abermillionen Karten gezogen haben? Sind wir spirituell bankrott gegangen, dass wir lieber an eine mathematische Unmöglichkeit glauben als an eine Macht, die größer ist als wir?

Ob Sie an Gott glauben oder nicht«, sagte der Camerlengo mit einer Stimme, die ganz leise und beschwörend wurde, »eines *müssen* Sie glauben. Wenn wir als Spezies den Glauben an eine Macht aufgeben, die über uns steht, geben wir zugleich unser Verantwortungsgefühl auf. Glaube ... *jeder* Glaube ist eine Mahnung, dass es dort draußen etwas gibt, das wir nicht verstehen, etwas, dem gegenüber wir verantwortlich sind. Solange wir glauben, empfinden wir Verantwortung füreinander – und gegenüber einer höheren Wahrheit. Die Religion ist fehlerhaft, doch das liegt nur daran, dass der Mensch nicht vollkommen ist. Wenn die Welt dort draußen die Kirche sehen könnte, wie ich sie sehe ... wenn sie *hinter* die Rituale in diesen Mauern sehen könnte ... würde sie ein modernes Wunder erblicken ... eine Bruderschaft einfacher, unvollkommener Seelen, die nichts weiter sein wollen als eine Stimme des Mitgefühls in einer Welt, die außer Kontrolle gerät.«

Der Camerlengo deutete auf das Kardinalskollegium, und die Kamerafrau folgte ihm instinktiv in einem weiten Schwenk.

»Sind wir überflüssig geworden?«, fragte der Camerlengo. »Sind diese Männer wie Dinosaurier? Braucht die Welt wirklich jemanden, der für die Armen, die Schwachen, die Unterdrückten und die ungeborenen Kinder Partei ergreift? Brauchen wir Seelen, die, obwohl sie unvollkommen sind, ihr ganzes Leben damit verbringen, die Wegweiser der Moral zu studieren, damit wir anderen uns nicht verirren?«

Mortati wurde bewusst, dass der Camerlengo, ob es nun bewusst geschah oder nicht, einen brillanten Schachzug machte. Indem er die Kardinäle gezeigt hatte, machte er die Kirche menschlich. Die Vatikanstadt war nicht länger ein anonymes Gemäuer, es waren

Menschen – Menschen wie der Camerlengo oder die Kardinäle, die ihr Leben dem Dienst an Gott gewidmet hatten.

»Heute Nacht stehen wir vor dem Abgrund«, sagte der Camerlengo. »Keiner von uns kann es sich leisten, untätig zuzusehen. Ob Sie das alles als satanisch, korrupt oder unmoralisch betrachten ... die Macht des Bösen ist lebendig und wächst jeden Tag. Ignorieren Sie diese Tatsache nicht.« Der Camerlengo senkte die Stimme zu einem Flüstern, und die Kamera zoomte ganz nah heran. »Das Böse ist mächtig«, sagte er, »doch es ist nicht unbesiegbar. Das Gute *kann* siegen. Hören Sie auf Ihre Herzen. Hören Sie auf Gott. Gemeinsam können wir von diesem Abgrund zurücktreten.«

Jetzt verstand Mortati. Das also war der Grund. Das Konklave war verletzt worden, doch es war die einzige Möglichkeit. Es war eine dramatische, eine verzweifelte Bitte um Hilfe. Der Camerlengo sprach zu seinen Feinden und seinen Freunden zugleich. Er *flehte* alle Menschen an, das Licht zu sehen und mit dem Irrsinn aufzuhören. Irgendjemand würde vortreten und dem Wahnsinn dieser Verschwörung Einhalt gebieten.

Der Camerlengo kniete vor dem Altar. »Beten Sie mit mir ...«

Das Kollegium der Kardinäle kniete nieder und folgte seinem Beispiel. Draußen, auf dem Petersplatz, in Rom und überall auf der Welt taten andere Menschen es ihnen gleich.

95.

DER *HASHISHIN* LEGTE SEINE BEWUSSTLOSE TROPHÄE hinten in den Lieferwagen und nahm sich ein paar Sekunden Zeit, um ihren makellosen Körper zu bewundern. Sie war nicht so wunderschön wie die Frauen, die er kaufte, doch sie besaß eine animalische Kraft, die ihn faszinierte. Ihr Körper strotzte vor Gesundheit und war feucht vom Schweiß. Sie duftete nach Moschus.

Der *Hashishin* stand da und bewunderte seine Beute, ohne den pochenden Schmerz in seinem Arm zu beachten. Die Schwellung stammte von dem herabfallenden Sarkophag, schmerzhaft, jedoch unbedeutend. Sie war den Preis, der dort im Lieferwagen vor ihm wartete, mehr als wert. Außerdem tröstete es ihn, dass der Amerikaner, der ihm das angetan hatte, wahrscheinlich tot war.

Der *Hashishin* starrte auf seine reglose Gefangene und stellte sich vor, was als Nächstes kommen würde. Er schob eine Hand unter ihre Bluse. Ihre Brüste unter dem BH fühlten sich perfekt an. *Ja.* Er grinste. *Du bist den Preis mehr als wert.* Er kämpfte gegen das Verlangen an, sie gleich hier zu nehmen, schloss die Tür und fuhr in die Nacht davon.

Nicht nötig, die Presse über *diesen* Mord zu informieren ... das würden die Flammen für ihn übernehmen.

Die Sekretärin Sylvie Baudeloque saß wie betäubt vor der Fernsehansprache des Camerlengos. Nie zuvor hatte sie sich so stolz gefühlt, Katholikin zu sein, und nie zuvor hatte sie sich so sehr dafür geschämt, bei CERN zu arbeiten. Sie verließ den Korridor mit den Fernsehräumen und stellte fest, dass die Stimmung überall gleichermaßen gedrückt und ernst war. Als sie zurück in ihrem Büro war, läuteten sämtliche sieben Telefone gleichzeitig. Anfragen der Medien wurden niemals hierher durchgestellt; sie landeten stets bei der Presseabteilung, also konnte es sich nur um eines handeln: Geld.

Die Antimaterietechnologie hatte also bereits Interessenten gefunden.

Gunther Glick ging wie auf Wolken, als er dem Camerlengo aus der Sixtinischen Kapelle folgte. Er und Chinita hatten soeben die Liveübertragung des Jahrzehnts gemacht. Was für eine Übertragung! Der Camerlengo hatte alle in seinen Bann gezogen.

Draußen im Korridor wandte der Camerlengo sich zu Gunther und Chinita um. »Ich habe die Schweizergardisten gebeten, mehrere Fotos für Sie herauszusuchen. Bilder von den gebrandmarkten, ermordeten Kardinälen sowie ein Bild von Seiner Heiligkeit. Ich muss Sie allerdings warnen – es sind keine angenehmen Bilder. Furchtbare Brandwunden, eine schwarze Zunge. Trotzdem möchte ich Sie bitten, diese Bilder in die ganze Welt auszustrahlen.«

Gunther fühlte sich, als wäre im Vatikan die ewige Weihnacht ausgebrochen. *Er will, dass ich ein Exklusivbild des toten Papstes ausstrahle?* »Sind Sie sicher, Monsignore?«, fragte er, bemüht, sich seine Aufregung nicht anmerken zu lassen.

Der Camerlengo nickte. »Die Schweizergarde wird Ihnen außerdem das Livebild von der Überwachungskamera zeigen, auf dem der Antimateriebehälter mit dem Countdown zu sehen ist.«

Gunther starrte den Geistlichen an. *Weihnachten. Weihnachten. Weihnachten!*

»Die Illuminati werden bald herausfinden«, erklärte der Camerlengo, »dass sie diesmal entschieden zu weit gegangen sind.«

96.

DIE ERSTICKENDE DUNKELHEIT war einmal mehr zurückgekehrt, wie ein sich wiederholendes Thema in einer dämonischen Symphonie.

Kein Licht. Keine Luft. Kein Ausweg.

Langdon lag gefangen unter dem umgekippten Sarkophag. Er versuchte, seine Gedanken irgendwohin zu lenken – nur nicht auf die erdrückende Dunkelheit des engen Raums, in dem er gefangen war. Er zwang sich zu logischen Überlegungen, Mathematik, Musik, irgendetwas. Doch seine Gedanken fanden keine Ruhe.

Ich kann mich nicht bewegen! Ich kann nicht atmen!

Sein eingequetschter Ärmel war glücklicherweise freigekommen, als der Sarkophag gänzlich heruntergefallen war, und er konnte jetzt beide Arme bewegen. Trotzdem war es ihm selbst unter Einsatz aller Kräfte nicht gelungen, den steinernen Sarkophag auch nur einen Millimeter anzuheben. Er wünschte beinahe, sein Jackenärmel wäre noch unter dem Stein – *wenigstens hätte ich dann einen Spalt, durch den ich atmen könnte.*

Als Langdon gegen den Sarkophag drückte, fiel der Jackenärmel nach unten und gab den Blick auf das schwache Leuchten eines alten Freundes frei. Mickey Mouse. Das grünliche Comicgesicht erwiderte spöttisch seinen Blick.

Langdon suchte die ihn umgebende Dunkelheit nach einer anderen Lichtquelle ab, doch der Rand des Sarkophags schloss exakt mit dem Boden ab. *Verdammte italienische Perfektionisten,* fluchte er im Stillen. Die gleiche künstlerische Vollkommenheit, die er vor seinen Studenten stets so gelobt hatte – makellose Ecken und Kanten, fehlerlose Parallelen und selbstverständlich der nahtlose und unverwüstliche Carrara-Marmor –, drohte ihm nun zum Verhängnis zu werden.

Präzision kann atemberaubend sein.

»Heb dieses verdammte Ding hoch!«, sagte er laut zu sich selbst und drückte noch fester gegen den Sarkophag. Das Steingefäß bewegte sich leicht. Mit zusammengebissenen Zähnen versuchte Langdon es noch einmal. Der Sarkophag fühlte sich an wie ein Felsbrocken, doch diesmal gelang es ihm, das Gebilde einen halben Zentimeter anzuheben. Ein flüchtiger Lichtschimmer drang unter dem Rand hindurch, dann krachte der Kasten wieder herab. Langdon lag ächzend im Dunkeln. Er versuchte die Beine zu strecken, doch jetzt, nachdem der Sarkophag heruntergekracht war, ging auch das nicht mehr.

Die Klaustrophobie übermannte ihn erneut. Er hatte das Gefühl, als würde der Stein sich ringsum zusammenziehen. Am Rande des Wahnsinns kämpfte er mit jedem verbliebenen Funken von Intellekt gegen das beginnende Delirium an.

»Sarcophagus«, stellte er laut und mit so viel akademischer Nüchternheit fest, wie er aufbringen konnte – doch im Augenblick schien sich selbst die Erudition gegen ihn verschworen zu haben. *Sarcophagus stammt vom griechischen* sárx *für Fleisch und von* phageïn *für fressen. Ich bin in einer Kiste gefangen, die mir im wahrsten Sinne des Wortes das Fleisch von den Knochen frisst.* Die frühen Sarkophage waren tatsächlich aus einem besonderen Kalkstein gehauen worden, der die Verwesung des Fleisches förderte.

Die Bilder, die Langdon nun durch den Kopf gingen, erinnerten ihn auf scheußliche Weise daran, dass er inmitten menschlicher Knochen lag. Ihm wurde übel, und Schauer rannen ihm über den Rücken. Dann kam ihm ein Gedanke.

Er tastete blind im Sarkophag umher und fand schließlich, was er suchte – einen Knochensplitter. War es eine Rippe? Es spielte keine Rolle. Er brauchte einen Keil, nichts weiter. Wenn es ihm gelang, den Sarkophag zu heben, nur ein paar Millimeter, und das Knochenstück unter den Rand zu schieben, kam vielleicht genügend Luft hinein …

Langdon griff um sich herum und drückte das spitze Knochenstück gegen den Sarkophag, während er mit der anderen Hand nach oben drückte. Der Sarkophag bewegte sich um keinen Millimeter. Er versuchte es erneut. Einen Augenblick lang schien er leicht zu beben, doch das war alles.

Der faulige Gestank und der Sauerstoffmangel saugten die Kraft aus seinem Körper. Langdon wurde bewusst, dass er höchstens noch einen Versuch hatte. Und er würde beide Arme benötigen.

Er rückte sich in die richtige Position, drückte das spitze Ende des Knochenstücks gegen den Spalt am Boden und positionierte sich so, dass er es mit der Schulter an Ort und Stelle halten konnte. Vorsichtig, damit es nur ja nicht verrutschte, hob er beide Hände und legte sie gegen den Innenboden des Sarkophags. Die drangvolle Enge seines Gefängnisses hüllte ihn ein, und einmal mehr stieg Panik in ihm auf. Es war das zweite Mal an diesem Tag, dass er ohne Luft in der Falle saß. Er nahm all seine Kräfte zusammen, und mit einem wilden Aufschrei drückte er gegen den Sarkophag. Das Behältnis hob sich für einen kurzen Augenblick vom Boden, doch der Augenblick reichte Langdon. Der Knochensplitter an seiner Schulter rutschte in den sich weitenden Spalt. Als der Sarkophag sich wieder senkte, zerschmetterte er den Knochen. Doch diesmal sah Langdon, dass ein kleiner Schlitz geblieben war, durch den Licht drang.

Erschöpft blieb Langdon liegen. Er wartete darauf, dass das erstickende Gefühl in seiner Kehle abklang, doch es wurde mit jeder Sekunde schlimmer. Falls überhaupt Frischluft durch den schmalen Spalt drang, bemerkte er nichts davon. Langdon fragte sich, ob es ausreichte, um ihn am Leben zu halten. Und falls ja, für wie lange? Wenn er das Bewusstsein verlor – wer würde überhaupt merken, dass er unter dem schweren Sarkophag gefangen lag?

Seine Arme waren schwer wie Blei. Er blickte auf die Uhr: zwölf nach zehn. Langdon spielte seine letzte Karte aus. Mit zitternden

Fingern hantierte er an den winzigen Einstellungen der Uhr und drückte auf einen Knopf.

Während sein Bewusstsein langsam schwand und die Wände näher und näher rückten, übermannten ihn die alten Ängste. Er versuchte sich vorzustellen, wie schon viele Male zuvor, dass er sich auf einem freien Feld befand. Das Bild, das vor seinen Augen entstand, war allerdings keine Hilfe. Es war der Albtraum, der ihn seit seiner Jugend verfolgte, und alles stürzte wieder auf ihn ein …

Die Blumen sind wunderschön, wie Gemälde, *dachte das Kind Robert Langdon und rannte lachend über die Wiese. Er wünschte, seine Eltern wären mitgekommen. Doch seine Eltern waren damit beschäftigt, das Zelt aufzuschlagen.*

»Geh nicht zu weit!«, hatte seine Mutter ihn ermahnt.

Er hatte getan, als höre er sie nicht, und war in die Wälder gerannt.

Jetzt hatte er diese wundervolle Wiese entdeckt, und mitten auf der Wiese fand er einen Haufen Feldsteine, vielleicht die Fundamente eines alten Gehöfts. Er würde nicht dorthin gehen; dazu war er zu klug. Außerdem hatte etwas anderes seine Aufmerksamkeit auf sich gezogen – ein leuchtender Frauenschuh, die seltenste und schönste Blume in ganz New Hampshire. Er hatte sie bisher nur auf Fotos in Büchern gesehen.

Aufgeregt wandte der Knabe sich der Blume zu. Er kniete nieder. Der Boden unter ihm fühlte sich weich und hohl an. Er erkannte, dass die Blume einen sehr fruchtbaren Fleck gefunden hatte. Sie wuchs auf einem Stück verrottendem Holz …

Angestachelt von dem Gedanken, seine Beute mit zu den Eltern zu nehmen, griff der Knabe nach der Pflanze … die Finger reckten sich nach dem Stängel.

Er erreichte ihn nie.

Mit einem dumpfen Knacken gab die Erde unter ihm nach.

In den drei Sekunden betäubenden Entsetzens, während er fiel, wusste der Knabe, dass er sterben würde. Er fiel, rollte sich zusammen und bereitete sich auf den knochenbrechenden Aufprall vor. Als er kam, gab es keinen Schmerz. Nur Kälte.

Er prallte mit dem Gesicht zuerst aufs Wasser und versank in schwarzer Tiefe, während er orientierungslos umherwirbelte und gegen die stei-

len Wände stieß, die ihn von allen Seiten umhüllten. Irgendwie fand er instinktiv zur Oberfläche zurück. Licht.

Ganz schwach, weit über ihm. Meilenweit über ihm, wie es schien.

Er zappelte im Wasser und tastete die Wände nach einem Halt ab, an den er sich klammern konnte, doch er fand nur glatten Stein. Er war durch eine alte Brunnenabdeckung gefallen. Er schrie um Hilfe, doch seine Schreie hallten unbeantwortet durch den engen Schacht. Er rief wieder und wieder. Über ihm wurde das Licht schwächer.

Die Nacht brach herein.

Die Zeit schien sich in der Dunkelheit zu verzerren. Taubheit trat ein, während er wassertretend in den Tiefen des Abgrunds verharrte, immer wieder um Hilfe rufend und schreiend. Visionen von einstürzenden Wänden quälten ihn, Mauern, die ihn lebendig begruben. Seine Arme schmerzten vor Erschöpfung. Ein paar Mal meinte er, Stimmen zu hören. Er schrie um Hilfe, doch seine eigene Stimme klang erstickt und kraftlos … wie in einem Traum.

Die Nacht dauerte an, und der Schacht schien tiefer zu werden. Die Wände rückten zusammen. Der Knabe kämpfte gegen sie, drückte sie von sich weg. Er war erschöpft und wollte aufgeben; zugleich spürte er, wie das Wasser ihn trug und seine brennende Angst kühlte, bis er taub war.

Als die Rettungsmannschaft eintraf, fand sie den Knaben fast bewusstlos. Er hatte mehr als fünf Stunden wassertretend im Schacht verbracht. Zwei Tage später stand im Boston Globe *ein Artikel auf der ersten Seite mit der Schlagzeile:* DAS TAPFERE SCHWIMMERLEIN.

97.

DER *HASHISHIN* LÄCHELTE, als er den Lieferwagen in den gewaltigen Steinbau lenkte, der den Tiber überragte. Er trug seine Beute nach oben, weiter und immer weiter durch den spiralförmig verlaufenden Tunnel, und war dankbar, dass sie so schlank war.

Er traf vor der Tür ein.

Die Kirche der Erleuchtung, dachte er in diebischer Schadenfreude. *Der alte Versammlungsraum der Illuminati. Wer hätte gedacht, dass die Kirche sich ausgerechnet hier verbirgt?*

Drinnen legte er seine Beute auf einen Plüschdiwan. Er band ihr fachmännisch zuerst die Arme hinter dem Rücken zusammen; dann fesselte er ihr die Füße. Das, wonach er gierte, würde warten müssen, bis er seine letzte Aufgabe erfüllt hatte: *Wasser.*

Trotzdem blieb ihm noch ein wenig Zeit zum Schwelgen. Er kniete neben ihr nieder und fuhr mit der Hand über einen ihrer Schenkel. Die Haut fühlte sich glatt an. Höher hinauf. Seine dunklen Finger tasteten sich unter den Saum ihrer Shorts. Höher.

Er hielt inne. *Geduld,* sagte er sich trotz der wachsenden Erregung. *Es gibt noch Arbeit, die du erledigen musst.*

Er trat hinaus auf den steinernen Balkon der großen Kammer. Der Abendwind kühlte seine Leidenschaft langsam ab. Tief unter ihm toste der Tiber. Er hob die Augen und blickte zur Kuppel des Petersdoms, etwas weiter als einen Kilometer entfernt, nackt unter dem grellen Leuchten Hunderter Scheinwerfer, die Fernsehstationen aus aller Welt auf dem weiten Platz aufgestellt hatten.

»Deine letzte Stunde«, sagte er laut und dachte an die Tausende von Muslimen, die während der Kreuzzüge abgeschlachtet worden waren. »Um Mitternacht wirst du deinem Gott gegenübertreten.«

Hinter ihm in der Kammer regte sich die Frau. Der *Hashishin* wandte sich um. Er überlegte, ob er sie aufwachen lassen sollte – das Entsetzen in den Augen einer Frau war das beste aller Aphrodisiaka.

Doch er entschied sich dagegen. Besser, wenn sie bewusstlos blieb, während er weg war. Auch wenn sie gefesselt war und nicht entkommen konnte, wollte er nicht zurückkehren und sie erschöpft vorfinden vom Kampf gegen die Fesseln. *Ich möchte, dass du dir deine Kraft aufsparst ... für mich.*

Er hob ihren Kopf an, schob seine Hand unter ihren Nacken und fand die hohle Stelle direkt unter der Schädelbasis, den Druckpunkt zwischen Meridian und Basis. Mit rücksichtsloser Kraft trieb er seinen Daumen in den weichen Knorpel und spürte, wie er nachgab. Die Frau erschlaffte augenblicklich. *Zwanzig Minuten,* dachte er. Sie würde den aufreizenden Abschluss für einen perfekten Tag bilden. Nachdem sie ihm zu Willen gewesen und dabei gestorben war, würde er auf den Balkon hinaustreten und das mitternächtliche Feuerwerk beim Vatikan beobachten.

Er ließ seine Beute bewusstlos auf dem Diwan zurück und ging hinunter zu einem unterirdischen Gewölbe, das von Fackeln erhellt wurde. Die letzte Aufgabe. Er trat zum Tisch und bewunderte die heiligen Metallformen, die dort für ihn zurückgelassen worden waren.

Wasser. Es war seine letzte.

Er nahm eine Fackel von der Wand, wie er es bereits dreimal zuvor getan hatte, und begann das Ende aufzuheizen. Als es weiß glühend war, ging er damit zu der Zelle.

Darin stand ein einzelner, schweigender Mann. Alt und allein.

»Kardinal Baggia«, zischte der *Hashishin*, »haben Sie Ihr letztes Gebet gesprochen?«

Die Augen des Italieners zeigten keine Furcht. »Nur für deine Seele, mein Sohn.«

98.

DIE SECHS *POMPIERI*, die zu dem Feuer in der Kirche Santa Maria della Vittoria ausrückten, hatten den Brand rasch unter Kontrolle. Sie benutzten Halon; Wasser wäre billiger gewesen, doch der Dampf hätte die Fresken in der Kirche vernichtet, und der Vatikan zahlte beträchtliche Summen an die römischen Feuerwehren, damit sie bei Bränden in einem der zahlreichen vatikanischen Gebäude rasch und besonnen vorgingen.

Die *pompieri* erlebten bei ihrer Arbeit täglich menschliche Tragödien, doch die Hinrichtung in dieser Kirche … so etwas würde keiner von ihnen je vergessen. Zum Teil Kreuzigung, zum Teil Hängen, zum Teil Verbrennen auf dem Scheiterhaufen – es war ein Anblick wie aus einem Albtraum.

Unglücklicherweise waren die Medien – wie üblich – vor der

Feuerwehr am Ort des Geschehens eingetroffen. Sie hatten ausgiebig Videoaufnahmen gemacht, bevor die Feuerwehrleute die Kirche räumen konnten. Als sie den Toten endlich heruntergeschnitten und zu Boden gelegt hatten, gab es keinen Zweifel mehr an seiner Identität.

»Kardinal Guidera«, flüsterte einer von ihnen. »Aus Barcelona.«

Der Tote war nackt. Die untere Hälfte seines Körpers war rotschwarz, und Blut troff aus aufgeplatztem Gewebe an den Oberschenkeln. Die Schienbeine lagen offen. Einer der Feuerwehrleute übergab sich. Ein anderer ging nach draußen, um Luft zu schöpfen.

Das wirklich Grässliche war das Brandmal auf der Brust des toten Kardinals. Der Einsatzleiter der *pompieri* umrundete den Toten in stummem Entsetzen. *Lavoro del diavolo,* dachte er bei sich. *Das Werk des Teufels.* Zum ersten Mal seit seiner Kindheit bekreuzigte er sich.

»*Un altro corpo!*«, rief einer der Feuerwehrleute. Sie hatten einen weiteren Leichnam gefunden.

Der zweite Tote war ein Mann, den der Einsatzleiter sofort erkannte. Der strenge Kommandant der päpstlichen Schweizergarde war bei den römischen Beamten und Offiziellen nicht gerade beliebt. Der Einsatzleiter rief beim Vatikan an, doch sämtliche Leitungen waren belegt. Er wusste, dass es keine Rolle spielte – die Schweizergardisten würden in wenigen Minuten durch das Fernsehen vom Tod ihres Kommandanten erfahren.

Noch während der Einsatzleiter versuchte, die Schäden abzuschätzen und zu rekonstruieren, was sich möglicherweise ereignet hatte, bemerkte er eine Nische, die von Einschusslöchern förmlich übersät war. Ein Sarkophag war – anscheinend im Verlauf eines Kampfes – von seinen Stützen gekippt und lag kopfüber auf dem Boden. Es war ein einziges Chaos. *Sollen sich die Polizei und der Apostolische Stuhl darum kümmern,* dachte der Einsatzleiter und wollte sich abwenden.

Mitten in der Bewegung stockte er. Aus dem Sarkophag war ein Geräusch erklungen – ein Geräusch, das kein Feuerwehrmann gerne hörte.

»*Bomba!*«, brüllte er seinen Leuten zu. »*Tutti fuori!*«

Als das Bombenkommando den Sarkophag einige Zeit später umdrehte, entdeckte es die Ursache für das elektronische Piepsen. Sie starrten auf den reglosen Mann mit der Mickey-Mouse-Uhr.

»*Medico!*«, rief schließlich einer von ihnen. »Holt einen Notarzt!«

99.

»GIBT ES BEREITS EINE NACHRICHT VON OLIVETTI?«, fragte der Camerlengo müde, als Hauptmann Rocher ihn von der Sixtinischen Kapelle zurück ins Amtszimmer des Papstes begleitete.

»Nein, Monsignore. Ich befürchte das Schlimmste.«

Sie kamen vor der hohen Tür an. »Hauptmann, heute Abend kann ich hier nichts mehr tun.« Die Stimme des Camerlengos klang bedrückt. »Ich fürchte, ich habe bereits viel zu viel getan. Ich werde nun in dieses Zimmer gehen und beten. Ich wünsche nicht gestört zu werden. Alles andere liegt in Gottes Hand.«

»Jawohl, Monsignore.«

»Es ist schon spät, Hauptmann. Finden Sie diesen Behälter.«

»Unsere Suche dauert an, Monsignore.« Rocher zögerte. »Die Waffe ist allem Anschein nach zu gut verborgen.«

Der Camerlengo zuckte zusammen, als wäre dieser Gedanke unerträglich. »Ja. Ich möchte, dass Sie um genau dreiundzwanzig Uhr fünfzehn mit der Evakuierung der Kardinäle beginnen, falls diese Kirche bis dahin noch immer in Gefahr ist. Ich lege die Sicherheit der Kardinäle in Ihre Hände, Hauptmann. Führen Sie diese Männer mit Würde aus der Kapelle. Führen Sie sie hinaus auf den Petersplatz, und lassen Sie sie dort mit der ganzen Welt vereint stehen. Ich möchte nicht, dass das letzte Bild dieser Kirche verängstigte alte Männer sind, die verstohlen aus einer Hintertür schleichen.«

»Jawohl, Monsignore. Wie steht es mit Ihnen? Soll ich Sie ebenfalls zu dieser Zeit holen?«

»Das wird nicht nötig sein.«

»Monsignore?«

»Ich werde gehen, sobald mich der göttliche Geist dazu anleitet.«

Rocher fragte sich, ob der Camerlengo vorhatte, mit dem sinkenden Schiff unterzugehen.

Der Camerlengo öffnete die Tür zum Amtszimmer und trat ein. »Offen gestanden …«, sagte er und wandte sich zu Rocher um, »… offen gestanden wäre da noch eine Sache, Hauptmann.«

»Monsignore?«

»Es scheint ein wenig kühl heute Nacht in diesem Raum. Ich friere.«

»Die elektrische Heizung ist aus, Monsignore. Ich werde Ihnen ein Feuer im Kamin machen.«

Der Camerlengo lächelte müde. »Danke sehr, Hauptmann. Ich danke Ihnen wirklich sehr.«

Rocher ließ den Camerlengo im Amtszimmer des Papstes allein, wo er vor einer kleinen Statue der heiligen Mutter Gottes im Schein des flackernden Kaminfeuers kniete und betete. Es war ein unheimlicher Anblick – ein schwarzer Schatten, der sich im unsteten Licht zu bewegen schien.

Rocher marschierte durch den Korridor. Ein Offizier erschien; er rannte Rocher entgegen. Selbst im Kerzenlicht erkannte Rocher den Leutnant. Chartrand, jung, unerfahren und eifrig.

»Hauptmann!«, rief Chartrand ihm zu und streckte ihm ein Mobiltelefon hin. »Ich glaube, die Ansprache des Camerlengos hat funktioniert! Wir haben einen Anrufer in der Leitung, der behauptet, er besäße Informationen, die uns weiterhelfen könnten. Er hat auf einer der Geheimnummern des Vatikans angerufen! Ich weiß nicht, wie er an die Nummer gekommen ist.«

Rocher erstarrte. »Was?«

»Er will nur mit dem kommandierenden Offizier der Garde sprechen.«

»Irgendwelche Neuigkeiten von Oberst Olivetti?«

»Nein, Herr Hauptmann.«

Rocher nahm das Telefon entgegen. »Hier Hauptmann Rocher. Ich bin der kommandierende Offizier.«

»Rocher«, sagte eine Stimme am anderen Ende. »Ich werde Ihnen erklären, wer ich bin. Und dann werde ich Ihnen sagen, was Sie als Nächstes tun.«

Als der Anrufer geendet und aufgelegt hatte, stand Rocher wie erstarrt. Doch nun wusste er, von wem er Befehle entgegennahm.

In CERN versuchte Sylvie Baudeloque verzweifelt, sämtliche Lizenzanfragen zu bearbeiten, die auf Kohlers Anschluss hereinkamen. Als der private Apparat auf dem Schreibtisch des Generaldirektors läutete, zuckte sie erschrocken zusammen. Niemand hatte diese Nummer. Sie nahm ab. »Ja?«

»Miss Baudeloque? Hier ist Kohler. Rufen Sie meinen Piloten an. Mein Jet muss in fünf Minuten startbereit sein.«

100.

ALS ROBERT LANGDON DIE AUGEN AUFSCHLUG, wusste er nicht, wo er sich befand oder wie lange er bewusstlos gewesen war. Er starrte hinauf zu einer barocken Freskenkuppel. Rauch hing in der Luft. Irgendetwas bedeckte seinen Mund – eine Sauerstoffmaske. Er zog sie vom Gesicht. Ein grässlicher Gestank stieg ihm in die Nase, wie von verbranntem Fleisch.

Langdon zuckte zusammen, als er den pochenden Schmerz in seinem Kopf bemerkte. Er versuchte sich aufzusetzen. Ein Mann in einem weißen Kittel kniete neben ihm.

»*Riposati!*«, sagte der Mann und drückte Langdon sanft zurück. »*Sono il paramedico.*«

Langdon ergab sich in sein Schicksal. In seinem Kopf drehte sich alles. *Was ist passiert?* Die flüchtige Erinnerung an Panik trieb durch seinen Verstand.

»*Sorcio salvatore*«, sagte der Arzt. »Maus … gerettet dich.«

Langdon verstand überhaupt nichts mehr. *Die Maus hat mich gerettet?*

Der Mann deutete auf die Mickey-Mouse-Uhr an Langdons Handgelenk. Langdon begriff allmählich. Er erinnerte sich, dass er den Alarm eingestellt hatte. Er starrte abwesend auf das bunte Zifferblatt und bemerkte die Uhrzeit. Zweiundzwanzig Uhr achtundzwanzig.

Er setzte sich kerzengerade auf.

Mit einem Schlag war alles wieder da.

Langdon stand mit dem Einsatzleiter der Feuerwehr und einigen *pompieri* beim Hauptaltar. Sie überhäuften ihn mit Fragen. Er hörte kaum hin. Zu viel war geschehen. Außerdem hatte er selbst jede Menge Fragen. Sein ganzer Körper schmerzte, doch er wusste, dass er nicht einen Augenblick zögern durfte.

Ein weiterer *pompiere* näherte sich von der anderen Seite der Kirche und sprach Langdon an. »Ich habe noch einmal nachgesehen, Signore, doch die einzigen Leichen, die wir finden konnten, waren die von Kardinal Guidera und dem Kommandanten der Schweizergarde. Nirgendwo eine Spur von einer Frau.«

»*Grazie*«, bedankte sich Langdon. Er wusste nicht, ob er erleichtert oder entsetzt reagieren sollte. Er hatte Vittoria bewusstlos am Boden liegen sehen, so viel stand fest. Jetzt war sie verschwunden. Die einzig plausible Erklärung war alles andere als beruhigend. Der Mörder war schon am Telefon deutlich gewesen. *Eine Frau mit Mumm. Das erregt mich. Vielleicht komme ich zu Ihnen, bevor die Nacht vorüber ist. Und wenn ich Sie gefunden habe …*

Langdon blickte sich suchend um. »Wo sind die Schweizergardisten?«

»Wir haben keine Verbindung zum Vatikan. Die Leitungen sind unterbrochen.«

Langdon fühlte sich überfordert und allein. Olivetti war tot. Der Kardinal war tot. Vittoria war verschwunden. Eine halbe Stunde seines Lebens war ausgelöscht.

Er hörte, wie draußen die Medienvertreter ausschwärmten. Ohne Zweifel würden als Nächstes Beiträge über den grausigen Tod des dritten Kardinals über die Bildschirme flimmern – falls das nicht bereits geschehen war. Langdon hoffte nur, dass der Camerlengo von sich aus das Schlimmste annahm und endlich aktiv wurde. *Evakuieren Sie den Vatikan! Es wurden genug Spielchen gespielt! Wir haben verloren!*

Mit einem Mal wurde ihm bewusst, dass all die Katalysatoren, die ihn bisher vorangetrieben hatten – bei der Rettung der Vatikanstadt zu helfen, die vier Kardinäle zu retten, der Geheimbruderschaft gegenüberzutreten, die er so viele Jahre studiert hatte –, dass all dies sich in Luft aufgelöst hatte. Der Krieg war verloren. Ein neuer Funke entfachte seine Leidenschaft. Ein archaisches und ursprüngliches Gefühl.

Vittoria finden.

Er spürte eine unerwartete innere Leere. Langdon hatte oft gehört, dass aufregende Situationen zwei Menschen einander auf eine Weise näher bringen konnten, wie es Jahrzehnte nicht vermochten. Einsamkeit. Der Schmerz verlieh ihm neue Kraft.

Er verdrängte jeden anderen Gedanken und konzentrierte sich. Er betete, dass der Assassine sich vor dem Vergnügen seiner Aufgabe widmen würde. Falls nicht, war Langdon bereits zu spät dran. *Nein,* sagte er sich. *Du hast Zeit.* Vittorias Entführer hatte noch eine Aufgabe zu erfüllen. Er würde ein letztes Mal aus der Versenkung auftauchen, bevor seine Spur sich für immer verlor.

Der letzte Altar der Wissenschaft, dachte Langdon. Der Killer hatte einen letzten Auftrag. *Erde. Luft. Feuer. Wasser.*

Er schaute auf die Uhr. Noch dreißig Minuten. Langdon trat am Einsatzleiter der römischen Feuerwehr vorbei zu Berninis *Verzückung der heiligen Teresa.* Als Langdon diesmal den Wegweiser anschaute, wusste er ganz genau, wonach er zu suchen hatte.

Lass dich von Engeln führ'n auf deiner Quest' …

Direkt über der verzückten Heiligen, vor dem Hintergrund vergoldeter Flammen, schwebte Berninis Engel. Seine Hand umklammerte einen Feuerspeer. Langdons Blick folgte der Richtung, in die der Schaft zeigte, zur rechten Seite der Kirche, durch die Wand hindurch. Langdon suchte die Umgebung der Stelle ab, auf die die Spitze deutete. Nichts Außergewöhnliches zu sehen. Doch Langdon wusste, dass der Speer auf einen Ort jenseits der Mauern deutete, in die Nacht, irgendwo in Rom.

»Welche Richtung ist das?«, fragte Langdon, indem er sich mit neu gefundener Entschlossenheit zum Einsatzleiter der *pompieri* umwandte.

»Richtung?« Der Einsatzleiter sah zu der Stelle, auf die Langdon zeigte. »Ich weiß nicht. Westen, glaube ich …« Er klang verwirrt.

»Welche Kirchen liegen in dieser Richtung?«

Die Verwirrung des Einsatzleiters schien noch zuzunehmen. »Dutzende. Warum?«

Langdon runzelte die Stirn. Natürlich waren es Dutzende. »Ich brauche einen Stadtplan. Schnell!«

Der Einsatzleiter schickte einen Mann nach draußen zum Löschzug. Langdon wandte sich zu der Skulptur um. *Erde … Luft … Feuer … Wasser … VITTORIA.*

Der letzte Wegweiser ist Wasser, sagte er sich. *Berninis Wasser.* Es war irgendwo dort draußen in einer Kirche. Eine Nadel in einem Heuhaufen. Er rief sich sämtliche Werke Berninis ins Gedächtnis. *Ich brauche einen Tribut an Wasser!*

Die Statue des Triton fiel ihm ein, eines griechischen Meeresgottes; dann aber erinnerte er sich, dass der Tritonsbrunnen hier in diesem Viertel stand, in unmittelbarer Nähe der Kirche; obendrein in der falschen Richtung. *Denk nach, Langdon! Denk nach! Was hätte Bernini als Tribut an das Wasser erschaffen? Neptun und Apollo?* Unglücklicherweise stand dieses Werk in London, im Victoria & Albert Museum.

»Signore?« Der Feuerwehrmann mit dem Stadtplan kam zurückgerannt.

Langdon bedankte sich bei ihm und breitete die Karte auf dem Altar aus. Sofort wurde ihm bewusst, dass er die richtigen Leute um Hilfe gebeten hatte – der Stadtplan der römischen Feuerwehr war detaillierter als jede andere Karte, die er bisher von Rom gesehen hatte. »Wo befinden wir uns jetzt?«

Der Mann deutete auf die Stelle. »Hier, bei der Piazza Barberini.«

Langdon warf einen weiteren Blick auf den Feuerspeer des Engels, um sich zu orientieren. Der Einsatzleiter hatte richtig geschätzt. Der Karte zufolge zeigte der Speer nach Westen. Langdon fuhr mit der Hand von seiner gegenwärtigen Position nach Westen über die Karte. Seine Hoffnung sank fast augenblicklich. Es schien, als passierte er auf jedem Zentimeter ein weiteres Gebäude mit einem schwarzen Kreuz. Kirchen. Die Stadt war übersät mit Kirchen. Erst in den römischen Vorstädten wurden es endlich weniger. Langdon atmete aus und trat von der Karte weg. *Verdammt!*

Er betrachtete die ganze Karte und die drei Stellen, an denen die ersten Kardinäle ermordet worden waren. *Die Chigi-Kapelle, der Petersplatz, hier …*

Als er alle Punkte vor sich ausgebreitet sah, fiel ihm eine Eigentümlichkeit auf. Irgendwie hatte er geglaubt, die Kirchen wären willkürlich über ganz Rom verteilt. Doch das waren sie eindeutig nicht. So unglaublich es war, sie schienen in gleichmäßigem Abstand voneinander zu stehen und ein riesiges Dreieck zu bilden. Langdon schaute noch einmal hin. Es war keine Einbildung. »*Penna!*«, sagte er unvermittelt und ohne aufzublicken.

Irgendjemand reichte ihm einen Kugelschreiber.

Langdon markierte die drei Kirchen. Sein Puls ging schneller. Er überprüfte seine Markierungen ein drittes Mal. *Ein symmetrisches Dreieck!*

Langdons erster Gedanke war die Analogie zum Großen Siegel auf der Ein-Dollar-Banknote – doch das ergab keinen Sinn. Er hatte erst drei Punkte gefunden, und es waren insgesamt *vier.*

Und wo ist das verdammte Wasser? Der vierte Punkt würde das Dreieck zerstören – es sei denn, er befand sich innerhalb des Dreiecks, im Zentrum. Langdon betrachtete die Stelle auf der Karte. Nichts. Der Gedanke ging ihm trotzdem nicht aus dem Kopf. Die vier Elemente der Wissenschaft hatten als *gleichwertig* gegolten. *Wasser* war nichts Besonderes gewesen – ganz sicher hatte es nicht im Zentrum der übrigen drei Elemente gestanden.

Trotzdem, so sagte ihm sein Instinkt, konnte die symmetrische Anordnung unmöglich Zufall sein. *Ich sehe einfach noch nicht das ganze Bild.* Es gab nur eine andere Alternative – die vier Punkte ergaben kein Dreieck, sondern eine andere geometrische Form.

Langdon starrte angestrengt auf die Karte. *Vielleicht ein Viereck?* Auch wenn ein Viereck keinen symbolologischen Sinn ergab, war es zumindest eine geometrische Form. Langdon legte den Finger auf die Stelle der Karte, die zu einem symmetrischen Viereck führte. Ein perfektes Rechteck oder Quadrat war unmöglich, das sah er sofort. Die Winkel des Dreiecks waren spitz, also war ein Parallelogramm noch am wahrscheinlichsten.

Während er die beiden anderen möglichen Ergänzungen des Dreiecks betrachtete, geschah etwas Unvorhergesehenes. Er bemerkte, dass die Linie, die er vorher gezeichnet hatte, um die Richtung des Engelsspeers zu kennzeichnen, genau durch einen der möglichen Punkte verlief. Verblüfft markierte Langdon die Stelle. Er blickte nun auf vier Markierungen auf der Karte, die einen schiefen Diamanten bildeten, wie ein Papierdrache.

Langdon runzelte die Stirn. Diamanten waren kein Illuminati-Symbol. Er zögerte. *Andererseits …*

Andererseits gab es den berühmten Illuminati-Diamanten. Doch der Gedanke war lächerlich. Langdon verwarf ihn wieder. Der Diamant auf der Karte war länglich, wie ein Papierdrache eben – kaum ein Beispiel für die makellose Symmetrie, die der Illuminati-Diamant angeblich besaß.

Als er sich über die Karte beugte, um die Stelle zu untersuchen, wo er die letzte Markierung eingetragen hatte, stellte er überrascht fest, dass sie genau in der Mitte der berühmten Piazza Navona lag. Langdon wusste, dass auf der Piazza eine größere Kirche stand, doch soweit ihm bekannt war, gab es in dieser Kirche keine Skulptur von Bernini. Die Kirche hieß Sant' Agnese in Agone, benannt nach der heiligen Agnes, einer hinreißenden Schönheit und Jungfrau, die zu einem Leben in sexueller Sklaverei verurteilt worden war, weil sie sich geweigert hatte, ihren Glauben zu verraten.

Irgendetwas muss es in dieser Kirche geben! Langdon zermarterte sich das Gehirn in dem Versuch, sich den Innenraum der Kirche vorzustellen, doch er erinnerte sich beim besten Willen nicht an ein Werk Berninis, geschweige denn an eines, das mit Wasser zu tun hätte. Die Anordnung auf der Karte störte ihn ebenfalls. *Ein Diamant.* Sie war viel zu regelmäßig, um Zufall zu sein, und doch ergab sie keinen Sinn. *Ein Drachen?* Langdon fragte sich, ob er vielleicht den falschen Punkt ausgewählt hatte. *Irgendetwas übersehe ich, aber was?*

Es dauerte weitere dreißig Sekunden, bis es ihm wie Schuppen von den Augen fiel, und schlagartig verspürte er ein Hochgefühl wie noch nie zuvor während seiner akademischen Laufbahn.

Der Genius der Illuminati, schien es, hatte keine Grenzen.

Der Umriss, auf den Langdon blickte, stellte keinen Diamanten dar.

Die vier Punkte bildeten lediglich deshalb einen Diamanten, weil Langdon *benachbarte* Punkte miteinander verbunden hatte. *Die Illuminati hielten es mit den Gegensätzen!* Mit bebenden Fingern verband er die gegenüberliegenden Punkte auf der Karte. Die resultierenden Linien bildeten ein gigantisches Kreuz! *Ein Kreuz!* Die vier Elemente der Wissenschaft entfalteten sich vor seinen Augen ... in einem gewaltigen, stadtgroßen Kreuz über Rom.

Als er voller Staunen auf die Karte starrte, fiel ihm eine Zeile aus Miltons Gedicht ein ... und plötzlich sah er sie in einem ganz anderen Licht.

'Cross Rome the mystic elements unfold ...

Cross bedeutete Kreuz! Kreuz und quer.

Der Nebel begann sich zu lichten. Langdon sah, dass die Antwort ihm die ganze Zeit über ins Gesicht gelacht hatte. Das Illuminati-Poem hatte ihm von Anfang an gesagt, wie die Altäre ausgelegt waren. In einem Kreuz!

'Cross Rome the mystic elements unfold.

Es war ein wagemutiges Wortspiel. Langdon hatte das Wort »cross« die ganze Zeit über als Abkürzung für »across« interpretiert, für »quer«, und angenommen, dass es ein dichterisches Zugeständnis war, um den Reim zu erhalten. Doch wie viel mehr verbarg sich dahinter! Ein weiterer versteckter Hinweis.

Das Kreuz auf der Karte stellte die ultimative Dualität dar, erkannte Langdon. Ein religiöses Symbol, gebildet von den Elementen der Wissenschaft. Galileos Weg der Erleuchtung war ein Tribut an die Wissenschaften und an Gott zugleich!

Das Puzzle fügte sich zusammen.

Piazza Navona.

Mitten auf der Piazza, direkt vor der Kirche Santa Agnes in Agone, hatte Bernini eines seiner berühmtesten Werke errichtet. Ein Muss für jeden Rom-Besucher.

Die Fontana dei Fiumi – der Vier-Ströme-Brunnen!

Ein lupenreiner Tribut an das Wasser. Berninis Vier-Ströme-Brunnen galt den vier größten Flüssen der damals bekannten Welt – dem Nil, dem Ganges, der Donau und dem Rio de la Plata.

Wasser, dachte Langdon. *Der letzte Wegweiser.* Alles passte perfekt.

Und mehr noch, quasi das Sahnehäubchen auf dem Kuchen, war die Pyramide hoch oben auf dem Obelisken, der das Zentrum von Berninis Brunnen bildete.

Langdon rannte zum Leichnam Olivettis auf der anderen Seite der Kirche. Die Feuerwehrleute blieben verwirrt zurück.

Zweiundzwanzig Uhr einunddreißig, noch reichlich Zeit. Es war das erste Mal an diesem Tag, dass Langdon das Gefühl hatte, seinem Gegenspieler voraus zu sein.

Er kniete neben Olivetti nieder, vor fremden Blicken geschützt hinter den Kirchenbänken, und nahm die Halbautomatik und das Walkie-Talkie des Kommandanten an sich. Er würde die Schweizergarde um Hilfe bitten, doch die Kirche war nicht der richtige Ort dazu. Der letzte Altar der Wissenschaft musste fürs Erste geheim bleiben. Medien und eine Feuerwehr, die mit plärrenden Martinshörnern zur Piazza Navona raste, waren alles andere als hilfreich.

Ohne ein weiteres Wort verließ Langdon die Kirche und wich den Medienleuten aus, die nun wie Heuschrecken in das Gebäude einfielen. Er überquerte die Piazza Barberini. Als er im Schatten einer Seitengasse angekommen war, schaltete er Olivettis Walkie-Talkie ein. Er versuchte den Vatikan zu erreichen, doch aus dem Gerät drang nichts als Rauschen. Entweder befand er sich außer Reichweite, oder das Gerät benötigte einen Kode. Langdon spielte an den komplizierten Kontrollen und drückte wahllos einige Knöpfe, bevor er resignierend einsah, dass sein Plan, Hilfe zu rufen, nicht ohne weiteres funktionieren würde. Er wirbelte um die eigene Achse auf der Suche nach einem öffentlichen Telefon. Keins in Sicht. Außerdem, so fiel ihm ein, waren die Leitungen zum Vatikan überlastet.

Er war auf sich allein gestellt.

Seine anfängliche Zuversicht schwand. Langdon blieb einen Augenblick stehen, und sein erbärmlicher Zustand wurde ihm bewusst – bedeckt von Knochenstaub, eine Schnittwunde an der Hand, zu Tode erschöpft und hungrig. Er blickte zur Kirche. Rauch stieg über der Kuppel auf, erhellt von den Scheinwerfern der Medien und der Löschzüge. Er überlegte, ob er zurückgehen und um Hilfe bitten sollte, doch sein Instinkt warnte ihn, dass zusätzliche Hände, die nicht wussten, womit sie es zu tun hatten, eher eine Belastung als eine Hilfe darstellten. *Wenn der Assassine uns kommen sieht …* Er dachte an Vittoria und wusste, dass es seine letzte Chance war, ihren Entführer zu stellen.

Piazza Navona, dachte er. Er würde rechtzeitig genug dort sein, um die Piazza zu erkunden. Er suchte nach einem Taxi, doch die Straßen lagen verlassen. Selbst die Taxifahrer hatten, wie es schien, auf der Suche nach einem Fernseher alles stehen und liegen lassen. Die Piazza Navona lag nicht mehr als anderthalb Kilometer entfernt, doch Langdon beabsichtigte nicht, kostbare Zeit für einen Fußmarsch zu verschwenden. Er schaute nachdenklich zur Kirche und fragte sich, ob es möglich war, sich von jemandem ein Fahrzeug auszuleihen.

Einen Löschzug vielleicht? Einen Übertragungswagen? Bleib vernünftig!

Er spürte, wie ihm die Zeit unter den Händen verrann und seine Möglichkeiten schwanden, und traf eine Entscheidung. Er riss die Pistole aus der Jacke und tat etwas für ihn vollkommen Ungewöhnliches: Er rannte zu einem einsamen Citroën, der vor einer Ampel wartete, und richtete die Waffe durch das offene Seitenfenster auf den Fahrer. »*Fuori!*«, rief er.

Der Mann stieg zitternd aus.

Langdon warf sich in den Sitz und trat aufs Gas.

101.

GUNTHER GLICK saß auf einer Bank in einer Zelle in der Kaserne der Schweizergarde. Er betete zu jedem Gott, den er kannte. *Bitte, lass es keinen Traum sein!* Es war der Volltreffer seines Lebens. Jeder Reporter der Welt wünschte sich an den Ort, an dem Gunther nun war. *Du bist wach,* sagte er sich. *Und du bist ein Star!*

Chinita saß neben ihm. Auch sie wirkte wie betäubt. Gunther konnte es ihr nicht verdenken. Nicht nur, dass sie beide exklusiv die

Ansprache des Camerlengos übertragen hatten – sie und Gunther hatten der Welt furchtbare Bilder von den ermordeten Kardinälen und dem Papst geliefert – *diese Zunge!* – sowie ein Videobild vom Antimateriebehälter und dem laufenden Countdown. *Unfassbar!*

Selbstverständlich war das alles auf Geheiß des Camerlengos geschehen, also war es nicht der Grund dafür, dass Gunther und Chinita nun in einer Zelle in der Kaserne der Schweizergarde eingeschlossen waren. Der Grund war Gunthers wagemutiger Nachtrag zu ihrer Berichterstattung, an dem die Gardisten Anstoß genommen hatten. Gunther wusste, dass die Konversation, die er soeben aufgenommen hatte, nicht für seine Ohren bestimmt gewesen war, doch das hier war sein Tag. *Noch ein Knaller von Gunther Glick!*

»Der Samariter der elften Stunde?« Chinita stöhnte neben ihm auf der Bank. Sie war alles andere als beeindruckt.

Gunther grinste. »Brillant, was?«

»Brillant dumm.«

Sie ist nur eifersüchtig, dachte Glick. Kurz nach der Ansprache des Camerlengos war Gunther erneut – diesmal durch Zufall – zur richtigen Zeit am richtigen Ort gewesen. Er hatte gehört, wie Hauptmann Rocher seinen Leuten neue Befehle erteilt hatte. Offensichtlich hatte ein mysteriöser Unbekannter angerufen, von dem Rocher behauptete, dass er bedeutsame Informationen zur gegenwärtigen Krise besitze. Es schien so, als könnte dieser Mann helfen, und Rocher hatte seine Gardisten angewiesen, alles für die Ankunft des geheimnisvollen Unbekannten vorzubereiten.

Obwohl die Informationen zweifellos vertraulich waren, hatte Gunther reagiert, wie es jeder leidenschaftliche Reporter getan hätte – ohne Spur von Ehrgefühl. Er hatte eine dunkle Ecke aufgesucht, Chinita befohlen, ihre Kamera einzuschalten, und die Nachricht aufgezeichnet.

»Schockierende neue Entwicklungen in der Stadt Gottes«, hatte er angekündigt und die Augen zu schmalen Schlitzen verengt, um die Eindringlichkeit seiner Worte zu steigern. Dann hatte er weiter ausgeführt, dass ein mysteriöser Gast auf dem Weg in die Vatikanstadt sei, um die Situation zu retten. *»Samariter der elften Stunde«*, hatte Gunther ihn genannt – der perfekte Name für jenen gesichtslosen Fremden, der in letzter Minute auftauchte, um eine gute Tat zu vollbringen. Die anderen Sender hatten Gunthers einprägsame Formulierung sofort übernommen, und Gunther war noch ein Stück unsterblicher geworden.

Ich bin brillant, sinnierte er. *Peter Jennings ist wahrscheinlich gerade vor Neid von einer Brücke gesprungen.*

Selbstverständlich hatte Gunther an dieser Stelle noch längst nicht Halt gemacht. Während die ganze Welt seinem Bericht lauschte, hatte er seine eigene Verschwörungstheorie zum Besten gegeben.

Brillant. Absolut brillant!

»Du hast es vermasselt«, sagte Chinita in diesem Augenblick. »Vollkommen vermasselt.«

»Was willst du damit sagen? Ich war großartig!«

Chinita starrte ihn ungläubig an. »Der Expräsident George Bush – ein Illuminatus?«

Gunther lächelte. Wie viel offensichtlicher musste es denn noch sein? Es war allgemein bekannt, dass George Bush Freimaurer war – und er war Leiter der CIA gewesen, als die Agentur ihre Untersuchungen über die Illuminati abgeschlossen hatte ... *aus Mangel an Beweisen*, wie es hieß. Und all die großen Reden über »tausend Lichter« und eine »neue Weltordnung«. Bush war ohne den geringsten Zweifel ein Illuminatus.

»Und was sollte diese Geschichte über CERN?«, spottete Chinita. »Spätestens morgen früh hast du eine riesige Schlange von Anwälten mit Schadensersatzforderungen vor der Tür.«

»CERN? Na hör mal! Das ist doch wohl offensichtlich! Denk mal drüber nach, Chinita – die Illuminati verschwanden in den Fünfzigerjahren von der Bildfläche, um die gleiche Zeit, als CERN gegründet wurde! CERN ist der Himmel für die klügsten Köpfe der Erde! Unsummen an privaten Stiftungsgeldern! Sie bauen eine Waffe, die imstande ist, die Kirche zu vernichten, und – hoppla! – sie *verlieren* sie!«

»Dann willst du der Welt erzählen, dass CERN die neue Heimatbasis der Illuminati ist?«

»Selbstverständlich! Geheime Bruderschaften verschwinden nicht einfach so. Sie gehen irgendwo in den Untergrund. CERN ist das perfekte Versteck für sie. Ich sage nicht, dass jeder bei CERN ein Illuminatus ist. Wahrscheinlich ist es eher wie eine einzige große Freimaurerloge, die meisten Menschen sind unschuldig und ahnungslos, bis auf die oberen Echelons …«

»Hast du jemals von Verleumdung gehört, Gunther? Von Haftung?«

»Hast du je von echtem Journalismus gehört?«

»Journalismus? Du hast Unsinn erzählt, frei erfundenes Zeug! Ich hätte die Kamera abschalten sollen! Und was, zur Hölle, sollte dieser Schwachsinn über das Logo von CERN? Satanische Symbolologie? Hast du endgültig den Verstand verloren?«

Gunther lächelte. Chinitas Eifersucht war nicht zu übersehen. Die Geschichte mit dem Logo war der brillanteste Coup von allen. Seit der Ansprache des Camerlengos redeten alle Sender von CERN und Antimaterie. Einige zeigten das Logo CERNs als Hintergrundbild. Das Logo war unverdächtig – zwei sich schneidende Kreise, die zwei verschiedene Teilchenbeschleuniger repräsentierten, und fünf Tangenten, die Injektionstunnel. Die ganze Welt starrte auf das Logo, doch es war Gunther gewesen, selbst ein Hobby-Symbolologe, der zuerst die versteckte Andeutung auf die Illuminati darin gefunden hatte.

»Du bist kein Symbolologe«, spottete Chinita. »Du bist nur ein gewöhnlicher Reporter mit mehr Glück als Verstand. Du hättest die Symbolologie diesem Typen aus Harvard überlassen sollen.«

»Der Harvard-Typ hat es übersehen«, entgegnete Gunther.

Die Illuminati-Signifikanz dieses Logos ist so offensichtlich!

Er strahlte innerlich. CERN besaß eine ganze Reihe von Beschleunigem, doch das Logo zeigte nur *zwei. Zwei ist die Illuminati-Zahl für Dualität.* Obwohl die meisten Beschleuniger nur einen Injektionstunnel besaßen, zeigte das Logo *fünf. Fünf ist die Zahl des Illuminati-Pentagramms.* Dann kam der Clou – der brillanteste Schachzug von allen. Gunther hatte vor laufender Kamera darauf hingewiesen, dass das Logo eine große numerische »6« enthielt – gebildet von einem der Ringe und einem Injektionstunnel. Wenn man das Logo drehte, erschien eine weitere »6« … und noch eine. Das Logo enthielt drei Sechsen! 666! Die teuflische Zahl. Die Zahl des Tiers!

Gunther betrachtete sich als Genie.

Chinita sah aus, als wollte sie ihn erschlagen.

Die Eifersucht würde vergehen, wie Gunther wusste, während sein Verstand einen neuen Gedanken analysierte. Wenn CERN das Hauptquartier der Illuminati war – bewahrten sie dort auch ihren berühmten Diamanten auf? Gunther hatte im Internet darüber gelesen. »… ein makelloser Diamant, erschaffen aus den Elementen und von derartiger Perfektion, dass jeder, der ihn sieht, vor Staunen und Ehrfurcht erstarrt.«

Gunther fragte sich, ob der geheime Ort, an dem der Diamant aufbewahrt wurde, ein weiteres Geheimnis war, das er in dieser Nacht enthüllen würde.

102.

PIAZZA NAVONA. *FONTANA DEI FIUMI.*

Die Nächte in Rom konnten überraschend kühl werden, fast wie in der Wüste, selbst nach einem heißen Tag. Langdon kauerte am Rand der Piazza Navona im Schatten und zog sein Jackett enger um sich. Eine Kakophonie von Nachrichtensendungen hallte über die Stadt wie das Rauschen des Verkehrs. Langdon schaute auf die Uhr. Fünfzehn Minuten. Dankbar nahm er sich ein paar Minuten zum Durchatmen.

Die Piazza lag verlassen. Berninis meisterhafter Brunnen plätscherte mit dunklem Zauber vor sich hin. Das schäumende Wasser sandte magischen Dunst in die Höhe, angestrahlt von Unterwasserscheinwerfern. Die Luft war von einer kalten Elektrizität erfüllt.

Der beeindruckendste Aspekt des Brunnens war seine Höhe. Allein der zentrale Block war mehr als sechs Meter hoch, ein zerklüfteter Brocken aus behauenem Marmor, übersät mit heidnischen Gestalten, Aushöhlungen und Vertiefungen, durch die das Wasser rauschte. Über allem thronte ein Obelisk, der weitere zwölf Meter in die Höhe ragte. Langdons Blick glitt an der Säule nach oben. Auf der pyramidenförmigen Spitze saß ein einzelner dunkler Schatten – eine einsame Taube, die vor sich hin döste.

Ein Kreuz, dachte Langdon, noch immer voller Staunen über die kunstvolle Anordnung der über ganz Rom verstreuten Wegweiser. Berninis Fontana dei Fiumi war der letzte der vier Altäre der Wissenschaft. Noch vor ein paar Stunden hatte Langdon im Pantheon gestanden, überzeugt, dass der Weg der Erleuchtung zerstört war und dass er niemals so weit kommen würde. Was für ein Trugschluss! Tatsächlich war der Weg noch immer intakt. *Erde, Luft, Feuer und Wasser.* Langdon war ihm gefolgt vom Anfang bis zum Ende.

Nicht ganz bis zum Ende, rief er sich ins Gedächtnis. Der Weg besaß *fünf* Stationen. Dieser fünfte Wegweiser deutete irgendwie zum ultimativen Ziel – dem geheimen Nest der Illuminati, der Kirche der Erleuchtung. Langdon fragte sich, ob auch dieses Nest noch existierte. Und er fragte sich, ob es dieses Nest war, wohin der Assassine Vittoria verschleppt hatte.

Ihm wurde bewusst, dass er die Figuren des Brunnens betrachtete, auf der Suche nach einem Hinweis, in welcher Richtung das Nest zu suchen war. *Let angels guide you on your lofty quest …* Fast im gleichen Augenblick wurde er von Unruhe erfasst. Dieser Brunnen besaß keine Engel. Überhaupt keine. Zumindest keine, die von Langdons Position aus erkennbar gewesen wären … und auch in der Vergangenheit hatte er niemals einen Engel gesehen. Der Vier-Ströme-Brunnen war ein heidnisches Werk. Die Bildhauerei war profan – Menschen, Tiere, selbst ein tölpelhaftes Gürteltier war zu sehen. Ein Engel an dieser Stelle hätte hervorgestochen wie ein geschwollener Daumen.

Bin ich am falschen Ort?, fragte sich Langdon. Er dachte an die kreuzförmige Anordnung der vier Obelisken und ballte die Fäuste. *Es muss der Brunnen sein. Er passt einfach perfekt.*

Es war erst zweiundzwanzig Uhr sechsundvierzig, als ein schwarzer Lieferwagen aus einer Gasse auf der gegenüberliegenden Seite der Piazza auftauchte. Langdon hätte ihn keines zweiten Blickes gewürdigt, wäre er nicht ohne jegliche Beleuchtung gefahren. Wie ein Hai in einer mondbeschienenen Bucht, umrundete der Lieferwagen den Perimeter der Piazza.

Langdon kauerte sich tiefer in die Schatten neben der großen

Treppe, die hinauf zur Kirche Sant' Agnese in Agone führte. Er starrte auf den Lieferwagen und spürte, wie sein Puls schneller ging.

Nachdem der Wagen die Piazza zweimal umrundet hatte, bog er nach innen zu Berninis Brunnen ein. Er hielt auf das Bassin zu und bewegte sich parallel zur Beckeneinfassung, bis er Langdon gegenüber hielt. Langdon sah nur die obere Hälfte über dem plätschernden Wasser des Brunnens.

Dunst wirbelte auf.

Langdon hatte eine dunkle Vorahnung. War der Assassine zu früh gekommen? War er tatsächlich in diesem Lieferwagen unterwegs? Langdon hatte eigentlich erwartet, dass der Mörder sein letztes Opfer zu Fuß über die Piazza führen würde, genau wie am Petersplatz, und Langdon so freies Schussfeld eröffnete. Doch falls der Assassine mit dem Lieferwagen gekommen war, hatten sich die Regeln in diesem Augenblick geändert.

Die seitliche Schiebetür wurde geöffnet.

Auf der Ladefläche des Wagens lag ein nackter Mann, seine Gestalt verzerrt vor Schmerz. Der Mann war in dicke Ketten gewickelt. Er kämpfte gegen die eisernen Fesseln an, doch sie waren zu schwer. Eines der Kettenglieder steckte in seinem Mund wie eine Kandare und erstickte seine gequälten Hilferufe. In diesem Augenblick bemerkte Langdon die zweite Gestalt, die sich im Dunkeln hinter ihrem Gefangenen bewegte, als träfe sie letzte Vorbereitungen.

Langdon wusste, dass ihm nur Sekunden zum Handeln blieben.

Er schlüpfte aus seinem Jackett, legte es zu Boden und nahm die Pistole. Er wollte weder von der schweren Jacke behindert werden, noch hatte er die Absicht, die Seite aus Galileos *Diagramma* mit in die Nähe des Wassers zu nehmen. Das Dokument würde bleiben, wo es war – halbwegs sicher, doch in jedem Fall trocken.

Langdon huschte nach rechts und umrundete den Brunnen, bis er sich direkt gegenüber dem Lieferwagen befand. Der massive Mittelblock versperrte ihm die Sicht. Aufrecht rannte er auf den Brunnen zu in der Hoffnung, das rauschende Wasser würde seine Schritte übertönen. Als er den Brunnen erreichte, kletterte er über die Beckeneinfassung und ließ sich ins schäumende Wasser hinunter.

Es war hüfthoch und kalt wie Eis. Langdon biss die Zähne zusammen und watete vorwärts. Der Boden war schlüpfrig, und das Vorankommen wurde doppelt erschwert durch eine Schicht von Münzen, die Besucher als Glücksbringer ins Wasser warfen. Rings um ihn stieg Dunst auf, und Langdon fragte sich, ob es Kälte war oder Furcht, die die Pistole in seiner Hand zittern ließ.

Er tastete sich am Brunnenrand nach links und watete voran, so schnell er konnte, während er sich in der Deckung der Marmorgestalten hielt. Hinter der massigen Form eines Pferdes hielt er inne und spähte zum Wagen. Er stand keine fünfzehn Meter entfernt. Der Assassine kauerte auf der Ladefläche und hantierte an den Ketten, mit denen er den Kardinal gefesselt hatte. Er machte Anstalten, seinen Gefangenen aus der offenen Tür direkt in den Brunnen zu rollen.

Hüfthoch im Wasser, hob Robert Langdon die Pistole und trat vor. »Keine Bewegung!«, rief er. Seine Stimme klang fester, als er geglaubt hätte.

Der Assassine sah überrascht auf. Einen Augenblick lang schien er erschrocken, als sähe er einen Geist. Dann schürzte er die Lippen zu einem hinterhältigen Grinsen, während er die Hände hob, um sich zu ergeben. »So geht es im Leben.«

»Steigen Sie aus dem Wagen.«

»Sie sehen nass aus.«

»Sie sind zu früh.«

»Ich brenne darauf, zu meiner Beute zurückzukehren.«

Langdon hob die Waffe. »Ich werde nicht zögern zu schießen.«

»Sie haben bereits gezögert.«

Langdons Finger krümmte sich um den Abzug. Der Kardinal zu den Füßen des Mörders rührte sich nicht mehr. Er sah erschöpft aus, als hätte er sich in sein Schicksal ergeben. »Binden Sie ihn los.«

»Vergessen Sie ihn. Sie sind wegen der Frau gekommen. Tun Sie nicht so, als wäre es anders.«

Langdon kämpfte gegen das Verlangen, es an Ort und Stelle zu beenden. »Wo ist sie?«

»An einem sicheren Ort. Sie wartet auf meine Rückkehr.«

Sie lebt also noch. Langdon spürte neue Hoffnung in sich aufkeimen. »In der Kirche der Erleuchtung?«

Der Mörder grinste. »Sie werden diesen Ort niemals finden.«

Langdon konnte es kaum glauben. *Die Kirche existiert also immer noch! Das Nest der Illuminati ist noch intakt!* Er zielte mit der Waffe auf den Mörder. »Wo?«

»Der genaue Ort ist jahrhundertelang geheim geblieben. Selbst ich erfuhr erst kürzlich von seiner Existenz. Ich würde eher sterben, als das Vertrauen zu enttäuschen, das in mich gesetzt wurde.«

»Ich finde den Ort auch ohne Sie.«

»Ein arroganter Gedanke.«

Langdon deutete mit dem Lauf der Waffe auf den Brunnen. »Ich bin immerhin bis hierher gekommen.«

»Das sind viele andere auch. Der letzte Schritt ist der schwerste.«

Langdon trat einen unsicheren Schritt vor. Der Untergrund war wirklich glitschig. Der Assassine wirkte gelassen, wie er dort mit erhobenen Händen auf der Ladefläche des Lieferwagens kauerte. Langdon zielte auf seine Brust und fragte sich einmal mehr, ob er nicht einfach schießen und der Sache ein Ende bereiten sollte. *Nein. Er weiß, wo Vittoria steckt. Und er weiß, wo die Antimaterie zu finden ist. Ich brauche Informationen!*

Aus der Dunkelheit des Lieferwagens starrte der *Hashishin* sein Gegenüber an und empfand Erheiterung und Mitleid. Der Amerikaner war mutig, das hatte er bewiesen. Doch er war nicht trainiert, das hatte er ebenfalls bewiesen. Mut ohne Erfahrung war Selbstmord. Es gab Regeln für das Überleben. Uralte Regeln. Und der Amerikaner brach jede einzelne.

Du hattest den Vorteil auf deiner Seite, das Überraschungsmoment, aber du hast es vermasselt.

Der Amerikaner war unschlüssig. Wahrscheinlich hoffte er auf Verstärkung … oder auf einen Versprecher seitens des *Hashishin*, der wichtige Informationen enthüllen würde.

Verhöre deinen Gegner niemals, bevor du ihn unschädlich gemacht hast. Ein in die Ecke gedrängter Feind ist ein tödlicher Feind.

Der Amerikaner redete schon wieder. Plänkelte. Manövrierte.

Fast hätte der *Hashishin* laut aufgelacht. *Das hier ist keiner von deinen Hollywoodfilmen … hier gibt es keine lange Diskussion hinter vorgehaltener Waffe, bevor der letzte Vorhang fällt. Das ist das Ende. Jetzt!*

Ohne den Blickkontakt zu dem Amerikaner zu unterbrechen, tastete der *Hashishin* an der Decke des Lieferwagens entlang, bis er gefunden hatte, wonach er suchte. Er starrte dem Amerikaner ins Gesicht.

Dann handelte er.

Die Bewegung kam völlig unerwartet. Für einen Augenblick dachte Langdon, die Gesetze der Physik hätten aufgehört zu existieren. Der Assassine schien schwerelos in der Luft zu schweben, als seine Beine unter ihm hervorschossen und die Stiefel die Seite des in Ketten liegenden Kardinals trafen. Der Körper flog aus der Tür und landete im Brunnen, wo er sofort versank.

Langdon wurde von einem Schwall Wasser getroffen und erkannte zu spät, was geschehen war. Der Mörder hatte sich an einer der Dachstreben des Lieferwagens festgehalten, um sich nach draußen zu schwingen. Langdon blinzelte das Wasser aus den Augen und sah, wie der Mörder durch die Gischt hindurch mit den Füßen voran auf ihn zusegelte.

Langdon feuerte. Die Kugel traf die Spitze des linken Stiefels. Fast im gleichen Augenblick trafen die Absätze der Stiefel Langdon an der Brust und stießen ihn mit Wucht zurück.

In einer Fontäne aus Blut und Wasser tauchten die beiden Männer unter.

Das eisige Wasser hüllte Langdon ein, und seine erste Empfindung war Schmerz. Dann meldete sich der Überlebensinstinkt. Er hatte die Waffe verloren. Er tauchte tief hinunter und tastete über den Boden. Seine Hände berührten Metall. Münzen. Er ließ sie fallen und öffnete die Augen. Das von Unterwasserscheinwerfern erleuchtete Becken kochte wie ein eisiger Jacuzzi.

Trotz seines Luftmangels blieb Langdon unter Wasser und in Bewegung. Er wusste nicht, aus welcher Richtung der nächste Angriff kommen würde, doch er musste die Waffe finden! Fieberhaft tastete er mit den Händen um sich.

Du bist im Vorteil, sagte er sich immer wieder. *Du bist in deinem Element.* Selbst in einem voll gesogenen Rollkragenpullover war

Langdon ein schneller und beweglicher Schwimmer. *Du bist im Wasser zu Hause!*

Als Langdons Fingerspitzen ein zweites Mal Metall berührten, war er sicher, dass das Glück nun auf seiner Seite stand. Der Gegenstand in seinen Händen fühlte sich nicht nach Münzen an. Er zerrte daran und stellte überrascht fest, dass er nicht nachgab. Das Objekt war zu schwer.

Noch bevor Langdon über dem sich windenden Kardinal war, erkannte er, dass er ein Stück der Kette gefunden hatte, die den Mann nach unten zerrte. Er verharrte einen Augenblick reglos, als er das in Todesangst verzerrte Gesicht sah, das ihn vom Boden des Brunnens anstarrte.

Angetrieben von der Erkenntnis, dass der Kardinal noch lebte, griff Langdon nach unten und packte die Ketten in dem Versuch, den Mann zur Wasseroberfläche zu zerren. Langsam gab der schwere Körper nach … wie ein Schiffsanker. Langdon zog noch fester.

Als der Kopf des Kardinals die Wasseroberfläche durchbrach, atmete der alte Mann ein paar Mal verzweifelt, dann kippte er wie ein Kegel um und versank wie ein Stein, ohne dass Langdon ihn hätte halten können.

Langdon tauchte ihm hinterher, die Augen weit aufgerissen in der schäumenden trüben Flut. Er fand den Kardinal. Als er die Ketten diesmal zu packen bekam, verrutschten sie über der Brust des alten Mannes … und enthüllten ein Brandmal im nackten, geschundenen Fleisch.

Einen Augenblick später kamen zwei schwere Stiefel in Sicht. Aus einem sprudelte Blut.

103.

ALS WASSERPOLOSPIELER hatte Robert Langdon eine ganze Reihe von Unterwasserkämpfen hinter sich gebracht. Die rücksichtslose Wildheit unter der Oberfläche, wo die Augen der Schiedsrichter nicht hinschauen konnten, war den schlimmsten Fouls in anderen Sportarten ebenbürtig. Langdon war getreten, gekratzt und einmal sogar von einem frustrierten Verteidiger gebissen worden, weil er sich ständig seinem Griff entzogen hatte.

Doch jetzt war er im eisigen Wasser von Berninis Brunnen, Tausende von Meilen vom Wettkampfbecken in Harvard entfernt. Dieser Kampf war kein Spiel, sondern ein Kampf ums nackte Überleben. Es war das zweite Mal, dass der Assassine und Langdon gegeneinander antraten. Kein Schiedsrichter, keine Revanche. Die Arme, die ihn nach unten drückten und an den Boden des Beckens fesselten, besaßen eine Kraft, die keinen Zweifel an ihrer tödlichen Absicht ließ.

Instinktiv drehte sich Langdon wie ein Torpedo um die eigene Achse. *Du musst den Griff sprengen!* Doch der Assassine drehte ihn wieder zurück. Er genoss einen Vorteil, den kein Verteidiger beim Polospiel je hatte – er stand mit beiden Beinen auf festem Boden. Langdon spannte sich an, versuchte, die Beine unter den Leib zu ziehen. Der Assassine schien hauptsächlich mit einer Hand zu drücken, dennoch war sein Griff eisern.

In diesem Augenblick erkannte Langdon, dass er es nicht schaffen würde. Er tat das Einzige, das ihm einfiel. Er gab seine Bemühungen auf. *Wenn du nicht nach Norden kannst, dann versuche es im Osten.* Er nahm seine letzten verbliebenen Kräfte zusammen und stieß sich ab, während er die Arme in einem unbeholfenen Schmetterlingsschlag unter sich zog. Er schoss vor.

Die plötzliche Richtungsänderung schien den Assassinen zu überraschen. Langdons Bewegung riss ihn aus dem Gleichgewicht. Der Griff des Mannes lockerte sich, und Langdon trat erneut aus. Es war ein Gefühl, als wäre eine Leine gerissen. Mit einem Mal war er frei. Er stieß die verbrauchte Luft aus den Lungen, während er zur Oberfläche schoss. Doch er bekam nur einen einzigen Atemzug. Mit brutaler Gewalt war der Assassine wieder über Langdon, die Hände auf den Schultern des Gegners, und drückte ihn mit seinem ganzen Gewicht nach unten. Langdon versuchte, die Füße unter den Leib zu ziehen, doch der Mörder kam ihm mit einem geschickten Tritt zuvor.

Einmal mehr lag Langdon flach am Boden des Brunnens.

Seine Muskeln brannten wie Feuer, während er sich wand und dem Griff zu entkommen versuchte. Diesmal war alles Taktieren vergeblich. Durch das schäumende Wasser hindurch suchte er den Boden des Brunnens nach der Pistole ab. Alles war verschwommen. Die Luftblasen waren dichter als vorhin. Blendende Helligkeit hüllte ihn ein, während der Mörder ihn tiefer und tiefer drückte, auf einen Unterwasserscheinwerfer zu, der am Boden des Beckens verankert war. Langdon packte den Scheinwerfer auf der Suche nach Halt. Er war heiß. Langdon versuchte, sich aus der Umklammerung zu winden, doch der Scheinwerfer war auf beweglichen Scharnieren montiert und drehte sich in seiner Hand. Er verlor seinen Hebel.

Der Assassine drückte ihn noch tiefer.

Dann sah Langdon die Waffe. Sie ragte aus den Münzen direkt vor seinem Gesicht. Ein dunkler Lauf. Er griff danach, doch als seine Finger den Lauf umschlossen, fühlte er sich nach Plastik an, nicht nach Metall. Er zog daran, und ein beweglicher Gummischlauch sprang ihm entgegen wie eine sich windende Schlange. Luftblasen blubberten aus dem Ende. Es war nicht die Pistole, die er gefunden hatte. Es war einer der zahlreichen harmlosen *spumanti* des Brunnens. Ein Blasenmacher.

Nur ein kleines Stück weiter spürte Kardinal Baggia, wie seine Seele darum kämpfte, den Körper zu verlassen. Obwohl er sich sein Leben lang auf diesen Augenblick vorbereitet hatte, hätte er sich niemals vorgestellt, dass das Ende auf diese Weise kommen würde. Seine körperliche Hülle wand sich im Todeskampf … verbrannt, geschunden und unter Wasser festgehalten von einem unüberwindlichen Gewicht. Er sagte sich wieder und wieder, dass sein Leiden nichts war im Vergleich zu dem, was Jesus ertragen hatte.

Er starb für meine Sünden …

Baggia hörte unter Wasser das Toben eines Kampfes ganz in der Nähe – und ertrug den Gedanken nicht. Sein Entführer war im Begriff, ein weiteres Leben auszulöschen, den Mann mit den freundlichen, warmen Augen, den Mann, der versucht hatte, ihm zu helfen.

Der Schmerz nahm zu. Baggia lag auf dem Rücken und sah durch das Wasser hinauf in den schwarzen Nachthimmel über sich. Für einen Augenblick glaubte er, die Sterne zu erkennen.

Es war Zeit.

Er löste sich von aller Angst und allen Zweifeln, öffnete den Mund und stieß seinen letzten Atem aus. Er beobachtete, wie sein Geist in einer Reihe transparenter Blasen himmelwärts stieg. Er atmete tief ein. Das Wasser strömte in seine Lungen. Es fühlte sich an wie eisige Dolche in den Seiten, doch diesmal dauerte der Schmerz nur ein paar Sekunden.

Dann … Frieden.

Der *Hashishin* ignorierte den brennenden Schmerz an seinem Fuß und konzentrierte sich auf den ertrinkenden Amerikaner, den er mit beiden Händen unter die kochende Wasseroberfläche gedrückt hielt. *Bring es zu Ende.* Er verstärkte seinen Griff. Diesmal würde sein Gegner nicht überleben.

Plötzlich wurde der Amerikaner steif. Er begann wild zu zucken.

Ja, dachte der *Hashishin. Die Krämpfe. Wenn das erste Wasser in die Lunge eintritt.* Die Krämpfe, das wusste er, dauerten etwa fünf Sekunden.

Sie dauerten sechs.

Dann, genau wie der *Hashishin* erwartet hatte, erschlaffte sein Opfer unvermittelt. Wie ein großer Ballon, dem die Luft entwich. Es war vorbei. Der *Hashishin* hielt den anderen Mann noch eine halbe Minute unter Wasser fest, sodass seine Lunge sich zur Gänze mit Flüssigkeit füllen konnte. Er spürte, wie der Körper schwer wurde und von sich aus zu Boden sank. Dann erst ließ der *Hashishin* los. Die Medien würden eine zweifache Überraschung in Berninis *Fontana dei Fiumi* vorfinden.

»*Tabban!*«, fluchte der *Hashishin*, als er aus dem Becken kletterte und seinen blutenden Fuß betrachtete. Die Stiefelspitze war zerfetzt und der vordere Teil seines großen Zehs abgerissen. Wütend über seine eigene Unbedachtheit, riss er den Saum von seinem Hosenbein und rammte den Stoff in die Stiefelspitze. Schmerz schoss an seinem Bein hinauf. »*Ibn al-kalb!*« Er biss auf die Zähne und rammte den Stoff noch tiefer hinein. Die Blutung ging zurück, bis es nur noch ein Tröpfeln war.

Er verdrängte den Schmerz aus seinen Gedanken und stieg in den Lieferwagen. Seine Arbeit in Rom war erledigt; jetzt erwartete ihn die Belohnung. Er wusste, womit er seinen Schmerz lindern würde. Vittoria Vetra lag gefesselt im Nest der Illuminati. Der *Hashishin* spürte, wie sein Glied trotz der Kälte und der Nässe erigierte.

Ich habe mir meine Belohnung verdient.

Vittoria erwachte schmerzerfüllt auf der anderen Seite der Stadt. Sie lag auf dem Rücken. Ihre Muskeln waren hart wie Stein. Verkrampft. Ihre Arme schmerzten. Sie versuchte sich zu bewegen, doch es ging nicht. Es dauerte einen Augenblick, bis sie begriff, dass ihre Hände auf dem Rücken gefesselt waren. Ihre erste Reaktion war Verwirrung. *Träume ich?* Sie versuchte den Kopf zu heben, und der Schmerz in ihrem Nacken zeigte ihr, dass sie wach war.

Ihre Verwirrung wich Angst, während sie ihre Umgebung zu erfassen versuchte. Sie befand sich in einem Raum mit nackten Steinwänden – groß und mit kostbarem Mobiliar ausgestattet. Das Licht kam von Fackeln an den Wänden. Irgendeine Art antiker Versammlungsraum. Altertümliche Bänke, die in einem Kreis aufgestellt waren.

Vittoria spürte einen kalten Luftzug. In der Nähe stand eine Doppeltür weit offen. Dahinter lag ein Balkon. Vittoria hätte schwören können, dass sie durch die Lücken im Geländer den Vatikan sehen konnte.

104.

ROBERT LANGDON LAG AUF EINEM BETT aus Münzen auf dem Grund des Vier-Ströme-Brunnens. Im Mund hatte er noch immer das Plastikrohr. Die Luft, die aus dem *spumanti* kam, um das Wasser mit Blasen zu füllen, war vom Öl der Pumpe verschmutzt, und Langdons Kehle brannte. Es war halbwegs erträglich, und immerhin hatte es ihm das Leben gerettet.

Er wusste nicht, wie genau er einen Ertrinkenden imitiert hatte, doch nachdem er viel Zeit am und im Wasser verbracht hatte, kannte er einige Geschichten. Er hatte sein Bestes gegeben. Gegen Ende hatte er sogar alle Luft aus den Lungen gelassen und zu atmen aufgehört, sodass sein Körper von alleine zu Boden gesunken war.

Gott sei Dank war der Assassine auf seinen Trick hereingefallen und hatte ihn losgelassen.

Langdon hatte auf dem Boden des Beckens ausgeharrt, so reglos er konnte. Ein Hustenreiz drohte ihn zu übermannen. Er fragte sich, ob der Assassine noch immer dort draußen lauerte. Mit einem weiteren fauligen Atemzug aus dem Plastikrohr löste er sich vom Boden und schwamm unter Wasser zur anderen Seite des Brunnens, um den Block in der Mitte herum. Leise und außer Sicht im Schatten der mächtigen Marmorfiguren tauchte er auf.

Der Lieferwagen war verschwunden.

Mehr brauchte Langdon nicht zu wissen. Mit einem tiefen Atemzug frischer Luft in den Lungen watete er zu der Stelle, wo der Kardinal versunken war. Er wusste, dass der Mann inzwischen bewusstlos war und die Chance einer Wiederbelebung gering, doch er musste es wenigstens versuchen. Als Langdon den Körper gefunden hatte, stemmte er die Beine zu beiden Seiten in den Boden, griff nach unten und packte die Ketten, die um den Kardinal gewickelt waren. Dann zog er mit aller Kraft. Das Gesicht des alten Mannes tauchte auf. Seine Augen waren nach oben verdreht und quollen hervor – kein gutes Zeichen. Er atmete nicht mehr, und Langdon fand keinen Puls.

Langdon wusste, dass er nicht genügend Kraft besaß, um den

Kardinal mit seinen Fesseln über den Beckenrand zu wuchten, daher zog er ihn durch das Wasser zu einer flachen, geneigten Stelle unter der zentralen Marmorskulptur. Langdon zog ihn so weit aus dem Wasser, wie er konnte.

Dann machte er sich an die Arbeit. Er drückte die von Ketten umhüllte Brust des Kardinals zusammen, um das Wasser aus den Lungen zu pressen, und begann mit einer Mund-zu-Mund-Beatmung. Er zählte sorgfältig und widersetzte sich dem Instinkt, zu schnell und zu fest zu blasen. Drei Minuten lang versuchte Langdon, den alten Mann wieder zu beleben. Nach fünf Minuten wusste er, dass es vorbei war.

Il preferito. Der Mann, der zum Papst gewählt werden sollte, lag tot vor ihm.

Irgendwie strahlte Kardinal Baggia selbst jetzt noch, im Schatten und halb im Wasser liegend, eine stille Würde aus. Das Wasser schwappte leise über seine Brust, beinahe reuevoll … als suchte es um Vergebung, weil es für den Tod des Mannes verantwortlich war … als versuchte es, die verbrannte Haut der Wunde reinzuwaschen, die seinen Namen trug.

Sanft fuhr Langdon mit der Hand über das Gesicht des Toten und schloss seine Lider. Dabei spürte er zu seiner eigenen Überraschung, wie Tränen in ihm aufstiegen. Zum ersten Mal seit Jahren weinte er.

105.

DER NEBEL ERSCHÖPFTER EMOTIONEN lichtete sich langsam, als Langdon von dem Toten weg und in tieferes Wasser watete. Völlig verausgabt rechnete er beinahe damit, das Bewusstsein zu verlieren. Dann aber stieg neue Entschlossenheit in ihm auf. Unaufhaltsam. Er spürte, wie seine Muskeln sich verhärteten. Sein Verstand verdrängte den Schmerz in seinem Herzen und ließ ihn an die einzige Aufgabe denken, die jetzt noch zählte.

Finde das Nest der Illuminati. Rette Vittoria.

Er wandte sich zur gewaltigen Skulptur Berninis um und schöpfte neue Hoffnung, während er nach dem letzten Wegweiser suchte, von dem er wusste, dass er irgendwo unter dieser Masse ineinander verschlungener Figuren verborgen sein musste. Dann sank seine Hoffnung erneut. Die Worte von Miltons Poem klangen mit einem Mal wie Spott in seinen Ohren.

Let angels guide you on your lofty quest. Langdon funkelte die Skulptur an. *Der Brunnen ist heidnisch! Nirgendwo war ein einziger Engel zu sehen!*

Nachdem er seine fruchtlose Suche vervollständigt hatte, schweiften seine Blicke instinktiv an der mächtigen Steinsäule des Obelisken empor. *Vier Wegweiser,* dachte er, *verteilt über ganz Rom in der Form eines riesigen Kreuzes!*

Vielleicht enthielt die ägyptische Symbolologie einen versteckten Hinweis. Er untersuchte die Hieroglyphen, die den Obelisken bedeckten, und verwarf den Gedanken wieder. Die Hieroglyphen waren Jahrhunderte älter als Bernini und vor der Entdeckung des Steins von Rosette nicht zu entziffern gewesen. Aber vielleicht hatte Bernini ja ein zusätzliches Symbol in den Obelisken gehauen? Ein Symbol, das unter all den Hieroglyphen unbemerkt bleiben würde?

Langdon umrundete den Brunnen einmal mehr und studierte alle vier Seiten des Obelisken. Er benötigte zwei Minuten. Als er mit der letzten Seite fertig war, resignierte er. Keine nachträglich hinzugefügten Hieroglyphen. Und ganz gewiss keine Engel.

Er schaute auf die Uhr. Punkt elf. Er konnte nicht sagen, ob die Zeit verflog oder kroch. Bilder von Vittoria und dem Assassinen verfolgten ihn, während er den Brunnen umrundete. Langdon war geschlagen und zu Tode erschöpft. Er warf den Kopf in den Nacken, um sein Leid in die Nacht hinauszuschreien.

Der Schrei blieb ihm im Hals stecken.

Vor ihm ragte der Obelisk in die Nacht. Er hatte das Objekt auf der Spitze bereits früher gesehen, hatte ihm jedoch keine Aufmerksamkeit gewidmet. Jetzt stutzte Langdon. Es war kein Engel. Tatsächlich hatte Langdon es nicht einmal als Teil von Berninis Arbeit wahrgenommen. Er hatte es für ein lebendiges Wesen gehalten, einen der unzähligen Müllvertilger der Stadt, der auf seinem luftigen Aussichtsturm kauerte.

Eine Taube.

Langdon starrte zu ihr hinauf. Die von unten beleuchtete, aufspritzende Gischt des Brunnens behinderte seine Sicht. Es war doch eine Taube, oder nicht? Der Kopf und der Schnabel waren jedenfalls deutlich vor dem nächtlichen Sternenhimmel zu erkennen. Eigenartig nur, dass sich der Vogel seit Langdons Ankunft nicht bewegt zu haben schien, nicht einmal dann, als unter ihm im Wasser der Kampf getobt hatte. Der Vogel saß noch in genau der gleichen Haltung da wie zu dem Zeitpunkt, als Langdon bei der Piazza Navona angekommen war. Hoch oben auf dem Obelisken, den Blick genau nach Westen gerichtet.

Langdon starrte reglos zur Taube hinauf, dann steckte er den Arm in den Brunnen und packte eine Hand voll Münzen. Er warf sie nach oben. Sie klapperte gegen den Obelisken. Die Taube rührte sich nicht. Langdon versuchte es erneut. Diesmal traf eine der Münzen. Ein schwach metallisches Geräusch hallte über den Platz.

Die Taube war aus Bronze.

Langdon sprang erneut in den Brunnen, um zu der Skulptur zu waten und an dem Gebirge aus Marmor hinaufzuklettern. Er zog sich über riesige Arme und Köpfe höher und höher, bis fast zur Basis des Obelisken. Erst hier hatte er den Dunst und die Gischt des Brunnens hinter sich gelassen und sah den Vogel in aller Deutlichkeit.

Kein Zweifel – es war eine weiße Taube. Die täuschende dunkle Farbe war das Resultat römischen Smogs. Dann traf ihn die Erkenntnis mit voller Wucht. Er hatte schon früher am Tag ein paar weiße Tauben gesehen, beim Pantheon. Ein Paar Tauben besaß keine höhere Bedeutung. Diese Taube hier war *allein*.

Eine einzelne weiße Taube ist das ursprünglich heidnische Symbol für den Friedensgott oder Friedensengel.

Die Erkenntnis verlieh ihm so viel neue Kraft, dass er den restlichen Weg bis zum Obelisken beinahe *flog*. Bernini hatte das heidnische Symbol der Taube gewählt, weil er den Engel auf diese Weise in seinem heidnischen Brunnen verbergen konnte. *Let angels guide you on your lofty quest. Die Taube ist der Engel!* Einen besseren luftigen Horst für den letzten Illuminati-Wegweiser konnte es überhaupt nicht geben!

Der Vogel schaute genau nach Westen. Langdon versuchte, seinem Blick zu folgen, doch die Häuser versperrten die Sicht. Er kletterte höher. Ein Zitat des heiligen Gregorius von Nyssa kam ihm unerwartet ins Gedächtnis: *Sobald die Seele erleuchtet wird … nimmt sie die wunderbare Gestalt einer weißen Taube an.*

Langdon kletterte himmelwärts, der weißen Taube entgegen. Er erreichte den Sockel, aus dem sich der Obelisk erhob. Höher ging es nicht. Mit einem Blick in die Runde wusste er, dass es auch nicht nötig war. Ganz Rom breitete sich vor ihm aus. Die Aussicht war atemberaubend.

Zu seiner Linken erstrahlte der Petersdom im Licht von Scheinwerfern. Zur Rechten lag die rauchende Kuppel von Santa Maria della Vittoria. Genau vor ihm, in der Ferne, die Piazza del Popolo. Und hinter ihm der vierte und letzte Wegweiser. Ein gigantisches Kreuz aus Obelisken.

Zitternd legte Langdon den Kopf in den Nacken und starrte zur Taube hinauf. Dann drehte er sich in die Richtung, in die das Tier schaute, und senkte die Augen hinunter zum Horizont.

Im gleichen Augenblick wusste er Bescheid.

So offensichtlich. So klar. So unglaublich einfach.

Langdon starrte das Gebäude an und konnte nicht glauben, dass die geheime Kirche der Illuminati so viele Jahre unentdeckt geblieben sein sollte. Die ganze Stadt schien rechts und links zu versinken, während er auf die monströse Steinburg auf der anderen Seite des Flusses starrte. Das Gebäude war eines der berühmtesten von ganz Rom. Es stand am Ufer des Tiber, schräg gegenüber vom Vatikan. Die Geometrie war augenfällig – ein rundes Schloss in einer quadratischen Festung, und draußen, vor den Wällen, ein Park, der sich um die gesamte Struktur zog und die Form eines *Pentagramms* besaß.

Die antiken Wehrmauern wurden von Scheinwerfern angestrahlt. Hoch oben auf dem Schloss stand ein gewaltiger Bronzeengel mit einem Schwert, das nach unten zeigte, mitten ins Herz des Bauwerks. Und als wäre das noch nicht genug, führte nur ein einziger Weg direkt in die Festung hinein – die berühmte *Ponte Sant' Angelo*, die Engelsbrücke … ein dramatischer Annäherungsweg, gesäumt von zwölf hoch aufragenden Engeln, die niemand anders als Bernini persönlich geschaffen hatte. Mit einer letzten, atemberaubenden Einsicht erkannte Langdon, dass Berninis stadtweites Kreuz aus Obelisken die Festung in perfekter Illuminati-Manier markierte – der Längsarm des Kreuzes ging mitten durch die Brücke hindurch und teilte sie in zwei gleiche Hälften.

Langdon kletterte wieder nach unten und rannte über die Piazza, um seine Jacke zu holen. Er hielt sie weit von sich, damit sie nicht nass wurde. Dann sprang er in den geraubten Wagen und jagte in die Nacht davon.

106.

ES WAR SIEBEN MINUTEN NACH DREIUNDZWANZIG UHR. Langdon raste über die Lungotevere Tor di Nona, am Tiber entlang. Zu seiner Rechten erhob sich sein Ziel wie ein Berg aus der Dunkelheit.

Castel Sant' Angelo. Die Engelsburg.

Ohne Vorwarnung erschien die Abzweigung zur schmalen Ponte Sant' Angelo. Langdon stieg auf die Bremse und riss das Lenkrad herum. Er schaffte es noch rechtzeitig, doch die Auffahrt zur Brücke war versperrt. Er rutschte zehn Meter mit stehenden Reifen und prallte dann gegen eine Reihe niedriger Betonsockel, die quer über die Fahrbahn standen. Er wurde in seinem Sitz durchgeschüttelt, und der Wagen kam schnaufend und zischend zum Stehen. Langdon hatte ganz vergessen, dass die Engelsbrücke aus Gründen des Denkmalschutzes für den Fahrzeugverkehr gesperrt war.

Zitternd stolperte er aus dem stark beschädigten Citroën und wünschte, er hätte sich für einen anderen Zufahrtsweg entschieden. Ihm war immer noch kalt, und er war bis auf die Haut durchnässt; deshalb zog er das Jackett über das feuchte Hemd. Zum Glück war die Jacke doppelt gefüttert, und das wertvolle Blatt aus Galileos *Diagramma* war vor Feuchtigkeit geschützt. Vor ihm, auf der anderen Seite der Brücke, erhob sich die steinerne Festung wie ein Berg. Mühsam setzte sich Langdon in Bewegung und fiel in einen erschöpften Trott.

Zu beiden Seiten standen Berninis Engel wie eine Eskorte, die ihm den Weg zu seinem letzten Ziel wies. *Let angels guide you on your lofty quest.* Die Engelsburg erhob sich vor ihm wie eine uneinnehmbare Festung, beeindruckender noch als der Petersdom. Mit letzter Energie kam Langdon vor der Bastion an. Vor ihm erhob sich der runde Kern der Zitadelle, und auf ihm thronte der gigantische Engel mit dem Schwert in der Hand.

Die Burg wirkte verlassen.

Im Lauf der Jahrhunderte hatte sie dem Vatikan als Grabstätte, als Festung, als Zufluchtsort und Versteck für den Papst, als Gefängnis für Feinde der Kirche und als Museum gedient. Offensichtlich gab es außer der Kirche noch andere Bewohner – die Illuminati. Irgendwie ergab es einen unheimlichen Sinn. Die Burg war zwar im Besitz des Vatikans, wurde jedoch nur sporadisch genutzt, und Bernini hatte während seiner Zeit eine ganze Reihe von Umbauten vorgenommen. Gerüchten zufolge war das gesamte Bauwerk übersät mit geheimen Türen, Gängen, Passagen und verborgenen Kammern. Langdon zweifelte keinen Augenblick daran, dass sowohl der Engel auf dem Bauwerk als auch der umgebende Park ebenfalls Berninis Werk waren.

Als er die massive Doppeltür der Burg erreicht hatte, rüttelte er mit aller Kraft daran. Sie bewegte sich nicht. Zwei mächtige Eisenklopfer hingen auf Augenhöhe. Langdon schenkte sich die Mühe. Er trat zurück und suchte die hohe Außenwand ab. Diese Wehrmauern hatten Armeen von Berbern, Mohren und anderen Heiden getrotzt. Irgendwie hatte er das Gefühl, dass seine Chancen, einen Weg hineinzufinden, nicht sonderlich gut standen.

Vittoria, dachte Langdon. *Bist du da drin?*

Er rannte um die Außenmauern herum. *Es muss doch einen weiteren Eingang geben!*

Beim zweiten Bollwerk im Westen befand sich ein kleiner Parkplatz, der von der Lungotevere Angelo aus zu erreichen war. Dort entdeckte Langdon endlich den gesuchten zweiten Eingang – eine zugbrückenartige Konstruktion, eingezogen und verschlossen. Wieder blickte Langdon suchend nach oben.

Die einzige Beleuchtung kam von den Flutlichtscheinwerfern, die das Gebäude von außen anstrahlten. Die winzigen Fenster waren ausnahmslos schwarz. Langdons Augen glitten höher. Direkt unter dem Dach der runden Konstruktion und unter dem Schwert des Engels, in fast dreißig Metern Höhe, ragte ein Balkon aus den Mauern. Die Brustwehr aus Marmor glänzte in einem kaum wahrnehmbaren flackernden Schein, als wäre der Raum dahinter von Fackeln erhellt. Langdon stockte, und ein Zittern durchlief ihn. Ein Schatten? Er wartete angespannt. Dann sah er es wieder. *Dort oben ist jemand!*

»Vittoria!«, rief er laut, unfähig, etwas dagegen zu unternehmen, doch das wilde Hochwasser des Tiber hinter ihm verschluckte seine Stimme. Er drehte sich im Kreis und fragte sich, wo die Schweizergardisten so lange blieben. Hatten sie seine Nachricht überhaupt empfangen?

Auf der anderen Seite des Platzes stand ein großer Übertragungswagen. Langdon rannte dorthin. Ein dicker Mann mit einem Kopfhörer saß hinten und betätigte irgendwelche Regler. Langdon klopfte gegen die seitliche Schiebetür. Der Mann zuckte zusammen, bemerkte Langdons nasse Kleidung und riss sich den Kopfhörer herunter.

»Was gibt's denn, Kumpel?« Er redete mit australischem Dialekt.

»Ich brauche Ihr Telefon!« Langdon flehte beinahe.

Der Mann zuckte die Schultern. »Keine freie Leitung, Kumpel. Die Sender sind überlastet. Ich versuch's schon die ganze Nacht.«

Langdon fluchte laut. »Haben Sie jemanden dort reingehen sehen?« Er deutete zur Zugbrücke.

»Hab ich. Ein schwarzer Lieferwagen. Fährt schon die ganze Nacht immer wieder rein und raus.«

Langdon spürte, wie sich sein Magen zusammenzog.

»Verdammter Glückspilz«, sagte der Australier mit einem neidischen Blick zur Burg hinauf. »Jede Wette, die Aussicht von dort oben ist fantastisch. Ich hab es nicht durch den Verkehr beim Petersplatz geschafft, deswegen filme ich von hier.«

Langdon hörte gar nicht zu. Er suchte verzweifelt nach einer Möglichkeit.

»Was meinen Sie?«, fuhr der Australier fort, »ist diese Geschichte von einem Samariter der elften Stunde wahr oder nicht?«

Langdon wandte sich zu ihm um. »Einem *was?*«

»Haben Sie nichts davon gehört? Der Hauptmann der Schweizergarde hat einen Anruf von jemandem erhalten, der behauptet, wichtige Informationen zu besitzen. Der Typ ist mit dem Flieger unterwegs nach Rom. Ich weiß nur eins – wenn es ihm gelingt, den Vatikan zu retten, gehen die Quoten wieder in den Keller.« Der Aussie lachte.

Langdon blickte ihn verwirrt an. *Ein Samariter, der hergeflogen kommt, um zu helfen? Weiß er vielleicht, wo die Antimaterie versteckt ist? Warum hat er es der Schweizergarde nicht direkt am Telefon gesagt? Warum kommt er persönlich?* Irgendetwas an der Geschichte klang merkwürdig, doch Langdon hatte nicht die Zeit, länger darüber nachzudenken.

»Hey«, sagte der Aussie unvermittelt und betrachtete Langdon genauer. »Sind Sie nicht der Typ, den ich im Fernsehen gesehen hab? Haben Sie nicht versucht, diesen Kardinal auf dem Petersplatz zu retten?«

Langdon antwortete nicht. Seine suchenden Blicke wurden von einer Apparatur auf dem Dach des Übertragungswagens angezogen – einer Satellitenschüssel auf einer ausfahrbaren Antenne. Langdons Blick glitt von der Antenne zu den Mauern der Burg und wieder zurück. Die äußere Wehrmauer war gut fünfzehn Meter hoch. Die innere Festung ragte noch höher auf. Eine Verteidigungsanlage mit schalenförmigem Aufbau. Sie sah von hier unten unglaublich hoch aus, doch wenn es Langdon gelang, die erste Mauer zu überwinden …

Langdon wirbelte zu dem Reporter herum und deutete auf die Antenne. »Wie hoch reicht die?«

Der Mann schien überrascht. »Fünfzehn Meter, warum?«

»Lassen Sie den Motor an. Fahren Sie ganz dicht an die Mauer. Ich brauche Ihre Hilfe.«

»Was reden Sie da?«

Langdon erklärte es ihm.

Der Aussie riss die Augen auf. »Sind Sie wahnsinnig? Das ist eine Zweihunderttausend-Dollar-Antenne und keine Feuerwehrleiter!«

»Wollen Sie Einschaltquoten oder nicht? Ich verfüge über Informationen, für die andere ihre Seele verkaufen würden.« Langdon war verzweifelt.

»Sind diese Informationen zweihunderttausend Dollar wert?«

Langdon sagte ihm, was er als Gegenleistung zu bieten hatte.

Neunzig Sekunden später umklammerte er die Spitze einer im leichten Abendwind schwankenden Antenne fünfzehn Meter über dem Boden. Er streckte eine Hand aus und packte den Saum des Walls, um sich dann auf die Mauerkrone zu ziehen und auf die Bastion dahinter zu springen.

»Und jetzt die Information!«, rief der Aussie von unten. »Wo ist er?«

Langdon wurde von Schuldgefühlen geplagt, doch ein Handel war ein Handel. Außerdem würde der Assassine die Presse aller Wahrscheinlichkeit nach sowieso informieren. »Piazza Navona!«, rief er dem Aussie zu. »In der *Fontana dei Fiumi*!«

Der Aussie zog seine Antennenschüssel wieder ein und raste davon, dem Höhepunkt seiner Karriere entgegen.

In einer steinernen Kammer hoch über der Stadt zog der *Hashishin* die Stiefel aus und bandagierte seinen verwundeten Fuß. Er schmerzte, doch nicht so stark, dass ihm die Lust am Vergnügen vergangen wäre.

Er wandte sich seiner Belohnung zu.

Sie lag in der Ecke des Raums auf einem breiten Diwan, einen Knebel im Mund und die Hände auf den Rücken gefesselt. Der *Hashishin* ging auf sie zu. Sie war inzwischen wach. Das gefiel ihm. Überrascht stellte er fest, dass in ihren Augen Feuer brannte statt Angst.

Die Angst würde schon noch kommen.

107.

ROBERT LANGDON rannte über die Bastion des äußeren Festungswalls und war dankbar für die Flutlichter. Der Innenhof unter ihm sah aus wie ein Museum alter Kriegskunst – Katapulte, sauber aufgeschichtete Steinkugeln und ein Arsenal Furcht einflößender Maschinen. Ein Teil der Engelsburg war tagsüber für Touristen geöffnet, und der Hof war praktisch im Originalzustand restauriert worden.

Langdons Blicke glitten zum zentralen Bau der Festung. Die runde Zitadelle war mehr als fünfunddreißig Meter hoch, ohne den großen Bronzeengel auf dem Dach. Die Marmorbrüstung des Balkons weit oben schimmerte noch immer. Langdon wollte nach Vittoria rufen, doch er hielt sich im Zaum. Er würde einen Weg hineinfinden.

Er blickte auf die Uhr.

Dreiundzwanzig Minuten nach elf.

Er rannte die an der Innenseite der Wehrmauer verlaufende Rampe hinunter in den Innenhof. Wieder auf ebener Erde, umrundete er die Zitadelle im Uhrzeigersinn. Er kam an drei mächtigen Portiken vorbei, doch alle waren zugemauert. *Wie ist der Assassine hineingekommen?* Langdon rannte weiter. Er passierte zwei Eingänge aus neuerer Zeit, doch sie waren von außen mit Vorhängeschlössern gesichert. *Hier ist es nicht!* Er lief weiter.

Er hatte die Zitadelle fast umrundet, als er einen Kiesweg entdeckte, der den Innenhof durchquerte. Auf der einen Seite erkannte er die eingezogene Zugbrücke, die nach draußen führte. Auf der anderen Seite verschwand der Weg im Innern der Burg. Es schien sich um eine Art Tunnel zu handeln – ein klaffendes Loch in der glatten Außenwand des Zentralbaus. *Il traforo!* Langdon hatte über den *traforo* der Burg gelesen, eine gewaltige spiralförmige Rampe, die sich im Innern nach oben wand. Sie war breit und hoch genug, um mit Pferden hindurchzureiten, was wohl in der Vergangenheit auch geschehen war. *Er ist mit dem Wagen nach oben gefahren!* Das Falltor, das die Zufahrt versperrte, war einladend nach oben gezogen.

Langdon fühlte sich beinahe ausgelassen, als er auf den Eingang zurannte, doch als er dort ankam, verflog seine Hochstimmung.

Der Tunnel führte *nach unten.*

Die falsche Richtung. Dieser Teil des *traforo* führte offensichtlich hinunter in die Verliese, nicht nach oben.

Langdon blieb zögernd stehen und starrte in die Dunkelheit, die sich in die Tiefe erstreckte. Dann schaute er hinauf zum Balkon. Er hätte schwören können, eine Bewegung zu erkennen. *Entscheide dich!* Doch es gab nichts zu entscheiden, und er rannte los.

Hoch oben stand der *Hashishin* über seiner Beute. Er strich mit einer Hand über ihren Arm. Ihre Haut war zart wie Samt. Die Vorfreude auf das Kommende war berauschend. Es gab so viele Möglichkeiten, sie zu verletzen.

Der *Hashishin* hatte sich diese Frau verdient. Er hatte Janus gute Dienste geleistet. Sie war seine Kriegsbeute, und wenn er mit ihr fertig war, würde er sie vom Diwan zerren und auf die Knie zwingen. Sie würde ihm erneut dienen. *Die ultimative Unterwerfung.* Dann, im Augenblick seines eigenen Höhepunkts, würde er ihr die Kehle durchschneiden.

Ghayat assa'adah, nannten sie es. *Das höchste aller Vergnügen.*

Später würde er hinaus auf den Balkon treten, sich in seinem Erfolg baden und den letzten, ultimativen Triumph der Illuminati genießen ... die Rache, auf die so viele so lange hatten warten müssen.

Der Tunnel wurde mit jedem Schritt dunkler. Langdon stieg hinab.

Nach einer vollständigen Umdrehung war das Licht fast völlig verschwunden. Der Tunnel ging in die Waagerechte über, und Langdon wurde langsamer. Am Klang seiner Schritte erkannte er, dass er eine große Kammer betreten hatte. Vor sich in der Dunkelheit glaubte er das Glitzern von Licht zu erkennen ... undeutliche Reflexionen in der umgebenden Schwärze. Er bewegte sich mit tastend ausgestreckten Händen vorwärts und fand glatte Flächen. Metall und Glas. Es war ein Lieferwagen. Er tastete sich daran entlang, fand eine Tür und öffnete sie.

Die Innenbeleuchtung flammte auf. Langdon trat zurück und erkannte den schwarzen Lieferwagen des Assassinen. Eine Welle des Abscheus stieg in ihm auf, während er den Wagen anstarrte, dann stieg er ein und kramte in den Ablagefächern in der Hoffnung, eine Waffe zu finden. Er hatte seine Pistole im Vier-Ströme-Brunnen verloren. Bis auf Vittorias zerstörtes Mobiltelefon fand er nichts. Der Anblick des defekten Geräts erfüllte Langdon mit neuer Furcht. Er betete, dass er nicht zu spät kam.

Als Nächstes schaltete er die Scheinwerfer des Wagens ein. Der Raum ringsum wurde hell – gespenstische Schatten in einer schlichten Halle. Wahrscheinlich war sie früher zum Einstellen von Pferden oder zum Lagern von Munition benutzt worden. Und es gab keinen Ausgang – eine Sackgasse.

Ich bin auf dem falschen Weg!

Am Ende seiner Weisheit angelangt, sprang Langdon aus dem Wagen und suchte die Wände ab. Keine Türen. Keine Tore. Er dachte an den Engel hoch oben auf der Burg und fragte sich, ob es ein Zufall gewesen war. *Nein!* Die Worte des Mörders beim Vier-Ströme-Brunnen fielen ihm ein. *An einem sicheren Ort … sie wartet auf meine Rückkehr.* Auf Langdons Frage, ob er die Kirche der Erleuchtung meine, hatte der Assassine nur gegrinst. Langdon war zu weit gegangen, um jetzt noch aufzugeben. Sein Herz hämmerte. Enttäuschung und Hass drohten jeden klaren Gedanken zu ertränken.

Als er das Blut auf dem Boden entdeckte, war sein erster Gedanke: Vittoria! Doch als seine Blicke der Spur folgten, erkannte er, dass es Fußabdrücke waren. Blutige Fußabdrücke. Lange Schritte. Und das Blut war nur am linken Fuß. *Der Assassine!*

Langdon folgte der Spur zu einer Ecke der Halle, und sein langer Schatten wurde dunkler. Seine Verwirrung nahm mit jedem Schritt zu. Die blutigen Abdrücke sahen aus, als wäre der Mörder schnurstracks in eine Ecke des Raums gelaufen und hätte sich dort in Luft aufgelöst.

Doch als Langdon in der Ecke angelangt war, traute er seinen Augen nicht. Der Granitblock im Boden war nicht quadratisch wie die anderen. Es war ein weiterer Wegweiser – ein perfektes Pentagramm, dessen eine Spitze in die Ecke zeigte. Und dort, genial getarnt durch überlappende Wände, befand sich ein schmaler Spalt – der Ausgang.

Langdon schlüpfte hindurch und gelangte in einen Gang. Vor ihm lagen die Überreste eines schweren Tors, das diesen Tunnel einmal versperrt hatte.

Und dahinter war Licht.

Langdon rannte los. Er kletterte über das Holz und rannte dem Licht entgegen. Bald mündete der Gang in eine weitere, größere Kammer. Hier flackerte eine einzelne Fackel an der Wand. Langdon befand sich in einem Bereich der Engelsburg, in dem es keine Elektrizität gab – einem Bereich, den kein Tourist jemals zu Gesicht bekam.

Der Raum wäre bei hellem Tageslicht schon grausig gewesen; die Fackel machte es nur noch schlimmer.

La prigione.

Langdon sah ein Dutzend winziger Zellen, deren eiserne Gitterstäbe fast weggerostet waren. Eine der größeren Zellen war jedoch intakt geblieben – und dann sah Langdon etwas, das sein Herz beinahe hätte stocken lassen. Schwarze Gewänder und rote Schärpen auf dem Boden. *Hier hat der Mörder die Kardinäle festgehalten!*

In der Nähe der Zelle war eine Eisentür. Sie stand offen. Dahinter sah Langdon einen weiteren Gang. Er rannte darauf zu, blieb dann aber davor stehen. Die blutige Spur führte nicht hinein. Als Langdon die Worte über dem Durchgang sah, wusste er den Grund.

Il Passetto.

Er war wie betäubt. Viele Male hatte er von diesem Tunnel gehört, doch er hatte nie gewusst, wo genau der Eingang lag. *Il Passetto* – der kleine Gang – war ein schmaler, knapp über einen Kilometer langer Tunnel zwischen dem Castel Sant' Angelo und dem Vatikan. Er war von verschiedenen Päpsten bei Belagerungen der Vatikanstadt als Fluchtweg benutzt worden ... und von einigen weniger moralischen Päpsten, um heimlich ihre Mätressen zu besuchen oder der Folterung von Feinden und Gegnern beizuwohnen. Heutzutage waren die beiden schweren Türen an den Enden angeblich mit aufbruchsicheren Schlössern gesichert; die Schlüssel dazu wurden in einem geheimen Gewölbe im Vatikan aufbewahrt.

Jetzt wurde Langdon auch klar, wie die Illuminati unbemerkt im Vatikan hatten ein- und ausgehen können. Er fragte sich, wer im Innern der Heiligen Stadt die Kirche verraten und die Schlüssel herausgegeben hatte. *Olivetti? Ein Mitglied der Schweizergarde?* Nichts von alledem spielte jetzt noch eine Rolle.

Das Blut auf dem Boden führte zum entgegengesetzten Ende der Halle. Langdon folgte der Spur zu einem rostigen Tor mit Ketten daran. Das Schloss war entfernt worden, das Tor war offen. Dahinter führte eine steile Wendeltreppe nach oben. Auch hier war der Boden mit einem fünfeckigen Stein markiert. Der Sturz war verziert mit einem winzigen, in den Stein gehauenen Cherubim. Das war es.

Die blutige Spur führte die Treppe hinauf.

Bevor Langdon ihr folgte, brauchte er eine Waffe – irgendetwas, um sich zu verteidigen. Er fand eine Eisenstange in der Nähe einer der Zellen. Das eine Ende war abgebrochen und scharf. Die Stange war schwer, doch etwas Besseres gab es nicht. Langdon hoffte darauf, dass das Überraschungsmoment und die Verwundung des Assassinen die Chancen zu seinen Gunsten änderten. Am meisten jedoch hoffte er, dass er nicht zu spät kam.

Die steinerne Wendeltreppe war ausgetreten, eng und steil. Langdon stieg leise hinauf und lauschte auf Geräusche von oben. Nichts. Je höher er kam, desto schwächer wurde das Licht aus der Halle unten. Bald bewegte er sich durch völlige Dunkelheit und tastete sich mit einer Hand an der Wand entlang. Höher. Langdon spürte den Geist Galileos, der genau diese Stufen hinaufgestiegen war, begierig, seine Visionen vom Himmel mit anderen Männern der Wissenschaft und des Glaubens zu teilen.

Langdon hatte noch immer nicht richtig verdaut, dass sich die Kirche der Erleuchtung ausgerechnet in der Engelsburg befand. Die Hochburg der Illuminati, der geheime Versammlungsort – in einem Gebäude, das dem Vatikan gehörte! Ohne Zweifel hatten die Illuminati sich hier getroffen, direkt vor der Nase des Vatikans, während die Soldaten des Papstes die Stadt durchkämmt und Häuser und Keller bekannter Wissenschaftler durchsucht hatten. Mit einem Mal schien alles einleuchtend. Bernini, der leitende Architekt für die Renovierung der Engelsburg, hatte unbeschränkten Zugang zu sämtlichen Räumen besessen … und er hatte die Burg nach seinen eigenen Bedürfnissen umgebaut, ohne dass Fragen gestellt worden waren. Wie viele geheime Zugänge hatte Bernini geschaffen? Wie viele subtile Verzierungen und Schnörkel wiesen den Weg?

Die Kirche der Erleuchtung. Langdon war ganz nah.

Die Treppe wurde schmaler, die Wände kamen näher. Die Schatten der Vergangenheit flüsterten in der Dunkelheit, doch Langdon blieb nicht stehen. Als er schließlich den hellen Spalt vor sich sah, wusste er, dass er sich wenige Stufen unterhalb eines Absatzes befand. Flackerndes Fackellicht drang unter einer Türschwelle hindurch ins Treppenhaus. Lautlos trat er näher.

Langdon wusste nicht, wo genau er sich innerhalb der Engelsburg befand, doch er war weit genug hinaufgestiegen, um dicht unter dem Dach zu sein. Er stellte sich den großen Bronzeengel vor und vermutete, dass er direkt unter ihm war.

Beschütze mich, Engel, dachte er und packte die Stange fester. Dann legte er die Hand auf den Türgriff.

Vittorias Arme schmerzten. Nach dem Aufwachen hatte sie geglaubt, sie könnte die Fesseln lösen, mit denen ihr die Hände auf dem Rücken gebunden waren, doch die Zeit hatte nicht gereicht. Die Bestie war zurückgekehrt. Jetzt stand der Mörder über ihr, mit entblößter, kraftvoller Brust, übersät von Narben, die er sich in Kämpfen zugezogen hatte. Seine Augen verengten sich zu zwei schwarzen Schlitzen, als er ihren Körper betrachtete. Vittoria spürte, dass er sich vorstellte, was er alles mit ihr machen würde. Langsam, wie um sie zu verhöhnen, öffnete er seinen durchnässten Gürtel und ließ ihn zu Boden gleiten.

Vittoria spürte, wie Entsetzen gepaart mit Abscheu in ihr aufstieg. Sie schloss die Augen. Als sie sie wieder öffnete, hatte der Mörder ein Klappmesser gezückt. Er ließ es direkt vor ihrem Gesicht aufspringen.

Im glänzenden Stahl der Klinge sah Vittoria ihr entsetztes Spiegelbild.

Der Assassine drehte die Klinge um und fuhr damit über ihren Bauch. Das eisige Metall ließ sie frösteln. Mit verächtlichem Blick schob er die Klinge unter den Bund ihrer Shorts. Sie atmete ein. Er bewegte das Messer vor und zurück, langsam, gefährlich … tiefer. Dann beugte er sich vor, und sein heißer Atem streifte ihr Ohr.

»Diese Klinge hat das Auge deines Vaters herausgeschnitten.«

In diesem Augenblick wusste Vittoria, dass sie fähig war, einen Menschen zu töten.

Der Assassine bewegte die Klinge weiter nach unten. Dann begann er, das Gewebe ihrer Khakihose zu durchtrennen. Unvermittelt brach er ab und blickte auf. Jemand anderes war im Raum.

»Lass sie los!«, grollte eine tiefe Stimme von der Tür.

Vittoria konnte den Sprecher nicht sehen, doch sie kannte die Stimme. *Robert! Er lebt!*

Der Assassine sah aus, als wäre er einem Geist begegnet. »Du musst einen Schutzengel haben, Amerikaner.«

108.

LANGDON BRAUCHTE NUR DEN BRUCHTEIL EINER SEKUNDE, um seine Umgebung in sich aufzunehmen, und er sah, dass er sich an einem geweihten Ort befand. Die Ausstattung des länglichen Raums war zwar alt und verblasst, doch voller bekannter Symbologie. Pentagrammfliesen. Planetenfresken. Tauben. Pyramiden …

Die Kirche der Erleuchtung. Einfach und rein. Langdon war am Ziel.

Direkt vor ihm, eingerahmt von der Tür, die auf den Balkon hinausführte, stand der Assassine. Er hatte das Hemd ausgezogen und sich über Vittoria gebeugt, die zwar gefesselt war, doch am Leben und unverletzt, wie es schien. Langdon spürte eine Woge der Erleichterung, als er sie sah. Für einen Moment begegneten sich ihre Blicke, aus denen Dankbarkeit, Verzweiflung und Bedauern sprachen.

»Also begegnen wir uns wieder«, sagte der Assassine. Er bemerkte die Eisenstange in Langdons Hand und lachte auf. »Und diesmal willst du mit diesem Ding auf mich losgehen, Amerikaner?«

»Binden Sie sie los.«

Der Assassine setzte das Messer an Vittorias Kehle. »Ich werde sie töten.«

Langdon zweifelte keinen Augenblick daran, dass der Assassine dazu fähig war. Er zwang sich zu einer ruhigen Antwort. »Ich schätze, sie würde den Tod vorziehen … wenn man die Alternative bedenkt.«

Der Assassine lächelte über die Beleidigung. »Du hast recht, Amerikaner. Sie hat viel zu bieten. Es wäre eine Verschwendung.«

Langdon trat vor. Er hielt die Eisenstange mit beiden Händen und zielte mit dem spitzen Ende auf den Assassinen. Der Schnitt an seiner Hand schmerzte wieder. »Lassen Sie sie los.«

Der Assassine schien einen Augenblick lang unschlüssig. Er atmete aus und ließ die Schultern sinken – eine eindeutige Geste der Resignation –, und doch beschleunigte sein Arm genau in diesem Augenblick. Eine dunkle, verschwommene Bewegung, und die Klinge surrte durch die Luft auf Langdon zu.

Robert wusste nicht, ob es Instinkt oder Erschöpfung war, doch seine Knie gaben genau in diesem Augenblick nach. Das Messer segelte an seinem linken Ohr vorbei und fiel hinter ihm klappernd zu Boden. Der Assassine schien ungerührt. Er grinste Langdon an, der nun auf den Knien war und immer noch die Eisenstange hielt. Der Mörder bewegte sich von Vittoria weg und auf Langdon zu wie ein Löwe, der seine Beute beschleicht.

Langdon sprang auf und hob die Stange. Seine nassen Sachen fühlten sich mit einem Mal schwer und hinderlich an. Der Assassine war nur halb bekleidet und bewegte sich viel schneller. Die Wunde an seinem Fuß behinderte ihn nicht im Geringsten. Offensichtlich war er an Schmerz gewöhnt. Zum ersten Mal im Leben wünschte sich Langdon, er würde eine sehr große Pistole halten.

Der Assassine umkreiste ihn langsam, als hätte er Vergnügen bei diesem tödlichen Spiel. Er hielt sich stets knapp außer Reichweite, während er sich auf das am Boden liegende Messer zubewegte. Langdon schnitt ihm den Weg ab. Der Mörder wechselte die Richtung und näherte sich Vittoria. Langdon schnitt ihm erneut den Weg ab.

»Noch ist Zeit«, sagte Langdon. »Verraten Sie mir, wo der Behälter ist. Der Vatikan wird Ihnen mehr zahlen, als die Illuminati jemals könnten.«

»Du bist naiv, Amerikaner.«

Langdon stieß mit der Stange nach dem anderen. Der Assassine wich aus. Langdon bewegte sich um eine Bank herum und versuchte, den Assassinen in eine Ecke zu drängen. *Der verdammte Raum hat keine Ecken!* Merkwürdig, dass der Assassine nicht daran interessiert schien, Langdon anzugreifen oder zu flüchten. Er spielte ein Spiel. Langdons Spiel. Kühl und abwartend.

Auf was wartet er? Der Mörder umkreiste Langdon, ein Meister im Stellungsspiel. Es war wie eine endlose Schachpartie. Die Waffe in Langdons Hand wurde schwer, und mit einem Mal glaubte er zu wissen, worauf der andere wartete. *Er will, dass ich müde werde!* Und es funktionierte. Langdon wurde von einer Welle der Erschöpfung erfasst; das Adrenalin in seinem Blut reichte nicht mehr, um ihn wach zu halten. Er musste handeln, und zwar bald.

Der Assassine schien Langdons Gedanken zu lesen. Er veränderte seine Position erneut, als wollte er Langdon zu einem Tisch in der Mitte des Raums locken. Aus den Augenwinkeln bemerkte Langdon im Fackelschein ein Glitzern. *Eine Waffe?* Langdon ließ den Assassinen nicht aus den Augen und bewegte sich näher zum Tisch. Als der Assassine einen langen, harmlosen Blick auf den Tisch warf, konnte Langdon dem Verlangen nicht widerstehen – er folgte dem Blick des anderen.

Es war keine Waffe. Der Anblick ließ Langdon für einen Sekundenbruchteil erstarren.

Auf dem Tisch lag eine Bronzeschatulle, bedeckt von antiker Patina. Sie war *fünfeckig*. Der Deckel war aufgeklappt. In der Schatulle, in fünf samtgepolsterten Fächern, lagen fünf Brandeisen. Große, geschmiedete Werkzeuge mit langen hölzernen Griffen. Langdon wusste sofort, was er dort sah.

ILLUMINATI, EARTH, AIR, FIRE, WATER. Erde, Luft, Feuer und Wasser. Die vier Elemente der Wissenschaft.

Langdon riss sich von dem Anblick los; er fürchtete, der Assassine könnte den Moment der Ablenkung zum Angriff nutzen. Er tat es nicht. Der Mörder wartete ab, als bereitete das Spiel ihm Freude. Langdon versuchte sich zu konzentrieren und den Blickkontakt mit seinem Gegner wiederherzustellen. Er stieß mit der Stange nach ihm. Doch das Bild der Schatulle war in seinem Kopf. Obwohl die Brandzeichen für sich genommen faszinierend waren – Artefakte, von denen nur wenige Illuminati-Forscher glaubten, dass sie überhaupt existiert hatten –, wurde Langdon plötzlich bewusst, dass die Schachtel noch mehr enthalten hatte, etwas, das eine dunkle Vorahnung in ihm aufsteigen ließ. Der Assassine bewegte sich erneut, und Langdon riskierte einen weiteren hastigen Blick auf die Schatulle.

Mein Gott!

Die fünf Brandzeichen ruhten in Vertiefungen entlang dem äußeren Rand der Schatulle. Doch im Zentrum befand sich eine weitere Vertiefung, und sie war *leer.* Und sie war zur Aufnahme eines weiteren Brandzeichens gedacht ... eines Brandzeichens, das um einiges größer war als die übrigen und eine vollkommen quadratische Form besaß.

Der Angriff kam so schnell, dass Langdon nur eine verschwommene Bewegung wahrnahm.

Wie ein Raubvogel stürzte der Assassine sich auf ihn. Langdon versuchte zu kontern, doch die Eisenstange in seiner Hand schien Tonnen zu wiegen. Seine Reaktion kam viel zu langsam. Der Assassine wich aus. Langdon versuchte die Stange zurückzuziehen, doch der Assassine sprang vor und packte sie. Er besaß gewaltige Kraft, und seine Verletzung schien ihn nicht zu behindern. Die Männer kämpften um die Stange – und Langdon unterlag. Die Stange wurde ihm aus den Händen gerissen, und brennender Schmerz zuckte durch seine Schnittwunde. Sekundenbruchteile später starrte Langdon auf das gezackte Ende der Stange. Aus dem Jäger war der Gejagte geworden.

Langdon fühlte sich wie von einem Zyklon getroffen. Der Assassine umkreiste ihn lächelnd, drängte Langdon an die Wand und näherte sich zum entscheidenden Schlag.

Langdons Blick war verschwommen. Er verfluchte seine Sorglosigkeit, war aber noch immer fassungslos. *Ein sechstes Illuminati-Brandzeichen!* Er sprudelte hervor: »Ich habe nie etwas von einem sechsten Brandzeichen gelesen!«

»Das denke ich doch, Amerikaner.« Der Mörder kicherte, während er Langdon vor sich her an der ovalen Wand entlang trieb.

Langdon wusste nicht, wovon der andere sprach. Er wusste genau, dass er sich erinnert hätte. Es gab *fünf* Brandzeichen, nicht mehr. Er wich zurück und suchte den Raum nach irgendetwas ab, das er als Waffe benutzen konnte.

»Die vollkommene Vereinigung der antiken Elemente«, erläuterte der Assassine. »Das letzte Brandzeichen ist das brillanteste von allen. Allerdings fürchte ich, dass du es niemals sehen wirst.«

Langdon spürte, dass der Angriff jeden Augenblick kommen musste. Er wich weiter zurück, während er verzweifelt nach einem Ausweg suchte. »Aber Sie haben es gesehen?«, fragte er, um Zeit zu gewinnen.

»Eines Tages wird man mir vielleicht diese Ehre zuteil werden lassen. Wenn ich mich als würdig erwiesen habe.« Er stieß nach Langdon, als würde er dieses Spiel genießen.

Langdon sprang zurück. Ihn beschlich das Gefühl, als dirigierte der andere ihn zu einem unsichtbaren Ziel. *Wohin will er mich haben?* Er konnte keinen Blick hinter sich riskieren. »Das Brandzeichen!«, sagte er. »Wo ist es?«

»Nicht hier. Janus allein darf es benutzen.«

»Janus?« Den Namen hatte Langdon noch nie gehört.

»Der Anführer der Illuminati. Er wird in Kürze eintreffen.«

»Der Führer der Illuminati kommt hierher?«

»Um die letzte Brandmarkung durchzuführen, ja.«

Langdon warf einen ängstlichen Blick zu Vittoria. Sie sah merkwürdig gelassen aus. Sie hatte die Augen geschlossen und atmete langsam und in tiefen Zügen. War sie das letzte Opfer? Oder er selbst?

»So viel Arroganz!«, höhnte der Assassine und sah Langdon in die Augen. »Ihr beide bedeutet überhaupt nichts. Selbstverständlich werdet ihr sterben, so viel ist sicher – aber das letzte Opfer, von dem ich spreche, ist ein wahrhaft gefährlicher Feind.«

Langdon versuchte, einen Sinn in den Worten des Assassinen zu erkennen. Ein gefährlicher Feind? Die führenden Kardinäle waren tot. Der Papst war tot. Die Illuminati hatten alle ausgelöscht. Langdon fand die Antwort in den leeren schwarzen Augen des Assassinen.

Der Camerlengo.

Camerlengo Carlo Ventresca war derjenige, der sich im Verlauf dieser schweren Krise als ein Leuchtfeuer der Hoffnung für die Christen der Welt erwiesen hatte. Der Camerlengo hatte an diesem einen Abend mehr getan, die Illuminati zu verdammen, als Konspirationstheoretiker in den letzten Jahrzehnten. Offensichtlich sollte er den Preis dafür zahlen. Er war das letzte Ziel der Illuminati.

»Sie kriegen ihn niemals!«, sagte Langdon herausfordernd.

»Nicht ich«, entgegnete der Assassine, während er Langdon unablässig weiter zurückdrängte. »Diese Ehre gebührt Janus selbst.«

»Der Führer der Illuminati persönlich will den Camerlengo brandmarken?«

»Macht hat ihre Privilegien.«

»Aber … niemand kommt momentan in den Vatikan!«

Der Assassine grinste selbstgefällig. »Niemand – es sei denn, er hätte einen Termin.«

Langdon schluckte. Der einzige Mensch, der in dieser Stunde im Vatikan erwartet wurde, war der so genannte Samariter der elften Stunde – die Person, die nach Hauptmann Rochers Worten über Informationen verfügte, die den Vatikan retten konnten …

Langdon riss die Augen auf. *Gütiger Gott!*

Der Assassine grinste noch immer. Er genoss die Bestürzung seines Gegenübers. »Ich habe mich auch gefragt, wie Janus sich Zutritt verschaffen will. Dann habe ich es im Radio gehört, im Wagen … ein Bericht über den Samariter der elften Stunde. Ob du es glaubst oder nicht, Amerikaner – der Vatikan wird Janus mit offenen Armen empfangen.«

Langdons Beine drohten nachzugeben. *Janus ist der Samariter!* Was für eine unglaublich arglistige Täuschung! Der Anführer der Illuminati würde eine königliche Eskorte erhalten, die ihn direkt in die Gemächer des Camerlengos führte. *Aber wie hat Janus Hauptmann Rocher getäuscht? Oder ist Rocher in diese Sache verwickelt?* Langdon erschauerte. Seit er im Geheimarchiv fast erstickt wäre, traute er Rocher nicht mehr über den Weg.

Der Assassine stieß urplötzlich zu und traf Langdon in der Seite.

Langdon sprang zurück. Wut und Schmerz flammten in ihm auf. »Janus wird den Vatikan nicht lebend verlassen!«

Der Assassine zuckte die Schultern. »Manche Dinge sind es wert, dafür zu sterben.«

Langdon spürte, dass der andere es ernst meinte. Janus war also auf einer Selbstmordmission unterwegs in den Vatikan? Eine Frage der Ehre? Erst da begriff Langdon die unglaubliche Tragweite der ganzen Verschwörung. Der Kreis hatte sich geschlossen. Der Priester, den die Illuminati mit ihrem Mord am alten Papst unabsichtlich an die Macht gebracht hatten, hatte sich als starker Gegenspieler erwiesen. Der Anführer der Illuminati persönlich würde ihn in einem letzten Akt der Herausforderung töten.

Plötzlich war hinter Langdon keine Wand mehr. Er spürte einen kalten Lufthauch, und er stolperte rückwärts in die Nacht. *Der Balkon!* Jetzt erkannte er, was der Assassine vorhatte.

Hinter Langdon ging es dreißig Meter in die Tiefe. Er hatte es auf dem Weg in die Engelsburg gesehen. Der Assassine verschwendete nun keine Zeit mehr. Mit einem gewaltigen Satz sprang er Langdon an. Die Eisenstange zielte auf seine Körpermitte. Langdon stolperte zurück, und die Spitze verfehlte ihn nur um Haaresbreite und zerriss sein Hemd. Der Assassine stieß erneut zu. Langdon wich noch weiter zurück, bis er die Balustrade im Rücken spürte. Er war sicher, dass der nächste Stoß ihn töten würde, deshalb versuchte er das Unmögliche. Er wirbelte zur Seite und packte die Stange. Glühender Schmerz raste durch seine verletzte Hand. Langdon ließ trotzdem nicht los.

Der Assassine nahm es ungerührt hin. Einen Augenblick lang zogen und zerrten beide, von Angesicht zu Angesicht, und Langdon roch den stinkenden Atem des anderen. Der Assassine war zu stark. Er wand die Stange langsam, aber sicher aus Langdons Griff. In einem letzten verzweifelten Aufbäumen zielte Langdon mit einem Tritt auf den verletzten Zeh seines Gegners, doch der Mann war ein Profi. Er hatte seine Schwachstelle außer Reichweite gebracht.

Langdon hatte seine letzte Karte ausgespielt und wusste, dass er verloren hatte.

Mit einem mächtigen Schlag trieb der Assassine ihn gegen die Balustrade. Langdon spürte nichts als Leere hinter sich, als er mit der Rückseite der Oberschenkel das niedrige Geländer berührte. Der Assassine hielt die Stange quer und drückte sie gegen Langdons Brust. Jeden Augenblick würde er den Halt verlieren und hinterrücks in die Tiefe stürzen.

»*Ma'assalamah*«, höhnte der Assassine. »Leb wohl, Amerikaner.«

Sein Blick verriet keine Spur von Gnade, als er Langdon den letzten Stoß versetzte. Langdons Füße lösten sich vom Boden, und er begann zu kippen. Mit letzter Kraft packte er nach dem Geländer. Seine linke Hand rutschte ab, doch mit der rechten bekam er Halt. Er hing kopfüber mit den Beinen und einer Hand am Geländer ... und klammerte sich mit allerletzter Kraft fest.

Der Assassine hob die Eisenstange hoch über den Kopf und holte zu einem vernichtenden Schlag aus.

In diesem Augenblick hatte Langdon eine Erscheinung. Vielleicht lag es daran, dass er dem Tod ins Auge sah; vielleicht war es einfach blinde Angst, doch in diesem Moment hüllte eine goldene Aura den Assassinen ein, eine leuchtende Präsenz, die aus dem Nichts hinter ihm anzuschwellen schien – *wie ein herannahender Feuerball.*

Auf halbem Weg zum tödlichen Schlag ließ der Assassine die Stange fallen und schrie vor Schmerz auf.

Die Stange klapperte an Langdon vorbei über das Geländer in die Nacht. Der Assassine wirbelte herum, und Langdon bemerkte einen schwelenden schwarzen Pechfleck auf seinem Rücken. Langdon zog sich über das Geländer und sah – Vittoria.

Mit flammenden Augen stand sie dem Mörder gegenüber. Sie hielt eine brennende Fackel, und in ihrem Gesicht stand nichts als Rache. Langdon wusste nicht, wie sie sich befreit hatte, und es war ihm auch egal. Er kletterte hastig über die Balustrade auf den Balkon zurück.

Der Kampf würde nicht lange dauern. Der Assassine war ein tödlicher Gegner. In rasender Wut sprang er Vittoria an. Sie versuchte auszuweichen, doch dann war er über ihr, packte die Fackel, um sie ihr zu entreißen. Langdon wartete keine Sekunde. Mit aller verbliebenen Kraft hämmerte er die Faust in die versengte Stelle im Rücken des anderen.

Der Schrei war so laut, dass er über ganz Rom zu hallen schien.

Der Assassine krümmte sich starr vor Schmerz nach hinten und löste seinen Griff um die Fackel. Vittoria stieß ihm die brennende Spitze ins Gesicht. Es gab ein lautes Zischen, als sie das linke Auge des Assassinen traf. Er schrie erneut und riss abwehrend die Hände hoch.

»Auge um Auge«, zischte Vittoria. Diesmal schwang sie die Fackel wie einen Knüppel, und als sie traf, stolperte der Assassine rückwärts gegen die Balustrade. Langdon und Vittoria warfen sich gleichzeitig mit aller Macht auf ihn. Der Assassine kippte hintenüber und stürzte in die Nacht. Er schrie nicht mehr. Das einzige Geräusch war das scheußliche Knacken von Knochen, als er tief unten auf einem Stapel Kanonenkugeln landete.

Langdon wandte sich um und sah Vittoria überrascht an. Das Seil hing noch immer schlaff um ihre Taille und die Schultern. Ihre Augen loderten wie ein infernalisches Feuer.

»Auch Houdini konnte Yoga.«

109.

DIE WAND AUS SCHWEIZERGARDISTEN auf dem Petersplatz zog sich auseinander. Befehle wurden gebrüllt, und die Männer versuchten, die Menschenmassen in eine sichere Entfernung zurückzudrängen. Vergebens. Es waren zu viele, und sie waren viel zu fasziniert vom drohenden Untergang des Vatikans, um sich Sorgen wegen ihrer eigenen Sicherheit zu machen. Die riesigen Bildschirme übertrugen inzwischen live den Countdown des Antimateriebehälters, den die gestohlene Sicherheitskamera sendete – mit Einverständnis des Camerlengos. Doch das Bild des Countdown trug nicht dazu bei, die Menge zu vertreiben, im Gegenteil. Die Menschen auf dem Platz sahen den winzigen Tropfen, der scheinbar im Nichts schwebte, und hielten ihn offenbar für nicht so gefährlich, wie man sie glauben machen wollte. Das Display zeigte nur noch wenig mehr als fünfundvierzig Minuten bis zur Annihilation. Reichlich Zeit also, um das Spektakel zu verfolgen.

Die Schweizergardisten waren einmütig der Meinung, dass die mutige Entscheidung des Camerlengos, vor die Welt respektive die Medien zu treten und die Wahrheit zu verkünden, um anschließend *Beweise* für den ruchlosen Verrat der Illuminati zu präsentieren, ein kluger Schachzug gewesen war. Ohne Zweifel hatten die Illuminati geglaubt, dass der Vatikan im Angesicht des Feindes seine übliche schweigsame Zurückhaltung wahren würde. Nicht so in dieser Nacht. Camerlengo Carlo Ventresca hatte sich als ein eindrucksvoller Gegenspieler erwiesen.

In der Sixtinischen Kapelle wurde Kardinal Mortati allmählich ruhelos. Es war nach dreiundzwanzig Uhr fünfzehn. Viele Kardinäle beteten noch. Andere hatten sich um den Ausgang geschart und zeigten unverkennbar Sorge ob der fortgeschrittenen Zeit. Einige fingen an, mit den Fäusten gegen die Tür zu klopfen.

Leutnant Chartrand, der vor der Kapelle Dienst verrichtete, wusste nicht, wie er reagieren sollte. Er schaute auf die Uhr. Es war Zeit. Hauptmann Rocher hatte die strikte Anweisung gegeben, dass die Kardinäle nicht nach draußen gelassen werden sollten, bis er es sagte.

Das Klopfen an der Tür wurde drängender, und Chartrands Unruhe wuchs. Er fragte sich, ob der Hauptmann es vielleicht vergessen hatte. Seit jenem mysteriösen Anruf verhielt Rocher sich sehr merkwürdig.

Chartrand zog langsam sein Walkie-Talkie hervor. »Herr Hauptmann? Hier ist Leutnant Chartrand. Wir sind bereits über die Zeit. Soll ich die Sixtinische Kapelle jetzt aufsperren?«

»Die Tür bleibt verschlossen! Ich muss mich wohl nicht wiederholen, Leutnant.«

»Nein, Herr Hauptmann. Es ist nur …«

»Unser Gast trifft in Kürze ein, Leutnant. Nehmen Sie ein paar Männer mit nach oben, und postieren Sie sie vor dem Amtszimmer des Papstes. Lassen Sie den Camerlengo nirgendwo hingehen.«

»Verzeihung, Herr Hauptmann?«

»Verstehen Sie meinen Befehl nicht, Leutnant Chartrand?«

»Doch, Herr Hauptmann. Ich bin schon unterwegs.«

Im Amtszimmer des Papstes starrte der Camerlengo in stiller Meditation ins Feuer. *Gib mir Kraft, Herr. Lass ein Wunder geschehen.* Er stocherte in der Glut und fragte sich, ob er die Nacht überleben würde.

110.

DREIUNDZWANZIG UHR DREIUNDZWANZIG.

Zitternd stand Vittoria auf dem Balkon des Castel Sant' Angelo und sah hinaus auf das nächtliche Rom. Ihre Augen waren tränenfeucht. Sie sehnte sich danach, Robert zu umarmen, doch sie konnte nicht. Ihr Körper fühlte sich taub an. Langsam wich das Adrenalin aus ihr, und ihr Puls normalisierte sich. Der Mann, der ihren Vater ermordet hatte, lag tief unter ihr tot am Boden, doch beinahe wäre auch sie ihm zum Opfer gefallen …

Langdons Hand berührte ihre Schulter, und die Wärme schien das Eis auf magische Weise zu vertreiben. Sie erschauerte, der Nebel lichtete sich, und sie wandte sich zu ihm um. Robert sah schrecklich aus – durchnässt und zerschunden. Er war offensichtlich durch die Hölle gegangen, um sie zu retten.

»Danke …«, flüsterte sie.

Langdon schenkte ihr ein erschöpftes Lächeln und erinnerte sie daran, dass eigentlich sie es war, die Dank verdiene – ihre Fähigkeit, die Schultern praktisch auszukugeln, hatte sie beide gerettet. Vittoria wischte sich die Tränen aus den Augen. Sie hätte für immer dort bei ihm stehen können, doch ihre Atempause war nur kurz.

»Wir müssen weg von hier«, sagte Langdon.

Vittorias Gedanken waren auf der anderen Seite der Stadt, beim Vatikan. Das kleinste Land der Erde lag beunruhigend nahe und erstrahlte im Licht Hunderter Scheinwerfer. Zu ihrem Entsetzen drängte sich auf dem Petersplatz eine gewaltige Menschenmenge! Die Schweizergarde hatte nur den Bereich direkt vor dem Dom räumen können – weniger als ein Drittel des Platzes. Die Menschen drängten sich immer dichter zusammen; die vorderen wichen vor den Schweizergardisten zurück, die hinteren drängten auf den Platz, um mehr zu sehen, und versperrten den anderen den Fluchtweg. *Sie sind zu nah,* dachte Vittoria. *Viel zu nah!*

»Ich muss zurück«, sagte Robert tonlos.

Vittoria starrte ihn ungläubig an. »In den Vatikan?«

Langdon berichtete ihr von dem Samariter und dem ungeheuerlichen Täuschungsmanöver, das die Illuminati geplant hatten. Ihr

Anführer, ein Mann namens Janus, würde persönlich kommen, um den Camerlengo zu brandmarken. Eine letzte, endgültige Demütigung.

»Niemand in der Vatikanstadt weiß davon«, sagte Langdon. »Ich kann nicht anrufen, um sie zu warnen. Die Leitungen sind alle tot. Dieser Janus kann jeden Augenblick dort eintreffen. Ich muss die Schweizergarde warnen, bevor man ihn hereinlässt.«

»Aber Sie schaffen es niemals durch diese Menschenmassen!«

Langdons Antwort klang zuversichtlich. »Es gibt einen Weg. Vertrauen Sie mir.«

Offensichtlich wusste er wieder einmal mehr als sie. »Ich komme mit.«

»Nein. Warum sollten wir beide unser Leben riskieren ...«

»Ich muss einen Weg finden, diese Leute da wegzuschaffen! Sie schweben in größter Gefahr ...«

Genau in diesem Augenblick begann der Balkon, auf dem sie standen, zu vibrieren. Ein dumpfes Rumpeln ließ die gesamte Engelsburg in den Grundmauern erzittern. Aus Richtung des Petersplatzes erstrahlte blendendes Licht. Vittoria hatte nur einen Gedanken: *O Gott! Die Antimaterie ist vorzeitig hochgegangen!*

Doch statt einer Explosion flammte ein weiteres Trommelfeuer von Scheinwerfern auf, die sich auf Langdon und Vittoria zu richten schienen. Lauter Jubel schallte von den Menschenmassen herüber. Alles schaute zu ihnen herüber, gestikulierte und rief. Der Lärm schwoll an. Auf dem riesigen Platz herrschte beinahe Volksfeststimmung.

Langdon blickte Vittoria verblüfft an. »Was, zum Teufel ...?«

Am Himmel ertönte ein lautes Pochen.

Ohne Vorwarnung tauchte der päpstliche Helikopter hinter dem massiven Bauwerk auf. Er donnerte in weniger als zwanzig Metern Höhe über sie hinweg und hielt geradewegs auf die Vatikanstadt zu. Die Engelsburg erzitterte unter den Rotorschlägen, als der Helikopter im Licht der Scheinwerfer über sie hinwegflog. Die Flutlichter folgten der Maschine, und Sekunden später standen Langdon und Vittoria wieder im Dunkeln.

Während die Maschine über dem Petersplatz langsamer wurde und schließlich auf der freien Fläche zwischen dem Dom und der

Menschenmenge niederging, regte sich in Vittoria das ungute Gefühl, dass sie zu spät kamen. Der Helikopter landete direkt vor der Treppe der gewaltigen Kirche.

»So kann man natürlich auch an den Massen vorbei«, sagte Vittoria. Sie sah, wie ein auf die Entfernung hin winziger Mann aus dem Schatten trat und zum Hubschrauber ging. Nur an dem roten Barett auf dem Kopf erkannte sie, dass es ein Offizier der Schweizergarde war. »Ein roter Teppich für den Neuankömmling. Das ist Hauptmann Rocher.«

Langdon hämmerte mit der Faust auf die Balustrade. »Jemand muss sie warnen!« Er wandte sich zum Gehen.

Vittoria hielt ihn am Arm fest. »Warten Sie!« Sie hatte gerade noch etwas anderes gesehen – und glaubte ihren Augen nicht zu trauen. Mit zitterndem Finger deutete sie in Richtung des Helikopters. Selbst auf diese Entfernung war kein Zweifel möglich. Eine zweite Gestalt kam aus dem Hubschrauber … eine Gestalt, die sich auf so charakteristische Weise bewegte, dass es nur ein Mann sein konnte. Und obwohl die Gestalt saß, überquerte sie die freie Fläche schnell und mühelos.

Ein König auf einem elektrischen Thron.

Maximilian Kohler.

111.

HAUPTMANN ROCHER führte den Generaldirektor von CERN über eine spiralförmig verlaufende Behindertenrampe hinauf in den apostolischen Palast. Die Pracht der großen Halle des Belvedere machte Kohler ganz krank. Allein das Blattgold in der Decke hätte wahrscheinlich ausgereicht, um ein ganzes Jahr lang Krebsforschung zu betreiben.

»Gibt es keinen Aufzug?«, fragte Kohler.

»Wir haben keinen Strom.« Rocher deutete auf die Kerzen an den Wänden, die einzige Lichtquelle in dem dunklen Gebäude. »Wegen der Suche nach dem Antimateriebehälter, verstehen Sie?«

»Eine Suche, die ohne jeden Zweifel ergebnislos verlaufen ist.«

Rocher nickte.

Kohler erlitt einen weiteren Hustenanfall. Er wusste, dass es vielleicht einer seiner letzten war – kein gänzlich unwillkommener Gedanke.

Sie erreichten das obere Stockwerk und eilten durch den weiten Korridor in Richtung des päpstlichen Amtszimmers. Vier Schweizergardisten kamen ihnen besorgt entgegen. »Herr Hauptmann, was machen Sie hier? Ich dachte, dieser Mann besäße Informationen, die ...«

»Er will nur mit dem Camerlengo sprechen.«

Die Wachen schauten einander misstrauisch an.

»Sagen Sie dem Camerlengo«, befahl Rocher energisch, »dass Maximilian Kohler eingetroffen ist, der Generaldirektor von CERN, und ihn sehen möchte. Augenblicklich!«

»Jawohl, Herr Hauptmann.« Einer der Gardisten eilte in Richtung des Amtszimmers davon. Die anderen vertraten ihnen den Weg. Sie blickten Rocher nervös an. »Nur einen Augenblick, Herr Hauptmann. Wir wollen Ihren Gast ankündigen.«

Doch Kohler dachte überhaupt nicht daran anzuhalten. Er kurvte geschickt um einen der Gardisten herum und rollte weiter.

Die Schweizergardisten wirbelten herum und rannten hinter ihm her. »*Si fermi!* Signore! Bleiben Sie stehen, auf der Stelle!«

Kohler empfand Verachtung für sie – nicht einmal die elitärste Sicherheitsmacht der Erde war immun gegen das Mitleid, das jeder Mensch für Krüppel empfand. Wäre Kohler gesund gewesen, hätten sie sich längst auf ihn gestürzt. *Krüppel sind schwach und hilflos,* dachte Kohler. *Zumindest glaubt das jeder.*

Kohler wusste, dass er nur wenig Zeit hatte, um zu erreichen, weshalb er hergekommen war. Er wusste auch, dass er möglicherweise in dieser Nacht sterben würde. Eigenartig, wie wenig es ihn kümmerte. Der Tod war ein Preis, den er zu zahlen bereit war. Zu viel hatte er in seinem Leben ertragen, um zuzulassen, dass jemand wie der Camerlengo Carlo Ventresca seine Arbeit vernichtete.

»*Signore!*«, riefen die Wachen. Sie rannten an ihm vorbei und versperrten ihm erneut den Weg. »*Bleiben Sie stehen!*« Einer der Gardisten zog eine Waffe und richtete sie auf Kohler.

Der Generaldirektor hielt.

Rocher eilte hinzu. Er wirkte zerknirscht. »Herr Kohler, bitte. Es dauert nur einen Augenblick. Niemand betritt unangekündigt das Amtszimmer des Papstes.«

In Rochers Augen sah Kohler, dass ihm keine andere Wahl blieb, als zu warten. *Na schön,* dachte er. *Dann warten wir eben.*

Die Gardisten hatten – grausame Ironie – Kohler direkt neben einem mannshohen vergoldeten Spiegel an der Wand angehalten. Der Anblick seiner eigenen verkrüppelten Gestalt stieß ihn ab. Die alte Wut kehrte wieder und übermannte ihn. Jetzt war er mitten unter den Feinden! *Dies hier* waren die Menschen, die ihn seiner Würde beraubt hatten. Sie waren schuld. Wegen *ihnen* hatte er niemals die Berührung einer Frau erfahren ... niemals hoch aufgerichtet stehen können, um einen Preis in Empfang zu nehmen. *Welche Wahrheit besitzen diese Leute? Welche Beweise, verdammt! Ein Buch voller uralter Fabeln! Versprechungen von künftigen Wundern! Die Wissenschaft produziert täglich neue Wunder!*

Kohler starrte in sein eigenes steinernes Gesicht. *Heute Nacht wird mich die Religion umbringen,* dachte er, *aber es ist nicht das erste Mal.*

Für einen Augenblick war er wieder elf Jahre alt und lag in der Frankfurter Villa seiner Eltern im Bett. Die Laken waren aus feinstem Leinen, doch sie waren schweißdurchnässt. Der kleine Max fühlte sich, als würde er brennen; der Schmerz war beinahe unerträglich. Neben seinem Bett knieten sein Vater und seine Mutter, bereits seit zwei Tagen, ohne Pause. Beide beteten.

Ein wenig abseits standen drei der besten Ärzte Frankfurts.

»Ich bitte Sie, noch einmal darüber nachzudenken«, drängte einer der Ärzte. »Schauen Sie sich Ihren Jungen an! Sein Fieber steigt von Stunde zu Stunde! Er leidet unter schrecklichen Schmerzen. Und er könnte sterben!«

Doch Max kannte die Antwort seiner Mutter, bevor sie sprach. *»Gott wird ihn beschützen.«*

Ja, dachte Max. *Gott wird mich beschützen.* Die Überzeugung in den Worten seiner Mutter gab ihm Kraft. *Gott wird mich beschützen.*

Eine Stunde später fühlte sich Max, als würde sein Brustkorb von einem Tonnengewicht zerquetscht. Er konnte nicht einmal mehr tief genug einatmen, um zu schreien.

»Ihr Sohn leidet unter unsäglichen Schmerzen«, sagte ein anderer Arzt. »Lassen Sie mich wenigstens die Schmerzen lindern. Eine Spritze ...«

»Ruhe bitte!«, brachte Max' Vater den Arzt zum Schweigen, ohne die Augen zu öffnen. »Sie sehen doch, dass wir beten.«

»Vater, bitte!«, wollte Max schreien. »Sie sollen machen, dass der Schmerz weggeht!« Doch seine Worte gingen in einem Hustenanfall unter.

Eine Stunde später waren die Schmerzen noch schlimmer geworden.

»Ihr Sohn könnte für den Rest seines Lebens gelähmt bleiben!«, schimpfte einer der Ärzte. »Er könnte *sterben*! Wir besitzen Medikamente, die seine Krankheit heilen.«

Herr und Frau Kohler wollten nicht. Sie verachteten die Medizin. Wer waren sie, dass sie Gottes Meisterplan durchkreuzten? Sie beteten inbrünstiger. Schließlich hatte Gott sie mit diesem Jungen gesegnet – warum also sollte er ihnen das Kind wieder nehmen? Max' Mutter beugte sich über den Knaben und flüsterte ihm zu, stark zu sein. Sie erklärte, dass Gott ihn prüfe ... wie in der biblischen Geschichte den Abraham ... eine Prüfung seines Glaubens.

Max bemühte sich zu glauben, doch der Schmerz war unerträglich.

»Ich kann mir das nicht länger mit ansehen!«, sagte einer der Ärzte schließlich und rannte aus dem Zimmer.

Gegen Einbruch der Dämmerung schwebte Max am Rand eines Komas. Jeder Muskel seines Körpers hatte sich vor Schmerzen verkrampft. *Wo ist Jesus?*, fragte er sich. *Liebt er mich denn nicht?* Max spürte, wie das Leben allmählich aus seinem Körper wich.

Seine Mutter war neben dem Bett eingeschlafen. Ihre Hände lagen noch immer gefaltet auf ihm. Sein Vater stand auf der anderen Seite des Zimmers am Fenster und starrte düster hinaus. Er schien wie in Trance zu sein. Max hörte das leise Murmeln seiner unablässigen Gebete, Gott möge sich erbarmen.

Da spürte Max plötzlich eine weitere Gestalt über sich. *Ein En-*

gel? Er konnte kaum etwas sehen; seine Augen waren zugeschwollen. Die Gestalt flüsterte etwas in sein Ohr, doch es war nicht die Stimme eines Engels. Max erkannte einen der Ärzte … den gleichen Mann, der zwei Tage lang in der Ecke gesessen und Max' Eltern unablässig angefleht hatte, sie mögen ihm doch gestatten, ihrem Kind ein neues Medikament aus England zu verabreichen.

»Ich würde mir niemals verzeihen, wenn ich das hier nicht tun würde«, flüsterte er und nahm vorsichtig Max' schwachen Arm. »Ich wünschte nur, ich hätte es schon viel früher getan.«

Max spürte einen winzigen Stich im Arm – bei all den anderen Schmerzen kaum wahrnehmbar.

Dann packte der Arzt leise seine Utensilien zusammen. Bevor er das Zimmer verließ, legte er Max die Hand auf die Stirn. »Das wird dir das Leben retten, Junge. Ich habe großes Vertrauen in die Errungenschaften der modernen Medizin.«

Binnen weniger Minuten fühlte sich Max, als würde ein Geist durch seine Adern fließen. Die Wärme breitete sich durch seinen Körper aus und vertrieb den Schmerz. Schließlich, zum ersten Mal seit Tagen, schlief Max Kohler ein.

Als er erwachte, hatte das Fieber bereits merklich nachgelassen. Seine Eltern hielten es für ein Wunder Gottes. Doch als sich herausstellte, dass ihr Kind verkrüppelt blieb, erfasste sie Verzweiflung. Sie brachten ihren Sohn in die Kirche und flehten den Priester um Rat an.

»Nur der Gnade Gottes ist es zu verdanken«, antwortete der Geistliche, »dass dieser Junge überhaupt noch am Leben ist.«

Max hörte es und schwieg.

»Aber unser Kind kann nicht mehr laufen!« Frau Kohler schluchzte.

Der Priester nickte traurig. »Ja. Wie es scheint, hat Gott ihn bestraft, weil er nicht genug Glauben besitzt.«

»Herr Kohler?« Der Gardist kehrte aus dem Amtszimmer zurück. »Der Camerlengo sagt, dass er bereit sei, Ihnen eine Audienz zu gewähren.«

Kohler brummte und setzte sich den Gang hinunter in Bewegung.

»Er ist überrascht, dass Sie ihn besuchen kommen!«, rief ihm der Gardist hinterher.

»Das glaube ich gern.« Kohler rollte weiter. »Ich möchte unter vier Augen mit ihm reden.«

»Unmöglich, Herr Generaldirektor!«, entgegnete der Gardist. »Niemand …«

»Leutnant!«, brüllte Rocher. »Das Treffen wird so stattfinden, wie Herr Kohler es wünscht.«

Der Gardist starrte seinen Vorgesetzten mit unverhüllter Fassungslosigkeit an.

Vor der Tür zum Amtszimmer des Papstes gestattete Rocher seinen Gardisten, die standardmäßige körperliche Durchsuchung vorzunehmen, bevor sie Kohler den Eintritt erlaubten. Der tragbare elektronische Detektor war jedoch angesichts der vielen elektronischen Apparaturen in Kohlers Rollstuhl so gut wie unbrauchbar. Die Wachen durchsuchten ihn von Hand, doch sie genierten sich offensichtlich wegen seiner Behinderung und machten ihre Sache nicht besonders gründlich. Sie fanden den Revolver nicht, der im Rollstuhl versteckt war, genauso wenig wie den anderen Gegenstand … das Objekt, von dem Kohler wusste, dass es die Kette von Ereignissen dieses Tages zu einem unvergesslichen Ende führen würde.

Als Kohler ins Amtszimmer des Papstes rollte, fand er Camerlengo Carlo Ventresca alleine vor. Er kniete im Gebet versunken vor einem erlöschenden Kaminfeuer.

»Guten Abend, Generaldirektor Kohler«, begrüßte Ventresca seinen späten Gast, ohne die Augen zu öffnen. »Sind Sie gekommen, um mich zu einem Märtyrer zu machen?«

112.

DER TUNNEL NAMENS IL PASSETTO schien kein Ende zu nehmen. Langdon und Vittoria rannten in Richtung Vatikanstadt, und die Fackel in Roberts Hand warf gerade ausreichend Licht, um ein paar Meter weit zu sehen. Die Wände standen eng beisammen, und die Decke war niedrig. Die Luft roch abgestanden. Robert führte, und Vittoria hielt sich dicht auf seinen Fersen.

Der Tunnel führte aus der Engelsburg steil hinauf in den unteren Bereich einer Bastion; von dort aus ging es eben und schnurgerade durch ein Bauwerk, das aussah wie ein römisches Aquädukt, in Richtung Vatikanstadt.

Während Langdon rannte, ging ihm eine Vielzahl düsterer Bilder durch den Kopf. Kohler ... Janus ... der Assassine ... Hauptmann Rocher ... ein sechstes Brandzeichen? *Ich bin ganz sicher, dass du es kennst, Amerikaner,* hatte der Mörder gesagt. *Es ist das brillanteste von allen.* Langdon hatte nichts darüber gelesen, zumindest konnte er sich nicht erinnern. Nicht einmal bei den Konspirationstheoretikern gab es einen Hinweis auf ein sechstes Brandzeichen, und sei es nur gerüchteweise. Vermutungen über einen sagenhaften Goldschatz und einen makellosen Illuminati-Diamanten, das ja, aber nirgendwo auch nur ein Wort über ein sechstes Brandzeichen.

»Kohler kann unmöglich Janus sein!«, erklärte Vittoria kategorisch, während sie durchs Aquädukt rannten. »Das ist absurd!«

Unmöglich war ein Wort, das Langdon seit diesem Abend nicht mehr benutzte. »Ich weiß nicht«, rief er über die Schulter, ohne langsamer zu werden. »Kohler hegt einen tiefen Groll gegen die Kirche, und er besitzt gewaltigen Einfluss.«

»Diese Krise lässt CERN wie eine Horde Ungeheuer dastehen! Max würde niemals etwas unternehmen, das dem Ruf von CERN schaden könnte!«

Tatsächlich hatte CERNs Ruf in dieser Nacht beträchtlichen Schaden genommen, und das nur, weil die Illuminati darauf bestanden hatten, ein Medienspektakel aus dieser Geschichte zu machen. Langdon fragte sich, wie groß der Schaden *wirklich* war. Kritik von Seiten der Kirche war für CERN schließlich nichts Neues.

Je länger Langdon darüber nachdachte, desto mehr fragte er sich, ob diese Krise CERN nicht sogar Nutzen brachte. Wenn Publicity der Preis war, hatte Antimaterie heute Abend den Jackpot geknackt. Die Welt redete über nichts anderes.

»Sie wissen doch, was der Promoter P. T. Barnum einmal gesagt hat«, entgegnete Langdon über die Schulter. »›Es ist mir egal, was Sie über mich erzählen, aber sprechen Sie meinen Namen richtig aus!‹ Jede Wette, dass die großen Konzerne insgeheim schon Schlange stehen, um die Antimaterietechnologie zu lizenzieren. Und wenn sie um Mitternacht erst sehen, wie viel Energie in diesem neuen Stoff steckt …«

»Unlogisch«, widersprach Vittoria. »Wissenschaftliche Durchbrüche werden nicht dadurch publiziert, dass man ihre Zerstörungskraft demonstriert. Im Falle der Antimaterie ist das ein schwerer Schlag, glauben Sie mir.«

Langdons Fackel war fast heruntergebrannt. »Vielleicht ist ja alles viel einfacher, als wir bisher geglaubt haben. Vielleicht hat Kohler darauf spekuliert, dass der Vatikan die Antimaterie verschweigen würde – um den Illuminati nicht noch mehr Macht in die Hände zu spielen. Vielleicht nahm er an, dass der Vatikan wie üblich die Öffentlichkeit ausschließen würde, doch der Camerlengo hat die Regeln des Spiels geändert.«

Vittoria antwortete nicht, während sie weiterrannten.

Das Szenario schien plötzlich mehr Sinn zu ergeben. »Ja!«, rief Langdon. »Kohler hat nicht mit der Reaktion des Camerlengos gerechnet! Der Camerlengo hat die vatikanische Tradition der Verschwiegenheit gebrochen und ist an die Öffentlichkeit gegangen. Er hat von der tödlichen Bedrohung gesprochen. Er hat die Antimaterie im Fernsehen gezeigt, um Himmels willen! Es war ein brillanter Schachzug, mit dem Kohler nicht gerechnet hat. Die Ironie an der ganzen Sache ist, dass der heimtückische Anschlag der Illuminati nach hinten losgegangen ist, weil er der Kirche eine neue, starke Führungspersönlichkeit beschert hat. Und jetzt kommt Kohler, um den Camerlengo zu töten!«

»Max ist ein verdammter Bastard«, erklärte Vittoria, »aber er ist ganz bestimmt kein Mörder! Und er hätte sich niemals an der Ermordung meines Vaters beteiligt!«

Langdon stellte sich Kohlers Antwort vor. *Leonardo Vetra wurde von vielen Puristen in CERN als Gefahr betrachtet. Die Wissenschaft und Gott miteinander in Einklang zu bringen, gilt als die ultimative wissenschaftliche Blasphemie.* »Vielleicht hat Kohler ja bereits vor Wochen vom Antimaterie-Projekt Ihres Vaters erfahren. Vielleicht gefielen ihm die religiösen Schlussfolgerungen nicht.«

»Und deswegen hat er meinen Vater umgebracht? Das ist lächerlich! Außerdem *konnte* Max überhaupt nichts von der Existenz des Projektes wissen!«

»Vielleicht hat Ihr Vater sein Schweigen gebrochen, während sie mit Ihrem Forschungsprojekt unterwegs waren. Vielleicht hat er Kohler eingeweiht und ihn um Rat gebeten. Sie haben doch selbst erzählt, Ihr Vater wäre über die moralischen Fragen besorgt gewesen, die aus der Erschaffung einer derart tödlichen Substanz entstehen.«

»Mein Vater soll *Maximilian Kohler* um moralischen Rat gefragt haben?«, stieß Vittoria hervor. »Das ist lächerlich!«

Der Tunnel beschrieb einen leichten Knick. Je schneller sie rannten, desto dunkler wurde Langdons Fackel. Allmählich sorgte er sich, dass sie erlosch.

»Außerdem«, fuhr Vittoria fort, »warum sollte er sich die Mühe machen, Sie anzurufen und um Hilfe zu bitten, wenn er hinter der ganzen Verschwörung steckt?«

Über diese Frage hatte Langdon bereits nachgedacht. »Um seine Spur zu verwischen. Auf diese Weise konnte er sicherstellen, dass niemand ihm den Vorwurf der Untätigkeit in der Krise machen kann. Wahrscheinlich hat er nicht damit gerechnet, dass wir so weit kommen.«

Der Gedanke, dass Kohler ihn benutzt hatte, machte Langdon wütend. Erst sein Einschreiten hatte den Illuminati eine gewisse Glaubwürdigkeit verliehen. Die ganze Nacht über waren seine Arbeiten in den Medien zitiert worden, und so lächerlich es auch klingen mochte – die Anwesenheit eines Harvard-Professors in der Vatikanstadt erhob den Zwischenfall über den Status einer paranoiden Wahnvorstellung und überzeugte die Skeptiker auf der ganzen Welt, dass die Geheimbruderschaft der Illuminati nicht nur eine historische Tatsache war, sondern eine Macht, mit der man auch heute noch rechnen musste.

»Dieser BBC-Reporter«, sagte er, »dieser Gunther Glick ist der festen Meinung, dass CERN das neue Zentrum der Illuminati ist.«

»Was?« Vittoria stolperte hinter ihm. Sie bewahrte mühsam ihr Gleichgewicht und rannte weiter. »*Was* hat er gesagt?«

»In einer Nachrichtensendung. Er hat CERN mit den Freimaurerlogen in Verbindung gebracht – eine unschuldige Organisation, die unwissend von Illuminati unterwandert wurde.«

»Mein Gott, das wird CERN vernichten!«

Langdon war sich da nicht so sicher. Gleichgültig, wie man es betrachtete, die Theorie klang plötzlich gar nicht mehr so weit hergeholt. CERN war der ultimative Hafen der Wissenschaft. Es war die Heimat von Forschern aus über einem Dutzend Nationen. CERN schien über endlose private Forschungsmittel zu verfügen. Und Maximilian Kohler war der Generaldirektor von CERN.

Kohler ist Janus.

»Falls Kohler nicht in die Geschichte verwickelt ist«, fuhr Langdon fort, »was hat er dann hier zu suchen?«

»Wahrscheinlich will er diesen Wahnsinn beenden. Er will helfen. Vielleicht ist er tatsächlich der Samariter der elften Stunde! Er könnte herausgefunden haben, wer von dem Antimaterie-Projekt meines Vaters wusste, und ist hergekommen, um diese Information weiterzugeben.«

»Der Mörder hat gesagt, er wäre gekommen, um den Camerlengo zu brandmarken.«

»Vertrauen Sie Ihrem Gefühl, Robert! Es wäre eine Selbstmordmission. Max würde niemals lebend von hier wegkommen!«

Langdon dachte über dieses Argument nach. *Vielleicht ist das der Punkt, um den es geht.*

Eine eiserne Tür versperrte ihnen den weiteren Weg. Doch als sie näher kamen, stellten sie fest, dass das alte Schloss offen war. Die Tür war nicht versperrt.

Langdon atmete erleichtert auf, als ihm bewusst wurde, dass der alte Tunnel tatsächlich noch benutzt wurde – genau wie er vermutet hatte. Erst in jüngster Zeit. Heute, zum Beispiel. Er zweifelte nicht mehr daran, dass die vier getöteten Kardinäle am frühen Abend hier durchgeschleust worden waren.

Sie rannten weiter. Zur Linken hörte Langdon Lärm und Tumult. Dort lag der Petersplatz. Sie näherten sich dem Ausgang.

Sie erreichten eine weitere Tür, noch dicker als die erste. Auch sie war nicht versperrt. Der Lärm vom Petersplatz blieb hinter ihnen zurück. Langdon vermutete, dass sie die Außenmauer der Vatikanstadt passiert hatten. Er fragte sich, wo im Innern des Vatikans dieser Gang endete. *In den Gärten? Oder vielleicht in der Basilika? Oder in der päpstlichen Residenz?*

Abrupt endete der Tunnel.

Die massive Tür, die nun ihren Weg blockierte, war mit genietetem Eisen beschlagen. Im letzten Licht der verlöschenden Fackel sah Langdon, dass sie völlig glatt war – kein Griff, keine Klinke, keine Schlüssellöcher, keine Angeln. Kein Durchgang.

Panik stieg in ihm auf. Diese Art von Tür nannte man *senza chiave* – eine Tür, die nur in eine Richtung führte. Es war eine Sicherheitstür, und sie konnte nur von einer Seite geöffnet werden – von der anderen Seite. Langdons Hoffnung erlosch … genau wie die Fackel in seiner Hand.

Er schaute auf seine Uhr. Mickey leuchtete im Dunkeln.

Dreiundzwanzig Uhr neunundzwanzig.

Mit einem zornigen Aufschrei schwang Langdon den Fackelstumpf und hämmerte damit gegen die Tür.

113.

IRGENDETWAS STIMMTE NICHT. Leutnant Chartrand stand vor dem päpstlichen Amtszimmer und spürte am nervösen Verhalten des Hellebardiers neben ihm, dass dieser die gleichen Befürchtungen hegte. Die private Unterredung, die beide bewachten, könnte den Vatikan vor der Zerstörung bewahren, hatte Hauptmann Rocher gesagt. Chartrand fragte sich, wieso seine Instinkte sich dennoch rührten. Und warum verhielt Rocher sich so eigenartig?

Irgendetwas stimmte nicht.

Der Hauptmann starrte unverwandt geradeaus; sein für gewöhnlich scharfer Blick wirkte geistesabwesend. Der Hauptmann war kaum wiederzuerkennen. Rocher war im Verlauf der letzten Stunde nicht er selbst gewesen. Seine Entscheidungen ergaben keinen Sinn.

Bei diesem Treffen sollte jemand dabei sein, dachte Chartrand. Er hatte gehört, wie Maximilian Kohler die Tür von innen zugesperrt hatte, nachdem er eingetreten war. *Warum hat Rocher das zugelassen?*

Das war bei weitem nicht die einzige Beobachtung, die Chartrand Sorgen bereitete. *Die Kardinäle!* Die Kardinäle waren noch immer in der Sixtinischen Kapelle eingesperrt. Vollkommen verrückt! Der Camerlengo hatte sie schon vor fünfzehn Minuten evakuiert sehen wollen. Rocher hatte sich über seine Entscheidung hinweggesetzt, ohne den Camerlengo zu informieren. Chartrand hatte seiner Besorgnis Ausdruck verliehen, mit dem Ergebnis, dass Rocher ihm fast den Kopf abgerissen hatte. Die Befehlskette wurde innerhalb der Schweizergarde niemals infrage gestellt, und Rocher war nun der kommandierende Offizier.

Noch eine halbe Stunde, dachte Rocher und sah im unsteten Licht des Kandelabers, der den Flur erhellte, diskret auf seine Schweizer Uhr. *Bitte beeilen Sie sich.*

Chartrand wünschte, er könnte hören, was auf der anderen Seite der schweren Doppeltür besprochen wurde; andererseits hielt er niemanden für befähigter, diese Krise zu meistern, als den Camerlengo Carlo Ventresca. Der Mann war heute Nacht auf eine harte Probe gestellt worden, und er hatte sich nicht vor seinen Aufgaben versteckt. Er hatte sich dem Problem gestellt, offen und ehrlich – ein leuchtendes Beispiel für alle. Chartrand war stolz, Katholik zu sein. Die Illuminati hatten einen Fehler gemacht, als sie Camerlengo Ventresca herausgefordert hatten.

Ein unerwartetes Geräusch riss Leutnant Chartrand aus seinen Gedanken. Es war ein dumpfes Klopfen, das vom Ende des Gangs erklang. Schwach und erstickt nur, aber beständig. Rocher blickte auf. Der Hauptmann schaute Chartrand an und deutete mit einer Handbewegung den Gang hinunter. Chartrand begriff. Er schaltete seinen Handscheinwerfer ein und marschierte den Gang hinunter, um der Ursache des Geräuschs nachzugehen.

Das dumpfe Klopfen nahm an Dringlichkeit zu. Chartrand rannte dreißig Meter den Gang hinunter bis zu einer Stelle, wo ein zweiter Korridor die Halle kreuzte. Das Geräusch schien aus der Sala Clementina zu kommen, oder aus dem Raum dahinter. Es gab nur einen Raum hinter der Sala – das private Lesezimmer des Papstes. Die private Bibliothek seiner Heiligkeit war seit dem Tod des alten Papstes zugesperrt. Es war unmöglich, dass sich dort jemand aufhielt!

Chartrand eilte durch den zweiten Korridor, bog um eine weitere Ecke und rannte auf die Sala Clementina zu. Die massive Holztür wirkte klein, doch sie stach aus der Dunkelheit wie ein missmutiger Wächter. Das Klopfen kam von irgendwo dahinter. Chartrand zögerte. Er war noch nie in der privaten Bibliothek des Papstes gewesen. Das war nur wenigen Schweizergardisten vergönnt. Niemand durfte die Räumlichkeiten betreten – es sei denn, in Begleitung des Papstes persönlich.

Vorsichtig griff Chartrand nach dem Türknopf und drehte ihn herum. Wie erwartet, war die Tür zugesperrt. Er legte das Ohr an die Tür und lauschte. Das Klopfen war nun deutlicher zu hören. Dann vernahm er noch etwas – Stimmen! Irgendjemand rief etwas Unverständliches.

Chartrand begriff den Sinn der Worte nicht, doch er hörte die Panik in den Stimmen. War jemand in der Bibliothek eingesperrt? Hatten die Schweizergardisten das Gebäude nicht gründlich evakuiert? Chartrand zögerte. Er fragte sich, ob er zurückkehren und Rocher um Rat fragen sollte, entschied sich dann aber dagegen. *Zur Hölle damit!* Chartrand war ausgebildet worden, eigene Entscheidungen zu fällen, und genau das würde er jetzt tun. Er zog seine Waffe und feuerte einen einzelnen Schuss in das Schloss der Tür. Das Holz explodierte förmlich, und die Tür flog auf.

Hinter der Schwelle sah er zunächst nichts als Schwärze. Er schwenkte seinen Scheinwerfer. Der Raum war rechteckig – orientalische Teppiche, hohe Eichenregale voller Bücher, ein gestepptes Ledersofa und ein mit Marmor eingefasster Kamin. Chartrand hatte Geschichten über diesen Raum gehört – dreitausend alte Bücher Seite an Seite mit Hunderten zeitgenössischer Magazine und Schriftenreihen, alles, was seine Heiligkeit erbat. Der niedrige

Tisch vor dem Sofa war mit politischen und wissenschaftlichen Zeitschriften überhäuft.

Das Klopfen klang nun viel näher. Chartrand schwenkte den Scheinwerfer in Richtung des Geräuschs. Auf der anderen Seite des Raums, hinter der Leseecke, war eine schwere Eisentür in die Wand eingelassen. Sie sah so unüberwindlich aus wie eine Gefängnistür und besaß vier gewaltige Schlösser. Als er den winzigen Schriftzug las, der mitten auf der Tür ins Eisen graviert war, stockte Chartrand der Atem.

Il Passetto

Chartrand starrte auf die Tür. *Der geheime Fluchtweg des Papstes!* Selbstverständlich hatte er von *Il Passetto* gehört, sogar Gerüchte, dass er seinen Anfang hier in der Bibliothek nahm, doch der Tunnel war seit Menschengedenken nicht mehr benutzt worden. *Wer kann das sein, der auf der anderen Seite klopft?*

Chartrand nahm seinen Handscheinwerfer und erwiderte damit das Klopfgeräusch. Auf der anderen Seite ertönte ein erstickter Ausruf. Das Klopfen erstarb, und die Stimmen riefen lauter. Chartrand verstand nur Bruchstücke von dem, was sie sagten.

»Kohler … lügt … Camerlengo …«

»Wer ist da?«, brüllte Chartrand.

»… Langdon. Vittoria Vet…«

Chartrand verstand genug, um seine Verwirrung noch zu steigern. *Ich dachte, beide wären tot!*

»… die Tür!«, riefen die Stimmen. »Öffnen …!«

Chartrand betrachtete die eiserne Barriere und wusste, dass er Dynamit benötigen würde, um sie ohne die Schlüssel zu öffnen. »Unmöglich!«, rief er zurück. »Zu dick!«

»Treffen … aufhalten … lengo … Gefahr!«

Bei den letzten Worten stieg in Chartrand panische Furcht auf. Hatte er richtig verstanden? Klopfenden Herzens wandte er sich um und wollte zum Amtszimmer zurücklaufen, doch in der Drehung stockte er. Sein Blick war auf etwas an der Tür gefallen … etwas noch Schockierenderes als die Botschaft von der anderen Seite. In jedem der vier massiven Türschlösser steckten … Schlüssel! Chartrand starrte fassungslos darauf. *Die Schlüssel sind hier?* Er blinzelte ungläubig. Die Schlüssel zu dieser Tür wurden in einem sicheren Gewölbe aufbewahrt! Dieser geheime Gang wurde niemals benutzt – seit Jahrhunderten nicht mehr!

Chartrand stellte den Scheinwerfer auf dem Boden ab. Er streckte die Hand nach dem ersten Schlüssel aus und drehte ihn herum. Der Mechanismus war rostig und schwergängig, doch er funktionierte noch. Irgendjemand hatte dieses Schloss erst kürzlich geöffnet. Chartrand drehte den nächsten Schlüssel. Das Gleiche. Den dritten. Als der letzte Riegel zurückgeglitten war, zog er, und die schwere eiserne Barriere öffnete sich. Er nahm den Scheinwerfer wieder auf und leuchtete in die Dunkelheit dahinter.

Robert Langdon und Vittoria Vetra sahen aus wie Gespenster, als sie aus der Dunkelheit in die Bibliothek stolperten. Beide waren verschmutzt und erschöpft, doch unverletzt.

»Was hat das zu bedeuten?«, wollte Chartrand wissen. »Woher kommen Sie? Wie sind Sie in diesen Gang gekommen?«

»Wo ist Maximilian Kohler?«, fragte Langdon statt einer Antwort.

Chartrand deutete den Gang entlang. »Bei einer privaten Besprechung mit dem Camerlengo …«

Langdon und Vittoria schoben sich an ihm vorbei und rannten den Gang hinunter. Chartrand wirbelte herum und hob instinktiv seine Pistole, besann sich dann aber eines Besseren und senkte die Waffe wieder, um den beiden hinterherzulaufen.

Rocher hatte sie offensichtlich ebenfalls gehört, denn als sie vor die Tür des Amtszimmers gelangten, versperrte er ihnen mit vorgehaltener Waffe den Weg. »*Halt!*«

»Der Camerlengo schwebt in großer Gefahr!«, rief Langdon und hob die Hände, während er in sicherem Abstand stehen blieb. »Öffnen Sie! Maximilian Kohler will den Camerlengo ermorden!«

Rocher starrte ihn wütend an.

»Öffnen Sie die Tür!«, sagte Vittoria. »Schnell!«

Doch es war bereits zu spät.

Hinter der Tür ertönte ein markerschütternder Schrei. Es war der Camerlengo.

114.

DIE KONFRONTATION DAUERTE NUR SEKUNDEN.

Camerlengo Carlo Ventresca schrie noch immer, als Chartrand sich gegen die Tür zum päpstlichen Amtszimmer warf und sie aufbrach. Die Wachen stürmten hinein. Langdon und Vittoria folgten ihnen.

Die Szene vor ihnen war Schwindel erregend.

Das Zimmer wurde nur von Kerzen und einem erlöschenden Feuer erhellt. Kohler stand unsicher vor seinem Rollstuhl neben dem Kamin. Er hielt eine Pistole auf den Camerlengo gerichtet, der sich mit schmerzverzerrtem Gesicht am Boden wälzte. Sein Priestergewand war aufgerissen, seine nackte Brust schwarz versengt. Langdon konnte das Symbol auf die Entfernung nicht erkennen, doch neben Kohler lag ein großes, quadratisches Brandeisen auf dem Boden. Das Metall glühte noch immer.

Zwei Hellebardiere reagierten augenblicklich. Sie eröffneten das Feuer. Die Kugeln trafen Kohler in die Brust und warfen ihn nach hinten. Er brach in seinem Rollstuhl zusammen. Blut sprudelte aus den Schusswunden. Seine Waffe fiel zu Boden.

Langdon stand wie betäubt im Eingang.

»Max …«, stammelte Vittoria fassungslos.

Der Camerlengo wand sich noch immer am Boden. Als er Rocher sah, hob er anklagend den Finger und zeigte zitternd auf ihn, während er ein einziges Wort ausstieß: »Illuminatus!«

»Du verdammter Bastard!«, rief Rocher aus und stürzte vor. »Du scheinheiliger, elender …«

Diesmal war es Chartrand, der instinktiv reagierte. Er feuerte drei Schüsse in Rochers Rücken. Der Hauptmann der Schweizergarde fiel mit dem Gesicht nach vorn und blieb leblos im eigenen Blut liegen. Chartrand und die Wachen stürzten zu dem Camerlengo, der seine Brust umklammert hielt und sich vor Schmerzen wand.

Beide Wachen stießen entsetzte Schreie aus, als sie das in die Brust des Camerlengos eingebrannte Symbol erblickten. Der zweite Gardist sah das Zeichen auf dem Kopf stehend und stolperte angsterfüllt zurück. Chartrand, nicht weniger fassungslos, zog das Gewand über die Brust des Camerlengos und schirmte die Verstümmelung vor weiteren Blicken ab.

Langdon bewegte sich wie im Delirium. Durch einen Nebel von Irrsinn und Gewalt hindurch versuchte er zu begreifen, was er soeben gesehen hatte. Ein verkrüppelter Wissenschaftler war in den Vatikan gekommen und hatte den höchsten Würdenträger der Kirche gebrandmarkt. *Einige Dinge sind es wert, dass man sein Leben dafür gibt,* hatte der Assassine gesagt. Langdon fragte sich, wie ein so schwer behinderter Mann wie Kohler genügend Kraft aufbringen konnte, um den Camerlengo zu überwältigen. Andererseits – Kohler war im Besitz einer Waffe gewesen. *Es spielt keine Rolle, wie er es gemacht hat. Er hat seine Mission erfüllt.*

Langdon bewegte sich auf die grauenhafte Szenerie zu. Der Camerlengo erhielt erste Hilfe. Langdon fühlte sich von dem rauchenden Brandeisen auf dem Boden neben Kohlers Rollstuhl angezogen. *Das sechste Brandzeichen?* Je näher er kam, desto größer wurde seine Verwirrung. Das Brandzeichen schien ein perfektes Quadrat zu sein und stammte offensichtlich aus dem mittleren Fach der Bronzeschatulle, die Langdon im Nest der Illuminati im Castel Sant' Angelo gesehen hatte. *Das sechste Brandzeichen. Die vollkommene Vereinigung der antiken Elemente,* hatte der Assassine gesagt. *Das letzte Brandzeichen ist das brillanteste von allen.*

Langdon kniete neben dem Rollstuhl nieder und griff nach dem Eisen. Das Metall verströmte noch immer Hitze. Er packte den hölzernen Griff und drehte es herum. Er wusste nicht, was er erwartet hatte, doch ganz gewiss nicht dies hier.

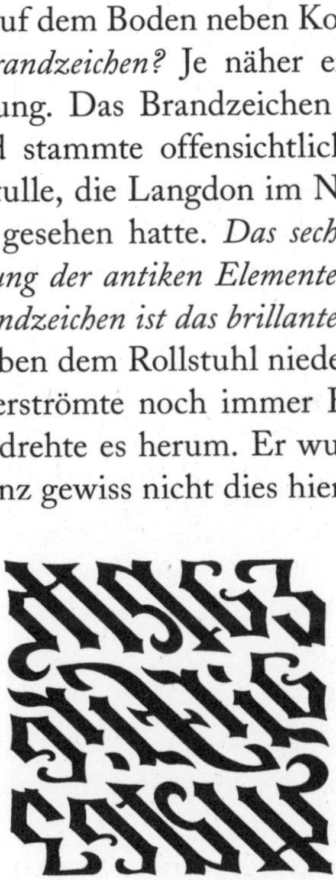

Langdon starrte einen langen, verwirrten Augenblick auf die kunstvolle Arbeit. Nichts ergab einen Sinn. Warum hatten die Wachen voller Entsetzen aufgeschrien, als sie das Brandmal gesehen hatten? Es war nichts weiter als ein Quadrat voller bedeutungsloser Schnörkel. *Das brillanteste von allen?* Es war symmetrisch, zugegeben, doch brillant? Langdon drehte es in der Hand, doch es blieb unleserliches Kauderwelsch.

Er spürte eine Hand auf der Schulter und blickte auf in der Erwartung, Vittoria zu sehen. Doch die Hand war blutverschmiert. Sie gehörte Maximilian Kohler, der sich in seinem Rollstuhl regte.

Langdon ließ das Brandeisen fallen und rappelte sich auf. *Kohler lebt noch!*

Der sterbende Generaldirektor von CERN saß zusammengesunken in seinem Rollstuhl und atmete nur noch schwach und mühsam. Sein Blick begegnete Langdons – der gleiche steinerne Blick, der Langdon bereits in CERN früher am Tag begrüßt hatte. Im Sterben sahen die Augen noch härter aus, alle Verachtung und Feindseligkeit wurde offenbar.

Der Körper des Wissenschaftlers bebte, und Langdon spürte, dass er sich bewegen wollte. Alle anderen im Raum konzentrierten sich auf den Camerlengo. Langdon wollte sie alarmieren, brachte aber keinen Laut hervor. Mit unsäglicher Anstrengung hob Kohler die Hand und zerrte ein kleines elektronisches Gerät aus der Armlehne seines Rollstuhls. Es war nicht größer als eine Streichholzschachtel. Er hielt es Langdon zitternd hin. Einen Augenblick lang fürchtete Robert, es könnte eine weitere Waffe sein, doch es war etwas anderes.

»Geben Sie …«, Kohlers letzte Worte waren ein gurgelndes Röcheln. »Geben Sie das hier … den Medien.« Er brach zusammen, und das Gerät landete in seinem Schoß.

Schockiert betrachtete Langdon das Gerät. Es war elektronisch, und auf der Vorderseite stand SONY RUVI. Langdon erkannte es als einen jener neuen, ultrakleinen Camcorder. *Zur Hölle mit diesem Mistkerl,* dachte Langdon. Offensichtlich hatte Kohler eine Art Abschiedsbotschaft aufgenommen, die von den Medien ausgestrahlt werden sollte … ohne Zweifel irgendein Sermon über die Bedeutung der Wissenschaft und die Übel der Religion. Langdon kam zu dem Entschluss, dass er in dieser Nacht bereits zur Genüge von diesem Mann manipuliert worden war. Bevor Chartrand den Camcorder sah, schob er ihn in seine tiefste Jackentasche. *Kohlers letzte Botschaft soll in der Hölle verrotten!*

Es war die Stimme des Camerlengos, die schließlich die Stille durchbrach. Er versuchte sich aufzurichten. »Die Kardinäle!«, ächzte er.

»Sind noch immer in der Sixtinischen Kapelle eingeschlossen, Monsignore!«, rief Chartrand erschrocken. »Hauptmann Rocher hat befohlen …«

»Evakuieren … augenblicklich! Jeden!«

Chartrand sandte einen seiner Hellebardiere zur Kapelle, um die Kardinäle zu befreien. Der Mann rannte davon, so schnell er konnte.

Der Camerlengo verzog das Gesicht vor Schmerz. »Helikopter … vor dem Eingang … bringt mich in ein Krankenhaus!«

115.

DER PILOT DER SCHWEIZERGARDE im Cockpit des Hubschraubers vor dem Petersdom rieb sich die Schläfen. Das Chaos auf dem Platz draußen war so laut, dass es selbst das Geräusch der im Leerlauf drehenden Rotoren übertönte. Das dort war keine ernste Nachtwache im Schein brennender Kerzen. Der Pilot war erstaunt, dass es noch keinen Aufruhr gegeben hatte.

Weniger als fünfundzwanzig Minuten vor Mitternacht standen die Menschen dichter gedrängt als je zuvor. Einige beteten, andere weinten, wieder andere riefen Obszönitäten und verkündeten, dass die Kirche nichts anderes verdient habe. Manche rezitierten monoton apokalyptische Bibelverse.

Die Kopfschmerzen des Piloten wurden zu einem hämmernden Pochen, als die Scheinwerfer der Übertragungswagen über die Windschutzscheibe des Helikopters glitten. Aus zusammengekniffenen Augen starrte er auf die Menschenmassen. Transparente wurden über den Köpfen geschwenkt:

ANTIMATERIE IST DER ANTICHRIST!
WISSENSCHAFTLER = SATANSANBETER!
WO IST UNSER GOTT JETZT?

Der Pilot stöhnte, und seine Kopfschmerzen wurden unerträglich. Er überlegte bereits, ob er die Schutzplane für die Kanzelscheibe herausnehmen und auflegen sollte, um das Treiben nicht mit ansehen zu müssen, doch er wusste, dass es nur eine Frage weniger Minuten war, bis er wieder starten würde. Leutnant Chartrand hatte soeben die schrecklichen Neuigkeiten per Funk durchgegeben. Der Camerlengo war von Maximilian Kohler angegriffen und schwer verletzt worden. Leutnant Chartrand, der Amerikaner und die Frau trugen den Camerlengo in diesen Augenblicken nach draußen, sodass er in ein Krankenhaus gebracht werden konnte.

Der Pilot empfand so etwas wie persönliche Verantwortung für den Angriff. Er schalt sich einen Narren, weil er nicht auf sein Gefühl gehört hatte. Früher am Abend, als er am Flughafen gewesen war, um den finsteren Wissenschaftler abzuholen, hatten seine Instinkte beim Anblick der steinernen Augen des Mannes rebelliert. Er hatte das Gefühl nicht genau bestimmen können, doch es hatte ihm nicht gefallen. Nicht, dass es eine Rolle gespielt hätte – Rocher war nun der befehlshabende Offizier, und Rocher hatte darauf bestanden, dass dieser Mann derjenige war, der den Vatikan retten würde. Rocher hatte sich offensichtlich getäuscht.

Wieder brandete Lärm in der Menge auf, und der Pilot wandte den Kopf zur Basilika, wo eine lange Reihe ernster Kardinäle in einer feierlichen Prozession auf den Petersplatz kam. Die Erleichterung der Geistlichen, endlich den gefährlichen Ort hinter sich zu lassen, wich rasch befremdeten Blicken angesichts des Spektakels, das sich auf dem heiligen Platz abspielte.

Der Lärm wurde noch lauter. Der Pilot hatte das Gefühl, ihm müsse der Schädel platzen. Er benötigte dringend ein Aspirin. Oder besser gleich drei. Er flog nicht gerne unter dem Einfluss von Medikamenten, doch ein paar Aspirin machten sicher weniger fluguntauglich als diese rasenden Kopfschmerzen. Er griff nach dem Erste-Hilfe-Kasten in der Box zwischen den beiden Pilotensitzen, wo auch einige Karten und Handbücher aufbewahrt wurden, doch als er versuchte, den Deckel zu öffnen, fand er ihn verschlossen. Er suchte das Cockpit nach dem Schlüssel ab – vergebens. Er resignierte. Heute war offensichtlich nicht sein Glückstag. Er massierte erneut seine Schläfen.

Im Innern der dunklen Peterskirche mühten sich Langdon, Vittoria und zwei Schweizergardisten mit ihrer schweren Last in Richtung Ausgang. Sie hatten auf die Schnelle nichts Besseres finden können; deshalb transportierten sie den verletzten Camerlengo auf einem schmalen Tisch, den sie wie eine Trage zwischen sich balancierten. Der Lärm der Menschenmassen draußen auf dem Platz hallte gedämpft herein. Der Camerlengo schwankte am Rand der Bewusstlosigkeit.

Die Zeit lief ab.

116.

ES WAR DREIUNDZWANZIG UHR NEUNUNDDREISSIG, als Langdon zusammen mit den anderen aus der Peterskirche kam. Das grelle Licht Dutzender Scheinwerfer blendete ihn. Es wurde vom hellen Marmor überall auf dem Platz reflektiert wie Sonnenstrahlen von einer schneebedeckten Landschaft. Langdon blinzelte und versuchte, hinter den gewaltigen Säulen der Fassade Schutz zu finden, doch das Licht kam aus allen Richtungen. Direkt vor ihm ragte eine Anzahl riesiger Videoschirme über die Köpfe der Menschen.

Langdon fühlte sich wie ein verunsicherter Schauspieler vor dem größten Publikum der Welt, wie er oben auf den Stufen der prachtvollen Treppe stand. Irgendwo, unsichtbar hinter dem gleißenden Scheinwerferlicht, hörte er einen startbereiten Helikopter und das Tosen hunderttausender Stimmen. Zu seiner Linken wurden die Kardinäle aus dem Vatikan auf den Platz geführt. Bestürzt blieben sie stehen, als sie sahen, was sich nun auf der Treppe des Petersdoms abspielte.

»Vorsichtig!«, mahnte Leutnant Chartrand, als sich die Gruppe mit dem verletzten Camerlengo die Treppe hinunter in Richtung Hubschrauber in Bewegung setzte.

Es war, als bewegten sie sich unter Wasser. Langdons Arme schmerzten vom Gewicht des Camerlengos und des Tisches. Noch würdeloser ging es kaum – doch einen Augenblick später wurde er eines Besseren belehrt. Die beiden BBC-Reporter hatten den Platz offensichtlich in Richtung der Übertragungsfahrzeuge überquert, doch als die Menge zu schreien begann, hatten sie kehrtgemacht und kamen ihnen entgegengerannt. Chinita Macri hatte die Kamera auf der Schulter und filmte. *Jetzt kommen die Aasgeier,* dachte Langdon.

»*Halt!*«, brüllte Chartrand ihnen zu. »Gehen Sie zurück!«

Doch die Reporter hörten nicht auf ihn. Langdon schätzte, dass die anderen Sender vielleicht sechs Sekunden benötigen würden, um die neuerlichen Liveaufnahmen zu übernehmen. Er hatte sich verschätzt. Sie benötigten zwei. Als stünden sie durch eine Art universales Bewusstsein miteinander in Verbindung, verschwanden die Vatikan-Experten und der Countdown von jedem der riesigen Videoschirme, um ein und derselben Szene Platz zu machen: einem verwackelten Bild von den Geschehnissen auf der Treppe des Petersdoms. Wohin Langdon auch schaute, überall erblickte er die reglose Gestalt des Camerlengos in Großaufnahme.

Das ist nicht recht, dachte Langdon. Er wollte die Treppe hinunterrennen und einschreiten, doch er konnte nicht. Außerdem hätte es nichts genützt. Ob es nun am Lärm lag, den die Menge verursachte, oder an der kühlen nächtlichen Luft – in diesem Augenblick geschah das Unfassbare.

Wie ein Mann, der aus einem Albtraum aufschreckt, riss der Camerlengo die Augen auf und setzte sich kerzengerade hin. Völlig überrascht bemühten sich Langdon und die anderen, das unruhige Gewicht zu balancieren. Das Kopfende des Tisches kippte. Der Camerlengo begann zu rutschen. Sie versuchten, den Fall abzufangen, indem sie den Tisch hastig abstellten, doch es war bereits zu spät. Der Camerlengo rutschte vom Tisch. Unglaublicherweise fiel er nicht zu Boden. Seine Füße berührten den Marmor, und er stand schwankend da. Einen Augenblick schaute er desorientiert in die Runde, dann stolperte er vor, die Treppe hinunter und in Richtung von Chinita Macri, bevor irgendjemand ihn daran hindern konnte.

»*Nein!*«, rief Langdon.

Leutnant Chartrand rannte hinterher und versuchte den Camerlengo aufzuhalten, doch der Geistliche wandte sich mit wilden Blicken zu dem Gardisten um und fauchte: »Lassen Sie mich!«

Chartrand zuckte zurück.

Es wurde noch schlimmer. Das zerrissene Gewand des Camerlengos, das die Wachen nur lose über seine Wunde auf der Brust gelegt hatten, begann zu rutschen. Einen Augenblick lang hoffte Langdon, dass es halten würde, doch dieser Augenblick verging. Das Gewand rutschte von Ventrescas Schultern auf die Hüften.

Das Ächzen der Menge schien in Sekundenschnelle einmal um den Globus zu gehen. Kameras wurden geschwenkt, und ein Blitzlichtgewitter brach los. Auf den Videoschirmen war die gebrandmarkte Brust des Camerlengos in Großaufnahme zu sehen, jedes schauerliche Detail. Einige Sender hielten das Bild an und drehten es um hundertachtzig Grad.

Der ultimative Sieg der Illuminati.

Langdon starrte auf das Brandzeichen auf den Schirmen. Es war der Abdruck des Eisens, das er wenige Minuten zuvor in der Hand gehalten hatte, doch erst jetzt ergab es einen Sinn. Unmissverständlich. Die furchtbare Bedeutung des Brandmals traf Langdon wie ein Vorschlaghammer.

Orientierung. Langdon hatte die erste Grundregel der Symbologie vergessen. *Wann ist ein Quadrat kein Quadrat?* Außerdem hatte er vergessen, dass Brandeisen genau wie Stempel niemals wie ihre Abdrucke aussahen. Sie waren spiegelverkehrt. Langdon hatte auf das *Negativ* des Brandzeichens gestarrt, als er das Eisen in der Hand gehalten hatte!

Das Chaos auf dem Platz wurde unbeschreiblich, und ein altes Zitat der Illuminati erhielt mit einem Mal eine neue Bedeutung: *Ein makelloser Diamant, geboren aus den Elementen und von solcher Perfektion, dass jeder, der ihn sieht, vor Staunen und Ehrfurcht erstarrt.*

In diesem Augenblick wusste Langdon, dass der Mythos der Wahrheit entsprach.

Erde, Luft, Feuer, Wasser.

Der Illuminati-Diamant.

117.

LANGDON ZWEIFELTE NICHT EINEN AUGENBLICK DARAN, dass die Hysterie und das Chaos auf dem Petersplatz alles überstiegen, was der Vatikanhügel jemals erlebt hatte. Keine Schlacht, keine Kreuzigung, keine Pilgerfahrt, keine mystische Vision – nichts in der zweitausendjährigen Geschichte des heiligen Ortes war mit dem Drama zu vergleichen, das sich in diesen Momenten abspielte.

Während die Tragödie ihren Lauf nahm, fühlte sich Langdon seltsam losgelöst, als schwebe er neben Vittoria oben über den Stufen zum Petersdom. Der Lauf der Zeit selbst schien sich zu verlangsamen, und der ganze Wahnsinn spielte sich in Zeitlupe ab …

Der gebrandmarkte Camerlengo in seinem Fieberwahn … für alle Welt zu sehen …

Der Illuminati-Diamant … in seiner ganzen diabolischen Genialität …

Der Countdown, der die letzten zwanzig Minuten in der vatikanischen Geschichte einläutete ...

Doch das Drama hatte gerade erst begonnen.

Der Camerlengo schien mit einem Mal von neuer Kraft beseelt, besessen von Dämonen oder in einer Art posttraumatischer Trance. Er begann zu reden, zu unsichtbaren Geistern zu flüstern, während er zum Himmel schaute und die Arme zu Gott erhob.

»Sprich!«, rief er zum Himmel hinauf. »Ja! Ich höre dich!«

Plötzlich verstand Langdon. Es war ein weiterer, beinahe unerträglicher Schock.

Vittoria ging es allem Anschein nach nicht anders. Sie wurde kreidebleich. »Er hat einen Schock erlitten!«, sagte sie. »Er halluziniert! Er glaubt, er redet mit Gott!«

Jemand muss ihn aufhalten, dachte Langdon. Es war ein unglückseliges, ja ein peinliches Ende. *Dieser Mann muss so schnell wie möglich in ein Krankenhaus!*

Am Fuß der Treppe stand noch immer Chinita Macri und filmte. Offensichtlich hatte sie ihren idealen Aussichtspunkt gefunden. Die Bilder, die ihre Kamera aufzeichnete, erschienen Sekundenbruchteile später auf den großen Videoschirmen sämtlicher Sender ... wie auf den Leinwänden von Autokinos, die alle das gleiche grauenhafte Drama zeigten.

Es war eine epische Szenerie. Der Camerlengo in dem zerfetzten Priestergewand mit dem schwarzen Brandmal auf der Brust schien den Kreisen der Hölle für diesen einen Augenblick der Offenbarung entkommen zu sein. Er schrie hinauf zum Himmel.

»*Ti sento, Dio!* Ich höre dich, Gott!«

Chartrand wich mit einem ehrfürchtigen Ausdruck in den Augen vor ihm zurück.

Das Schweigen, das sich in diesem Moment auf dem Petersplatz ausbreitete, hätte tiefer nicht sein können. Für Sekunden sah es so aus, als wäre die ganze Welt verstummt ... als säße jeder Mensch auf dem Planeten atemlos vor dem Fernseher.

Der Camerlengo stand auf den Stufen vor dem Petersdom, vor den Augen der Welt, und hielt die Arme ausgebreitet. Er sah fast aus wie eine Christuserscheinung, nackt und verwundbar und gedemütigt. Er blickte nach oben und rief: »*Grazie! Grazie, Dio!*«

Das Schweigen der Massen hielt an.

»*Grazie, Dio!*«, rief der Camerlengo erneut. Wie die Sonne durch einen stürmischen Himmel bricht, so breitete sich ein Ausdruck der Freude auf seinem Gesicht aus. »*Grazie, Dio!*«

Danke, Gott? Langdon starrte verwundert auf das Geschehen.

Der Camerlengo schien nun zu strahlen; seine unheimliche Verwandlung war abgeschlossen. Er sah noch immer zum Himmel hinauf, nickte noch immer eifrig und rief: »Auf diesen Felsen will ich meine Kirche bauen!«

Langdon kannte die Worte, doch es blieb ihm völlig schleierhaft, warum der Camerlengo sie rief.

Der Camerlengo wandte sich zur Menge und wiederholte seine Worte. »Auf diesen Felsen will ich meine Kirche bauen!« Dann hob er die Hände zum Himmel und lachte laut auf »*Grazie, Dio! Grazie!*«

Der Camerlengo hatte den Verstand verloren.

Und die Welt schaute fassungslos zu.

Der Höhepunkt jedoch verlief so, wie es niemand erwartet hätte.

Mit einem letzten freudigen Ruf machte der Camerlengo auf dem Absatz kehrt und rannte in den Petersdom zurück.

118.

DREIUNDZWANZIG UHR ZWEIUNDVIERZIG.

Langdon hätte sich niemals vorgestellt, dass er vor einer aufgescheuchten Traube von Menschen hinter dem Camerlengo her in den Dom rennen würde. Langdon hatte der Tür am nächsten gestanden und instinkthaft reagiert.

Er will da drinnen sterben, dachte Langdon, während er über die Schwelle in das dunkle Innere der gigantischen Kirche stürmte. »Monsignore! Bleiben Sie stehen!«

Die Wand aus Schwärze war vollkommen. Langdons Pupillen waren verengt vom grellen Licht der Scheinwerfer draußen auf dem Platz; seine Sicht reichte kaum weiter als zwei, drei Meter. Vor ihm, irgendwo in der Dunkelheit, hörte er den Camerlengo. Das Gewand des Priesters raschelte, während er blindlings in die Nacht rannte.

Vittoria und die Schweizergardisten waren Langdon auf dem Fuß gefolgt. Taschenlampen und Handscheinwerfer blitzten auf, doch die Batterien waren ohne Ausnahme zu schwach geworden, um die Tiefen der gigantischen Basilika zu durchdringen. Die Lichtkegel schwenkten hin und her und enthüllten nur mächtige Pfeiler und nackten Boden. Der Camerlengo war nirgends zu sehen.

»Monsignore!«, rief Chartrand mit Furcht in der Stimme. »Warten Sie, Monsignore!«

Eine Bewegung in der Tür hinter ihnen veranlasste alle, sich umzudrehen. Chinita Macris Gestalt schob sich in die Basilika. Sie hatte die Kamera auf der Schulter, und das leuchtend rote Kontrolllicht verriet, dass sie noch immer filmte. Glick rannte mit einem Mikrofon in der Hand hinter ihr her und rief ihr unablässig zu, endlich langsamer zu werden.

Langdon traute seinen Augen nicht.

»Hinaus!«, rief Chartrand. »Das ist nicht für die Öffentlichkeit bestimmt!«

Macri und Glick achteten gar nicht auf ihn.

»Chinita!« Gunther Glicks Stimme klang nun ängstlich. »Das ist Selbstmord! Ich gehe nicht weiter!«

Sie ignorierte seine Warnung und legte einen Schalter auf ihrer Kamera um. Der Scheinwerfer auf dem Gerät flammte auf und blendete alle.

Langdon schirmte seine Augen ab und drehte sich aus dem Licht. *Verdammt!* Als er wieder hinschaute, war die Kirche in einem Umkreis von dreißig Metern erleuchtet.

In diesem Augenblick hallte die Stimme des Camerlengos aus der Dunkelheit vor ihnen. »Auf diesen Felsen will ich meine Kirche bauen!«

Chinita Macri richtete die Kamera auf die Stelle, von der die Stimme gekommen war. Weit voraus, im Halbdunkel jenseits des Kamerascheinwerfers, wallte schwarzer Stoff und enthüllte eine vertraute Gestalt, die durch den Mittelgang der Basilika nach vorn rannte.

Einen flüchtigen Augenblick zögerten alle, während sie das bizarre Bild in sich aufnahmen. Dann brach der Damm. Chartrand schob sich an Langdon vorbei und sprintete hinter dem Camerlengo her. Langdon folgte ihm; dann die anderen Wachen und Vittoria.

Macri bildete den Schluss. Sie erhellte den anderen den Weg, während ihre Kamera die Jagd hinaus in die Welt übertrug. Gunther Glick fluchte und trottete hinterdrein, während er einen verängstigten Kommentar ins Mikrofon murmelte.

Der Mittelgang des Petersdoms, so hatte Leutnant Chartrand irgendwann einmal herausgefunden, war länger als ein Fußballfeld. Heute Nacht jedoch wirkte er zwei Mal so lang. Während der Offizier der Schweizergarde hinter dem Camerlengo herrannte, fragte er sich, was der Geistliche vorhatte. Er stand eindeutig unter Schock und war durch das physische Trauma und den Anblick des grauenhaften Massakers im päpstlichen Amtszimmer in eine Art Delirium gefallen.

Irgendwo weit vorn, jenseits des Lichtkegels der BBC-Kamera, erklang die freudige Stimme des Camerlengos. »Auf diesen Felsen will ich meine Kirche bauen!«

Chartrand wusste, dass es ein Zitat aus der Bibel war – Matthäus 16, 18, wenn ihn sein Gedächtnis nicht täuschte. *Auf diesen Felsen will ich meine Kirche bauen.* Es war eine grausam unpassende Eingebung – die Kirche stand davor, zerstört zu werden. Zweifellos hatte der Camerlengo den Verstand verloren.

Oder doch nicht?

Einen winzigen Augenblick lang schwankte Chartrands Seele. Heilige Visionen und göttliche Botschaften waren ihm stets als Wunschdenken und Täuschung erschienen – das Produkt übereifriger Köpfe, die genau das hörten, was sie hören wollten. Gott mischte sich nicht direkt in die Belange der Menschen ein.

Dann war es, als wäre der Heilige Geist vom Himmel gestiegen, um Chartrand von seiner Macht zu überzeugen. Chartrand hatte eine *Vision*.

Fünfzig Meter vor ihm, mitten in der Kirche, erschien ein Geist … eine durchscheinende, leuchtende Gestalt. Es war die Silhouette des halb nackten Camerlengos – ein Gespenst, transparent, das von innen heraus zu leuchten schien. Chartrand hielt stolpernd inne, während sich in seiner Brust ein Knoten bildete. *Der Camerlengo leuchtet!* Sein Körper schien von Sekunde zu Sekunde heller zu werden. Dann begann er zu versinken … tiefer und tiefer, bis er wie durch Zauberei im Schwarz des Kathedralenbodens verschwunden war.

Langdon hatte das Phantom ebenfalls gesehen. Im ersten Augenblick war auch er überzeugt, dass er Zeuge einer Erscheinung geworden war. Doch als er den wie betäubt dastehenden Chartrand passierte und weiter in Richtung der Stelle rannte, wo der Camerlengo verschwunden war, erkannte er, was sich gerade ereignet hatte. Der Camerlengo war vor der Grube mit dem goldenen Schrein angekommen, der eingelassenen Vertiefung, die von neunundneunzig Tag und Nacht brennenden Öllampen erhellt wurde. Die Lampen hatten ihn von unten herauf angestrahlt und wie einen Geist aussehen lassen. Dann war der Camerlengo die Treppe hinuntergestiegen und scheinbar im Boden verschwunden.

Atemlos erreichte Langdon das Geländer vor der Vertiefung und spähte die Stufen hinunter. Unten am Boden, im goldenen Schein der Öllampen, eilte der Camerlengo durch die ganz mit Marmor ausgekleidete Kammer auf die Glastür zu, hinter der die berühmte goldene Truhe aufbewahrt wurde.

Was hat er vor, fragte sich Langdon. *Er wird doch wohl nicht glauben, dass die goldene Truhe …?*

Der Camerlengo riss die Tür auf und rannte hindurch. Eigenartigerweise ignorierte er die Truhe völlig und lief achtlos an ihr vorbei. Keine zwei Meter dahinter warf er sich auf die Knie und begann sich mit einem Eisengitter abzumühen, das in den Boden eingelassen war.

Langdon beobachtete ihn und erkannte mit Entsetzen, was der Camerlengo vorhatte. *Gütiger Gott, nein!* Er rannte die Stufen hinunter zu dem Geistlichen. »Vater, nein! Tun Sie das nicht!«

Als er unten angekommen war und die Glastür öffnen wollte, wuchtete der Camerlengo das Eisengitter hoch. Es quietschte laut in den Angeln; dann kippte es hintenüber und krachte mit ohrenbetäubendem Lärm auf den Boden. Darunter kam ein dunkler Schacht zum Vorschein, und eine steile Treppe führte in ein schwarzes Nichts. Der Camerlengo machte Anstalten, in den Schacht zu klettern, als Langdon heran war und ihn an den nackten Schultern packte. Die Haut des Mannes war nass vor Schweiß, doch irgendwie gelang es Langdon, ihn festzuhalten.

Der Geistliche wirbelte herum. »Was tun Sie da?«

Langdon war überrascht, als er seinem Blick begegnete. Der Camerlengo besaß nicht mehr die glasigen Augen eines verstörten Mannes, stattdessen zeigten sie Entschlossenheit. Das Brandzeichen auf seiner Brust sah furchtbar aus.

»Vater!«, drängte Langdon so ruhig, wie es ihm nur möglich war. »Sie können nicht dort hinuntersteigen! Wir müssen den Vatikan räumen!«

»Mein Sohn«, entgegnete der Camerlengo mit einer Stimme, die so vernünftig klang, dass es unheimlich war. »Ich hatte ... eine Vision. Ich weiß ...«

»Camerlengo!«, riefen Chartrand und die anderen. Sie kamen die Treppe herunter.

Als Chartrand das offene Gitter im Boden erblickte, erschien Angst in seinen Augen. Er bekreuzigte sich und warf Langdon einen dankbaren Blick zu, weil es ihm offensichtlich gelungen war, den Camerlengo aufzuhalten. Langdon verstand; er hatte genug über die Architektur des Vatikans gelesen, um zu wissen, was unter diesem Gitter lag: der heiligste Ort der gesamten Christenheit. *Terra Santa.* Manche nannten es die Nekropole. Andere nannten es Katakomben. Nach den Berichten der wenigen auserwählten Geistlichen, denen im Lauf der Jahre der Zutritt gestattet worden war, bestand die Nekropole aus einem dunklen Labyrinth unterirdischer Krypten, die einen Besucher für immer verschlucken konnten, falls er sich verirrte. Es war ganz und gar nicht der Ort, durch den man einen anderen Menschen jagte.

»Monsignore!«, flehte Chartrand. »Sie haben einen Schock erlitten! Wir müssen diesen Ort verlassen! Sie dürfen nicht dort hinunter! Es wäre Selbstmord!«

Der Camerlengo wirkte mit einem Mal vollkommen ruhig. Er streckte die Hand aus und legte sie auf Chartrands Schulter.

»Danke für Ihre Sorge und Ihre Dienste, mein Sohn. Ich kann Ihnen jetzt nicht mehr erzählen. Ich könnte nicht einmal behaupten, dass ich es selbst verstehe. Aber ich hatte eine Offenbarung. Ich weiß nun, wo die Antimaterie ist.«

Alle starrten ihn sprachlos an.

Der Camerlengo wandte sich an alle. »Auf diesen Felsen will ich meine Kirche bauen. Das war die Botschaft. Die Bedeutung ist klar.«

Langdon konnte immer noch nicht glauben, dass der Camerlengo überzeugt war, die Stimme Gottes gehört, geschweige denn, die Botschaft verstanden zu haben. *Auf diesen Felsen will ich meine Kirche bauen?* Es waren die Worte, die Jesus zu Petrus gesprochen hatte, als er ihn zu seinem ersten Apostel ernannte. Was hatten sie mit dieser Sache zu tun?

Macri näherte sich, um eine weitere Großaufnahme zu machen. Glick war stumm, als hätte es ihm die Sprache verschlagen.

Der Camerlengo redete hastig weiter. »Die Illuminati haben ihr Zerstörungswerkzeug auf dem Grundstein dieser Kirche versteckt. Tief im Fundament.« Er deutete die steilen Stufen hinab. »Auf dem Felsen, auf dem diese Kirche erbaut wurde. Und ich weiß, wo dieser Felsen ist.«

Langdon war überzeugt, dass nun der Zeitpunkt gekommen war, den Camerlengo zu überwältigen. So klar er auch wirkte – er redete Unsinn. *Ein Felsen? Der Grundstein im Fundament?* Die Treppe vor ihnen führte nicht hinunter zum Fundament der Peterskirche, sie führte in die Nekropole! »Dieser Ausspruch ist doch nur eine Metapher, Vater«, hörte er sich sagen. »Es gibt keinen richtigen Felsen!«

Der Camerlengo erwiderte seinen Blick. »O doch, mein Sohn, den gibt es.« Er deutete in den Schacht hinunter. »*Pietro è la pietra.*«

Langdon erstarrte. In einem einzigen Augenblick wurde alles sonnenklar.

Die Einfachheit ließ ihm Schauer über den Rücken laufen. Während Langdon mit den anderen dastand und in das Loch starrte, erkannte er, dass in der ewigen Dunkelheit unter der Peterskirche tatsächlich ein Fels begraben lag.

Pietro è la pietra. Petrus ist der Fels.

Das Vertrauen des heiligen Petrus in Jesus war so grenzenlos gewesen, dass Jesus ihn »seinen Felsen« genannt hatte – den unerschütterlichen Apostel, auf dem Jesus seine Kirche errichten wollte. An genau diesem Ort, erkannte Langdon, auf dem vatikanischen Hügel, war Petrus gekreuzigt und begraben worden. Die frühen Christen hatten einen kleinen Schrein über seinem Grab errichtet. Als das Christentum sich ausgebreitet hatte, war der Schrein vergrößert worden, Schicht um Schicht, bis hin zu der gigantischen Basilika. Der gesamte katholische Glaube war wortwörtlich auf den heiligen Petrus gegründet. Den Felsen.

»Die Antimaterie ruht auf seinem Grab«, fuhr der Camerlengo fort. Seine Stimme klang kristallklar.

Trotz der scheinbar übernatürlichen Herkunft dieser Information spürte Langdon die nüchterne Logik darin. Die Antimaterie auf dem Grab des heiligen Petrus zu verstecken, war in diesem Licht betrachtet ein logischer Schachzug der Illuminati. In einem Akt symbolischen Trotzes hatten sie die Antimaterie ins Zentrum der Christenheit gebracht, buchstäblich wie metaphorisch. *Die ultimative Infiltration.*

»Wenn alles, was Sie brauchen, ein weltlicher Beweis ist«, fuhr der Camerlengo mit wachsender Ungeduld fort, »lassen Sie sich gesagt sein, dass ich dieses Gitter hier unverschlossen vorgefunden habe.« Er deutete auf den schweren runden Eisenrost. »Es ist niemals unverschlossen! Irgendjemand muss dort unten gewesen sein … in allerjüngster Zeit!«

Alle starrten in das Loch.

Einen Augenblick später wirbelte der Camerlengo mit unvermuteter Behändigkeit herum, packte eine Öllampe und stieg in die Dunkelheit hinunter.

119.

DIE STEINSTUFEN WAREN UNGLAUBLICH STEIL.

Ich werde hier unten sterben, dachte Vittoria und klammerte sich an dem dicken Seil fest, das als Geländer diente, während sie hinter den anderen durch den engen Schacht nach unten stieg. Langdon hatte zwar trotz allem Anstalten gemacht, den Camerlengo von seinem Vorhaben abzuhalten, doch Chartrand war vorgetreten und hatte Langdon gestoppt. Offensichtlich war der junge Offizier der Schweizergarde überzeugt, dass der Camerlengo genau wusste, was er tat.

Nach einem kurzen Handgemenge hatte sich Langdon losgerissen und war dem Camerlengo mit Chartrand dicht auf den Fersen gefolgt. Vittoria war instinktiv hinter den beiden Männern hergerannt.

Jetzt kletterte sie Hals über Kopf eine atemberaubend steile Treppe hinunter, wo jeder falsche Schritt einen tödlichen Sturz nach sich ziehen konnte. Tief unter sich erkannte sie das goldene Leuchten der Öllampe in der Hand des Camerlengos. Hinter ihr eilten die beiden BBC-Reporter die Stufen hinab. Das Scheinwerferlicht der Kamera warf lange unstete Schatten an die Wände und beleuchtete Chartrand und Langdon. Es war kaum zu glauben, dass dieser Wahnsinn live übertragen wurde. *Stellt die verdammte Kamera ab!* Andererseits war das Licht des Scheinwerfers die einzige Möglichkeit, überhaupt zu sehen, wohin sie gingen.

Die bizarre Jagd dauerte an, und Vittorias Gedanken peitschten hin und her wie in einem Sturm. Was konnte der Camerlengo dort unten schon ausrichten? Selbst wenn er die Antimaterie fand – es war zu spät. Die Zeit war ihnen davongelaufen.

Zu ihrer Überraschung sagte ihre Intuition, dass der Camerlengo wahrscheinlich Recht hatte. Indem die Antimaterie drei Stockwerke tief unter der Erde versteckt war, hatten die Illuminati eine beinahe menschliche Wahl getroffen. So tief unter der Erde – fast so tief wie im Z-Labor – würde eine Annihilation nur einen Bruchteil der Schäden anrichten. Keine Schockwelle aus Hitze, keine umherfliegenden Trümmer, die unschuldige Zuschauer trafen, nichts weiter als ein biblisches Loch, das sich in der Erde auftat und die Basilika in einem großen Krater verschlang.

War das Kohlers letzte anständige Tat gewesen? Leben zu schonen? Vittoria konnte sich noch immer nicht recht vorstellen, dass der tote Generaldirektor in die Verschwörung der Illuminati verwickelt gewesen sein sollte. Sie verstand seinen Hass auf die Religion … doch diese unglaubliche Konspiration schien gar nicht zu ihm zu passen. War Kohlers Hass tatsächlich so tief gewesen, dass er die Zerstörung des Vatikans geplant hatte? Einen Assassinen beauftragt hatte? Ihren Vater, den Papst und vier Kardinäle hatte ermorden lassen? Es schien undenkbar. Und wie hatte Kohler den Verrat in den Mauern des Vatikans begehen können? *Rocher war Kohlers Mann im Vatikan,* sagte sich Vittoria. *Rocher war ein Illuminatus.* Ohne Zweifel hatte Rocher Schlüssel für jeden Raum besessen – das päpstliche Schlafzimmer, *Il Passetto,* die Nekropole, das Grab des heiligen Petrus … Er hatte die Antimaterie auf das Grab des heiligen Petrus gestellt – einen Ort, den kaum jemals ein Mensch zu Gesicht bekam. Anschließend hatte er seine Leute dadurch abgelenkt, dass er sie lediglich in den öffentlich zugänglichen Bereichen hatte suchen lassen. Rocher hatte *gewusst,* dass niemand den Behälter finden würde.

Aber Rocher hat nicht damit gerechnet, dass der Camerlengo eine Botschaft von Gott erhält.

Die Botschaft. Das war der große Sprung in der Logik, das Wunder, das zu glauben Vittorias Verstand sich immer noch weigerte. Hatte Gott *tatsächlich* mit dem Camerlengo gesprochen? Vittorias Instinkte sagten Nein, obwohl ihr Fachgebiet die Physik der Abhängigkeiten war. Das Studium der Verkettungen. Sie beobachtete jeden Tag Formen von Kommunikation, die an das Wunderbare grenzten – Zwillingseier von Seeschildkröten, die getrennt und in Labors ausgebrütet wurden, die Tausende von Kilometern voneinander entfernt lagen und trotzdem in genau der gleichen Sekunde schlüpften … Quadratkilometer voller Quallen, die wie eine einzige in perfektem Rhythmus pulsierten … *Es gibt unsichtbare Formen von Kommunikation, überall um uns herum,* dachte sie.

Doch zwischen Gott und den Menschen?

Vittoria sehnte sich nach ihrem Vater. Er hätte sie in ihrem

Glauben stärken können. Einmal hatte er ihr in wissenschaftlichen Begriffen erklärt, wie man sich göttliche Kommunikation vorzustellen hatte – und sie hatte ihm geglaubt. Sie erinnerte sich noch immer an den Tag, als sie ihn beim Beten gesehen und gefragt hatte: »Vater, warum machst du dir die Mühe zu beten? Gott kann dir nicht antworten.«

Leonardo Vetra hatte mit väterlichem Lächeln zu ihr aufgeblickt. »Meine Tochter, die Skeptikerin. Also glaubst du nicht, dass Gott zu den Menschen spricht? Lass es mich mit deinen Worten erklären.« Er hatte das Modell eines menschlichen Gehirns aus dem Regal genommen und es vor Vittoria hingestellt. »Wie du wahrscheinlich sehr gut weißt, benutzen menschliche Wesen nur einen sehr kleinen Teil ihres Verstandes. Wenn man sie jedoch in emotional angespannte Situationen versetzt – beispielsweise ein Verletzungstrauma, extreme Angst oder Freude oder tiefe Meditation – fangen die Neuronen unvermittelt an, wie verrückt zu feuern, was in einer massiven Erweiterung des Bewusstseins resultiert.«

»Na und?«, hatte Vittoria geantwortet. »Nur weil man klarer denkt, heißt das noch lange nicht, dass man mit Gott spricht!«

»Aha!«, hatte Leonardo Vetra ausgerufen. »Und doch fallen dem Menschen nicht selten in genau diesen Momenten bemerkenswerte Lösungen zu scheinbar unmöglichen Problemen ein. Das ist es, was Gurus ›höhere Bewusstseinsebene‹ nennen. Biologen sagen ›angeregter Zustand‹ dazu. Psychologen nennen es das ›Über-Ich‹. Und Christen nennen es …« Er zögerte. »Sie nennen es ein erhörtes Gebet.« Mit breitem Lächeln fügte er hinzu: »Manchmal ist göttliche Erleuchtung nichts weiter als ein Justieren des Verstandes auf etwas, das das Herz längst weiß.«

Jetzt, als sie die steile Treppe hinunter ins Ungewisse hinabstieg, spürte Vittoria, dass ihr Vater vielleicht recht gehabt hatte. War es so schwer zu glauben, dass das Trauma des Camerlengos sein Bewusstsein in einen Zustand versetzt hatte, in dem er das Versteck der Antimaterie einfach »erkannt« hatte?

Jeder von uns ist ein Gott, hatte Buddha gesagt. *Jeder von uns ist allwissend. Wir müssen lediglich unser Bewusstsein öffnen, um unserer eigenen Weisheit zu lauschen.*

In jenem Augenblick der Klarheit, während sie tiefer und tiefer in die Erde hinunterstieg, spürte Vittoria, wie sich ihr eigenes Bewusstsein weitete … wie ihre eigene Weisheit ans Licht kam. Sie wusste nun, welche Absicht der Camerlengo hegte. Es gab nicht den geringsten Zweifel. Und mit dieser Erkenntnis stieg eine Angst in ihr auf, die größer war als alles, was sie bisher erfahren hatte.

»Monsignore, nein!«, rief sie nach unten. »Sie verstehen nicht!« Vittoria stellte sich die unzähligen Menschen vor, die sich auf dem Petersplatz versammelt hatten, die Menschen, die rings um die Vatikanstadt lebten. Das Blut schien ihr in den Adern zu gefrieren. »Wenn Sie die Antimaterie nach oben bringen, *werden alle sterben*!«

Langdon nahm drei Stufen auf einmal und kam langsam näher. Der Gang war eng und niedrig, doch er spürte keinerlei Klaustrophobie. Seine Angst wurde von einer viel schlimmeren Bedrohung überschattet.

»Monsignore!« Der Vorsprung des Geistlichen wurde rasch kleiner; vor sich sah Langdon bereits das Leuchten der Öllampe. »Monsignore, Sie müssen die Antimaterie lassen, wo sie ist! Es gibt keine andere Möglichkeit!«

Langdon rief die Worte und traute seinen eigenen Ohren nicht. Nicht nur, dass er die göttliche Botschaft an Camerlengo Carlo Ventresca als Tatsache akzeptiert hatte, durch die der Geistliche erfahren hatte, wo die Antimaterie versteckt war – er, Langdon, sprach sich auch für die Zerstörung des Petersdoms aus, eine der größten architektonischen Leistungen in der Geschichte der Menschheit, und mit ihr für die Zerstörung unwiederbringlicher Kunstwerke.

Aber die Menschen draußen … es ist die einzige Möglichkeit.

Es erschien ihm nun als grausame Ironie, dass der einzige Weg, die Menschen zu retten, in der Zerstörung der Kirche bestand. Wahrscheinlich empfanden die Illuminati diesen Symbolismus als amüsant.

Die Luft, die Langdon aus dem Tunnel entgegenschlug, war feucht und kühl. Irgendwo dort unten befand sich die heilige Nekropole … die Begräbnisstätte des heiligen Petrus und zahlloser anderer früher Christen. Langdon erschauerte.

Unvermittelt schien der Camerlengo stehen zu bleiben. Langdon überwand rasch die letzten Meter.

Unter sich sah er das Ende der Treppe. Ein schmiedeeisernes Gitter mit drei Schädelreliefs versperrte den weiteren Weg. Der Camerlengo stand dort und zog das Gitter auf. Langdon sprang hinzu, drückte dagegen und blockierte den Zugang. Die anderen kamen die Treppe herunter, geisterhaft weiß im Scheinwerferlicht der BBC-Kamera … insbesondere Gunther Glick, der mit jedem Schritt bleicher zu werden schien.

Chartrand zog Langdon vom Gitter weg. »Lassen Sie den Monsignore durch!«

»Nein!«, rief Vittoria atemlos von oben. »Wir müssen den Vatikan verlassen, auf der Stelle! Sie dürfen die Antimaterie nicht von hier wegbringen! Wenn Sie den Behälter an die Oberfläche schaffen, wird jeder draußen auf dem Platz sterben!«

Die Stimme des Camerlengos blieb bemerkenswert ruhig. »Sie alle … wir müssen Vertrauen haben. Uns bleibt nur wenig Zeit.«

»Sie verstehen das nicht!«, rief Vittoria. »Eine Explosion an der Oberfläche wird viel verheerender ausfallen als hier unten!«

Der Camerlengo schaute sie an, und seine grünen Augen wirkten vollkommen ruhig. »Wer hat denn etwas von einer Explosion an der Oberfläche gesagt?«

Vittoria starrte ihn an. »Sie wollen ihn hier unten lassen?«

Die Selbstsicherheit des Camerlengos war hypnotisch. »Es wird keine weiteren Toten geben heute Nacht.«

»Aber Vater …«

»Bitte haben Sie Vertrauen.« Die Stimme des Camerlengos klang beschwörend. »Ich bitte Sie ja nicht, mit mir zu kommen. Sie alle können jederzeit gehen. Ich bitte lediglich darum, sich nicht in Seinen Auftrag einzumischen. Lassen Sie mich tun, was Er mir aufgetragen hat.« Der Blick des Camerlengos wurde noch intensiver. »Ich soll diese Kirche retten, und ich kann es schaffen, das schwöre ich.«

Die Stille, die seinen Worten folgte, war so eindrucksvoll wie ein gewaltiger Donnerschlag.

120.

DREIUNDZWANZIG UHR EINUNDFÜNFZIG.

Nekropole bedeutet dem Sinn des Wortes nach *Stadt der Toten.*

Nichts von alledem, was Langdon über die Nekropole unter dem Petersdom gelesen hatte, hätte ihn auf den tatsächlichen Anblick vorbereiten können.

Die kolossale unterirdische Kaverne war angefüllt mit bröckelnden Mausoleen, die wie kleine Häuser am Boden einer Höhle standen. Die Luft roch muffig. Ein Gewirr schmaler Wege führte zwischen den verfallenden Grabstätten hindurch, die meisten davon gepflastert mit geborstenen Marmorplatten. Zahllose Säulen aus stehen gebliebenem Fels und Gestein stützten einen irdenen Himmel, der tief über der in ewiger Dunkelheit liegenden Nekropole hing.

Stadt der Toten, dachte Langdon einmal mehr und fühlte sich gefangen zwischen Staunen und Angst. Sie rannten tiefer hinein in die gewaltige Kaverne. *Habe ich mich falsch entschieden?*

Chartrand war als Erster in den Bann des Camerlengos geraten. Er hatte das Gitter aufgerissen und sein Vertrauen in den Camerlengo erklärt. Glick und Macri hatten sich auf die Bitte des Camerlengos hin bereiterklärt, mit dem Kamera-Scheinwerfer auszuhelfen, obwohl ihre Motive im Hinblick auf die Auszeichnungen und den Ruhm, der sie erwartete, falls sie diese Geschichte lebend überstanden, mehr als zweifelhaft waren. Vittoria hatte sich am längsten gesträubt, und Langdon hatte in ihren Augen ein Misstrauen erkannt, das auf sehr beunruhigende Art nach weiblicher Intuition aussah.

Jetzt ist es zu spät, dachte er, während er zusammen mit Vittoria hinter den anderen herlief. *Wir haben unsere Entscheidung getroffen.*

Vittoria war schweigsam, doch Langdon wusste, dass sie das Gleiche dachte wie er. *Neun Minuten reichen im Leben nicht, um aus der Vatikanstadt zu fliehen, falls sich der Camerlengo geirrt hat.*

Sie rannten zwischen Mausoleen hindurch, und Langdon spürte, wie seine Beine allmählich müde wurden. Zu seiner Überraschung stellte er fest, dass sie eine Steigung hinaufliefen. Als ihm schließlich die Erklärung dämmerte, liefen ihm weitere Schauer über den Rücken. Unter seinen Füßen war der gleiche Boden wie zu Zeiten Jesu Christi. Er rannte über den ursprünglichen vatikanischen Hügel! Langdon kannte die Behauptung zahlreicher Gelehrter, dass sich das Grab des heiligen Petrus weit oben auf dem Hügel befunden hätte, und er hatte sich stets gefragt, woher sie das wissen konnten. Jetzt begriff er. *Der Hügel ist immer noch da!*

Langdon fühlte sich, als liefe er durch die Geschichte. Irgendwo weiter oben war das Grab des Petrus – die heiligste Reliquie der Christenheit. Schwer vorstellbar, dass das ursprüngliche Grab nur ein bescheidener Schrein gewesen sein sollte. Doch das hatte sich geändert. Mit dem wachsenden Einfluss des Christentums waren neue, größere Schreine über dem alten errichtet worden, und heute ragte die Hommage einhundertdreißig Meter hoch in den Himmel, bis zur Kuppel Michelangelos, deren Zentrum sich bis auf wenige Zentimeter genau über dem einstigen Grab befand.

Sie rannten weiter über die gewundenen Pfade. Es ging unablässig bergauf. Langdon warf einen Blick auf die Uhr. *Noch acht Minuten.* Allmählich fragte er sich ernsthaft, ob er, Vittoria und die anderen für alle Zeiten hier unten bei den Verstorbenen bleiben würden.

»Passen Sie auf!«, rief Gunther Glick aufgeschreckt hinter ihnen. »Schlangenlöcher!«

Langdon hatte sie rechtzeitig bemerkt. Der Weg vor ihnen war von einer Reihe kleiner Löcher übersät. Er sprang mit einem Satz darüber hinweg.

Vittoria folgte ihm und wäre fast zu kurz gesprungen. Sie blickte Langdon beunruhigt an, während sie weiterrannten. *»Schlangenlöcher?«*

»Glauben Sie mir«, entgegnete Langdon, »das wollen Sie nicht wissen …« Es waren Libationslöcher, erkannte er. Die frühen Christen hatten an die Wiederauferstehung des Fleisches geglaubt und hatten die Löcher benutzt, um die Toten buchstäblich zu füttern, indem sie Milch und Honig durch die Löcher in die Krypten unter der Erde gegossen hatten.

Der Camerlengo fühlte sich schwach.

Er rannte weiter, und seine Beine fanden Kraft im Glauben an Gott und seiner Pflicht gegenüber den Menschen. *Ich bin fast da.* Er litt unter unsäglichen Schmerzen. *Der Verstand kann viel mehr Schmerz verursachen als der Leib.* Er war müde. Und er wusste, dass ihm nur noch sehr wenig Zeit blieb.

»Ich werde deine Kirche retten, Vater. Ich schwöre es!«

Trotz der Scheinwerferlichter hinter sich – für die er dankbar war – trug der Camerlengo seine Öllampe hoch erhoben. *Ich bin das Licht in der Dunkelheit. Ich bin das Licht.* Das Öl in der Lampe schwappte beim Laufen, und für einen Augenblick fürchtete er, die Flüssigkeit könnte überlaufen und ihn verbrennen. Er hatte genügend verbranntes Fleisch für eine Nacht ertragen.

Als er sich dem höchsten Punkt des Hügels näherte, war er schweißgebadet und völlig außer Atem. Doch als er den Kamm erreicht hatte, fühlte er sich wie neugeboren. Er stolperte zu dem flachen Stück Erde, wo er schon so viele Male gestanden hatte. Hier endete der Weg. Die Nekropole endete ebenfalls vor einer steilen Wand. Ein winziges Schild verkündete: *Mausoleum S.*

La tomba di San Pietro.

Vor ihm, auf Leibeshöhe, befand sich eine schmucklose Öffnung in der Wand. Keine vergoldete Plakette. Keine Ornamente. Nur ein einfaches Loch in der Wand, hinter dem eine kleine Höhle lag und ein schlichter, verfallender Sarkophag. Der Camerlengo starrte in das Loch und lächelte erschöpft. Er konnte die anderen hören, die hinter ihm den Hügel hinaufhetzten. Er stellte seine Öllampe ab und kniete nieder zum Gebet.

Ich danke dir, Gott. Es ist fast vorbei.

Draußen auf dem Platz, umgeben von sprachlosen Kardinälen, starrte Kardinal Mortati hinauf auf die große Videowand und beobachtete das Drama, das sich in der Krypta unter dem Dom abspielte. Er wusste nicht mehr, was er glauben sollte und was nicht. Hatte die ganze Welt beobachtet, was er gerade gesehen hatte? Hatte Gott wirklich und wahrhaftig zum Camerlengo gesprochen? War die Antimaterie tatsächlich im Grab des heiligen Petrus …?

»Sehen Sie!« Ein Ächzen lief durch die Menge.

»Dort!« Alles zeigte hinauf zu den Schirmen. »Ein Wunder! Es ist ein Wunder!«

Mortati blickte auf. Die Kamera schwankte unsicher, doch das Bild war deutlich genug. Es war ein unvergessliches Bild.

Der Camerlengo kniete im Gebet auf dem nackten Erdboden. Die Kamera filmte ihn von hinten. Vor dem Camerlengo war ein in die Wand gehauenes Loch. Dahinter, in einem Trümmerhaufen aus alten, zerfallenen Steinen, stand ein Terrakottagefäß. Obwohl Kardinal Mortati das Gefäß nur ein einziges Mal im Leben gesehen hatte, wusste er genau, was es enthielt.

San Pietro.

Mortati war nicht so naiv zu glauben, dass die Freudenrufe und das aufgeregte Geschrei, das sich nun in der Menge erhob, ein Ausdruck der Begeisterung ob der Tatsache war, das heiligste Relikt der Christenheit mit eigenen Augen zu sehen. Es war nicht das Grab des heiligen Petrus, das die Menschen dazu veranlasste, auf die Knie zu sinken und Dankesgebete zu sprechen. Es war das Objekt, das oben auf dem Grab stand.

Der Antimateriebehälter. Dort stand er … hatte er den ganzen Tag gestanden … versteckt in der Dunkelheit der Nekropole. Glatt. Hart. Tödlich. Die Offenbarung des Camerlengos war also zutreffend.

Voller Staunen starrte der alte Kardinal auf den transparenten Zylinder. Die kleine Kugel aus einer metallisch glitzernden Flüssigkeit schwebte noch immer scheinbar schwerelos in seinem Innern. Die Höhle rings um den Behälter blinkte rot, während das LED-Display unbeirrt die letzten fünf Minuten seiner Existenz herunterzählte.

Ebenfalls auf dem Grab, nur wenige Zentimeter von dem Behälter entfernt, ruhte die drahtlose Sicherheitskamera der Schweizergarde, die ununterbrochen das Signal in die Kaserne übertragen hatte.

Mortati bekreuzigte sich. Es war das Furcht erregendste Bild, das er in seinem ganzen Leben gesehen hatte. Einen Augenblick später wurde ihm bewusst, dass es noch schlimmer kommen würde.

Unvermittelt erhob sich der Camerlengo. Er packte den Antimaterie-Behälter mit beiden Händen und wirbelte zu den anderen herum. Auf seinem Gesicht stand höchste Konzentration. Er schob sich an den anderen vorbei und rannte auf dem gleichen Weg zurück, den er gekommen war, hinunter in die Nekropole und in Richtung des Ausgangs.

Die Kamera erfasste Vittoria Vetra, die vor Entsetzen wie erstarrt schien. »Was haben Sie vor? Wohin wollen Sie damit? Monsignore! Ich dachte, Sie hätten gesagt …«

»Haben Sie Vertrauen!«, rief er über die Schulter, ohne langsamer zu werden.

Vittoria sah Langdon an. »Was machen wir jetzt?«

Robert Langdon versuchte, den Camerlengo aufzuhalten, doch einmal mehr kam ihm Chartrand in die Quere. Offensichtlich vertraute er dem Camerlengo blind.

Das Bild, das die BBC-Kamera von Chinita Macri in die Welt übertrug, begann erneut zu schwanken. Flüchtige Eindrücke von Verwirrung und Chaos flackerten über die Videoschirme, während die Prozession durch die Schatten zurück zum Eingang der Nekropole stolperte.

Auf dem Petersplatz stieß Kardinal Mortati einen angstvollen Ruf aus. »Bringt er den Behälter etwa nach *hier oben*?«

Auf den Fernsehschirmen der ganzen Welt rannte der Camerlengo überlebensgroß aus der Nekropole und die steile Treppe hinauf. »Es wird keine weiteren Toten in dieser Nacht geben!«

Doch er sollte sich irren.

121.

DER CAMERLENGO STÜRZTE um genau dreiundzwanzig Uhr sechsundfünfzig durch die große Tür der Peterskirche hinaus auf den Platz. Er stolperte ins grelle Licht der Scheinwerfer. Den Behälter mit der Antimaterie trug er wie eine spirituelle Opfergabe vor sich her. Seine Augen brannten; trotzdem erkannte er durch die Grelle hindurch seine eigene Gestalt auf den Videoschirmen, halb nackt und verwundet und hoch aufragend wie ein Riese. Der Lärm, der nun über den Menschenmassen auf dem Petersplatz aufstieg, war mit nichts zu vergleichen, das der Camerlengo je gehört hatte ... Weinen, Schreien, Singen, Beten ... eine Mischung aus Verehrung und Todesangst.

Erlöse uns von dem Bösen, flüsterte er.

Die Flucht aus der Nekropole hatte ihn seine letzten Kräfte gekostet. Beinahe wäre es zur Katastrophe gekommen. Robert Langdon und Vittoria Vetra hatten ihn aufhalten und dazu bewegen wollen, den Behälter zurück in sein unterirdisches Versteck zu stellen und mit ihnen nach draußen zu fliehen, um Deckung zu suchen. *Blinde Toren!*

Der Camerlengo erkannte nun mit furchtbarer Klarheit, dass er diesen Wettlauf in keiner anderen Nacht gewonnen hätte. Doch in dieser Nacht war Gott erneut bei ihm gewesen. Robert Langdon hatte ihn schon fast eingeholt, als Chartrand dazwischengegangen war, die treue Seele, die ihm in den vergangenen Stunden so gute Dienste geleistet hatte. Die beiden BBC-Reporter waren zu schwer beladen und zu fasziniert von dem Geschehen, um einzuschreiten.

Die Wege des Herrn sind unergründlich.

Hinter sich hörte er die anderen ... er sah sie auf den Schirmen, sah, wie sie näher kamen. Er nahm seine letzten Kräfte zusammen und hob den Behälter hoch über den Kopf. Dann streckte er in einem Akt des Trotzes gegenüber den Illuminati die Brust mit dem Brandzeichen heraus, nahm die nackten Schultern zurück und rannte die Treppe hinunter.

Ein Letztes blieb noch zu tun.

Vier Minuten ...

Langdon war geblendet, als er aus der Basilika kam. Einmal mehr brannten sich die Scheinwerfer in seine Netzhäute. Vor sich erkannte er undeutlich die Silhouette des Camerlengos, der in diesem Augenblick die Treppe hinunterrannte. Für einen Augenblick sah der Camerlengo im Halo der Scheinwerfer wie ein Himmelswesen aus, wie eine moderne Gottheit. Das Priestergewand hing über seine Hüften wie ein Schleier. Sein Oberkörper war verstümmelt und gebrandmarkt von der Hand seiner Feinde, und doch hielt er noch immer durch, eilte weiter, hoch aufgerichtet, und rief der Welt zu, an Gott zu glauben, während er mit seiner alles vernichtenden Last auf die Menschenmengen zurannte.

Langdon sprang die Treppe hinunter und setzte ihm nach. *Was glaubt er, was er tut? Er wird alle umbringen!*

»Das Werk des Satans«, rief der Camerlengo, »hat keinen Platz im Haus Gottes!« Er rannte weiter auf die in Panik zurückweichende Menge zu.

»Vater!«, rief Langdon ihm hinterher. »Sie können nirgendwo hin!«

»Sieh zum Himmel! Wir haben vergessen, hinauf in den Himmel zu schauen!«

In diesem Augenblick, als Langdon erkannte, welche Richtung der Camerlengo eingeschlagen hatte, dämmerte ihm die unglaubliche Wahrheit. Wegen der blendenden Lichter konnte Langdon zwar nichts sehen, doch er wusste, dass die Rettung genau über ihnen lag.

Der sternenklare italienische Nachthimmel. *Der einzig mögliche Ausweg.*

Der Helikopter, der den Camerlengo ursprünglich in ein Krankenhaus hatte evakuieren sollen, stand genau voraus. Der Pilot saß im Cockpit, startbereit, und die Rotoren liefen im Leerlauf. Während der Camerlengo zur Maschine rannte, wurde Langdon von einem überwältigenden Hochgefühl erfasst.

Wie ein Strom gingen ihm neue Gedanken durch den Kopf …

Zuerst stellte er sich die weite, offene Fläche des italienischen Meeres vor. Wie weit war es entfernt? Acht Kilometer? Zehn? Er wusste, dass es mit dem Zug nur sieben Minuten bis zum Strand von Fiumicino dauerte. Mit dem Helikopter, mit dreihundert Stundenkilometern … wenn es ihnen gelang, den Behälter weit genug aufs Meer hinauszubringen und dort abzuwerfen … Es gab noch andere Möglichkeiten, erkannte er und rannte weiter. La Cava Romana! Die Marmorsteinbrüche nördlich der Stadt lagen weniger als fünf Kilometer entfernt! Wie groß war die Fläche, die sie einnahmen? Vier Quadratkilometer? Ganz bestimmt arbeitete zu dieser Stunde niemand dort. Wenn sie den Behälter dort abwarfen …

»Zurück, alles zurück!«, brüllte der Camerlengo. Seine Brust schmerzte, doch er rannte weiter. »Aus dem Weg. Sofort!«

Die Schweizergardisten, die den Helikopter bewachten, standen offenen Mundes da, als der Camerlengo auf sie zugerannt kam.

»Zurück!«, rief der Geistliche noch einmal.

Die Wachen gehorchten.

Unter den staunenden Augen der Welt rannte der Camerlengo um den Hubschrauber herum zur Cockpitluke auf der Seite des Piloten und riss sie auf. »Hinaus, mein Sohn! Sofort!«

Der Soldat gehorchte.

Der Camerlengo starrte hinauf zum hohen Pilotensessel und wusste, dass er in seiner Erschöpfung beide Hände benötigen würde, um sich an Bord zu ziehen. Er wandte sich zu dem Piloten um, der zitternd neben ihm stand, und drückte ihm den Behälter in die Hände. »Halten Sie das. Geben Sie es mir wieder, sobald ich eingestiegen bin.«

Während der Camerlengo ins Cockpit kletterte, hörte er hinter sich die aufgeregten Rufe Robert Langdons, der ebenfalls zum Hubschrauber gerannt kam. *Jetzt verstehst du, mein Sohn,* dachte er. *Jetzt glaubst auch du.*

Der Camerlengo nahm im Sitz Platz, stellte ein paar vertraute Hebel ein und wandte sich zur Luke, um sich den Antimaterie-Behälter geben zu lassen.

Doch der Gardist, dem er den Behälter gegeben hatte, stand mit leeren Händen da. »Er hat ihn genommen!«, brüllte er.

Der Camerlengo spürte, wie sein Herz stockte. »Wer?«

Der Gardist deutete auf Langdon. »Er!«

Robert Langdon war überrascht vom Gewicht des Behälters. Er rannte um den Hubschrauber herum und sprang in den hinteren Teil, wo er und Vittoria nur Stunden zuvor gesessen hatten. Er ließ die Luke offen und schnallte sich an. Dann rief er dem Camerlengo auf dem Pilotensitz zu: »Fliegen Sie los!«

Der Camerlengo starrte Langdon an wie einen Geist. Sein Gesicht war kreidebleich vor Angst. »Was glauben Sie, was Sie da tun?«

»Sie fliegen. Ich werfe den Behälter ab«, rief Langdon. »Wir haben keine Zeit! Fliegen Sie endlich los!«

Der Camerlengo war wie erstarrt. Das Licht der Scheinwerfer draußen zeichnete tiefe Falten in sein junges Gesicht. »Ich kann das alleine«, flüsterte er. »Ich *muss* das alleine tun!«

Langdon hörte gar nicht zu. *Fliegen Sie,* hörte er sich rufen, *auf der Stelle! Ich bin hier, um Ihnen zu helfen!* Langdon sah hinunter auf den Behälter, und sein Atem stockte. »Nur doch drei Minuten, Vater! *Drei!*«

Durch Staub und Dunst sah er Vittoria, die zum Helikopter gerannt kam. Ihre Blicke begegneten sich, und sie blieb unter ihm zurück wie ein fallender Stein.

122.

DER LÄRM DER MASCHINEN und der Luftzug aus der offenen Luke umfingen Langdons Sinne mit einem ohrenbetäubenden Chaos. Er stemmte sich gegen die erhöhte Schwerkraft, als der Camerlengo den Hubschrauber senkrecht nach oben beschleunigte. Das Leuchten des Petersplatzes blieb unter ihnen zurück, bis es nur noch eine undeutlich schimmernde strahlende Ellipse in einem Meer aus Lichtern war.

Der Antimaterie-Behälter in Langdons Händen fühlte sich an, als wöge er Tonnen. Er hielt ihn fester gepackt, und seine Handflächen waren feucht von Schweiß und Blut. Im Innern des transparenten Behälters schwebte die Kugel aus Antimaterie und pulsierte rötlich im Licht des Countdowns.

»Noch zwei Minuten!«, brüllte Langdon nach vorn, während er sich fragte, wo der Camerlengo den Behälter abwerfen wollte.

Die Lichter der Stadt unter ihnen reichten noch immer bis zum Horizont. Ganz weit im Westen erkannte Langdon die glitzernde Mittelmeerküste – eine gezackte Grenze aus Licht, hinter der sich ein endloses Schwarz erstreckte. Das Meer sah weiter entfernt aus, als Langdon sich vorgestellt hatte. Mehr noch, die vielen Lichter an der Küste erinnerten ihn daran, dass eine Explosion selbst draußen über dem Meer noch immer vernichtende Auswirkungen nach sich ziehen konnte. Langdon hatte überhaupt nicht bedacht, mit welch fürchterlicher Kraft eine von einer Zehn-Kilotonnen-Bombe ausgelöste Flutwelle aufs Land treffen würde.

Er wandte sich ab und blickte nach vorn – und was er dort sah, ließ ihn neue Hoffnung schöpfen. Direkt vor ihnen ragten die Ausläufer der römischen Berge in die Nacht. Die Hügel waren übersät mit Lichtern – die Villen der Reichen und Superreichen –, doch ein kurzes Stück weiter nördlich war alles dunkel. Keinerlei Lichter, nichts – nur ein riesiger schwarzer Bereich.

Die römischen Steinbrüche, dachte Langdon. *La Cava Romana!*

Er starrte nach vorn auf das öde Land und spürte deutlich, dass es groß genug war. Und nah genug schien es ebenfalls zu sein. Viel näher als das Meer. Offensichtlich plante der Camerlengo, die Antimaterie dorthin zu bringen. Der Hubschrauber flog genau darauf zu! Die Steinbrüche! Eigenartig nur, dass der Steinbruch nicht näher kam, obwohl die Maschinen mit maximaler Leistung zu laufen schienen und der Hubschrauber höher und höher stieg.

Verwirrt warf Langdon einen Blick aus der Seitenluke, um sich neu zu orientieren. Was er unter sich sah, erstickte seine Aufregung in einer Welle von Panik.

Direkt unter ihnen, tausend Meter und mehr in der Tiefe, erstrahlte noch immer der Petersplatz im Licht der Scheinwerfer!

Wir sind noch immer über dem Vatikan!

»Monsignore!«, keuchte Langdon. »Fliegen Sie los! Wir sind hoch genug! Wir können den Behälter unmöglich direkt über dem Vatikan abwerfen!«

Der Camerlengo antwortete nicht. Er schien alle Konzentration auf die Steuerung des Hubschraubers zu verwenden.

»Uns bleiben nur noch weniger als zwei Minuten!«, rief Langdon und hob den Behälter in die Höhe, damit der Camerlengo es selbst sehen konnte. »Nur ein paar Kilometer nach Norden, Vater! La Cava Romana! Ich kann sie sehen. Wir haben nicht …«

»Nein«, entgegnete der Camerlengo. »Es wäre viel zu gefährlich. Es tut mir Leid, mein Sohn.« Während der Hubschrauber weiter in den Himmel stieg, wandte sich der Camerlengo um und lächelte Langdon traurig an. »Ich wünschte, Sie wären nicht mitgekommen, mein Freund. Sie haben das größte aller Opfer gebracht.«

Langdon starrte in die erschöpften Augen des Camerlengos, und plötzlich verstand er. Das Blut gefror in seinen Adern. »Aber … es muss doch einen Ausweg geben!«

»Nach oben«, antwortete der Camerlengo mit resignierter Stimme. »Es ist der einzig sichere Weg.«

Langdon war kaum noch imstande, einen klaren Gedanken zu fassen. Er hatte den Plan des Camerlengos völlig falsch interpretiert. *Schaut hinauf zum Himmel!*

Der Himmel, erkannte Langdon nun in aller Klarheit, war von Anfang an das Ziel des Camerlengos gewesen. Er hatte nie beabsichtigt, den Behälter abzuwerfen. Er entfernte ihn einfach nur so weit von der Vatikanstadt, wie es menschenmöglich war.

Langdon befand sich auf einer Reise ohne Wiederkehr.

123.

VITTORIA STAND AUF DEM PETERSPLATZ und starrte nach oben. Der Helikopter war nur noch ein winziger Fleck am Himmel; nicht einmal mehr die Scheinwerfer der Übertragungswagen reichten so weit hinauf. Selbst das Schlagen der Rotoren war zu einem fernen Brummen verhallt. Es schien, als würde in diesem Augenblick die ganze Welt nach oben schauen, voll schweigender Erwartung, den Kopf in den Nacken gelegt … alle Menschen, alle Religionen … alle Herzen schlugen wie eines.

Vittorias Inneres war in wildem Aufruhr. Während der Helikopter außer Sicht verschwand, stellte sie sich Robert vor, wie er sich im Hubschrauber von ihr entfernte. *Was hat er gedacht? Hat er es denn nicht gespürt?*

Rings um den Platz suchten Kameras die Dunkelheit ab. Warteten. Ein Meer aus Gesichtern starrte himmelwärts, vereint in einem schweigenden Countdown. Auf sämtlichen Videoschirmen war die gleiche lautlose Szene zu sehen … der römische Nachthimmel, erleuchtet von hellen Sternen. Vittoria weinte stumm.

Hinter ihr standen hunderteinundsechzig Kardinäle auf der

Marmortreppe und sahen nach oben. Einige hatten die Hände zum Gebet gefaltet. Die meisten rührten sich nicht. Viele weinten. Die Sekunden vergingen.

In Wohnungen, Cafés, Geschäften, Krankenhäusern, auf Flughäfen überall auf der Welt sahen die Menschen die Bilder vom Vatikan. Männer und Frauen reichten sich die Hände. Andere hielten ihre Kinder. Die Zeit schien stillzustehen, während alle Seelen vereint waren.

Dann begannen die Glocken des Petersdoms zu läuten.

Vittoria ließ ihren Tränen freien Lauf.

Und während die ganze Welt hinsah, lief die Zeit ab.

Die tödliche Stille des Ereignisses war das Schrecklichste.

Hoch über der Vatikanstadt schwebte ein stecknadelkopfgroßer Lichtpunkt. Für einen winzigen Augenblick sah es aus, als wäre ein neuer Himmelskörper entstanden … ein Lichtpunkt, so rein und weiß, wie ihn noch nie ein Mensch gesehen hatte.

Dann geschah es. Ein Blitz.

Der Lichtpunkt dehnte sich aus und raste in alle Richtungen über den Himmel, beschleunigte mit unfassbarer Geschwindigkeit und vertrieb die Nacht über Rom. Je mehr sich das Licht ausdehnte, desto intensiver strahlte es, wie das erwachende Böse selbst, bereit, den Himmel zu verschlingen.

Es raste den Menschen unten entgegen, während es schneller und schneller wurde.

Geblendet starrten die zahllosen Gesichter in den Himmel, ächzten auf wie ein Mann, schirmten die Augen ab und schrien ihre erstickte Angst hinaus.

Dann geschah das Unvorstellbare. Noch während das Licht sich in alle Richtungen ausdehnte, schien es auf eine unsichtbare Wand zu prallen, als wäre es von Gott selbst aufgehalten worden. Es sah aus, als wäre die Explosion in einer gigantischen, unsichtbaren Glaskugel gefangen. Das Licht verharrte, stürzte zurück nach innen und leuchtete noch intensiver. Die Welle schien einen vorbestimmten Umfang zu erreichen und verharrte dort. Für einen Sekundenbruchteil schwebte eine perfekte, lautlose Kugel aus Licht über Rom. Die Nacht war zum Tag geworden.

Dann kam die Druckwelle.

Der Donner klang tief und hohl – eine gewaltige Schockwelle aus dem Himmel. Sie brandete auf die Menschen herab wie der Racheengel aus der Hölle und ließ das granitene Fundament der Vatikanstadt erzittern. Sie trieb den Menschen die Luft aus den Lungen und schleuderte sie zu Boden. Dann kam ein plötzlicher Sturm warmer Luft. Er fegte über den Platz, rauschte zwischen den Säulen hindurch und brandete gegen die Mauern. Staub wirbelte auf, und die Menschen duckten sich tief an den Boden ... Zeugen des letzten Kampfes zwischen Gut und Böse, von Armageddon.

Und dann implodierte die Kugel, so schnell, wie sie entstanden war. Sie fiel in sich zusammen, bis nur noch der winzige Lichtpunkt übrig blieb, und einen Sekundenbruchteil später war auch davon nichts mehr zu sehen.

124.

DIE MENSCHEN AUF DEM PETERSPLATZ senkten einer nach dem anderen den Blick vom nun wieder schwarzen Himmel und schauten nach unten, stumm vor Staunen. Die Scheinwerfer folgten gleich darauf, wie aus Ehrfurcht vor der sich ausbreitenden Schwärze. Für einen Moment schien es, als beugte die ganze Welt einhellig den Kopf.

Kardinal Mortati kniete sich zum Beten hin, und die anderen Kardinäle folgten seinem Beispiel. Die Schweizergardisten senkten ihre Hellebarden und standen da wie betäubt. Niemand sprach ein Wort. Niemand rührte sich. Überall zuckten Schultern in spontanen Gefühlsausbrüchen. Trauer. Furcht. Staunen. Glauben. Und ehrfürchtiger Respekt vor der furchtbaren und neuen Macht, die sie soeben mit eigenen Augen gesehen hatten.

Vittoria Vetra stand zitternd am Fuß der breiten Treppe, die hinauf zum Petersdom führte. Sie schloss die Augen. Durch den Sturm von Gefühlen hindurch erklang ein einzelnes Wort, wie eine ferne Glocke. Klar. Grausam. Sie verdrängte es. Es kehrte zurück wie ein Echo. Sie verdrängte es entschiedener. Der Schmerz war zu groß. Sie versuchte sich mit den Bildern abzulenken, Bildern von der unglaublichen Macht, die sich in der Antimaterie versteckte … von der Rettung des Vatikans … vom Camerlengo … seiner tapferen Tat … von göttlichen Wundern … und von Selbstlosigkeit. Und doch hallte das Wort weiter durch ihren Verstand, durchdrang das umgebende Chaos und versenkte sie in ein Gefühl unendlicher Einsamkeit.

Robert.

Er war zum Castel Sant' Angelo gekommen, um sie zu retten.

Er hatte sie gerettet.

Und nun hatte ihre Schöpfung ihn das Leben gekostet.

Während Kardinal Mortati betete, fragte er sich, ob auch er Gottes Stimme hören würde, wie der Camerlengo vor ihm. *Muss ein Mensch an Wunder glauben, um sie sehen zu können?* Mortati war ein moderner Mensch mit einem alten Glauben. Wunder hatten in seinem Glauben nie eine Rolle gespielt. Natürlich erzählte sein Glaube von Wundern … blutenden Wundmalen, Wiederauferstehung von den Toten, Abdrücken auf Leichentüchern … und doch hatte Mortatis rationaler Verstand diese Berichte stets als Teil des Mythos abgetan. Sie waren Resultat der größten Schwäche, die Menschen besaßen – dem Bedürfnis, für alles *Beweise* zu sehen. Wunder waren nichts weiter als Geschichten, an die sich alle Menschen klammerten, weil sie sich *wünschten*, sie mögen wahr sein.

Und doch …

Bin ich denn so modern, dass ich nicht akzeptieren kann, was ich soeben mit eigenen Augen gesehen habe? Es war doch ein Wunder, oder nicht? Ja! Gott hatte eingegriffen, mit ein paar Worten ins Ohr des Camerlengos, und Gott selbst hatte die Kirche vor dem Untergang bewahrt. Warum war das so schwer zu glauben? Was hätte es über Gott ausgesagt, wenn Er tatenlos zugeschaut hätte? Dass dem Allmächtigen die Menschen gleichgültig waren? Dass Er nicht die Macht besaß, dieses Verbrechen aufzuhalten? *Ein Wunder ist die einzig mögliche Antwort!*

Während Mortati kniete und überlegte, betete er für die Seele des Camerlengos. Er dankte dem jungen Geistlichen, der trotz seiner Jugend Mortatis alte Augen geöffnet hatte für die Wunder, die nur unerschütterlicher Glaube zu sehen vermochte.

Doch Mortati hätte niemals erwartet, dass sein neu gewonnener Glaube schon wenige Sekunden später so hart geprüft werden würde …

Die Stille auf dem Petersplatz wich einem leisen Raunen. Das Raunen breitete sich rasch aus, wurde zu einem Murmeln, und dann, mit einem Mal, zu einem kollektiven Aufschrei. Ohne jede Vorwarnung schrien alle Menschen laut durcheinander.

»Seht! Seht nur!«

Mortati öffnete die Augen und wandte sich zu den Menschen um. Jeder deutete auf eine Stelle hinter ihm, auf den Eingang zur Basilika. Ihre Gesichter waren weiß. Einige fielen auf die Knie. Andere wurden ohnmächtig. Wieder andere schluchzten unkontrolliert.

»Seht nur! Seht nur!«

Mortati drehte sich verwirrt um und folgte den ausgestreckten Händen. Sie deuteten nach oben, zum Dach der Fassade, der großen Terrasse, wo gewaltige Statuen von Christus und den Aposteln über die Menge wachten.

Und dort, zur Rechten Jesu Christi, mit weit zur Welt hin ausgebreiteten Armen, stand Camerlengo Carlo Ventresca …

125.

ROBERT LANGDON FIEL NICHT MEHR.

Er spürte kein Entsetzen mehr, keine Angst. Keinen Schmerz. Nicht einmal mehr das laute Rauschen des Windes. Nichts außer dem leisen Plätschern von Wasser, als schliefe er in einer warmen Nacht an einem Strand.

Robert Langdon spürte mit Gewissheit, dass er tot war. Er war froh darüber. Er ließ sich von der trägen Taubheit erfassen, ließ sie von ihm Besitz ergreifen, ließ sich von ihr tragen. Sein Schmerz und seine Angst waren betäubt, und er wollte um keinen Preis, dass sie zurückkehrten. Seine letzte bewusste Erinnerung konnte nur direkt aus der Hölle gekommen sein …

Nimm mich zu dir …

Doch das Plätschern, das ihn die ganze Zeit eingelullt und ihm ein entferntes Gefühl von Frieden vermittelt hatte, zerrte gleichzeitig an ihm. Es zerrte ihn zurück, versuchte, ihn aus einem Traum zu wecken. Robert wollte nicht aufwachen. Er spürte, wie sich Dämonen am Rand seines Zufluchtsortes sammelten, um seine Glückseligkeit zu zerstören. Verschwommene Bilder wirbelten durch seinen Kopf. Stimmen riefen. Wind pfiff. *Nein, bitte nicht!* Je mehr er kämpfte, umso heftiger drang die Wut zu ihm durch.

Und dann durchlebte er alles noch einmal, jedes einzelne Detail.

Der Helikopter stieg mit Schwindel erregendem Tempo höher. Robert war darin gefangen. Jenseits der offenen Luke, tief unter ihm, schimmerten die Lichter Roms und entfernten sich mit jeder Sekunde weiter. Sein Selbsterhaltungstrieb sagte ihm, dass er den Kanister *jetzt* über Bord werfen sollte. Langdon wusste, dass er in zwanzig Sekunden fast einen Kilometer tief fallen würde. Doch er wusste auch, dass unten eine Stadt voller Menschen war …

Höher! Höher!

Er fragte sich, wie hoch sie inzwischen waren. Kleine Propellerflugzeuge, so wusste er, flogen in einer Höhe von sechs oder sieben Kilometern. Wie hoch war der Helikopter inzwischen? Drei Kilometer? Vier? Noch gab es eine Chance. Wenn sie den Behälter im letzten Augenblick abwarfen, würde er nur einen Teil des Weges nach unten zurücklegen, bevor er in sicherer Entfernung vom Boden und dem Helikopter explodierte.

»Und wenn Sie sich verrechnen?«, entgegnete der Camerlengo.

Langdon wandte sich verblüfft zu dem Geistlichen um. Der Camerlengo hatte nicht einmal den Kopf gewandt; offensichtlich hatte er Langdons Gedanken aus seinem geisterhaften Spiegelbild in der großen Windschutzscheibe gelesen. Merkwürdigerweise war er nicht mehr mit den Kontrollen der Maschine beschäftigt. Er berührte sie nicht einmal. Der Hubschrauber flog, wie es schien, mit dem Autopiloten, während er unablässig weiter stieg. Der Camerlengo griff an die Decke der Kanzel und zog hinter einem Kabelkanal einen Schlüssel hervor, der dort mit einem Streifen Klebeband versteckt befestigt war.

Langdon beobachtete mit zunehmender Verwirrung, wie der Camerlengo rasch die große metallene Bordkiste aufschloss, die sich zwischen den Sitzen befand. Er klappte den Deckel auf und entnahm etwas, das wie ein großer, schwarzer Nylonrucksack aussah. Er legte ihn neben sich auf den freien Sitz. Langdons Gedanken wirbelten. Die Bewegungen des Camerlengos schienen zielgerichtet, als hätte er eine Lösung gefunden.

»Geben Sie mir den Behälter«, sagte der Camerlengo mit ernster Stimme.

Langdon wusste nicht, was er von alledem halten sollte. Er schob dem Camerlengo den Behälter hin. »Uns bleiben nur noch neunzig Sekunden, Vater!«

Was als Nächstes geschah, traf Langdon völlig unvorbereitet. Der Camerlengo hielt den Antimaterie-Behälter vorsichtig in den Händen und legte ihn in die Bordkiste. Dann schloss er den Deckel und sperrte das Schloss ab.

»Was tun Sie da?«, fragte Langdon.

»Ich erlöse uns von der Versuchung.« Der Camerlengo warf den Schlüssel aus dem offenen Fenster.

Der Schlüssel taumelte in die Nacht, und Langdon hatte das Gefühl, als taumelte seine Seele mit ihm.

Dann nahm der Camerlengo den Nylonrucksack und schob die Arme durch die Tragschlaufen. Er befestigte eine weitere Schlaufe vor dem Leib und zog eine vierte durch den Schritt hindurch nach vorn, um sie ebenfalls einzuhaken. Dann wandte er sich zu einem fassungslos dasitzenden Robert Langdon um.

»Es tut mir Leid«, sagte der Camerlengo. »Es war alles ganz anders geplant.« Mit diesen Worten sprang er aus der Kanzel und verschwand in der Nacht.

Das Bild haftete in Robert Langdons Unterbewusstsein, und mit ihm kam der Schmerz. Physischer Schmerz. Brennend. Verzehrend. Er flehte darum, dass es zu Ende gehen möge, doch als das Wasser lauter in seinen Ohren plätscherte, kamen neue Bilder. Seine Hölle hatte gerade erst begonnen. Er sah die einzelnen Szenen wie Puzzlesteine. Aus dem Zusammenhang gerissene schiere Panik. Er lag halb zwischen Tod und Albtraum gefangen und flehte um Erlösung, doch die Bilder wurden zunehmend heller.

Der Antimaterie-Behälter war außerhalb seiner Reichweite, eingeschlossen in die metallene Bordkiste. Der Countdown lief unerbittlich weiter, während der Helikopter hinauf in den Himmel stieg. *Fünfzig Sekunden.* Höher. Höher. Langdon wirbelte in der Kabine umher, versuchte einen Sinn in dem zu erkennen, was ihm widerfahren war. *Fünfundvierzig Sekunden.* Er duckte sich und suchte unter den Sitzen nach einem zweiten Fallschirm. *Vierzig Sekunden.* Es gab keinen! Es musste doch einen Ausweg geben! *Fünfunddreißig Sekunden.* Er sprang zur offenen Luke, stand im brausenden Wind und starrte hinunter auf die Lichter Roms. *Zweiunddreißig Sekunden.*

Und dann traf er eine Entscheidung.

Eine unglaubliche Entscheidung.

Robert Langdon war ohne Fallschirm aus dem Hubschrauber gesprungen. Während die Nacht seinen fallenden Körper verschlang, schien der Helikopter hinauf in den Himmel zu jagen wie eine Rakete. Das Geräusch der Rotoren wurde übertönt vom brausenden Wind des freien Falls.

Langdon stürzte der Erde entgegen und spürte etwas, das er seit den Tagen seiner Laufbahn als Turmspringer nicht mehr gekannt hatte – die unbarmherzige Kraft der Gravitation während des freien Falls. Je schneller er fiel, desto stärker schien die Erde ihn anzuziehen, ihn zu sich herabzusaugen. Diesmal jedoch waren es nicht nur zehn Meter bis in ein Sprungbecken. Diesmal waren es Tausende von Metern hinunter in eine Stadt – eine endlose Fläche aus Beton und Steinen.

Irgendwann während des Sturzes, während der Augenblicke der Verzweiflung und im ohrenbetäubenden Rauschen des Windes, fielen ihm Kohlers Worte wieder ein … Worte, die er früher an diesem Tag gesprochen hatte, vor dem Freifallschacht in CERN. *Ein Quadratmeter Stoff bremst den freien Fall eines Körpers um fast zwanzig Prozent.*

Zwanzig Prozent, so erkannte Langdon, waren nicht einmal annähernd genug, um einen Sturz wie diesen zu überleben. Dennoch umklammerte Langdon den einzigen Gegenstand aus dem Helikopter, den er vor seinem Sprung aus der Luke an sich gerissen hatte. Es war eine seltsame Vorstellung, doch für einen flüchtigen Augenblick hatte sie ihm Hoffnung gegeben.

Die Persenning, mit der die große Windschutzscheibe abgedeckt wurde, hatte hinten im Hubschrauber gelegen. Es war ein konkaves, rechteckiges Stück Stoff, vielleicht vier Meter mal zwei, die gröbste Improvisation eines Fallschirms, die Langdon sich nur denken konnte. Die Persenning besaß keine Schnüre, kein Geschirr, nur Gummischlaufen an jeder Ecke, mit denen sie um die Wölbung der Windschutzscheibe herum gespannt werden konnte. Langdon hatte die Persenning gepackt, die Hände durch die Schlaufen geschoben, alles an seine Brust gedrückt und war hinaus in das Nichts gesprungen.

Sein letzter Akt jugendlichen Trotzes.

Kein Gedanke an ein Leben nach diesem Augenblick.

Er fiel wie ein Stein. Die Füße voraus. Dann öffnete er die Arme, seine Hände packten die Schlaufen, und die Persenning blähte sich über ihm wie ein Pilz. Der Wind fuhr hinein und riss machtvoll an seinen Armen.

Während er weiter der Erde entgegenraste, erfolgte irgendwo über ihm eine gewaltige Explosion. Sie schien weiter entfernt, als er vermutet hatte. Trotzdem traf ihn die Schockwelle fast im gleichen Augenblick. Er spürte, wie ihm die Luft aus den Lungen getrieben wurde. Dann, plötzlich, war es rings um ihn ganz warm. Er klammerte sich mit aller Kraft an seine Persenning, und eine Hitzewand jagte ihm von oben hinterher. Die Oberseite der Persenning begann zu schmoren … doch sie hielt.

Langdon raste vor einer sich ausdehnenden Kugel aus reinem Licht der Erde entgegen. Er fühlte sich wie ein Surfer, der einer dreihundert Meter hohen Flutwelle zu entgehen versucht. Dann, plötzlich, war die Hitze verschwunden.

Er fiel wieder durch kühle Dunkelheit.

Für einen Augenblick spürte Langdon neue Hoffnung, doch im nächsten Moment verblasste sie so schnell, wie sie gekommen war. Trotz des Zugs auf seinen Armen, der ihm verriet, dass die Persenning seinen Sturz tatsächlich verlangsamte, raste die Luft noch immer mit ohrenbetäubendem Rauschen an ihm vorbei. Langdon wusste, dass er noch immer viel zu schnell sank, um die Landung zu überleben. Der Aufprall würde ihn zerschmettern.

Mathematische Gleichungen drehten sich in seinem Kopf, doch er war zu betäubt, um zu einem Ergebnis zu kommen. *Ein Quadratmeter Stoff … zwanzig Prozent geringere Fallgeschwindigkeit.* Er wusste nicht mehr, als dass die Persenning über ihm größer war und seinen Fall stärker verlangsamen würde. Unglücklicherweise jedoch wusste er auch, dass es nicht genug sein würde. Am Wind spürte er, dass er zu schnell fiel … unmöglich, den Aufprall auf dem tief unten wartenden Meer aus Beton zu überleben.

Die Lichter Roms erstreckten sich unter ihm, so weit sein Blick reichte. Die Stadt sah aus wie ein unglaublich heller Sternenhimmel, und Langdon fiel direkt in ihn hinein. Das weite Sternenfeld wurde lediglich von einem dunklen Streifen unterbrochen, der die Stadt in zwei Hälften teilte. Es war ein breites, dunkles Band, das sich wie eine fette Schlange zwischen den weißen Lichtpunkten hindurchwand. Langdon starrte hinunter auf das mäandernde Gebilde …

Einmal mehr stieg unerwartet Hoffnung in ihm auf.

Mit beinahe manischer Energie riss Langdon mit der Rechten an seinem improvisierten Fallschirm. Die Persenning flatterte lauter, blähte und wand sich, bis sie den Weg des geringsten Widerstands gefunden hatte. Langdon spürte, dass er seitwärts trieb. Er zog erneut, noch härter diesmal, ohne den Schmerz in seiner Handfläche zu beachten. Die Persenning blähte sich, und Langdon spürte, wie er sich seitwärts bewegte. Nicht viel, aber ein Stück! Er sah nach unten, zu der schwarzen dicken Schlange. Sie lag weit rechts von ihm, doch er war auch noch ziemlich hoch. Hatte er zu lange gewartet? Er zog mit aller Kraft und akzeptierte, dass nun alles in Gottes Hand lag. Er konzentrierte sich auf den weitesten Teil der Schlange und betete zum ersten Mal in seinem Leben um ein Wunder.

Der Rest war verschwommen.

Die Dunkelheit raste ihm entgegen … seine Turmspringererfahrung kehrte wieder … instinktiv drückte er den Rücken durch …

pumpte die Lungen voller Luft, um seine inneren Organe zu schützen … spannte die Schenkel an … das Letzte, woran er sich erinnerte, war Dankbarkeit, dass der Tiber Hochwasser führte und sich schäumend und kalt durch sein Bett wälzte … und dreimal weicher als ein stehendes Gewässer.

Dann der Aufprall … und Schwärze.

Es war das laute Knallen und Flattern der Persenning gewesen, das die Gruppe von dem Feuerball hoch am Himmel ablenkte. Der Himmel über Rom war in dieser Nacht voller spektakulärer Bilder gewesen – zuerst ein Helikopter, der mit Höchstgeschwindigkeit senkrecht nach oben gestiegen war, dann eine gewaltige Explosion, und nun dieses eigenartige Objekt, das direkt in die wilden Strudel des Tiber gefallen war, ein kleines Stück vor dem Ufer der winzigen Isola Tiberina.

Seitdem die Insel als Quarantänestation für die Pestkranken des Jahres 1656 benutzt worden war, schrieben die Menschen ihr heilende Kräfte zu. Aus diesem Grund war später auch das römische Ospedale Tiberina auf der Insel errichtet worden.

Der Fremde war übel zugerichtet, als sie ihn aus dem Wasser zogen. Sein Puls ging nur noch schwach, doch es war ein kleines Wunder, dass sein Herz überhaupt noch schlug. Sie fragten sich, ob es der mystische Ruf der Insel war, der das Herz dieses Mannes irgendwie hatte weiterschlagen lassen. Minuten später, als der Fremde zu husten anfing und langsam das Bewusstsein wiedererlangte, wusste die Gruppe, dass die Insel tatsächlich magische Heilkräfte besaß.

126.

KARDINAL MORTATI WUSSTE, dass es keine Sprache gab, die das Mysterium dieses Augenblicks hätte ausdrücken können. Die Lautlosigkeit der Vision über dem Petersplatz sagte mehr als tausend Engelschöre.

Während Mortati hinauf zu Camerlengo Ventresca blickte, spürte er den lähmenden Zusammenprall von Herz und Verstand. Die Vision schien real, doch wie konnte so etwas möglich sein? Jeder hatte gesehen, wie der Camerlengo in den Hubschrauber gestiegen war. Alle hatten den blendend weißen Ball aus Licht am Himmel gesehen. Und jetzt stand der Camerlengo auf der Terrasse über der Fassade der Basilika. War er von Engeln dorthin gebracht worden? Wiedergeboren von der Hand Gottes?

Das ist unmöglich …

Mortatis Herz wünschte sich nichts sehnlicher als zu *glauben*, doch sein Verstand schrie nach Vernunft. Die Kardinäle ringsum starrten nach oben wie er, sahen das Gleiche wie er, waren gelähmt vor Staunen.

Es war der Camerlengo. Daran bestand nicht der geringste Zweifel. Doch er sah irgendwie anders aus. Göttlich. Als wäre er geläutert worden. Ein Geist? Ein Mensch? Seine weiße Haut schimmerte im Licht der Scheinwerfer mit einer beinahe körperlosen Gewichtslosigkeit.

Auf dem Platz hinter und um Mortati herum weinten, jubelten und applaudierten die Menschen. Eine Gruppe Nonnen sank auf die Knie und sang *saetas*. Über dem Platz gewann ein rhythmisches Geräusch an Intensität. Plötzlich riefen alle den Namen des Camerlengos. Die Kardinäle, einige von ihnen mit Tränen in den Augen, stimmten ein. Mortati blickte sich um und versuchte zu begreifen. *Geschieht das alles wirklich?*

Camerlengo Carlo Ventresca stand hoch oben auf der Dachterrasse der Peterskirche und blickte hinunter auf die Menschen. War er wach oder träumte er? Er fühlte sich verwandelt, transformiert, wie in einer anderen Welt. Er fragte sich, ob dies sein Leib oder nur sein Geist war, der vom Himmel herabgeschwebt und in den sanften, grünen Vatikanischen Gärten gelandet war … hell wie ein Engel auf dem verlassenen Rasen, der schwarze Fallschirm unsichtbar hinter den gewaltigen Schatten der Basilika. Er fragte sich, ob es sein Körper oder sein Geist gewesen war, der die Kraft besessen hatte, die alte Scala della Medaillone zur Terrasse hinaufzusteigen, wo er nun stand.

Er fühlte sich leicht wie ein Geist.

Auch wenn die Menschen unten seinen Namen riefen, so wusste er doch, dass nicht er es war, dem sie zujubelten. Sie jubelten aus impulsiver Freude … der Freude, die der Camerlengo jeden Tag seines Lebens verspürt hatte, solange er den Herrn bei sich wusste. Sie spürten, wonach alle sich stets gesehnt hatten … die Existenz des Jenseits, die Materialisierung der Macht des Schöpfers.

Camerlengo Carlo Ventresca hatte sein Leben lang für diesen Augenblick gebetet, und doch konnte er sich noch immer nicht vorstellen, dass Gott einen Weg gefunden hatte, es geschehen zu lassen. Er wollte es ihnen entgegenschreien. *Euer Gott ist ein lebendiger Gott! Seht nur die Wunder überall um euch herum!*

Stattdessen stand er stumm und betäubt da, auch wenn er mehr empfand als je zuvor in seinem Leben. Als er sich schließlich regte, trat er von der Brüstung zurück und kniete nieder.

Allein, den Blicken der Menschen entzogen, begann er zu beten.

127.

DIE EINDRÜCKE WAREN VERSCHWOMMEN; sie kamen und gingen. Allmählich klärte sich Langdons Blick wieder. Seine Beine schmerzten, und sein Körper fühlte sich an, als wäre er von einem Lastwagen überfahren worden. Er lag auf der Seite am Boden. Es roch nach Erbrochenem. Noch immer hörte er das unablässige Plätschern des Wassers, doch es klang nicht mehr friedlich in seinen Ohren. Und er hörte noch andere Geräusche – Stimmen, Gespräche rings um ihn herum. Er sah verschwommene weiße Schatten. Benommen fragte sich Langdon, wo er sich befand. Dem Brennen in seiner Kehle nach zu urteilen, konnte es jedenfalls nicht der Himmel sein.

»Er erbricht sich nicht mehr«, sagte ein Mann auf Italienisch. »Dreht ihn wieder um.« Die Stimme klang fest und professionell.

Langdon spürte, wie Hände ihn ergriffen und auf den Rücken drehten. Er war benommen. Als er sich aufzusetzen versuchte, zwangen die Hände ihn sanft wieder zurück. Er ergab sich in sein Schicksal. Jemand durchsuchte seine Taschen und seine persönlichen Dinge.

Dann verlor er schlagartig das Bewusstsein.

Dr. Jacobus war kein religiöser Mann; die medizinische Forschung hatte ihn vor langer Zeit davon abgebracht. Und doch – die Ereignisse in der Vatikanstadt in dieser Nacht hatten seinen nüchternen, logischen Verstand auf eine harte Probe gestellt. *Fallen jetzt Körper vom Himmel?*

Dr. Jacobus tastete nach dem Puls des durchnässten Mannes, den sie soeben aus dem Tiber gezogen hatten. Der Arzt gelangte zu der Ansicht, dass Gott persönlich diesen Mann gerettet haben musste. Beim Aufprall aufs Wasser war er bewusstlos geworden, und wären nicht Dr. Jacobus und sein Team am Ufer gewesen, um das nächtliche Spektakel zu beobachten, wäre der Mann ohne Zweifel ertrunken.

»*E Americano*«, sagte eine Krankenschwester, während sie die Papiere durchblätterte, die sie aus der Jacke des Fremden gezogen hatte.

Amerikaner? Die Römer witzelten häufig, dass es genügend Amerikaner in Rom gab, um Hamburger zu einem typisch italienischen Gericht zu deklarieren. *Aber Amerikaner, die vom Himmel fallen?* Jacobus leuchtete mit einer Stablampe in die Augen des Mannes und überprüfte die Reflexe. »Signore? Können Sie mich hören? Wissen Sie, wo Sie sind?«

Der Mann hatte wieder das Bewusstsein verloren. Jacobus war nicht sonderlich überrascht. Der Fremde hatte eine Menge Wasser erbrochen, nachdem Jacobus die kardiopulmonale Reanimation durchgeführt hatte.

»*Si chiama Robert Langdon!*«, las die Krankenschwester den Namen des Fremden von dessen Führerschein.

Die anderen drehten sich erstaunt zu ihr um.

»*Impossibile!*«, rief Jacobus. Robert Langdon war der Amerikaner aus dem Fernsehen – der Harvard-Professor, der dem Vatikan geholfen hatte. Jacobus hatte Langdon erst ein paar Minuten zuvor gesehen, live, wie er auf dem Petersplatz in einen Helikopter gestiegen und kilometerhoch in den Himmel geflogen war. Jacobus und die anderen waren nach draußen und ans Ufer des Tiber gerannt, um die Antimaterie-Explosion zu beobachten – eine gewaltige Kugel aus Licht, ein Anblick, den sie ihr Leben lang nicht vergessen würden. *Das kann unmöglich der gleiche Mann sein!*

»Er ist es!«, rief die Krankenschwester und strich dem Bewusstlosen das nasse schwarze Haar aus der Stirn. »Außerdem erkenne ich sein Tweedjackett!«

Plötzlich schrie jemand vom Eingang des Hospitals – einer der weiblichen Patienten. Sie schrie, als würde sie den Verstand verlieren. Dann hielt sie ihr kleines Transistorradio in die Höhe und betete zu Gott. Wie es schien, war Camerlengo Carlo Ventresca auf wundersame Weise auf dem Dach des Petersdoms aufgetaucht.

Dr. Jacobus beschloss, auf direktem Weg in die Kirche zu gehen, sobald seine Schicht um acht Uhr am Morgen zu Ende war.

Die Lichter über Langdon leuchteten heller. Er lag auf einer Art Untersuchungstisch und roch Desinfektionsmittel – starke Chemikalien. Jemand hatte ihm eine Injektion gegeben, und man hatte ihm die Kleidung ausgezogen.

Das sind keine Engel, dachte er in seinem dämmrigen Delirium. *Vielleicht Aliens?* Ja, er hatte von solchen Dingen gehört. Gott sei Dank würden sie ihm nichts tun. Sie waren nur hinter seiner …

»Nur über meine Leiche!« Langdon setzte sich kerzengerade auf und öffnete die Augen.

»Attento!«, rief eine der Kreaturen und hielt ihn fest. Auf ihrem Kittel stand »Dr. Jacobus«. Sie sah bemerkenswert menschenähnlich aus.

»Ich … ich dachte …«, stammelte Langdon.

»Ganz ruhig, Mr. Langdon. Sie befinden sich in einem Krankenhaus.«

Der Nebel begann sich zu lichten. Langdon spürte eine Woge der Erleichterung. Er hasste Krankenhäuser, doch sie waren auf jeden Fall besser als Aliens, die seine Testikel abschnitten.

»Mein Name ist Dr. Jacobus«, stellte der Mann sich vor. Er erklärte, was sich zugetragen hatte. »Sie hatten großes Glück.«

Langdon war alles andere als glücklich. Seine Erinnerungen waren wirr … der Helikopter … der Camerlengo … Er hatte überall Schmerzen. Sie gaben ihm Wasser, und er spülte sich den Mund aus. Sie verbanden seine Hand.

»Wo ist meine Kleidung?«, fragte Langdon, der nur einen Papierkittel trug.

Eine der Krankenschwestern deutete auf einen tropfnassen Haufen aus zerfetztem Khaki und Tweed auf einer Ablage. »Sie waren völlig durchnässt. Wir mussten Ihnen die Sachen vom Leib schneiden.«

Langdon betrachtete die Überreste seiner Harris-Tweedjacke und runzelte die Stirn.

»Sie hatten eine Art Kleenex in der Tasche«, sagte die Krankenschwester.

Das war der Augenblick, da Langdon die Pergamentfetzen erkannte, die an seiner Jacke klebten. Das Blatt aus Galileos *Diagramma*. Die letzte verbliebene Kopie auf Erden war soeben vernichtet worden. Er war zu betäubt, um zu reagieren. Sprachlos starrte er die Schwester an.

»Wir haben Ihre persönlichen Gegenstände gerettet.« Sie hielt einen Plastikbeutel hoch. »Brieftasche, Camcorder und einen Stift. Ich habe den Camcorder getrocknet, so gut es ging.«

»Ich besitze keinen Camcorder.«

Die Krankenschwester legte die Stirn in Falten und hielt ihm den Beutel hin. Langdon schaute hinein. Tatsächlich, neben seiner Brieftasche und dem Füllfederhalter lag ein winziger SONY RUVI Camcorder. Jetzt erinnerte er sich. Der sterbende Kohler hatte ihm das Gerät anvertraut, damit er es den Medien gab.

»Wir haben den Camcorder in Ihrer Tasche gefunden. Ich glaube allerdings, Sie brauchen einen neuen.« Die Krankenschwester klappte den winzigen Bildschirm auf der Rückseite auf. »Das Display ist hin.« Dann hellte ihre Miene sich auf. »Der Ton funktioniert allerdings noch. Schwach, aber er ist zu hören.« Sie hielt sich das Gerät ans Ohr. »Er spielt immer wieder das Gleiche, wie in einer Schleife.« Sie lauschte einen Augenblick und reichte das Gerät dann Langdon. »Zwei Männer. Sie scheinen zu streiten.«

Verwirrt nahm Langdon den Camcorder und hielt ihn ans Ohr. Die Stimmen klangen hoch und metallisch, waren jedoch verständlich. Eine war ganz nah, die andere weiter weg. Langdon erkannte beide.

Er saß in seinem Papierkittel auf dem Bett und lauschte fassungslos der Unterhaltung. Als das Ende des Streits kam, war er dankbar dafür.

Mein Gott!

Das Gespräch wiederholte sich. Langdon nahm den Camcorder vom Ohr und starrte in tiefer Bestürzung auf das Gerät. Die Antimaterie … der Helikopter …

Aber das würde bedeuten …

Erneut wurde ihm übel. Wut und Enttäuschung stiegen in ihm auf. Er schwang sich vom Untersuchungstisch und stand schwankend da.

»Mr. Langdon!«, mahnte der Arzt und versuchte ihn aufzuhalten.

»Ich brauche etwas zum Anziehen«, verlangte Langdon. Sein Rücken war nackt und kalt, und er spürte die Zugluft.

»Sie müssen sich ausruhen.«

»Nein. Ich verlasse das Krankenhaus. Sofort. Besorgen Sie mir Kleidung.«

»Aber …«

»Auf der Stelle!«

Das Personal wechselte befremdete Blicke. »Wir haben nichts, Signore«, sagte der Arzt schließlich. »Vielleicht kann Ihnen morgen ein Freund etwas vorbeibringen …«

Langdon atmete tief und geduldig durch, als er den Arzt anschaute. »Dr. Jacobus, ich werde dieses Krankenhaus jetzt verlassen. Ich benötige etwas zum Anziehen. Mein Ziel ist die Vatikanstadt. Man geht nicht mit nacktem Hintern in die Vatikanstadt. Habe ich mich verständlich ausgedrückt?«

Dr. Jacobus schluckte schwer. »Bringen Sie diesem Mann etwas zum Anziehen, Schwester.«

Als Langdon aus dem Ospedale Tiberina humpelte, fühlte er sich wie ein zu groß geratener Pfadfinder. Er trug den blauen Overall eines Sanitäters, der vorn von einem Reißverschluss zusammengehalten wurde, der von oben bis unten reichte. Der Overall war übersät mit zahlreichen Stoffabzeichen, die von den Qualifikationen seines Trägers zeugten.

Die Frau in Langdons Begleitung war stämmig und trug einen ähnlichen Overall. Der Arzt hatte Langdon versichert, sie würde ihn in Rekordzeit zum Vatikan bringen.

»Molto traffico«, sagte Langdon und erinnerte die Frau daran, dass die Gegend rings um den Vatikan voller Fahrzeuge und Menschen war.

Die Frau schien unbeeindruckt. Sie deutete stolz auf eines ihrer Abzeichen. *»Sono conducente di ambulanza«*, sagte sie und führte Langdon an der Seite des Gebäudes vorbei nach hinten, wo ihr Fahrzeug stand. Als Langdon es sah, blieb er wie angewurzelt stehen. Es war ein alter Notarzthubschrauber. Auf dem Rumpf stand *Aero-Ambulanza*.

Die Frau lächelte, als sie Langdons Reaktion sah. *»Wir fliegen Città del Vaticano. Tutto pronto.«*

128.

DAS KOLLEGIUM DER KARDINÄLE – hunderteinundsechzig Männer – war fassungslos, als es in die Sixtinische Kapelle zurückkehrte. Mortati war dermaßen verwirrt, dass er das Gefühl hatte, den Boden unter den Füßen zu verlieren. Er glaubte an die alten Wunder in den heiligen Schriften, und doch entzog sich das, was er soeben mit eigenen Augen gesehen hatte, seinem Verständnis. Nach einem Leben voller Hingabe wusste der neunundsiebzigjährige Mann, dass die Ereignisse eigentlich andere Empfindungen hätten hervorrufen müssen – Demut, Ehrfurcht, einen lebendigen, inbrünstigen Glauben –, und doch fühlte er nur eine wachsende Unruhe. Irgendetwas erschien ihm nicht richtig.

»Monsignore Mortati!«, rief ein Hellebardier und kam durch die Halle zu ihm gerannt. »Wir waren oben auf dem Dach, wie Sie uns gebeten haben. Der Camerlengo ist … er lebt! Er ist kein Geist!«

»Hat er mit Ihnen *gesprochen*?«

»Er kniet in stillem Gebet, Monsignore. Wir haben uns nicht getraut, ihn zu berühren!«

Mortati wusste nicht weiter. »Sagen Sie ihm ... sagen Sie ihm, die Kardinäle würden warten.«

»Noch etwas, Monsignore. Seine Brust ... der Camerlengo ist immer noch verwundet. Sollen wir ihn verbinden? Er muss schreckliche Schmerzen haben.«

Mortati dachte nach. Sein Leben im Dienst der Kirche hatte ihn nicht auf eine Situation wie diese vorbereitet. »Er ist ein Mensch, also helfen Sie ihm wie einem Menschen. Baden Sie ihn. Verbinden Sie seine Wunden. Geben Sie ihm neue Kleidung. Wir erwarten seine Ankunft in der Sixtinischen Kapelle.«

Der Hellebardier eilte davon.

Mortati wandte sich zur Kapelle. Die anderen Kardinäle waren bereits versammelt. Als Mortati durch die Halle ging, sah er Vittoria Vetra zusammengesunken auf einer Bank am Fuß der Scala Royale. Er sah den Schmerz und die Einsamkeit in ihrem Gesicht und wollte zu ihr, um sie zu trösten, aber das musste warten. Er hatte eine Aufgabe zu erfüllen ... obwohl er nicht mehr wusste, was für eine Aufgabe es war.

Mortati betrat die Kapelle. Im Innern herrschte wilder Aufruhr. Er schloss die Tür. *Lieber Gott, hilf mir.*

Der Ambulanzhubschrauber des Ospedale Tiberina umrundete die Vatikanstadt und näherte sich von hinten, während Langdon die Zähne zusammenbiss und sich schwor, dass es der letzte Helikopterflug seines Lebens sei.

»*Grazie*«, sagte er, als sie gelandet waren, und stieg unter Schmerzen aus. Die Pilotin warf ihm eine Kusshand zu und hob sofort wieder ab, um über die Mauer hinweg in der Nacht zu verschwinden.

Langdon atmete tief durch. Er nahm sich einen Augenblick Zeit, um wieder klaren Kopf zu bekommen und zu überlegen, wie er am besten vorgehen sollte. Mit dem Camcorder in der Hand stieg er in das gleiche Golfkart, mit dem er schon einmal gefahren war. Es war nicht aufgeladen worden, und der Batterieanzeiger stand auf Reserve. Langdon fuhr ohne Scheinwerfer, um Strom zu sparen.

Er zog vor, dass niemand ihn kommen sah.

Kardinal Mortati stand benommen im Eingang der Sixtinischen Kapelle und starrte auf das Pandämonium vor ihm.

»Es war ein Wunder!«, rief einer der Kardinäle. »Die Hand Gottes!«

»Ja!«, pflichtete ein anderer ihm bei. »Gott hat seinen Willen kundgetan!«

»Der Camerlengo wird unser neuer Papst!«, rief ein dritter. »Er mag kein Kardinal sein, doch Gott hat uns ein Zeichen gesandt!«

»Ja!«, stimmte jemand zu. »Die Gesetze des Konklaves sind von Menschen gemacht. Doch wir alle haben den Willen *Gottes* mit eigenen Augen gesehen. Ich beantrage einen neuen Wahlgang!«

»Einen neuen Wahlgang?«, fragte Mortati. »Ich glaube, das ist immer noch meine Aufgabe.«

Alle wandten sich ihm zu.

Mortati spürte, wie die anderen ihn betrachteten. Sie schienen unschlüssig zu sein, verletzt von seiner Nüchternheit. Er sehnte sich danach, genau wie die anderen aufzugehen in dem Staunen, der andachtsvollen Heiterkeit, die er in den Gesichtern ringsum erblickte. Doch es geschah nicht. Er spürte eine Traurigkeit, die er sich nicht erklären konnte.

»Meine Freunde«, begann Mortati, während er zum Altar ging. Seine Stimme klang, als gehöre sie nicht zu ihm. »Ich glaube, dass ich für den Rest meiner Tage über die Bedeutung dessen nachgrübeln werde, was wir alle heute Nacht gesehen haben. Und doch ist das, was Sie den Camerlengo betreffend vorschlagen … es kann unmöglich Gottes Wille sein!«

Mit einem Mal kehrte Stille ein.

»Wie … wie können Sie das sagen?«, fragte schließlich einer der Kardinäle. »Der Camerlengo hat die Kirche gerettet! Der Mann hat den Tod überlebt! Welches Zeichen brauchen wir denn noch?«

»Der Camerlengo kommt nun zu uns«, antwortete Mortati. »Lasst uns warten. Wir wollen ihn anhören, bevor wir zur nächsten Wahl schreiten. Vielleicht gibt es eine Erklärung für all das.«

»Eine Erklärung?«

»Als Zeremonienmeister dieses Konklaves habe ich geschworen, die Gesetze für die Wahl zu beachten. Sie wissen, dass der Camerlengo nach dem heiligen Gesetz nicht zum Papst gewählt werden kann. Er ist kein Kardinal. Er ist ein gewöhnlicher Priester … ein Kammerdiener. Abgesehen davon ist er zu jung.« Mortati spürte, wie die Blicke der anderen hart wurden. »Wenn ich einen Wahlgang erlaube, würde ich zulassen, dass Sie einen Mann unterstützen, der nach vatikanischem Gesetz nicht wählbar ist. Ich würde zulassen, dass jeder von Ihnen einen heiligen Eid bricht.«

»Aber … aber was hier heute Nacht geschehen ist«, stammelte jemand, »übersteigt doch gewiss unsere Gesetze.«

»Meinen Sie?«, entgegnete Mortati schneidend, ohne zu wissen, woher er die Kraft dazu nahm. »Ist es Gottes Wille, dass wir die Regeln unserer Kirche missachten? Ist es Gottes Wille, dass wir Vernunft und Logik ablegen und uns in Ekstase ergehen?«

»Aber Sie haben das Gleiche gesehen wie wir alle!«, rief jemand ärgerlich. »Wie können Sie es wagen, diese Demonstration der Macht infrage zu stellen?«

Mortatis Stimme antwortete mit einer Kraft, von der er bisher gar nicht gewusst hatte, dass er sie besaß. »Ich stelle Gottes Macht gewiss nicht infrage! Es ist Gott, der uns Verstand und Umsicht gab! Es ist Gott, dem wir dienen, indem wir umsichtig zu Werke gehen!«

129.

VITTORIA VETRA SASS WIE BETÄUBT auf einer Bank in der Halle vor der Sixtinischen Kapelle, am Fuß der Scala Royale. Als sie die Gestalt bemerkte, die durch die Hintertür kam, fragte sie sich erschreckt, ob sie einen weiteren Geist sah. Doch dieser Geist hier war bandagiert, humpelte und trug eine Art Sanitätsoverall.

Vittoria sprang auf. Sie wollte ihren Augen nicht trauen. *»Robert?«*

Er antwortete nicht. Stattdessen kam er auf sie zu, schloss sie in die Arme und küsste sie – ein impulsiver, sehnsüchtiger Kuss voller Dankbarkeit.

Vittoria spürte, wie die Tränen kamen. »O Gott, ich danke dir …«

Langdon küsste sie erneut, leidenschaftlicher diesmal, und Vittoria verlor sich in seiner Umarmung und vergaß alle Furcht und allen Schmerz.

»Aber es ist der Wille des Herrn!«, rief einer der Kardinäle. Die Stimme hallte laut durch die Kapelle. »Wer sonst, wenn nicht der Auserwählte, hätte diese teuflische Explosion überlebt?«

»Ich!«, antwortete eine Stimme aus dem hinteren Teil der Kapelle.

Mortati und die anderen wandten sich verwirrt zu der verwahrlosten, bandagierten Gestalt um, die durch den Mittelgang nach vorne kam. »Signore ... *Signor Langdon?*«

Ohne ein Wort ging Langdon nach vorn. Vittoria trat ebenfalls ein. Ihr folgten zwei Wachen, die einen Rolltisch mit einem großen Fernseher vor sich herschoben. Langdon schaute die Kardinäle an und wartete, während die Wachen das Gerät anschlossen. Als sie fertig waren, bedeutete er ihnen mit einer Handbewegung, den Raum zu verlassen. Sie gehorchten und schlossen die Tür hinter sich.

Jetzt waren nur noch Langdon, Vittoria und die Kardinäle im Raum. Langdon verband den kleinen Camcorder mit dem Eingang des Fernsehers. Dann drückte er auf PLAY.

Der Bildschirm wurde hell.

Das päpstliche Amtszimmer war zu sehen. Das Video war amateurhaft aufgenommen, wie von einer versteckten Kamera. Ein wenig außerhalb der Bildmitte stand der Camerlengo im Halbdunkel vor einem Kaminfeuer. Im ersten Augenblick schien es, als redete er direkt in die Kamera, doch rasch wurde offensichtlich, dass er sich mit jemand anderem unterhielt – demjenigen, der dieses Video gefilmt hatte. Langdon erklärte den Kardinälen, dass es Maximilian Kohler gewesen war, der getötete Generaldirektor von CERN. Das Treffen mit dem Camerlengo hatte vor gerade einer Stunde stattgefunden, und Kohler hatte es gewohnheitsmäßig mit dem winzigen Camcorder gefilmt, der unauffällig unter der Lehne seines elektrischen Rollstuhls befestigt war.

Mortati und die Kardinäle beobachtete die Szene mit wachsender Verwirrung. Die Unterhaltung war zwar bereits im Gange, doch Langdon machte sich nicht die Mühe, die Aufzeichnung zurückzuspulen. Die Szene, die er den Kardinälen zeigen wollte, kam offensichtlich noch …

»Leonardo Vetra hat also Tagebücher geführt?«, fragte der Camerlengo. »Das ist eine gute Nachricht für CERN. Wenn in den Tagebüchern etwas über sein Verfahren zur Erzeugung von Antimaterie steht …«

»Es findet sich nichts darüber«, unterbrach ihn Kohler. »Und Sie sind gewiss erleichtert, dass dieses Verfahren mit Leonardo gestorben ist. Allerdings wird in seinen Tagebüchern etwas anderes erwähnt. *Sie.*«

Der Camerlengo wirkte beunruhigt. »Ich verstehe nicht …«

»Leonardo hat von einem Treffen geschrieben, das letzten Monat stattgefunden hat. Mit *Ihnen.*«

Der Camerlengo zögerte, dann schaute er zur Tür. »Rocher hätte Sie nicht einlassen dürfen, ohne mich vorher zu fragen. Wie sind Sie überhaupt hier hereingekommen?«

»Rocher kennt die Wahrheit. Ich habe vorher angerufen und ihm gesagt, was Sie getan haben.«

»Was *ich* getan habe? Was für eine Geschichte Sie ihm auch erzählt haben, Rocher gehört zur Schweizergarde und ist seiner Kirche viel zu sehr verbunden, als dass er einem Wissenschaftler mehr glauben würde als dem Camerlengo.«

»Offen gestanden, er ist viel zu vertrauensvoll, um *nicht* zu glauben. Er ist so vertrauensvoll, dass er trotz aller Indizien nicht glauben konnte, dass einer seiner loyalen Schweizergardisten die Kirche verraten haben könnte. Er weigerte sich, diesen Gedanken zu akzeptieren. Den ganzen Tag hat er nach einer anderen Erklärung gesucht.«

»Und Sie haben ihm eine geliefert.«

»Die Wahrheit, so schockierend sie auch war.«

»Wenn Rocher Ihnen geglaubt hätte, stünde ich längst unter Arrest.«

»Nein. Ich habe es nicht zugelassen. Ich bot ihm mein Schweigen als Gegenleistung für dieses Treffen.«

Der Camerlengo stieß ein merkwürdiges Lachen aus. »Sie wollen die Kirche mit einer Geschichte erpressen, die Ihnen kein Mensch glaubt!«

»Ich habe es nicht nötig, die Kirche zu erpressen. Ich möchte lediglich die Wahrheit erfahren, aus Ihrem Mund. Leonardo Vetra war mein Freund.«

Der Camerlengo starrte Kohler an und schwieg.

»Wie wäre es damit?«, sagte Kohler. »Vor etwa einem Monat hat sich Leonardo Vetra mit Ihnen in Verbindung gesetzt und um eine dringende Audienz beim Papst gebeten – eine Audienz, die Sie gewährt haben, weil der Papst ein Bewunderer von Leonardos Arbeit war und weil Leonardo sagte, dass es ein Notfall sei.«

Der Camerlengo schwieg noch immer und wandte sich zum Feuer um.

»Leonardo besuchte den Vatikan in aller Heimlichkeit. Er verriet das Vertrauen seiner Tochter, indem er hierher kam – was ihm sehr zu schaffen machte, doch er sah keinen anderen Ausweg. Seine Forschung hatte ihn in einen tiefen Konflikt gestürzt, und er brauchte geistige Erbauung von Seiten der Kirche. Während des geheimen Treffens informierte er Sie und den Papst über seine wissenschaftliche Entdeckung und deren weitreichende Auswirkungen auf die Religion. Leonardo hatte *bewiesen*, dass die Schöpfung physikalisch möglich ist, und dass man mithilfe gewaltiger Energiequellen – das, was Leonardo *Gott* nannte – den Augenblick der Schöpfung nachvollziehen kann.«

Schweigen.

»Der Papst war zutiefst beeindruckt«, fuhr Kohler fort. »Er wollte, dass Leonardo mit seiner Entdeckung an die Öffentlichkeit gehe. Seine Heiligkeit glaubte, dass diese Entdeckung endlich den Graben zwischen Wissenschaft und Religion überbrücken könnte – einer der Lebensträume des verstorbenen Papstes. Dann aber erklärte Leonardo ihm die Kehrseite der Medaille – den Grund, weshalb er den Rat der Kirche suchte. Es schien, dass sein Schöpfungsexperiment, genau wie die Bibel vorhersagt, ein Gegenstück zur Materie hervorgebracht hatte. Alles kommt nur in gegensätzlichen Paaren vor. Licht und Dunkelheit. Leonardo Vetra hatte neben gewöhnlicher Materie noch etwas anderes erschaffen. *Antimaterie.* Soll ich fortfahren?«

Der Camerlengo schwieg, schürte das Kaminfeuer.

»Nachdem Leonardo Vetra im Vatikan gewesen war«, sagte Kohler, »sind *Sie* nach CERN gereist, um seine Arbeiten zu besichtigen. Aus Leonardos Tagebüchern geht hervor, dass Sie seinem Labor einen persönlichen Besuch abgestattet haben.«

Der Camerlengo schaute auf.

»Der Papst konnte nicht reisen, ohne die Aufmerksamkeit der Medien zu erwecken, deshalb hat er *Sie* geschickt. Leonardo hat Sie heimlich durch sein Labor geführt. Er hat Ihnen eine Antimaterie-Annihilation vorgeführt – den Urknall, die Macht der Schöpfung. Und er hat Ihnen die große Probe gezeigt, die er weggeschlossen hatte, zum Beweis, dass er imstande war, mit seinem neuen Verfahren große Mengen Antimaterie herzustellen. Sie waren beeindruckt. Sie kehrten in den Vatikan zurück, um dem Papst zu berichten, was Sie gesehen hatten.«

Der Camerlengo seufzte. »Und weshalb sorgen Sie sich nun? Dass ich Leonardo Vetras Vertrauen respektiert habe, indem ich bis heute Nacht vorgab, nichts über Antimaterie zu wissen?«

»Nein. Mir bereitet Sorge, dass Leonardo praktisch die Existenz Gottes *bewiesen* hat – und Sie ließen ihn ermorden!«

Der Camerlengo wandte sich mit ausdrucksloser Miene seinem Besucher zu.

Das einzige Geräusch im Raum war das Knistern des Feuers.

Plötzlich ruckelte die Kamera, und Kohlers Arm erschien im Bild. Er beugte sich vor und schien sich mit etwas abzumühen, das unter seinem Rollstuhl befestigt war. Als er sich wieder zurücksetzte, hielt er eine Pistole in der Hand. Der Kamerawinkel ließ die Zuschauer frösteln … sie blickten über den ausgestreckten Arm und den Lauf der Waffe hinweg auf den Camerlengo.

»Gestehen Sie Ihre Sünden, Vater«, sagte Kohler.

Der Camerlengo blickte ihn fassungslos an. »Sie werden niemals lebend hier rauskommen.«

»Der Tod wäre eine willkommene Erlösung von dem Elend, in das mich Ihre Religion gestürzt hat, als ich noch ein Junge war.« Kohler hielt die Waffe nun mit beiden Händen. »Ich lasse Ihnen die Wahl, Camerlengo – beichten Sie Ihre Sünden, oder sterben Sie an Ort und Stelle.«

Der Camerlengo starrte zur Tür.

»Rocher ist draußen«, sagte Kohler. »Auch er ist darauf vorbereitet, Sie zu töten, falls es sein muss.«

»Rocher ist ein eingeschworener Wächter des …«

»Rocher hat mich zu Ihnen hineingelassen. *Bewaffnet.* Er ist ganz krank von Ihren Lügen. Sie haben nur diese eine Chance. Gestehen Sie Ihre Taten. Ich will es aus Ihrem Mund hören.«

Der Camerlengo zögerte.

Kohler entsicherte die Waffe. »Zweifeln Sie etwa daran, dass ich Sie töten werde?«

»Ganz gleich, was ich Ihnen erzähle«, sagte der Camerlengo, »ein Mann wie Sie würde es niemals verstehen.«

»Versuchen Sie's.«

Einen Augenblick lang schien der Camerlengo zu zögern, eine mächtige Silhouette vor dem flackernden Feuer. Als er schließlich sprach, hörte es sich an, als schildere er eine heroische, selbstlose Tat und kein Verbrechen.

»Seit Anbeginn der Zeit«, sagte der Camerlengo, »hat die Kirche gegen die Feinde Gottes gekämpft. Manchmal mit Worten, manchmal mit dem Schwert. Und wir haben stets überlebt.«

Der Camerlengo strahlte vor glühender Überzeugung.

»Doch die Dämonen der Vergangenheit«, fuhr er fort, »waren Dämonen des Feuers und der Abscheulichkeit … es waren Feinde, gegen die wir kämpfen konnten. Feinde, die Furcht erweckten. Doch Satans Wege sind verschlagen. Die Zeit verging, und er versteckte seine diabolische Contenance hinter einem neuen Gesicht, dem Gesicht der reinen Vernunft. Transparent und heimlich – und doch zugleich seelenlos.« Die Stimme des Camerlengos zitterte nun vor Zorn, eine fast manische Verwandlung.

»Sagen Sie, Mr. Kohler, wie kann die Kirche verdammen, was für uns vollkommen logisch ist? Wie können wir ablehnen, was inzwischen zum Fundament unserer Gesellschaft geworden ist? Jedes Mal, wenn die Kirche warnend ihre Stimme erhebt, nennen Menschen wie Sie uns unwissend und paranoid. Sie unterstellen uns, wir würden versuchen, Sie zu kontrollieren! Und so nimmt das Übel seinen Lauf, verhüllt in einem Schleier intellektueller Selbstgerechtigkeit. Es breitet sich aus wie ein Krebsgeschwür. Geheiligt von den Wundern seiner eigenen Schöpfung schwingt es sich zu einer neuen Gottheit auf! So lange, bis wir selbst nicht mehr glauben, dass Sie etwas anderes sein könnten als Gott. Die Wissenschaft hat uns von unseren Krankheiten geheilt, von Hunger und von Schmerzen. Es lebe die Wissenschaft – der neue Gott endloser Wunder, allmächtig und gütig! Ignoriert die Waffen und das Chaos, vergesst die Einsamkeit der Menschen und die endlosen Gefahren. Die Wissenschaft ist euer Retter!« Der Camerlengo näherte sich der Waffe. »Aber ich habe Satans Gesicht gesehen ... ich habe die Gefahren gesehen, die überall lauern ...«

»Wovon reden Sie? Vetras Versuche haben die Existenz Gottes praktisch *bewiesen*! Er war Ihr Verbündeter!«

»Verbündeter? Wissenschaft und Religion können sich nicht verbünden! Wir suchen nicht nach dem gleichen Gott, Sie und ich! Wer ist Ihr Gott? Ein Gott der Protonen, der Massen und Teilchenladungen? Wie kann Ihr Gott inspirieren? Wie kann Ihr Gott die Herzen der Menschen erreichen und sie daran erinnern, dass sie einer größeren Macht verantwortlich sind? Wie kann er den Menschen sagen, dass sie für ihre Mitmenschen verantwortlich sind? Leonardo Vetra war fehlgeleitet! Seine Arbeit war nicht religiös, sie war ein Sakrileg! Der Mensch darf Gottes Werk nicht in ein Reagenzglas packen und damit vor den Augen der Welt herumwedeln! Das ist keine Verehrung, das ist eine Entweihung!« Der Camerlengo sprach nun mit manischem Eifer, während er sich in die Brust warf.

»Darum haben Sie Leonardo Vetra ermorden lassen.«

»Für die Kirche! Für die ganze Menschheit! Dieser Wahnsinn, die Macht der Schöpfung in den Händen zu wiegen! Gott in einem Reagenzglas? Ein Tropfen von einer Flüssigkeit, der eine ganze Stadt vernichten kann? Vetra musste aufgehalten werden!« Abrupt verstummte der Camerlengo. Er wandte sich um und starrte ins Feuer, während er seine Möglichkeiten abzuschätzen schien.

Kohler hob die Waffe. »Sie haben gebeichtet. Es gibt keinen Ausweg.«

Der Camerlengo lachte traurig. »Sehen Sie denn nicht? Seine Sünden zu beichten *ist* der Ausweg!« Er blickte zur Tür. »Wenn Gott auf Ihrer Seite steht, haben Sie Auswege, die ein gewöhnlicher Sterblicher niemals verstehen würde!«

Mit diesen Worten packte der Camerlengo den Kragen seines Priestergewands und riss es mit einer kraftvollen Bewegung auseinander. Darunter kam seine nackte Brust zum Vorschein.

Kohler zuckte verblüfft zusammen. »Was haben Sie vor?«

Der Camerlengo antwortete nicht. Er trat zurück, zum Kamin, und zog einen Gegenstand aus den glühenden Holzscheiten.

»Halt!«, rief Kohler. Die Waffe war unverwandt auf den Camerlengo gerichtet. »Was tun Sie da?«

Als der Camerlengo sich wieder zu ihm umwandte, hielt er ein rot glühendes Brandeisen in der Hand. Den Illuminati-Diamanten. Seine Augen blickten irr. »Ich wollte es ganz alleine machen«, sagte er, und seine Stimme vibrierte mit der Wildheit eines Raubtiers. »Aber jetzt … Wie es aussieht, wollte Gott, dass Sie herkommen. Sie sind meine Erlösung.«

Bevor Kohler reagieren konnte, schloss der Camerlengo die Augen, drückte den Rücken durch und rammte sich das rot glühende Eisen mitten auf die eigene Brust. Seine Haut zischte. *»Mutter Maria! Gesegnete Mutter … nimm dich deines Sohnes an!«* Er schrie vor Schmerz.

Kohler kam ins Bild … unbeholfen mühte er sich auf die Beine, und die Waffe schwankte wild in seiner Hand.

Der Camerlengo schrie noch lauter und zitterte vor Schmerz am ganzen Leib. Er warf das Brandeisen vor Kohlers Füße, dann brach er zusammen und wand sich auf dem Boden.

Die folgenden Ereignisse überschlugen sich.

Die Schweizergardisten brachen durch die Tür ins Amtszimmer. Pistolenschüsse knallten. Kohler fasste sich an die Brust und fiel nach hinten in seinen Rollstuhl.

»Nein!«, brüllte Rocher und versuchte, seine Wachen daran zu hindern, auf Kohler zu schießen.

Der Camerlengo wand sich noch immer am Boden. Er rollte sich herum und deutete verzweifelt auf Rocher. *»Illuminatus!«*

»Du verdammter Bastard!«, rief Rocher und stürzte vor. »Du scheinheiliger, elender …«

Chartrand streckte ihn mit drei Schüssen in den Rücken nieder. Rocher brach tot zusammen.

Dann rannten die Wachen zu dem verletzten Camerlengo und

drängten sich um ihn. Während sie mit dem Geistlichen beschäftigt waren, fing die Kamera das völlig betäubte Gesicht Robert Langdons auf, der vor dem Rollstuhl kniete und auf das Brandeisen starrte. Dann begann das Bild heftig zu wackeln. Kohler hatte das Bewusstsein wiedererlangt und löste die winzige Kamera aus ihrer Befestigung an der Rollstuhllehne. Er streckte die Hand nach Langdon aus.

»Geben Sie …« Kohlers letzte Worte waren ein gurgelndes Röcheln. »Geben Sie das hier … den Medien.«

Der Schirm wurde schwarz.

130.

DER CAMERLENGO SPÜRTE, wie sich der wundersame Nebel und das Adrenalin langsam verflüchtigten. Während die Schweizergardisten ihn die Scala Regia hinunter zur Sixtinischen Kapelle führten, hörte er die Menschen draußen auf dem Petersplatz singen. In diesem Augenblick wusste er, dass Berge versetzt worden waren.

Grazie Dio.

Er hatte um Kraft gebetet, und Gott hatte ihm Kraft verliehen. In Augenblicken des Zweifels hatte Gott zu ihm gesprochen. *Deine Mission ist heilig,* hatte er zu ihm gesagt. *Ich werde dir die Kraft geben.* Selbst mit Gottes Kraft hatte der Camerlengo Furcht verspürt, hatte sich zweifelnd gefragt, ob sein Weg der rechte war.

Wenn nicht du, hatte Gott ihn gefragt, *wer sonst?*

Wenn nicht jetzt, wann denn?

Wenn nicht auf diese Weise, wie dann?

Jesus, so hatte Gott ihn erinnert, hat alle errettet. Jesus hatte die Menschen vor ihrer Apathie errettet, hatte ihnen die Augen geöffnet durch Grauen und Hoffnung – durch die Kreuzigung und die Wiederauferstehung. Er hat die Welt verändert.

Doch das war zwei Jahrtausende her. Die Zeit hatte dazu geführt, dass das Wunder verblasst war. Die Menschen hatten vergessen. Sie hatten sich den falschen Idolen zugewandt – Technogöttern und Wundern des Verstandes. *Was ist mit den Wundern des Herzens?*

Der Camerlengo hatte oft zu Gott gebetet, ihm einen Weg zu zeigen, wie man die Menschen wieder zum Glauben führen konnte. Doch Gott hatte geschwiegen. Erst als der Camerlengo Augenblicke tiefster Dunkelheit durchlebt hatte, war Gott zu ihm gekommen. *Welch eine grauenvolle Nacht!*

Der Camerlengo erinnerte sich noch, wie er in zerfetzten Nachtgewändern auf dem Boden gelegen und sich die eigene Brust zerkratzt hatte, in dem Versuch, seine Seele von den Schmerzen zu befreien – Schmerzen einer abscheulichen Wahrheit, die er Augenblicke zuvor erfahren hatte. *Es kann nicht sein,* hatte er geschrien. Und doch wusste er, dass es so war. Die Täuschung brannte in ihm wie die Feuer der Hölle. Der Bischof, der ihn bei sich aufgenommen hatte, der Mann, der wie ein Vater zu ihm gewesen war, der Geistliche, den der Camerlengo auf seinem Weg zum Pontifikat begleitet hatte, war ein Betrüger. Ein Lügner. Ein gewöhnlicher Sünder. Er hatte die Welt belogen – über eine so schändliche, so verräterische Tat, dass der Camerlengo bezweifelte, ob selbst Gott sie je vergeben würde. »Aber dein Eid!«, hatte der Camerlengo den Papst angeschrien. »Du hast deinen Eid gegenüber Gott gebrochen! Ausgerechnet du!«

Der Papst hatte versucht, sich zu rechtfertigen, doch der Camerlengo hatte ihm nicht zuhören wollen. Er war nach draußen gerannt, blind durch die Gänge gestolpert, hatte sich übergeben, sich selbst zerkratzt, bis er sich blutend und allein auf dem kalten nackten Erdboden vor dem Grab des heiligen Petrus wiedergefunden hatte. *Mutter Maria, was soll ich tun?* Es war in diesen Augenblicken des Schmerzes und der Enttäuschung gewesen, als der Camerlengo in der Nekropole unter der gewaltigen Basilika lag und zu Gott betete, er möge ihn zu sich nehmen und vom Übel der Welt erlösen, dass Gott zu ihm gekommen war.

Die Stimme in seinem Kopf hallte wie Donner wider. *»Hast du geschworen, deinem Gott zu dienen?«*

»Ja!«, rief der Camerlengo aus tiefster Seele.

»Würdest du für deinen Gott sterben?«

»Ja! Nimm mich zu dir!«

»Würdest du für deine Kirche sterben?«

»Ja! Herr, erlöse mich!«

»Aber würdest du auch für die Menschheit sterben?«

In der nun einsetzenden Stille hatte der Camerlengo das Gefühl, in einen Abgrund zu stürzen, tiefer und tiefer, und doch kannte er die Antwort. Er hatte sie immer gekannt.

»Ja!«, rief er in die Dunkelheit. »Ich würde für die Menschheit sterben! Wie dein Sohn, so würde ich für die Menschheit sterben!«

Stunden später lag der Camerlengo immer noch zitternd am Boden. Er sah das Gesicht seiner Mutter. *Gott hat Pläne mit dir,* sagte sie zu ihm. Der Camerlengo stürzte noch tiefer in den Wahnsinn. In diesem Augenblick sprach Gott erneut zu ihm, ohne dass Worte zu verstehen gewesen wären. Der Camerlengo verstand dennoch.

Gib ihnen ihren Glauben wieder.

Wenn nicht ich – wer dann?

Wenn nicht jetzt – wann denn?

Als die Wachen die Tür zur Sixtinischen Kapelle entriegelten, spürte der Camerlengo die Macht Gottes in seinen Adern … genau wie damals, als er ein Knabe gewesen war. Gott hatte ihn auserwählt. Vor langer, langer Zeit.

Dein Wille geschehe.

Der Camerlengo fühlte sich wie neugeboren. Die Schweizergardisten hatten seine Brust verbunden, ihn gebadet und in ein frisches weißes Leinengewand gekleidet. Außerdem hatten sie ihm eine Morphiumspritze gegen die Schmerzen gegeben. Der Camerlengo wünschte, sie hätten darauf verzichtet. *Jesus hat seine Schmerzen am Kreuz drei Tage lang ertragen!* Der Camerlengo konnte spüren, wie die Droge seine Sinne betäubte …

Als er die Kapelle betrat, bemerkte er, dass alle Kardinäle ihn anstarrten. *Sie sind voller Ehrfurcht vor Gott,* sagte er sich, *nicht vor mir. Aber Gott wirkt* durch *mich.* Er ging durch den Mittelgang nach vorn und meinte, Verwirrung in den Gesichtern zu erkennen. Und mit jedem neuen Gesicht, an dem er vorüberkam, spürte er noch etwas anderes in den Blicken. *Was war es?* Der Camerlengo hatte sich vorzustellen versucht, wie sie ihn heute Nacht empfangen würden: mit Freude und Ehrfurcht. Doch als er in den Gesichtern zu lesen versuchte, sah er weder das eine noch das andere.

Dann erst blickte er nach vorn zum Altar und sah Robert Langdon.

131.

CAMERLENGO CARLO VENTRESCA stand im Mittelgang der Sixtinischen Kapelle. Die Kardinäle standen in den vordersten Reihen und starrten ihn an. Langdon stand oben beim Altar, neben ihm ein Fernsehgerät, auf dem eine Szene sich endlos wiederholte – eine Szene, an die sich der Camerlengo dunkel erinnerte, auch wenn er sich nicht erklären konnte, wie sie auf den Bildschirm kam. Vittoria Vetra stand neben Langdon und schaute unverwandt zu Boden.

Der Camerlengo schloss für einen Moment die Augen in der Hoffnung, dass er unter dem Einfluss des Morphiums halluzinierte und die Szene sich verändert hätte, wenn er die Augen wieder aufschlug. Doch so war es nicht.

Sie wussten Bescheid.

Merkwürdigerweise spürte der Camerlengo keine Furcht. *Zeig mir den Weg, Vater. Gib mir die Worte, damit ich ihnen zeigen kann, was Du mir gezeigt hast.*

Doch Gott antwortete nicht.

Vater, wir sind so weit gekommen, lass es nicht so enden!

Stille.

Sie verstehen nicht, was wir getan haben, Vater.

Der Camerlengo wusste nicht, welche Stimme nun in seinem Kopf erklang, doch die Botschaft war deutlich.

Die Wahrheit wird dich erlösen …

Und so geschah es, dass der Camerlengo Carlo Ventresca mit hoch erhobenem Haupt zum Altar der Sixtinischen Kapelle trat. Nicht einmal das Kerzenlicht konnte die steinernen Blicke erweichen, mit denen die Kardinäle ihn musterten. *Erkläre dich,* sagten ihre

Blicke. *Bring einen Sinn in diesen Wahnsinn. Sag uns, dass unsere Ängste unbegründet sind!*

Die Wahrheit, sagte der Camerlengo zu sich selbst. *Nichts als die Wahrheit.* Diese Wände enthielten schon zu viele Geheimnisse ... und eines davon war so dunkel, dass es ihn in den Wahnsinn getrieben hatte. *Doch aus dem Wahnsinn kam das Licht!*

»Wenn Sie Ihre Seele geben könnten, um Millionen zu retten«, begann der Camerlengo, während er zum Altar schritt, »würden Sie es tun?«

Die Gesichter in der Kapelle starrten ihn an. Niemand regte sich. Niemand sagte ein Wort. Draußen auf dem Platz war noch immer das freudige Singen der Menschen zu hören.

Der Camerlengo trat auf die Kardinäle zu. »Welche Sünde ist größer? Den Feind zu töten oder untätig dabeizustehen, wenn die eine große Liebe erstickt wird ...?« *Sie singen auf dem Petersplatz!* Der Camerlengo hielt inne und richtete den Blick nach oben, zur Decke der Sixtinischen Kapelle. Michelangelos Gott erwiderte seinen Blick aus dem dunklen Gewölbe – und es sah aus, als wäre Er zufrieden.

»Ich konnte nicht länger untätig dabeistehen«, sagte der Camerlengo. Er näherte sich noch weiter, sah jedoch keinen Funken von Verständnis in ihren Augen. Erkannten sie denn nicht die strahlende Reinheit seiner Taten? Erkannten sie denn nicht, wie notwendig sie gewesen waren?

Es war so einfach gewesen.

Die Illuminati. Wissenschaft und Satan in einer Person.

Erwecke die alte Furcht zu neuem Leben. Und dann vernichte sie.

Grauen und Hoffnung. Bring sie dazu, wieder zu glauben.

Heute Nacht hatten die Menschen die Macht der Illuminati zu spüren bekommen ... und mit welch glorreicher Konsequenz! Die Apathie war wie weggewischt. Furcht hatte die Welt umrundet wie ein Blitz und die Menschen vereint. Und Gottes Herrlichkeit hatte die Dunkelheit ausgelöscht.

Ich konnte nicht untätig dabeistehen!

Die Inspiration war Gottes Werk gewesen – für den Camerlengo ein Leuchtfeuer in der Nacht des tiefsten Schmerzes. *Oh, welch eine gottlose Welt! Jemand muss sie erlösen! Du. Wenn nicht du, wer dann? Du bist aus einem bestimmten Grund errettet worden. Zeig ihnen die alten Dämonen. Erinnere sie an ihre Furcht. Apathie bedeutet Tod. Ohne Dunkelheit gibt es kein Licht, und ohne das Böse nichts Gutes. Bring sie dazu, dass sie wählen. Licht oder Dunkel. Wo ist die Furcht, wo sind die Helden? Wenn nicht jetzt, wann denn?*

Der Camerlengo ging auf die wartenden Kardinäle zu. Er fühlte sich wie Moses, als das Meer roter Binden und Kappen sich vor ihm teilte. Oben beim Altar schaltete Robert Langdon den Fernseher aus, nahm Vittorias Hand und verließ den Altar. Dass Robert Langdon überlebt hatte, konnte nur Gottes Wille gewesen sein. Gott selbst hatte Langdon gerettet.

Aus welchem Grund, fragte sich der Camerlengo.

Die Stimme, die nun die Stille durchbrach, gehörte der einzigen Frau in der Sixtinischen Kapelle. »Sie haben meinen Vater *ermordet*?«, fragte sie und trat vor.

Der Camerlengo wandte sich zu Vittoria Vetra um. Er konnte den Ausdruck auf ihrem Gesicht nicht recht deuten – Schmerz, ja, aber *Wut*? Sie musste doch verstehen, was ihn bewegt hatte. Das Genie ihres Vaters war tödlich. Er musste aufgehalten werden. Um der Menschheit willen.

»Er hat für Gott gearbeitet«, sagte Vittoria.

»Für Gott arbeitet man nicht in einem Labor, sondern mit dem Herzen.«

»Das Herz meines Vaters war rein! Und seine Forschungen haben bewiesen …«

»Seine Forschungen haben wieder einmal bewiesen, dass das Wissen der Menschen schneller wächst, als ihre Seelen es verkraften!« Die Worte klangen schärfer, als der Camerlengo beabsichtigt hatte. Er senkte die Stimme. »Wenn ein Mann, der so gläubig war wie Ihr Vater, eine Waffe schaffen konnte, wie wir sie heute Nacht gesehen haben – was wird erst ein gewöhnlicher Mensch mit einer solchen Technologie anfangen?«

»Ein Mensch wie Sie?«

Der Camerlengo atmete tief durch. Verstand sie denn nicht? Die Moral der Menschen schritt längst nicht so rasch fort wie ihre Wissenschaft. Die Menschheit war geistig nicht reif genug, um die

Macht zu beherrschen, über die sie schon heute verfügte. *Wir haben noch nie eine Waffe erschaffen, die wir nicht auch benutzt hätten.* Auch die Antimaterie war nur eine weitere Waffe in den bereits übervollen Arsenalen. Die Menschheit wusste längst, wie man zerstörte. Sie hatte das Töten vor langer, langer Zeit gelernt. Einmal mehr war der Camerlengo ein kleiner Junge, und das Blut seiner Mutter regnete auf ihn herab. Leonardo Vetras Genius war noch aus einem weiteren Grund gefährlich gewesen.

»Jahrhundertelang«, sagte der Camerlengo, »hat die Kirche zurückgesteckt, während die Wissenschaft Stück für Stück die Religion zerpflückte. Sie hat Wunder enträtselt und den Verstand dazu ausgebildet, das Herz zu überstimmen. Sie hat die Religion als Opium für das Volk verdammt und Gott als Halluzination – eine Krücke aus Illusionen für diejenigen, die zu schwach waren, um die Bedeutungslosigkeit des Lebens zu akzeptieren. Ich konnte nicht tatenlos mit ansehen, wie die Wissenschaft vorgab, die Macht Gottes zu zähmen! Beweise, sagen Sie? Ja, aber Beweise für die Ignoranz der Wissenschaft! Was ist falsch daran zuzugeben, dass etwas außerhalb unseres Verstandes existiert? Der Tag, an dem die Wissenschaft Gott in einem ihrer Laboratorien erstehen lässt, ist der Tag, an dem die Menschen keine Religion mehr brauchen!«

»Sie meinen, es ist der Tag, an dem sie keine Kirche mehr brauchen«, entgegnete Vittoria herausfordernd, während sie sich auf ihn zubewegte. »Zweifel ist das letzte bisschen Kontrolle, das Sie über die Menschen haben. Der Zweifel ist es, der die Seelen zu Ihnen in die Kirche bringt. Unser Wunsch zu wissen, dass unser Leben eine Bedeutung hat. Die Unsicherheit der Menschen und ihre Sehnsucht nach jemandem, der ihnen versichert, dass alles rings um sie herum Teil eines großartigen Plans ist. Aber die Kirche ist nicht die einzige erleuchtete Macht auf diesem Planeten. Wir alle suchen nach Gott, wenn auch auf verschiedenen Wegen. Wovor fürchten Sie sich so sehr? Dass Gott sich an einem anderen Ort als hinter diesen Mauern hier zeigen könnte? Dass die Menschen ihn auf ihre Weise finden und Ihre antiquierten Rituale hinter sich lassen könnten? Religionen entwickeln sich. Der Verstand findet Antworten, und in den Herzen reifen neue Wahrheiten! Mein Vater hat in Ihre Hände gearbeitet! Warum wollten Sie das nicht einsehen? Gott ist nicht irgendeine allmächtige Autorität, die uns Menschen von oben beobachtet und uns in ein feuriges Loch wirft, wenn wir ungehorsam sind. Gott ist die Energie, die durch die Synapsen unserer Nervensysteme und die Kammern unserer Herzen fließt! Gott ist alles rings um uns!«

»Bis auf die Wissenschaft«, entgegnete der Camerlengo, und in seinen Augen lag Mitleid. »Die Wissenschaft ist per Definition seelenlos. Ohne Verbindung zum Herzen. Intellektuelle Wunder wie die Antimaterie erscheinen auf dieser Welt ohne jegliche ethische Instruktionen zu dem Umgang mit ihnen. Das für sich allein genommen ist eine Sünde! Doch wenn die Wissenschaft ihre gottlosen Wege als den Pfad der Erleuchtung darstellt, was dann? Wenn sie Antworten auf Fragen verspricht, deren Schönheit gerade darin besteht, dass es keine Antworten gibt?« Er schüttelte den Kopf »Nein.«

Einen Augenblick herrschte Stille. Der Camerlengo fühlte sich plötzlich müde, während er nach außen hin Vittorias unbeugsamen Blick erwiderte. Das war nicht so, wie es hätte sein sollen. *Ist das Gottes letzte Prüfung?*

Mortati war es schließlich, der den Bann brach. *»I preferiti«*, sagte er mit Entsetzen in der Stimme. »Baggia und die drei anderen. Bitte sagen Sie mir, dass nicht Sie es waren, der ...«

Der Camerlengo wandte sich zu dem alten Kardinal, überrascht vom Schmerz in seiner Stimme. Mortati *musste* es doch verstehen. Die Schlagzeilen berichteten täglich von neuen Wundern der Wissenschaft. Wie lange war es her, dass es eine Schlagzeile über die Religion gegeben hatte? Jahrhunderte? Die Religion *brauchte* ein Wunder. Etwas, das geeignet war, die Welt aus ihrem Dornröschenschlaf zu reißen. Etwas, das die Menschen wieder auf den Pfad des Gottesglaubens zurückführte. Das den Glauben an Gott wiedererstarken ließ. Die *preferiti* waren keine Führer, sie waren Reformer. Liberale, die sich darauf eingelassen hätten, die neue Welt zu umarmen und die alte aufzugeben! Das war der einzig mögliche Weg. Ein neuer Mann an der Spitze, jung, machtvoll, lebendig, wunderbar. Die toten *preferiti* dienten der Kirche weit mehr, als es die lebenden jemals vermocht hätten. Grauen und Hoffnung. *Opfere vier Seelen, um Millionen zu retten!* Die Welt würde sie als Märtyrer in Erinnerung behalten. Die Kirche würde ihre Namen in ewigem Andenken bewahren. *Wie viele Tausende sind zum Ruhme des Herrn gestorben? Die* preferiti *waren nur vier.*

»*I preferiti*«, wiederholte der alte Kardinal.

»Ich habe die gleichen Schmerzen erlitten wie sie«, verteidigte sich der Camerlengo und deutete auf seine Brust. »Und auch ich würde für Gott sterben, doch meine Arbeit hat gerade erst begonnen. Die Menschen auf dem Petersplatz singen!«

Der Camerlengo bemerkte das Entsetzen in den Augen Mortatis und spürte erneut Verwirrung. Lag es am Morphium? Mortati starrte ihn an, als hätte der Camerlengo die vier Kardinäle mit bloßen Händen getötet. *Selbst das hätte ich für Gott getan,* dachte der Camerlengo, und doch war er es nicht gewesen. Die Taten waren vom *Hashishin* begangen worden, einer heidnischen Seele, die der Camerlengo mit List zu dem Irrgauben verleitet hatte, er arbeite für die Illuminati. *Ich bin Janus,* hatte der Camerlengo zu ihm gesagt. *Ich werde meine* Macht *beweisen.* Und das hatte er getan. Der Hass des *Hashishin* hatte ihn zu einem Bauern im göttlichen Schachspiel gemacht.

»Lauschen Sie den Gesängen«, sagte der Camerlengo lächelnd, während sein Herz frohlockte. »Nichts vereint die Menschen mehr als die Gegenwart des Bösen. Verbrennen Sie eine Kirche, und die Gemeinde erhebt sich, hält sich bei den Händen und singt Hymnen des Trotzes, während sie die Ruinen räumt und die Kirche wieder aufbaut. Sehen Sie nur, wie die Menschen sich heute Nacht zusammenscharen! Die Furcht hat sie zurück in den Schoß der Kirche getrieben. Moderne Dämonen für moderne Menschen, das ist das ganze Geheimnis. Die Apathie ist fort! Zeigen Sie den Menschen das Gesicht des Bösen, die Satansanbeter, die überall unter uns lauern, die unsere Regierungen, unsere Schulen, unsere Banken leiten und mit ihrer fehlgeleiteten Wissenschaft selbst vor dem Haus Gottes nicht Halt machen! Die Verderbtheit reicht tief. Die Menschen müssen auf der Hut sein. Sie müssen das Gute suchen und zum Guten werden!«

Der Camerlengo hoffte, dass sie nun endlich verstehen würden. Die Illuminati waren nicht wieder aufgetaucht. Nur ihr Mythos war noch lebendig. Der Camerlengo hatte die Illuminati als Mahnung ausgewählt und sie wiederauferstehen lassen. Wer ihre Geschichte kannte, durchlebte das Übel der geheimen Bruderschaft noch einmal. Wer sie nicht kannte, hatte davon erfahren und war erstaunt, wie blind sie gewesen waren. Die alten Dämonen waren nur aus einem Grund zurückgekehrt – um eine gleichgültige Welt wachzurütteln.

»Aber … die Brandzeichen?« Mortatis Stimme klang mühsam beherrscht vor Zorn.

Der Camerlengo antwortete nicht. Mortati konnte es nicht wissen, doch die Brandzeichen waren vor mehr als einem Jahrhundert vom Vatikan konfisziert worden. Sie waren weggesperrt, vergessen und staubbedeckt, im päpstlichen Gewölbe – dem privaten Reliquienschrein des Papstes, tief unter dem Borgiapalast. Das päpstliche Gewölbe enthielt all jene Dinge, von denen die Kirche meinte, sie wären zu gefährlich für jedermann außer dem Papst.

Warum haben sie versteckt, was die Menschen mit Furcht erfüllte? Furcht brachte die Menschen schon immer zu Gott.

Der Schlüssel zum Gewölbe wurde von Papst zu Papst weitergegeben. Camerlengo Carlo Ventresca hatte sich den Schlüssel angeeignet und war in das Gewölbe geschlichen; der Mythos über die Dinge, die darin aufbewahrt wurden, war unwiderstehlich gewesen: Das ursprüngliche Manuskript der vierzehn unveröffentlichten Bücher der Bibel, die als die Apokryphen bekannt waren, die dritte Prophezeiung der Fatima – die beiden ersten waren Wirklichkeit geworden, und die dritte war so furchtbar, dass die Kirche sie niemals veröffentlichen würde. Außerdem hatte der Camerlengo die Illuminati-Sammlung entdeckt, all die Geheimnisse, die die Kirche nach der Verbannung der Illuminati aus Rom entdeckt hatte … ihren niederträchtigen Pfad der Erleuchtung … die kühne Täuschung, mit der sie den führenden vatikanischen Künstler, Bernini, dazu gebracht hatten, ihnen in die Hände zu arbeiten … die führenden europäischen Wissenschaftler, die sich über die Religion lustig gemacht hatten, indem sie ausgerechnet das Castel Sant' Angelo als Versammlungsort für ihre Geheimtreffen auswählten … Die Sammlung enthielt überdies eine fünfeckige Schatulle mit eisernen Brandzeichen, eines davon der geheimnisumwitterte Diamant der Illuminati. Dies war ein Teil der vatikanischen

Geschichte, von dem die Alten meinten, dass er besser in Vergessenheit geriete. Der Camerlengo jedoch war anderer Meinung gewesen.

»Die Antimaterie …«, sagte Vittoria. »Sie haben die Zerstörung des Vatikans riskiert!«

»Es gibt kein Risiko, wenn Gott an Ihrer Seite steht«, entgegnete der Camerlengo. »Dies war sein Kampf.«

»Sie sind verrückt!«, rief Vittoria.

»Ich habe Millionen gerettet!«

»Menschen wurden getötet!«

»Seelen wurden gerettet.«

»Sagen Sie das meinem Vater und Maximilian Kohler!«

»Die Arroganz von CERN musste der Öffentlichkeit vor Augen geführt werden. Ein Tropfen von einer Flüssigkeit, der einen halben Quadratkilometer verdampfen kann? Und Sie nennen *mich* verrückt?« Der Camerlengo spürte, wie Zorn in ihm aufstieg. Glaubten sie vielleicht, das hier sei eine schlichte Anklage? »Wer glaubt, unterzieht sich einer großen Prüfung für Gott! Gott hat von Abraham verlangt, seinen Sohn zu opfern! Gott hat von Jesus verlangt, die Kreuzigung zu ertragen! Das ist der Grund, weshalb das Kruzifix vor unser aller Augen hängt, blutig und mahnend – um uns an die Macht des Bösen zu erinnern! Damit unsere Herzen wachsam bleiben! Die Narben auf dem Leichnam Jesu sind eine lebendige Erinnerung an die Mächte der Dunkelheit. Auch meine Narben sind eine lebendige Erinnerung! Das Böse lebt, doch Gottes Macht wird es besiegen!«

Seine Schreie hallten von den Wänden der Sixtinischen Kapelle wider; dann trat erneut tiefe Stille ein. Die Zeit schien stehen zu bleiben. Hinter ihnen war Michelangelos *Jüngstes Gericht* mit Jesus, der die Sünder in die Hölle verbannte. In Mortatis Augen brannten Tränen.

»Was haben Sie getan, Carlo?«, fragte er so leise, dass es kaum zu hören war. Er schloss die Augen, und eine Träne rollte über seine Wange. »Seine Heiligkeit?«

Ein Seufzer ging durch das Kollegium. Jeder im Raum hatte es bis zu diesem Augenblick vergessen. Der Papst. Vergiftet.

»Ein schändlicher Lügner!«, sagte der Camerlengo.

Mortati schaute ihn an, als wäre seine Welt in Trümmer gefallen. »Was meinen Sie damit? Er war ehrenhaft! Er … er hat Sie geliebt!«

»Und ich ihn.« *Oh, und wie ich ihn geliebt habe! Aber dieser schändliche Verrat! Die gebrochenen Eide gegenüber Gott!*

Der Camerlengo wusste, dass sie ihn jetzt noch nicht verstehen konnten, doch das würde noch kommen. Wenn er es ihnen erzählt hatte, würden sie es sehen! Seine Heiligkeit war der niederträchtigste Lügner, den die Kirche je erlebt hatte! Der Camerlengo erinnerte sich noch immer an jene schreckliche Nacht. Er war von seiner Reise in die Schweiz zurückgekommen, mit der Nachricht von Leonardo Vetras Genesis und der grauenhaften Macht der Antimaterie. Der Camerlengo war sicher, der Papst würde die Gefahren erkennen, doch er hatte nur Hoffnung in Vetras Durchbruch gesehen. Er hatte sogar vorgeschlagen, dass der Vatikan die Arbeiten Vetras finanziell unterstützen sollte – als Geste des guten Willens gegenüber der wissenschaftlichen Forschung.

Wahnsinn! Die Kirche investierte in eine Forschung, die möglicherweise dazu führte, dass die Kirche selbst obsolet wurde? In eine Arbeit, die Massenvernichtungswaffen hervorbrachte? Die Bombe, die Carlos Mutter getötet hatte …

»Aber … das können Sie nicht!«, hatte der Camerlengo gerufen.

»Ich bin der Wissenschaft etwas schuldig«, hatte der Papst geantwortet. »Etwas, das ich mein Leben lang verschwiegen habe. Die Wissenschaft hat mir ein Geschenk gemacht, als ich ein junger Mann war. Ein Geschenk, das ich niemals vergessen habe.«

»Ich verstehe nicht. Was hat die Wissenschaft einem Mann Gottes zu bieten?«

»Es ist eine komplizierte Geschichte«, hatte der Papst geantwortet. »Es braucht Zeit, sie zu erklären. Aber zuerst musst du etwas über mich wissen, das ich dir all die Jahre verschwiegen habe. Ich glaube, es ist an der Zeit, dass du es erfährst.«

Und dann hatte der Papst dem Camerlengo die unfassbare Wahrheit erzählt.

132.

DER CAMERLENGO LAG ZUSAMMENGEKRÜMMT auf dem nackten Boden vor dem Grab des heiligen Petrus. Es war kalt in der Nekropole, doch es half auch, das Blut zum Gerinnen zu bringen, das aus den Wunden floss, die er sich selbst beigebracht hatte. Hier unten würde Seine Heiligkeit ihn nicht finden. Niemand würde ihn hier unten finden …

»Es ist eine komplizierte Geschichte«, erklang die Stimme des Papstes in seinem Verstand. »Es braucht Zeit, sie zu erklären …«

Doch der Camerlengo wusste, dass keine Zeit der Welt reichen würde, um es zu erklären.

Lügner! Ich habe an dich geglaubt! Gott hat an dich geglaubt!

Mit einem einzigen Satz hatte der Papst die Welt des Camerlengos zum Einsturz gebracht. Alles, woran Carlo jemals geglaubt hatte, wurde vor seinen Augen vernichtet. Die Wahrheit bohrte sich mit einer solchen Wucht in sein Herz, dass er rückwärts aus dem päpstlichen Amtszimmer stolperte und sich in der Halle erbrach.

»Warte!«, hatte der Papst gerufen und war ihm eilig gefolgt. »So warte doch! Lass es mich erklären!«

Doch der Camerlengo war davongelaufen. Wie konnte Seine Heiligkeit erwarten, dass er noch mehr davon ertrug? Oh, diese elende Verderbtheit hinter alledem! Was, wenn jemand anders es herausfand? Welche Entweihung der Kirche! Bedeuteten die heiligen Eide des Papstes denn überhaupt nichts?

Dann übermannte ihn der Wahnsinn, kreischte in seinen Ohren, bis er vor dem Grab des heiligen Petrus wieder zu sich fand. Und dort war es auch, dass Gott mit furchtbarer Macht über ihn gekommen war.

ICH BIN EIN RACHSÜCHTIGER GOTT!

Gemeinsam hatten sie Pläne geschmiedet. Gemeinsam würden sie die Kirche beschützen. Gemeinsam würden sie dieser gottlosen Welt den Glauben wiedergeben. Das Böse lauerte überall. Und doch war die Welt blind geworden! Gemeinsam würden sie den Schleier des Bösen lüften, bis die ganze Welt es sah … und dann würde Gott über sie kommen. Grauen und Hoffnung. Die Welt würde wieder glauben.

Gottes erste Prüfung war weniger schrecklich, als der Camerlengo gedacht hätte. Er schlich sich in die päpstlichen Gemächer … zog die Spritze auf … bedeckte den Mund des Lügners mit einem Kissen, während sein Körper in Todeskrämpfen zuckte. Im Mondlicht sah der Camerlengo an den verzweifelten Augen des Papstes, dass dieser ihm etwas sagen wollte.

Doch es war zu spät.

Der Papst hatte genug gesagt.

133.

»DER PAPST HAT EIN KIND GEZEUGT.«

Der Camerlengo stand unerschütterlich in der Sixtinischen Kapelle, während er sprach. Sechs einzelne Worte; eine unfassbare Enthüllung.

Das Kollegium schien wie ein Mann zurückzuzucken. Die anklagenden Mienen der Kardinäle verschwanden; stattdessen zeigte sich Entsetzen auf ihren Gesichtern, als betete jede Seele im Raum, der Camerlengo möge sich irren.

Der Papst hat ein Kind gezeugt.

Langdon spürte, wie der Schock auch vor ihm nicht Halt machte. Vittorias Hand in der seinen zuckte, als Langdons Verstand, bereits überlastet mit unbeantworteten Fragen, darum kämpfte, einen festen Halt zu finden.

Die Äußerung des Camerlengos schien eine Ewigkeit in der Luft zu hängen. Selbst in den wahnsinnigen Augen Ventrescas sah Langdon nichts als feste Überzeugung. Langdon versuchte sich einzureden, dass er sich in irgendeinem grotesken Albtraum befand und bald wieder in einer Welt erwachen würde, die vernünftig war, Sinn ergab.

»Das ist eine Lüge!«, rief einer der Kardinäle.

»Das kann nicht sein!«, protestierte ein weiterer. »Seine Heiligkeit war der aufrichtigste Mann, den ich je gekannt habe …«

Dann sagte Mortati mit dünner, verzweifelter Stimme: »Meine Freunde, was der Camerlengo gesagt hat, ist die Wahrheit.« Jeder Kardinal in der Kapelle fuhr zu ihm herum, als hätte Mortati eine Obszönität von sich gegeben. »Der Papst hat tatsächlich ein Kind gezeugt.«

Die Kardinäle erbleichten.

Der Camerlengo sah den alten päpstlichen Zeremonienmeister wie betäubt an. »Sie wussten es? Aber ... aber wie konnten Sie davon wissen?«

Mortati seufzte. »Als Seine Heiligkeit gewählt wurde, war ich der Advocatus Diaboli.«

Alle stöhnten auf.

Langdon verstand. Es bedeutete, dass die Information wahrscheinlich den Tatsachen entsprach. Der berüchtigte Advocatus Diaboli war *die* Autorität, wenn es um skandalöse Informationen im Vatikan ging. Leichen im Keller eines zukünftigen Papstes waren gefährlich, und vor einer Wahl wurde ein einzelner Kardinal dazu bestimmt, heimlich Informationen über die Vergangenheit und das Privatleben eines Kandidaten einzuholen. Dieser Kardinal diente als Advocatus Diaboli; seine Aufgabe bestand darin, Gründe zu finden, warum ein Kandidat nicht zum Papst gewählt werden sollte. Der Advocatus Diaboli wurde bereits zu Lebzeiten des vorhergehenden Papstes bestimmt, als Vorbereitung auf den eigenen Tod. Und niemals durfte der Advocatus Diaboli seine Identität enthüllen. Unter keinen Umständen.

»Ich war der Advocatus Diaboli«, wiederholte Mortati. »Daher weiß ich es.«

Die Kardinäle blickten ihn fassungslos an. Anscheinend wurde in dieser Nacht jedes Gesetz und jede Regel gebrochen.

Der Camerlengo spürte, wie sein Herz vor Zorn überzulaufen drohte. »Und Sie ... Sie haben mit niemand darüber gesprochen?«

»Ich habe Seine Heiligkeit damit konfrontiert«, antwortete Mortati. »Er hat gestanden. Er erzählte mir die ganze Geschichte und bat mich anschließend, dass ich mich bei meiner Entscheidung, ob ich sein Geheimnis offenbare oder nicht, von meinem Herzen leiten lassen sollte.«

»Und Ihr Herz hat Ihnen gesagt, dass Sie die Informationen für sich behalten sollen?«

»Er war der Favorit für die Nachfolge des letzten Papstes. Die Menschen liebten ihn. Der Skandal hätte der Kirche größten Schaden zugefügt.«

»Aber er hat ein Kind gezeugt! Er hat seinen heiligen Eid der Keuschheit gebrochen!« Der Camerlengo schrie nun. Er hörte die Stimme seiner Mutter. *Ein Versprechen gegenüber Gott ist das wichtigste Versprechen von allen! Brich niemals ein Versprechen, das du Gott gegeben hast!* »Der Papst hat seinen heiligen Eid gebrochen!«

Mortati sah aus, als würde er vor Angst fast wahnsinnig werden. »Carlo, seine Liebe ... war keusch. Er hat keinen Eid gebrochen. Hat er es Ihnen denn nicht erklärt?«

»Was erklärt?« Der Camerlengo erinnerte sich, wie er aus dem Zimmer gerannt war, während der Papst ihm hinterhergerufen hatte: *»Lass mich doch erklären ...!«*

Langsam und mit trauriger Stimme erzählte Mortati die ganze Geschichte.

»Vor vielen Jahren, als der Papst noch jung und ein einfacher Priester war, hatten er und eine junge Nonne sich ineinander verliebt. Beide hatten ihre Keuschheitsgelübde bereits abgelegt, und beide dachten nicht eine Sekunde daran, ihren Eid gegenüber Gott zu brechen. Trotzdem wuchs ihre Liebe mehr und mehr, und obwohl sie den Gelüsten des Fleisches widerstanden, spürten sie in sich die Sehnsucht nach etwas, das sie niemals erwartet hätten – die Sehnsucht, an Gottes größtem Schöpfungswunder teilzuhaben. Sie sehnten sich nach einem gemeinsamen Kind. Die Sehnsucht wurde überwältigend, besonders in ihr. Doch Gott kam nach wie vor an erster Stelle. Ein Jahr später, als die Verzweiflung beinahe unerträglich geworden war, kam die junge Nonne ganz aufgeregt zu dem jungen Geistlichen. Sie hatte soeben einen Artikel in einer Zeitung gelesen, über ein neues Wunder der Wissenschaft – ein Verfahren, bei dem zwei Menschen ohne sexuellen Kontakt ein gemeinsames Kind zeugen konnten. Sie hielt es für ein Zeichen Gottes. Der Priester sah das Glück in ihren Augen und stimmte zu. Ein Jahr darauf kam sie nieder. Sie hatten ein gemeinsames Kind dank dem Wunder der künstlichen Befruchtung ...«

»Das … das kann nicht sein!«, stammelte der Camerlengo. Panik stieg in ihm auf, und er hoffte, dass es das Morphium war, das seine Sinne benebelte.

Mortati hatte nun Tränen in den Augen. »Das ist der Grund dafür, Carlo, dass Seine Heiligkeit stets den Wissenschaften zugetan war. Er dachte, er sei der Wissenschaft etwas schuldig. Die Wissenschaft ließ ihn die Freuden der Vaterschaft erleben, ohne dass er sein Keuschheitsgelübde hatte brechen müssen. Seine Heiligkeit vertraute mir an, dass er nur eines bedauerte: Dass sein geistliches Amt es nicht zuließe, mit der Frau zusammen zu sein, die er liebte, und sein Kind aufwachsen zu sehen.«

Camerlengo Carlo Ventresca spürte, wie ihn erneut Wahnsinn zu übermannen drohte. Er wollte sich das Fleisch aus der Brust reißen. *Woher hätte ich das wissen sollen?*

»Der Papst beging keine Sünde, Carlo. Er war keusch.«

»Aber …« Der Camerlengo suchte in seinem gequälten Verstand nach einem Halt. »Die Gefahr … seiner Taten.« Seine Stimme klang unsicher. »Was, wenn diese Hure an die Öffentlichkeit gegangen wäre? Oder sein Kind – der Himmel möge es verhüten! Stellen Sie sich die Schande für die Kirche vor!«

Mortatis Stimme bebte. »Das Kind ist bereits an die Öffentlichkeit getreten.«

Alles hielt den Atem an.

»Carlo?« Mortati brach endgültig zusammen. »Das Kind Seiner Heiligkeit … sind Sie.«

In diesem Augenblick spürte der Camerlengo, wie das Feuer des Glaubens in seiner Brust zu verlöschen drohte. Zitternd stand er vor dem Altar, eingerahmt von Michelangelos gewaltigem *Jüngstem Gericht.* Er hatte einen Blick in die Hölle geworfen. Er öffnete den Mund, um zu sprechen, doch seine Lippen bebten nur wortlos.

»Verstehen Sie nicht?«, flüsterte Mortati. »Deshalb ist Seine Heiligkeit zu Ihnen nach Palermo ins Krankenhaus gekommen, als Sie noch ein Kind waren. Deshalb hat er Sie zu sich genommen und aufgezogen. Die Nonne, die er liebte, war Maria … Ihre Mutter. Sie verließ das Kloster, um Sie aufzuziehen, Carlo, doch sie vergaß niemals ihre Hingabe an Gott. Als der Papst erfuhr, dass sie bei einem Bombenanschlag ums Leben gekommen war und dass Sie, sein Sohn, wie durch ein Wunder überlebt hatten, schwor er zu Gott, Sie nie wieder allein zu lassen. Ihre Eltern, Carlo, waren keusch. Sie hielten ihre Schwüre gegenüber Gott und fanden trotzdem einen Weg, um Sie zur Welt zu bringen. Sie waren ihr persönliches Wunder, Carlo.«

Der Camerlengo hielt sich die Ohren zu; er wollte es nicht hören. Wie betäubt stand er vor dem Altar. Die Welt schien unter seinen Füßen zu schwanken. Er fiel auf die Knie und stieß einen langen, gequälten Schrei aus.

Sekunden. Minuten. Stunden.

Die Zeit schien jegliche Bedeutung verloren zu haben innerhalb der vier Wände der Kapelle. Vittoria spürte, wie sie sich langsam aus der Betäubung löste, die alle anderen ringsum ergriffen hatte. Sie ließ Langdons Hand los und bewegte sich durch die Schar von Kardinälen. Die Tür der Sixtinischen Kapelle schien meilenweit entfernt, und sie fühlte sich, als bewege sie sich unter Wasser, wie in Zeitlupe …

Ihre Bewegung zwischen den Geistlichen hindurch schien auch andere aus ihrer Trance zu reißen. Einige Kardinäle begannen zu beten. Andere weinten. Wieder andere wandten sich zu ihr um und schauten ihr hinterher, und auf ihren leeren Gesichtern zeigte sich zögernd eine dunkle Vorahnung. Vittoria hatte die Menge fast durchquert, als sich eine Hand auf ihren Arm legte. Die Berührung war schwach, doch entschlossen. Sie wandte sich um und erblickte einen greisen Kardinal. Sein Gesicht war umwölkt von Furcht.

»Nein!«, flüsterte der Mann. »Das dürfen Sie nicht.«

Vittoria starrte ihn ungläubig an.

Ein weiterer Kardinal war plötzlich neben ihr. »Wir müssen nachdenken, bevor wir handeln.«

Ein Dritter. »Der Schmerz könnte schlimmer …«

Vittoria war umzingelt. Sie blickte die Kardinäle sprachlos an. »Aber … diese Verbrechen, heute Nacht, hier … die Welt hat ein Recht darauf, die Wahrheit zu erfahren.«

»Mein Herz stimmt Ihnen zu«, sagte der greise Kardinal, ohne ihren Arm loszulassen. »Und doch ist es ein Weg, von dem es kein

Zurück gibt. Wir müssen an die zerstörten Hoffnungen denken. Den Zynismus. Die Menschen würden der Kirche nie wieder vertrauen.«

Plötzlich schienen noch mehr Kardinäle Vittoria den Weg zu versperren. Eine Wand aus schwarzen Roben baute sich vor ihr auf. »Hören Sie die Menschen draußen auf dem Platz?«, sagte einer. »Was wird diese Nachricht in ihren Herzen anrichten? Wir müssen mit Vernunft zu Werke gehen.«

»Wir brauchen Zeit, um nachzudenken und zu beten«, sagte ein anderer. »Wir müssen vorausschauend handeln. Die Auswirkungen dieser ...«

»Er hat meinen Vater ermordet!«, sagte Vittoria. »Er hat seinen eigenen Vater ermordet!«

»Ich bin sicher, er wird für seine Sünden bezahlen«, sagte der Kardinal, der ihren Arm hielt.

Was das betraf, war Vittoria ebenfalls sicher, doch sie wollte persönlich dafür Sorge tragen. Sie bewegte sich wieder in Richtung Tür, doch die Kardinäle drängten sich dichter zusammen. Angst lag auf ihren Gesichtern.

»Was wollen Sie tun?«, rief Vittoria ihnen zu. »Wollen Sie mich *umbringen*?«

Die Kardinäle erbleichten, und Vittoria bedauerte ihre Worte augenblicklich. Sie konnte spüren, dass diese alten Männer sanfte Seelen waren. Sie hatten in dieser Nacht genug Gewalt gesehen. Diese Männer wollten nichts Böses. Sie waren bloß gefangen. Verängstigt. Versuchten zu retten, was zu retten war.

»Ich möchte ...«, sagte der greise Kardinal, »... ich möchte doch nur das Richtige tun.«

»Dann lassen Sie Miss Vetra gehen«, sagte eine dunkle, volle Stimme hinter ihr. Die Worte klangen ruhig, doch entschlossen. Robert Langdon trat neben Vittoria, und sie spürte, wie er ihre Hand ergriff. »Miss Vetra und ich werden diese Kapelle verlassen. Auf der Stelle.«

Zögernd, resignierend wichen die Kardinäle einer nach dem anderen zur Seite.

»Warten Sie!«, rief Mortati und kam durch den Mittelgang auf die beiden zu. Der Camerlengo blieb oben beim Altar zurück, allein und am Boden zerstört. Mortati sah mit einem Mal noch älter aus als zuvor, erschöpft über die Jahre hinaus. Sein Gang war gebeugt. Er blieb vor den beiden stehen und legte jedem eine Hand auf die Schulter. Vittoria spürte den tiefen Ernst in seiner Berührung. In den Augen des Mannes brannten Tränen.

»Selbstverständlich können Sie beide gehen«, sagte Mortati. »Selbstverständlich.« Er zögerte, und sein Schmerz war fast körperlich spürbar. »Ich bitte Sie nur um eines …« Er starrte für einen langen Augenblick zu Boden, bevor er Langdon und Vittoria wieder ansah. »Lassen Sie es *mich* tun. Ich werde auf den Platz hinausgehen und einen Weg finden. Ich weiß noch nicht wie, aber ich werde einen Weg finden. Die Beichte der Kirche sollte aus der Kirche selbst kommen. Wir selbst sollten es sein, die unser Versagen vor der Welt gestehen.«

Mortati wandte sich traurig zum Altar. »Carlo, Sie haben die Kirche in eine katastrophale Lage gebracht.« Er stockte und schaute sich suchend um. Der Altar war leer.

Aus einem Seitengang ertönte das Rascheln von Stoff; dann fiel klickend eine Tür ins Schloss.

Der Camerlengo war verschwunden.

134.

CAMERLENGO VENTRESCAS WEISSES GEWAND wallte, als er sich durch die Halle von der Sixtinischen Kapelle entfernte. Die Schweizergardisten hatten ihn verblüfft angestarrt, als er allein aus der Kapelle gekommen war und ihnen mitgeteilt hatte, dass er einen Augenblick ungestört sein wolle. Doch sie hatten gehorcht und ihn gehen lassen.

Jetzt, als er um die Ecke bog und außer Sicht war, übermannte den Camerlengo ein Mahlstrom aus Gefühlen, wie er ihn bis zu diesem Augenblick für unmöglich gehalten hätte. Er, der Camerlengo, hatte jenen Mann vergiftet, den er »Heiliger Vater« genannt hatte … den Mann, der »mein Sohn« zu ihm gesagt hatte. Der

Camerlengo hatte stets geglaubt, dass die Worte »Vater« und »Sohn« religiöser Tradition entsprungen seien, nun aber kannte er die teuflische Wahrheit – die Bedeutung war *wortwörtlich* gewesen.

Wie in jener schicksalhaften Nacht vor zwei Wochen, irrte der Camerlengo einmal mehr ziellos durch die Dunkelheit.

Es hatte geregnet an jenem Morgen, als das Personal aufgeregt an die Tür des Camerlengos geklopft und ihn aus unruhigem Schlaf gerissen hatte. Der Papst, teilten sie dem Camerlengo mit, antwortete nicht auf das Klopfen an seiner Tür oder auf das Telefon. Die Geistlichen waren besorgt. Der Camerlengo war der Einzige, der ohne Anmeldung die Gemächer des Papstes betreten durfte.

Der Camerlengo betrat die Zimmer allein und fand den Papst wie am Abend zuvor verkrümmt und tot in seinem Bett. Das Gesicht Seiner Heiligkeit sah aus wie eine Fratze des Teufels. Seine Zunge war pechschwarz. Satan persönlich hatte im Bett des Papstes geschlafen.

Der Camerlengo spürte kein Bedauern. Gott hatte gesprochen.

Niemand würde den Verrat bemerken … noch nicht. Das würde später kommen.

Er ging nach draußen und verkündete die schlimmen Neuigkeiten – Seine Heiligkeit war an einem Schlag gestorben. Dann traf der Camerlengo die Vorbereitungen für das Konklave.

Die Stimme von Mutter Maria flüsterte in seinem Ohr. »Brich niemals ein Versprechen, das du Gott gegeben hast.«

»Ich verspreche es, Mutter«, antwortete er. »Diese Welt ist ohne Glauben. Sie muss zurückgebracht werden auf den Pfad der Gerechten. Grauen und Hoffnung. Es ist die einzige Möglichkeit.«

»Ja«, sagte sie. »Wenn nicht du – wer dann? Wer soll die Kirche aus der Dunkelheit führen?«

Ganz bestimmt nicht einer der *preferiti*. Sie waren alt … lebendige Tote … Liberale, die den Spuren des alten Papstes folgen und die Wissenschaft gutheißen würden. Sie würden nach modernen Anhängern suchen, indem sie die alten Pfade aufgaben. Alte Männer, die verzweifelt hinter der Zeit herliefen, während sie es auf erbärmliche Weise zu verbergen versuchten. Sie würden scheitern, ohne

Frage. Die Kraft der Kirche lag in ihrer Tradition, nicht in ihrer Anpassung. Die Welt draußen war unbeständig. Die Kirche musste sich nicht anpassen, sie musste der Welt lediglich in Erinnerung rufen, dass sie wichtig war. Das Böse lebt! Gott wird es besiegen!

Die Kirche benötigte Führung. Diese alten Männer konnten niemanden inspirieren. Jesus hatte die Menschen inspiriert. Jung, lebendig, kraftvoll … WUNDERBAR.

»Genießen Sie Ihren Tee«, sagte der Camerlengo zu den vier *preferiti* und ließ sie in der privaten Bibliothek des verstorbenen Papstes allein. Das Konklave würde bald beginnen. »Ihr Führer wird bald eintreffen.«

Die *preferiti* dankten ihm, ganz aufgeregt, dass sich ihnen eine überraschende Chance bot, den berühmten Passetto zu besichtigen. Wie ungewöhnlich! Bevor der Camerlengo gegangen war, hatte er die schwere Eisentür aufgeschlossen, die hinaus in den Passetto führte, und genau zur vereinbarten Zeit hatte die Tür sich geöffnet, und ein arabisch aussehender Priester mit einer Fackel in der Hand hatte die aufgeregten *preferiti* in den Gang geführt.

Die Männer waren nicht wieder aufgetaucht.

Sie werden das Grauen sein. Ich bin die Hoffnung.

Nein … ich bin das Grauen.

Der Camerlengo stolperte durch die Dunkelheit des Petersdoms. Irgendwie hatte er trotz des Wahnsinns und der Schuld, trotz der Bilder von seinem Vater, trotz des Schmerzes der Offenbarung und sogar trotz des Morphiums zur geistigen Klarheit gefunden, einem Gefühl der Bestimmung. *Ich kenne jetzt meine Aufgabe,* dachte er, voller Ehrfurcht ob ihrer Einfachheit.

Von Anfang an war nichts so gelaufen, wie er es geplant hatte. Unvorhergesehene Hindernisse hatten sich ihm in den Weg gestellt. Doch der Camerlengo hatte reagiert, hatte den Plan immer wieder geändert. Trotzdem hätte er niemals gedacht, dass diese Nacht so enden könnte – auch wenn er jetzt die vorherbestimmte Großartigkeit darin erkannte.

Es *konnte* gar nicht anders enden.

Oh, welches Entsetzen hatte er in der Sixtinischen Kapelle gespürt, als er sich fragte, ob Gott ihn verlassen hatte. *Oh, welche Taten er ihm auferlegt hatte!* Der Camerlengo war auf die Knie gesunken, von Zweifeln gepeinigt, und hatte sich nach der Stimme Gottes gesehnt, doch er hatte nur Schweigen geerntet. Er hatte um ein Zeichen gefleht. Um Führung. Rat. War das hier Gottes Wille? Die Kirche vernichtet, durch einen Skandal, durch Abscheulichkeit? Nein! Gott allein war es gewesen, der den Camerlengo zu seinen Taten veranlasst hatte. *Oder nicht?*

Dann hatte er es gesehen. Auf dem Altar. Das Zeichen. Etwas Gewöhnliches in einem ungewöhnlichen Licht. Das Kruzifix. Schlicht, aus Holz. Jesus am Kreuz. In diesem Augenblick war ihm alles klar geworden ... der Camerlengo war nicht allein. Er würde niemals alleine sein.

Es war Sein Wille ... Sein Plan.

Gott hatte stets große Opfer von denen verlangt, die er am meisten liebte. Warum hatte der Camerlengo so lange gebraucht, um zu verstehen? War er zu verzagt? Zu demütig? Es spielte keine Rolle. Gott hatte einen Weg gefunden. Jetzt verstand der Camerlengo sogar, wieso Gott Robert Langdon gerettet hatte. Um die Wahrheit ans Licht zu bringen. Um *dieses* Ende zu erzwingen.

Es war der einzige Weg zur Erlösung der Kirche!

Der Camerlengo fühlte sich in einem Schwebezustand als er die Treppe hinunter in die Vertiefung stieg, in der die goldene Truhe mit den Pallien aufbewahrt wurde. Das Morphium wirkte nun vollends, doch der Camerlengo wusste, dass Gott ihn führte.

In der Ferne hörte er die Kardinäle heftig diskutieren, während sie aus der Sixtinischen Kapelle strömten. Einige riefen den Schweizergardisten Befehle zu.

Sie würden ihn nicht finden. Nicht rechtzeitig.

Der Camerlengo fühlte sich angezogen ... schneller und schneller stieg er die Stufen hinunter in die Vertiefung, wo die neunundneunzig Öllampen ihr goldenes Licht verströmten. Gott führte ihn auf heiligen Boden zurück. Der Camerlengo bewegte sich auf das Gitter zu, das den Schacht hinunter zur Nekropole bedeckte. Die Nekropole war der Ort, an dem diese Nacht endete. In der heiligen Dunkelheit tief unten. Er nahm eine Öllampe und wollte in den Schacht steigen.

Doch als er sich durch die Vertiefung bewegte, zögerte er unvermittelt. Irgendwie fühlte es sich *falsch* an. Wie sollte dies Gottes Zwecken dienen? Ein einsames, stilles Ende? Jesus hatte vor den Augen der ganzen Welt gelitten. Das hier konnte nicht Gottes Wille sein! Der Camerlengo lauschte nach der Stimme seines Herrn, doch er hörte nur das Rauschen der Drogen.

»*Carlo.*« Die Stimme seiner Mutter. »*Gott hat Pläne mit dir.*«

Verwirrt bewegte der Camerlengo sich weiter.

Dann, ohne Vorwarnung, war Gott bei ihm.

Der Camerlengo erstarrte. Das Licht der neunundneunzig Öllampen warf seinen Schatten an die Marmorwand neben ihm. Riesig und furchtbar. Eine undeutliche Gestalt, umgeben von goldenem Licht. Mit den ringsum flackernden Flammen sah der Camerlengo wie ein Engel aus, der im Begriff war, in den Himmel aufzusteigen. Einen Augenblick stand er da, breitete die Arme aus, betrachtete seinen Schatten. Dann wandte er sich ab, schaute zurück zur Treppe.

Gottes Wille war klar.

Drei chaotische Minuten waren draußen in der Halle vor der Sixtinischen Kapelle vergangen, und noch immer hatte niemand den Camerlengo gefunden. Es schien, als wäre er von der Nacht verschluckt worden. Mortati war beinahe schon so weit, den ganzen Vatikan nach ihm absuchen zu lassen, als draußen auf dem Petersplatz plötzlich donnernder Jubel ertönte. Die spontane Freude der Massen war unglaublich. Die Kardinäle wechselten verwirrte Blicke.

Mortati schloss die Augen. »Gott sei uns gnädig.«

Zum zweiten Mal in dieser Nacht strömte das Kollegium der Kardinäle hinaus auf den Petersplatz. Langdon und Vittoria wurden von der drängenden Menge der Kardinäle aufgenommen und folgten ihnen in die nächtliche Kühle. Die Scheinwerfer der Medien und die Kameras waren nach oben gerichtet, auf die Fassade der Basilika. Und dort, auf dem päpstlichen Balkon genau in der Mitte der gewaltigen Fassade, stand Camerlengo Carlo Ventresca, die Arme zum Himmel ausgestreckt. Selbst aus großer Entfernung sah er aus wie die wiedergeborene Reinheit. Eine Figurine. Gekleidet in Weiß. Angestrahlt von Licht.

Die Energie auf dem Platz schien anzuschwellen wie eine sich auftürmende Woge, und mit einem Mal gab die Barriere aus Schweizergardisten nach. In einem gewaltigen euphorischen Strom drängten die Massen auf die Basilika zu. Menschen schrien, sangen, Kameras blitzten. Götterdämmerung. Das Chaos nahm stetig zu, und nichts auf der Welt schien es aufhalten zu können.

Dann wurde es doch aufgehalten.

Hoch oben auf dem Balkon machte der Camerlengo eine winzige Bewegung. Er faltete die Hände vor der Brust. Dann senkte er den Kopf in stillem Gebet.

Und einer nach dem anderen folgten die ungezählten Menschen auf dem Platz seinem Beispiel.

Stille kehrte ein, als wären alle verzaubert worden.

Die Gedanken des Camerlengos waren fern und wirr, und seine Gebete ein Chaos aus Hoffnung und Angst … *vergib mir, Vater … Mutter … voll der Gnade …du bist die Kirche … mögest du dieses Opfer deines eingeborenen Sohnes erkennen …*

O Herr Jesus … errette uns aus den Feuern der Hölle … nimm unsere Seelen zu dir in den Himmel, besonders die, die deiner Gnade am dringendsten bedürfen …

Der Camerlengo öffnete die Augen nicht. Er sah nicht die Massen unten auf dem Platz oder die Fernsehkameras, bemerkte nicht, dass die ganze Welt zuschaute. Doch er wusste es trotzdem, er spürte es in seiner Seele. Selbst in seinem Schmerz war die Einheit dieses Augenblicks berauschend. Es war, als hätte sich ein verbindendes Netz über die ganze Welt gelegt, ausgehend von diesem Ort. Vor Millionen Fernsehern betete die Welt wie eine einzige Person; die Menschen streckten die Arme nach Gott aus und beteten in Dutzenden verschiedener Sprachen zu ihm, in Hunderten von Nationen. Die geflüsterten Worte waren neugeboren und doch vertraut wie ihre eigenen Stimmen … uralte Wahrheiten … eingeprägt in die Seelen.

Die Harmonie war himmlisch.

Das Schweigen endete, und die freudigen Gesänge begannen erneut.

Der Camerlengo wusste, dass der Augenblick gekommen war.

Heilige Dreifaltigkeit, ich biete dir meinen Leib, mein Blut und meine Seele … als Buße für die Freveltaten, Gräuel und Sünden …

Der Camerlengo spürte bereits, wie der Schmerz einsetzte. Er breitete sich über seine Haut aus wie eine Seuche, und er wollte an seinem Fleisch reißen wie vor Wochen, als Gott zum ersten Mal zu ihm gekommen war. *Vergiss nie, welchen Schmerz Jesus erdulden musste.* Der Duft der ätherischen Öle stieg ihm in die Nase. Nicht einmal das Morphium konnte den beißenden Geruch überdecken.

Mein Werk ist vollbracht.

Das Grauen war sein. Die Hoffnung gehörte ihnen.

In der Vertiefung der Basilika, beim Schrein mit den Pallien, war der Camerlengo Gottes Willen gefolgt und hatte seinen Leib geölt. Sein Haar. Sein Gesicht. Sein leinenes Gewand. Sein Fleisch. Er war nun durchtränkt von den heiligen, klaren Ölen aus den Lampen. Sie rochen süß wie seine Mutter, doch sie brannten. Sein Ende würde gnadenvoll sein. Wunderbar und schnell. Und er würde keinen Skandal schaffen … sondern neue Kraft und ein neues Wunder.

Er schob die Hand in die Tasche seines Gewands und tastete nach dem kleinen goldenen Feuerzeug, das er aus dem *incendiario* mitgenommen hatte.

Er flüsterte einen Vers aus dem Buch der Richter … *denn da die Lohe auffuhr vom Altar gen Himmel, fuhr der Engel des Herrn in der Lohe des Altars mit hinauf.*

Er legte den Daumen auf den Knopf.

Unten auf dem Platz sangen die Menschen …

Die Vision, die die Welt nun beobachtete, würde niemand je vergessen.

Hoch oben auf dem päpstlichen Balkon schoss eine gewaltige Stichflamme aus dem Leib des Camerlengos. Das Feuer umschlang seinen Körper augenblicklich. Er schrie nicht. Er hob die Arme über den Kopf und sah zum Himmel hinauf. Die Flammen brüllten um ihn herum, hüllten ihn in eine Säule aus Licht, tosten scheinbar eine Ewigkeit, während die ganze Welt zuschaute. Heller und heller wüteten die Flammen, um dann nach und nach zu ersterben. Der Camerlengo war verschwunden. Es war unmöglich zu sagen, ob er hinter der Balustrade zusammengebrochen war oder sich in Luft aufgelöst hatte. Außer einer dünnen Rauchwolke, die sich über der Vatikanstadt in den Himmel kräuselte, war nichts mehr zu sehen.

135.

DIE DÄMMERUNG SETZTE SPÄT EIN.

Ein frühes Gewitter hatte die Menge vom Petersplatz vertrieben. Die Medien hatten durchgehalten. Reporter duckten sich unter Regenschirme oder hatten sich in ihre Übertragungswagen zurückgezogen, während sie die Ereignisse der vergangenen Nacht kommentierten. Überall in der Welt drängten sich Menschen in den Kirchen. Es war eine Zeit innerer Einkehr und Diskussion … für alle Religionen. Fragen wurden gestellt, doch die Antworten warfen nur noch weitere Fragen auf. Bisher hatte der Vatikan geschwiegen und keinerlei Presseverlautbarung herausgegeben.

Tief in den vatikanischen Höhlen kniete Kardinal Mortati allein vor dem offenen Sarkophag. Er griff hinein und schloss den schwarzen Mund des toten Papstes. Seine Heiligkeit sah nun friedlich aus. In stiller Hoffnung auf die Ewigkeit.

Zu Mortatis Füßen stand eine goldene Urne voller Asche. Mortati hatte sie selbst eingesammelt und hergebracht. »Mögen Sie ihm vergeben, Eure Heiligkeit«, sagte er zu dem toten Papst und stellte die Urne an seine Seite in den Sarkophag. »Keine Liebe ist größer als die eines Vaters zu seinem Sohn.« Mortati zupfte das päpstliche Gewand zurecht, bis es die Urne verdeckte. Die heilige Kaverne war den sterblichen Überresten von Päpsten vorbehalten, doch irgendwie spürte Mortati, dass dieser Ort für den toten Camerlengo angemessen war.

»Monsignore?«, fragte jemand und betrat die Höhle. Es war Leutnant Chartrand. Er wurde von drei Hellebardieren begleitet. »Man erwartet Sie im Konklave.«

Mortati nickte. »Sofort.« Er blickte ein letztes Mal hinunter in den Sarkophag; dann stand er auf. Er wandte sich zu den Schweizergardisten um. »Es ist an der Zeit, dass Seiner Heiligkeit die Ruhe zuteil wird, die er sich verdient hat.«

Die Schweizergardisten traten vor, und mit einer gemeinsamen großen Kraftanstrengung schoben sie den Deckel des Sarkophags wieder auf seinen Platz. Er rastete mit einem Geräusch von Endgültigkeit ein.

Mortati war allein, als er den Borgiahof überquerte und sich der Sixtinischen Kapelle näherte. Ein feuchter Wind verfing sich in seinem Gewand. Ein Kardinalskollege trat aus dem Apostolischen Palast und ging neben ihm her. »Geben Sie mir die Ehre, Sie zum Konklave zu begleiten, Monsignore?«

»Die Ehre ist ganz auf meiner Seite, Monsignore.«

Der Kardinal blickte betreten drein. »Monsignore«, sagte er. »Das Kollegium muss sich wegen gestern Nacht bei Ihnen entschuldigen. Wir waren geblendet von …«

»Bitte«, unterbrach Mortati. »Es gibt Dinge, von denen unsere Herzen wünschen, dass sie wahr wären.«

Der Kardinal schwieg einen Augenblick. »Hat man Sie informiert?«, fragte er schließlich. »Sie sind nicht mehr unser Zeremonienmeister.«

Mortati lächelte. »Ja. Ich danke Gott für kleine Gefälligkeiten.«

»Das Kollegium hat einmütig auf Ihrer Wählbarkeit bestanden, Monsignore.«

»Wie es scheint, ist die Mildtätigkeit in der Kirche noch nicht ausgestorben.«

»Sie sind ein weiser Mann, Monsignore. Sie würden uns alle gut führen.«

»Ich bin ein alter Mann. Ich würde Sie nur kurze Zeit führen.«

Beide lachten.

Als sie das Ende des Borgiahofs erreichten, zögerte der andere Kardinal. Er wandte sich mit besorgter Verwirrung zu Mortati, als wäre die gefährliche Ehrfurcht der vergangenen Nacht in sein Herz zurückgekehrt. »Wussten Sie, Monsignore«, flüsterte er, »dass wir keinerlei sterbliche Überreste des Camerlengos auf dem päpstlichen Balkon gefunden haben?«

Mortati lächelte. »Vielleicht hat der Regen sie weggespült.«

Der Mann blickte hinauf zum stürmischen Himmel. »Ja. Vielleicht …«

136.

DER SPÄTMORGENDLICHE HIMMEL hing voller schwerer Wolken, als die ersten schwachen Rauchwölkchen aus dem Schornstein der Sixtinischen Kapelle quollen. Die runden Schleier kräuselten sich zum Firmament hinauf und lösten sich langsam auf.

Der Rauch war weiß.

Tief unten, auf dem Petersplatz, beobachtete BBC-Reporter Gunther Glick in nachdenklichem Schweigen das Geschehen. Das letzte Kapitel …

Chinita Macri näherte sich von hinten und wuchtete die schwere Kamera auf ihre Schulter. »Es wird Zeit«, erinnerte sie ihn.

Gunther nickte trübselig. Er wandte sich zu ihr um, strich seine Haare glatt und atmete tief durch. *Meine letzte Übertragung,* dachte er. Eine kleine Menschenmenge hatte sich um sie herum versammelt und beobachtete sie.

»In sechzig Sekunden sind wir auf Sendung«, verkündete Chinita.

Gunther Glick warf einen Blick über die Schulter zur Sixtinischen Kapelle. »Kriegst du den Rauch ins Bild?«, fragte er.

Chinita Macri nickte geduldig. »Ich verstehe meinen Job, Gunther.«

Glick fühlte sich wie ein Dummkopf. Natürlich verstand sie ihr Handwerk. Chinitas Kameraführung in der vergangenen Nacht würde ihr wahrscheinlich den Pulitzer-Preis einbringen. Seine Berichterstattung hingegen … er wollte gar nicht daran denken. Er war sich sicher, dass die BBC ihn feuern würde; ohne Zweifel würde es rechtliche Scherereien mit zahlreichen mächtigen Institutionen geben … unter ihnen CERN und George Bush.

»Du siehst gut aus«, neckte Chinita hinter ihrer Kamera. Auf ihrem Gesicht zeigte sich ein Hauch von Sorge. »Ich frage mich, ob ich dir einen …« Sie zögerte.

»Ob du mir einen *Rat* geben darfst?«

Chinita seufzte. »Ich wollte nur sagen, es ist unnötig, sich mit einem Knaller zu verabschieden.«

»Ich weiß«, erwiderte er. »Du möchtest einen sauberen Schnitt.«

»Den saubersten in der Geschichte, ja. Ich vertraue dir.«

Gunther lächelte. *Einen sauberen Schnitt? Ist sie verrückt?* Eine Geschichte, wie sie sich gestern Nacht abgespielt hatte, hatte etwas Besseres verdient. Eine überraschende Wendung. Ein letzter Knall. Eine unvorhergesehene Enthüllung von schockierendem Ausmaß.

Zum Glück hatte Gunther das richtige Ass im Ärmel …

»Auf Sendung in fünf … vier … drei …«

Als Chinita durchs Okular ihrer Kamera blickte, bemerkte sie ein verschlagenes Glitzern in Gunthers Augen. *Ich muss verrückt gewesen sein, ihm das zu erlauben,* dachte sie. *Was habe ich mir dabei gedacht?*

Doch für bessere Einsicht war es nun zu spät. Sie waren auf Sendung.

»Hier spricht Gunther Glick für BBC«, verkündete Gunther auf ihr Zeichen hin, »live aus der Vatikanstadt.« Er blickte ernst in die Kamera, während hinter ihm der weiße Rauch aus dem Schornstein der Sixtinischen Kapelle stieg. »Meine Damen und Herren, jetzt ist es offiziell. Kardinal Saverio Mortati, ein neunundsiebzig Jahre alter Progressiver, wurde soeben zum neuen Oberhaupt der katholischen Kirche gewählt. Obwohl Mortati nicht zu den ursprünglichen *preferiti* gehörte, verlief die Wahl durch das Kollegium der Kardinäle in einer in der Geschichte des Konklaves beispiellosen Einmütigkeit.«

Während Chinita filmte, wurde sie allmählich ruhiger. Gunther schien sich heute überraschend professionell zu verhalten. Sogar nüchtern. Zum ersten Mal in seinem Leben klang er tatsächlich wie ein richtiger Reporter und sah auch so aus.

»Wie wir schon früher berichtet haben«, fuhr Gunther fort, und seine Stimme gewann genau im richtigen Augenblick an Eindringlichkeit, »gibt es seitens des Vatikans noch keinerlei Presseverlautbarung betreffend die wundersamen Ereignisse der vergangenen Nacht.«

Gut. Chinitas Nervosität ließ weiter nach. *So weit, so gut.*

Gunthers Gesichtsausdruck wurde sorgenvoll. »Obwohl die vergangene Nacht eine Nacht der Wunder war, war sie auch eine Nacht der Tragödien. Vier Kardinäle sind im Verlauf des gestrigen Konflikts gestorben, zusammen mit dem Kommandanten der Schweizergarde, Oberst Olivetti, und seinem Stellvertreter, Hauptmann Rocher. Beide starben in Erfüllung ihrer Pflicht. Außerdem fand Leonardo Vetra den Tod, der berühmte Physiker und Pionier der Antimaterie, sowie Maximilian Kohler, der Generaldirektor von CERN, der allem Anschein nach dem Vatikan zu Hilfe kommen wollte und dabei starb. Es gibt noch keinen offiziellen Bericht über Kohlers Tod, doch man geht davon aus, dass er an den Folgen einer langen, schweren Krankheit starb.«

Chinita nickte. Der Bericht gewann an Qualität, genau wie sie es besprochen hatten.

»Infolge der gewaltigen Explosion am Himmel über dem Vatikan in der vergangenen Nacht wurde CERNs Antimaterie-Technologie zum Thema Nummer eins unter den Wissenschaftlern weltweit. Es erhitzt die Gemüter und führt zu kontroversen Meinungen. In einer Verlautbarung, verlesen von Mr. Kohlers Sekretärin in Genf, Miss Sylvie Baudeloque, heißt es, dass die Leitung von CERN – trotz aller Begeisterung über die Möglichkeiten der Antimaterie – jegliche Forschung und sämtliche Lizenzierungen auf diesem Gebiet suspendieren wird, bis weitere Untersuchungen die Sicherheit betreffend durchgeführt wurden.«

Ausgezeichnet, dachte Chinita. *Und jetzt zum Ende.*

»Auf den Bildschirmen«, fuhr Gunther Glick fort, »wird jedoch das Gesicht Robert Langdons vermisst. Der berühmte Symbolologe aus Harvard traf gestern in der Vatikanstadt ein, um die Autoritäten mit seinem Fachwissen zu unterstützen. Ursprünglich wurde vermutet, dass er bei der Antimaterie-Explosion ums Leben kam, doch inzwischen gibt es Berichte aus zuverlässiger Quelle, dass Langdon *nach* der Explosion auf dem Petersplatz gesehen wurde. Wie er dort hingekommen ist, steht noch nicht fest … auch wenn ein Sprecher des Ospedale Tiberina behauptet, dass Mr. Langdon kurz nach Mitternacht vom Himmel in den Tiber gefallen und ans Ufer der Klinik gespült worden sei, wo man ihn kurz behandelt und dann wieder entlassen habe.« Glick blickte mit hochgezogenen Augenbrauen in die Kamera. »Falls diese Geschehnisse sich tatsächlich so zugetragen haben, war gestern ohne jeden Zweifel eine Nacht der Wunder.«

Perfekt! Chinita grinste übers ganze Gesicht. *Ein tadelloser Bericht. Jetzt komm zum Schluss!*

Doch Glick dachte nicht daran. Stattdessen zögerte er einen Augenblick und trat dann einen Schritt auf die Kamera zu. Auf seinem Gesicht erschien ein geheimnisvolles Lächeln. »Bevor wir uns aus Rom verabschieden ...«, begann er.

Nein!

»... würde ich gerne mit einem Gast sprechen, der eigens aus diesem Grunde zu uns gekommen ist.«

Chinita erstarrte hinter der Kamera. *Ein Gast? Was hat er vor? Was für ein Gast? Mach Schluss, verdammt!* Doch sie wusste, dass es zu spät war. Glick hatte es tatsächlich geschafft!

»Der Gast, den ich Ihnen vorstellen möchte«, fuhr Gunther fort, »ist Amerikaner. Ein bekannter Wissenschaftler.«

Chinita hielt den Atem an, als Glick sich zu der kleinen Menschenmenge hinter ihnen wandte und seinem Gast bedeutete vorzutreten. Chinita sandte ein leises Stoßgebet zum Himmel. *Gütiger Gott, lass ihn Robert Langdon gefunden haben ... alles, nur nicht einen von diesen verrückten Illuminati-Verschwörungstheoretikern.*

Doch als Gunthers Gast vortrat, erkannte Chinita, dass es nicht Robert Langdon war, sondern ein kahlköpfiger Mann in Bluejeans und Flanellhemd. Er ging an einem Stock und trug eine dicke Brille. Chinita spürte, wie Entsetzen in ihr aufstieg. *Ein Irrer!*

»Darf ich Ihnen«, verkündete Gunther Glick, »den bekannten Gelehrten Dr. Joseph Vanek von der De Paul University in Chicago vorstellen? Dr. Vanek ist Fachmann für Kirchenrecht.«

Chinita war unschlüssig, während der Kahlkopf zu Gunther vor die Kamera trat. Dr. Vanek war zumindest kein Konspirationstheoretiker; sie hatte seinen Namen tatsächlich bereits irgendwo gehört.

»Dr. Vanek«, begann Gunther. »Sie verfügen über einige verblüffende Informationen das Konklave der vergangenen Nacht betreffend.«

»In der Tat«, antwortete Vanek. »Nach einer Nacht voller Überraschungen wie der gestrigen ist es schwer vorstellbar, dass noch weitere Überraschungen übrig wären … und doch …« Er zögerte.

Gunther lächelte ihn aufmunternd an. »Und doch hat sich etwas sehr Eigenartiges zugetragen, wollten Sie sagen?«

Vanek nickte. »Ja. So verwunderlich es für die meisten klingen mag, ich glaube, das Kollegium der Kardinäle hat in der vergangenen Nacht zwei Päpste gewählt, ohne es zu wissen.«

Chinita hätte fast die Kamera fallen gelassen.

Glick lächelte. »Zwei Päpste, sagen Sie?«

Der Gelehrte nickte. »Ja. Lassen Sie mich zuerst erwähnen, dass ich meine gesamte wissenschaftliche Karriere mit dem Studium der Gesetze zur Wahl des Papstes verbracht habe. Die Judikative des Konklaves ist extrem komplex, und vieles ist heutzutage in Vergessenheit geraten oder wird ignoriert. Wahrscheinlich weiß nicht einmal der päpstliche Zeremonienmeister von dem, was ich nun sage. Nichtsdestotrotz … nach den alten, vergessenen Gesetzen des Konklaves, niedergeschrieben in den *Romano Pontifici Eligendo Numero 63* … ist der Urnengang nicht die einzige Methode, mit der ein Papst gewählt werden kann. Es gibt eine andere, mehr *göttliche* Methode, die sich ›Akklamation durch Adoration‹ nennt.« Er zögerte. »Genau das hat sich gestern Nacht ereignet.«

Gunther warf seinem Gast einen fragenden Blick zu. »Bitte fahren Sie fort, Dr. Vanek.«

»Wie Sie sich vielleicht erinnern«, fuhr der Gelehrte fort, »stand Camerlengo Carlo Ventresca gestern Nacht auf dem päpstlichen Balkon, als die Kardinäle hier unten auf dem Platz, das gesamte Kollegium, seinen Namen zu rufen begann.«

»Ja, ich erinnere mich.«

»Mit diesem Bild vor Augen möchte ich wörtlich aus den alten Gesetzen zitieren.« Der Gelehrte zog einige Papiere aus der Tasche, räusperte sich und begann zu lesen. »›Akklamation durch Adoration findet statt, wenn … sämtliche Kardinäle wie durch

Inspiration durch den Heiligen Geist, frei und spontan, einmütig und laut den Namen eines Individuums proklamieren.‹«

Gunther lächelte. »Also sagen Sie, dass die Kardinäle, als sie gestern Nacht den Namen des Camerlengos Carlo Ventresca riefen, ihn damit tatsächlich zum Papst erwählt haben?«

»Genau. Mehr noch, das Gesetz besagt, dass die Akklamation durch Adoration jegliche Erfordernisse für die Wählbarkeit aufhebt und gestattet, dass *jeder* Geistliche gewählt werden darf, sei er ein gewöhnlicher Priester, Bischof oder Kardinal. Wie Sie also sehen, war der Camerlengo durchaus qualifiziert, um durch Adoration zum Papst erwählt zu werden.« Dr. Vanek blickte direkt in die Kamera. »Die Tatsachen sind wie folgt ... Carlo Ventresca wurde gestern Nacht zum Papst gewählt. Er war genau siebzehn Minuten lang Oberhaupt der katholischen Kirche. Wäre er nicht auf wunderbare Weise in einer Feuersäule in den Himmel gefahren, würde er nun in den vatikanischen Höhlen bei den übrigen Päpsten begraben.«

»Vielen Dank, Dr. Vanek.« Gunther wandte sich mit einem schelmischen Zwinkern zu Chinita in die Kamera. »Sehr erhellend ...«

137.

HOCH OBEN AUF DEN STUFEN des römischen Kolosseums lachte Vittoria zu ihm herab und spottete: »Beeil dich, Robert! Ich wusste gleich, dass ich einen jüngeren Mann hätte heiraten sollen!« Ihr Lächeln war reinste Magie.

Er mühte sich redlich mitzuhalten, doch seine Beine fühlten sich bleiern an. »Warte!«, rief er. »Bitte ...«

In seinem Kopf dröhnte es.

Robert Langdon schreckte aus dem Schlaf.

Dunkelheit.

Lange Zeit lag er bewegungslos in dem fremden Bett, ohne zu wissen, wo er war. Die Kissen waren mit Gänsedaunen gefüllt und wunderbar weich. Die Luft roch nach einem Potpourri von Düften. Auf der anderen Seite des Zimmers öffnete sich eine hohe gläserne Doppeltür auf einen üppig begrünten Balkon, und unter dem wolkenverhangenen Mond spielte eine leichte Brise. Langdon versuchte sich zu erinnern, wie er hierher gekommen war … und wo genau sich dieses Hier befand.

Surreale Erinnerungsfetzen kehrten in sein Bewusstsein zurück …

Eine mystische Feuersäule … ein Engel, der aus der Menge materialisierte … ihre weiche Hand, die nach seiner griff und ihn in die Nacht führte … seinen zerschundenen, erschöpften Körper durch die Straßen geleitete … bis hierher … zu dieser Suite … wo sie ihn halb schlafend unter eine heiße Dusche stellte … und zum Bett führte … und über ihm wachte, während er in einen totengleichen Schlaf fiel.

Im Halbdunkel erkannte Langdon ein zweites Bett. Die Laken waren durcheinander, doch das Bett war leer. Aus einem der angrenzenden Zimmer hörte er das schwache Plätschern von Wasser.

Er betrachtete Vittorias Bett und bemerkte schließlich das gestickte Wappen auf dem Kissen. HOTEL BERNINI, stand darunter. Langdon musste lächeln. Vittoria hatte gut gewählt. Das traditionsreiche alte Luxushotel an der Piazza mit Berninis Tritonsbrunnen … in ganz Rom gab es keinen passenderen Ort.

Langdon lag da und dachte nach, als er ein Klopfen hörte. Mit einem Mal wurde ihm bewusst, was ihn geweckt hatte. Jemand klopfte an die Zimmertür. Das Klopfen wurde lauter.

Verwirrt stand Langdon auf. *Niemand weiß, dass wir hier sind,* dachte er und spürte erneut Unruhe in sich aufsteigen. Er schlüpfte in einen luxuriösen Morgenmantel des Hotels, während er aus dem Schlafzimmer ins Foyer der Suite ging. Einen Augenblick blieb er vor der schweren Eichentür stehen, dann öffnete er sie.

Ein kräftiger Mann in leuchtend purpurnen und gelben Regalia schaute Langdon an. »Ich bin Leutnant Chartrand«, stellte er sich vor. »Vatikanische Schweizergarde.«

Langdon kannte den Leutnant bereits. »Wie … wie haben Sie uns gefunden?«

»Ich habe gesehen, wie Sie den Petersplatz heute Nacht verlassen haben. Ich bin Ihnen gefolgt. Ich bin froh, dass ich Sie noch hier antreffe.«

Langdon spürte plötzliche Besorgnis. Er fragte sich, ob die Kardinäle Chartrand geschickt hatten, um ihn und Vittoria zum Vatikan zurückzueskortieren. Schließlich waren Vittoria und er – vom Kollegium der Kardinäle abgesehen – die beiden einzigen Menschen, die die Wahrheit kannten. Sie waren eine Belastung für die Kirche.

»Seine Heiligkeit bat mich, Ihnen das hier zu geben«, sagte Chartrand und reichte Langdon einen Umschlag, der mit dem Vatikanischen Siegel verschlossen war. Langdon brach das Siegel auf und las die handschriftliche Benachrichtigung:

Signor Langdon und Signorina Vetra

Wenngleich es mein tiefster Wunsch ist, Sie um Diskretion bezüglich der Geschehnisse der letzten vierundzwanzig Stunden zu bitten, kann ich unmöglich mehr von Ihnen verlangen, als Sie bereits gegeben haben. Daher stehe ich nun demütig zurück in der Hoffnung, dass Sie sich von Ihren Herzen leiten lassen. Die Welt scheint heute ein besserer Ort zu sein – vielleicht, weil die Fragen so viel mächtiger sind als die Antworten.
Meine Tür steht Ihnen stets offen.

Saverio Mortati

Langdon las den Brief zweimal Das Kollegium der Kardinäle hatte offensichtlich einen edlen und großzügigen neuen Papst gewählt.

Bevor Langdon etwas sagen konnte, zog Chartrand ein kleines Päckchen hervor. »Ein Zeichen der Dankbarkeit von Seiner Heiligkeit.«

Langdon nahm das Päckchen. Es war schwer und in braunes Papier eingeschlagen.

»Auf Verfügung Seiner Heiligkeit«, sagte Chartrand, »ist dieses Artefakt eine ständige Leihgabe an Sie aus dem heiligen päpstlichen Gewölbe. Seine Heiligkeit bittet nur darum, dass Sie in Ihrem Testament sicherstellen, dass es seinen Weg nach Hause findet.«

Langdon öffnete das Päckchen und war sprachlos. Es war das Brandzeichen. *Der Illuminati-Diamant.*

Chartrand lächelte. »Mögen Sie in Frieden leben.« Er wandte sich zum Gehen.

»Danke … sehr«, stammelte Langdon mit zitternden Händen.

Der Leutnant zögerte. »Mr. Langdon, darf ich Ihnen eine Frage stellen?«

»Selbstverständlich.«

»Meine Kollegen und ich sind neugierig. Diese letzten Minuten vor der Explosion … was ist dort oben im Helikopter geschehen?«

Langdon spürte, wie Beklemmung in ihm aufstieg. Er hatte gewusst, dass der Augenblick kommen würde – der Augenblick der Wahrheit. Er und Vittoria hatten darüber gesprochen, als sie sich vom Petersplatz gestohlen hatten. Und sie hatten ihre Entscheidung getroffen. Noch vor dem Brief des neuen Papstes.

Vittorias Vater hatte davon geträumt, dass seine Antimaterie-Entdeckung ein geistiges Erwachen nach sich ziehen würde. Die Ereignisse der vergangenen Nacht waren zweifellos nicht das gewesen, was Leonardo Vetra beabsichtigt hatte, doch die unleugbare Tatsache blieb bestehen: In diesem Augenblick dachten die Menschen überall auf der Welt über Gott nach – auf eine Weise, wie es nie zuvor geschehen war. Vittoria und Robert wussten nicht, wie lange dieser Zauber anhalten würde, doch es war ihnen unmöglich, dieses Staunen durch Skandal und Zweifel zu zerstören. *Die Wege des Herrn sind unergründlich,* sagte sich Langdon, während er sich gleichzeitig ironisch fragte, ob vielleicht … die gestrige Nacht doch Gottes Wille gewesen war.

»Mr. Langdon?«, wiederholte der Leutnant. »Wegen des Helikopters …?«

Langdon lächelte ihn traurig an. »Ja, ich weiß …« Er spürte, dass die Worte aus seinem Herzen kamen. »Vielleicht war es der Schock wegen des Sturzes … aber meine Erinnerung … es ist alles völlig verschwommen …«

Chartrand ließ die Schultern hängen. »Sie erinnern sich an *überhaupt nichts*?«

Langdon seufzte. »Ich fürchte, es wird für immer ein Rätsel bleiben.«

Langdon kehrte ins Schlafzimmer zurück. Der Anblick, der ihn erwartete, war atemberaubend. Vittoria stand auf dem Balkon, mit dem Rücken zum Geländer, und betrachtete ihn aus großen dunklen Augen. Sie sah aus wie eine Engelserscheinung ... eine strahlende Silhouette mit dem Mond im Rücken. Sie hätte eine römische Göttin sein können, gehüllt in ihren weißen Frottee-Bademantel, den Gürtel eng gezogen, sodass ihre schlanke Gestalt noch mehr betont wurde. Hinter ihr hing bleicher Dunst wie ein Halo über Berninis Tritonsbrunnen.

Langdon fühlte sich unglaublich von ihr angezogen, mehr als von jeder anderen Frau in seinem Leben. Behutsam legte er den Illuminati-Diamanten und den Brief des Papstes auf den Nachttisch. Später war immer noch genug Zeit, das alles zu erklären. Er ging hinaus auf den Balkon.

Vittoria freute sich, ihn zu sehen. »Du bist wach«, sagte sie mit leiser, schüchterner Stimme. *»Endlich.«*

Langdon lächelte. »Ich hatte einen langen Tag.«

Sie fuhr mit der Hand durch ihr üppiges Haar, und ihr Bademantel klaffte ein Stück auseinander. »Und jetzt ... ich nehme an, du möchtest deine Belohnung.«

Die Bemerkung traf Langdon gänzlich unvorbereitet. »Ich ... was, bitte?«

»Wir sind Erwachsene, Robert. Du kannst es ruhig zugeben. Ich sehe es in deinen Augen. In dir wühlt ein schrecklicher Hunger.« Sie lächelte. »Mir geht es genauso. Und dieser Hunger wird jetzt gestillt.«

»Wird er?« Langdon schluckte. Er spürte Erregung und machte einen Schritt auf sie zu.

»Voll und ganz.« Sie hielt eine Speisekarte des Zimmerservice hoch. »Ich habe alles bestellt, was sie haben.«

Das Mahl war fantastisch. Sie aßen gemeinsam im Mondlicht auf dem Balkon und genossen Frisée, Trüffel und Risotto, tranken Dolcetto und redeten bis spät in die Nacht.

Langdon musste kein Symbolologe sein, um die Zeichen zu lesen, die Vittoria ihm gab. Beim Dessert – Boysenbeerencreme und Kaffee – presste sie ihre nackten Beine unter dem Tisch gegen die seinen und bedachte ihn mit einem glutvollen Blick, als wollte sie ihn mit bloßer Willenskraft dazu bringen, das Besteck beiseite zu legen und sie zum Bett zu tragen.

Doch Langdon tat nichts dergleichen. *Bei diesem Spiel können auch zwei mitspielen,* dachte er und verbarg ein schurkisches Grinsen.

Als sie gegessen hatten, zog er sich auf die Bettkante zurück, wo er alleine saß und den Illuminati-Diamanten immer wieder in den Händen drehte, während er wiederholt Bemerkungen über die wunderbare Symmetrie von sich gab. Vittoria starrte ihn an, und ihre Verwirrung wich nach und nach Verärgerung.

»Du findest dieses Ambigramm unglaublich interessant, nicht wahr?«, fragte sie.

Langdon nickte. »Wahnsinnig.«

»Würdest du sagen, es ist das Interessanteste in diesem Zimmer?«

Langdon kratzte sich am Kopf und tat so, als müsste er nachdenken. »Offen gestanden, eine Sache würde mich noch mehr interessieren.«

Sie lächelte und machte einen Schritt auf ihn zu. »Und das wäre?«

»Wie du Einsteins Theorie mit einem Thunfisch widerlegt hast.«

Vittoria warf die Hände hoch. »*Dio mio!* Genug vom Thunfisch! Spiel nicht mit mir, Robert Langdon, ich warne dich!«

Langdon grinste. »Vielleicht solltest du für dein nächstes Experiment Flundern nehmen und beweisen, dass die Erde flach ist.«

Vittoria kochte innerlich, doch auf ihren Lippen erschien der Hauch eines Lächelns. »Zu deiner Information, Professor, mein nächstes Experiment wird Wissenschaftsgeschichte schreiben! Ich werde nämlich beweisen, dass Neutrinos Masse haben!«

»Masse?« Langdon blickte sie erstaunt an. »Ich wusste gar nicht, dass Neutrinos Fische sind.«

Mit einer geschmeidigen Bewegung war sie über ihm und drückte ihn aufs Bett. »Ich hoffe, du glaubst an ein Leben nach dem Tod, Robert Langdon.« Sie lachte, als sie sich rittlings auf ihn setzte. In ihren Augen leuchtete es spitzbübisch.

»Offen gestanden«, ächzte er und lachte lauter, »ich hatte immer Probleme, mir irgendetwas jenseits dieser Welt vorzustellen.«

»Tatsächlich? Dann hattest du nie eine religiöse Erfahrung? Einen vollkommenen Augenblick der Verzückung?«

Langdon schüttelte den Kopf. »Nein. Und ich bezweifle, dass ich zu den Menschen gehöre, die jemals irgendeine religiöse Erfahrung machen.«

Vittoria ließ den Morgenmantel von ihren Schultern gleiten. »Du warst noch nie mit einer Yoga-Meisterin im Bett, wie?«

»Für Diesen Roman braucht man gute Nerven ...« WASHINGTON POST

Greg Iles
ADRENALIN
Aus dem amerikanischen
Englisch von
Bernd Rullkötter
656 Seiten
ISBN 978-3-404-16542-1

Penn Cage ist Bürgermeister in Natchez, Mississippi. Um seiner Stadt zu Geld zu verhelfen, hat er auf das Glücksspiel gesetzt. Nun fahren prächtige Dampfschiffe auf dem Fluss, alle zu Kasinos umgebaut. Doch ein Schiff unterscheidet sich von den anderen: die *Magnolia Queen*, auf der die finanzstärksten Spieler ein- und ausgehen. Ein Freund von Penn Cage hat Beweise, dass an Bord massive Verbrechen verübt werden. Als er kurz darauf brutal ermordet wird, verbeißt Cage sich in den Fall.
Bald steht fest: Die Gäste der *Magnolia Queen* kommen nicht nur wegen des Glücksspiels. Sie wollen Blut sehen ... Menschenblut.

Bastei Lübbe Taschenbuch

Der Megaseller, der Millionen von Leserinnen und Lesern fesselt, im Taschenbuch!

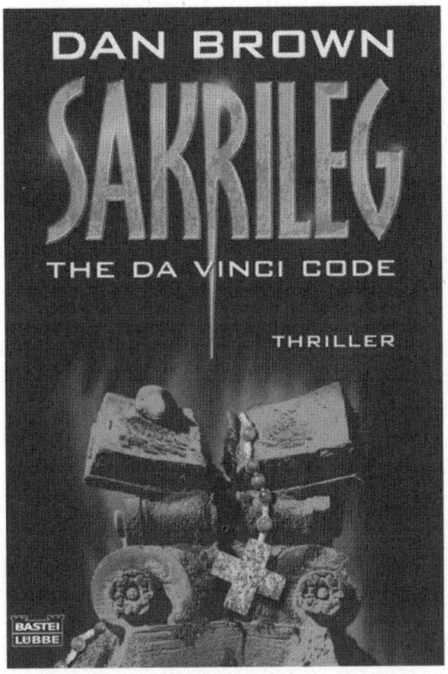

Dan Brown
SAKRILEG
The Da Vinci Code
Thriller
624 Seiten
ISBN 978-3-404-15485-2

Robert Langdon, Symbolologe aus Harvard, befindet sich aus beruflichen Gründen in Paris, als er einen merkwürdigen Anruf erhält: Der Chefkurator des Louvre wurde mitten in der Nacht vor dem Gemälde der Mona Lisa ermordet aufgefunden. Langdon begibt sich zum Tatort und erkennt schon bald, dass der Tote durch eine Reihe von versteckten Hinweisen auf die Werke Leonardo da Vincis aufmerksam machen wollte. Bei seiner Suche nach den Hintergründen der Tat wird Robert Langdon von Sophie Neveu unterstützt, einer Kryptologin der Pariser Polizei und Enkeltochter des ermordeten Kurators. Eine Jagd auf Leben und Tod beginnt …

Bastei Lübbe Taschenbuch

Gänsehaut pur! Platz 1 der französischen Bestsellerliste!

Jean-Christophe Grangé
DAS SCHWARZE BLUT
Roman
544 Seiten
ISBN 978-3-404-15808-9

Jaques Reverdi, Serienmörder und vormals Champion im »free-diving« wartet im Gefängnis von Malaysia auf sein Urteil. Wie eine Blutspur ziehen sich seine merkwürdigen Ritualmorde durch Südostasien.

Mark Dupeyrat, Pariser Sensationsreporter, plant einen Bestseller über diesen Mann. Er erfindet »Elisabeth«, die mit Reverdi schrift-lich Kontakt aufnimmt, um sich sein makabres Universum zu erschließen. Als der Mörder Feuer fängt, sich sogar in die unbekannte Briefeschreiberin verliebt, schickt Mark ein Foto seiner Bekannten Khadidscha. Doch dann entkommt Reverdi aus dem Gefängnis - und für Mark und Khadidscha beginnt ein Alptraum ...

Bastei Lübbe Taschenbuch

»Wenn Ihnen dieses Buch keine Angst macht, sollten Sie Ihren Arzt aufsuchen.«

NEW YORK TIMES

Cody Mcfadyen
DIE BLUTLINIE
Thriller
480 Seiten
ISBN 978-3-404-15853-9

Nach dem Mord an einer Freundin folgt FBI-Agentin Smoky Barrett der Fährte eines Serienkillers. Doch diese Spur ist so blutig, dass ihr ganzes Können gefragt ist. Mit jedem neuen Verbrechen reift eine erschreckende Erkenntnis: Der Mörder möchte sich einen Traum erfüllen – einen Traum, der für viele zum Albtraum werden könnte ...

Bastei Lübbe Taschenbuch

EBENFALLS TEUFLISCH GUT
UND GENAUSO GÜNSTIG!

JEAN-CHRISTOPHE GRANGÉ

DIE PURPURNEN FLÜSSE

Bild am Sonntag
MEGA-THRILLER

JETZT ÜBERALL WO ES BÜCHER GIBT.

EBENFALLS TEUFLISCH GUT
UND GENAUSO GÜNSTIG!

PETER JAMES
STIRB SCHON

Bild am Sonntag
MEGA-THRILLER

JETZT ÜBERALL WO ES BÜCHER GIBT.

TEUFEL AUCH!

ALLE TITEL AUF EINMAL UND 25% GESPART!

Die Mega-Thriller Sammel-Box. Jetzt überall wo es Bücher gibt.

JETZT BESTELLEN AUF: www.shop.bild.de/thriller
ODER UNTER DER HOTLINE: 0180 53 54 357

(14 Cent/Min. Festnetz; max. 42 Cent/Min. Mobilfunk)